사교재 김영익(1886~1962) 문집

변하는 세상에 맞선 유학자

변하는 세상에 맞선 유학자
–사교재 김영익(1886~1962) 문집

2019년 11월 18일 제1판 1쇄 인쇄
2019년 11월 25일 제1판 1쇄 발행

지은이 김영익
편 역 하영휘
펴낸이 이재민, 김상미

편집 이상희
디자인 달뜸창작실, 정희정

종이 [illegible]페이퍼
인쇄 천일문화사
제본 길훈문화

펴낸곳 너머북스
주소 서울시 서대문구 증가로20길 3-12
전화 02) 335-3366, 336-5131 팩스 02) 335-5848
홈페이지 www.nermerbooks.com
등록번호 제313-2007-232호

ISBN 978-89-94606-56-9 03810

너머북스와 너머학교는 좋은 서가와 학교를 꿈꾸는 출판사입니다.

사교재 김영익(1886~1962) 문집

변하는 세상에 맞선 유학자

하영휘 편역

너머북스

머리말

1

김영익金永益(1886~1962)은 1950년대에는 영보永輔라는 이름을 쓰기도 했다. 그의 자는 우삼友三, 호는 사교재四矯齋다. 광산 김씨 북촌공파北村公派 37세손이다.

그의 고향은 예산군 광시면이고, 태안군 원북면 반계리와 태안군 근흥면 안기리에 거주하기도 했다. 1938년 이후에는 태안군 원북면 이곡리 송곡松谷에 가솔과 함께 안주했는데, 그곳은 그의 8대조 세훈世勳이 처음 터전을 잡은 곳이다.

그는 1920년 자신이 가르치는 학생들에 대한 실망과 현실에 대한 회의로 섬으로 들어가 은거할 생각을 하기도 했다. 그러다가 1923년부터 1938년까지 금강산, 오대산, 설악산, 사명산, 광교산 등지로 그의 표현을 빌리면 '뜬구름 같은 유람'을 했다.

사교재는 노백老柏 최명희崔命喜(1851~1921) 문하에서 공부했다. 그의 거주지가 노백이 살았던 같은 태안군의 근흥면 안기리와 그리 멀지 않았을 것이다. 그들이 주고받은 편지를 보면 사제 간의 정이 깊었다는 것을 느낄 수 있다. 또 노백이 손자를 사교재에게 보내 숙식하며 배우게 한 것을 보면 사교재를 신뢰했다는 것을 알 수 있다.

사교재의 또 다른 스승이 간재艮齋 전우田愚(1841~1922)였다. 노백이 간재의 제자였기 때문에 그를 통하여 간재와 사제관계를 맺을 수 있었을 것으로 보인다. 사교재는 간재와 서신을 주고받았고, 계화도繼華島로 간재를 몇 차례 방문하기도 했다. 노백 사후에 계화도를 방문한 사교재에게 간재가 노백의 훌륭함을 칭찬하며, 노백의 문집 편찬과 사우祠宇 건립을 사교재에게 부탁했다. 훗날 태안의 유학자들이 안양사安陽祠를 세우고 간재와 노백의 영정을 모셨는데, 사교재가 주도적인 역할을 했다.

2

사교재가 살았던 19세기 말에서 20세기 중반에 이르는 기간은 한국이 전근대에서 근대로 이행되는 대전환기였다. 열강의 침입, 동학농민전쟁, 갑오경장, 일제의 강점, 분단, 6·25전쟁, 4·19혁명 등 변혁의 소용돌이가 연이어 일었다.

이에 따라 기독교와 신학문 유행, 신분 해체, 자유와 평등, 민주주의 제도 등과 같은 새로운 사회적 변화가 나타났는데, 대부분 유교적 질서와 유학사상을 거스르는 것이었다. 사교재는 그것을 통틀어 '세변世變[세상의 변고]'이라고 하고, 거기에 맞서 유교적 가치를 지키기 위하여 평생 노력했다. 그는 다음과 같은 짤막한 말로 세변에 맞설 자신의 생각을 표현했다.

"삼강오상三綱五常은 우주를 지탱하는 대도大道다. 사서오경은 우주를 지탱하는 도구다. 독서와 실천은 우주를 지탱하는 실제적 일이다. 유학자는 우주의 원기다. 유학자를 기르는 것은 우주를 지탱하는 사업이다."

여기서 말하듯이, 사교재가 가장 중시한 것이 유학자를 기르는 일이었다. 그는 그것을 평생사업으로 삼았다. 학생들에게 『소학』과 사서오경四書五經을 가르치는 한편, 유학의 도의와 절행節行을 토론하여 밝히고 설명했다. 그가 학생들을 '독서종자讀書種子' 또는 '석과碩果'라고 부른 것은 그들로 하여금 유학을 널리 퍼뜨려 장차 삼강오상이 실현되는 사회를 만들 것을 염원한 말이었다.

사교재의 교육사업 중 가장 이른 것이 1914년에 태안의 화산華山 북쪽 10리에 있던 학사당學士堂에서 강의한 것이었다. 학사당 교육은 1919년까지 계속되었으나 뜻대로 되지 않았던 것으로 보인다. 그는 거기서 실망한 나머지 섬에 들어가 은거할 생각까지 했다. 그러다가 스승 노백의 권유로 1920년부터 다시 수궤재守軌齋의 선생이 되었다. 그러나 그것도 노백의 사망 때문이었는지 1923년에 그치고 말았다.

노백과 간재 두 스승 사후 금강산을 유람할 때도 사교재는 학생들을 가르쳤다. 1930년 그는 강원도 양양의 몽양재蒙養齋와 직양재直養齋에서 학생들을 가르쳤고, 천덕재天德齋라는 서당에 들러 학생들에게 학문의 의미를 강연하기도 했으며, 학생들을 가르치기 위한 기금을 모으기 위하여 「양성재학계서養性齋學契序」를 쓰기도 했다. 그리고 금강산의 아름다움을 주제로 시를 쓰는 모임인 봉래음사蓬萊吟社를 결성하는 데 앞장서고 「봉래음사간판서蓬萊吟社刊板序」를 썼다. 1938년 긴 유람에서 돌아와 다시 송곡에 자리 잡은 사교재는 수정재守貞齋라는 서당을 열고 종신토록 학생을 가르쳤다. 그는 천생 훈장이었다.

사교재의 끊임없는 노력에도 불구하고 세상의 변화는 점점 더 거세지고 사람들은 대부분 변화를 뒤따르는 쪽을 택했다. 그래도 그는 조금도 흔들리지 않고 묵묵히 자신의 길을 갈 뿐이었다. 옆에서 지켜보던 어떤 사람이 답답한 나머지 '성공할 가망도 없는데 헛고생 그만하라.'는 투로 충고하자 그는 "매사에 자기에게 주어진 직분을 다할 뿐이고, 그 성공 여부는 운명을 주관하는 자의 몫이다."라고 대답했다.

『중용장구』 제10장에서 따온 '四矯齋'라는 호의 의미도 음미할 만하다. 자로子路가 강함[强]에 대해 묻자, 공자가 추구해야 할 강함 네 가지를 다음과 같이 말해주었다.

> "군자는 사람들과 화합하면서도 휩쓸리지 않나니, 강하도다! 그 굳건함이여. 중도에 입각하고 치우치지 않나니, 강하도다! 그 굳건함이여. 나라에 도가 있을 때도 곤궁하던 시절의 기개가 변치 않나니, 강하도다! 그 굳건함이여. 나라에 도가 없을 때 죽게 되어도 지조를 바꾸지 않나니, 강하도다! 그 굳건함이여(君子和而不流 強哉矯 中立而不倚 強哉矯 國有道 不變塞焉 強哉矯 國無道 至死不變 強哉矯)."

시대 변화에 굳건하게 맞서겠다는 각오를 자신의 호로 다시 한번 다진 것이다.

3

유학은 하夏, 상商, 주周 삼대를 이상사회로 보고 공자의 학문을 추구한다. 그래서 복고주의적이다. 신학新學은 전근대를 탈피하고 새로움을 추구한다. 그래서 발전주의적이다. 유학이 인간의 도덕적 당위성을 끌어내기 위한 관념체계로 정신주의를 지향한다면, 신학은 인간의 욕망을 충족시키기 위한 경제적 번영을 추구하며 물질주의를 지향한다. 그래서 유학은 전근대적이고 신학은 근대적이다. 전근대와 근대의 전환점을 가운데 두고 보면, 유학은 과거를 바라보고 신학은 미래를 바라본다. 전환점에 선 유학자 사교재가 기존의 질서를 지키며 변화를 거부한 것은 숙명적인 일이었다.

사교재는 새로 나타나는 각종 근대적 현상을 분석하고 서술했다. 그리고 거기에 대항할 수 있는 논리를 유교경전과 선유先儒의 사상에서 찾아내 정립하고, 그것을 학생들을 비롯한 주위 사람들에게 가르치고 전파했다. 전자를 전근대와 근대 전환기의 사회사라고 한다면, 후자는 유학사상사다. 이 책은 이 두 내용을 겸비하고 있다. 요컨대, 유학자가 근대를 어떻게 보았고, 그 대응논리로 어떤 사고를 했는가? 이것이 이 책의 주제다.

사교재는 퇴계나 다산처럼 유명한 학자는 아니다. 그의 글에서 고원高遠(높고 원대한)한 철학이나 심오한 경륜을 읽을 수는 없다. 그러나 그의 시대는 이 시대와 직접 맞닿아 있다. 따라서 그의 문제의식을 우리는 어렵지 않게 이해할 수 있고, 나아가 그 문제의식에서 출발한 그의 유학사상도 비교적 쉽게 다가갈 수 있다. 이 점이 이 책이 어려운 조선시대 유학자의 글과 다른 점이자 이 책의 장점이기도 하다.

4

편역자가 이 문집의 자료를 사교재의 외손자 이재곤 씨에게서 받은 것이 아마 6, 7년 전이었을 것이다. 방대한 자료를 짬짬이 대충 읽으면서 문집에 수록할 만한 글을 일차적으로 추리는 데 3년쯤 걸렸다. 그것을 다시 추려 2017년 6월 1,400여 장의 사진 파일을 만들었다. 그것을 또 정독하며 추려 문집에 실을 글을 확정하고, 번역을 완료한 것이 2019년 6월이다. 옛사람이 문집을 편찬하다가 포기한 것이 이해가 될 정도로 지루하고 힘든 작업이었다.

이 책의 편집과 번역이 사교재 선생께 크게 누가 되지 않을까 염려스럽다. 이 책이 전근대와 근대 전환기의 사회와 유학사상을 이해하는 데 조금이라도 도움이 되기를 기대해본다.

2019년 菊秋에 가회고문서연구소에서

편역자 하영휘

차례

전기傳記

한담수록閒談隨錄

봉래산고蓬萊散稿

어록語錄

교훈教訓

종중宗中

답문答問

산록散錄

일러두기

- 이 책은 저자 사교재 김영익이 남긴 자료를 하영휘가 추려서 번역한 것이다.
- 이 책의 장별 구성은 대체로 전통적인 문집의 형식을 따랐다.
- 본문의 소제목에서, '〉'를 기준으로 앞의 굵은 제목은 편역자가 붙인 것이고, 뒤의 가는 제목은 원문에 있는 것이다. 제목 전후의 고딕체 해설도 내용의 이해를 돕기 위해 편역자가 썼다.
- 본문에서, ( ) 안의 글은 원문에 있는 것이고, [ ] 안의 글과 각주는 편역자가 썼다.
- 글마다 마지막에 원문을 찾아볼 수 있도록 해당 쪽수를 표기했다.

가사
歌辭

송곡농사[1] 해방기념 가사_1945년 7월

아! 우리 대한민국
액운을 당했네.
그 환란을 연 자가 누구냐.
섬 오랑캐가 창궐하여
우리 강산을 짓밟고
만세의 원수가
우리 강토를 빼앗고
우리 민족을 해치고
우리 예의를 말살하고
짐승의 영역으로 몰아
우리 독립을 없애고
종족을 멸망시켜
성명性命[2]을 묻기도 어렵게 되고
게다가 고혈까지 빨았지.
당시의 효상爻象[3]은
하늘이 깜깜하게 먹구름 끼어
초목이 참담하고
귀신이 슬피 울었네.

---

1) 송곡농사松谷農社는 해방 후 농업으로 나라를 재건하자는 뜻으로 설립한 농민단체인 것으로 보인다.
2) 인간이 하늘에서 받은 것을 성性, 하늘이 인간에게 부여한 것을 명命이라 한다.
3) 『주역』에서 6효가 서로 섞여 표시한 사물의 형상. 길흉을 가리키는 의미가 있다.

오호! 극에 이르면 반드시 되돌아오는 법
박 괘[4]가 다하자 다시 본래로 돌아와
천심이 재앙 내린 것을 후회하고
불같이 진노하여
오랑캐를 몰아내기를
조금도 지체하지 않아
멧돼지 이빨, 뱀 주둥이
형체가 녹아 자취가 사라졌네.
아! 우리나라 운명이
다시 새로워진 지 오래지 않아
아! 우리 국민의 마음이
괴로운 상황에서 벗어났도다.
오호! 농사農社여
제군이 감히 잊으랴.
이 7월 9일을.[5]
어리석고 사나운 섬 원수가
이 사실을 어찌 받아들이랴
우리를 소생시키고 제자리로 되돌리는 길
또한 여기서 얻으리라.
우리 깃발을 보라.
펄럭이는 태극기
우리 만세를 들어보라.

4) 『주역』의 괘 이름. 음기가 성하고 양기가 쇠하여 시운時運이 불리한 것을 나타내는 괘.
5) 1945년 8월 15일이 음력으로는 7월 9일이다.

끊임없이 이어지는 '독립' 함성

기억하고 생각할지어다.

가슴 깊이 마음속에

북을 치고 춤을 추며

이 노래를 부르노라.

바라건대, 삼천만 동포와 더불어

항상 이렇게 한마음으로 길이 즐기기를. → 411쪽

편지
便紙

신식학교의 학생군사교육 > 이인서李仁瑞와 임석영林奭榮에게 줌_1908년

이 글에 따르면, 일제에 강점당하기 2년 전 신식학교에서 이미 일제의 압력으로 학생군사교육을 실시하고 있었다. 사교재는 이 학생들이 장차 일제의 총알받이가 될지도 모른다고 말하고 있다. 또 당시에 한국에서 관심을 끈 중국 사상가 양계초梁啓超(1873~1929)를 비판하는 대목도 눈길을 끈다.

노형이 신학교新學校를 창설하고부터 사우士友들이 그것을 듣고 많이 비난한 것은 왜놈의 제도를 왕의 법처럼 듣고 양계초梁啓超의 책을 사범師範[스승의 가르침]처럼 숭상하기 때문입니다. 제가 노형의 훌륭한 뜻이 어디에 있는지 알았더라도, 그 비난을 중지시키지 못했을 것입니다.

대저 저들의 군사기술을 익혀 우리 사업을 도모한다면, 어찌 훌륭한 뜻이 아니겠습니까? 군대는 나라에 없어서는 안 됩니다. 그래서 선왕先王이 가을과 겨울 농한기에 백성을 사냥에 동원했고, 연회와 음주의 예에까지도 활쏘기를 넣었습니다. 평상시에 변란을 대비하는 것이 이와 같았습니다. 하물며 오늘날 병법을 익히지 않아서야 되겠습니까? 그러나 이것은 관리와 재상의 책임이지, 초야의 학자가 주제넘게 대신할 일이 아닙니다. 게다가 신학교에서 익히는 것이 저들 군사기술의 말단적인 것이고 정밀한 것이 아니라, 적을 제압하여 승리하기에 부족합니다. 또 왜놈의 지시를 받아 자유롭지 못하므로 일단 긴급한 상황이 발생하면 호랑이가 양떼를 몰듯이 반드시 앞장세울 것인데, 누가 감히 달아날 수 있겠습니까? 지난날 영남의 의병이 왜놈 수백 명을 참수했는데, 그중에 실제 왜놈은 한두 명밖에 없었다고 합니다. 어찌 명백한 본보기가 아니겠습니까? 왜놈이 우리나라에 들어온 후 우리나라의 군정軍丁, 봉화, 궁시弓矢 등을 모두 막아서 없애버리고 오직 신학교의 군사훈련만 도와서 이루게 하는 것이 무엇 때문입니까? 그 간계가 더욱 음흉하고 기만적이 아닙니까? 노형이 시대의 변화를 안다고 외치지만 이것도 살피지 않으니, 어찌 이른바 '당사자'가 이렇게 미혹됩니까?

옛날 군자로서 시대의 변화에 밝았던 사람은 어찌할 수 없을 줄을 미리 알고 감히 경솔하게 나서지 않았습니다. 장차 나라의 형편이 위급해지고 민생이 도탄에 빠지면, 반드시 참지 못하는 마음이 크게 생길 것입니다. 그때 "나서서 세상을 구하지 못할 바에야 차라리 자신을 지키는 것이 낫다."며 경솔하게 나서지 않은 것이 어찌 현명한 처신이 아니었겠습니까. 경솔하게 나선 학자를 한번 보십시오. 혹은 어리석은 주군에게 몸을 맡기고, 혹은 오랑캐의 뜰에 무릎을 꿇고, 혹은 권력이 있는 신하에게 의탁하여 사업을 도모했습니다. 그러나 사업은 이루지 못하고 명예와 절조가 먼저 땅에 떨어진 사람이 천 년 동안 끊이지 않았습니다. 어찌 슬프지 않습니까?

양계초의 책을 며칠 전에 읽었습니다. 웅장한 말과 괴이한 언변이 황하를 가르고 바다를 씻는 것 같아 사람으로 하여금 전율하게 합니다. 그가 공자와 석가와 예수를 삼성일체三聖一體[6]라 하고, 또 중국민이 예수교를 교육의 가장 높은 뜻으로 정해야 한다고 하고, 또 묵자墨子를 선성先聖이라 칭하며 공자보다 우수하다고 하고, 횡거橫渠[장재張載]와 주자를 비판하고 양명학을 우임금보다 낮지 않다고 극구 칭찬하고, 또 임금과 신하,

6) 공자, 석가, 예수 세 성인이 본질이 동일하며 유일한 실체라는 말.

아버지와 아들, 지아비와 지어미가 똑같이 평등하다고 했습니다. 그가 이단을 숭상하고 성현을 폄하하고 삼강을 파괴한 것은 오직 부강富强 두 자만을 추구한 결과입니다. 그러므로 흉포한 진정秦政[진시황]을 유학의 제2 공신이라 하고, 시역弑逆 죄인 이토 히로부미를 세계의 일등 인물로 찬양했습니다.

대저 인도人道가 어디 있습니까? 삼강에 있습니다. 삼강이란 하늘이 높고 땅이 낮은 이치에 근본을 둔 것으로, 하루라도 변해서는 안 됩니다. 또 이 화하華夏[중화], 성현, 호걸, 충신, 절사節士[절조를 지키는 지식인] 등이 심혈을 뿌리고 목숨을 바쳐 앞장서서 밝히고 붙잡아 세운 것이 바로 삼강입니다. 그런데 하루아침에 양계초의 한 손에 무너지니, 아! 원통합니다. 내 생각에 천하를 몰아 난신적자로 만들 자가 양계초이고, 이적과 금수로 만들 자가 양계초입니다. 그런데 이미 양계초의 책을 숭상하여 사범으로 삼았으니, 설령 사업을 이룬다고 해도 그 공은 지극히 작고 난신적자와 이적금수로 만든 죄는 더욱 크지 않겠습니까? 노형은 반드시 "나는 단지 군사기술만 취하여 익히게 했을 뿐이다. 언제 양계초의 책을 숭상하라고 가르쳤느냐?"고 할 것입니다. 이것은 비유하면, 처녀를 창루娼樓에 데려다놓고 음란한 짓을 하지 말라고 타이르는 것과 연나라 아이를 만국蠻國[남쪽 오랑캐 나라]에 데려다놓고 격음鴃音[만국의 말]을 하지 말라는 것과 같습니다. 형편상 그렇게 할 수 있겠습니까?

노형의 종질 모씨가 본래 도포를 입고 『춘추』를 담론한 사람이 아닙니까. 그런데 신학교에 몇 년 다니더니 마침내 그 머리를 깎고 말았습니다. 하물며 의리를 모르는 어린이들이겠습니까. 이런 말마저 하지 않으면 노형을 위하여 심히 섭섭할 것 같아서 이렇게 말씀드립니다. 일찍 뜻을 바꾸시기 바랍니다. 동춘당同春堂 송 선생[송준길]이 "만약 좋은 자손이 없으면, 만사는 모두 헛일이다."라고 했습니다. 오래되었지만 이 말이 진실입니다. →412쪽

공부하는 학동들에 관한 보고 > 노백老柏 선생께 올리는 편지_1915년 11월

뵙지 못한 지 어느새 한 달이 넘었습니다. 세월 가는 것이 사문師門[스승의 문하]에서는 어찌 이렇게 빠른지요? 가만히 생각하니, 나아가 모시고 강학하는 시간은 적고 자리를 떠나 혼자 노는 날이 늘 많습니다. 이 바탕을 버리기 어려워 기량이 영원히 바닥에 머물고, 쉽게 흐르는 습성이 세속적인 풍속에 점점 젖었습니다. 무슨 수로 구렁텅이에서 뛰어올라 이 습성을 고칠지 몰라, 단지 간절히 탄식할 뿐입니다.

천도가 되돌아왔는데,[7] 선생의 안부가 전역全域에 가득한 음 가운데 순전한 곤坤 아래에서 양이 회복하는 것처럼 천우신조로 평안하시리라 생각합니다. 그리고 도를 묻는 여러 학생도 때맞추어 종종 걸음으로 뵈러 오며, 권속들의 안부도 모두 태평하리라 생각합니다.

문생門生[편지의 필자]이 문하를 떠나 관館에 도착해보니, 여러 학우와 주인집에 모두 큰일은 없습니다. 오직 덕건德建과 양수兩洙가 머리에 난 부스럼 때문에 머리를 깎았고, 철수喆洙는 배 아래에 난 작은 종기 때문에 고생하며 아직 공부하러 오지 않습니다. 18일에 내리신 편지를 받은 이

7) 음기가 극성한 동지에서 다시 양기가 살아난다는 뜻.

후에는 만萬, 철喆 두 아이가 행장을 꾸려 떠났다가, 겨우 석문石門 등지에 이르러 길을 잃었다고 하며 도로 돌아왔다고 합니다. 이것이 나이가 어리기 때문인 것 같지만, 사실은 지나친 사랑이 뿌리박고 있기 때문입니다. 자라서도 이 버릇을 버리지 못할까 걱정입니다. 재載, 종鍾 두 아동은 한번 가을을 겪은 후 세운 뜻이 퍽 달라진 바가 있고, 그 할아버지와 아버지도 도를 가르치려는 뜻이 전날의 배가 되었습니다. 그러나 한 가지 일의 의미[일사지의一事之義][8]와 스승을 따르는 정성이 무엇인지는 아직 확실히 모릅니다. 지금 이른바 '세운 뜻'과 '가르치려는 뜻' 또한 어찌 오래 믿을 수 있겠습니까? 또 날이 갈수록 무너지고 꺾이는 것이 십중팔구인데, 선생이라는 자가 몸으로 선도할 수 없으니 끝내는 돌팔이의 엉터리 기술이라는 문책이 돌아올 것입니다. 어찌 두려워하지 않을 수 있겠습니까? 선생께서 특별히 한마디 말씀을 내리어 가르쳐주시기를 천만 바랍니다. 안부가 계속 평안하시기를 바라며 이만 줄이고 편지를 올립니다. →413쪽

뫼시며 배우고 싶은 마음 > 간재艮齋 선생께 올리는 편지_1916년 6월 25일

영익은 삼가 목욕재계하고 노선생老先生 문하의 시자侍者 앞으로 편지를 올립니다.[9] 긴 여름 심한 장마에 섭생의 어려움이 노인과 젊은이가 같은데, 이때 덕행과 학업[德業] 중 신의 도움으로 안부가 평안하시며, 선생

8) 일을 하나씩 차근차근 쌓아나가는 의미.

9) 노선생은 나이, 인품, 학문이 높아 가장 존경받는 스승을 칭하는 말로 여기서는 간재艮齋 전우田愚를 가리킨다. 노선생에게 편지를 직접 보낸다고 하는 것이 예의에 어긋나므로 노선생을 모시는 시자侍者에게 보낸다고 표현했다.

의 어진 보호 아래 댁내의 여러 분과 문하의 학자들도 모두 잘 지낼 것이라 생각합니다.

소자小子[10]는 염려 덕분에 편안히 지내나, 가난 속에서도 학문 연구로 돌아오지 않을 수 없었습니다. 그런데 학생의 부형 중 실천하기 위하여 노력하는 사람이 꽤 많아, 모이는 사람 10여 명이 모두 선왕先王[11]의 옷을 입고 선왕의 책을 읽습니다. 이 세상이 어떤 세상입니까? 박복한 제가 이것을 오늘날 드문 복으로 알고 도리어 가난을 잊습니다. 작으나마 이런 즐거움이 있기에, 이렇게 말씀드립니다. 다만, 응대하는 일이 꽤 번거로워 자신의 공부에 전념하지 못하고, 또 형편 때문에 선생 문하에서 모시고 공부할 수 없어 다시 올 수 없는 젊은 날의 세월만 허비합니다. 이것이 길게 탄식하는 까닭입니다. 초가을에는 가서 뵐 계획입니다. 나머지는 헤아리시기 바라며 이만 줄이고 편지를 올립니다. → 414쪽

일제의 앞잡이 토이土夷 > 조재원趙載元 도형道亨[12]에게 줌_1917년 윤2월 16일

근자에 저들 무리[13]가 학자[士子]에 대하여 이른바 호출이 왜 그리 잦습니까? 만약 학자가 죄에 걸린 일이 있으면, 법으로 다스리면 됩니다. 진실로 그렇지 않다면 정당하게 대접해야 마땅합니다. 어찌하여 저들이 무단히 경솔하게 부르는 것이 닭이나 개를 가지고 노는 것보다 심합니까?

10) 사교재가 스승 간재에 대하여 자신을 일컫는 말.

11) 상고시대의 현명한 제왕.

12) 조재원이 이름이고, 도형은 자다.

13) 일제 당국을 가리킴.

이것이 저들의 도라고 하는 것이기 때문에, 실로 책망할 것은 아닙니다. 그러나 저들 또한 같은 천성을 타고났는데, 어찌 이다지도 무례할 수 있습니까? 모든 것이 토이土夷[14]가 중간에서 속이고 간사함을 부린 것 때문이라고 합니다. 토이가 꾐에 넘어가 저들의 무릎 아래에서 손을 모으고 굽실거리는 것이 마치 원숭이나 개가 극장에서 움츠리고 숨을 죽이는 모습과 같은데, 그래서야 되겠습니까? 정자程子[정이천]가 "가난한 학자의 처와 약소국의 신하는 각기 바른 명분에 안주할 뿐이다. 구차하게 권세를 택하여 따르는 것은 큰 악을 저지르는 것으로, 세상에 용납되지 않는다."라고 했습니다. 저도 전에 이렇게 말한 적이 있습니다.

"미약한 종족의 후예와 말세의 학자 또한 각기 바른 명분에 안주할 뿐이다. 만약 존귀한 남의 조상을 사모하여 자기 조상을 바꾸거나 시세를 좇아 성인을 배반한다면, 가난한 학자의 처와 약소국의 신하가 권세를 택하여 따르는 것과 무엇이 다른가? 전자에 대하여 이미 '악이 커서 용납되지 않는다.'고 했는데, 후자가 특별히 면할 이치가 있겠는가? 그러니 오늘날의 학자는 머리를 잘릴지언정 저들의 무례함에 결코 복종해서는 안 되고, 몸이 도륙당할지언정 우리 성인의 가르침을 결코 배반해서는 안 되는 것이 명백하다."

이것이 근자에 제게 든 생각인데, 다만 평소 존양의 공이 없어서 난을 당하면 생각대로 되지 않을 염려가 없지 않습니다. → 414쪽

---

14) 조선인이면서 일제의 앞잡이 노릇을 하는 사람을 가리키는 것으로 보임.

변하는 세상에서 어떻게 살아야 합니까? > 노백 선생 전상서_1919년 4월 일

천도天道가 강건하게 나아가는 이때 선생의 안부가 도학을 공부하시는 가운데 평안하시며, 아드님과 손자 또한 잘 모시며 건강하리라고 생각합니다.

저[門生]는 스스로 덕을 기르는 공부가 내면을 세우는 데는 소홀한 점이 많고 외면을 다듬는 데는 엄격함이 없으며, 일상생활의 말과 행동도 수많은 허물로 본연의 온전한 모습이 하나도 없다고 할 수 있습니다. 또 세상사가 이 지경에 이르고 시대의 풍조가 점점 달라져, 구차하게 맞추기 어려운 곳이 많습니다. 이 몸이 용납될 곳이 필시 없을 것 같습니다. 이렇게 병든 자질로 이렇게 시대에 용납되지 않으니, 그 처세술을 장차 어떻게 해야 하는지요? 한번 가르침을 내려 혼미한 곳에 빠지지 않게 해주시면, 어찌 미천한 분수에 천만다행이 아니겠습니까?

인편이 서서 재촉해서 하고 싶은 말을 다 쓰지 못합니다. 도체道體[15)]가 철따라 건강하시기를 기원하며, 이만 줄이고 편지를 올립니다. → 415쪽

민성民性의 순화는 도道가 높은 학자의 임무 > 노백 선생께 올림_1919년 7월

내리신 편지를 받아 도체道體가 평안하시다는 것을 대략 알았습니다. 축하드립니다. 저[門生]는 늘 학생들과 함께 지내며, 별로 놀랄 만한 일이 없어서 다행입니다. 영포令抱[선생의 손자] 또한 건강하게 잘 있으나, 일과

15) 도학을 공부하는 사람의 안부.

가 늘 많아서 하루걸러 아이들과 얼굴을 익힐 뿐입니다. 영포의 식사는 제 족인族人 철수喆洙 집으로 옮겼는데, 그 집에서 아주 잘해줍니다. 금년 백성의 식량사정은 '맨땅[赤地]'이라고 할 수 있어 지극히 황공합니다. 민성民性[백성의 성질]의 막다름[16]이 여기에 그칠 뿐만이 아닐지도 모르겠습니다. 그 근심과 두려움이 더욱 어떠하겠습니까? 백성의 밥은 하늘에 달려 있는 것이니, 사람이 어떻게 할 수 없습니다. 하늘의 처분만을 기다릴 뿐입니다. 민성을 도道가 있는 사람이 책임지지 않으면 안 되는데, 제가 볼 때 이 고장에 선생이 아니면 누가 있겠습니까? 제가 이것을 우러러 바랄 뿐만 아니라, 선생 또한 자임하고 사양하지 마시기 바랍니다. 인편이 바빠 이만 줄이고 편지를 올립니다. → 415쪽

강학講學을 그만두고 돌아와서 > 박계朴悈에게 줌_1919년 10월 6일

어제 돌아가실 때 저물어서 힘들었을 것 같습니다. 하룻밤 떨어져서 지내는 동안 형제분 모두 행복하시고, 집안 모두 평안하신지요? 궁금해 마지않습니다. 저는 버티며 지키다가 오늘 아침에 미련 없이 짐을 꾸려 집에 돌아왔습니다. '여러 해 매여 있던 고삐에서 풀려났다.'고 할 수 있습니다. 일찍이 이렇게 하고 싶었으나, 주객의 정리가 여러 해 마음에 쌓여 그럴 수 없었습니다. 인심이 본래 그러하다는 것을 비로소 깨달았습니다. 이제부터 낮에는 나가서 도끼를 잡고 밤에는 돌아와 등잔불을 가까이하며 저 자신의 뜻을 이룰 계획입니다. 여기서 강의하며 익숙해진 지 5, 6년

16) 흉년이 들어 배가 고프면 백성의 성질이 폭력으로 나타날 수 있음을 우려하는 것.

이 되어 동반자가 무려 수십 명에 이르지만 동지는 한 사람도 없습니다. 아! 이것은 제가 사람을 감화하는 능력이 부족하기 때문입니까? 시대의 형세가 그렇게 만들어서 어쩔 수 없이 그렇게 된 것입니까? 스스로 서글프고 한스러울 뿐입니다. 지금 천하를 볼 때, 외로움과 고달픔이 우리보다 심한 무리가 없습니다. 게다가 또 세상과 서로 이처럼 어긋나니, 결말에는 장차 어떻게 될지 모르겠습니다. 그러나 만약 생사나 고달픔 때문에 평생의 뜻이 흔들린다면, 어찌 학문을 한다고 할 수 있겠습니까. 이로써 스스로 격려할 뿐입니다. → 415쪽

노백 선생의 제의를 받고 > 노백 선생께 답함_1920년 1월 24일

다음 편지 네 통은 사교재와 노백이 주고받은 것들인데, 노백의 편지는 이해를 돕기 위하여 삽입했다. 새로운 제도와 문물이 점점 확산되던 전환기에 유학의 맥을 잇기 위하여 노심초사하는 스승과 제자의 절박한 심정을 읽을 수 있다.

이생李生을 보내어 맡기시고 아울러 편지를 내리시니, 사랑을 표하시는 것이 어찌 이렇게 지극하십니까? 감사함과 죄송함이 모두 지극하여 마음을 가눌 수 없습니다. 일간 선생의 도체道體가 신의 가호로 평안하신 것을 아니, 축하드리는 마음이 한이 없습니다. 문생門生[17]은 여전히 잘 지내고 있습니다.

다만, 학반學伴[18]이 갈수록 더욱 뜻이 나태해져 여기 온 지 5, 6년이 되

17) 선생에 대하여 제자인 필자가 자신을 가리키는 말.

18) 자기에게 배우는 학생들을 가리키는 말.

었지만, 더불어 공부할 수 있는 사람이 하나도 없습니다. 이 때문에 사람을 움직이는 정성이 부족했다는 것이 더욱 부끄럽습니다. 또 저 자신으로 인하여 사람을 망치게 했다는 책망을 면하기 어렵습니다. 그래서 다시는 자기 밭을 버리고 남의 밭의 김을 매지 않겠다고 생각했습니다.

'이제부터 가족을 데리고 섬에 들어가 감자를 심고 채소를 갈아먹으며, 달을 보고 바람을 맞아 독서하며 시대가 맑아지기를 기다리자. 만약 용납하기 어려운 일을 당하면, 차라리 바다에 투신하여 굴원屈原이나 육기陸機[19]를 따르는 것이 마음이 후련할 것이다.'

이렇게 계획을 세웠던 것입니다.

그런데 뜻밖에 또 이렇게 감당하기 어려운 명령을 받으니, 어떻게 처신해야 좋을지 모르겠습니다. 밤새 깊이 생각한 끝에, 쓸쓸한 절해고도에서 고루하게 지냄으로써 군센 절조를 숭상하는 것보다는 '사우를 따라 견식을 넓힘으로써 대도를 택하는 것이 어떨까?'라고 생각했습니다. 이렇게 생각을 바꾸어 먼저 했던 계획을 늦추었습니다. 그러나 저쪽에 가서는 또 모르겠습니다. 어떻게 임무를 감당해야 좌우 간사幹事들의 마음을 욕되게 하지 않을 수 있는지요? 마음에 걱정이 되어 저도 모르게 입맛이 떨어졌습니다. 나머지 사연은 형렬亨烈이 자세히 말씀드릴 것입니다. 이만 줄이고 편지를 올립니다. → 416쪽

19) 굴원은 전국시기 초나라의 관리이자 문인이었고 육기는 진晉나라의 관리이자 문인이었는데, 두 사람 다 무함을 당하여 억울하게 죽었다.

스승 노백이 제자 사교재를 선생으로 초빙하는 편지

강학에 실망한 나머지 집에 돌아가 있는 사교재에게 다시 강학을 하라고 격려하는 스승 노백의 편지. 사교재의 글이 아니지만 참고할 만하기에 여기에 싣는다.

요즘 어떻게 지냅니까? 나는 말할 만한 일이 별로 없습니다. 군을 권유하여 모셔오는 일에 대하여 지난번 여러 마을 사람들이 의논한 결과, 모두 입을 모아 찬성하고 단단히 약속했습니다. 궐당동자闕黨童子[20] 같은 아이가 많다고 꺼리지 말기 바랍니다. 도금淘金[21]하는 사람이 어찌 모래가 섞인 것을 싫어하지 않았겠는가만, 모래가 아니고는 금을 골라낼 수 없기 때문입니다. 옥을 채취하는 사람이 어찌 못생긴 돌을 좋아했겠는가만, 돌이 아니고는 옥을 다듬어낼 길이 없기 때문입니다. 공자의 삼천 학도가 어찌 다 도에 입문하였겠습니까. 그러므로 '공자의 문하에 누군들 받아들이지 않았겠는가?'라 하고, '증曾씨의 전함이 오직 그 종통宗統을 얻었다.'[22]고 했습니다. 또 매를 길들이는 사람이 매가 멀리 나는 것을 꺼리지 않은 것은 아니지만, 날지 않으면 내 주먹에서 쉬게 할 수 없습니다. 그러므로 "나는 새도 훈련시키기에 달렸다."고 합니다. 말을 기르는 사람이 만이 제 멋대로 달리는 것을 싫어하지 않는 것은 아니지만, 달리지 않으면

20) 공자의 고향 궐리闕里 출신으로, 학업에 진전이 없이 성공만을 바라는 사람. 『논어』「헌문」의 다음 대목에서 온 말이다. "궐당동자가 공자와 손님 사이에 말을 전하는 일을 맡았다. 그에 대하여 어떤 사람이 '학문에 진전이 있는 사람입니까?'라고 묻자, 공자가 대답했다. '나는 그가 상석에 앉는 것을 보았고, 선생과 나란히 걸어가는 것을 보았습니다. 그는 학문의 진전을 구하는 자가 아니라, 빨리 성공하려는 사람입니다.'"

21) 모래를 일어서 금을 골라내는 일.

22) 『논어』「선진」에 공자가 "증삼曾參은 노둔하다."고 했으나, 주자가 『대학장구』 서문에서 "증曾씨의 전함이 홀로 그 종통을 얻었다."고 한 것을 말한다.

천 리 밖에 도달할 수 없습니다. 그러므로 "모든 타는 말은 길들이는 데 달렸다."고 합니다. 이 고장에 문운文運이 있어 규성奎星 자리에 오성五星이 모이는 상서로움[23]이 나타나지 않는다고 어찌 말할 수 있겠습니까. 자신을 성취하고 남을 성취시키는 것[24]은 작은 일이 아닙니다. 사소한 일에 구애되지 말고 흔쾌히 옴으로써 간절한 소망에 굽어 부응하기 바랍니다. 나머지 사연은 만날 때로 미루고 이만 줄입니다.

1920년 1월 23일 명희命喜 올림 →416쪽

섬에 들어가지 않고 다시 강학講學으로 > 노백 선생의 편지에 답함_1920년 1월 28일

제 문제 때문에 누누이 자세하게 명령하시니, 제 마음이 황송합니다. 요즘 선생께서 도학을 지키면서 행복하시고 댁내 두루 평안한 것을 편지 보고 아니, 기쁨을 감당할 수 없습니다.

저는 일이 이 상황에 이르러 형편상 하는 수 없이 섬에 들어가는 계획을 중지했습니다. 그러므로 24일 배를 빌려 섬에 들어가 경영하려던 일들을 모두 해약했습니다. 그러나 바람과 일기가 불순하여 이제야 겨우 집에 돌아오니, 가賈 사문斯文[25]이 이미 여러 날 기다리고 있어서 몹시 송구하고 민망스러웠습니다. 제 가족은 그대로 남겨두라고 명령하셨는데, 바

23) 금목수화토金木水火土 다섯 별이 문장을 주관하는 규성의 자리에 한꺼번에 나타나는 상서로움. 여기서는 학문의 꽃이 활짝 피는 것을 상징하는 의미다.

24) 다음 구절에서 온 말이다. "성실함이란, 자신을 성취할 뿐만 아니라 나아가 남을 성취시킨다. 자신을 성취하는 것은 인仁이고 남을 성취시키는 것은 지智다. 양자는 성性의 덕德이다."—『중용장구』 25장.

25) 성이 가씨인 유학자를 가리키는 말.

로 제 심중의 뜻과 같습니다. 다만, 형제가 없어서 제 처자를 맡길 데가 없습니다. 게다가 새벽에 가묘家廟에 배알하는 것과 삭망제朔望祭[26] 등도 형편상 준비하기 어려워 모두 빠뜨릴 수밖에 없습니다. 이것이 어찌 사람의 아들로서 차마 할 수 있는 일이겠습니까? 이 몸이 죄를 벗어나기 어렵다는 것을 스스로 압니다.

그러나 그쪽의 일도 이미 "한목소리로 단단히 약속하여 유자儒者의 계획에 뜻이 있다."고 하시니, 이 또한 지금 세상에 보기 드문 것으로 진실로 한번 해볼 만한 일입니다. 또 선생께서 이렇게 자세히 지도하시니, 어찌 세상을 걱정하는 선생의 고심을 무시하고 명령에 부응하지 않을 수 있겠습니까? 게다가 제가 어른 가까이 가면 제 학문이 진보할 가망이 있는데, 지금이 그 기회가 아니겠습니까? 다음 달 3일 흔쾌히 짐을 꾸릴 계획입니다. 제가 그쪽에 도착한 후 생활하는 문제는 전적으로 선생을 믿습니다. 그렇지 않으면, 제가 무슨 가진 것이 있어서 함부로 이런 결정을 하겠습니까? 책자를 운반해 가는 것은 급하지 않은 것 같으나, 만약 사람을 보내신다면 장정 세 사람이면 될 것 같습니다. 마침 인편이 바쁘다고 재촉해 하고 싶은 말을 다 못하니, 나머지 사연은 헤아리시기 바랍니다. → 416쪽

노백, '적극적으로 대처하지 않으면 안 되는 시대 상황'

속된 무리의 눈은 길가에 있는 나무인형 같아서 크게 떠도 보는 것이 없고, 눈꺼풀 안에 이렇다 할 만한 눈동자도 없습니다. 그러나 도안道眼[27]

---

26) 삼년상 기간 중 매월 초하루와 보름에 올리는 제사.

27) 수행하여 득도한 사람의 안목.

은 가없어 천지만물이 시야에 가득 들어오지 않는 것이 없습니다. 그 넓음과 좁음이 어찌 이리 차이가 나는지요? 그러므로 속된 무리와는 더불어 일을 도모할 수 없습니다. 먼저 수양한 사람이 "생사의 갈림길에 이르러도 변함이 없으니, 그 나머지 영예와 치욕에 대해서도 알 수가 있네."[28] 라고 읊은 것이 그것입니다.

섬으로 들어가는 것이 고상한 일이긴 합니다만, 시대상황과 인정이 옛날에 유리流移하여 어려움을 피하고 삶을 꾀하던 때와는 변화가 많았습니다. 생각이 세세하게 두루 미치지 않으면 안 됩니다. 내가 어찌 스스로 알지 못하면서 망령되이 의견을 말하겠습니까. 나머지 사연은 만날 때로 미루고 이만 줄입니다.

1920년 2월 1일 명희命喜가 답함.

책을 운반하는 것이 급한 일이 아니라고 하니, 삼사 일 후 사람을 보낼 계획입니다. 장정 세 명이 질 수 있을 만큼 단단히 묶어서 친한 사람에게 부탁하여, 그로 하여금 사람이 가면 지워 보내라고 하기 바랍니다. → 417쪽

친구는 섬으로 들어가고 > 전완全浣에게 답함_1920년 3월 25일

어제 옛 거처에 도착하니 서당의 학생이 편지를 전해주었습니다. 그 편지를 급히 보니 섬으로 들어간 나의 친구가 남긴 것이었습니다. 여러 번 소리 내어 읽다보니 그중 한두 구절이 감회가 없을 수 없었습니다. 처음에는 동산에 올라가 바다를 바라보며 심사를 조금 풀 생각이었으나, 갑

28) 송나라 소옹邵雍의 시 「수미음首尾吟」 중 두 구절.

자기 마치 친구의 음성과 모습이 그대로 앞에 있는 것 같아 발길 따라 가다보니 나도 모르게 바닷가 언덕에 닿았습니다. 앞으로 더 나아가려 해도 바다라서 갈 수 없고, 외딴섬을 바라보려 해도 구름 속에 숨어 볼 수 없습니다. 그리운 사람을 만날 수 없어 실망하여 방황하다가 소를 몰고 가는 동자에게 물어보니, '모 선생이 바다로 들어간 것이 이미 여러 날 되었다.'고 했습니다. 바람을 맞으며 우리 선생의 시 「주자초舟子招」를 한 번 천천히 읊고 서글픈 마음으로 발길을 돌려 국당菊堂의 산문山門을 두드리니, 적막할 뿐 인적이 없었습니다. 느릿느릿 송곡松谷의 산재山齋로 돌아와 한참 우두커니 서 있다가 제 친족 희순希舜의 집에 내려와 붓을 잡아 이 편지를 씁니다. 어느새 날이 반나절이나 지나, 수궤재守軌齋의 제생과 약속한 기일이 또 하루 늦었습니다. 사람들은 혹 나를 미쳤다고 하지만, 오직 나의 현명한 친구는 이 마음을 환하게 알 것입니다. 이만 줄입니다. → 417쪽

강상鋼常을 부지하는 선생, 간재艮齋 > 간재艮齋 선생께 올림_1920년 7월 9일

사교재는 계화도의 간재 전우와 사제관계를 맺고 방문하거나 문안편지를 올렸는데, 이 편지가 그중 하나다. 일제가 조선을 강점한 후 간재는 지금 전북 부안군 계화면인 계화도界火島에 들어가 섬 이름을 '계화도繼華島'로 바꾸고 정착했다. '繼華島'는 망한 중화中華를 잇는다는 뜻이다.

작별을 고하고 물러난 후 소식과 문안을 모두 올리지 못한 채 어느새

2년이 되었습니다. 이러고도 '한 가지 일에 성의를 다한다.'고 할 수 있겠습니까? 지극한 황송함에 마음을 놓을 수가 없습니다. 다만, 다른 형제는 타향에서 떠돌고 제 다섯 식구는 옮겨 섭사攝舍[29]에 기거합니다. 옷과 양식은 남의 폐를 끼치기 때문에, 나무하고 짚신 삼고 설경舌耕[30]에 이르기까지 제 한 몸으로 겸하지 않는 것이 없습니다. 주변의 일도 처리하기 어려울 뿐 아니라, 저 자신도 틈을 낼 겨를이 없습니다. 또 사우士友들과 서로 꽤 멀리 떨어져 있고 인편도 늘 공교롭게 어긋났기 때문에 이렇게 되었습니다.

천지가 비否[31]에 들어갔는데, 선생의 안부가 강상을 부지할 수 있도록 신의 가호와 사람의 도움으로 평안하시며, 댁내의 노소와 문하의 여러 학자 또한 모두 고루 행복하리라 생각합니다.

소자小子[제자]는 봄 이후로 석전서재石田書齋에 머물고 있으나 사람은 많고 능력은 약하여 임무를 감당할 수 없습니다. 단지 화華와 이夷를 나누어 스스로 지킬 뿐입니다. 그러나 이하夷夏라는 것을 어떻게 구별해야 하는지 모르니, 이른바 지킨다는 것도 이도夷道가 아니라고 어떻게 알 수 있겠습니까? 오직 가족을 데리고 문하에 가고 싶으나, 반천 리 길에다 또 4대의 신주까지 모셔야 하는지라 적수공권에 공연히 마음만 괴로울 뿐입니다.

단, 제 자식이 큰놈은 금년에 15세고 작은놈은 12세이니, 내년이나 후년에는 결혼을 시킨 후 뜻을 이룰 계획입니다. 그러나 인사의 변천이 날

---

29) 서당에 딸린 집인 것으로 보인다.

30) 강학으로 생계를 삼는 것을 말한다. 한나라의 가규賈逵가 경문을 외어 사람들을 가르치자, 그들이 보내준 곡식이 창고에 가득 쌓였다. 누가 말했다. "가규는 힘으로 경작하는 것이 아니라, 혀로 경을 외어 곡식을 얻는다." 이것이 세상에서 이른바 '설경舌耕'이다. 왕자년王子年의 『습유기拾遺記』에 나오는 이야기다.

31) 『주역』의 괘 이름. 하늘과 땅이 서로 막혀 통하지 않는 상황을 말한다.

로 다르고 달로 변하니, 단지 조물주의 처분이 어떠한지를 기다릴 뿐입니다. 금년 말에는 가서 모시고 새해를 맞을 계획입니다. 선생의 안부가 철따라 평안하시기를 바라며, 나머지 사연은 이만 줄이고 편지를 올립니다. → 417쪽

최모 문제[32] > 이형렬李亨烈에게 답함_1922년 5월

사교재가 최모 문제를 심각하게 생각하여 긴 편지로 썼다. 최모는 노백老柏의 제자였다. 여기서 사교재는 최모가 스승을 배반했다고 비판하지만, 갈등의 근본적인 이유는 최모가 조상을 날조하여 족보를 만들려고 하는 것을 노백과 사교재가 반대한 데 있었다. 사교재는 이것을 최모 개인의 문제가 아닌 사회적 문제로 인식했다. 최모가 조상을 날조하여 족보를 만듦으로써 신분을 세탁하는 것은 타고난 분수를 어기는 것이고 양반사회에 대한 도전이라고 생각했던 것이다. 사회적 신분이 해체되는 과정에서 심화되는 갈등을 엿볼 수 있다.

근일 제가 최씨한테 당한 것은 필시 그 마음에 품은 원인이 있을 터입니다. 내 허물을 곰곰이 점쳐보지만 무엇 때문인지 정말 모르겠습니다. 그렇지 않으면 어찌 갖은 말로 욕을 하고 사람을 만날 때마다 시끄럽게 떠들며, 또 종족들을 크게 모아 밟아 죽이려고까지 하겠습니까? 겉으로는 선계先系[선조의 계보] 문제 때문이라고 하지만 그렇지 않은 것 같습니다. 제가 질문에 따라 응답한 말은 있습니다만, 그 전말을 자세히 생각해도

---

32) 최모는 황곡璜谷 최중범崔仲範을 가리키는 것으로 보임.

무엇 때문에 허물이 잡혔는지 끝내 알지 못하겠습니다.(상세한 내용은 별록別錄에 있음.) 제가 전에 그가 사당을 헌 것이 잘못이라고 말한 적이 있는데, 혹 그것이 망언의 허물이 되었을까요? 이것 또한 그렇지 않습니다. 최씨가 이미 사우士友에게 이야기한 것이 있어, 사우가 와서 전하기에 제가 운운한 적은 있습니다.(상세한 내용은 별록에 있음.) 일찍이 들으니, 제 마음에 반상班常[양반과 상놈]의 차별이 있어서 학생들로 하여금 절을 하게 하지 않는 것이 최씨에게는 크게 불만이라고 했다고 합니다. 이 일로 인한 그의 비난에 대하여 저는 변명하지 않습니다. 그러나 그 이유를 따져보면, 그가 제 처지였다고 해도 상황과 자리가 그렇게 되지 않을 수 없었을 것입니다. 어찌 그것이 마음에 적개심을 품는 원인이 될 수 있겠습니까? (상세한 내용은 별록에 있음.) 제가 또 그가 모 인사를 스승으로 모신 것이 옳지 않다고 말한 적이 있습니다. 혹 그것이 그의 마음을 거스른 허물이 되었습니까? 이 문제는 사우들이 함께 그렇게 말한 것인데, 어찌 유독 제게만 그러겠습니까?(상세한 내용은 별록에 있음.) 그러나 최씨가 이미 사람들에게 "선생에 대하여 원래부터 마음으로 복종한 것이 아니다. 궤연几筵에서 일을 본 것이 아니라 부득이 한번 가본 것이다."라고 했으니(상세한 내용은 별록에 있음.) 그가 평소 충심으로 종사한 것이 아니고 또 그 선생이 죽고 나서 마음으로 관계를 끊은 것을 자기 입으로 분명히 말했습니다. 사우師友 운운한 것이 무슨 괘념할 만한 것이겠습니까. 그런데 이런 행동을 합니다. 몹시 의심스럽습니다. 최씨가 또 동문 한 사람을 불러서 형제가 함께 큰 소리로 위협하기를(스승에 대하여 이미 충심으로 복종하여 섬기지 못하고, 붕우에 대하여 또 충심으로 복종하여 대할 수 없음) "네가 만약 모(제 이름)놈과 상종하면 반드시 큰 손해가 있을 것이다."라고 했습니다.(이해로써 협박하여 강제로 사우를 갈라놓는 것, 이것이 무슨 마음입니까. 정말 두렵습니다.) 이로써 미루어보면, 최씨가 전부터 쌓인 나쁜 습관을 끝내 다 버리지 못하여 그 거친 기질이 갑자기 거리낌 없이 드러난 것입니까?(최씨가 전에 선생에 대하여 미워하고 비방한 일이 있으며, "한미한 가문에서 출세했다."는 말까지 했습니다. 그래서 선생의 아들이 편지로 절교를 선언하자, 최씨가 와서 사죄하고 용서를 받았습니다. 이런 나쁜 습성이 어찌 어리석음이 빚은 것이 아니겠습니까? 그래서 선생께서 평소 단지 불쌍하게 여기고 평가하지 않으셨습니다.) 아니면 제가 혹 사우 가운데 우뚝 서서 엄중하게 정색을 하는 것이 편치 않으니까 강제로 제압하려는 술수입니까?(최씨가 일찍이 사람들에게 "내가 계화도繼華島의 사우[33]를 보니 나보다 뛰어난 자가 없다."고 했으니, 우리 고장의 사우를 마음속으로 얕본 지 이미 오래되었습니다. 또 자신의 후계를 맡길 사람이 없는 것을 여러 번 사람들에게 말했습니다. 또 '아무개 사문斯文'이라고 부르는 것을 몹시 싫어하여, 젊은 사람은 '아무개'라고만 부르고 선생과 장자長者는 '아무개 당호堂號'(어른이라는 뜻)로 부르며 사람들을 상대했습니다. 그래서 제가 일찍이 그가 자기 역량을 전혀 모르는 것을 딱하게 생각했습니다.) 마음이 송구하여 가만히 있을 수 없습니다.(공언하기를 "아무 날 종족을 모아 아무 날 서재에 가서 반드시 이놈의 다리 하나를 분지르겠다." 운운했습니다. 사우들도 그것이 두려워 혹 몰래 달아나고 혹 피신하라고 권합니다. 지금의 상황이 어찌 두렵지 않겠습니까?) 그러므로 그동안의 경과를 말씀드리니, 처리하는 방법을 혹 명쾌히 가르쳐주시겠습니까? 만나서 말씀해주시기를 삼가 기다리며 이만 줄입니다.

---

33) 간재 전우의 문하생.

하루는(2월 20일경) 최씨가 석전石田에게 와서 말했다.

"선생께서 평소 우리 가문의 선계에 의문스러운 점이 있다고 말씀하시는데, 저는 끝내 그것이 의문스러운지 모르겠습니다."

최흠崔欽이 말했다.(당시 두 사람 뿐이었음.)

"사우 중 오직 김모(저를 가리킴.)가 이런 일을 고찰할 수 있으니, 옛 족보를 그에게 보여주시지요."

최씨가 그렇게 하겠다고 했다.

그 후 최씨가 족보 일로 전주에 가는 길에(3월 16일) 서사書社로 나를 방문하여, 자기 가문의 선계 문제를 꺼냈다.

내가 말했다.

"나도 석전 선생께 들었습니다. 다만, 자기 가문의 일을 자기가 상세히 알지 타인이 어떻게 고찰하겠습니까?"

그가 말했다.

"제11세조께서 처음 여기(태안) 들어오신 지 수백 년이 되었으나 족보에 들어간 일이 없습니다. 단 갑술보甲戌譜에 한 종인宗人이 전주의 만육당晩六堂[34]파로 처음 들어갔습니다. 만육당은 아무개(최씨의 이름)에게 17세조입니다. 11세조 이하 4대는 근거할 만한 명휘名諱[이름]나 생졸년이 없으나, 묘소로 계산하면 또 남는 것이 있습니다."

내가 말했다.

"묘소가 남는 것이 있으면, 그 근거가 없는 것이 4대뿐만이 아닙니다. 이곳에 들어온 입향조入鄕祖가 어찌 정확히 11세조인지, 만육당이 17세조

34) 최양崔瀁. 본관은 전주, 고려 우왕 2년(1376) 문과에 동진사同進士로 급제.

인지 어떻게 정확히 알 수 있습니까? 석전 선생이 의심스러워하는 것이 실로 이것 때문입니다."

그가 말했다.

"그러면 족보 편찬은 어떻게 합니까?"

내가 말했다.

"이미 전주를 본관으로 삼았으면, 그 본관의 시조를 비조鼻祖로 삼고 입향조를 중조中祖로 삼습니다. 그 사이에 믿기 어려운 곳은 의심스러운 기록이라고 표시하고 명백하고 의심이 없는 곳부터 세수世數를 상세히 기록하는 것이, 의심스러운 것은 의심스러운 대로 전하고 믿을 만한 것은 믿을 만한 것대로 전하는 방법입니다."

이어서 내가 또 말했다.

"대저 족보 일은 공평함이 어렵고 정확함은 더욱 어렵습니다. 크게 실성한 사람이 아니면, 누가 기꺼이 이름을 위조하고 조상을 바꿈으로써 조상을 반란하고 해치는 죄를 범하는 자손이 되겠습니까? 단, 그 의심과 믿음 사이는 의심할 여지가 없도록 해야 합니다. 그 사이에 사사로운 마음이 없다고 하더라도, 혹 알게 모르게 실수가 없다고 어찌 장담하겠습니까."

그가 다 듣고 나서 말했다.

"내가 오늘 비로소 갑자기 크게 깨달아 좌우의 충고가 이렇게 중요한 말인 줄 알겠습니다."

그러고는 한마디 말없이 즉시 전주 보소譜所[족보 편찬소]로 떠났다.

그때 최흠崔欽이 좌석에 있다가 말했다.

"이 사람은 면전에서만 따를 뿐 선계를 바로잡기가 반드시 어려울 것이다. 만약 진실로 깨달았다면, 어찌하여 본가에 돌아가 족보의 초고를 수정하지 않고 곧바로 보소로 달려가겠는가?"

내가 웃으며 말했다.

"보소에 가서 조사하여 바로잡으면 어찌 더욱 상세하지 않겠는가? 선생은 저 사람이 사기 칠 것이라고 미리 판단하지 말라."

당시 서사書社에 모였던 사람 십수 명이 모두 명쾌하다고 생각해서 제 말이 자연히 전파되었습니다. 원근의 사람들이 모두 알고, '아무개가 선계를 바로잡았다.'고 운운했습니다.(이로써 보면, 석전 선생만 최씨의 선계가 의심스럽다고 생각한 것이 아니라, 향중鄕中에서도 모두 의심했다는 것을 알 수 있습니다.) 그리하여 제가 모씨의 선계를 바로잡은 사람이 되었습니다. 최씨가 보소에서 돌아와(그는 돌아오는 길에 석전과 서사에 들르지 않고 바로 본가로 갔습니다. 그래서 그때 저와 박계朴械가 노老 선생[전우田愚]의 안부를 묻기 위하여 그의 집에 갔습니다.) 새로 베낀 가승家乘[가문의 족보]을 제게 보여주었습니다. 제가 보니, 비조 이하 20여 대의 이름과 생졸년이 하나하나 의심스러운 것이 없었습니다. 그리고 그가 전에 꾸짖어 내쫓았던 학인學人 수십 명과 더불어 억지로 서로 절을 하니, 그의 마음이 과연 편하며 학인들 또한 순순히 복종하여 딴 말이 없었겠습니까? 익숙한 예의가 아니고 변화된 도라고 하더라도, 그 상황과 자리를 살펴 행하면 어찌 큰 도에 해가 되겠습니까? 그러므로 제가 그의 말을 듣고 스스로 다음과 같이 한탄했습니다.

"덕이 높은 것을 좋아하는 자가 비루한 자에 대하여 설령 조금 나이가 많더라도 그동안 절을 바치지 않았다고 해서 무슨 나쁠 것이 있겠는가. 벌열가閥閱家의 자제에 대하여 그렇게 했더라도 용납할 수 있다. 덕이 볼품이 없는 사람에 대하여, 어제 자기보다 높은 반열에 있었다고 누가 기꺼이 갑자기 절을 하겠는가? 시골의 자제도 자기를 굽히는 것을 보지 못했다. 이러한 것이 자신의 위기지학爲己之學[35]에 무슨 손해가 되겠는가? 스스로 반성할 뿐이다. 내가 덕이 충실하지 않아 어제 사람 축에 끼지 못했는데, 지금 어찌 남을 무릎 아래 절하게 하는 것이 쉽겠는가?"

그러나 이 때문에 제게 이를 갈고 창피하다는 말까지 했습니다.(최씨가 사람들에게 "내가 김모의 학당에 갔더니, 그 학인들로 하여금 나와 맞절을 하게 했다. 내가 실로 창피한 마음이 들었다." 운운) 실로 성실한 사람의 마음이 아닙니다.

난조蘭趙(석우石隅)가 당초에 석전石田 선생과 사이가 좋았으나, 세변世變[36] 이후 뜻이 같지 않아 서로 사이가 멀어졌습니다. 그 후 난조가 유자儒者를 힘써 비방하고 이학夷學[서양학문]을 극구 찬양했습니다.(신식학교 낙성식에 시를 지어 "공자의 학문은 옛 제도와 법령[孔聖門墻舊典章]이라고 했습니다.) 그 자손으로 하여금 옛 복식을 버리고 신식학교에 입학하게 했습니다. 그가 군에 왔을 때, 당시 군수가 선생을 좋아하여 앞에서 아양을 떨었습니다. 후에 날조한 거짓말과 헐뜯고 비방하는 말이 그자의 입에서 많이 나왔습니다. 그래서 석전 문하의 사람들은 모두 그자와 관계를 끊었습니다. 그런데 최씨가 그자를 존대하는 예가 더욱 돈독하고 친밀해졌습니다. 늘 석전의 집을 지나서 그자를 먼저 방문했고(석전의 집은 1리 거리, 석우의 집은 1사[37]가 넘었음.) 돌아가는 길에도 석전의 집에 혹 들르지 않았으며, 바로 가면 석전의

35) 자신의 내면을 수양하는 학문.

36) 세상의 변화. 여기서는 유교가 밀려나고 기독교와 서양문명이 자리 잡는 것을 말한다.

37) 1리는 약 400미터, 1사는 약 30리.

문 앞을 지나기 때문에 산 뒤로 둘러갈 때가 많았습니다. 석전 선생이 그자가 날조한 거짓말 때문에 몹시 욕을 먹었을 때, 최씨는 선생과 완전히 발을 끊었습니다. 최모(석전) 선생께 수학했느냐고 혹 누가 물으면, 재삼 변명하며 말하기를 "나는 그와 사제의 의리가 전혀 없고, 단지 교유한 관계일 뿐이다." 운운했습니다. 또 선생의 흔적을 글로 써서 사람을 만나면 논박했습니다. 또 "노백老柏(선생의 호)은 본래 한미한 사람인데, 모모 인사를 좇아다니는 것을 자신을 드러낼 계책으로 삼았다."라고 했습니다. 최씨가 또 사람들에게 "나는 석전의 궤연几筵에 소상小祥이 되면 부득이 한 번 가볼 생각이다."라고 했습니다. 말이 이 지경에 이르면 따질 것도 없습니다. 1리밖에 안 되는 거리인데 장례 때와 장례 후에 나타나지 않았고, 연말과 정초에도 궤연에 절하지 않았습니다. 단지 그가 방문한 곳은 선생과 절교한 난조蘭趙와 윤모尹某입니다. 그가 지금 또 이렇게 운운하니, 어찌 사람으로서 눈을 부릅뜨지 않겠습니까? 그가 말했듯이 '마음으로 복종한 것이 아니었을 때' 평소 거짓으로 꾸몄던 실상을 이미 가릴 수 없고, 그가 '궤연' 운운할 때도 마음으로는 스스로 사문師門[스승의 문하]과 절교하지 못하고 또 구실口實[핑계거리]을 드러냈습니다.

사우를 위협하여 강제로 저와 절교하게 하고(최씨 형제가 제 동지 한 사람을 위협하며 공갈하기를, "네가 만약 모놈과 상종하면 반드시 큰 손해를 볼 것이다." 운운했습니다.) 사문에 대하여 이미 그렇게 했으니, 동지에게도 순서상 그렇게 한 것일 뿐 이상할 것이 없습니다. 그리고 그가 조상을 무함하고 사당을 헌 짓 또한 인륜과 강상으로 볼 때 어찌 큰 사건이 아니겠습니까? 한때 동문이자 동지였던 사람으로서 그에 대하여 처신하는 방법이 어떠해야 좋은지요? 가만히 생각하니, 묵묵히 헤아리신 바가 있을 것 같습니다. 뭇 사람이 판단하지 못하는 것을 치우치지 않고 바른 의리로 간파해주시지 않겠습니까? 삼가 가르침을 기다립니다. 이만 줄이고 편지를 올립니다. →418쪽

석전강사石田講舍에서 최모에게 절교를 알리는 글_1922년 윤5월 9일

이 글은 사람의 도를 어긴 최모를 석전강사에서 축출한다는 사실을 공포하는 글이다. 내용이 위 글과 바로 이어지기 때문에 편지가 아니지만 여기에 넣는다.

사람은 도가 아니면 사람이 될 수 없고, 도는 사람이 아니면 전할 수 없다. 이 도가 전수될 때가 중화와 양이, 사람과 짐승의 갈림길이다. 사람을 낳고 기르는 공도 도의 도움으로 이루어진다. 그러므로 진실로 도를 가르쳐준 스승이라면 그 은혜의 무거움이 군부君父[임금과 아버지]와 나란하다. 스승을 섬기는 도 또한 군부와 똑같이 있는 힘을 다하고 목숨을 버릴 정도가 되어야 한다. 사람이 혹 여기에 그 도를 다하겠다는 마음을 먹지 않는 것은 하나같이 섬기는 의리가 아니니, 낳고 기른 은혜에 대해서도 어찌 반드시 위배됨이 없을 수 있겠는가?

아! 좌하座下[38]가 석전石田의 문하에서 어려서부터 지금까지 수십 년간 중화와 이적, 사람과 짐승의 경계를 분별하는 것과 사람이 되는 도를 들은 것이 많을 뿐만이 아니다. 그를 처우하는 의리가 낳고 기른 공과 달라서는 안 된다. 그런데 어찌하여 도리어 불만의 뜻과 불복의 마음을 품고,

---

38) 편지에서 상대방을 높여 칭하는 말.

시종 기세가 교만하고 언행이 방자하여 스승을 업신여기고 이기려는 태도가 있는가? 전에는 싫어하고 비방하는 습관 또한 꺼리지 않았다.(작년 최흠崔欽의 절교를 선언한 편지에 상세하다.) 지금은 등지고 절교하는 말을 입에서 나오는 대로 내뱉는다.("내가 평소 마음으로 복종하여 따르고 모신 것이 아니다." "석전의 궤연에 소상 때나 부득이 한번 가보려 한다.") 또 선생의 아들에 대하여 "네까짓 명색名色이 무엇이냐?"고 욕했다.(선생의 아들에게 '명색'이라고 욕하는데, 평소 선생을 존경하고 사모하는 마음이 있겠는가?) 오호! 이것이 과연 한가지로 섬기는 의리이며, 스승에게 받은 바 도에 어긋남이 없는가? 그 습성으로 볼 때, 조상을 속인 것과(4, 5대 조상들의 이름과 생졸년이 근거가 없다고 스스로 말하고, 결국 날조하여 속였다.) 사당을 헌 것도(어머니 신주를 다른 사람이 훼손해도 사람의 아들로서 불구대천의 원수로 삼는데, 하물며 스스로 그 짓을 행함에랴.) 이상할 것이 없다. 그것이 죄가 되는지도 모른다. 한번 생각해보라. 도의와 윤리로 볼 때 그런 짓이 과연 어떠한가? 우리가 비록 미미한 사람이지만, 스승을 깔보고 도를 배반하는 자와 침묵한 채 한 무리가 될 수 없다. 그러므로 이렇게 고한다. 이제부터 구차하게 합하기 어려우니, 혹 고칠 가망이 있는지에 대해서는 우리가 꾀할 수 있는 바가 아니다. 삼가 고한다. → 420쪽

함경도의 동문에게 보낸 편지 > 허순영許順泳 경천景天에게 답함_1923년 6월 일, 함북 길주 덕산면 밀계리

사교재가 함경북도 길주의 유학자 허순영을 계화도에서 만났다. 간재의 장례식 때였을

것이다. 돌아가서 보낸 허순영의 편지를 받고 사교재가 쓴 답장이다. 19세기와 20세기 초에 함경도가 경제력을 바탕으로 유학이 가장 성했는데, 허순영이 그중의 한 사람이다.

계룡鷄龍에서 한번 이별하고 어느새 이천 리 멀리에서 그리워하다가, 보내신 편지 한 통을 계화도繼華島에 재차 가는 길에 다시 받았습니다. '편지가 만나는 것만 못하다.'고 누가 말하겠습니까. 채침蔡沈[39]의 『서집전書集傳』에 이른바 '만나는 것을 대신할 수 있다.'고 한 것이 실로 후세 사람의 마음을 잘 표현한 말입니다. 보여주신 『계룡기략鷄龍記略』은 창졸간에 지은 것이지만 문체가 저절로 뛰어나 독자의 마음에 존경심이 일게 합니다. 풍경을 서술하는 것으로 시작하여 성리性理를 밝히는 것으로 마무리하여, 사물과 이치를 모두 갖추었다고 할 수 있습니다. 또한 마음속에 품은 생각을 만나는 대상에 따라 펼쳤습니다. '작용이 성이다[作用是性].[40]'고 운운하신 것에 이르면 멀게는 불교, 선학禪學, 왕양명王陽明, 육상산陸象山으로부터 가까이는 심즉리心卽理[41]를 주장하는 여러 학자에 이르기까지, 그렇게 의도하지 않았는데도 이 한마디 말로 모두 비판했습니다. 응대하는 말을 잘하는 사람이 아니면 어찌 이렇게 할 수 있겠습니까? 더욱 공경하고 탄복합니다. "성性은 하는 일이 없고 심心은 하는 일이 있으며, 이理는 만드는 일이 없고 기는 만드는 일이 있다."고 하셨는데, 이런 성취가 어디 있겠습니까. 반드시 언행이 일치하고 지행이 나란히 나아가야 진실로 성리학이라고 할 수 있습니다. 고명高明[42] 같은 분이야말로 "이 덕이 있고 이

39) 남송南宋의 학자로 주희朱熹의 제자. 『서집전書集傳』이 그의 대표적 저술이다.

40) 중국 남종선南宗禪의 홍주종洪州宗에서 내세운 말로, '마음에는 변하지 않는 실체나 본성이 없으며, 마음의 작용이 바로 마음의 본성이다.'라는 뜻이다.

41) '마음이 곧 이'라고 하는 양명학의 핵심 이론.

42) 덕이 높고 현명한 사람. 편지에서 상대방을 높여 칭하는 말.

말이 있다."고 할 수 있습니다. 무엇 때문입니까?

전에 계화도繼華島에서 길을 떠나 백산白山을 지날 때 따르는 사람이 과자를 사서 한 개씩 나누어주었는데, 그때 저는 받아서 손에 들었습니다. 고명께서는 사양하여 받지 않고 "계화산을 쳐다보며 나는 차마 이것을 먹지 못한다." 운운하셨습니다. 아! 스승을 잃은 슬픔이 같은데 누군들 먹어도 달지 않다는 것을 모르겠습니까. 이것은 성性이 그렇게 하도록 한 것입니다. 그런데 고명처럼 몸소 실행할 수 있는 사람이 몇이나 되겠습니까? 만약 고명께서 깨우쳐주시지 않았다면, 저 또한 우둔하게 먹어 삼키고도 그 행동이 예에 어긋난다는 것을 몰랐을 것입니다. 이른바 '성리학을 공부한 자'라는 것을 무엇으로 알겠습니까. 세세한 면에서 그럴 수 있는 사람은 큰 법도는 물을 필요도 없습니다. 북방의 동문 학자들을 제가 아직 많이 만나지는 못했지만, 가만히 생각하기에 간옹艮翁의 존성尊性하는 학문이 반드시 고명을 통하여 다시 빛날 것입니다. 세상의 가르침을 위하여 더욱 힘쓰시기 바랍니다. 삼복더위에 어른 모시고 경전공부하고 도를 지키며 더욱 건강하시기를 멀리서 빌어 마지않습니다.

저 자신은 시대와 어긋나 한곳에 오래 거주하지 못하고, 금년 봄 후에 또 군의 남면으로 이사했습니다. 작년 겨울부터 금년 봄과 여름까지 아프지 않은 날이 없어 약 달이는 화로와 이웃이 되었습니다. 이것이 무슨 천벌입니까? 또 죄송하여 땀이 나는 일은 편지를 받은 지 오래되었는데 답장이 이렇게 늦었다는 것입니다. 이러고도 벗의 신의가 있다고 할 수 있습니까? 너그러이 용서하시기 바랍니다. 노백옹老柏翁의 문집을 간행하는 일은 교정 작업과 경비가 아직 제대로 되지 않아 1, 2년 후에 완성될 것

갑습니다. → 421쪽

섬으로 들어간 은자隱者에게 > 김이청金夷淸 병로柄老에게 답함_1923년 8월 6일

지난달 20일 무렵 계화도에서 돌아오니, 벗 김이청이 가족을 데리고 바다로 들어갔다고 사람들이 말했습니다. 그 말을 듣자 마음이 형제를 잃은 것처럼 슬펐습니다. 옛날 놀던 항주杭州로 평소처럼 달려 들어가니 산은 비고 사람은 적막한 채 광활한 바다에 파도만 울어, 저로 하여금 마음을 강하게 먹게 할 뿐입니다. 바로 좇아가 살 만한 곳을 물색하고 싶은 마음이었으나 벗 이성보李性甫가 "상황이 목로木路[43]에 달려 있어 일이 마음대로 되지 않을 것이니, 추석 후에 서서히 시도하는 것이 낫다."고 했습니다. 그래서 그만두고 남관南館으로 돌아왔습니다. 며칠 지나지 않아 또 석전石田에서 편지가 와 "이달 2일 마침 질미質美[44] 가는 좋은 배편이 있다."고 했으나, 그때는 겨드랑이에 담이 걸려 고생하고 또 바람과 날씨가 좋지 않아 안타깝게도 좋은 기회를 놓쳤습니다. 뜻밖에 보내신 편지를 3일에 받았습니다. 만약 2일에 출발했으면 길에서 노숙해봐야 헛걸음이 아니었겠습니까? 출발하지 않은 것이 천우신조인 것을 알겠습니다.

오호! 천하가 광대해도 몸 하나 은거하기가 오히려 어려운데, 오직 나체도螺體島 한 섬은 수용될 수 있었습니까? 또 편지를 보니 사람은 예스럽고 풍속이 순하여 서로 예의를 이야기할 수 있다고 했습니다. 그렇다면 지금 천하에 드문 그런 길지가 어디 있겠습니까? 세상을 피해 종적을 숨

43) 뱃길. 얕은 물에 배가 다닐 만한 곳에 나뭇가지를 꽂아 그 진로를 표시했기 때문에 붙은 이름.

44) 섬 이름으로 보인다.

기고 세상일에 간여하지 않은 채 감자를 심어 먹고 달밤에 글을 읽는 것, 이것이 바로 은자의 맑은 정취입니다. 지금 우리 현인께서 그런 땅을 얻었으니, 저로 하여금 부럽게 합니다. 저 또한 '지금 바로 떠나리라.'는 마음이 속으로는 이미 결정되었으나, 다만 매인 일이 한둘이 아니라 과감하게 떨치고 일어설 수 없습니다. 아는 것이 간절하지 않고 행동이 과감하지 못한 것을 여기서도 볼 수 있습니다. 많은 회포는 조만간 거기 가는 배편을 얻으면 선계仙界에서 뵙고 말씀드리기로 하고, 이만 줄입니다. → 421쪽

공公과 사私 > 김이청金夷淸에게 줌_1924년 4월

염재念齋가 돌아오는 편으로, 경전 공부하시는 가운데 안부가 평안하시다는 것을 알았습니다. 그만한 위로와 축하가 어디 있겠습니까. 저는 그사이 혼사를 잘 치렀으며, 그밖의 복잡한 일들은 일일이 말씀드리지 않겠습니다.

다만, 친구를 사귀는 도는 오직 충忠과 신信에 달려 있을 뿐입니다. 그러므로 친구 사이에 말해야 마땅한 일을 말하지 않는 것은 불충不忠입니다. 말하더라도 있었던 일을 다 말하지 않는 것은 불신不信입니다. 불충하고 불신하면 사람의 도가 끊어집니다. 우리가 도로써 교제하는 것이 충신의 도를 다하는 데까지는 아직 이르지 않았더라도, 서로 조심하며 힘쓰는 것이 옳지 않겠습니까?

대개 오자吾子[45]가 가賈씨의 가옥과 토지를 처리한 것이 남의 불만을 살

45) 상대방에 대하여 존경과 사랑을 표하는 호칭.

만한 점이 있는 것 같습니다. 이것을 염재에게서 상세히 들었을 뿐만이 아닙니다. 고명高明께서 제게 보낸 편지의 내용으로 대략 미루어 알았을 뿐 아니라, 고명과 섬사람이 염재에게 보낸 편지도 대략 보았습니다. 또 편지와 사람들의 말로 알았을 뿐 아니라, 제 눈과 귀로 보고 들은 것으로도 그러합니다.

고명처럼 순박하고 성실한 자질을 지닌 사람이 오늘 이런 일이 있는 것은 뜻밖입니다. 마을의 공론이 그러했다지만, 공론은 대개 믿기에 부족한 점이 있습니다. 다시 말하면, 마음에 털끝만큼이라도 치우침이 있으면 온 나라 사람과 천하의 말이 같아도 반드시 참된 공公인 것은 아닙니다. 한 섬 가운데 두세 집의 공에 가려진 것이 없다고 어찌 보장할 수 있겠습니까? 하물며 공 한 자는 인仁을 다한 도가 아닙니다. 그러므로 정자程子가 "인은 반드시 공정公正 두 자를 다 갖추어야 한다."고 했습니다. 주자朱子는 "인은 이理에 합당한 것을 말하고, 또 사심이 없는 것을 말한다."고 공을 설명했습니다. 지금 우리 마음가짐과 일처리가 반드시 다 공인 것은 아닌데 또 그것이 바른지를 살피지 않았으며, 반드시 모두 이에 합당한 것은 아닌데 또 그것이 사私인지를 살피지 않았습니다. 그러니 어찌 옳다고 하겠습니까? 대저 천만 사람이 모두 폐지하는 것이 옳다고 해도, 내가 그것이 폐지할 만한지를 살핀 후에 폐지하는 것이 일을 처리하는 도입니다.

이른 봄 고명이 제게 보낸 편지에 '동네사람' 운운한 것은 일을 처리하는 도를 다했다고 할 수 없고 그 사이에 관계된 치우침이 없었다고도 할 수 없습니다. 또 '그가 오는 것을 맞이하여 많은 사람이 모여 즐기는 것', 이것은 사람과 친하는 상도常道입니다. 그러나 2월에 동네사람과 고명이 염재에게 보낸 편지는 다름 아닌 그가 오는 것을 거부하는 뜻이었습니다. 편지에는 "그것이 공에서 나왔기에 합당하다."고 했지만, 밖에서 보는 사람은 그것이 바른지 사私가 없는지 실로 모릅니다. 또 가옥과 보리경작 대금이 102인데, 가옥이 2이고 보리경작이 100이라는 것은 오자의 말이 그랬을 뿐만 아니라 저 또한 거간하는 이희천李熙遷 노인에게 직접 들었습니다. 지금 들으니 가옥이 3, 보리농사가 9라고 하니, 그사이에 무슨 곡절이 있어서 듣는 사람으로 하여금 처음과 나중에 신의를 어겼다고 생각하게 하는지 모르겠습니다. 또 그 토지와 보리농사의 경계를 나누는 것과 비옥한 곳과 척박한 곳을 서로 계산하는 것 등은 인정에 합당한 것이 그러할 뿐만 아니라, "적은 것을 걱정하지 않고 균등하지 않은 것을 걱정한다."[46]는 도인데, 또 들으니 그렇지 않다고 합니다. 이것은 일을 처리하는 것이 공정했다고 할 수 없습니다. 이른바 '사람들의 불만을 불렀다.'는 것이 이것입니다.[47]

제가 고명에 대하여 평소 교제하면서 보통 사람과 다르게 생각했습니다. 그래서 평범한 사이에서는 할 수 없는 말을 이렇게 말씀드리는 것입니다. "이익을 따라 처신하면 원망을 많이 받는다."[48] "부자가 되는 것은 어질지 않은 것이다."[49] "자기에게 이익이 되기를 바라면 반드시 다른 사람을 침해하게 된다." "의리를 바르게 지키고 이익을 꾀하지 않는다."[50] 등의 가르침은 초학이라도 잠시라도 잊어서는 안 되는 말입니다. 이것을 소홀히 하면 어리석고 천한 사내와 같습니다. 어찌 학문한다고 하겠습니까.

46) "不患寡而患不均." 『논어』 「계씨」.

47) 가씨의 가옥과 토지를 처리하는 문제로 야기된 시비인데, 자세한 내용은 알 수 없다.

48) "放於利而行多怨." 『논어』 「이인」.

49) "爲富不仁." 『맹자』 「등문공상」.

50) "正其誼不謀其利." 『한서』 권56 「동중서전」.

하고 싶은 말은 속에 잔뜩 쌓였으나, 정신이 산란하고 인편이 바쁘다고 재촉해서 열에 하나도 다하지 못하며, 또한 뜻대로 다 쓰지 못한 것이 많습니다. 오직 마음으로 이해하고 정으로 헤아리시기 바랍니다. → 422쪽

간재艮齋 사후 그 문인들의 난맥상 > 석농石農 선생[51]께 올림_1924년 8월, 최흠崔欽과 연명한 편지

전날 남쪽에서 돌아오실 때 따라 모시지 못하고 중도에 작별을 고하여, 황송한 마음을 스스로 금할 수 없었습니다. 그때 먼 길에 혹독하게 더웠는데 돌아가셔서 편안히 쉬셨는지 모르겠습니다. 그 후 또 여러 날이 지났는데, 선생께서 어른 모시고 연이어 평안하신지요? 멀리서 궁금하여 견딜 수 없습니다. 시생 등은 여름, 가을 이후로 공부에 전념하지 못하고 어지럽고 산만하게 지내고 있어 몹시 걱정입니다.

근자에 들으니, 부김扶金이 승적承賊[52]과 다시 절교했다고 합니다. 그 마음이 장차 어떻게 될지 모르겠지만, 끊어졌다가 다시 합하고 합했다가 다시 끊어지며 혹은 스승을 지킨다는 핑계를 대고 혹은 당黨의 세력을 빌리는 등 교묘하게 대처하는 모습이 사람으로 하여금 증오하게 합니다. 그러나 그것도 요컨대 계교가 치밀하고 화禍가 큰 전최全崔[전주 최씨]에는 미치지 못합니다. 사람이란 것이 겉으로 조심스럽고 후덕한 것 같아도 속으로는 음험하여, 마음을 쓰고 일을 행할 때 늘 남을 이용하여 그 사욕을 몰래 운용합니다. 그러므로 노인을 속여도 노인은 속은 줄 모르고 젊은이를

51) 오진영嗚震泳(1868~1944). 본관은 해주, 자는 이견而見, 전우田愚의 문인.

52) 扶金은 부안 김씨를 가리키고, 承賊은 '承'자가 들어가는 이름의 사람을 경멸조로 칭한 것.

유혹해도 젊은이는 유혹된 줄 모릅니다. 이렇게 하여 스승댁의 불화와 사류士類의 분열을 불렀습니다. 정말 통탄스럽습니다. 사문師門[간재艮齋]께서 건강하실 때도 저들이 오히려 정靜씨[53]에게 뇌물을 주어 사기를 쳤습니다. 하물며 지금 사문이 안 계신데 또 정씨를 끼고 사류에게 화를 끼친들 무슨 이상할 것이 있겠습니까. 다만 옳음과 그름, 사악함과 바름의 구별은 백세를 기다리지 않아도 뭇 사람의 눈이 전광석화처럼 빠른데, 저들은 자신들이 음유陰柔[54]로 귀결된다는 것을 도리어 깨닫지 못하니, 어리석고 무지하다는 것을 알 수 있습니다. 바라건대, 선생님께서는 모름지기 너그러우면서도 강하고 바르면서도 온화한 덕을 펴서 뭇 사악함을 제거하고 바르고 밝은 것을 부축하여, 사문의 바른 전통을 길이 전할 수 있도록 해 주시기 바랍니다.

스승님이 돌아가신 후 사우 간에 서로 도운 것이 전혀 없었습니다. 스승님을 모시던 정성으로 모실 분으로 오직 선생님을 우러러보니, 저희들의 돌아갈 곳 없는 마음을 더욱 불쌍히 여기시기 바랍니다. 가을걷이 후 뵙고 문안인사 드릴 계획입니다. 오직 철따라 안부가 평안하시기를 기원하며 이만 줄입니다. → 423쪽

철원에서 돌아와 광교산에 은거함 > 김경하金景河 씨에게 보내다

소식 막히니 그리움이 이루 말할 수 없습니다. 초가을에 어른 모시고 건강하시며, 들일하는 여가에 책은 읽으시는지요? 멀리서 생각하여 마지

---

53) 간재의 둘째 아들 정재靜齋를 가리키는 것으로 보인다.

54) 양강陽剛의 반대말로, 악 또는 소인을 비유한다.

못합니다.

저는 지난겨울 철원에서 이사 와 광악산光岳山[수원 광교산] 속에서 살며 세상과 단절된 사람이 되었습니다. 낮에는 화원을 재배하고 밤에는 고서를 보며 세월을 보내고 있습니다. 거리가 멀지 않은데 편지 왕래가 끊인 지 어느새 한 해가 되었습니다. 제가 신의가 없다는 책망을 면하기 어렵습니다만, 그 이유는 실제로 주거가 안정되지 않았기 때문입니다. 혹 제 처지를 헤아려 용서하시겠습니까? 죄송하여 등에 땀이 납니다. 인편이 바빠, 잘 있다는 소식 몇 자만 쓰고 이만 줄입니다.

1933년 7월 보름 제弟 김영보金永輔 올림

허 선생은 아직 이웃에 살며, 평안합니까? 몇 자 문안편지를 동봉하니 꼭 전해주시기 바랍니다.

직동直洞 금성金城댁 역시 평안하며, 이사하는 문제는 그사이에 어떻게 되었습니까?

세상동細上洞 유○종劉○鐘 군과 신촌 김원엽金元燁 씨 집 역시 잘 지냅니까? 모두 소식을 듣고 싶습니다. → 423쪽

일제강점기에 세운 정려각 > 안재하安在夏에게 주다_1948년 5월

일전에 형과 손 노인孫老이 나란히 방문해주시어 아주 고마웠습니다. 단, 맑은 가르침을 배부르게 듣기도 전에 바로 작별하여 도리어 섭섭했습니다. 또 그날 꽤 늦게 돌아가시느라 고생하셨으리라 생각됩니다. 손 노

인도 별 탈 없이 잘 돌아가셨는지요? 대저 이 노인의 아름다운 인품과 행실이 사람으로 하여금 공경하게 하지 않은 적이 없지만, 식견이 혹 그에 미치지 못하여 애석하지 않을 수 없습니다. 그는 한평생의 정력을 부모를 위하여 바쳤습니다. 유장儒匠[유학의 종장]에게 부탁하여 자기 아버지의 전기를 받아 그 훌륭함이 묻히지 않게 했고, 재산을 다 털어 정려旌閭[55]를 세워 그 덕행을 밝게 드러내었으며, 늙을 때까지 초하루와 보름에 산소에 올라가 부모를 사모하는 마음을 표했습니다. 그리고 요즘처럼 사악한 세상에 상투를 틀어 관을 씀으로써 부모가 준 신체를 훼손하지 않았습니다. 이것이 모두 부모에게 효도하는 큰 조목입니다. 독서하는 학자라고 하는 사람들도 실행하기 어려운 일인데, 하물며 글자 한 자 읽은 적이 없는 이 노인임이겠습니까. 이것이 이 노인의 인품과 행실을 공경하지 않은 적이 없다고 한 까닭입니다. 그러나 정려 한 가지 일은 의문이 없을 수 없습니다.

그 정려의 다이쇼大正 14년(1925) 연호 아래의 현판은 향유鄕儒[시골의 유생]들이 한 것이고, 포장褒狀은 당시 군수 이모李某가 준 것입니다. 고명高明[56]께서 한번 생각해보십시오. '다이쇼大正'[57]이 과연 우리 임금의 연호입니까? 효자의 정려가 과연 향유나 속리俗吏[세속적인 관리]가 명령할 수 있는 것입니까? 이것은 분명히 이단의 무리에게 아첨하고 임금과 부모를 무시하는 무리가 과장하고 속인 것입니다. 이것이 가당한 일입니까? 설사 그것이 다이쇼가 직접 준 것이라고 하더라도, 일추日醜[58]는 오랑캐이

---

55) 국가에서 미풍양식을 장려하기 위하여 효자, 충신, 열녀 등이 살던 마을에 세운 붉은색을 칠한 정문旌門.

56) 숭고하고 지혜로운 사람. 편지에서 친구를 높여 부르는 말.

57) 일본의 다이쇼 덴노(大正天皇)의 재위기간(1912~1926)에 사용한 연호.

58) 일본을 비하한 말.

고 적입니다. 또 만세토록 불공대천의 원수입니다. 그것을 부모를 현창하는 곳에 걸고 그것으로 부모를 영광스럽게 만든다면, 인의仁義에 비추어 볼 때 차마 할 수 있는 일입니까? 이 노인이 이러한 점을 알 수 있었다면, 이렇게 마을에 빛나는 정려각을 세운 것을 현창이나 영광이라고 생각하지 않았을 것입니다. 이것이 그가 식견이 없다고 하는 이유입니다. 그러므로 제가 전에 "이것은 무함을 당한 것이고 부모를 욕되게 한 것이다."라고 했습니다.(무함을 당했다고 하면, 당한 사람이 죄가 있는 것이 아니라 무함한 사람이 죄가 있는 것입니다. 부모를 욕되게 했다고 하면 욕을 당한 사람이 누를 쓰는 것이 아니라 욕되게 한 사람이 죄가 있는 것입니다. 이것은 논리상의 설명일 뿐입니다. 그러나 스스로 반성하는 도로써 말하자면, 그가 본래 형편없는 사람이라 '내가 하고 싶은 대로 했을 뿐이다.'고 한다면, 어찌 감히 '나는 전혀 죄가 없다.'고 하겠습니까.) 이 말이 혹 지나친지는 모르겠습니다. 그러나 의리로 따져보면 분명히 그렇습니다.

지난번 이 노인이 와서 그것을 처리하는 방법을 물었습니다. 아마 잘못을 깨닫고 바로잡으려는 마음이 있었을 것입니다. 오호! 이 사람은 정말 품성이 아름다워 그 아버지의 아들이 되기에 부끄러움이 없습니다. 바른말에 복응하는 것이 이러한데, 누가 좋은 말로 인도하기를 즐거워하지 않겠습니까. 그리하여 제가 이렇게 대답했습니다.

"이것은 정말 잘못되었습니다. 임금의 명령이 없는 정려는 예부터 그 예가 없습니다. 이것은 왕법王法이 용납하지 않는 것입니다. 또 사당도 없이 정려를 세우는 것은 가짜 이름만 있고 부모를 모시는 실행이 없는 것이 분명합니다. 그보다 심한 불성실이 어디 있겠습니까. 만약 바로잡으려 하신다면, 정려를 고쳐 사당으로 바꾸고 자식의 도리를 다해야 합니다. 새벽마다 사당에 배알하고, 출입할 때 고하고, 초하루와 보름에 참배하고, 명절에는 제물을 올리는 것 등의 사항을 반드시 예에 따라 행해야 합니다. 그래야 돌아가신 뒤에도 살아 계실 때처럼 섬기는 도라고 할 수 있습니다. 또 한갓 정려만 우뚝 세우는 것보다 낫지 않겠습니까."

이 노인이 그리하여 신주의 양식을 베껴갔는데, 지금 과연 뭐라고 합니까? 오형吾兄[59]이 다행히 이 노인과 가까운 이웃으로, 그의 품성이 아름다운 것을 사랑하고 이 노인도 해박한 오형의 도움을 받습니다. 그렇게 서로 도우며 이 고장의 두드러진 모범이 되면, 친구의 말석에 끼인 저 또한 어떻게 빛이 나지 않겠습니까. 그 집의 예에 관한 질문에 선유先儒의 설에 의거하여 별지에 답하여 보내니, 고명께서 반드시 먼저 한번 보신 후 상세히 설명해주십시오. 이만 줄입니다.

별지

제가 손씨 문중의 정려를 '무함을 당했다'고 하고 '부모를 욕되게 했다'고 했는데, 형은 혹 이것을 지나친 말이라고 생각하십니까? 그렇지 않습니다. '무함'이라고 하지 않고 '무함을 당했다'고 하고, '영광'이라고 하지 않고 '욕되다'고 했습니다. 이것은 제가 손씨 문중에 대하여 애석한 마음이 깊다는 뜻입니다.

'부처 머리에 똥을 뿌리다[불두포분佛頭鋪糞].' 이것은 우옹尤翁[송시열]도 효자의 정려에 대하여 사용한 말입니다. 우옹은 효행孝行을 쓴 글을 '불두'

59) 친구를 친숙하게 부르는 말.

라 하고 자기 글을 '포분'이라 했는데, 겸손한 표현이겠지요. 지금 제가 효도와 그것을 쓴 글을 불두라 하고 저들의 형편없는 글을 포분이라 했습니다. 이것은 저들을 나쁘게 말한 것으로, 우옹의 예와 조금 다릅니다. 손노인이 이것을 온당하지 않다고 한다면, 저들이 한 짓을 깨끗하고 빛나는 것으로 보는 것이 아닙니까? 한번 준열하게 따지지 않을 수 없습니다.

대저 경卿·상相·대부大夫에게 관직을 주는 것, 충신·효자·열녀의 행실을 정려로 표창하는 것, 끊어진 자손을 이어주고 망한 나라를 존속시켜 인륜을 정하는 것 등은 모두 왕의 명령을 받는 것입니다. 왕 또한 대신 사물을 다스리라는 명령을 하늘에서 받았습니다. 그러므로 모든 명령이 비롯되는 것은 하늘에 있습니다. 만약 이 명령을 이적夷狄에게 받으면, 그것은 이적을 하늘로 여기는 것입니다. 사교의 무리에게 받으면(근자에 스스로 관리가 되어 스스로 명령하는 무리가 종종 있습니다.) 사교의 무리를 하늘로 보는 것입니다. 이것을 스스로 하는 자는 하늘을 무시하고 스스로 하늘이 된 자입니다. 지금 손씨의 일은 향유와 속리를 하늘로 여긴 것입니다. 이들이 과연 의리와 예법을 머리에 인 하늘입니까? 예의와 의리의 성격이 전혀 없는 자들이라고 할 수 있습니다. 만약 이에 대하여 속히 따지지 않으면, 세상의 가짜와 더불어 한 무리가 될 수밖에 없을 것입니다.

또 백옹栢翁[崔命喜]은 우리 간재 문하의 장덕長德[큰 덕망]이고, 지산志山[金福漢] 또한 우리 유림의 산두山斗[60]입니다. 두 선생의 화이華夷[중화와 이적]의 엄격함, 임금을 존중하는 의리, 부모에게 바친 효도, 복수하여 치욕을 씻으려는 마음 등이 과연 어떠했습니까? 그런데 지금 이분들의 전기와 이름을 이 하늘을 무시하고 법을 무시하고 예의가 없는 곳에 저 정말

60) 태산북두泰山北斗. 태산과 북두칠성처럼 존경받는 인물.

개돼지보다 못한 자들과 함께 나란히 썼습니다. 이것을 보는 사람들이 눈을 부릅뜨고 머리카락을 곤두세우지 않을 수 있겠습니까? 화이와 원수가 어떠한지는 따지지 않더라도, 군부君父와 예법을 무시한 곳에 어찌 이 사필士筆을 구차스럽게 쓸 수 있습니까? 모름지기 저들 권력이 있는 자들의 이름으로 일을 하면 충분할 터인데도, 이렇게 하는 것은 졸렬한 계책이 아닙니까? 아! 천지가 뒤집히고 상전이 벽해가 되어도 끝내 지워버릴 수 없는 것은 옳음과 그름, 바름과 사악함입니다.

예부터 지금까지 식견이 있는 학자는 벼슬과 상을 주며 회유해도 어지러운 조정이나 이적夷賊의 세상에 절대로 얽히지 않았습니다. 어찌 그 까닭이 없겠습니까? 이것은 알기 어려운 의리가 아닙니다. 하물며 금수禽獸가 권력을 잡아 요즘처럼 윤리와 강상이 어지러운 때임이겠습니까? 자신을 위한 도에도 그러한데, 하물며 부모를 위한 경우임이겠습니까?

오늘 이 의리를 설명할 데가 없어 오형에게 밝히니, 형은 이 뜻을 잘 체득하고 헤아리기 바랍니다. 이 별지는 반드시 형 혼자 보시고, 그에게 말할 필요는 없습니다. 만약 그가 성의를 보이면 좋은 말로 의리를 설명해도 됩니다. 그렇지 않은데 말했다가는 도리어 미움만 살 뿐입니다. 아! 보배를 줘도 받는 사람이 그것을 모르면, 칼부림을 하는 원수가 되기 쉽습니다. 형은 조심하십시오. 제가 스스로 조심하지 않고 형에게 조심하라고 하니, 정말 몹시 조심스럽지 않은 것입니다. 껄껄. → 423쪽 지금 네가 정말 도를 구하려면 반드시 먼저 확고한 뜻을 가져야 한다. 세상이 순리든 역리든 운명이 궁하든 통하든 단지 나의 '의義' 자 한 자로 정면으로 부딪치며 나아가야, 오늘과 같은 사악한 세상에 대적할 수 있고 어긋난 운명을 제어할 수 있어 구하는 도를 얻기를 바랄 수 있다. 만약 뜻이 확고하지 않아 잘못된 세태를 좇고 어긋난 운명을 따르며 의를 버리고 요행을 바라면, 바로 인욕人慾이 날뛰어 도와 멀어진다. 어찌 구도와 득도를 논할 수 있겠느냐.

그러면 이른바 '의義'가 무엇이냐? 단지 이 글자의 의미를 분명히 알고 그것을 확고하게 실천하는 것이다. 네 나이가 지금 18세라, 그 나이로는 이르기가 쉽지 않을 것이라고 생각할 것이다. 그러나 안연顔淵은 15세에 사물四勿[61]의 가르침을 받았고, 증자曾子는 20세에 일관一貫[62]의 뜻을 들었고, 자사子思는 17세에 『중용』을 지었다고 역사에 기록되어 있고, 이정二程[63]은 14, 15세에 갑자기 성인을 배울 생각을 했다. 사士가 결심하는 것을 어찌 고인古人보다 스스로 낮추어서야 되겠느냐. → 425쪽

61) 공자가 제자 안연에게 준 가르침. "예가 아니면 보지 말고, 예가 아니면 듣지 말고, 예가 아니면 말하지 말고, 예가 아니면 행동하지 말라(非禮勿視, 非禮勿聽, 非禮勿言, 非禮勿動)." 『논어』「안연」.

62) 공자가 증자에게 "나의 도는 하나의 원리로 만사를 꿰뚫었다(吾道一以貫之)."고 한 말. 『논어』「이인」.

63) 송宋나라 정호程顥(1035~1085)와 정이程頤(1033~1107) 형제.

친구의 손자를 가르치며 > 야당野塘 유득로柳得老에게 답함_1949년 12월

편지 받은 후 어느새 달이 두 번 바뀌었습니다. 하늘의 운행이 이미 되돌아와[64] 또 장차 편안해지려 하는데, 사람의 일은 무슨 까닭에 험난하여 풀리지 않는지요? 이때 영윤令允[65]이 또 찾아와, 조용한 가운데 철따라 편안히 정양하시며 가족들 또한 평안하다는 것을 대강 아니, 궁금하던 마음에 위로가 됩니다.

저는 늘 병마에 시달리며 이불 속에 누워 지내는 신세를 면치 못하여 정말 걱정입니다. 그나마 영손令孫[66]과 벗이 되어 쓸쓸한 마음이 조금 위로가 되어 다행입니다. 이것은 누추한 오두막의 아름다운 정취이자, 오늘날의 기이한 일이라 할 만합니다. 다만 아는 것이 부족하여 그 국량을 채워줄 것이 없는 것이 딱할 뿐입니다. 또 제 집은 먹고 자는 것이 너무 소박해서 지내기가 쉽지 않을 것 같습니다. 그러나 이 공부가 어찌 배부르고 따뜻하게 지내는 사람이 할 수 있는 것이겠습니까. 오직 바라는 바는 집사께서 올바른 방법으로 교육하는 것을 잊지 않고 '노력하도록 만들지 않을 수 있겠는가?'[67]라고 한 가르침을 체득함으로써 장래의 '먹히지 않는 과일[不食之果]'[68]을 만드는 것입니다. 『맹자』의 '하늘이 큰일을 맡길 때[降大

---

64) 음기가 극성한 동지가 지나고 양기가 되돌아오기 시작했다는 뜻.

65) 상대방의 아들을 높여 이르는 말.

66) 상대방의 손자를 높여 이르는 말.

67) 『논어』「헌문」에 "그를 사랑한다면, 노력하도록 만들지 않을 수 있겠는가? 그에게 충성한다면, 그를 깨우쳐주지 않을 수 있겠는가?(愛之 能勿勞乎 忠焉 能勿悔乎)"라고 한 데서 온 말.

68) 『주역』「박괘剝卦」 상구上九의 "큰 과일은 먹히지 않는다(碩果不食)."고 한 데서 온 말. 다섯 효爻가 모두 음이고 맨 위의 효 하나만 양인 것을 석과碩果로 비유한 것으로, 하나 남은 양의 기운이 외로워 보이지만 살아남아서 장차 번성의 씨앗이 될 것이라는 뜻. 여기서는 장차 유학을 부흥시킬 어린 학자를 비유하는 말.

任]' 절[69]과 장자張子의 '옥으로 완성시키다[庸玉成]' 편[70]을 읽으면, 단련시켜 완성하는 법을 알 수 있습니다.

아! 앞에 놓인 나루는 건너기가 지극히 험한데, 키를 잡은 사람은 늙어 갑니다. 세상에 누가 어린 사람을 기르겠습니까? 예사로운 일이 아닙니다. 고금의 치란을 하나하나 상세하게 살펴보면, 나라의 흥망이 운수에 달렸다고 하지만 그 바탕은 학술의 그릇됨과 바름에서 비롯되지 않은 것이 없습니다. 지금 앞날의 길흉을 보면, 과연 상황이 바뀔 가망이 없습니다. 그러나 극에 이르면 반드시 되돌아오는 것이 변함없는 이치입니다. 사람을 믿지 않고 하늘을 믿으며 형세를 따르지 않고 이치를 따르는 것이 옛 가르침의 본뜻이며 후학이 지켜야 마땅한 바입니다. 이것이 어찌 집사執事[71]가 할 수 없는 것이겠습니까? 저는 집사에 대하여 얼굴은 익지 않았지만 마음은 익히 압니다. 그래서 이렇게 망령되고 졸렬한 말을 하니, 말로가 아닌 마음으로 읽으시기 바랍니다. 나머지 사연은 영손이 직접 전할 것입니다. 이만 줄입니다.

영윤이 가져온 선물이 어찌 이렇게 많습니까? 율곡이 말했습니다. "붕우 사이에는 서로 재물로 통하는 의리가 있다. 단, 내가 궁핍하지 않은데 붕우가 쌀이나 포布를 주면 받아서는 안 된다." 제 집도 또 한 벌은 싸

---

69) 『맹자』「고자」 하에 "하늘이 어떤 사람에게 큰 임무를 내리려 할 때에는, 반드시 먼저 그의 마음과 뜻을 고통스럽게 하고, 그의 힘줄과 뼈를 수고롭게 하고, 그의 육체를 굶주리게 하고, 그의 몸을 궁핍하게 하여, 그가 행하는 일마다 어긋나서 이루지 못하게 한다. 이것은 그의 마음을 격동시키고 그의 성질을 굳게 참고 버티도록 하여, 그가 잘하지 못하는 것을 더욱 잘할 수 있게 해주기 위함이다(天將降大任於是人也 必先苦其心志 勞其筋骨 餓其體膚 空乏其身 行拂亂其所爲 所以動心忍性 增益其所不能)."라고 한 데서 온 말이다.

70) 송나라 장재張載의 『서명西銘』에 "부귀와 복택은 장차 나의 생활을 후하게 하려는 것이고, 빈천과 근심은 너를 옥으로 완성시키려는 것이다(富貴福澤 將厚吳之生也 貧賤憂戚 庸玉女於成也)."고 한 것을 말한다.

71) 편지에서 평교 사이인 상대방을 높여 이르는 말.

서 당장의 추위와 헐벗음은 면하니, 궁핍한 것이 아니라고 할 수 있습니다. 이것을 받는 것 또한 청렴을 손상하고 의리상 미안한 것 아니겠습니까. 그러나 이것을 물리치는 것 또한 불손함으로써 인정을 거스르고 죄악시하는 것 아니겠습니까. 집사로서는 한때 친애하는 마음에서 한 일이지만, 저로서는 실로 늘 편치 않은 처지가 됩니다. 생각해봐도 어떻게 처리할지를 몰라, 일단 두고 방도를 찾겠습니다. 죄송합니다. → 426쪽

순환과 혁구 > 본암本庵 국범식鞠範植 사문斯文에게 줌_1954년 정월 일

헤어진 것이 어제 같은데 어느덧 새해가 되었습니다. 새것은 순환한 것입니까? 아니면 혁구革舊[옛것을 혁신함]한 것입니까? 순환이면 운運이 돌아오고, 혁구면 명命이 새로워집니다. 운이 돌아오는 것은 하늘에 달렸고, 명이 새로워지는 것은 사람에서 비롯합니다. 하늘에 달린 것은 듣고, 사람에서 비롯하는 것은 닦아야 합니다. 닦는 것은 우리가 강구할 바입니다.

경서經書를 공부하시는 가운데 식구들과 함께 새해에도 모두 빛나게 새로워지셨는지요? 공부하여 새로 얻은 것은 무엇이며, 실천하여 새로 나아간 것이 있습니까? 얻음은 옛것을 익히는 데 달렸고, 나아감은 옛것을 바꾸는 데 달렸습니다. 익히고 바꾸는 공은 하늘과 사람을 살펴야 하고, 사랑을 받는 처지와 서로 기약하는 마음을 더욱 새롭게 하지 않을 수 없습니다. 제가 잃은 것은 옛날 들은 것이고 그대로 가진 것은 옛날 습관

입니다. 말씀드릴 만한 새로움이 하나도 없어 몹시 서글픕니다.

스승님의 서간집을 정월 6일 우편으로 부쳐왔는데, 인쇄비가 1,200원이라고 합니다. 그렇다면 여기서 나눈 책값이 지난번 것 외에 또 각각 800원입니다. 속히 부쳐드려야 마땅하기 때문에 장남에게 전적으로 미루었습니다. 도장道藏에는 제가 지금 출발하여 갈 것입니다. 돈 걷는 것과 답장 쓰는 것 때문에 만나는 것이 좋겠는데, 어디가 좋을지 모르겠습니다. 형이 혹 수고스럽지만 소암소梳庵所에 오시겠습니까? 아니면 부칠 물건을 장차 어떻게 하나로 모읍니까? 알려주시기를 간절히 바랍니다. → 426쪽

견비통 > 이언경李彦卿에게 답함

유하榴夏[72]에 보내신 편지를 받아보고 답장을 써놓고도 인편이 없어서 부치지 못하여 여태껏 답답하고 죄송스러웠습니다. 지금 형의 당내堂內[8촌 이내] 조카가 부모를 뵈러 와서, 그를 통하여 형의 환후가 깨끗이 나았고 가족도 평안하다는 것을 상세히 알았습니다. 위로와 축하를 어찌 말로 할 수 있겠습니까.

저는 봄부터 견비통이 심하여 세수하고 옷을 입을 때 남의 손을 빌려야 하니, 이것이 무슨 마귀의 장난입니까? 몹시 괴이합니다. 그래도 오직 다행인 것은 식구들이 별 탈이 없는 것입니다.

이곳의 여러 안부는 형의 당내 조카가 자세히 말하겠지만, 농사는 장차 가망이 있을 것 같습니다. 다만 몇 년 사이에 처음으로 장마로 큰물이

72) 석류꽃이 피는 음력 5월.

져서 곳곳에 손실이 아주 많습니다. 원청리元靑里 긍호兢鎬의 논 몇 마지기도 모래밭이 되었다고 합니다. 밭작물이 크게 실망스러운데 그중에도 목화, 고추, 담배 등이 더욱 심합니다.

서울 상황은 반석처럼 안전합니까? 북쪽의 조수[73]가 물러가기 전에는 제방이 설사 완전해도 갑자기 방심해서는 안 됩니다. 어떻게 생각하시는지요?

아득히 먼 회포를 붓으로 다 쓸 수 없어 이만 줄이고 편지를 올립니다.

1954년 오추梧秋[74] 20일 제弟[75] 김영보金永輔 올림 → 427쪽

전쟁 중 실종된 아들을 찾은 친구에게 > 이재환李載晥에게 줌

추석날 당함堂咸[76] 편으로 본가에 보내신 편지를 보고 아드님 소식을 상세히 들었습니다. 5년 전 화약 연기와 빗발치는 총탄 속에 종적이 사라졌다가 오늘에야 천 리 밖에서 만났으니, 이것이 어찌 기쁘고 다행스러운 일이 아니겠습니까. 마주 앉아 축하의 술잔을 나누지 못하는 것이 안타깝습니다. 요즘 아이들이 사리에 어두워 쓸데없는 걱정을 종종 끼칩니다. 시대의 풍조인데 누구를 나무라겠습니까. 고생이 다하면 행복이 오고, 걱정이 극에 이르면 즐거움이 생깁니다. 일상생활 중 잘 정양하시어 늘그막의 경사를 누리시기 바랍니다. 마침 영종令從이 서울에 가기에, 서서 급히 몇

73) 중공군을 말하는 것으로 보임.

74) 오동잎이 떨어지는 음력 7월.

75) 친구 또는 나이가 조금 적은 사람에게 자신을 겸손하게 칭하는 말.

76) 상대방의 당내堂內 조카를 높여 이르는 말.

자 씁니다. 영백씨令伯氏[77] 께는 따로 편지 쓰지 않습니다. 이만 줄입니다.

1954년 8월 22일 제 김영보金永輔 올림 → 427쪽

강상이 무너지고 자유와 평등을 외치는 시대 > 소당小棠 이용구李龍求 씨께 답함_1954년 10월

십여 년 전 잠깐 길에서 만난 것을 아직도 잊지 않으시고 이렇게 편지로 먼저 안부를 물으시니, 저를 서먹서먹하게 여기지 않으신 데 대하여 깊이 감사드립니다. 소춘小春[10월]에 경학經學하시며 어른 모시고 평안하시다니, 축하드리며 제 마음 또한 기쁩니다.

저는 그동안 자신의 재앙과 세상의 변고가 끊임없이 이어진 가운데 이른바 포부는 연기처럼 공중으로 날아가 버려, 몸뚱이가 여전히 이렇게 세상의 누가 되는 것이 안타까울 뿐입니다. 편지에 쓰신 여러 말씀은 남을 높이고 자신을 낮추지 않은 것이 없지만, 동시에 말세의 마음이자 성덕이 발로하는 것을 알 수 있습니다.

존성尊性,[78] 병이秉彝[79] 등의 구절은 더욱 놀라웁고 기쁨을 누를 길이 없습니다. 다만 지금은 온 세상이 어두워져 간사한 여우와 사악한 마귀가 서로 장난하는데, 저들의 도깨비장난에 빠져 헤매지 않는 사람이 드뭅니다. 자유를 소리 높여 외치고 평등을 미친 듯이 부르짖으며 강상綱常을 깨

77) 상대방의 만형을 높여 이르는 말.

78) 타고난 덕성德性을 온전히 지킴. 성리학의 중요한 개념.

79) 양심을 지킴. 『시경』「증민蒸民」의 "하늘이 뭇 사람을 낳으실 때, 누구나 하늘의 원리를 갖게 하셨다. 그래서 사람들이 양심을 지켜, 이 아름다운 덕을 좋아하는 것이다(天生蒸民 有物有則 民之秉彝 好是懿德)."라고 한 데서 온 말이다.

뜨려 없애고 성인의 경전을 배척하는 것을 큰 공적과 큰 사업으로 여기니, 어디서 존성을 들으며 어디서 병이를 볼 수 있겠습니까? 비바람으로 어두운 세상에서 한 줄기 절규를 지금 우리 형이 쓰신 편지에서 들으니, 마치 구천에서 뇌성을 듣고 해 뜨는 아침에 봉황의 울음을 듣는 것 같습니다. 어찌 놀랍고 기쁘지 않을 수가 있겠습니까. 그러나 알고 말하는 것이 본래 좋은 일이지만, 체득하여 실천하는 것이 더욱 귀하고 지켜 잃지 않는 것이 더욱 어렵습니다. 이 의리를 누구와 더불어 말하겠습니까. 오직 고명이기에 한번 말씀드립니다. 아! 한 사람이 우뚝 서면 세상을 바로잡는다고 하고, 한마디 외로운 외침이 먼 새 시대를 연다고 했습니다. 옛사람이 어찌 소견 없이 한 말이겠습니까. 지금 우리 선생께 바라는 바가 없을 수 없습니다.

『추담집秋潭集』[80]은 저희 선생님 문집을 간행할 때 출판이 자유롭지 않았기 때문에 따로 2책을 추려서 상해에 보내 인쇄한 것입니다. 지금 섬 오랑캐가 돌아갔지만 시대를 거스르는 점은 같고, 또 제가 이 방면에 글을 쓰는 중이라 형편상 문밖으로 내보내기가 어렵습니다. 그러나 정중하게 말씀하시기에 명령을 어길 수 없어 하던 일을 멈추고 보내드립니다. 한번 보신 후 속히 돌려주시기 바랍니다.

저는 형편없는 자질로 조물주의 미움을 받아 나이 70이 되자 갑자기 눈에 꽃이 피고 손도 떨립니다. 편지를 쓰지만 말에 두서가 없고 글자가 제대로 되지 않습니다. 불쌍히 여겨 용서하시고 불경스럽다고 꾸짖지 않으시면 다행이겠습니다. 이만 줄이고 답장을 올립니다. → 427쪽

80) 전우田愚의 『추담별집』을 말한다. 일제 치하에 출판이 자유롭지 않았기 때문에 반일에 관련된 글은 따로 뽑아 1929년 오진영이 중국 상해에 보내어 간행했다.

망건 수리 > 안지산安芝山에게 줌

접때 돌아가 어떻게 잘 도착하셨는지 모르겠습니다. 두 노인이 나란히 가서 심심하지는 않았을 것 같습니다. 저는 그때 구름 낀 숲에 머물며 정든 벗을 보내고 섭섭한 마음으로 돌아왔습니다. 단지 다음 시를 읊어 귀하의 시에 화답할 뿐입니다.

보리죽 한 사발에 반찬은 식은 장
너무 담백하여 손님상에 올리기 민망했지만
산가의 생계가 곤궁하다고 웃지 마오.
우리들 참된 멋이 이 가운데 있지 않소.

시는 비록 졸렬하지만 뜻은 살 만하니, 산중의 한 고사古事가 될 수 있지 않을까요?

지금 가는 김 공이 제게 며칠 머물며 떨어진 망건 세 개를 수리했습니다. 그 덕분에 망건을 그리고 관을 쓴 옛사람[81]의 군색함을 면하여 아주 다행입니다. 길에 부딪히신 딱이 있기에 지금 그를 권하여 보냅니다. 이 노인은 지금 나이가 77세입니다. 앞날에 또 이만한 솜씨 있는 사람이 있을 것이라고 어찌 장담할 수 있겠습니까? 미리 여분을 수리해두고 훗날을 대비하는 것이 좋을 것 같습니다.

며칠 후 또 만날 것이라 이만 줄입니다.

1955년 4월 25일 → 428쪽

81) 중국에서 명이 망하고 청이 지배할 때, 여진족처럼 머리를 깎기를 강요했으나 깎지 않자 강제로 깎았다. 머리를 강제로 깎인 어떤 사람이 머리에 망건을 그리고 그 위에 관을 썼다는 이야기에서 온 말.

강유위와 양계초 > 이용구李龍求에게 답하다

저는 사람이 미미하고 식견이 어두우며 마음 또한 거칠고 처세도 서툽니다. 남들이 버릴 뿐만 아니라, 저 스스로도 사람 축에 끼지 못한다고 생각합니다. 그런데도 족하足下[82]께서 비천하게 여기지 않으시고, 인편이 있을 때마다 반드시 편지로 안부를 물으셨습니다. 이것은 어진이가 사람을 버리지 않고 너그럽게 용납하는 훌륭한 뜻이니, 어찌 천만 감사하지 않을 수 있겠습니까. 다만 보답할 것이 없어 더욱 부끄러움을 감당할 수 없습니다.

한더위에도 상중에 건강하시며 가족도 모두 평안하다니, 멀리서 기쁨을 감당할 수 없습니다. 제 안부에 관하여 말씀드릴 수 있는 것은 '窮廬之悲(궁려지비)'[83] 네 글자일 뿐입니다.

편지에 "별집別集의 이변二辨[84]을 읽으니 나도 모르게 눈에 불이 나고 머리털이 선다."고 하셨는데, 이로써 족하의 훌륭한 마음을 알 수 있습니다. 그러나 지금은 강유위康有爲와 양계초梁啓超[85]의 '가정의 경계와 국가의 경계를 무너뜨리자.'는 설이 성립하는 때입니다. 족하의 성품이 의롭다지만 장차 무슨 수가 있겠습니까? 단지 굴원屈原의 도세장度世章[86]만 읊을 뿐입니다. 어떻게 생각하시는지요?

계상溪上에 왕림하셨을 때 서로 만나지 못한 것은 형편 때문이었습니

---

82) 가깝고 대등한 사이의 편지에서 쓰는 이인칭 대명사.

83) '궁려窮廬'는 가난한 오두막, '비悲'는 아내 상을 당하여 슬프다는 뜻이다.

84) 양계초와 강유위의 글을 따져 비판한 글을 말하는 것으로 보인다.

85) 강유위(1858~1927)와 양계초(1873~1929)는 모두 중국의 정치가, 사상가, 교육가로 무술변법戊戌變法의 주창자다.

86) 초나라 굴원의 『초사楚辭원유遠游』에 "속세를 초월한 신선이 되어 돌아가기를 잊고/ 내 마음대로 하늘 높이 날아오르고파라(欲度世以忘歸兮 意姿睢以擔撟)."라고 한 대목을 말한다.

다. 누구를 원망하겠습니까. 저의 분수가 박한 것이 안타까울 뿐입니다. '궐리闕里를 지나쳤다.'[87] 운운하셨는데, 족하도 이런 말실수를 하십니까? 이 말을 옛사람의 이름을 비유하는 데 쓰는 것도 마땅하지 않습니다. 으레 하는 겸손한 표현이라고 생각하시겠지만, 제게는 낯 두꺼운 부끄러움을 참는 일이 아닐 수 없습니다. 세상의 희롱하고 아부하기 좋아하는 무리라면 혹 이런 표현을 쓸지도 모르지만, 형처럼 충실한 분이 어찌 장난으로 사람을 대할 수가 있습니까? 어쩔 수 없이 '말실수'라고 했지만, 몹시 부끄럽고 외람됩니다. 저를 매우 아끼시기에 숨김없이 솔직하게 말씀드리니, 헤아려 용서하시면 다행이겠습니다. 더위를 먹어 대강 급히 쓰기에, 이만 줄이고 답장을 올립니다.

1955년 6월 8일 기복제 김영익이 답장을 올림 → 428쪽

안양재실이 잿더미가 되다 > 사문斯文[88] 김정金鋌에게 답하다

벗 이인숙李仁淑 편으로 제 큰아이에게 보낸 위장慰狀[89]은 매우 슬프고 감동적이었습니다. 위장을 보니, 존형尊兄[90]께서 선고先考[91]의 덕을 현창하는 일로 호남에 다녀오셨더군요. 존형은 '해야 마땅한 일을 했다.'고 할 수 있습니다. 공경하여 마지않습니다.

87) 친구 이용구가 사교재의 집에 들르지 않고 그냥 지나친 것을 편지에 쓴 말이다. '궐리闕里'는 본래 공자의 고향 마을을 가리키는 말인데, 자기에게 이 말을 쓴 것을 사교재는 몹시 부담스럽게 여겼다.

88) 자기가 공부하는 유학儒學, 또는 자기와 같은 유학을 공부하는 학자.

89) 상을 당한 사람에게 보내는 위로의 편지. 조장弔狀.

90) 편지에서 친구를 높여 부르는 말.

91) 돌아가신 남의 아버지를 가리키는 말.

제 처 초상 때 존형의 주소를 몰라 부고하지 못했습니다. 안양에서 뵌 날 비록 해명은 했지만, 소홀히 하여 의리를 상하게 한 죄는 실로 큽니다. 그런데도 따지지 않고 위장을 보내어 조문하셨습니다. 그 포용력을 저처럼 속이 좁고 얕은 자가 어찌 측량할 수 있겠습니까. 몹시 부끄러워 땀이 납니다.

존형의 선고 문집을 간행하는 일은 성취할 가망이 있습니까? 지금 오도吾道[92]가 완전히 막혀 뜻있는 사람이 없습니다. 그래서 이렇다 할 성원이 없어 외로울 것입니다. 존형과 학천學泉이 성심으로 노력하신다지만 어찌 어렵지 않겠습니까. 그러나 지성이면 돌과 쇠도 뚫을 수 있습니다. 뜻이 확고하면 무슨 일인들 이루지 못하겠습니까. 저는 그 일이 반드시 성취될 것이라 생각합니다. 다만 조금도 도움이 되지 못하여 안타까울 뿐입니다.

지난 10월 그믐에 안양재실安陽齋室[93]이 완전히 잿더미가 되었습니다. 영진影殿[94]은 화재를 간신히 면했지만 작은 재난이 아닙니다. 원인은 재실지기가 조심하지 않았기 때문입니다. 중건할 대책도 전혀 세울 수 없는 상황입니다. 내년 봄 향사에 혹 학천과 함께 오실 수 있는지요? 간절히 기다리겠습니다. 이만 줄이고 편지를 올립니다.

1955년 12월 일 기복제期服弟[95] 김영익 올림 → 429쪽

---

92) 유가儒家의 학문과 도덕.

93) 간재艮齋 전우田愚와 노백老柏 최명희崔命喜의 위패를 모신 사당. 충남 태안군 근흥면 안기리에 있다.

94) 영정影幀을 모신 전각.

95) 기복期服은 처가 죽었을 때 일 년 동안 입는 상복. 제弟는 친구에게 자신을 낮추어 칭하는 말.

학천의 스승 문집 간행을 돕는 문제 > 학천學泉 김하규金夏圭에게 답함

제게 존형의 선사先師[돌아가신 스승]는 정의로는 동문이고 분수로는 장덕丈德[덕이 높은 어른]입니다. 그 의리가 어찌 감히 사제지간과 조금이라도 차이가 있다고 하겠습니까. 왕년에 여러 차례 모셨고 우연히 뵙고 여행도 했습니다. 깊은 가르침을 받지는 못했지만, 그 말씀을 듣고 몸가짐을 보며 깊이 감복했습니다. 근자에 또 석옹石翁이 쓴 장덕문狀德文[96]을 읽고 그 학문이 탁월하여 우리 고장의 사표가 된다는 것을 알고 평소 스승으로 모시고 가르침을 받지 못한 것을 후회했습니다.

지금 그분의 덕을 밝혀 길이 전하는 일에, 어찌 감히 물질적으로 인색함으로써 덕을 천시하는 무리가 되는 것을 달게 여기겠습니까. 다만 지금 제 처지를 보면, 박토 다섯 마지기에 여덟 식구의 생계가 달려 있는데다가 흉년마저 들었고, 망실亡室의 초상, 장례, 소상, 대상이 한 해에 계속 이어져 재력이 이미 바닥났습니다. 저 자신이 이런데다가 도움을 청할 만한 곳도 없습니다. 그래서 형편상 솔직히 드릴 말씀은 '송한悚汗[죄송하여 땀이 남]' 두 글자일 뿐입니다. 무슨 수가 있겠습니까. 혹 몇 달 지나면 제 정의를 표할 길이 있을지 모르겠습니다. 외면하지 말고 인정으로 헤아려주시면 고맙겠습니다. 오직 객지에서 몸조심하시기 바라며 이만 줄이고 편지를 올립니다.

1955년 섣달 기복제 김영익 올림 → 429쪽

---

96) 죽은 사람의 덕을 기리는 글. 가장家狀, 행장行狀 등.

31년 만에 전하는 소식 > 정현모鄭賢模에게 줌

서로 헤어진 지 31년이 되었습니다. 사람은 땅으로 막히고 인정은 형편 때문에 멀어져, 옛날 두텁던 우의가 모두 잊힌 것 같습니다. 이것이 어찌 인정상 참을 수 있는 일이겠습니까. 마음이 산 구름처럼 일었다 사라졌다 하며 무상할 뿐입니다. 슬프다! 지난 일은 모두 꿈같으니, 다시 말한들 무슨 소용이 있겠습니까.

김봉호金鳳鎬 아雅[97]에게 들으니, 형이 그사이 슬하에 남매를 두어 딸은 계례笄禮[98]를 올렸고 아들도 장성했다고 하더군요. 아주 기쁘지만 직접 가서 축하하지 못하여 안타깝습니다.

저는 금강산을 비롯하여 오대산, 설악산, 사명산 등의 광악光嶽[99]을 뜬구름처럼 유람하고, 무인년(1938)에 송곡松谷에 와서 가솔을 모으고 두 아이의 관례를 치렀습니다. 또 옛날에 하던 교육 사업을 운영하여 가망이 있는 사람이 열 몇 명이 되었으나, 지금 또 모두 전방에 군인으로 입대했습니다. 형편상 어쩔 수 없지만, 한 줄기 독서종자讀書種子[100]를 오늘날 다시는 만날 수 없는 것인가요? 개탄스럽습니다. 언제쯤 다시 형을 만나 끊어진 인연을 이을 수 있을지 모르겠습니다. 집 아이가 산 밖으로 이주할 계획을 세우는데, 그것이 성사되면 형과의 거리가 조금 가까워질 것 같습니다. 소원대로 될지 모르겠습니다. 편지를 쓰려니 생각이 아득하여 일일이 쓰지 못합니다. 묵묵히 헤아리시기 바라고 또 도학을 공부하시는 중

---

97) 자기에게 제자나 아들뻘 되는 사람에 대한 미칭美稱.

98) 여자의 머리를 올려 쪽을 찌고 비녀를 꽂는 성년식.

99) 삼광오악(三光伍嶽)의 준말. 삼광은 해, 달, 별을, 오악은 동서남북중의 다섯 명산을 가리키는데, 여기서는 삼광이 빛나는 한국의 명산을 말한다.

100) 유학이 점점 빛을 잃어가는 시대에 유학을 공부하는 사람을 귀하게 여기는 표현.

건강하시기를 기원하며, 이만 줄이고 편지를 올립니다.

1955년 12월 일 기복제 김영익 올림 → 430쪽

위토位土와 파보派譜 > 족인 재연在璉 씨에게 답함_1955년 12월 27일

부석浮石의 영목永穆 족인 편으로 존尊[101)] 께서 왕림하신 것을 알았으나, 사는 곳이 궁벽하여 지극히 훌륭한 이론을 듣지 못한 것이 안타까웠습니다. 지금 다행히 편지를 받아, 위로와 기쁨을 감당할 수 없습니다. 편지를 읽으니, 종이에 가득한 간절한 가르침이 조상을 위한 피어린 정성과 두터운 화목을 위한 지극한 충고가 아닌 것이 없어 황공하고 감격스러워 몸 둘 바를 모르겠습니다.

단향壇享[102)]의 위토位土[103)] 문제는 서정西亭의 후손이 많은데 두 마지기 논을 마련할 힘이 어찌 없겠습니까. 단지 여러 종족이 멀리 흩어져 있어 의논을 모으기가 쉽지 않기 때문입니다. 그러나 조상께 제사지내는 일을 하필이면 호구를 계산하여 추렴하는 방식으로 하겠습니까. 조금이라도 여력이 있는 집에서 단독이나 두세 집이 힘을 합하여 내는 것이 도리상 어찌 불가능하겠습니까. 그러나 풍속이 저속해진 후로 조상께 제사지내는 정성이 희미해지고 덕이 후한 사람도 찾아보기 어렵습니다. 개탄스럽지만 무슨 수가 있겠습니까. 타 종중이 어떠한지는 묻지 않고 저희 종중은 몇몇 호戶가 분수에 따라 성의를 다할 계획이지만, 대부분 청빈하여 재물

101) 편지에서 상대방을 높여 부르는 말.

102) 조상의 산소 자리를 모를 때 단을 만들어 지내는 제사.

103) 제사지내는 비용을 대기 위하여 마련한 토지.

을 모으기가 거북이의 털을 모으는 것보다 더 어렵습니다. 가까운 조상의 세사歲祀[104)]에 그 비용을 줄여 금년 겨울 겨우 벼 두 섬을 모았습니다. 앞으로 몇 년간 이만큼씩 모으면 계획을 성취할 수 있을 것입니다. 일은 비록 힘들어도 마음은 모두 같습니다. 위토가 마련되기 전에 단향에 제사지낼 수 있도록 임시로 쌀 다섯 말을 걷기로 결의했습니다. 혹 크게 되지는 않을지라도 길이 막히기야 하겠습니까. 부석과 백운헌파白雲軒派 종중의 벼 두 섬이 와서 합쳤는데, 훗날 혹 번잡해질까 염려되어 장부를 따로 취급합니다.

파보派譜 일은, 지금 막 대동보를 편찬하는데 어찌하여 두 가지 일을 동시에 벌입니까? 곡절이 있는 것 아닙니까? 이곳 여러 종중의 명단과 명단 앞으로 걷은 돈은 태반이 서울로 들어갔습니다. 형편이 장차 어떻게 돌아가는지요? 파보와 대동보에 돈이 동시에 들어가는 것 외에 다른 방법이 없으며, 의리상 해가 되는 것이 없습니까? 하교해주시기를 바랍니다. 부평 일은 여러 종중과 의논하여 처리할 것이니 그리 아시기 바랍니다. 이만 줄이고 답장을 올립니다. → 430쪽

돈만 받고 완성된 족보를 주지 않음 > 갑수甲洙, 용우容宇 두 종인께 답함_1956년

영익永益 하종下宗[105)]은 삼가 절하고 갑수甲洙, 용우容宇 두 종인 존위좌하尊位座下[106)]께 답장을 드립니다. 제가 종족의 정의情誼로 이 일을 맡은 것

104) 일 년에 한 번 지내는 제사. 세일사歲一祀 또는 묘사墓祀라고도 함.

105) 같은 종인에 대하여 자신을 낮추어 이르는 말.

106) 존위와 좌하 모두 존칭이다.

은 안으로는 같은 파 여러 종인의 권유와 밖으로는 귀 두 종인의 장난 때문입니다. 몹시 부끄러워 즉시 땅을 파고 들어가고 싶었으나 그럴 수도 없었습니다. 저의 미천함은 본래 말할 것도 없지만, 두 종인께서 사람을 대우하는 것 또한 어찌 소망스러운 것이겠습니까.

대저 이미 대금을 받은 족보 책을, 처음에는 개정할 곳이 있다고 잡아두다가 나중에는 뜻밖에 빼앗겼다고 하고는 돌려주지 않아, 생돈 만여 원을 날려버리게 하고 또 저를 많은 사람에게 욕을 먹게 만들었습니다. 제가 지금 나이가 80이라 부끄러움이 없다고 해도, 어떻게 감당할 수 있겠습니까? 보내신 편지에 운운하신 것도 진실하고 믿음직한 방법이 아닙니다. 종자宗子[107]가 설사 군도君道가 있다고 해도, 아저씨[숙叔] 또한 아버지 항렬이 아닙니까?[108] 또 나이가 갑절이나 되는데, 어찌 명령을 할 수 있습니까? "강탈한 것이나 다름이 없다."고 하는데, '다름이 없다'는 것도 진실이 아닙니다. 게다가 사손嗣孫[109]이 보낸 새로 인쇄한 봉투에 '서산 8질 분'이라고 명명백백하게 쓰지 않았습니까? 이치로 들으면 말이 안 되고, 자취로 보면 마음을 숨길 수 없습니다.

바라건대, 두 종인 존하께서는 이런 구차스러운 일을 하지 마세요. "너그러이 용서하라."고 하지만, 용서하는 것은 상대방 마음이 되어보는 것입니다. 처지를 바꾸면 어떻게 생각하시겠습니까? 공자가 "자신의 감정을 미루어 남의 감정을 안다(能近取譬)."고 하지 않았습니까. 남을 대하는 인仁은 이치에 맞고 사사로움이 없어야 합니다. 지금 장남을 보내는 것은, 한편으로는 이곳의 분란을 방지하기 위한 것이고 한편으로는 귀 측의

107) 대종중의 적장자.

108) 김영익이 종자 김갑수에게 아버지 항렬이다.

109) 대를 잇는 적장자.

창피를 막기 위한 것입니다. 모름지기 원만하게 처리하여 종족의 우의를 보전하기를 천만 기대하며, 이만 줄이고 편지를 올립니다. → 430쪽

위토를 마련할 곡식을 보내며 > 연산連山 단향소壇享所에 보내는 편지

종말宗末[110] 영익永益, 영계永契 등은 삼가 머리를 조아려 여러 종씨 존위尊位 좌하座下께 말씀드립니다. 초겨울에 여러분의 안부가 평안하시리라 생각합니다. 산천이 가로막고 사람의 일에 얽매여 때때로 모일 수 없지만 백세토록 한 집 같은 마음은 지극하지 않은 적이 없습니다. 옛사람이 이른바 "세도世道가 무너져도 지키는 상도常道는 무너진 적이 없다."는 말이 정말이라는 것을 이로써 알 수 있습니다.

가만히 생각하니, 친진親盡[111]한 조상의 묘에 일 년에 한 번 제사지내는 일은 백세토록 변치 않았으며 예禮에도 이 법이 있습니다. 그러나 분묘가 실전失傳되어 제사 지낼 곳이 없으면, 묘를 바라보는 곳에 제단을 만든 김태사金太師[112]의 예를 모방하여, 그 지경에 가서 단을 쌓아 제사지내라고 한 선배의 가르침이 있습니다. 또 정확한 산소를 모르면 그 배우자의 산소나 조고祖考, 자손의 묘역에 단을 쌓는 것도 근세에 두루 행해진 법입니다. 이렇게라도 하지 않으면 자손이 조상의 은혜를 추모하는 정성을 펼 수 있는 곳이 없기 때문입니다.

오호! 우리 선조 관찰사 공의 산소를 불행히 잃어버려 제사지내는 예가

---

110) 같은 종씨에게 자신을 낮추어 이르는 말.

111) 제사를 지내는 대수代數가 다한 것. 4대, 즉 고조부까지 제사를 지내면 5대 위를 친진이라고 한다.

112) 김선평金宣平. 본관은 안동, 고려 태조 왕건이 견훤을 무찌르는 것을 도와 공을 세움.

폐지된 지 수백 년이 되었습니다. 이것은 진실로 우리 일족이 모두 가슴 아파하는 일입니다. 그리고 지금 이렇게 제단을 만들어 제사지내는 예는 옛날이나 지금이나 모두 근거가 있고 인정으로 보더라도 이른바 '천리상 자연스러운 것'이지 사람이 억지로 안배한 것이 아닙니다. 수백 년간 흩어져 떠돌던 우리 조상의 정령이 이제부터는 다시 선영의 언덕 위에 모여 수많은 자손을 굽어보실 것입니다. 자손의 마음이 어찌 유쾌하지 않겠습니까.

그러나 또 서글픈 일이 있습니다. 오직 우리 문중 십 몇 호가 먼 시골로 떨어져 살며 사람 또한 무식하고 고루하여, 지금 이 의로운 일을 지난여름에야 들어 비로소 알았고 위토를 조성하는 일에 대해서도 까마득히 몰랐습니다. 어찌 부끄럽고 송구스러운 일이 아니겠습니까. 지난가을 마련한 벼 사백 근과 지금 이 쌀 다섯 말을 겨우 정성으로 바치는 것도 이 때문입니다. 해마다 이렇게 마련할 계획이지만, 만약 대종중에 다른 조치가 있다면 오직 그 처분을 기다릴 뿐입니다. 저간의 세세한 사정은 지금 가는 헌수憲洙와 용진容鎭 두 종인宗人이 말씀드릴 것입니다. 제향하는 의례가 순조롭게 이루어지기 바라며, 이만 줄이고 삼가 절합니다.

1956년 10월 1일 종말 영익, 영계 등이 편지를 올립니다. → 431쪽

눈이 머는 아픔喪明之痛(아들의 죽음) > 족숙 직현 씨께 올림_1958년 정월

오호! 슬프다. 영윤令允의 참변은 이 무슨 재앙입니까? 아들이 장성하여 먼저 죽는 것을, 그것이 운명으로 인한 것일지라도 옛사람은 '산 거북

이의 등딱지를 벗긴다.'[113]고 하며 견딜 수 없는 슬픔으로 표현했습니다. 하물며 그것이 뜻밖의 생죽음임이겠습니까. 평소에 자애가 깊었는데, 어떻게 감당하며 또 어떻게 견디시는지요? 그러나 이것은 운수소관이 아님이 없습니다. 죽은 사람의 수명이 이미 정해져 있었기에 산 사람의 슬픔 또한 무익하니, 무슨 수가 있겠습니까. 파공坡公이 "중년 이후에 흘리는 눈물은 눈을 멀게 할 수 있다."[114]고 했는데, 서하西河의 경우를 보면 실로 그러합니다. 하물며 족숙族叔께서는 칠순을 바라보는 연세니, 중년이다 뿐이겠습니까. 옛날 정태중程太中[115]이 80세에 명도明道를 잃었는데, 평소에 아들을 사랑했으나 이성으로 억제하고 지나치게 슬퍼하지 않아 후세 현인들의 모범이 되었습니다. 순리를 따르고 일상적인 생활 의욕을 잃지 마시기를 바랄 뿐입니다.

저 또한 작년 섣달 4일 작은아들이 죽었습니다. 자식을 먼저 보낸 것은 비슷하나, 상황은 제가 더 심합니다. 아드님은 아들을 넷이나 두어 마음을 위로할 수 있으나, 제 아이는 딸만 넷이니 사정이 어찌 더욱 딱하지 않습니까? 아! 슬픕니다. 상고上古에는 노인이 어린이의 죽음에 곡하지 않고 아버지가 아들의 죽음에 곡하지 않았는데,[116] 상고의 기운이 쇠퇴한 지 오래되었습니다. 하물며 도리가 어긋난 오늘날에 있어서이겠습니까. 단지 묵묵히 기다릴 뿐입니다.

얼음판에서 넘어져 손과 어깨를 다치셨다고 하는데, 그동안 치료하시어 상처가 나아가는지요? 걱정스럽기 그지없습니다. 나머지 사연은 영두

113) 원래 불교에서 죽음의 고통을 형용하는 말.
114) 소동파蘇東坡가 황사시黃師是에게 보낸 편지에 나오는 말.
115) 정호程顥(1032~1085). 송나라의 관리이자 학자. 아버지는 정향程珦이다.
116) 상고에는 요절하는 사람이 없었다는 말. 상고는 복희씨伏羲氏의 시대를 말한다.

永斗가 말씀드릴 것이라, 이만 줄이고 편지를 올립니다. → 431쪽

행장行狀을 써주며 > 조재구趙載九에게 줌

전날 더운 날씨에 어떻게 무사히 돌아가셨는지요? 아직도 마음을 놓지 못합니다. 저는 그새 전에 앓던 학질이 자주 재발하여 현기증이 나고 정신이 없는데, 치료할 길이 없어 정말 서글픕니다.

존尊[117]의 선고비先考妣[118] 행장行狀[119] 초고는 제가 식견이 얕은데다가 정신을 집중할 수 없는 혼미한 상태에서 거칠게 써서 읽기에 부족할 정도입니다. 존의 덕에 크게 누가 될 것 같습니다. 죄송하여 땀이 날 정도이니, 어떻게 하면 좋겠습니까? 남의 손을 빌려 정서했는데, 글씨 역시 모양이 좋지 않습니다. 다시 잘 베껴 안목이 있는 사람에게 가서 교정을 받아 완성하시면 천만다행이겠습니다.

1958년 6월 그믐 하루 전 제 김영익 올림

존의 선조 중에 호가 회곡檜谷인 분이 17세조로 알고 있는데, 어떤 책에 보니 존의 18세조 개성유수 휘 윤선兪瑄이 호가 회곡으로 되어 있습니다. 참고하시기 바랍니다. → 432쪽

117) 친구 또는 대등한 상대방을 높여 칭하는 말.

118) 돌아가신 아버지와 어머니.

119) 죽은 사람의 세계世系, 본관, 생졸연월일, 평생의 개략 등을 기록한 글.

아들의 요절/담배 선물 > 전용구田溶九 씨에게 답함

영익永益이 말씀드립니다. 제가 평생 한 짓이 천지신명을 많이 거슬러, 참혹한 재앙이 미쳐 막내 아이가 요절했습니다. 쓰라린 슬픔을 다스려 삭이지 못하고 마침내 고질이 되어 귀신의 관문을 드나든 지 지금 한 해가 되었습니다. 존尊께서 특별히 자상하게 내리신 위문을 받으니, 슬픈 가운데 감사하는 마음이 이루 말할 수 없습니다.

정양 중의 안부가 아주 평안하시고 가족도 모두 건강하다는 것을 편지를 보아 알고, 축하하여 마지않습니다. 담배 네 갑을 부쳐주셨는데, 이 무슨 분에 넘치는 선물입니까? 이것이 답답함을 해소하는 물건이라지만, 학질이 이미 고질이 된 사람이 무슨 특별한 효험을 기대할 수 있겠습니까? 효과를 보지 못하고 허비하는 처방이 될 것만 같아 공연히 감사할 뿐입니다. 자리가 어지러워 이불 밑에서 대강 쓰기에, 이만 줄이고 감사의 답장을 올립니다.

1958년 10월 14일 기복期服[120)]제 김영익 올림 → 432쪽

후사後嗣를 세우는 문제 > 조장호 씨에게 답함_1958년 12월 8일

만난 적이 없는 사이에 다소간 깨우쳐 타일러주신 데 대하여 감사드립니다. 말씀하신 저희 족인族人 태현泰鉉 씨의 후사後嗣[121)]를 세우는 문제와

120) 기복은 일 년 동안 입는 상복을 말하는데, 여기서는 필자가 아들 상을 당한 것을 가리킨다.

121) 대를 잇는 아들.

영목永穆 씨의 출계出繼[122] 여부는 그 집의 일입니다. 부자간의 인륜을 정하는 일에 대하여 제가 누구라고 감히 그 사이에 끼어 이래라저래라 하겠습니까. 천부당만부당합니다. 필시 고명高明께서 자세히 듣지 못하고 깊이 생각하지 않았기에 이렇게 운운하셨을 것입니다. 다시 생각해보시기 바랍니다.

저희 족보 편찬은 1954년 시작되어 1956년 완성되었습니다. 모두 영목 씨 살았을 때의 일입니다. 그 파에서 명단을 뽑고 그것을 족보 편찬소로 보내는 일을 모두 그 부자가 직접 했습니다. 2사舍[123] 밖에 멀리 있는 사람이 어찌 그 일에 끼어들 수 있었겠습니까. 1955년 봄에 영목 족인이 방문하여 예서禮書[124]의 후사를 세우는 조목을 함께 본 일은 있습니다. 함께 예서를 보았다고 해서 이런 죄를 받는다면, 이것 또한 운수입니까? 정말 맹랑한 일입니다.

존尊[125]의 외가에 후손이 끊어지는 것을 이을 생각이 간절하다고 해도, 사실에 근거하여 판단해야 합니다. 또한 그 집 형제와 먼저 의논하는 것이 도리입니다. 그런 단계를 뛰어넘어 다른 사람과 시비하여 무슨 문제를 해결하겠습니까. 굽어 헤아리시기 바랍니다. 공사供辭[126]가 사실이라고 해도 그것을 믿고 안 믿고는 신문하는 사람에게 달렸습니다. 제가 그것을 어떻게 하겠습니까. 고명의 처분만 삼가 기다릴 뿐입니다. 몹시 황송합니다. 나머지 사연은 별지에 있습니다. 이만 줄이고 답장을 올립니다.

1958년 12월 8일 제 김영보金永輔가 답장을 올림

---

122) 양자가 되어 대를 이음.

123) 1사는 30리.

124) 예禮에 관한 책.

125) 편지에서 상대방을 높여 칭하는 말.

126) 죄인이 진술하는 말.

별지

태현 씨가 생전에 그 조카 영목을 후사로 결정하지 않은 데는 특별한 뜻이 있었으니, 아우의 독자를 차마 빼앗을 수 없었기 때문이었습니다. 그의 생각은 아마 다음과 같았을 것입니다. '우리 같은 할아버지 자손 중 내 아들 항렬의 종형제가 5, 6명이 있고 같은 증조할아버지 자손 중 내 아들 항렬의 종형제가 7, 8명이 있으니, 이 중에서 후사를 정하면 사리로 볼 때 마땅하고 내 아우 역시 대가 끊길 염려가 없다.' 영목으로서도 백부가 돌아가신 후 그 뜻대로 서둘러 후사 문제를 마무리했어야 옳았습니다. 그렇게 하지 못하고 갑자기 죽은 것이 정말 개탄스럽습니다. 그리고 나머지 책임은 진수珍洙를 비롯한 그 여러 형제에게 있습니다. 고명 또한 어찌 곁에서 도울 책임이 전혀 없다고 할 수 있겠습니까.

한 세대 건너뛰어 후사를 세우는 설에 대하여, 그런 예가 없다고 누가 말하겠습니까. 한나라의 구순寇恂, 진晉나라의 순의荀顗, 당나라의 백거이白居易가 모두 그 손자 항렬로 후사를 세웠습니다. 우리 조선조의 송사민宋斯敏, 월정月汀 윤근수尹根壽의 아들 윤애尹昹가 증손자 항렬로 후사를 세웠고, 어우당於于堂 유몽인柳夢寅과 추포秋浦 황신黃愼의 집에도 이런 일이 있습니다. 근세의 족보 범례에 이른바 '승사손承嗣孫'도 모두 그 예인데, 누가 이 예가 없다고 합니까? 다만 행하는 사람이 스스로 헤아려 처리할 뿐이지, 남의 말 때문에 따르거나 어길 필요는 없습니다. 사람들 또한 남의 집 일에 끼어들 필요가 없습니다. 잘 모르겠지만, 그렇지 않습니까?

태현 씨는 저의 족숙族叔입니다. 제가 이분에 대하여 무슨 사사로운 감정이 있겠습니까. 고명께서 사람을 경계시키는 도가 분수에 넘치는 것은 아닙니까?

병석에 누워 이웃 학생에게 대필시켜 크게 실례를 범하니, 불쌍히 여겨 용서하시기 바랍니다. → 432쪽

족인 김용식의 명절선물을 받고 > 족인族人[127] 용식容植에게 답하다

객지에서 한 해를 보내고 새해를 맞이하는 감회가 어떠한가? 박 경찰 편에 보낸 설음식 잘 받았네. 이 무슨 뜻밖의 선물인가? 우리는 모두 가난한 사람일 뿐이네. '가난하여 물건으로 예를 표할 수 없다.'고 옛사람도 말했네. 게다가 받기만 하고 줄 것이 없으니 결례가 될 뿐 아니라 또한 몰염치를 면치 못하네. 고마운 마음보다 불안한 마음이 더 크네. 주위가 산만하여 이만 줄이네.

1959년 설날 늙은 종인 영익이 병을 무릅쓰고 몇 자 써 사례하다. → 433쪽

병마와 씨름하다, 족인族人 연담에게 답함

백오십 리 먼 길을 칠순 노인이 일부러 왕림하시고 또 이어서 편지를 보내시니, 은근한 마음과 깊은 정을 느낍니다. 제가 현족賢族[128]께 어떻게 이런 대우를 받는지 모르겠습니다. 마음 깊이 감사한 나머지 몸 둘 바를 모르겠습니다.

---

127) 상을 당했을 때 상복을 입어야 하는 가까운 친척 외의 동성동본 겨레붙이.

128) 족인을 높여 부르는 말.

봄이 저무는데 정양 중의 안부가 편안하시며, 아드님과 여러 손자도 모두 건강하고 좋은 일이 많겠지요. 축하드립니다.

저는 늘 병마와 씨름해왔는데, 이제는 병은 더욱 세어지고 몸은 더욱 쇠약해져 항복하는 깃발을 올릴 수밖에 없을 것 같습니다. 그러나 사람의 생사는 명에 달렸지요. 저 병이 명을 어떻게 하겠습니까. 세를 타고 장난하는 것에 불과하겠지요.

봄에 날이 풀리면 한번 오라고 하셨는데, 마음이야 어찌 그러고 싶지 않겠습니까. 다만 몸이 그것을 감당할 수 없으니 무슨 수가 있겠습니까. 서글피 바다 쪽 하늘만 바라보며 유유히 마음만 보낼 뿐입니다. 이불을 덮고 불러주며 대필시키기에 이만 줄이고 답장을 올립니다.

1959년 3월 26일 족종族從[129] 영익 답하여 올림 →434쪽

경서經書 팔기 > 이재설李載說 언경彦卿에게 보내다_1959년 10월

친구가 팔아달라며 맡긴 『논어』, 『맹자』 등 유학 책을 헐값에 팔고 쓴 편지다. '지금은 공자를 공자로 받들지 않고 맹자를 맹자로 받들지 않는 시대'라며 사교재는 변해가는 자기 시대를 말한다.

소식이 막혀 몹시 궁금합니다. 들으니, 날이 갈수록 더욱 건강하시며, 날마다 동원공, 녹리선생[130] 등과 더불어 바둑판 앞에서 수담하며 세상 근심을 삭이신다니, 속세에 살면서 속세를 벗어난 그런 청복淸福이 어디 있

129) 항렬이 같은 족인을 지칭하는 말.

130) 동원공東園公, 녹리선생甪里先生은 중국 한나라의 은사들인 상산사호商山四皓 중 두 사람.

겠습니까. 존경스럽기 그지없습니다.

저는 평소 사귀던 친구들이 다 저승으로 간 후 오직 병마와 씨름하다가 이제는 백기를 들고 되는대로 두고 볼 뿐입니다.

맡기신 물건은 지금은 '공자를 공자로 받들지 않고 맹자를 맹자로 받들지 않는 시대'라 구하는 사람을 만나기가 몹시 어렵습니다. 그래서 여태껏 질질 끌다가 하는 수 없이 헐값에 처분했습니다. 마땅찮으면 다시 무를 수도 있으니, 생각해보시고 가부를 알려주시기 바랍니다. 나머지 상세한 것은 제 큰아이가 직접 말씀드릴 것입니다.

이만 줄이고 편지를 올립니다. → 434쪽

양재 권순명에게 아들을 보내며 > 양재陽齋 권순명權純命[131]에게 답함

(봉투)전북 정읍군 영원면 은선리 陽齋 子 容華

수 고창군 고창읍 주곡리 玄谷

보내신 편지를 받아 읽은 지 4, 5년이 되도록 여태 답장이 없었으니, 의리를 범한 죄가 매우 큽니다. 변명한들 무슨 소용이 있겠습니까. 다만 그 사이에 처가 죽고 아들이 사망하여 상화喪禍가 겹쳤으며, 저 자신도 몸져누워 문 밖에 못 나간 지 3년이나 되었으며, 선향仙鄕[132]의 군과 면도 잊어버렸습니다. 아! 이것이 어찌 사람의 일입니까. 따지지 않고 용서하시기를 바라지만 그것이 되겠습니까? 단지 스스로 황송할 뿐입니다.

봄이 깊어가는데 정양 중의 안부가 과연 평안하시며, 요즘 허다한 변

131) 권순명(1891~1974) 사교재와 간재 문하에서 동문수학한 벗.

132) 상대방이 사는 지방을 높여 이르는 말.

고는 어떻게 감당하며 지내십니까? 저는 단지 "각자 자기 몸을 삼가며 여생을 잘 보내자."고 내리신 형의 가르침을 큰 부적으로 삼아 공손히 죽음을 기다릴 뿐입니다.

지금 두 아이가 가는데, 하나는 제 종족이고 하나는 제 장남입니다. 어려서부터 가난하게 살며 늘 노동과 품팔이를 했고 자질 또한 몹시 노둔하여 문자를 잘 모릅니다. 그러나 지향하는 바는 짐승 같은 오랑캐가 되지 않는 것입니다. 그래서 세상의 환난을 다 겪고도 의관은 여전히 지키고 있습니다. 늘 형의 청덕淸德[고결한 인품]을 존경하여 직접 모시고 받들어 배우기를 원합니다. 이 시대에 이 마음을 어찌 잠시라도 저지할 수 있겠습니까. 다만 실행하는 한 가지 일이 지체되다가 오늘에 이르렀습니다. 형께서 그 형편을 가련하게 여기고 그 심정을 헤아리시어 재주가 없다고 버리지 않으신다면, 그만한 은혜가 어디 있겠습니까. 형께서 세상을 걱정하는 마음으로 이들의 장래를 의심하시지 않을 것이라 생각합니다. 또 상수常洙의 양친은 지금 모두 나이가 80대라 대소변 할 때 남의 도움을 받은 지 여러 해 되었습니다. 제 아이 역시 딸린 식구가 14명인데, 이 아이에게 목숨을 걸어놓고 있습니다. 이런 형편이라 열흘이나 한 달 머물며 가르침을 받기 어려우니, 급히 돌아간다고 나무라지 마시기 바랍니다. 폐백은 모두 종이 1속뿐입니다. 이불 속에서 불러주며 대필시키느라 회포를 다하지 못하니, 마음으로 헤아리시기 바랍니다. 이만 줄이고 삼가 답장을 올립니다.

1960년 2월 일 동문제同門弟[133] 김영익金永益 올림 → 434쪽

133) 동문수학한 벗에게 자신을 낮추어 이르는 말.

몸을 깨끗이 하여 돌아감歸潔 > 지산芝山 안경익安景益에게 답함

상전벽해桑田碧海[134]의 여생에 친구의 편지를 읽으니, 기쁨과 감사가 지극하여 할 말을 잊었습니다. 늘 생일[135]이 되면 피차 서로 오가는 것을 연례행사로 삼은 것이 10여 년이 되었는데, 이제 둘 다 병마의 장난으로 폐인이 되어 좋은 날인데도 정말 안타까울 뿐입니다. 그러나 인생은 마음에 달렸으니, 마음을 서로 아는 것이 귀중합니다. 한 번 왕복하여 한 번 얼굴을 보는 것도 겉모습의 일이니, 그렇게 하고 못하고에 어찌 개의하겠습니까.

지금 형과 나는 모두 무덤을 지척에 두고 있습니다. 오직 귀결歸潔[136] 두 자로 여생을 아름답게 보내는 데 힘쓸 뿐입니다. 요즘 그렇게 하고 있는 것 아닙니까?

가을날이 서늘한데 몸이 더욱 건강하시며 식구들 모두 편안한지요? 저는 근자에 몇십 일 동안 머리가 어지럽고 정신이 완전히 나갔다가, 이제 겨우 조금 나은 것 같습니다. 나은들 이승에 무슨 도움이 되겠습니까? 가난한 오두막에서 슬퍼 탄식할 뿐입니다. 옛사람이 말한 '지언知言'[137]을 비루수 깨달았지만 이미 늦었으니, 무슨 수가 있겠습니까? 마침 신우愼友 편으로 이렇게 몇 자 안부를 알립니다. 정신이 멍하여 말이 되는지 모르

134) 뽕나무밭이 푸른 바다로 변했다는 말로, 세상의 변화가 심한 것을 표현한 숙어.

135) 원문에는 "비통함이 두 배가 될 때(倍悲痛之辰)."라고 했는데, 생일날을 말한다. 『소학』 권5 가언嘉言의 "부모가 돌아가시고 안 계시면 생일날 배나 슬프다."고 한 데서 온 말.

136) 몸을 깨끗이 하여 돌아간다는 뜻. 『맹자』 만장상에 "성인의 행동은 같지 않다. 혹은 멀리 있고 혹은 가까이 있으며, 혹은 떠나고 혹은 떠나지 않지만, 귀결은 그 몸을 깨끗이 하는 데 있을 뿐이다(聖人之行, 不同也. 或遠或近, 或去或不去, 歸潔其身而已矣)."라고 한 데서 온 말.

137) 남의 말을 이해한다는 뜻. 『논어』 요왈에 "남의 말을 이해하지 못하면 남을 이해할 수 없다(不知言無以知人也)."에서 온 말.

겠습니다. 이만 줄이고 편지를 올립니다.

1960년 8월 3일 제 김영익金永益이 답장을 올립니다. → 435쪽

유학자의 현대정치론 > 이병용李丙鎔에게 부침

치도治道[138]를 일반적으로 논하는 것은 학설이다. 학설은 학문을 이룬 사람의 고유한 지론持論[139]이다. 시정時政[140]은 시비다. 시비는 언책자言責者[141]가 아니면 감히 할 수 없다. 양자는 경계가 매우 엄격하다. 경계가 없으면 어지럽다. 지금 모 인사가 한 짓이 학설인가, 아니면 언책인가?

답답하게 눌렸던 민심이 갑자기 폭발하는 것이 민요民擾다. 개인이 말이나 글로 널리 정부를 비방하는 것은 선동이다. 민요는 혹 어루만져 안정시키지만, 선동은 반드시 응징하여 다스린다. 이것이 행정가의 변함없는 법이니, 두렵지 아니한가?

나는 네가 이런 일을 했다고 하는 것이 아니다. 그 따르는 바를 보면 그 마음을 알 수 있다. 네 마음이 끌려 동요되는데, 내 기우가 없을 수 없다. 그래서 경솔하지만 네게 이렇게 말하는 것이다.

민주民主를 논하는 사람이 "민권民權이 근본인데 어찌 지위에 구애되어 말해서는 안 되는 것이 있는가?"라고 말한다면, 이것은 혼란스러운 말이다. '민권'이라고 하지만 이 권리는 사람을 뽑는 한 가지 일에 지나지 않

138) 국가를 다스리는 방법.
139) 일관성이 있는 의견이나 주장.
140) 동시대의 정치.
141) 윗사람에게 자기 의견을 말하여 비판하거나 권장하는 책임이 있는 사람.

을 뿐이다. 행정에는 또 행정권이 있다. 국민은 도리어 행정을 따를 의무만 있을 뿐이다. 행정에 하나의 잘못이 있고 법에 하나의 불평등이 있다고 해서, 많은 사람이 헐뜯고 떠든다면 그것은 혼란이다. 나라를 다스릴 수 있겠느냐? 가정과 국가를 막론하고 매사에는 각각 사리가 있다. 국민으로서 사리를 모르면 민주를 할 수 있겠느냐? 한 번 웃을 일이다.

1960년 8월 외조부 사교四矯 → 435쪽

나라는 어지러워도 산중 세월은 한가하네 > 종씨 어른 재연 씨에게 답함

화수和洙 족인 편으로 옛 도道에 뜻을 둔 분의 편지를 받으니 내용이 아주 점잖습니다. 게다가 함께 보내신 약은 또 제가 살아나기를 바라는 얼마나 지극한 사랑입니까. 감사함을 마음에 깊이 새겼으나, 제가 종씨 어른께 어떻게 이런 대접을 받는지 모르겠습니다. 편지 받은 후 달이 두 번 바뀌었는데, 몸 건강하시며 가족도 모두 평안한지요? 멀리서 궁금하기 그지없습니다. 종인 영익永益은 위경胃經에 불이 나고 신장에 열이 나 거의 죽을 지경으로 여러 해 앓다가, 작년 가을 이후로는 불과 열이 괴질이 되었습니다. 지금은 사지 또한 마음대로 움직이지 못하고 대소변도 때로는 가리지 못하니, 이것이 어찌 산 사람의 꼴입니까? 내려 보내신 영약은 삼가 복용하겠으나, 병이 이미 고황膏肓에 들었으니 무슨 수가 있겠습니까. 들으니 만산萬山에 별장을 지으신다고 하는군요. 정말 그렇다면, 속세에 살면서 속세를 벗어나는 그만한 맑은 복이 어디 있겠습니까. 춘옹春

翁[142]의 시를 읊어 높은 운치를 미리 축하드립니다.

나라는 어지럽고 어두워도
산중에는 세월이 한가하네.

정신이 혼미한 가운데 불러주며 대필시키기에, 이만 줄이고 편지를 올립니다.

1961년 9월 25일 하종下宗[143] 영익永益이 답장을 올림 → 435쪽

어떻게 올바른 사람에게 투표합니까? > 모씨에게 줌

아! 『춘추』의 중화를 높이고 오랑캐를 물리치는 의리와 성인의 은현隱顯[144]의 가르침을 오늘 어디서 토론할 수 있습니까? 종縱과 횡橫[순리와 역리]이 섞여서 하나의 길이 되고, 의리와 이익이 나란히 두 줄이 되었습니다. 사람이 사람 노릇을 못하고 의리가 더는 의리가 아닌데, 저들의 대동大同[이상적 평등사상]이 바다를 이루려 하는 것이 무엇이 이상할 것이 있겠습니까. 이것은 이미 그렇게 된 것이라고 합시다.

요즘 이른바 사람을 선출하는 법을 형은 혹 생각해보셨습니까? 이것은 이미 주나라의 삼물三物[145]의 천거도 아니고 또 한나라의 효도하고 청

142) 동춘당同春堂 송준길宋浚吉(1606~1672).

143) 종씨에게 자신을 낮추어 이르는 말.

144) 『중용장구』 제1장에 "숨겨진 것보다 더 드러나는 것이 없으며 은미한 일보다 더 두드러지는 일이 없다. 그러므로 군자는 홀로 있을 때 삼간다(莫見乎隱 莫顯乎微 故君子愼其獨也)."라고 한 데서 온 말.

145) 주나라 때 향鄕에서 백성을 교육하는 세 가지 일, 즉 육덕六德, 육행六行, 육예六藝.

렴한 자를 추천하는 것도 아닙니다. 수나라의 양제煬帝와 당나라의 측천무후처럼 어지러움을 다툴 때도 도리어 이런 고시법考試法[146]이 없었으니, 이것은 단지 하나의 새 제도일 뿐입니다. 이른바 스스로 출마하는 몰염치는 고려와 조선에서 실시한 쌍기雙冀[147]의 과거제도보다 심하니, 그 득실은 말할 필요조차 없습니다.

지금 이 제도 아래 사는 우리는 여기서 벗어날 수 없고, 또한 투표용지에 투표해야 하는데 어떻게 올바른 사람을 가려내야 합니까? 이것은 실로 나라를 팔고 적에게 항복하는 데 비할 바가 아닙니다. 이 제도를 따르는 것이 이른바 오랑캐를 따라 변하는 것이 아닙니까? → 436쪽

146) 사람의 지식과 재능을 시험으로 측정하여 선발하는 법.

147) 중국 후주後周시대 사람으로 고려에 귀화한 인물. 고려 광종光宗에게 건의하여 과거제도를 실시하게 했다.

잡저雜著
서序
기記
제발題跋
계화도일기繼華島日記

석전강사石田講舍 보인계輔仁契 설립문設立文_1917년

지난여름 동문 유정민柳廷敏이 방문하여 우연히 강학講學[148] 문제에 관한 말이 나오자, 그가 탄식하여 말했다.

"전부터 지금까지 석전石田 문하에서 배운 사람이 무려 수백 명인데 세상의 변고가 이 지경이라 기백을 잃지 않고 지킬 수 있는 자가 몇 명이나 되는가? 처음과 나중의 뜻이 같지 않아 가서 돌아오지 않는 자는 그만이니 논하지 않더라도, 세상의 굴레에 고생하고 다시는 떨쳐 일어나지 못하여 스승을 잊고 지난 일을 외면하는 사람이 있다. 애석하도다! 어떻게 하면 스스로 깨닫게 할 수 있겠는가? 아직도 강학에 뜻이 있는 사람이 겨우 열 몇 명인데, 이들 또한 동서로 흩어져 있어 머리를 맞댄 적이 없다. 의리를 듣고 연구하여 밝히는 것은 떠났다가 다시 돌아온 후의 문제다. 어찌 서글프지 않은가! 내게 의견이 하나 있다. 동지와 더불어 계를 하나 만들어 봄과 가을에 강회를 하고 수계修契[149]를 하면, 외로움을 면할 수 있고 혹 보인輔仁[150]의 공에 도움이 될 것이다. 또 사문師門에 대해서도 친함과 의리의 도가 있지 않겠는가."

영익永益[필자] 또한 이 의견을 아주 좋아하여 초가을에 최봉희崔鳳喜, 최명기崔命基 등 여러 사우와 만나 이 일을 의논하니, 모두 '마음에 생각하

---

148) 학문을 연구하고 토론함.

149) 본래 춘삼월에 물가에 모여 놀며 목욕함으로써 재액을 물리치고 복을 기원하는 행사를 말하는데, 여기서는 친목을 도모하고 결의를 다지는 의미.

150) 인덕仁德을 배양함. 『논어』「안연」의 "군자는 글로써 벗을 모으고, 벗으로써 인덕을 배양한다(君子以文會友以友輔仁)."라고 한 데서 온 말.

고 있던 일'이라고 했다. 그리하여 기일을 정하여 계를 의논한 것이 두 번이나 되지만, 서로 기약을 잊고 오늘에 이르렀다. 이것 또한 '연구하여 공언한 것은 반드시 신의가 있어야 한다.'는 경계가 부족하기 때문인가? 또한 개탄스러운 바가 없지 않다.

지금 다시 감히 기록을 하나 써서 돌려 보여드리니, 여러분께서는 각기 뜻에 따라 힘에 따라 출자할 얼마의 금액을 이름 아래 난에 기록하기 바라며, 오는 정월 16일 석전의 최용崔鎔 집에 모여서 계 논의를 결정하면 천만다행이겠다. → 436쪽

담배는 요물이다 > 탄연설歎烟說을 수궤재 제현에게 보여주다_1920년 3월 13일

담배라는 것이 비록 작은 사물이지만, 그 기수氣數[151]가 크다는 것은 실생활로 증명할 수 있다. 중국에는 원래 이 물건이 없었는데, 남이南夷[남쪽 오랑캐]로부터 처음 들어왔다. 그러므로 남초南草라고 한다. 이것이 중국에 들어오자, 중국이 오랑캐 문화에 빠졌다. 우리나라에 들어오자, 우리나라 역시 오랑캐 문화에 빠졌다. 지금 온 천하에 두루 퍼져서, 천하 역시 다 오랑캐가 되었다. 오호, 이것이 무슨 요물인가? 매촌梅村이 칭한 것[152]이 실로 거짓이 아니다. 대저 이 물건은 요기를 하거나 추위를 막을 수 있는 것이 아니다. 또 귀신에게 바치고 제사 모시는데 필요한 것도, 마음을 다스리고 몸을 단속하는 데 도움이 되는 것도 아니다. 백해무익한 것이다. 어찌하여 세상의 남녀노소와 귀천상하가 피우기를 탐하지 않음이 없

151) 원래는 운명 또는 수명의 뜻인데, 여기서는 사람들의 길흉화복에 미치는 영향력이라는 의미.
152) 명나라 매촌 오위업吳偉業이 『수구기략綏寇紀略』이란 저술에서 담배를 요물妖物이라 말한 것.

어, 백성으로 하여금 해를 입게 하고 화를 후세에 끼치는가? 근재近齋[박윤원, 1734~1788]가 사악한 맛이라고 했으니, 그 맛에 무슨 단맛이 있으며 그 냄새에 무슨 향기가 있는가? 매산梅山[홍직필]의 이른바 "요얼의 탄생은 사람과 사물에 다름이 없다. 모두 기수에 관계가 있어서 그런 것인가?"가 정말 맞는 말이다. → 437쪽

고질이 된 흡연 > 흡연, 쓸데없는 습관_1947년

나는 20세 때 흡연하는 습관이 있었으나 곧 끊었다. 수궤재守軌齋에 있던 때도 초설草說[담배설] 하나를 지어 학생들로 하여금 피우지 못하게 경계했다. 그 후 동협東峽[강원도]에서 객지생활을 할 때 옆 사람의 권유로 그냥 한 번 피운 후로, 다른 사람들의 권유가 더욱 강력하고 나의 쓸데없는 습관도 점점 익어갔다. 내가 그때 자조하기를, '옛사람이 50세에 49년간의 잘못을 알고 고쳤다. 나는 지금 50세에 49년간 안 하던 것을 배우고 익힌다. 나의 배움은 옛사람의 배움과 다르구나.' 했다. 그러나 나는 담배 피우는 도구를 갖춘 적이 없었고, 또 담배를 즐겨 사지 않았다. 다만 다른 사람이 권하면 피우고, 그렇지 않으면 피우지 않았다. 그래도 완전히 끊지 못하고 그렇게 63세인 지금까지 이어졌으니, 고질이 되었다고 할 만하다.

어제 정애鄭哀[153]에게 거상의居喪儀[상중의 예절]를 가르치다가 '흡연은 평상시에도 본래 해서는 안 되지만, 상중에는 더욱 해서는 안 된다.'고 한 고산鼓山[임헌회]의 가르침에 이르러 갑자기 부끄럽고 두려운 마음이 나서 말

153) 정씨 성의 상중에 있는 학생.

했다.

"내가 이 습성을 아직도 고치지 못하면서 남을 가르치려 하는가? 이제부터 다시는 이 습성을 행하지 않으리라."

마음으로 단단히 결심했다. 저녁에 손님과 이야기하다가 나도 모르게 또 한 대 피웠다. 습관이 이미 성性이 되었고, 그것을 고치려는 노력은 일시적이라는 것을 이로써 알 수 있다.

사謝 선생[謝良佐]이 말했다.

"자기를 이기고 모름지기 성性을 따라야 극도로 이기기 어려운 것도 이길 수 있다."

이러한 고질적인 습성을 이겨 없애지 못하는데, 다시 무슨 학문을 논하랴. 이에 기록하여 스스로 경계한다. → 437쪽

생일날 두 배 비통한 이유 > 생일날 아침에 우연히 쓰다

이천伊川 선생이 말했다.

"부모가 돌아가신 후 자기 생일에 두 배 비통해야 마땅하다. 더욱이 어찌 차마 술상을 차리고 음악을 들으며 즐기겠는가."

당태종이 시신侍臣[154]에게 말했다.

"오늘이 내 생일인데, 짐은 느끼는 바가 있어 슬프다. 『시경』에 '슬프고 슬프다! 우리 부모님 나를 낳아 기르시느라 고생하셨네.' 했거늘 어떻게 부모님이 고생하신 날 더욱이 연회를 열어 즐길 수 있겠는가."

154) 제왕을 모시는 조정의 신하.

진서산眞西山[진덕수陳德秀] 선생이 말했다.

"자기 생일에 부모님이 돌아가시고 안 계시면, 부모님 제삿날의 예로 스스로 행동해야 한다. 당태종은 황제로서 능히 그것을 실행했는데, 하물며 학자가 그것을 몰라서 되겠는가."

평소의 두 배가 되는 슬픈 마음이 없는 자, 슬퍼하는 예로써 자기 생일 하루를 지내지 않는 자 등은 순순히 제대로 실행하지 못한 것이다. 정자가 이른바 '안인安忍[어찌 차마]' 두 자를 깊이 체득하여 생각해봐야 한다. 무릇 성현이 사람의 아들로서 추모의 예를 행하는 것이 어찌 '불인不忍[차마 못함]' 두 자에 근본이 있지 않겠는가. 진 선생이 이른바 '부모님 제삿날의 예로 스스로 행동해야 한다.'의 의미가 간절하고 정밀하다고 할 수 있다.

제삿날의 예는 제의祭義의 오사삼불五思三不, 가례家禮의 음주하지 않고 육식하지 않고 음악을 듣지 않으며, 참건黲巾, 소복素服, 소대素帶를 착용하고 바깥사랑에서 지내고 자는 것 등이 아니겠는가. 오늘이 마침 내 생일 아침이라, 슬픈 나머지 우연히 기억이 나서 이렇게 쓴다.

1947년 7월 27일 영익이 쓰다. → 437쪽

측은한 독립

지금 우리나라 사람이 독립했다고 환호하는데, 그 뜻은 맞지만 그 사정은 측은하다. '독립'이라는 것은 남의 세력에 압박당하거나 남의 술수에 속박당하지 않고, 스스로 나의 법으로 스스로 내 권리를 세워 그 실체가 있고 그 명칭이 있어야 의미가 설 수 있다. 그렇지 않고 남의 세력에 압박당하고 남의 술수에 속박당하면, 빈 명칭만 있고 그 실체가 없어서 의미가 설 수 없다. 어떻게 독립이라고 하겠는가!

미국과 소련이 우리 대한민국을 반으로 나누기로 일본 오랑캐가 돌아가기 전에 이미 약속했으니, 대한민국은 오래전부터 이미 우리 대한민국이 아니었다. 일본 오랑캐가 돌아간 후 두 군대가 삼팔선을 경계로 각각 남북을 점거했으니, 이것이 이른바 저들의 국경이 아닌가? 미국은 우리나라를 미국의 숙번熟番[155]으로, 소련은 우리나라를 소련의 숙번으로 여기고 각각 우리나라에 진수鎭戍했다. 이것이 이른바 '통제를 꾀한 것'이 아닌가? 각각 자기 나라 제도와 문물을 시행하니, 이것이 이른바 '자기 법을 시행하는 것'이 아닌가? 우리 옛글을 배척하고 저들의 말과 글을 가르치니, 이른바 '우리 민족을 개조하는 것'이 아닌가? 경도京都[156]라는 이름을 버리고 시市라고 하니, 이것이 이른바 '식민지화하는 것'이 아닌가? 이러면서 '독립'이라고 하니, 이것이 누구를 속이겠는가? 우리를 바보 취급하는 것이 아니면, 나쁜 말이다.

미국이 민주주의를 하니, 자기가 점거한 곳으로 하여금 민주주의를 하게 한다. 소련이 공산주의를 하니, 자기가 점거한 곳으로 하여금 공산주의를 하게 한다. 이것이 저들을 위하여 변화시키는 것인가? 우리 독립을 위한 것인가? 저들이 이로써 우리를 기만하는데 우리가 진실이라고 받아들이면, 어찌 어리석지 않은가? → 438쪽

155) 제국에 동화된 야만국. 동화되지 않은 야만국을 가리키는 생번生番과 상대되는 말.

156) 국가의 수도라는 의미.

'모교母校'라는 말의 그름_1947년

1945년 (음력) 7월 일본 오랑캐가 돌아간 후 우리 대한민국의 학교 간판과 교내의 문자를 그대로 '국민학교'라고 부른다. 내 생각에 '국민' 두 자는 원수 오랑캐가 우리를 신하 내지 노복으로 부르는 호칭이다. 어찌하여 없애지 않고 추하게도 계속 쓰는가? 다시 생각해본다. '전에는 일본국민학교였다가 이제는 대한국민학교니, 어찌 또한 이것으로 스스로 해석할 수 없겠는가?' 그러나 근자에 학교의 문자를 보니 일본 통치 때의 학교를 모교라고 부르는데, 또한 일본을 모국이라고 생각하는가? 내가 일본 통치 때의 교과를 보니, 우리를 어리석게 만들고 우리를 학대하고 우리를 해치지 않는 것이 없었다. 무슨 어머니와 아들의 명분이 있어서 모교라고 하는가? 이런 정의도 없고 부끄러움도 모르는 무리가 전에 일본에 잘 보이던 습성으로 우리 많은 아동을 그르치니, 가증스럽고 통탄스럽다. → 438쪽

자신의 과거를 부정하는 신문화 > 평화신문을 읽고

1952년 2월 16일자 평화신문에 "신라 왕릉을 발굴하여 보물과 국보를 문교부에 보냈다. 장차 국립박물관에 보존할 것이다. 발굴 기간과 비용은 약 20일간 600여 만 원이 들었다." 운운했다.

슬프다! 세상에 못하는 일이 없다. 국민으로서 선왕의 능침을 발굴하고 그 속의 물건을 보물이라 하고 국보라 하며 과장하는 것을, 마치 훌륭

한 일인 것처럼 큰 사업인 것처럼 한다. 차마 하지 못하는 마음이나 외경하는 마음은 없다. 이들을 인류라고 할 수 있는가? 정말 천하에 도덕이 없는 자들이다.

몇 년 전 대통령이 103조의 헌법을 발표하는 날[1948.7.12], 신문사설은 신라, 고려, 조선, 대한제국 등 선왕의 정치를 차례로 비난하며 '사람의 도가 아니다.'고 했는데, 그 말하는 기세의 무엄함이 천 번 목을 베고도 남을 정도였다. 그 무리가 4, 5년 동안 과연 무슨 짓을 했는가? 백만 생명을 앞장서 죽이고, 백성의 재산과 곡식을 속여서 빼앗았다. 이것이 이른바 '사람의 도'인가? 강상과 예의를 박멸하고 선왕과 선성을 능욕한 화가 이 지경에 이르렀다. 그런데도 오히려 신문화라고 핑계를 대며 잘못을 깨달을 줄 모른다. 이것이 어찌 이리나 물고기가 먹이를 다투는 꼴이 아닌가? 한밤중에 생각하며, 나도 모르게 통곡하며, 죽고 싶은 생각이 든다. → 438쪽

석장石丈 찬贊_1956년 12월

노백서당老柏書堂의 계단 옆에 인물석상이 있는데, 기상이 엄숙하다. 멀리서 바라만 봐야지 함부로 대해서는 안 된다. 석상을 위하여 몇 자 써서 찬양하니, 후에 보는 사람은 내가 감동한 바가 깊다는 것을 알기 바란다.

묵묵히 말이 없어, 허물을 면할 수 있구나.
얼어붙은 듯 움직이지 않아, 세상에 설 수 있구나.

조용히 마치 생각하는 것 같으니, 그 뜻이 얼마나 깊으랴.

천하의 대세大勢일지라. → 439쪽

포은과 목은의 위차 > 숙모전肅慕殿[157] 재중齋中에 답함(공주군 반포면 동학동)

삼가 포은圃隱, 목은牧隱 두 선생의 위차의절位次儀節[158]을 받았습니다. 저희가 식견이 천박한데 어찌 감히 그 문제에 대하여 이러쿵저러쿵하겠습니까만, 논의를 수렴하시니 대답하지 않을 수 없습니다. 만약 대답이 옳지 않거든 지식이 미치지 못하기 때문이라고 생각하시고, 패려궂고 망령되다고 꾸짖지 않으시면 다행이겠습니다.

가만히 생각해보면 이 일은 이李씨가 주장하고 사림士林이 예를 행하는 것입니다. 피차가 서로 예禮로써 푼 후에야 공의公議가 행해지고 일이 바르게 될 수 있습니다. 그러지 않고 각기 자기주장만 하여 점점 서로 격해지면, 본래 조상을 존중하고 현인을 사모하는 존엄한 곳이 크게 불안해질까 도리어 두렵습니다. 어떻게 생각하시는지요?

삼가 『고려사』 본전本傳[159]을 살펴보니 "병란 이후로 학교가 황폐하자 공민왕이 성균관을 중건하고, 영남의 유학자 정몽주 선생과 김구용金九容, 박상충朴尙衷, 이숭인李崇仁, 박의중朴宜中 등을 뽑아 학관學官을 겸하게 하고, 이색 선생을 대사성으로 삼아 매일 명륜당明倫堂에 앉아 경전을 수업하게 했다." 운운했습니다. 또 일찍이 살펴보니, "공민왕 때 목은 선생

157) 단종과 사육신을 비롯한 충신, 열사의 신주를 모신 사우. 공주군 반포면 동학동에 있다.

158) 제향의식 때 차례에 따라 정해지는 위치. 여기서는 포은과 목은 중 누가 먼저인가에 관한 문제.

159) 『고려사열전』 28 「제신諸臣」, 이색.

이 대사성을 겸하며, 강의하는 요원이 적었기 때문에 당대의 경술經術 학자 척약재惕若齋(김구용), 포은圃隱(정몽주), 반남潘南(박상충) 같은 여러 현인을 뽑아 학직學職을 겸하게 하고 자신이 그 우두머리가 되었다."고 했습니다. 대개 당시 대사성과 학관 및 학직과는 석차에 구분이 있었습니다. '성균관에서 그러했다면 향사鄕祠[지방의 사당]에서 또한 다름이 없어야 하고, 생시에 그러했다면 사후에 또한 그대로 해야 한다.' 이것이 이씨의 주장이 아닙니까?

그러나 이 충의사忠義祠는 원래 야은冶隱 선생이 포은 선생의 제자로서 스승을 제사지내기 위하여 창설한 곳으로, 당시에는 단지 '포은사圃隱祠'라고만 했습니다. 그 후에 목은과 야은을 추가로 배향配享[160]했습니다. 삼은三隱[161]의 칭호가 있지만, 주로 삼아 원래 배향한 분은 포은 선생입니다. 유금헌柳琴軒[162] 선생은 동시대의 현인으로서 포은과 목은 두 선생의 나이의 상하와 성균관 때의 일을 상세히 알았는데도, 추가로 배향할 때 위차를 이렇게 했습니다. 이것이 어찌 포은이 원래 배향이고 목은이 추가 배향이기 때문이 아니겠습니까. 아니면 다른 까닭이 있습니까? 지금 사림으로서 말하면, 금헌 선생이 정한 위차가 이미 이러하고 오백 년간 여러 선배가 따라 행한 것이 의심할 여지가 없는데, 후배로서 어찌 감히 함부로 변동하겠습니까. 이것은 사림의 통상적인 예법이 그러하기 때문입니다.

그렇다면 피차의 생각을 서로 예로써 풀고 널리 묻고 고찰하여 충분히 지당한 도리를 구하되, 당대에 불가능하면 후일을 기다려야 합니다. 그렇

160) 원래 있던 사당에 다른 사람의 신주를 따라 모셔 제사지냄.

161) 포은 정몽주(1337~1392), 목은 이색(1328~1396), 야은 길재(1353~1419).

162) 유방택柳方澤(1320~1402), 서산 출신으로 천문학자.

게 함으로써 오늘날 능멸당하여 쇠약해진 우리 사림이 서로 사랑하고 돕는 의리를 잃지 않도록 해야 합니다. 이것이 과오를 줄이는 일이 아니겠습니까?

주제 넘은 생각이지만, 오늘날뿐만 아니라 훗날에도 도덕과 절의가 두 선생만 한 사람이 나와서 예를 의논하는 곳을 마련하기 전에는 이 문제를 해결하기 어려울 것 같습니다. 지금 그 사람이 누구입니까? 그곳이 어디입니까? 멍하니 하늘만 바라볼 뿐입니다.

세 가지 사항

하나. 두 선생의 위차는 추후에 배향할 때 이렇게 정해졌고, 그 후 오백 년 동안 선배들이 그대로 행하여 전례가 된 것이다. 후배로서 어찌 감히 함부로 바꾸며, 또 어찌 감히 멋대로 바꾸는 것을 허용하겠는가? 도리상 절대로 불가하다.

둘. 유림이 모시고 제향하는 위패를 목은의 후손이 사가私家로 모시고 갔다는데, 어찌 이다지도 다급한가? 의례의 질차가 설사 마음에 들지 않는다고 하더라도 의견을 모아 예를 익혀야지, 어찌 도리도 없이 마음대로 바로 행동으로 옮기기를 마치 오백 년 동안 눈앞에 사람이 없었던 것처럼 행동하는가? 이것은 자기 멋대로 행동하는 것이지, 예로써 일을 처리하는 도가 아니다. 위패를 다시 만들어 모시고 제향하는 것을 생각해볼 수 있다. 그러나 지금 다시 만들어 모신 후 후손이 또 모시고 가면 세 번, 네 번 계속 만들 것인가? 존엄하고 신중한 방법은 아닌 것 같다. 어떻게 생각하는가?

셋, '김동봉金東峯이 규정을 만들었다.'고 운운한 것. 이렇게 말할 필요가 없을 것 같다. 종전의 의례절차가 예에 합당하지 않은 것이 있다면, 동봉의 규정이 없더라도 사림이 어찌 예를 익혀 바로잡을 길이 없겠는가. 진실로 그렇지 않다면, 또 어찌 예를 어기며 억지로 따를 이치가 있겠는가. 동봉의 규정에 관계없이 예로써 절충하는 것이 옳다. 모르겠지만, 그렇지 않겠는가?

단기 4292년(1959) 7월 일

서산군 태안 문묘 전교典校 모某[163)]

유림儒林 모모某某 → 439쪽

삼은각三隱閣의 재유齋儒에게 답함_1960년 5월

삼가 답한다. 한산 이씨의 이른바 반증하는 글은 쓴 사람이 누구인지 모르나, 괴변이라고 할 수 있다. 저들은 한 조각 시기와 원망의 마음으로, 지금 나라가 불행하고 성현이 수모를 당하는 때를 틈타 임금을 원수로 여기고 현인을 무함하는 설을 마음대로 쏟아낸다. 어찌 이다지도 거리낌이 없는가. 자고로 성인을 모욕하고 현인을 욕하는 무리가 어느 시대인들 없었으랴만, 단지 그 사람과 그 글에 그쳤을 뿐이다. 오늘 이씨처럼 거족적으로 전국에 공포한 적은 없었다. 여러분의 반박과 성토가 의리가 엄정하고 말이 정확하여, 세상의 도리에 도움이 되면 아주 다행이겠다.

대저 이씨의 생각은 이렇다. '목은의 도학과 절의와 문장이 모두 포은

163) 이 글은 사교재가 태안향교의 책임자인 전교로서 쓴 것이다.

에 뒤지지 않았으며 벼슬이 높고 나이가 위였는데, 무슨 까닭에 포은만 혼자 승무陞廡[164] 되고 사당의 자리 또한 첫 번째인가?' 이 때문에 시기와 원망이 쌓여 이런 괴상한 일을 벌인 것이다. 그러나 조상을 존숭하는데도 그 체모가 있어야 한다. 의리를 연구하고 예를 논함으로써 공의公義를 구하여 편다면, 어찌 그 방법이 없겠는가. 그런데 자기 조상과 함께 배향된 선정先正[165] 을 무함하고 자기 조상을 제향하는 유림을 욕하면, 이것이 과연 사랑과 공경을 미루어 넓혀가는 마음인가? 또 목은 선생의 절조와 임금을 위하는 덕이 성현을 존숭하는 데서 나왔는데, 지금 임금을 배척하고 소식蘇軾을 존경하는 때에 선생의 일을 그들에게 진정하여 판정을 구한다면, 이것이 과연 선생의 도를 존중하고 선생의 마음을 체득한 일이겠는가? 시비를 가리는 마음이 끊어지고 불인不仁 또한 심한 것이다. 오호, 누구를 책망하겠는가! 우리도 별지에 몇 조목을 따져서 반박하는데, 감히 의리를 밝히려는 것이 아니라 세상에 대한 분노를 스스로 억누를 수 없기 때문이다. 말이 잘 통하지 않더라도, 용납하고 용서하여 허물하지 않으면 매우 다행이겠다.

이씨의 반증을 따지는 글(辨李氏反證文)[166]

반증: 포은은 20년 동안 우禑와 창昌[167] 을 섬기다가 하루아침에 추방되어 시해되었다. 천하의 악에 임금을 시해하는 것보다 더한 것이 없다. 그것을 덮으려 한들, 덮을 수 있겠는가?

164) 공자의 사당인 문묘의 동무東廡와 서무西廡에 한국 역대 18현의 위패를 모시고 종향從享하는데, 거기에 포은이 든 것을 말한다.

165) 앞 시대의 현인. 여기서는 정몽주.

166) 이 제목의 '변辨'은 남의 주장에 대하여 그 잘못을 논리적으로 따지는 글의 양식이다.

167) 고려 말의 32대 우왕과 33대 창왕.

변: 포은의 도학과 절의는 조선 오백 년 역대 임금과 여러 유현이 극도로 찬양하지 않음이 없었고, 전국의 유림이 대대로 숭모하여 '동방이학의 시조(東邦理學之祖)'로 추앙한다. 그런데 이씨는 '엄악掩惡[악을 덮다]' 두 글자로 가리려 한다. 그 안중에 과연 임금이 있으며, 현인이 있는가? 목은의 학문은 임금을 공경하고 현인을 존경했다고 들었다. 그 후손이 조상을 존숭한다고 하면서 임금을 얕보고 현인을 무함하는 것을 좋은 계책으로 생각한다면, 이것이 과연 조상을 공경하고 사랑하는 방법인가? 가증스럽다.

반증: 이조李朝[168] 때 목은의 승무陞廡를 억압한 것은 거꾸로 나라에서 포은을 기리어 영원히 승무했기 때문이다.

변: 이씨가 국조國朝[169]에 무슨 푸대접을 당했다고 이런 망언을 하는가? '억압抑壓'이라고 하는 것은 옳게 여기지 않는 마음이 있는 것이고, '이조李朝'라고 하는 것은 배척하는 말이다. 이런 마음으로 이런 말까지 한다면, 다시 무슨 거리낌이 있으며 차마 하지 못하는 짓이 있겠는가? 두렵다. 국조가 유현儒賢을 승무하는 것은 공론에 달려 있었다. 어찌 억압할 리가 있었겠는가. 이씨의 말이야말로 정말 군부君父[임금]를 억압한 것이다.

반증: '목은은 우와 창의 당黨이고, 포은은 태조[이성계]의 당이다.' 운운한 것

변: 오호! 군자에게도 당이 있는가?[170] 나는 목은 선생이 만고 강상의 절조로써 죽었다고 생각한다. 그런데 한때 한 성의 당을 위하여 죽었는가? 이상하도다! 이씨의 말이여. 포은이 당을 짓지 않은 것은 단심가丹心

168) 일본이 조선朝鮮을 비하하여 칭하던 말. 이씨조선李氏朝鮮의 준말.
169) 자기 나라의 조정을 칭하는 말. 여기서는 이씨가 조선을 '이조'라고 부르는 데 대한 질책의 의미도 있다.
170) "吳聞君子不黨 君子亦黨乎." 『논어』 「술이」.

歌와 선죽교善竹橋의 피를 온 세상 사람이 지금까지 외어 비문이 된 것이 말하고 있다. 설령 시기하고 미워하는 자가 있더라도 누가 그 무함을 믿겠는가? 청컨대, 이씨는 그 망언과 방자함을 그만두기 바란다.

반증: "이 문제는 중앙정부에 진정하면 문교부장관이 판정하여 충남도지사에게 훈령을 하달하고…." "정부의 훈령을 도외시하니, 교화敎化 밖의 국민…."

변: 이씨의 말이 이 지경에 이르고 보면 하지 않을 일이 없다고 할 수 있다. 군주가 다스릴 때 억압당했다고 생각하는 것을 민주주의 때에 풀려고 하는가? 그러나 국민을 또한 교화 밖이라고 하니, 이씨는 전에는 군주 때문에 어려웠고 민주주의 시대에도 어렵다. 그것을 어떻게 하랴? 목은 선생의 시 「장단에서 읊다(長湍吟)」[171]에 "꿈엔들 누가 전에 이런 생각을 하랴."고 한 것이 오늘을 위하여 준비된 말이라고 할 수 있다.

반증: "목은의 첫째 자리를 우리는 바라지 않는다. 이제부터 목은의 향사를 완전히 철폐하고…."

변: 목은 선생 한 분을 위하여 이미 첫째 자리를 다투어 제사지내려 하다가, 또 제사를 철폐하고 지내지 않겠다고 하는 것은 무슨 까닭인가? 그 조상을 그 마음의 욕망과 미움의 도구로 삼으려는 것이 아닌가? 정말 불인不仁이 심한 것이다.

반증: 아는 사람은 알고, 모르는 사람은 모른다. 포은의 출처出處[172]를 오늘 폭로한 것이 과연 누구인가?

변: 이른바 '아는 사람'은 누구이며, '모르는 사람'은 누구인가? 저들이 스스로 크게 쓰고 깊이 인쇄하여 전국에 폭로하고는 "과연 누구인가?"라

171) 이성계가 권력을 잡은 후 장단에 유배되어 읊은 시.

172) 벼슬에 나가는 것과 벼슬에서 물러나 은거하는 것.

고 하니 정말 간사한 사람의 말투다. 그러나 포은의 출처는 청천백일처럼 광명정대하다. 설령 너절한 요망함으로 가리려고 한들, 어찌 이룰 수 있겠는가? 단지 스스로 신과 사람의 노기를 건드릴 뿐이다.

반증: "포은의 행적은 유교정신에 크게 배치된다.…"

변: 무엇을 유교정신이라 하는가? 성리학으로 말하면 '동방이학의 시조'이고, 학문의 발달로 말하면 동방학자의 연원으로 중국의 염옹濂翁[173]과 같고, 의리로 말하면 원나라를 배척하고 명나라를 존숭하여 의리는 춘추春秋를 근본으로 삼았고, 의례儀禮로 말하면 오복五服을 입고 삼년상을 지내게 하고 사대부와 서민으로 하여금 사당을 세우고 제사지내게 했고, 제도로 말하면 서울에 오학五學을 지방에 향교를 세워 유학을 진흥했고, 절의로 말하면 나라와 함께 살고 나라와 함께 죽었다. 역대 임금과 뭇 현인이 '태산처럼 높은 절조', '우주의 동량'이라고 찬양했다. 관복과 의복의 제도에 이르기까지 오랑캐의 것을 혁신하여 중화를 따르게 함으로써 동국으로 하여금 수천 년 동이東夷의 누추함을 하루아침에 씻고 우리 오백 년 소중화小中華 문물을 열도록 한 것, 이것이 누구의 공인가? 그런데도 '유교정신에 배치된다'고 하는가? 옛날 이태백이 맹자孟子를 가리켜 잔인한 사람이라고 했는데, 여은余隱이 거기에 대하여 '하늘이 벌을 내리고 귀신이 꾸짖을 것'이라고 했다. 나는 이 반증을 쓴 이씨가 그렇게 될까 두렵다.

율곡이 동방의 도학을 논하여 말했다. "도도한 천년 세월에 출중한 사람이 아무도 없었으나, 고려 말 정모鄭某[정몽주]가 유자儒者의 기상이 꽤

173) 송나라 주돈이周敦頤(1017~1073). 성리학의 기초를 닦아 정호程顥와 정이程頤에게 전수했다.

있었다.” 이것은 포은이 동방 천년의 한 사람이라는 말이다. 어찌 유교에 배치되는 증거가 될 수 있겠는가? “그 학문을 성취할 수 없었다.”고 한 것은 완전함을 요구한 말이다. 주공과 공자가 아니라면 학문을 누가 구비할 수 있었겠는가? 공자처럼 대성하지 못했다고 “유교에 배치된다.”고 한다면, 안자顔子와 증자曾子 이하 면할 수 있는 사람은 아무도 없을 것이다. 어찌 어렵지 않은가.

율곡이 대신과 충신의 구별에 대해 또 논하여 말했다. “영무자甯武子가 주군을 구한 것,[174] 제갈량諸葛亮이 적을 토벌한 것, 적인걸狄仁傑[175]이 반정反正한 것, 사마광司馬光이 폐단을 개혁한 것, 이들은 모두 이른바 충신이다.” 그가 “그들이 행한 일을 더듬어보면, 충신에 불과할 뿐이다.”고 한 것 또한 완전함을 요구한 뜻이다. 이씨도 이 말에 대하여 알아야 마땅한데, 오히려 추방하여 시해했다는 설로 무함했다. 임금을 추방하여 시해한 자를 충신이라고 하겠는가? 자기 마음을 스스로 속이는 자가 무엇인들 속이지 않으랴.

포은, 목은 두 선생이 동시대에 태어나 같은 조정에서 벼슬했으며, 학문을 창도하고 후학을 가르치며 결심하여 국정을 보좌할 때 그 뜻을 함께했다. 창왕을 폐위시키고 요瑤[공양왕]를 세울 때 당한 어려움과 침묵 속에 힘쓴 내용이 어찌 서로 다름이 있었겠는가. 포은이 공신에 든 것을 왕을 추방하여 시해한 데 대한 상이라고 한다면, 목은의 한산부원군韓山府院君이라는 봉작도 거기에 참가한 데 대한 상인가?(기사년(1389) 11월 15일 공양왕을 책립할 때 목은이 장단에서 대궐에 들어가 축하하고 한산부원군에 봉해졌다.) 당

174) 위衛 대부 영무자가 문공과 성공을 섬겼다. 성공이 무도하여 나라를 잃게 되었으나, 영무자는 피하지 않고 성공을 구했다.

175) 당나라 측천무후 때의 명재상으로 국로國老라는 호칭을 얻었다.

시의 사정과 의리의 심사가 어떠했는지 묻지 않고 단지 형적만으로 운운한다면, 이것이 어찌 세상으로써 사람을 논하는 도리이겠는가? 겉으로는 드러나지 않게 가리고 내밀하게 왕실을 위하여 도모하는 것, 이것이 강목綱目에 쓴 왕윤王允[176]의 일이다. 아! 이것으로 선생의 일을 논해서 되겠는가?

목은 시에 나오는 두 정鄭씨[177]에 대하여 이씨는 그중 한 사람을 정총鄭摠 대신 포은이라 생각하는데, 바로 이것이 마음에 있는 미움이 드러난 것이며 실제로 그 조상을 무함하는 것이다. 목은이 포은에 대하여 평소 믿은 바가 어떠했는데, 이렇게 의리 없이 욕하고 헐뜯겠는가? 만약『연려실기술』이 아니었으면, 목은의 시가 얼마나 그 후손에게 무함당하여 한낮 비방하는 글이 되었겠는가.

대저 이씨가 포은에 대하여 무슨 깊은 원한이 있어 기어코 이렇게 무함하려는지 모르겠다. 그 마음 쓰는 법이 본래 좋지 않지만, 실제는 운수의 변화 때문이다. 저들이 시끄럽게 조잘대는데 대하여 많이 대꾸할 필요가 없다. 다만 포은의 도를 잘 배워서 하늘이 바로잡아주기를 기다리는 것이 오늘 힘쓸 바가 아니겠는가?

질의質疑[178]

목은 선생이 성무聖廡에서 출향黜享된 것이 "류문절柳文節[류희춘]…." 운운하는데, 당시 유림의 공론은 어떠했는지 혹 근거로 삼을 만한 것이 있

176) 후한後漢 때 간신 동탁董卓을 제거한 인물.

177) 목은의 시 「장단음長湍吟」에 "하물며 두 정씨가 지금 대의에 참여한다니(二鄭況今參大議)."라고 한 구절의 두 정씨를 말한다. 이성계의 건국에 참여하는 두 정씨 중 한 사람은 정도전이 분명한데, 나머지 한 사람을 한산 이씨 측은 정몽주라고 주장했다.

178) 태안의 유림에 한 질의인 것으로 보인다.

는가?

국가의 역대 임금이 두 선생을 찬양한 글에 포은은 도학과 절의를 아울러 칭찬했지만, 목은은 절의와 문장을 칭찬하고 도학은 언급하지 않았다. 이것은 또 무엇 때문인가?

목은 선생이 유학에 깊고 성리학에 정통한데, 문집에 실린 것은 시문詩文에 불과하고 학문의 미묘한 논술은 조금도 보이지 않는다. 무엇 때문인가? 태종 때 그의 원고 몇 편을 불살라 없앴기 때문인가?

예부터 상론가尙論家[179]가 목은은 글이 훌륭하다고 하고, 포은은 도학이 훌륭하다고 했다. 문묘에는 도학을 중시하기 때문에 그 훌륭함을 따라 포은만 승무陞廡된 것인가?

삼은의 위차位次는 같은 시대지만 목은 선생이 연상이므로 첫째가 되어야 할 것 같다. 그런데 금헌琴軒이 선생을 배향할 때 그렇게 하지 않은 것은 무엇 때문인가? 원배元配와 추배追配[180]의 설은 과연 사실인가?

옛날 허문정許文正[허형許衡(1209~1281)]이 원나라에 벼슬하여 좨주祭酒가 되었다. 우리 동방의 유현들이 혹은 실신失身했다고 하고 혹은 실절失節했다고 했다. 우옹尤翁[송시열]은 출향黜享해야 한다고까지 했다. 노재魯齋[허형]가 원나라 사람으로서 원나라에 벼슬했는데 무슨 불의가 있는가? 여러 선생이 이렇게 주장하는 것이 무엇 때문인가? 대개 허許씨가 유학자로 자칭하여 덕망과 학문으로 천하의 높은 명망을 짊어졌으나, 음과 양을 가리지 못하여 몸을 오랑캐에게 허락했다. 이것이 실신이다. 이적夷狄과 중화를 구별하는 대도大道로써 왕을 바로잡지 못하고 짝하여 군신관계가 되었다. 이것이 실절이다. 큰 근본이 이미 무너져 춘추에 죄를 지었으니, 이러

179) 옛날 사람을 논평하는 사람.

180) 원래 배향한 사람과 추후에 배향한 사람, 즉 포은과 목은.

고도 어찌 감히 성무聖廡에서 편안할 수 있었겠는가? 이 의리를 우리 동방의 포은과 반남潘南 등 여러 선생이 먼저 선도했고, 남 추강南秋江 또한 '허 노재 선생이 머리를 풀고 오랑캐의 신하가 되었다.'고 비난했으며, 우옹 때에 이르러 더욱 크게 밝혔다. 포은과 목은 두 선생의 학문과 논정論政, 그리고 몸으로 실천한 것이 여러 선생과 같은 마음이 아님이 없다. 그러나 포은이 '원나라 사신을 배척하고 김의金義[181]를 성토하는 상소'를 보면 이 의리가 매우 엄하다. 목은은 공적이거나 사적인 글에 '仕元翰林[사원한림, 원나라에 한림으로 벼슬한]' 넉 자를 특별히 썼다. 잘 모르지만, 좨주와 한림이 구분이 있는가? 원의 신하와 배신陪臣[182]이 차이가 있는가? 여러분의 평소의 명확한 지식으로 어떻게 생각하는가? 아낌없이 가르쳐주기를 간절히 바란다.

목은 선생을 원院에서 향사하는 것은 유림의 일이다. 이씨 본손本孫의 입장과 관계가 없다. 그런데 전부터 내려온 원의 예에 본손이 원하지 않아도 유림이 스스로 위패를 세운 일이 있는가? 지금 이씨가 조상을 욕보인다고 하여 위패를 모셔가고 지위紙位[지방]도 사용하지 못하게 하며, 첫째 자리도 원하지 않고 향사에서 영원히 철수하겠다는 설을 인쇄하여 전국에 퍼뜨리는데, 삼은각의 재유齋儒들은 장차 어떻게 대처하려는가? 저들이 조상을 욕보인다고 해도 우리가 스스로 존경하고 사모하는 것이 의리에 해가 되지 않는다면, 굳게 지켜 변하지 않는 것이 사리에 맞는 것인가? 오백 년 동안 예例가 된 것을 지금 폐지하면 일이 몹시 황송하다. 본손이 이렇게 말썽을 부리니, 부득이 제향을 정지하고 문제가 가라앉을 때까지 기다리는 것도 변고에 대처하는 의리로 나쁘지 않은 것인가? 처리할

181) 고려에 귀화한 호인胡人.
182) 제후의 신하를 천자에 대하여 부르는 호칭.

방법을 듣기를 원한다. → 440쪽

목은 이색과 조선의 개국 > 상촌 신흠申欽의 휘언彙言과 『승국유사勝國遺事』를 읽고

"『고려사』에서 포폄褒貶[183]한 것은 모두 믿을 수 없다. 창왕을 옹립한 것과 우왕을 만난 것[184]과 윤이尹彝와 이초李初를 명나라에 보낸 것[185] 등을 목은牧隱의 큰 죄목으로 만들어 원로를 쓰러뜨리고 마침내 그 나라를 찬탈했다. 저 정도전, 조준, 윤소종 등이 천벌을 받아 죽는 것을 면할 수 있는가? 『고려사』를 편찬한 자는 정인지다." – 신흠申欽의 『상촌집』「휘언彙言」에서

"조선이 개국한 지 5년 후 목은이 빈례賓禮[186]로 대궐에 들어가 태조를 뵙고 평소처럼 지난 일을 이야기했다. 헤어질 때 태조가 읍하고 문까지 전송하자, 목은이 농담조로 말했다. '전하께서 나라를 세울 때 우리와 일을 함께하지 않으시고, 마고馬賈[187] 무리와 함께 모의하신 것은 무엇 때문입니까?' 태조가 웃고 답하지 않았다. 마고 무리는 당시의 개국공신들을 가리킨 것이다." – 신흠의 『승국유사勝國遺事』에서

---

183) 찬양하거나 폄하함. 역사상의 인물을 평가하는 말.

184) 우왕이 폐위되어 여주에 안치되었을 때 목은이 가서 만났다고 하는 것.

185) 윤이와 이초가 명나라에 있으면서 황제에게 본국의 공양왕과 이성계가 명나라를 공격하려 하며, 그것을 반대하는 이색을 죽였다고 무함한 일이 있었는데, 이들을 이색이 보냈다고 하는 것.

186) 외국 사신을 접대하는 의례.

187) 말을 거래하는 상인.

내가 일찍이 신흠의「휘언」을 읽고 '『고려사』를 믿을 수 없다.'는 말에 대하여 진실로 이의가 없었다. 지금『승국유사』를 보고 더욱 개탄을 금할 수 없다.『승국유사』의 이 기사 또한 정인지 무리가 무록誣錄[188)]한 것 아닌가? 칼을 쓰지 않고 살인한 것이라고 할 수 있다. 이 말의 뜻을 보면 조준, 정도전 무리의 공을 독점하지 못한 것을 한탄하고 있다. 이것이 어찌 목은의 입으로 할 수 있는 말이었겠는가? 아니면, 죽음이 두려워 아첨한 말인가? 듣는 사람이 얼굴이 붉어져 조준과 정도전을 꾸짖을 수 없다. → 444쪽

유학자의 예수교 비판 > 서교변西敎辨-화지안花之安[189)]이 지은 『자서조동自西徂東』[190)]의 구절을 잘라내어 비판함

유교적 입장에서 예수교를 비판한 글. 사교재를 통하여 당시 유학자들이 예수교를 어떻게 보았는지를 엿볼 수 있다. 이「서교변」은 스승 간재艮齋 전우田愚의「자서조동변自西徂東辨」과 부분적으로 일치하는 내용이 있다.

죄와 질병

"세상의 각종 질병은 모두 죄에 원인이 있다. 죄가 있으면 질병이 들어 사망한다. 그러므로 병을 치료하려면 먼저 죄를 없애야 한다. 그러나 죄

---

188) 없는 사실을 꾸며서 기록함.

189) 화지안(1839~1899)은 독일 사람으로 본명은 에른스트 파버Ernst Faber이고 선교사, 중국학자, 식물학자다. 1865년 예현회禮賢會 대표로 홍콩에 와서 광동 일대에서 전교활동을 했고, 1880년 예현회와 관계를 끊고 독자적으로 활동했다. 1885년 동선회同善會에 가입하고 다음 해 상해로 왔으며, 1898년 독일이 청도를 점령한 후 청도로 이주했다.

190) 화지안이 지었으며, 중국과 서방의 문명을 비교하여 중국의 낙후된 분야에 대한 개선 방법을 기독교적 견지에서 제시한 책.

는 스스로 제거할 수 없다. 병을 스스로 치료할 수 없으면….” – 치질병장治疾病章(이하 같음)

비판: 사람의 질병은 형기形氣에서 생기고, 유죄와 무죄는 마음을 쓰는 데서 비롯된다. 어찌하여 질병이 모두 죄에 원인이 있다고 하는가? 병을 치료하는 것은 양생養生에 달렸고, 죄를 제거하는 것은 개과천선에 달렸다. 어찌하여 질병을 치료하려거든 먼저 죄를 제거하라고 하는가? 마음이 이치를 어기는 것은 죄를 짓는 마음이 이치를 거스르는 것이다. 죄, 이치를 어기는 것, 이치를 거스르는 것 등을 제거하는 것은 모두 마음이 하는 것이다. 그런데 스스로 제거할 수 없다고 하는 것은 또 무슨 말인가? 예수가 사람을 구제하여 죄에서 벗어나게 함으로써 질병을 제거한다는 것은 모두 사설邪說[사악한 주장]을 위한 복선이다.

죄와 용서

“이것이 예수가 세상에 내려와 사람을 구제하여 죄에서 벗어나게 하고 질병의 근원을 제거한 까닭이니, 죄를 제거하기를 추구하는 사람은 예수의 성스러운 가르침이 아니면 성공할 수 없다. 사람은 진실로 성스러운 도道를 독실하게 믿음으로써 죄를 용서받을 수 있다.”

비판: 도리상 죄를 주어야 마땅한 사람은 죄를 주고, 도리상 용서해야 마땅한 사람은 용서한다. 이것이 하늘과 사람의 공정한 도리다. 지금 도리가 어떠한지 불문하고 오직 예수만 독실하게 믿는 자를 예수가 상제上帝[하나님]에게 기도하여 용서해주면, 이것은 예수 또한 도리를 버리고 사사로움을 따르는 것이다. 스스로 사사로움을 따름으로써 죄에서 도망갈

이치가 없는데, 어찌 남의 죄를 구제할 겨를이 있겠는가?

질병과 천당

"그러나 지금 세상에 살면서 혹 질병이 있으나(이승에서 절대로 질병이 없는 성스러운 도를 독실하게 믿는 사람을 말하는 것이 아님) 장래에는 반드시 온전한 몸을 얻어 천당에 올라 영원한 복을 누릴…."

비판: 둔사遁辭[191]로고, 둔사로다! 예수가 상제에게 기도하여 죄를 용서한다고 하지 않았는가? 혹 질병이 있어 장차 죽어 없어질 사람이 장래에는 반드시 온전한 몸을 얻는 것을 누가 알겠는가? 망령되고, 망령되도다! 드러내놓고는 이치가 없는 말로 사람을 속일 수 없기 때문에, 천당에서 복을 누린다는 설을 몰래 빌려와 사람을 홀린다. 마치 귀신을 그려 사람을 속이는 것과 같다. 사람을 예수교에 끌어들이려는 계책은 교묘하지만, 이렇게 구차스러운 일도 없을 것이다.

사욕私欲

"사람을 보내어 예수의 성스러운 도를 선전하여 감화의 공에 도움을 입게 함으로써 자기 사욕을 누르고 예의를 회복하게 하셨다. 천당의 복을 사모하여 세상의 시시한 복을 뜬구름처럼 여기니, 미치는 증세가 또한 어디서 생기겠는가." – 우대전광장優待癲狂章

비판: 극기克己는 자기 마음으로 자기 사욕을 누르는 것이다. 어찌 예수교를 선전하는 자의 공에 도움을 받았겠는가? 그리고 자기 사욕을 누르고 예의를 회복하면 그만일 것이다. 또 천당의 복을 사모한다는 것은

191) 옹색한 상황을 피하려고 꾸며대는 말.

무엇인가? 복을 사모하는 마음으로 극기하면, 이것은 사욕으로 사욕을 누르는 것이다. 사욕을 과연 누를 이치가 있겠는가? 광증狂症이 더욱 심한 자라고 할 수 있다.

백성의 교화

"중국인이 진실로 서방국가처럼 예수의 성스러운 가르침으로 백성을 교화할 수 있으면, 사람들이 모두 예의와 염치를 숭상할 것이다. 어찌 마음대로 법을 어기겠는가?" – 성형벌장省刑罰章

비판: 진실로 중화의 요순의 도로써 백성을 교화할 수 있으면, 사람이 어찌 예의와 염치를 숭상하지 않으며, 풍속이 어찌 형조刑措[192]의 관습을 이루지 않겠는가? 그러나 군부君父에게 절하지 않고 남녀를 구별하지 않는 예수의 가르침을 반드시 쓴 후에야 예의를 숭상하고 법을 어기지 않는가? 화지안이 이 말을 할 때 그 얼굴이 붉어지지 않았는가? 내가 듣기로, 예수 자신이 그 가르침을 실천했으나 그 제자의 계략으로 십자가에서 피를 흘리며 죽는 것을 면치 못했다고 한다. 예의를 숭상하고 함부로 행동하지 않는 것을 어디서 찾아볼 수 있는가?

전쟁

"진실로 크고 작은 일에 모두 예수의 법과 훈계를 따를 수 있으면, 장차 교화가 성행하여 모두 겸양을 으뜸으로 생각한다. 그러면 칼을 녹여 쟁기를 만들고 창을 녹여 낫을 만들지 않겠는가?" – 해식전쟁장解息戰爭章

비판: 전쟁의 근본 원인은 이익이고 이익을 막는 길은 인의仁義일 뿐이

192) 형법이 있으나 두고 쓰지 않는 것.

다. 전쟁을 없애려고 예수의 화를 두려워하고 복을 구하는 설과 임금을 깔보고 조상을 망각하는 행동을 가르치면 인의를 심히 해치게 된다. 이른바 '칼을 녹여 쟁기를 만들고 창을 녹여 낫을 만드는 날'을 무슨 수로 보겠는가. 예수가 서양국가에서 나서 그 가르침을 퍼뜨린 지 지금 이천 년이 되었다. 저 여러 나라가 전쟁을 없앤 것이 과연 예수의 말대로 되었는가? 이것은 사람을 꾀어 예수교에 들이려는 마음에서 나온 말이다. 그런데 그 말이 과장인 줄 도리어 모른다.

도리道理와 성진性眞

"지금 도리道理[193]를 익힌 사람 수백 명이 중국에 왔다. 그들이 사람들에게 예수를 믿고 따르기를 권하여, 사람들이 성진性眞[참된 성정]을 보전하여 하나님 아버지께 귀의하고 하나님 아버지께 죄를 짓지 않아 '하나님 아버지께 죄를 지어 빌 곳이 없는 지경'에 이르지 않았다. 이것이 중국에 크게 기여한 것이다. '하늘에 죄를 지으면 빌 곳이 없다(獲罪於天 無所禱也).'[194] 고 공자가 말했는데, 바로 같은 의미다. 대개 사람이 오로지 하나님 아버지를 존경하면 스스로 감히 악을 저지르지 못한다." – 회유원장懷柔遠章(이하 같음)

비판: 사람들에게 무례(임금과 아버지에게 절하지 않음), 무은無恩[195](아버지와 조상께 제사지내지 않음), 무별無別[196](남자가 병든 부녀자를 직접 만짐)을 권유하는 예수교가 '도리를 익혔다'고 하고 '성진을 보전했다'고 하니, 이른바 도

193) 예수교의 도와 교리.

194) 『논어』「팔일八佾」.

195) 조상의 은혜를 모름.

196) 남녀의 구별이 없음.

리와 성진이 무엇인지 알 만하다. 벌과 개미도 군신의 예가 있고, 승냥이와 수달도 은혜를 갚을 줄 알고, 물수리도 제 짝을 구별한다. 이 짐승들이 미미하고 천성이 치우쳐서 도리를 모르고 성진을 잃었기 때문에 이런 것을 아는가? 정말 이 짐승들만 못하다. 이른바 하나님 아버지는 여호와다. 여호와도 사람의 모습을 한 자라고 나는 들었다. 모습이 있으면 사물인데 하나님 아버지라고 하니, 천하에 어찌 이처럼 그릇되고 망령된 일이 있는가? 그러고도 오히려 사람으로 하여금 이자에게 죄를 짓지 말라고 하는가? 우리 부자夫子[공자]께서 말씀하신 하늘은 이理다. 이는 망령됨이 없다. 그러므로 망령된 사람을 가리켜 '하늘에 죄를 지었다.'고 하는 것이다. 무슨 유사함이 있어서 같은 의미라고 하는가? '성인의 말씀을 무함하는 것'이라고 할 수 있다.

복수

"공자가 '곧음으로 원수를 갚는다.'고 한 가르침을 관청에서 백성을 다스리는 말로 삼는다. 또 서양 국가는 원수를 갚는 것을 허락하지 않는데, 관청에서 다스리고 또 하나님[상제上帝]이 공의公義에 따라 다스리기 때문이다. 또 예수가 투기자에게 해를 입어 십자가에 못 박혀 죽으며 원수를 위하여 기도했는데, 죄를 회개하고 악을 고치기를 바라서이다. 또 예수는 하나님 아버지의 사랑하는 아들로 세상 사람들을 위하여 피를 흘리고 속죄했다." – 애련구적장愛憐仇敵章

비판: "공자가 '곧음으로 원수를 갚는다.'고 한 가르침을 관청에서 백성을 다스리는 말로 삼는다."고 한 것도 우리 성인을 무함한 말이다. 이것은

"서양 국가는 원수를 갚는 것을 허락하지 않는다."고 한 설을 꾸미기 위한 말이다. "원수를 갚는 것을 허락하지 않는 것은 관청에서 다스리기 때문이다."라고 한 것은 또 무슨 말인가? 어찌 부형을 사적으로 보호하지 않고 한결같이 공민公民으로 보기 때문이 아니겠는가? 또 상제가 이미 공의에 따라 처벌하면 그만일 뿐인데, 사랑하는 아들을 죽여서 속죄하는 것은 무엇 때문인가? 또 십자가에 못 박혀 죽은 자가 원수를 위하여 기도했다고 하는데, 과연 이런 이치가 있는가? 말의 망령됨과 허황됨이 이러한데도 세상에 믿어 미혹된 자가 많다. 정말 미혹되고 망령됨이 심한 것이다.

남녀유별

『영환지략瀛寰志略』[197]에 "예수가 귀신같은 의술로 사람을 치료했는데 손으로 부녀자의 병을 문질러 비볐다. 병을 치료하러 오는 남녀가 수천 명이었다."고 하고, 화지안도 스스로 "예배하고 경전공부를 하는데, 여자도 이치에 밝은 사람은 모두 기숙사에 들어가 함께 공부하게 하여 남녀 구분이 없는 것을 전혀 꺼리지 않았다."고 했다.

비판: 수치심이 있는 사람만이 인도人道를 말할 수 있다. 이것이 없으면 하나의 짐승에 지나지 않을 뿐이니, 말한들 무슨 소용이 있겠는가. 예수가 손으로 부녀자의 병을 문질러 비벼 치료하자 오는 사람이 수천 명이었고, 예배당에 남녀가 함께 공부하며 구분이 없는 것을 꺼리지 않았다. 이것은 더럽고 난잡하고 예의가 없으며, 가르침이 방탕과 음란의 죄에 빠진 것이다. 서양 국가의 법률은 부부간에 아래위가 없으며 지어미가 지아비를 고발하는 것을 허락한다. 그 국가의 풍속은 결혼할 때 남녀가 반드

197) 청淸의 서계여徐繼畬가 지어 1849년 발행된 세계 인문지리서. 특히 서양의 기독교와 민주주의에 대하여 비교적 객관적으로 서술함.

시 서로 좋아하고 마음에 들지 않는 점이 없어야 부부가 된다. 그렇지 않으면 부모도 강요할 수 없다. 이러한 예의가 없는 행위의 근원은 바로 남녀를 구분하지 않는 예수의 가르침이다. 그렇지 않으면 그 국가의 법률과 풍속이 원래 그러했기 때문에 예수가 그대로 가르친 것이 이러한가? 지금 화지안이 중국에 들어와 우리 성현의 글을 널리 섭렵했으니, 남녀의 구별이 어떠한지 마땅히 알 것이다. 그런데도 이렇게 크게 쓰고 깊이 새겨 천하에 반포했으니, 그를 수치심이 있는 사람이라고 할 수 있는가? 풍속의 울타리를 열기 어렵다고 하지만, 또한 막혀서 변화시킬 수 없는 것이기도 하다. 그를 어찌 책망하겠는가.

주자朱子**의 주**註

"경서經書를 널리 보고 아울러 제자백가와 역사에서 찾아 서로 비교하여 견문을 넓히는 것이 학자가 마땅히 할 일이다. 조정에서 문예로 시험하여 학자를 뽑을 때, 반드시 주자朱子의 주註를 따르기를 요구하는 것은 뜻밖이다. 무릇 주자 이전과 이후의 학설 중 고증에 참고할 만큼 상세하고 명확한 것이 어찌 없겠는가. 주자의 주만을 묵수하고 다른 학설을 참고하여 공자와 맹자의 뜻을 환하게 밝히지 않는 것이 마치 주자의 주가 공자와 맹자보다 훨씬 낫다고 여기는 것 같다. 그것이 어찌 옳겠는가." – 광행서도장廣行恕道章

비판: 주자가 경서를 널리 보고 다른 자료에서도 찾아 여러 유학자의 설 가운데 나쁜 것은 버리고 좋은 것만 취하여 집주集註를 완성했다. 한 구절도 여러 유학자의 설을 참고하지 않은 것이 없고, 한 글자도 공자와 맹

자의 뜻을 환하게 밝히지 않은 것이 없다. 집주를 어기지 않고 따르기를 요구하는 것은 그것이 공자와 맹자의 가르침과 일치하기 때문이다. 주자의 주를 지키고 다른 학설을 참고하지 않는 것으로 어찌 주자를 공자와 맹자보다 훌륭하게 여긴다고 비난할 수 있는가. 이 주장의 뜻을 가만히 보면, 정학正學과 이단의 시비와 득실을 일체 경시하고 우리 공자와 맹자의 가르침을 혼란시켜 예수의 설이 세상에 행해지기를 바라는 것에 불과하다. 그 마음을 정말 헤아리기 어려우나, 아래 글에서 말하는 것을 보면 손바닥을 보듯이 환하게 알 수 있다.

종교

"조정은 유불선 세 종교 중 진심으로 선善을 행하는 것을 취하여 장려해야 한다." "인정해야 하는 종교가 유불선뿐만이 아니다. 각 종교의 논리에 순수한 것과 결점이 있는 것이 있으므로, 그중 순전한 것을 찾아 의귀하도록 해야지 자기 종교를 따르라고 사람들에게 강요해서는 안 된다. 각 종교 중 오직 그 도리가 지극히 선한 것만 택하여 이 세상에 널리 권할 뿐이다."

비판: 그는 도교의 장수와 불교의 윤회를 허망하다고 배척했다.(36장을 보라.) 유교의 윤리와 제사도 그는 취하지 않았는데, 이것은 예수교에서 금지하는 것이다. 그러니 이른바 '진심으로 선을 행하고 결점이 없이 순전하고 도리가 지극히 선한 것'은 유불선 세 종교에는 없다. 그가 보기에는, 반드시 하나님에게 기도하여 죄에서 벗어나도록 사람들을 구제하는 성스러운 예수교만이 '진심으로 선을 행하여 장려할 만한 것'이라 할

수 있고, '결점이 없이 순전하고 도리가 지극히 선하여 이 세상에 널리 권할 만한 것'이라 할 수 있다. '인정해야 하는 종교가 유불선뿐만이 아니니' 예수교도 더욱 인정해야 마땅하고, '자기 종교를 따르라고 사람들에게 강요해서는 안 되니' 예수교를 따라 들어가는 사람을 권할지언정 금지해서는 안 된다. 그가 주장하는 뜻이 이러하지 않은가. 내가 볼 때, 화지안의 마음은 오직 예수로써 공자와 맹자를 바꾸려는 사적인 욕망에 있지, 나를 버리고 도를 구하는 충심忠心에 있지 않다. 그가 이른바 '너그럽고 인자한 도[서도恕道]'는 어디 있는가?

제사

그가 또 말했다. "대저 중국에는 제사가 성행하는데, 그것은 사람들에게 지내도록 억지로 강요한 것이니 더욱 너그럽지 못하다."

비판: 『해동견문록海東見聞錄』에 "중국인이 예수교에 들어간 후 부모 신주를 불태웠다."고 하고, 『영환지략瀛寰志略』에 "예수를 믿는 자가 조상 제사를 지내지 않는다."고 했다. 저 종교의 법이 이와 같으니, 중국이 사람들에게 제사를 가르치는 것을 너그럽지 못하다고 한 것도 이상할 것이 없다. 일본인 야스이 코[198]가 예수교의 망언을 비판했다. "불교가 비록 예수교와 비슷하나 임금과 아버지를 위하여 명복을 비니, 돌아가신 분을 추념하는 뜻은 있다. 예수교는 임금과 아버지의 죽음을 거짓이라 생각하여 즉시 관계를 끊어버리고 다시는 제사지내지 않는 것이 마치 개와 말처럼 여기는 것 같다. 일단 이 교를 믿으면 성군과 현신의 사당도 다 헐지 않을 수 없고, 사士와 서인庶人까지도 그 조상과 아버지 사당에 제사지내지 못한

198) 야스이 코安井衡는 메이지시대의 유학자로 호는 식헌息軒. 송학宋學을 배격하고 한학漢學을 추구했으며 『좌전집석左傳輯釋』, 『논어집설論語集說』을 편집했다.

다. 이것이 충실하고 후덕한 사람이 차마 할 짓인가?" 이 비판이 절실하지 않은 것은 아니지만, 제사 또한 사람의 마음에 근본을 둔 것이라 사람의 마음이 없는 사람이 어찌 예수교의 허망함을 충분히 비판하겠는가?

유교, 불교, 도교

"진시황이 분서갱유를 했으나 유학을 실제로 제거할 수 없었고, 양무제梁武帝가 도교를 제거하려 했으나 끝내 못했고, 위魏 군주가 불교를 없애려 했으나 끝내 없애지 못했다."고 하고, "세 종교가 병행된 것은 원래 각각 취할 만한 점이 있었기 때문이다. 역시 자기 마음을 미루어 남을 헤아리고 각기 옳다고 생각하는 바를 행하는 것이 마땅하다. 갑자기 몰아서 없애겠다는 생각을 용납해서는 안 된다."고 결론지었다.

비판: 유학을 도교, 불교와 이렇게 동등하게 나란히 논해도 되는가? 진나라, 양나라, 위나라 세 나라의 일에 나눌 수 있는 선과 악이 이처럼 없는가? 화지안의 마음에는 시비를 가리는 마음이 조금도 없이, 단지 어지러운 설로 진실을 호도함으로써 그 예수의 설이 그 틈에 행해지기를 바라는 일념만 있을 뿐이다. 위정자가 정학正學을 위하여 이단과 사설邪說을 없애는 것이 농부가 오곡을 위하여 피와 잡초를 제거하는 것과 같다. 농부가 해마다 잡초를 제거하지만 끝내 완전히 제거할 수 없으니, "잡초가 원래 취할 만한 점이 있으므로 갑자기 몰아서 없애겠다는 생각을 용납해서는 안 된다."고 말하는가? 이렇게 너그러움을 베풀면 이 세상이 장차 무슨 꼴이 될지 모르겠다. '자기 마음을 미루어 남을 헤아리는 것[推己及人]'은 우리 유가의 말인데, 그가 이 말을 사용했다. 그 마음 쓰는 것이 이른바

'눈에 떨어진 금가루'[199]와 같아서 도리어 너그러움을 행하는 의사가 될 뿐이다. 그가 무슨 이익을 보겠다고 이렇게 호도하고 어지럽히는가?

만국공법萬國公法

"『만국공법』의 「본지장本旨章」에서 말했다. '공법은 사람이 상업을 경영하기 위하여 왕래하는 것을 허락할 뿐 아니라 선교하기 위하여 왕래하는 것도 허락한다. 이것을 저지하는 것은 위법이다. 본국인이 외국의 종교를 믿는 것을 본국에서 금지하는 것은 종교를 믿는 사람을 기만하고 능멸하는 것으로, 공법을 위반하는 것이다. 혹 그것을 비방하는 것도 공법에 위반된다. 그래서 영사관에서 선교를 보호할 필요가 있는 것이다. 대개 외국인은 억지로 예수교에 들어오지 않는다. 오직 들어오는 자는 영사관과 교회가 그들을 보호한다. 예수교에 들어간 후에도 실제로 본국의 법을 지킨다. 단, 들어가면 우상을 숭배하지는 않는다. 또 예수교에 들어간 사람은 더욱 분수에 만족하고 법을 지켜야 한다. 그래야 공법이 그들을 더욱 보호한다.'"

비판: 공법의 근본 뜻이 이러한 것은 오직 포교를 위주로 하기 때문이다. 어찌 천하와 만국을 위한 공공의 법이겠는가? 만국 사이의 경계는 국한되어 있고 풍속도 같지 않다. 그 법규와 주된 가르침도 각기 중국과 다르다. 강상綱常과 예의를 도로 삼고 임금을 존숭하고 부모를 공경하는 것을 가르침으로 삼아, 어기는 자에 대하여는 국가의 법이 있고 가르침도 용납하지 않는다. 사람이 서교西教에 젖으면 임금과 부모에게 절하지 않고 조상과 아버지 사당에 제사지내지 않고 남녀 간에 구별이 없다. 이런

199) "금가루가 아름다워도 눈에 떨어지면 티에 불과하다(金屑雖美 落眼則眯)." 불가佛家의 말로, 아무리 좋은 말도 엉뚱한 데 쓰면 해가 된다는 뜻이다.

가르침과 법을 따라 행하는 것은 국법을 어기는 것이다. 이른바 분수를 지키고 법을 지키는 것을 어디서 볼 수 있는가. 어찌 본국에서 저지하지 않아서 되겠는가. 어찌 비방하고 금지하지 않아서 되겠는가. 이것을 예수교인을 기만하고 능멸한다고 하고 공법에 위반된다고 하는 것은 공법의 불공정이 심한 것이다.

제사

유교 책의 제사에 관한 예禮를 하나하나 들고, "제사의 예법이 번잡하지만 오직 상제上帝[200]에게 제사지내는 법만이 올바르다. 나머지 여러 제사는 모두 폐지해야 한다."고 했다. 마침내 도교, 불교, 세속에서 신을 숭배하여 복을 구하는 것들을 비난했다. – 길례귀진장吉禮歸眞章

비판: 제사에는 원래 단지 덕德을 보답하는 뜻만 있었지, 복을 비는 사사로움이 없었다. 도교, 불교, 세속의 제사에는 실로 아첨하고 분수에 넘치는 죄가 있다. 이들의 죄를 응징하면서 성인께서 만드신 바른 제사까지 폐지하면, 그것은 더욱 무례하고 불경한 것이다. 어찌 사람의 도이겠는가.

상제上帝[201]의 개념

그가 또 말했다. "예수가 상제[하나님] 앞에서 기도하기를, 서양인이 자신을 의지하니 바라는 것은 오직 자기 한 몸의 죄를 용서하여 사후에 영혼이 괴로움을 받지 않는 것이라고 했다."

---

200) 모든 자연현상을 주관하며 오직 중국의 천자만이 제사지낼 수 있는 대상인 신.

201) 위 화지안이 말하는 상제는 예수교의 하나님을 가리키고, 사교재가 말하는 상제는 우주만물을 주재하는 가상의 절대자를 가리킨다. 모두 자기 상제가 유일한 절대자라고 주장하고 있다.

비판: 상제는 지극히 신묘하고 지극히 밝으며 지극히 공정하고 사사로움이 없으며, 이理와 짝하여 만물을 운행시키고 변화시킨다. 사물이 선하면 저절로 길하게 되고, 악하면 저절로 흉하게 된다. 모두 사물 스스로 취하는 것이지, 상제는 거기에 마음을 쓰지 않는다. 지금 '예수가 상제 앞에서 기도하면, 상제가 선악을 따지지 않고 오직 예수의 기도만 들어준다.'고 한다면, 이 상제는 밝지 않고 공정하지 않은 귀신이 아닌가? 서양인 또한 상제의 기화氣化[202] 중 생겨 천성을 부여받은 자들이다. 스스로 수양하여 악을 없애고 선을 행하는 데 힘쓰지 않고 오직 예수에 의지하여 죄를 용서받기를 추구하니, 부여받은 신령한 지각과 내면의 천성은 어디 버려두고 이런 괴상한 짓을 하는가? 또 영혼과 육체가 생겼다가 흩어져 우주로 돌아가 흔적이 없거늘, 무슨 말할 만한 괴로움을 받고 안 받는 것이 있겠는가? 이것이 원래 불교의 천당과 지옥의 설인데, 저들이 받아 취하여 어리석은 사람들을 유혹해 당黨을 세우는 계책으로 삼았다. 예수교의 술수가 허망하고 이치에 맞지 않은 것이 오래되었다. 상제를 깔보고 서양인을 속인 죄가 크고 가증스럽다. 우리 유교는 선하지 않은 것을 알면 바로 고쳐 선을 따를 뿐이다. 선은 상제의 명령이다. 무엇 때문에 기도에 매달리겠는가?

상제와 예수

"예수가 사람들을 대신하여 속죄하느라 지극히 깨끗한 몸을 상제에게 바쳤고, 상제가 자연스럽게 기꺼이 받아들였다."

비판: 상제가 지극히 인仁하여 낳고 낳기를 무궁하게 하는 것을 도로

202) 음양의 기가 변화하여 만물을 낳는 것.

삼았는데, 어찌 예수를 죽여 다른 사람들의 죄를 용서해주는 차마 하지 못할 불공정한 마음이 있었겠는가? 예수를 저들은 상제의 사랑하는 아들이라고 하는데, 사랑하는 아들이 죄인들 대신 죽는 것을 상제가 좋아하는 것 또한 얼마나 인하지 않고 공정하지 않은가. 내가 알기로, 상제는 결코 이런 일이 없다. 이것은 저 무리가 무함한 허구다. 가증스럽다. 또 삼라만상은 상제의 자식이 아닌 것이 없다. 그런데 저들은 예수를 상제의 사랑하는 아들이자 독자獨子라고 했다. 사랑하는 마음이 있으면 사랑하지 않는 마음도 있고, 독자만 있으면 다른 아들은 없다. 말의 기괴함이 이루 말할 수 없다. 상제를 끌어 이런 허망한 말을 꾸미니, 불경죄 또한 크다. 저들은 전적으로 기도를 일삼아 "예수가 상제 앞에서 기도한다."고 하고, "예수교를 따르는 사람들이 상제의 은혜에 감사하여 기도한다."고 하고, "예배당에 모여 기도하고 도를 듣는다."고 하고, "집에서 아침저녁으로 기도한다."고 한다. 이것은 모두 죄를 용서하기를 빌고 영원한 복을 바라는 마음이다. 상제가 부여한 마음을 닦지 않고, 이런 바라는 마음으로 기도한들 무슨 이익이 있으랴? 단지 그것이 이치에 맞지 않음을 볼 뿐이다.

사당과 귀신

"사람이 죽으면 혼이 떠나는데 어찌 사당에 오래 있을 수 있겠는가? 그러니 깃발이 혼을 부르고 나무로 만든 신주에 귀신이 깃든다고 하는 것은 부질없이 일만 많을 뿐이다." – 흉례귀중장凶禮貴中章

비판: 몸이 죽으면 혼이 떠나서 흩어진다. 그러므로 불러서 돌아오게 하는 것이다. 장례를 치르고 나면 사랑과 정성을 다할 곳이 없다. 그래서

신주를 세워 귀신이 깃들게 하는 것이다. 어찌 이런 이치가 없이 성인께서 이렇게 예를 제정하고 행했겠는가? 저들은 예수를 믿는 자가 천당에 오르고 믿지 않는 자는 지옥에 들어간다고 생각하기 때문에, 이렇게 말하는 것이 이상할 것이 없다. 그러나 저들이 말하는 교리에 "예수가 죽음을 벗어나서 부활할 수 있었기 때문에, 사람이 반드시 그를 의지해야만 영생의 이치를 갖출 수 있다. 그러므로 죽지만 사는 이치가 길이 있다."고 하고, 또 "사람이 진심으로 예수를 따르면, 다음에 오는 신천지가 완성되고 나서 상제가 우리 영혼을 다시 완전하게 하고 몸도 영원히 존재하게 한다."고 하고, 또 "예수교를 믿는 자는 믿음으로써 선하게 되었으니, 임종 때 예수가 끌어서 승천시킨다."고 했다. 이것은 모두 영혼이 길이 존재한다는 설로 '끌어서 승천시킨다'고까지 했으니, 길이 존재할 뿐만이 아니다. 저들에게는 이렇게 말하고 우리에게는 '부질없이 일만 많다.'고 했다. 우리를 없애고 저들을 따르게 하려는 주된 의도를 쉽게 알 수 있다. 세속에서 무격, 풍수, 승려, 도사 등의 망령된 말을 잘못 믿고 그릇된 법을 망령되이 행하는 것은 왕도王道를 갖춘 임금이 나오면 마땅히 금할 것이다. 저들이 비난할 뿐만이 아니다.

절하는 예

"무릇 신하가 조정에서 임금을 뵐 때 각각 그 예가 있다. 단, 무릎을 꿇고 머리를 땅에 찧어서는 안 된다. 대개 임금을 공경하는 것은 마땅하지만, 더욱 높은 상제보다는 낮기 때문에 사람이 무릎을 꿇고 머리를 땅에 찧는 예를 받을 정도는 아니다." – 가례구정장嘉禮求正章

비판: 임금에 대하여 이러하다면, 부모에게 절하지 않아야 옳고 스승에게 절하지 않아야 옳고 성현에게 절하지 않아야 옳다. 상제가 부여한 바른 예가 어찌 이와 같겠는가? 저들의 말에 "우상을 공경하는 것을 상제가 몹시 싫어한다."고 하고, 일본인도 망령되이 비난하여 "여호와의 교리에 '부모를 사랑하는 것이 나를 사랑하는 것보다 지나친 것은 옳지 않다'고 했다."고 했다. 누가 그 '몹시 싫어하는 것'을 보았으며, 누가 그 '옳지 않다'는 말을 들었는가? 이것은 모두 저 무리가 헛말을 위조하여 상제를 하나의 질투하는 귀신으로 만든 것이다. 그보다 심한 불경죄가 어디 있겠는가. 그러고도 오히려 "내가 상제를 존숭한다."고 하는가? 우리 유교의 예는 천자가 태산에 제사지내고 제후가 봉토封土의 산천에 제사지낸다. 백성이 어찌 감히 상제에게 제사지내는가? 그러므로 성인께서 일찍이 "태산이 임방林放만 못하단 말인가?"[203]라고 경계하셨다.

남녀의 악수

"서양 사람이 서로 만나면 악수의 예가 있어 친애를 표한다. 단 존장尊長이 먼저 어린 사람의 손을 잡는데, 이것은 어린 사람을 사랑하는 것이다. 어린 사람이 존장의 손을 먼저 잡아서는 안 되는데, 이것은 존장을 존경하기 때문이다. 만약 여자가 남자와 친척 관계이고 여자가 그 남자를 존경하면, 여자가 그 남자의 손을 잡아도 된다. 그러나 남자가 먼저 손을 펴 여자와 악수할 수 없다. 이것이 예를 행하는 데 구별이 있는 것이다." – 빈례주경장賓禮主敬章

203) 제후라야 봉토 안의 산천에 제사지낼 수 있는데, 대부인 계손季孫씨가 태산에 제사지내는 것은 분수를 넘은 일이었다. 공자가 그것을 두고 말하기를 "오호라! 태산의 신령이 예의 근본을 물은 임방林放만 못하다고 생각하는가(嗚呼 曾謂泰山不如林放乎)."라고 했다. 『논어』「팔일八佾」.

비판: 여자가 남자의 손을 잡고 악수하고 남자는 먼저 손을 펴 여자와 악수할 수 없는 것을 예를 행하는 구별이라고 한다면, 여자가 높고 남자가 낮다는 것을 알 수 있다. 이것은 이미 하늘이 높고 땅이 낮으며 양이 강하고 음이 부드럽다는 의리에 어긋나니, 남녀가 직접 서로 주고받지 않는 예로 꾸짖을 것까지 있겠는가.

부모의 원수

"부모의 원수를 처리하는 법으로, 본래 직접 갚는 것을 귀하게 여긴다. 그러나 때로 혹 상황에 막히거나 혹 시간에 제한되면, 상제께 부탁하여 그 원한을 푼다. 으레 하듯이 불공대천의 원수로 삼아서는 안 된다. 원수는 사적인 의미고 이理는 공적인 물건이다." – 효본애경장孝本愛敬章

비판: 부모의 원수를 처리할 때 상황에 막히거나 시간에 제한되어 갚을 수 없으면, 피를 뿌리고 눈물을 삼키며 더욱 불공대천을 가슴에 간직하고 반드시 갚을 방법을 생각해야 한다. 이것이 인인仁人과 효자의 마음이다. "상제께 부탁하여 원한을 푼다."는 것은 하늘에 미루고 갚을 것을 생각하지 않는 것이지, 원한을 푸는 것인가? '으레 하듯이 불공대천의 원수로 삼아서는 안 된다.'면, 함께 원수를 위하여 기도하는 것이 옳다. 부모의 원수를 갚는 것은 사私이고 상제의 심판에 맡기는 것은 공公이라고 하는 것이 화지안의 본뜻이다. 대저 예수교를 믿는 자가 부모를 사랑하는 것을 상제가 마땅치 않게 여긴다. 상제를 진짜 아버지로 여기고 부모를 가짜로 여긴다. 그러므로 이렇게 경망하고 어긋난 주장이 있다. 이른바 '효는 사랑과 존경에 근본이 있다.'는 것이 무슨 일인가? 정말 마음을 속

이고 하늘을 속이는 자들이다.

사죄赦罪

"서양의 상례喪禮는 3일이다. 장례식 날 영구를 모시고 무덤에 이르면 목사가 친지들과 함께 예배당에 가서 「시편」을 읽고, 마침내 무덤 앞에 가서 축도하여 지은 죄를 밝히고 하나님의 용서를 구한다."

비판: 사람의 유죄와 무죄는 평소 무슨 마음을 먹고 어떻게 행동하느냐에 따라 정해진다. 어찌 사후에 기도하여 용서를 구한다고 면할 수 있겠는가? 또 사람의 마음이 좋지 않은 것 중 이 세상에 부모가 없는 것보다 큰 것이 없다. 지금 부모가 돌아가셨는데 마음으로 슬퍼하지 않고 하나님에게 죄를 밝혀 용서를 구하는 것을 일로 삼으면, 하나님의 신령함이 그 기도하는 자의 불인不仁한 죄를 먼저 벌할 것이다. 하물며 감히 죽은 자의 죄를 용서해주기를 바라겠는가? 이러고도 저들이 불교의 설재設齋[204]의 그릇됨을 늘 비난하니, 이 또한 가소롭다.

삼년상

"삼년상은 지금 세상에 유명무실한 점이 많다. 내가 생각하기에, 삼년상은 아버지에게는 가볍게, 어머니에게는 무겁게 받들어야 한다. 손을 잡아끌고 안아서 보호하느라 진실로 어머니가 더 힘쓰고 고생했기 때문이다."

비판: 이적夷狄의 풍속이 어머니를 중시하기 때문에 이렇게 말한 것이다. 비판할 가치도 없다.

---

204) 음식을 마련하여 승려에게 공양함.

"삼년상을 지내는 날이 잠깐의 틈도 없이 삼년이다. 만약 사람에게 반드시 삼년상을 강요한다면, 물어보건대 요즘 삼년상을 지내는 사람들이 삼년 중에는 과연 어떠하며, 삼년이 지나면 과연 어떠한가?"

비판: 부모상 기간을 성인께서 삼년으로 정하여 중제中制[205]로 삼아, 지나친 사람으로 하여금 줄이고 모자라는 사람으로 하여금 늘려서 따르게 했다. 만약 상을 제대로 지내지 못하는 사람으로 말하면, 상기喪期가 짧은 것은 고사하고 아침에 상을 당하고 저녁에 노래하는 부류도 있다. 이들은 차라리 상을 지내지 않는 것이 낫다. 어찌 그 유명무실과 삼년 안과 밖이 어떠한지를 따지겠는가? 내가 듣기로, 예가 없으면 짐승이고 예가 있으면 사람이라고 했다. 그 사이에서 우왕좌왕하는 것은 사람과 짐승의 사이에 있기 때문이다. 개탄스럽다.

자식의 자립

"서양 국가의 율법은 자식이 관례冠禮[206]를 올리고 나면 스스로 가정을 꾸려 전권을 행사한다. 부채를 상환하지 않거나 불법을 저지른 일이 있어 국법에 따라 처벌할 때는 그 아버지는 전혀 관계가 없다."

비판: 아버지는 아들의 하늘이고 아들은 아버지의 계승자다. 하나의 기氣가 서로 관통하기 때문에 부자가 일체一體인 것은 천리상 당연하다. 저 서양 나라는 천리의 당연함을 모르고 사리사욕을 천명으로 여기기 때문에 그 율법과 국법이 이와 같다. 이것으로 어찌 인간세상을 가르치겠는가? 두렵다.

205) 중용의 도에 맞는 제도.

206) 상투를 틀어 올리고 관을 쓰는 남자의 전통 성인의식. 15~20세에 거행했다.

신애망信愛望

저들은 첫머리에 『논어』의 "독실하게 믿어 배우기를 좋아하고, 죽음으로 지키며 도를 실행한다(篤信好學 守死善道)." 운운하고 이어 말했다. "속인이 늘 소홀히 믿지 않아 마음이 그릇됨에 빠지면 상제의 중벌을 받아야 마땅하다. 그러나 상제가 인애仁愛로 차마 즉시 벌주지 못하기 때문에, 특별히 예수를 탄생시켜 세상에 인애를 널리 퍼뜨림으로써 사람의 죄를 용서하고 구제하게 했다. 그 말씀에 이르기를 '믿어서 세례를 받는 자는 구제되고, 믿지 않는 자는 죄가 결정된다.'고 했다." – 정교회발명장正教會發明章

비판: 저들의 가르침에 이른바 신애망信愛望 세 가지가 있다. 신信은 예수의 진리를 독실하게 믿는 것이고, 애愛는 인애仁愛의 마음으로 상제를 사랑하는 것이고, 망望은 상제가 영원한 복을 주기를 바라는 것이다. 속인이 잠시도 한가한 것을 바라지 않는다. 저들이 믿는 것과 지키는 것은 단지 이런 일일 뿐이다. 무슨 성인의 도에 가까운 것이 있다고, 성인의 가르침을 망령되이 끌어대는가? 성인의 말씀을 모욕하는 자라고 할 수 있다. 사람의 유죄와 무죄를 선과 악으로 판단하지 않고 세례를 받은 자와 믿지 않는 자로써 죄를 정하면, 이것이 어찌 공정한 법인가? 또 노아의 13세손 모세가 십계명을 절하고 받아 백성에게 세례와 안식을 가르치기 전에는, 무슨 법으로 죄를 정했는지 모르겠다. 또 괴이한 것이 있으니, 상제가 세상 사람의 죄악을 미워하여 하늘 연못의 물을 터서 다 멸망시켰고, 또 이스라엘을 굽어 생각하여 이집트 장자長子를 다 죽였다. 그때 그의 차마 하지 못하는 인애의 성품은 어디로 갔는지 모르겠다. 이것이 모두 예수교도가 허망한 이야기를 만들어내고 어리석은 사람을 속인 것이

다. 참된 상제라면 어찌 이렇게 사사롭게 치우쳐 바르지 않을 이치가 있겠는가?

독생자獨生子

"상제께서 독생자를 세상에 내려주어 믿는 사람으로 하여금 재앙에 빠지는 것을 면하고 영생을 얻게 하셨다. 예수 역시 스스로 하늘의 독자라 칭하고 세상 사람을 구제하다가 형을 받고 피를 흘리기까지 하며 사람의 죄를 씻었다."

비판: 신자가 재앙에 빠지는 것을 면하도록 하기 위하여 독생자를 죽였고, 독자가 세상 사람을 위하여 속죄하느라 형을 받고 피를 흘렸다. 이것이 과연 이치에 가까운 말인가? 설령 실제로 그랬다고 하더라도, 그렇게 자애롭지 않고 불효하며 지극히 불인한 마음으로 세상 사람을 구제할 수 있겠는가? 이것 또한 저 교도가 꾸며낸 말이다. 말이 이치에 맞지 않은지 오래되었고, 상제를 모독한 것이 심하다. 또 다른 사람은 하늘의 아들이 아니고 예수만 하늘의 독자라고 자칭하는 것 또한 기괴하다.

부활

저 무리는 또 "예수가 형을 당한 지 사흘 만에 다시 소생하여 하늘로 올라간 후, 왕왕 모습을 드러내어 그 무리 및 사이가 좋은 노파들과 서로 이야기했다."고 운운했다.

비판: 이것은 더욱 심한 거짓말이다. 이미 '다시 소생하여 모습을 드러냈다.'고 했으면, 이것은 육신이 재활한 것이다. 왜 직접 그 종교를 포교하

지 않고, 단지 노파들과만 서로 이야기했을 뿐인가? 대저 가르침을 받은 교회는 단지 많은 무리를 이루어 사악한 설을 퍼뜨리는 데 정신이 팔려 있었다. 그들의 말이 이치가 있고 없고를 어찌 따질 만한 가치가 있겠는가.

삼위일체

"교회가 섬기는 것이 삼위일체의 상제인데, 천부天父[하나님 아버지]라 하고 구주救主라 하고 성신聖神이라 한다. 천부로서는 주재자가 되고, 구주로서는 죄를 용서할 수 있고, 성신으로서는 그 교리로 사람을 교화한다."

비판: 상제는 상대가 없는 지존의 호칭인데, 삼위일체의 설을 들어보지 못했다. 하나님 아버지와 그 독자가 머리를 나란히 하고 존비의 구분 없이 일체가 되어 나란히 앉으면, 어찌 난 중의 큰 난이 아니겠는가? 하나의 희극이라 할 만하다.

예수교의 상제와 유교의 상제

"유자가 전한 도를 오경五經에서 고찰해보면 상제의 도에 합치되는 것이 많다. 지금 서양인이 전한 예수의 도는 원래 상제의 도에 근본을 두고 있다." – 전도회장傳道會章

비판: 나의 선사先師 간옹艮翁께서 비판하여 말씀하셨다.

"내가 생각하기에, 이것은 모름지기 피차가 말하는바 상제를 분별한 후에야 어느 도가 합당하고 합당하지 않은지, 근본적이고 근본적이 아닌지 말할 수 있다. 우리 유가가 말하는바 상제는 개천蓋天[207]이다. 이것은

207) 삼라만상을 덮고 있는 하늘.

굳세고 양명한 물건이라 자연히 이렇게 순환하고 쉬지 않고 운행하며, 반드시 지극히 신묘하고 지극히 밝아서 이理에 짝하여 모든 움직임을 주재할 수 있다. 사람에게 심군心君[208]과 같은 것이 이것이다. 세속의 황제처럼 실제 있는 물건이 아니다. 이것은 저들이 꿈에도 생각해보지 못한 것이다. 저들의 이른바 상제를 나는 안다. 마가강의馬可講義[마가복음강의] 5권 68조에 말했다. '이스라엘이 이집트에서 노예였을 때 그 괴로운 목소리가 상제에게 들렸다. 상제가 술법을 부려 구제하겠다고 한 예전 약속을 굽어 생각하여, 천사에게 명하여 이집트를 두루 다니며 그 장자를 다 죽이라고 했다. 그리고 이스라엘족에게 명하여 양의 피를 문에 발라 표시하라고 하고, 문에 피가 묻은 모든 집에는 천사가 지나치고 들어가지 않았다. 이스라엘족이 그대로 따라 장자의 죽음을 면했다.' 저들의 상제가 바로 이와 같았다. 어찌 그렇게 경망한가? 그 원래의 근본 여부는 진실로 말할 가치도 없다. 우리 유가의 가르침이 어찌 일찍이 스스로 상제와 일치했는가? 두 상제의 차이가 남극과 북극처럼 멀다."

총론

사람이 바른 지식이 없으면 올바름과 그릇됨을 분별할 줄 몰라 오직 형기形氣[209]를 명命으로 여기고 권세와 이익에 뒤따라 붙는다. 도깨비가 장난하는 것을 보고도 세력이 있는 곳이면 때라고 생각하여 달려가고 장귀倀鬼[210]라고 생각하여 욕망을 추구한다. 이들을 어찌 사람의 도로써 나무라겠는가. 아! 세속의 풍속이 변하여 이적夷狄이 되고, 이적이 변하여 금

208) 사람의 마음을 한 몸의 주인이라고 생각하여 부른 말.

209) 사람의 욕망을 유발시키는 감각과 감성을 말한다.

210) 호랑이에게 잡아먹힌 사람의 귀신으로, 잡아먹을 사람이 있는 곳으로 호랑이를 인도한다고 한다.

수가 되고, 금수가 변하여 도깨비가 된다. 이것이 세상의 운이 나빠진 소치인가? 지금 우리는 도깨비 사이에 살면서 사람의 도를 잃지 않으려 하지만, 무슨 수가 있겠는가? 오직 문을 닫고 『소학』의 「명륜明倫」과 「경신敬身」을 읽을 뿐이다.

지금 서양의 예수교가 때를 타서 더욱 왕성하다. 이른바 예배당과 전교실傳教室이 우리나라 전역에 촘촘하게 널려 산간벽촌까지 빈곳이 없고, 사악한 설이 맹렬한 물결처럼 세력을 넓히고, 대중이 거기에 속고 혹하여 저들과 한 무리가 되려 한다. 옛날 우리 선사 간옹께서 「자서조동변自西徂東辨」을 쓰셨다. 『자서조동』은 독일 사람 화지안花之安이 예수교도로서 깊고 넓은 지식과 변화무쌍한 문장으로 유가 경전 및 문학과 역사를 훑어보고 유사한 말을 따서 허망하고 거짓된 화술을 꾸민 것이다. 나와 벗이 그 중에서 약간의 구절을 취하여 조목마다 비판하여, 제목을 「서교변」이라고 했다. 「자서조동변」과 같은 내용이다. 선사께서 다 비판하셨는데 내가 지금 이 글을 쓴 것은 선사보다 더 많은 내용을 담으려는 것이 아니라, 단지 밝게 설명하려는 뜻일 뿐이다. 또 지금 상황을 보면 사람마다 비판하는 것이 오히려 옳다. 맹자가 말했다. "양주楊朱와 묵적墨翟을 거부하는 말을 할 수 있는 사람이 성인의 무리다." 내가 감히 이어서 말한다. "예수교를 힘써 비판할 수 있는 사람이야말로 유교를 지키는 무리다." 이 「서교변」을 읽는 사람은 단지 자기가 좋아하는 것과 싫어하는 것만 가릴 뿐이다. 문장은 볼 만한 것이 못 된다.

1961년 6월 천태산인天台山人이 수정서실守貞書室에서 쓰다. → 444쪽

제국주의의 멸인종

멕시코가 스페인에 망하자, 그 책을 불사르고 그 글을 없애고 그 학자를 죽였다. 폴란드가 러시아와 독일에 망하자, 폴란드의 말과 글을 금지했다. 콩고가 프랑스에, 인도네시아가 네덜란드에 망했을 때 단지 점령국 언어와 상공업만 가르치고 지식은 말살하여 피점령국 사람은 날로 어리석게 되었다. 지난날 왜가 우리나라에 대하여 한 것처럼, 오늘날 이른바 문교주의文教主意 또한 종주국[211]의 말과 글을 가르치고 우리 고국故國에 대한 학문을 금지시켜 우리 역사를 잊고 노예화에 길들여져 스스로 알지 못하게 하려는 것이다. 이것이 이른바 '서양인이 인종을 바꾸는 방법'이고, 인종을 바꾸는 것은 인종을 멸망시키는 것이다. → 453쪽

일본 오랑캐의 간악한 술수

일본 오랑캐가 제 나라에 있는 우리나라 사람 10만 명을 쓸어서 북한 공산당에 보낸다는 설은, 저들이 요구할 것이 있어서 우리를 협박하는 습관적인 방법이다. 대개 자기 나라에 기거하는 사람들을 이용하여 진귀한 재물을 탈취하는 것이 저들의 변함없는 습관이고 오래된 계책이다.

근래의 일로 보면, 우리 의친왕 이강李堈 공과 영선군永宣君 이준용李埈鎔이 우리 국왕의 근친으로서 저쪽에 있었고, 갑신혁당甲申革黨 박영효朴泳孝 등과 갑오혁당甲午革黨 여러 사람도 정치범으로서 저쪽에 있었을 때,

211) 미국을 가리키는 것으로 보임.

저들은 두 근친과 정치범들을 진귀한 재물로 생각하여, "이들을 이용하면 한국에서 거금을 탈취할 수 있다."고 했다. 또 "의친왕의 환국을 호위하여 왕위를 바꾼다."고 소리 높여 말하거나 혹은 "영선군의 환국을 호위한다."고도 했다. 그러자 우리 황실이 그 소리에 떨어 내탕금을 가지고 밤낮을 가리지 않고 건너가 저쪽 정객의 주머니에 끊임없이 넣어주었다. 또 우리 정부를 협박한 일이 있다. 정치범 박영효 등을 도와 환국시켜 정계를 개혁한다고 하자, 만족을 모르는 저쪽 정객의 탐욕에 뇌물이 끊임없이 들어갔다. 우리나라 재정이 이 때문에 반이나 소모되었다. 또 일진회日進會의 송병준宋秉畯과 이용구李用九 무리를 이용하여 한국을 탈취하고 청나라의 선통제宣統帝[212]를 이용하여 비주沸洲를 탈취한 것이 모두 이 수법을 쓴 것이다. 지금 우리와 더불어 어떤 처지에 있는데, 저들이 '인仁에는 적이 없고 덕德은 폭력을 이긴다.'는 도를 쓸 방법을 생각하지 않고 한결같이 자잘한 술수를 쓰면서 깨닫지 못하는가? 개탄스러울 뿐이다. → 453쪽

강대국의 술수

남의 나라를 망하게 하는 수법이 옛날과 지금이 다르다. 옛날 남의 나라를 망하게 할 때는 군대로써 강도처럼 겁주었다. 지금 남의 나라를 망하게 할 때는 사기꾼처럼 술수를 쓰는데, 때로는 두 수법을 아울러 쓴다.

옛날 이사李斯가 진나라를 가르쳐 6국을 멸망시킬 때 다음과 같이 유세游說[213]했다. "모사꾼에게 몰래 금옥金玉을 주어 보내 제후와 명사 중 재물

212) 청나라 마지막 황제 부의溥儀(1906~1967).

213) 중국 전국시대 때 책사策士가 여러 나라를 돌아다니며 군주에게 자기의 정치적 주장을 채택하도록

로 굴복시킬 수 있는 자는 후하게 주어 얽어매고, 잘 응하지 않는 자에게는 날카로운 병기로 협박한다. 이렇게 군신을 이간시킨 후 훌륭한 장수를 보낸다." 이것이 이사의 속임수였다.

지금 강대국이 날마다 남의 나라와 도모하여 연맹하는데, 그 뜻이 이사의 가르침을 따라 하지 않는 것이 없다. 점진적으로 행하고, 기회를 타고, 모략으로 이간하고, 이익을 나누고, 위력으로 협박하고, 이름으로 미화하여 먼저 그 정권을 빼앗는다. 다음에 그 요해처를 허물고, 높은 요직을 미끼로 던지고, 각 당의 무리를 싸우게 한 후, 분할하고 삶아서 씹고 마침내 삼켜버린다. 그러고는 오히려 그 국민을 기만하여 "내가 너희를 보호한다."고 말한다. → 453쪽

자유의 맹렬함

사교재는 자유를 '스스로 마음대로 하는 것(인심을 따르는 것)'으로 보고, 성리학의 입장에서 그것을 비판하고 있다. 성리학은 사람의 마음을 도심道心과 인심人心으로 나눈다. 도심은 천리天理에 따라 인간이 타고난 오상五常, 즉 인의예지신仁義禮智信이지만 인심은 인욕을 따를 개연성이 있어 악에 흐르기 쉽다. 자유의 맹렬함으로 세상이 혼란에 빠지는 것을 그는 염려하는 것이다.

'自(자)'는 내 마음을 스스로 가리키는 말이다. 석씨釋氏가 자심自心[자신의 마음]을 전하는 것에 근본을 두고부터(정자程子가 '석씨의 본심'이라고 했

권하여 설득하는 활동.

다.) 그것을 이어 '자리自理', '자도自道', '자성自性' 등의 설이 성행했다.

"진리가 바로 이 마음인데, 무엇 때문에 이 마음을 가지고 다시 진리를 보겠는가?"(원각경소圓覺經疏) 이것은 자심을 스스로 진리라고 생각한 것이다.

"이 마음이 바로 대도大道인데, 하필이면 귀숙歸宿[214]을 다시 구하겠는가? 귀숙을 구하는 것은 곧 도를 해치는 것이다."(양씨楊氏의 편지) 이것은 자심을 스스로 대도로 여긴 것이다.

"심心이 바로 성性이고, 성이 바로 심이다. 어찌 천리天理를 보존한다고 하는가? 무릇 천리를 보존한다고 하면, 심이 오히려 이理와 더불어 두 가지가 되는 것이다."(이씨李氏 중中[215]) 이것은 자심을 스스로 천리로 여긴 것이다.

"심이 바로 성인데, '심이 성을 다할 수 있다.'고 하니, 또 따로 심이 있는 것 같다. 이것은 심으로써 심을 부리는 것과 같다. 마치 심과 성을 나누어 대본大本이 하나가 아닌 것처럼."(이진상李震相 씨) 이것은 자심을 스스로 성으로 본 것이다.

여러 견해가 이처럼 그 심이 사물의 명命을 결정하는 주인으로서 스스로 높고, 스스로 위이고, 스스로 성스럽고, 스스로 크고, 스스로 존재한다고 생각한다. 그러므로 천명으로 받은 이理가 있다는 것을 다시는 알지 못한다.

"하늘 위와 하늘 아래 오직 나 혼자만 높다[천상천하유아독존天上天下唯我獨尊]."(불씨佛氏) 이것은 자심을 스스로 가장 높다고 생각한 것이다.

"마음 위에 한 글자도 붙일 수 없다."(육씨陸氏[육상산]) 이것은 자심 위에

214) 최종적으로 의지할 곳, 또는 원칙.

215) 탈락된 글자가 있는 것으로 보인다.

아무것도 없다고 스스로 생각한 것이다.

"마음이 성스럽지 않은 적이 없다."(자호慈湖[216]) 이것은 자심이 지극히 성스럽다고 스스로 생각한 것이다.

"천하의 높은 것 중에 가장 높아서 아무도 감히 범하지 못한다."(염대念臺[217]) 이것 또한 자심이 지극히 높다고 생각한 것이다.

"큰 이理[마음]가 작은 이를 갖추었다."(김씨金氏) 이것은 자심이 지극히 크다고 스스로 생각한 것이다.

"마음은 인리人理[218]의 존호尊號다."(이씨李氏) 이것은 자심自心을 존호로 여긴 것이다.

마음이 이미 이와 같으니 언제나 무슨 일이나 스스로 옳고, 스스로 능하고, 스스로를 따르고, 스스로 행하고, 스스로 마음대로 하고, 스스로 방자하지 않음이 없어 반성이나 거리낌이 없다. 이것은 자연스러운 현상이다.

옛사람이 말했다. "문장도 치란治亂과 관계가 있다." 하물며 학술임에랴. 이理와 기氣의 승부에서 인심人心의 선과 악이 갈릴 뿐만 아니라, 무릇 국가의 치란과 화이華夷의 소장消長도 학술에서 비롯되지 않음이 없다. 강가講家[219]의 학술이 치란과 선악의 징조 중에 먼저 나타나는 것이다. 아! 이 또한 운수인가? 그 유폐流弊[220]가 점점 오늘에 이르렀다. '자유' 두 자가 세상의 공법公法이 되어 사람마다 자유요, 일마다 자유다. 나라를 다스리고 정치를 하는데도 자유로써 이름을 세우고 남녀노소 모두 자유가 정의라고 생각한다. 드디어 명명하여 '자유세계'라고 한다. 이상한 술책으로

216) 송나라 유학자 양간楊簡.
217) 명나라 유학자 유종주劉宗周.
218) 사람다운 도덕규범.
219) 유학경전을 해설하는 학자.
220) 이어져 내려온 폐단.

권력을 장악하여 사상자유, 신앙자유, 언론자유 등의 마술로 인간세상을 현혹시켜, 사람들이 마치 실성한 것처럼 갈팡질팡 예측할 수 없다. 그리하여 땅에 가득한 실성한 마귀들이 때를 타고 발호하여 자유의 기치 아래 나라 사람들을 몰고 거느린다. 삼강오상을 자유를 해치는 적이라고 하여 파멸시키고, 과거의 성인과 옛 경전을 자유의 독소라고 하여 경계하고 금지시킨다. 큰 것, 작은 것을 막론하고 예의와 관련이 있는 것은 하나하나 배척한다. 자유 앞에서 이른바 화하華夏[중화]의 인도人道[인륜] 중 남을 수 있는 것은 하나도 없다. 아아, 통탄스럽도다! 자유의 맹렬함이여. 대저 자유는 본심의 혈통이요 심리心理[221]의 화려한 표현이다. 오늘날을 보라. 그 실상이 과연 어떠한가? 청컨대, 세상의 여러 강가講家는 경계할 바를 알지어다. → 454쪽

성현과 범인의 차이는 용심用心에 달렸다

이 글에서 말하는 체는 천리天理 또는 천성天性을, 용은 체에 따른 작용을 말한다. 모든 사물은 똑같은 체를 타고났으나, 그것을 용으로 어떻게 잘 살리느냐에 따라 성인, 현인, 범인, 짐승, 목석 등으로 나뉜다고 보고, 거기에 마음의 역할이 가장 크다고 사교재는 생각했다.

천지의 체體와 용用은 근원이 같다. 성인의 체는 용이고 용은 체이니 천지와 차이가 없다. 현인 또한 체용을 갖추었으나 미숙함과 성숙함이

221) 마음속에 품고 있는 사상과 감정.

같지 않다. 평범한 사람은 체는 있으나 용은 갖추어져 있지 않다. 짐승과 목석 또한 본래 체가 있으나, 그 용은 혹은 한 길로만 겨우 통하거나 혹은 희미하거나 유사한 것도 전혀 보이지 않는다. 그러니 성인, 현인, 범인凡人, 짐승, 목석 등의 구별이 어찌 용 자 한 자가 어떠한가에 달려 있지 않겠는가. 저 짐승과 목석이 치우치고 막힌 것은 물건이기 때문이니, 말할 만한 것이 없다. 범인은 천지의 정통正通한 기氣[222]를 고르게 받은 요순과 같은 부류로 용의 재능도 있는데, 무엇 때문에 그 용을 쓰지 못하여 범인에 그치고 말았는가? 그 까닭과 그 허물을 한번 생각하고 살피지 않으면 안 된다.

대저 사람의 몸에는 성性, 심心, 기氣, 형形 네 개가 있을 뿐이다. 성은 순전히 착하고 작위作爲가 없는 본체이니 심, 기, 형 세 개 중 하나가 반드시 그 책임과 허물을 져야 할 것이다. 대개 기는 혹 박잡하고 형은 각각 욕심이 있으니, 박잡하고 욕심이 있는 것이 이들 때문이 아닌가? 그렇지 않다. 기는 본래 맑고 순수하며 형은 스스로 단정하다. 이른바 '박잡하고 욕심이 있는 것'은 발동하여 작용한 후의 일이다. 기와 형이 본래 동정動靜이 있으나 어리석어 지각할 수 없고, 무지하여 생각할 수 없다. 그 작용을 할 수 있는가, 없는가를 실제 주관한다고 그 책임을 지우는 것은 이른바 '허물을 돌리는 것'이다. 혹 '네 집 담 때문'[223]이라고 책임을 나누는 것도 오히려 지나친데, 하물며 전적으로 책임을 지워서 되겠는가?

그렇다면 그것은 오직 심[마음] 때문인가? 심이 본래 허령虛靈[224]하여 깨

---

222) 정통한 기: 바르고 치우치지 않은 기.

223) 소가 가다가 뿔이 담에 부딪혀 부러지자 "너희 담이 소뿔을 부러뜨렸다(汝墻折角)."고 한 속담에서 온 말이다.

224) 텅 비고 영묘함.

닫고 알고 생각하고 성찰할 수 있어, 본성의 체를 받들어 따르고 기와 형을 거느려 다스리는 것을 직책으로 삼아 신묘한 작용을 한다. 그런데 어찌하여 직책을 다하지 않아 이 미천한 자리를 달게 여기고 갖춘 본체로 하여금 두드러진 작용을 하지 못하게 하는가? 심지어 한 길의 용을 가진 짐승보다 도리어 못하니, 그 죄가 크다. 나는 그러므로 말한다. "범인이 성인이 되는 데는 심의 공이 실로 으뜸이고, 사람이 짐승으로 변화하는 데도 심의 죄가 실로 가장 크다. 심이란 것이 그 용을 조심스럽게 살피고 그 체를 온전히 보존할 것을 생각하지 않으면 되겠는가?" → 454쪽

조선 유교의 평가 > 황의돈黃義敦[225]의 말 뒤에 씀

황의돈이 지은『조선역사』[226] 13장에 말했다.

"유교는 송시열이 편협한 주자학에 전적으로 힘쓰고 윤휴尹鑴(1617~1680)와 박세당朴世堂(1629~1703) 등의 새 학설을 배척했다. 그러므로 더욱 침체하고 쇠약했다."

또 말했다.

"이조 오백 년 문화는 편협한 유교사상의 지배를 받은 이래 예술작품과 새로운 자유사색에 활발한 생기가 없다. 더욱이 송시열이 사대事大와 존주尊朱[주자를 존숭함] 두 사상을 주장하고부터 조선인의 문화와 정신에 말로 표현하기 어려운 노예적 성격을 주었다." 운운.

주자의 학문은 중화와 이적의 구분을 엄격히 하고 이단을 배척하는 것

---

225) 1890~1964. 역사학자, 교육자.

226) 황의돈의 『중등조선역사』를 가리키는 것으로 보임.

을 근본으로 삼는다. 그러므로 황씨가 편협하다고 생각하는 것이다. 이것은 중화와 이적을 혼동하고 이단과 합일하는 것을 두루 폭이 넓다고 생각하는 것이다. 우리 조선의 유학 또한 중화를 존숭하고 이단을 배척하며 예의를 숭상하고 기교를 끊는 것을 가르침으로 삼았다. 그러므로 황씨 또한 편협한 사상이 지배하여 예술작품과 새로운 자유사색이 없다고 생각하는 것이다. 그러므로 이理와 욕欲을 구분하지 않고 예의를 돌아보지 않고 기교를 전적으로 숭상하는 것을 훌륭한 가르침이라고 생각하는 것이다. 송자[송시열]가 존성정학尊性正學[227]을 존중하고 군신의 대의를 밝혔으나, 황씨는 조선인의 문화와 정신에 말하기 어려운 노예적 성격을 주고 자유사상을 소멸시켰다고 생각한다. 이것은 성명性命[228]을 더럽히고 군부君父를 압제함으로써 마음대로 거리낌이 없는 것을 문화라고 여기는 것이다. 오호! 황씨가 배운 바와 황씨의 심사를 대략 알 만하다. 이것이 과연 사람의 도리상 정당한 것인가? 이 시대 사람들이 그 사람을 대지식인이라 하고 그 말을 지론이라 여기고 그 책을 최상의 교과서라 생각하여, 그것들로써 전국의 학생을 지도한다. 아! 이 세상이 장차 무슨 꼴이 될 것인가? → 455쪽

국가 속의 개인 윤리 > 이 나라에 사는 의미

정자程子가 "이 나라에 살면서 그 대부를 비방하지 않는다."고 했다. 그 나라의 대부를 비방하지 않는다는 이 도리가 가장 좋다. 대부도 그렇진

227) 타고난 본성을 존중하는 바른 학문.

228) 타고난 본성과 생명.

대, 하물며 나라의 법을 비방하겠는가?

율곡栗谷이 "옛날에 남의 나라에 들어갈 때 그 나라의 금기禁忌를 묻는다."고 했다. 하물며 그 나라에 사는 사람이 자기 나라의 금기를 어겨서 되겠는가? 만약 사士가 이것을 조심하지 않는다면, 어찌 사의 도리라고 하겠는가. 뇌물을 싸들고 가서 청탁하는 것 등은 더욱 엄격히 금지해야 한다. 또 행랑에 한정閒丁[229]이 없는 것, 사적으로 매질을 하지 않는 것, 사적으로 소를 도살하지 않는 것 등 또한 엄수하여 어기지 말아야 한다.

벼슬하지 않는 사람이라도 임금을 섬기는 도가 있다. 감히 윗사람을 비난하지 않고, 임금의 악을 말하지 않고, 삼가 국법을 지키고 따르며, 공납을 미루지 않고, 형벌을 피하지 않고, 국난에 목숨을 걸고 달려가고, 도를 배워 때를 기다리는 것 등이 이것이다.

또 성주城主[수령]는 임금을 대신하여 업무를 나누어 맡은 사람이다. 공경을 다해야 마땅하다. 이것은 임금을 공경하는 도를 넓히는 것이다. 조상의 무덤과 사당이 있는 곳의 성주 또한 공경을 다해야 한다. 이것은 또 효도를 넓히는 것이기도 하다.

자신과 국가의 치란과 존망이 단지 '예禮' 한 자에 달려 있다. 그러므로 정자가 "예가 지켜지면 나라가 다스려지고 예가 문란하면 나라가 어지러워지며, 예가 존재하면 나라가 존재하고 예가 사라지면 나라가 망한다."고 했다. 이 나라에 사는 사람이 이 나라의 예를 삼가 지키는 것, 또한 나라를 다스리고 천하를 평화롭게 하는데 일조가 되지 않겠는가?

한나라 말에 관녕管寧이 난을 피하여 요동에 가서 공손도公孫度에게 의탁하여, 산속에 집을 짓고 살았다. 그가 공손도를 만나러 가면 언제나 오

---

229) 16세에서 60세까지의 장정으로 역을 면제받은 자.

직 경전에 관해서만 이야기하고 세상일은 언급하지 않았다. 산속에 돌아오면 오직 시서詩書를 연구하고 조두俎豆를 익혔고, 학자가 아니면 만나지 않았다. 공손도가 그의 현명함을 편안히 여겼고 백성은 그의 인품에 감화되었다. 세상을 피하고 사람을 피하는 도가 이와 같아야 할 뿐 아니라, 학자가 늘 지켜야 하는 법 또한 이와 같아야 한다. → 455쪽

양명학 비판

선유先儒가 다음과 같이 논하여 말했다.

"양명陽明 같은 자는 그 학술이 많이 틀리고 그 마음이 거칠고 사나우며 말을 자기 식으로 힘차고 화려하게 하여 사람으로 하여금 현혹되어 지키는 바를 잃게 한다. 인의를 해치고 천하를 어지럽히는 것이 반드시 이 사람이 아닐 수 없다. 그가 이렇게 된 까닭을 자세히 살펴보면, 단지 사물이 마음에 해가 되는 것을 싫어하여 버리려고 하기 때문이다. 다만 불교처럼 인륜을 없애고 사회와 단절하려는 것은 아니다. 그리하여 '심즉리心卽理[마음이 바로 이다]'라는 설을 만들어 '천하의 이理는 단지 내 마음속에 있지 사물에 있지 않으므로, 학자는 이 마음을 마땅히 지킬 뿐 털끝만큼이라도 이를 이 마음 밖의 사물에서 구해서는 안 된다.'고 했다. 그렇다면 오륜五倫처럼 중요한 사물도 있어도 되고 없어도 되며 깎아서 버려도 된다는 말이다. 이것이 어찌 불교의 설교와 다른가? 오직 이 설을 가지고 성현의 가

르침을 해석하여 맞지 않으면 자기 마음대로 경전의 가르침을 고쳐 자신의 그릇된 견해를 따르게 한다. 그리하여 감히 치우치고 음란하고 사악하고 회피하는 설로써 도道를 배반하고 성인을 비난하는 데 거리낌이 없다. 궁리학窮理學[230]을 배격하고자 하면 주자朱子의 학설을 홍수와 맹수의 재난과 같다며 배척하고, 번문繁文의 폐단을 제거하고자 하면 진시황의 분서焚書를 공자의 산술刪述[231]의 의미라고 했다. 그 말이 이와 같은데도 스스로 미치거나 실성한 사람이 아니라고 해도 나는 믿지 않는다. 이런 사람이 임금의 신임을 받아 그 뜻을 펼친다면, 유학과 유서儒書에 미치는 화가 진시황 때보다 얼마나 더 심할지 모르겠다. 사악한 학설이 사람을 함정에 빠뜨리는 것이 이 지경에 이르니, 어찌 한탄하지 않을 수 있겠는가."

이 선유의 설을 읽어보면, 양명학이 사물이 마음에 해가 된다고 하여 버리려 할 뿐만 아니라 심心과 이理에 대하여도 구별이 없다는 것을 알 수 있다. 그러므로 오직 심이 바로 이이며 도와 성인에 대하여도 외경하거나 거리끼는 바가 없다. 그 해독이 만약 양명의 세대에만 그쳤다면 다행이었을 것이다. 그 흐름이 지금까지 이어져 중국 전체가 떠들썩하니, 장차 사문에 끼치는 화가 단단한 얼음처럼 밀어닥칠 것이다. 어찌 한심하지 않은가.

양명학파에 지금 강유위康有爲가 있는데, 부모의 은혜는 낳는 데 있지 않고 기르는 데 있다고 주장했다. 그 문하에 또 양계초梁啓超라는 자가 있는데, 그 거리낌 없는 망령됨이 왕양명보다 훨씬 더하다. 그가 "전에는 공

---

230) 사물의 이치를 끝까지 연구하여 천리天理를 밝히는 학문. 정주학程朱學의 중심 학문으로 격물치지格物致知와 같은 의미다.

231) 쓸데없는 문장을 산삭하는 것과 옛사람의 문장을 서술만 하고 자신의 사상을 더하지 않는 것. 공자가 『시경』을 산삭한 것과 '술이부작述而不作'이라고 한 말을 가리킨다.

교孔教[232]당의 날랜 장수였다가 이제는 공교당의 적이 되었다."고 하고, 또 "2천 년 이래의 공교를 뒤집어엎는 것을 나는 아까워하지 않고, 4억 명과 싸우는 것도 나는 두려워하지 않는다."고 했다. 또 묵자, 석가, 예수에 대하여 모두 성인이라 칭하며 공교에 대하여는 이렇게 말하니, 그 뜻을 알 수 있다. 과거에 왕양명은 공교에 의지하여 선불禪佛를 배웠고 지금은 강유위와 양계초가 선불을 성스럽게 여기고 공교를 배척하니, 사문의 화가 왕양명에서 태동하여 강유위와 양계초에서 발전한다. '심즉리心卽理'라는 주장에 조심하지 않을 수 있겠는가?

육상산陸象山이 주렴계周濂溪의 무극설無極說[233]을 그르다고 했으니, '심즉리'의 주장이 이미 육씨 때부터 시작되었다. 육씨로부터 한번 전하여 왕양명에 이르러 드디어 '심즉리'라는 설을 내놓았고, 또 양명으로부터 전하고 전하여 강양康梁[강유위와 양계초] 무리에 이르렀으니 그 화를 장차 헤아릴 수 없게 되었다. 육씨는 염계의 설을 배척하느라 몹시 힘썼고, 양명은 주자의 학문을 홍수나 맹수의 화와 같다고 배척했고, 계초는 스스로 공교의 적이라 하며 공교를 뒤집어엎이도 이깝지 않다고 했으니, 뿌리 깊은 학문의 계승이 두렵다. 옛날 순경荀卿이 자하子夏와 자유子游를 천한 유학자라 했고, 한번 전하여 이사李斯에 이르러 분서갱유의 화가 있었다. 육씨가 주장정주周張程朱의 학문을 그르다고 하고 한번 전하여 양명이 있고 또 흘러내려와 강양에 이르렀으니, 그 화가 장차 무엇이 될 것인가? 오호, 두렵도다! →456쪽

232) 중국의 청말淸末과 민국民國 초에 강유위를 중심으로 공자를 숭배하고 유교를 국교로 하려는 운동을 한 사람들이 만든 말. '공자교孔子教'라고도 한다.

233) 중국 송나라 주돈이周敦頤(염계는 호)의 우주생성론. 그의 『태극도설太極圖說』에 "무극이 태극을 낳고, 태극이 음양을 낳고, 음양이 오행五行을 낳고, 오행이 만물을 낳는다."고 한 설.

『경서언해經書諺解』의 오류와 오해

현행 『경서언해』는 선조 임금께서 백사白沙[이항복]를 비롯한 여러 공에게 명하여, 학자들의 구결口訣을 모으고 교정청校正廳을 설치하여 완성한 것이다. 그 후로 시강試講[234]에 전적으로 이것을 위주로 했기 때문에 속유俗儒[235]가 감히 논란하지 못했다. 그러나 의리가 바름을 잃은 것과 음독音讀이 잘못된 것을 어떻게 구차하게 따르겠는가? 『송자대전宋子大全』의 '박경초朴景初[박상현]의 편지에 답함'에 있는 말이 기억나는데, "언해의 오류가 헤아릴 수 없이 많은데, 독자가 그 오류를 그대로 따르고 깨닫지 못하여 몹시 안타깝다."고 했다. 『삼운성휘三韻聲彙』의 발문에도 "최세진崔世珍의 『사성통해四聲通解』는 단지 정음正音에만 상세하고 방음方音[236]의 오류는 그대로다. 『경서언해』는 음독의 기본이 되는 것인데 역시 그 오류를 그대로 답습하고 아무도 시정하지 않아, 식자가 안타까워한다."고 했다. 『외암집巍巖集』에도 바로잡은 곳이 많다. 노주老洲[오희상] 또한 언해에 얽매인 적이 없다. 지금 독자 또한 이 의미를 알아야 한다.

혹자는 사람들이 모두 '『경서언해』는 퇴계退溪가 한 것'이라고 하는 것을 의심하는데, 무엇 때문인가? 교서관校書館의 언해본을 완성할 때 율옹栗翁의 구결口訣 또한 이따금 들어갔다. 이것은 율곡언해의 발문에 보인다. 이로써 보면 『경서언해』가 어찌 퇴계가 정한 것이라고 할 수 있겠는가. 전에 『기언記言』을 보니, "한강寒岡이 『경서언해』를 고쳐 바로잡았다."고 했다.(한강의 비문에 보인다.) 영남의 유학자 유숭조柳崇祖 공 또한 일찍이

234) 경전을 외는 것으로 시험하는 일.

235) 식견이 넓지 않은 유학자.

236) 정음은 중국의 음을, 방음은 조선의 음을 말한다.

『제경언석諸經諺釋』을 지었는데, 정조 임금께서 그것을 보고 사문斯文에 공이 있다고 생각하여 아경亞卿[참판]에 추증하여 포상했다. 매옹梅翁[홍직필]도 초년에 퇴계가 언해를 한 것으로 잘못 알고 있다가, 후에 선조 때의 책이라는 것을 발견하고는 자기 견해를 고쳤다. → 457쪽

간사한 친일 무리의 변신

일로日虜[일본 오랑캐]가 이른바 '징용徵用'을 할 때 군수와 면리面里의 장이 모든 인민 남자를 노소를 가리지 않고 돼지처럼 몰아 소처럼 끌고 가며, 오직 빠지는 인민이 있을까 두려워했다. 심지어 부모상을 당하고 염도 하지 못한 사람까지도 조금도 봐주지 않았다.

아! 이것이 어찌 인간의 도리이겠는가. 일로는 이적夷狄이기 때문에 본래 윤리로 책임을 물어서는 안 된다지만, 군수와 면리의 장은 같은 조선 종족이다. 진실로 사람의 마음이 있다면 이렇게 긴요한 때 어찌 늦추어줄 방법이 없어서 이렇게 잔인하고 의리를 해치는 짓을 했단 말인가? 이 무리의 뱃속은 순전히 하나의 잡티도 없이 극심한 왜노倭奴[왜놈의 노예]다.

그런데 국면이 뒤집힌 그날, 도리어 또 그 자리에서 계속 머뭇거리며 다음과 같이 말했다. "이제 우리가 거꾸로 일제에 원수를 갚고 한국의 독립을 도모할 때다. 저 완고한 고물들[유학자]은 조선 글을 익히지 않고 중국의 한문 경전만 읽었으며, 새로 전개되는 영미英米[영국과 미국] 문화를 배우지 않고 조선과 대한제국의 묵은 제도를 복구하려고 한다. 이들은

독립에 반역하는 자들이다.” 그리고 자리를 차지한 자는 유학자를 위협하고, 당을 만든 자는 떠들며 공격한다. 오호! 염치없는 그 실상을 눈 뜨고 볼 수 없고, 이익을 좇아 이리저리 변신하는 간사함을 이루 형언할 수 없다. → 457쪽

목민牧民의 도는 무농務農이고, 무농의 근본은 축우畜牛다 > 축우계서畜牛契序 _1914년 12월 일

천하의 일 중에 사민斯民[이 백성]을 기르는 것보다 큰일은 없고, 사민을 기르는 도에 농사에 힘쓰는 것보다 앞서는 것은 없다. 농사에 힘쓰는 근본은 소다. 소를 버리고 무엇으로 갈고 개간하는 어려움을 구제하며, 사민을 기르는 데 편의를 얻겠는가? 소가 태어날 때 필시 일원一元의 기를 타고나, 그 소리 또한 토궁土宮[237]에 응하고 그 힘 또한 갈고 개간하는 일을 감당하기에 충분하니, 하늘이 이 토지를 경작하도록 이 물건을 만들었다는 것을 알 수 있다. 또 성인이 그 글자의 훈을 새기기를 반드시 ‘경축耕畜[밭가는 가축]’이라 하고 또 이름을 붙이기를 ‘토축土畜’이라 한 것도 토지를 갈기 위하여 기른다는 뜻이다. 또 ‘목牧’ 자는 인人과 우牛의 합이다. 인人이 또 따르는 것은, 대개 사민을 기르는 도는 농사로써 근본을 삼고, 농사가 근본이 되는 것은 사람으로 일을 다스리고 소로 경작하고 개간하며, 또 거기에 따라 사람을 다스리는 공을 잃지 않는 것이다. 그런 후 완전함을 얻을 수 있다. 이 셋 중 만약 하나라도 부족하면 완전한 목민이 되기에

237) 오음五音의 하나.

부족하다. 백성이 생계를 꾸리는 것 또한 소 하나의 공에서 벗어나지 않는다. 어허, 세상에 소의 공이 크도다! 그런즉, 농사가 바로 삶을 위한 대본大本인데 거기에 힘을 다 쏟아야 되지 않겠으며, 소가 농사에 힘쓰는 근본인데 반드시 길러야 되지 않겠는가?

아! 우리 고장에 사는 동포 중 누가 농사를 근본으로 삼지 않겠는가. 축우畜牛를 하지 않은 사람이 근본에 힘쓸 기반을 미리 준비하지 못하여, 갈고 개간하는 어려움에 늘 곤란을 당한 지 오래되었다. 이들이 어찌 늘 밭이랑에서 가래를 안고 탄식하는 자들이 아니겠는가? 내가 일찍이 이것을 근심하여 늘 유지들과 의논했으나 실행하지 못했다. 이제 마침 인근에도 이런 움직임이 있다는 말을 듣고, 전에 뜻을 이루지 못한 것에 유감이 있어 뜻을 편다.(당시 주군州郡에서 향리鄕里로 하여금 각각 축우계畜牛契를 설립하도록 했기 때문에 말하는 것이다.) 그리하여 다시 이 의논을 세우고 소 기르는 일을 정하려고 했으나, 궁핍에 빠진 백성이라 재원을 마련할 길이 없었다. 온갖 방법을 궁리한 끝에 하나의 계책을 자세히 마련했다. 하나하나를 합하여 무리가 되는 것은 기세상 쉽게 그렇게 되는 것이고, 하나로 시작하여 여럿이 되는 것은 그 이치가 본래 그러한 것이다. 그러므로 계책이 혹 뜻대로 되지 않을 것은 생각하지 않고 겁 없이 하나의 계를 만들었으니, 명칭은 '축우畜牛'다. 마침내 작은 것이 크게 되고 하나에서 무수히 많게 되는 것은 정말 미리 알기 어렵지만, 반드시 선왕이 목민의 도에서 농사를 근본으로 삼았고, 농사에 힘쓰는 근본으로 축우를 기초로 삼았던 뜻을 저버리지는 않을 것이리라. → 457쪽

가난과 곤궁 > 유학동柳鶴東 명구鳴九를 송별하는 서序_1923년 9월 2일

학자의 몸에는 본래 곤궁과 현달이 있다. 그러나 이른바 곤궁과 현달은 도道의 유무로 말할 수 있을 뿐이지, 빈천과 부귀로 논해서는 안 된다. 그러므로 손지재遜志齋[238]가 다음과 같이 말했다.

"사람의 곤궁함에는 세 가지가 있는데, 빈천은 거기에 들지 않는다. 마음이 도덕의 요점에 통하지 않는 것을 심궁心窮[마음의 곤궁]이라 하고, 몸이 예의의 도를 따르지 않는 것을 신궁身窮[몸의 곤궁]이라 하고, 입으로 성현의 법도를 말하지 않는 것을 구궁口窮[입의 곤궁]이라 한다. 세 가지는 같은 의미다. 넓은 집에 살며 나가서는 장상將相의 권력을 독점하고 들어와서는 모자람이 없는 봉양을 누리며 훌륭한 거마와 복식으로 저잣거리에서 뽐낸다고 해도, 입으로 말하려고 해도 할 말이 없고 마음으로 즐기려고 해도 거리낌이 있으면 그 곤궁은 변함이 없다."

지금 유명구柳鳴九 군이 운명이 막히고 박하여 누추한 집에 살며 추위를 가리지 못하고 나물을 먹어도 주린 배를 채우지 못한다. 사람들이 모두 그 곤궁을 애석하게 여기지만, 군은 오히려 속으로 뜻과 기개가 굳세다. 지금 도학이 망해가는 데도 오히려 사류士類를 찾고 도의의 요체를 듣기 위하여 노력하고, 양이의 더러움이 세상에 가득해도 우리 의관을 보존하고 법복法服[239]의 교훈을 삼가 지키고, 양이의 말이 세상에 가득해도 말

238) 명나라 방효유方孝孺(1357~1402). 손지재는 그의 호.

239) 예법에 규정된 복식.

할 때면 반드시 옛날을 본받고 칭송하여 법언法言[240]의 경계를 어기지 않는다. 이러한 점을 방方씨의 세 가지 곤궁의 설에 비추어보면 그 옳고 그름이 과연 어떠한가?

내가 그리하여 군은 가난한 사람이지 곤궁한 사람은 아니라고 생각한다. 옛날 원헌原憲[241]이 궁벽한 곳에 살며 하루걸러 밥을 먹었다. 그것을 보고 자공子貢이 말했다. "심하도다! 자네의 병이여." 원헌이 대답했다. "내가 듣기로, 재물이 없는 자를 가난하다고 하고 도를 배워 실행할 수 없는 것을 병들었다고 한다. 나 같은 사람은 가난한 것이지 병든 것이 아니다." 위왕魏王이 장자莊子에게 말했다. "어찌하여 선생은 고달픈가?" 장자가 말했다. "학자는 도덕이 있어 고달플 수 없다. 옷이 떨어지고 신에 구멍이 난 것은 가난한 것이지 고달픈 것이 아니다." 예부터 현인과 이름난 학자가 언제 가난을 병으로 여긴 적이 있으며, 언제 가난을 고달파한 적이 있던가?

계해년(1923) 9월 군이 감발을 치고 화남華南의 은양여관隱養旅館으로 나를 방문했다. 그 용모를 보니 몹시 초췌했다. 아마 가난했기 때문일 것이다. 그래서 내가 이렇게 말했다. "원컨대 군은 혹시라도 가난한 것을 고달파하여 세운 뜻을 꺾지 말게. 그렇게 하면 도가 곤궁하지 않게 되고, 또 옛날의 달사達士[242]와 어깨를 겨루기가 어렵지 않을 것이네." → 458쪽

240) 예법에 합당한 말.
241) 공자의 제자. 청빈한 학자.
242) 식견이 높고 빼어난 학자.

『해제준적孩提準的』 서序

교육은 태교도 귀한데, 하물며 이미 태어난 사람에 대해서임에랴. 자식교육은 어린아이 때부터 시작하는 것이 이치다. 아이가 처음 태어나서는 높은 사람과 낮은 사람, 어른과 아이 사이의 예를 몰라, 혹 부모를 모욕하거나 형과 누나를 때린다. 부모는 그것을 꾸짖어 금할 줄 모르고 도리어 웃고 부추기며, "저 아이는 자라면 저절로 예를 알 거야."라고 한다. 오호, 얼마나 잘못된 일인가! 진실로 태어나면서부터 안 성인이 아니라면, 어찌 배우지 않고 알 리가 있겠는가? 지금 기어 다니는 핏덩이를 단지 가리키기만 하면서 "저 아이는 자라면 저절로 알게 될 거야."라고 한다면, 오호 얼마나 안타까운 일인가! 이것은 한 줌 되는 오동나무를 가리키면서 "저것이 자라면 저절로 순임금의 오현금五絃琴이 될 거야."라고 하는 것과 무엇이 다른가.

책 만 권을 독파하고도 군부君父[임금과 아버지] 두 글자를 모르는 사람이 왕왕 있다. 임금을 가리켜 임금이라 하고 아버지를 가리켜 아버지라 할 줄 모른다는 말이 아니라, 군부가 군부인 바의 근본적인 이치를 모른다는 말이다. 그 명칭은 알지만 그 명칭을 붙인 까닭은 모르니, 효도한다는 것이 혹은 부모를 궁지에 빠뜨리고, 사랑한다는 것이 혹 자식을 망친다. 사랑에 빠져 악을 기르는 사사로움을 완전히 던져 버리게 하고, 태교가 귀중하다는 것과 자식을 어린아이 때부터 가르쳐야 한다는 이치를 누가 한 시대를 깨우쳐 사람마다 알게 한다면, 가르치지 말라고 한들 어찌 가르치지 않겠는가.

나는 이미 재주가 없어 가르칠 것이 없다. 그러므로 옛사람의 한두 조목을 대략 기록하여 제목을 '해제준적孩提準的'이라고 붙여 아이들에게 준다. 어린아이로 하여금 어려서부터 민첩하고 크게 성공하도록 하려는 것이 아니다. 위에서 말한 바와 같이 반드시 이것을 준적準的[표준 또는 목표]으로 삼기 바란다. 내가 혼자 마음속으로 이렇게 되뇐다. "만약 누가 '공자와 맹자의 타고난 자질에 미칠 수 없다.'고 하면, 이 사람은 자포자기한 사람이라 천만겁을 살아도 도를 알 길이 없다. '내가 무엇 때문에 유독 공자와 맹자만 못하겠는가?'라고 하는 마음으로 진보하면, 어린이의 성장에 일조가 될 것이다."

1949년 1월 거듭 서문을 쓰다. → 459쪽

판결사공파보서判決事公派報序

천지가 만물을 낳고 성인이 만사에 응하는 것은 직直[바름]일 뿐이다. 이것은 주자[주희]와 송자[송시열] 두 선생이 공부자[공자]에게서 가르침을 받아 만세의 교훈으로 세운 것이다. 만물 가운데 사람이 귀하고 만사 가운데는 족보가 크다. 족보는 부자의 인륜을 서술하여 조상을 받들고 종족을 거두는 것이다. 천하의 도리에 부자와 조손祖孫[조상과 자손]보다 큰 것이 또 있는가?

조상을 존경하되 바름으로 하지 않으면 그것은 조상을 속이는 것이다. 종족을 거두되 바름으로 하지 않으면 그것은 인륜을 어지럽히는 것이다.

조상을 속이고 인륜을 어지럽히는 일을 성인의 문하에서 할 수 있으며, 천지 사이에서 행할 수 있겠는가? 부자의 성품을 잃지 않기 때문에 족보 편찬에 조심조심 신중한 것이다.

우리 김씨가 지난 병신년(1956)에 『공안공대파보恭安公大派譜』를 완성하고, 이어서 또 왕자공王子公 이하의 대동보大同譜를 곧 완성한다. 상란喪亂의 시대[243]에 환난을 방비하고 종족을 거두는 도를 다했다고 할 수 있다. 지금 다시 작은 파인 판결사공파보判決事公派譜를 만드는데, 어떻게 만들어야 하느냐? 또한 그 바른 도로써 신중하게 만들 뿐이다.

요즘 족보의 폐단이 뒤죽박죽이 된 지 오래되었다. 그것을 바로잡지 못하고 문중에 풍파를 일으키고 싶지 않아서 차라리 야사가野史家[244]에게 맡기고, 자기 족보를 상세히 알려고 하지 않고 지키려고 하지도 않는다. 내가 여기에 대하여 할 말이 하나 있다.

족보에 크고 작은 것이 있는 것은 물에 강과 바다가 있는 것과 같다. 바닷물은 커서 많은 물이 합하므로 맑은 것과 흐린 것이 섞이고, 강물은 작아서 섞이지 않아 한결같이 맑다. 그러므로 맑은 물은 바다가 아닌 강에서 구한다. 족보 또한 그러하다. 큰 족보는 족보의 바다다. 근원이 멀고 흐름이 길며 지파가 많아 진위와 의혹을 다 따질 수 없으니, 그냥 제쳐두는 것이 복잡하고 큰 족보를 편찬하는 방법이다. 작은 족보는 파가 가깝고 지맥이 상세하여 진위와 의혹의 문제가 없으며, 소목이 명백하고 종손과 지손이 정연하여 계통의 이어짐이 근엄하다. 옛날 내용을 다 그대로 따르므로 사사로움이 용납될 수 없다. 이것은 강이 한결같이 맑은 것과 같다. 하나의 파가 맑으면 뭇 파가 그것을 본받고, 그것이 모여 큰 족보를

243) 사람이 많이 죽는 어지러운 시대. 6·25전쟁을 말함.

244) 야사野史를 연구하는 사람.

이룬다. 그렇게 되면 큰 족보도 모두 맑아져, 그 폐단을 구제할 날이 장차 있을 것이다. 저 바닷물은 청탁을 가릴 날이 없으나, 큰 족보는 진위를 따질 길이 있다. 사물은 미루어 갈 수 없으나, 사람은 미루어 바로잡을 수 있는 것이다. 점점 미루어 넓혀가 한 성姓, 두 성부터 모든 성이 그렇게 하면 천하가 모두 맑아질 것이다. 천하가 맑아지고 인륜이 바로 서서 아버지가 아버지답고 아들이 아들답게 되면, 이른바 천지 간 생물의 도리와 성인이 일에 응하는 바름에 유감이 없기를 바랄 수 있다. 그리고 그 공 또한 어찌 한 종족의 작은 파보에 그치겠는가. 일에는 본래 크고 작음이 있으나, 바름의 이치에는 크고 작음이 없다. 이것은 사람이 모두 가진 것으로, 세상의 표준이 되고 천하를 빛낼 것이다. 나는 이 족보에 대하여 부절의 왼쪽 반을 들고 완성을 기다린다.

족보를 편찬하는 대략과 조상과 종통을 존경하는 의리는 전번 족보에 상세히 다 갖추어져 있으므로, 여기서는 다시 말하지 않는다. 이 일을 주관하는 사람은 판결사공의 12대손 재련在璉이고 와서 서문을 청한 사람은 13대손 철현徹鉉이다. 거기에 응한 사람은 14대손 영익永益이다.

1958년 6월 쓰다. → 459쪽

학사당기學士堂記_1914년 3월 일

천하의 의리는 강상을 부축하여 세우는 것만 한 것이 없고, 강상을 부축하여 세우는 도는 독서하고 궁리하는 것보다 앞서는 것이 없다. 그러므로 학사는 세상의 소중한 보배다. 도가 땅에 떨어지고 강상이 무너졌지만 언젠가는 부흥되어 다시 이어질 것이기 때문에, 세상에 학사가 영원히 사라질 이치는 결코 없다.

지금 소성蘇城[태안] 화산華山의 북쪽 십 리에 한 선생이 있으니, 호가 송암松庵이다. 소나무와 대나무 사이에 초당 여러 칸을 짓고 그 편액을 '학사學士'라고 썼다. 무슨 뜻인가? 대개 선생의 뜻은 교육하는 즐거움에 있어, 늘 원근의 학사로 하여금 여기서 의리를 강론하게 한다. 이것이 이 당이 학사라는 이름을 얻은 까닭이고 선생이 그것을 써서 내려준 까닭이다.

내가 그만한 인물이 못 되지만, 이 학문[儒學]에 뜻을 두지 않은 적이 없다. 지금 다행히 선생의 은혜를 입어 이 당에 올라 강의하는 자리에 참석하게 되었다. 하루는 당의 편액을 보다가 근심스럽고 감탄스러워 말했다. "특이하도다! 선생이 편액의 호를 이렇게 정한 뜻이여. 이렇게 긴 밤중에 어떻게 그렇게 또록또록하게 스스로 깨어 있을 수 있는가. 지금 썩은 먼지가 하늘에 가득하고 떳떳한 윤리가 씻은 듯 사라져, 박剝 괘의 제일 위한 효인 오도吾道[유가의 도]가 변하여 곤坤이 된 지 오래되었다."[245)]

천지가 쓸쓸하고 강산이 적막하여 사도斯道[유가의 도]가 민멸된 것을 걱정하는 사람이 세상에 아무도 없는데, 오직 선생은 여기에 분개하여 그 당호를 이렇게 내걺으로써 학문을 권하는 뜻이 끝이 없다는 것을 보인 것이다. 아, 만약 적막한 한 시대가 선생의 뜻에 감동해 일제히 발끈 일어난다면, 이미 쇠한 오도가 찬란하게 부흥하고 부모도 없고 임금도 없는 영

245) 『주역』 박剝 괘 상구上九의 효사에 "큰 과일은 먹히지 않는다(碩果不食)."라고 했는데, 이는 아래 다섯 효가 모두 음인 상태에서 맨 위 효 하나만 양인 것을 석과로 비유한 것으로, 하나 남은 양이지만 결코 끊어지지 않고 계속 이어진다는 뜻을 보인 것이다. 이 글에서 사교재는 상구를 오도로 보고 그것이 벌써 음으로 변하여 박 괘가 곤坤 괘로 변한 지 이미 오래되어 회복할 수 없는 상태라고 말한 것이다.

역으로 차츰차츰 흘러들어가 어둠에서 헤매는 이 시대로 하여금 문득 고개를 돌려 밝음으로 향하게 하는 데 무슨 어려움이 있겠는가! 잘 모르겠지만, 선생의 뜻이 어찌 이것을 바란 것이 아니겠는가? 오호, 이 당에 올라 강의하는 사람이 당호의 깊은 뜻에 감동하여 반드시 사도를 부흥시키는 것을 자신의 임무로 삼아 천 마리 소가 끌어도 조금도 움직이지 않고 만균萬鈞으로 눌러도 조금도 굽히지 않으면, 반드시 세상의 도가 망하지 않는 이치가 있어 운 또한 따라 돌아올 것이다. 양陽이 돌아오는 싹과 강상을 잇는 기초가 이로부터 만들어지지 않는다고 어떻게 알겠는가.

선니宣尼[246] 2465년 갑인(1914) 3월 상순 송하정사松下精舍에서 쓰다. → 460쪽

심心은 형이상인가, 형이하인가? > 성재가 화서의 심설을 보충한 글 뒤에 쓰다

화서華西 이항로李恒老는 심心을 설명하며, '심이 명덕明德과 함께 형이상形而上에 속한다.'고 했다. 화서 사후에 성재省齋 유중교柳重教는 심이 형이상에 속한다는 설에 타당하지 않은 점이 있다고 생각하고 스승의 설을 고쳐, '심과 명덕은 구별해야 마땅하며, 명덕은 형이상에 속하고 심은 형이하에 속한다.'고 했다. 이로써 화서 문하의 두 파, 즉 유중교파와 김평묵파 사이에 논쟁이 야기되었다. 여기서 사교재는 유중교가 자신의 심설心說을 써서 김평묵에게 보낸 것을 먼저 인용하여 제시한 후, 유중교의 설을 옹호하는 자신의 견해를 밝혔다.

성재[유중교]가 화서[이항로]의 심설을 보완하여 다음과 같이 말했다.

---

246) 공자의 시호인 포성선니공褒成宣尼公의 줄임말로 공자의 탄생을 원년으로 하는 연호다.

"선사[이항로]께서 심心과 성性을 논하며 오로지 하나의 이理에 나아가 주재主宰와 준칙準則으로 나누어 설명하셨습니다. 거듭 생각해보니 물物과 칙則으로써 심과 성을 나누는 것은 필시 본분상의 구분이 되어야 마땅합니다. 심의 주재는 곧 심의 본직本職입니다. 심의 지각에는 그 본직을 얻을 때가 있고, 그 본직을 잃을 때가 있습니다. 그 본직을 얻을 때가 바로 이 심의 이가 주인이 된 때이니, 주리主理로 말하는 것이 실로 합당합니다. 그러나 그렇다고 해서 심을 형이상形而上이라고 간주하여 성과 동등하게 보는 것은 결국 온당하지 않은 것 같습니다. 대개 '형이상'이라고 말하는 것은 도리道理의 본연으로서 사물의 준칙이기 때문에 얻은 이름입니다. '도道', '이理', '성性', '덕德' 등이 바로 그 대목大目[큰 명목]이고, 그 세목細目은 '중정中正', '인의仁義', '효제孝弟', '충신忠信' 등입니다. 무릇 '형이하形而下'라고 말하는 것은 사물의 그와 같음으로써 그렇게 안배되어 마땅한 바이기 때문에 얻은 이름입니다. '인人', '물物', '신身', '심心' 등이 바로 그 대목이고, 그 세목은 '지각知覺', '호오好惡', '시청視聽', '언동言動' 등입니다. 이처럼 형이상과 형이하는 원래 그 면목面目과 형용形容이 같지 않습니다. 이른바 '도리道理'는 '아직 발현되지 않은 것(未發見)'과 '이미 발현된 것(已發見)'으로 구분됩니다. 이미 발현되어 모양과 상태가 있는 것은 실로 그 사물에 대하여 말할 수 있습니다. 그러나 바로 '형이하'의 명목에 넣어서는 안 됩니다. 이른바 '사물'은 아직 변별되지 않은 것과 이미 변별된 것으로 구분합니다. 이미 변별되어 준칙이 있는 것은 실로 '주리主理'로 말할 수 있으나, '형이상'의 명목을 붙여서는 안 됩니다. 이것이 그 쟁점의 시발로 복잡하지 않으나 그 구분은 끝까지 혼동해서는 안 됩니다."

성재는 후에 중암重庵[김평묵]과 「화서선생심설정안華西先生心說正案」을 정했고, 중암의 문인 홍재구洪在龜, 유기일柳基一과 '스승의 설을 조정하고 보충한 일'을 여러 번 장황하게 변론했다. 또 죽음을 앞두고 문인 유인석柳麟錫 등에게 말했다.

"천지가 만물을 낳고 성인이 만사에 응하는 것은 하나의 곧음[직直]일 뿐이다. 선사先師의 심설心說에 대하여 망령되이 의심한 바가 있어 세세하게 조정하고 보충한 것은 곧음을 위한 도를 잃지 않으려 한 것이었다. 오직 「화서선생심설정안」은 중옹重翁[김평묵]의 뜻에 따라 한 것이다. 지금 다시 생각하니, 체면으로나 도리로나 몹시 불가한 것이 있다. 이제부터 그 글을 환수해야 된다."

마침내 구술한 글을 선사 화서의 유상遺像과 중암의 영연靈筵에 고하게 하고, 여러 사우士友에게 그 까닭을 상세히 설명하게 했다.

화서가 심과 성을 논하며, 전적으로 하나의 이理에서 주재主宰와 준칙準則으로 나누어 설명했다. 화서 생각에는 아마도, 성을 어기지 않는 심의 운용이 인욕人欲에 대하여 보면 모두 천리天理이기 때문에 심을 '주재의 이'라고 했을 것이다. 그리고 갖추어진 성을 심이 준칙으로 삼았기 때문에 성을 준칙의 이라고 했을 것이다. 화서의 뜻이 과연 이와 같은지 모르겠다. 만약 이와 같지 않다면, 크게 심을 통솔하는 이로 보아 군주나 장군으로 삼고 성을 심이 거느리는 이로 보아 백성이나 병사로 삼았을 것이다. 또는 심을 큰 이[대리大理]로 보고 성을 작은 이[세리細理]로 보았을 것이다. 화서 문하 여러 현인의 설에 두 가지 이가 서로 중첩되고 두 가지 근본이 병행하는 것은 제쳐두고라도, 그 심이 함부로 높고 스스로 크며 성이 폄하되고 강등당한 것이 어떠한가? 이理에 해가 되는 것이 얼마나 심한가. 이 후대의 폐단을 걱정하지 않을 수 없었다. 그래서 성재가 조정하고 보충하는 설을 만들어 물物과 칙則으로써 심과 성을 나누어, 성을 물의 준칙으로 삼아 형이상에 속하게 하고 심을 정리해야 마땅한 것으로 삼아 형이하에 속하게 했다. 이렇게 하며 '스승을 모함했다.'거나 '스승을 죽였다.'는 말을 듣고도 개의치 않았다. 그리하여 심과 성이 각각 합당한 자리를 잡았고, 두 가지 이가 서로 중첩되고 두 가지 근본이 병행하는 오류와 심을 높이고 성을 폄하하는 경솔한 오류가 없게 되었다. 이것은 화서 문하의 큰 공이자 세도世道를 위하여 아주 다행스러운 일이다. 또 그가 죽음을 앞두고 문인에게 중암이 시킨 정안문자正案文字를 환수하라고 했는데, 이것 또한 얼마나 공정하고 곧은 마음인가. 그러므로 이것과 다른 성재가 평소 밀한 심리설心理說은 모두 미성론未定論으로 돌려야 옳다. 어찌하여 그 문인들이 전에 남긴 논설을 주워 모아 한결같이 남들과 논쟁하려 하는가? → 460쪽

노백 선생[247]

1921년 중오일重午日[5월 5일] 김병로金柄老, 이형렬李亨烈, 조종현趙種顯,

247) 사교재의 스승이 간재와 노백인데, 노백이 먼저이고 간재가 나중이다. 노백은 간재의 제자이기도 하다. 이 글에서 간재가 말한 바대로, 후에 제자들이 태안에 안양사安陽祠를 세워 간재와 노백의 영정을

족인 연수淵洙와 함께 화도華島[계화도]에 들어가서 선생[간재]을 배알했다. 인사가 끝나자, 선생이 "노백의 기력이 요즘 어떠냐?"고 물으시고는, "소성蘇城[태안]이 원래 궁벽한 고장인데, 지금 약간의 학인學人이 배울 바를 아는 것은 모두 노백의 노력 덕분이니 그 공이 작지 않다. 그 사후에 자네들이 한 고장의 현사賢祠[248]를 세워 보답해야 한다. 그의 공이 그렇게 하고도 남음이 있다." 운운하셨다. → 461쪽

계화도일기_1922년 6월

8일 선생님[249]을 모시고 있을 때 선생님께서 말씀하셨다. "노백老柏의 원고는 반드시 간결하고 정확해야 한다. 글은 정확한 것이 귀하지 많은 것이 귀한 것이 아니다. 권질卷秩이 많아도 정확하지 않으면 간행하기 어렵고, 독자도 싫증을 느낀다. 권질이 간결하면서 정확하면, 간행하기 쉽고 독자도 귀하게 여긴다. 음성의 오석농吳石農[250] 사문斯文과 옥류동의 최흠崔欽 사문이 모두 덕성이 있고 박식하니, 자네가 내 말이라 하고 가서 부탁하게. 또 모름지기 오늘(1922년 6월 8일) 내게 이 말을 들었다고 하게."

10일 나아가 뜰에서 모실 때 가르쳐주셨다.

"공부가 깊으면 글의 맛이 항상 자기도 모르게 넘쳐흐르고, 덕이 성대해도 겸허의 빛이 더해야 더욱 상서롭다."

모셨다. 노백의 이름은 최명희崔命喜고, 본관은 경주다.

248) 현인의 신주를 모신 사당.

249) 간재艮齋 전우田愚(1841~1922). 사교재의 스승.

250) 오진영嗚震泳(1868~1944). 석농은 호. 전우田愚의 문인.

또 뜰 앞 작은 정자 아래 모시고 있을 때 공기가 맑고 서늘하여 좋았다. 선생님께서 처량한 모습으로 말씀하셨다.

"작은 정자와 한 바가지 샘이라도 사람의 열을 식히고 사람의 갈증을 풀어주니, 공이 많을 뿐만이 아니다. 만약 근래 수령이 이 정자와 샘처럼 힘을 다할 수 있었으면, 어찌 이 백성이 사방으로 흩어지고 나라가 이 지경이 되었겠는가."

또 말씀하셨다.

"오늘날 생민生民이 도탄에 빠진 것을 어떻게 구제하느냐? 자네도 그런 임무를 맡을 날이 오지 않을 것이라고 어떻게 알 수 있겠는가? 모름지기 착실히 공부하여 사민斯民을 구제하겠다고 마음을 먹어야 한다. 이웃집에 불이 나면 그것을 끄는 사람은 반드시 이웃 사람이다."

그러고는 눈물을 흘리셨다.

하루는 선생님께서 대나무 평상에 앉아 여러 학생에게 경계하여 말씀하셨다.

"평탄한 길에 도리어 돌발적인 환난이 숨어 있는데, 깊은 방이라고 어찌 상제上帝께서 굽어보지 않겠는가."

그리고 정재靜齋(선생의 둘째 아들)에 대하여 운운하며 말씀하셨다

"내가 그 아이에게 말하기를, '설사 민천旻天[251]이 내 아버지라고 해도 단지 내 마음을 지도할 뿐이고, 석가가 내 친아버지라고 해도 단지 울며 아비지옥阿鼻地獄으로 보낼 뿐이다."

목상穆上(이희진李喜璡)의 '호론湖論도 아니고 낙론洛論[252]도 아니네. 주자

251) 만물이 시드는 것을 가엾게 여기는 가을하늘.

252) 호론과 낙론: 조선후기 성리학의 논쟁인 인물성동이론人物性同異論의 두 갈래. 호론은 한원진(1682~1751)을 중심으로 인간과 동물의 성이 같다는 인물성동론을, 낙론은

와 율곡을 존중하니, 사통팔달 막힘이 전혀 없네.'를 외고 말씀하셨다.

"나는 '호론도 아니고 낙론도 아니네. 주자와 율곡을 배반하니 사방팔방이 막혀 하나도 통하는 것이 없네.'라고 하겠네."

『소학小學』의 '惟性聖者유성성자' 절을 강의하셨다. 강의가 끝나자 이봉구李奉九 문익問益에게 말씀하셨다.

"자네는 '유성성자惟性聖者' 절에 대하여 전날 본 바는 어떠했으며, 오늘 들은 바는 어떠한가? 써서 보여주게."

문익이 다음과 같이 써 드렸다.

"성인의 기질은 지극히 맑고 지극히 순수하여 마음이 운용될 때 자연히 천리에 위배됨이 없다. 이것이 전날 본 것입니다. 기질은 오직 성性 위에서 본다. 성은 단지 본연本然이다. 이것이 오늘 들은 것입니다."

선생님께서 그렇다고 하셨다.

문익이 여쭈었다.

"박인근朴仁根이 치욕을 당한 후 문을 닫고 사람을 만나지 않고 늘 눈물을 흘리며 스스로 가슴 아파합니다. 그 사정이 측은합니다. 석전石田의 영연靈筵에 참배하고 싶은 뜻을 누차 밝혔으나, 끝내 편치 않다고 생각하여 허락하지 않았습니다. 어떻게 처리해야 합니까?"

선생이 말했다.

"그 사람이 죄가 없는데 그렇게 되어서 정말 안되었다. 그가 정신을 차리면 용서해야 옳다."

문익이 또 물었다.

"어릴 때 출세하기 위하여 과거공부를 한 사람이 후에 학문에 종사하

이간(1677~1727)을 중심으로 인간과 동물의 성이 다르다는 인물성이론을 주장했다.

며 세속적인 것을 추구하다가, 세상이 변하자 성스러운 경전이라며 신학문을 극도로 칭찬하며 그 아들과 손자로 하여금 용모를 바꾸어 신학문에 들어가게 하고, 또 따르고 모시던 스승과 절교하고 헐뜯고 비방하면 그런 제자는 어떻게 처리해야 합니까?"

선생이 말했다.

"이미 그런 행동을 했다면, 어찌 상종할 수 있겠는가?"

(이하 결락) → 462쪽

전기
傳記

학생한공행장韓學生韓公行狀

나는 한 기인畸人[253]으로 서해 바닷가에 붙어산다. 하루는 한씨라는 사람이 파리한 모습으로 상복을 입고 30리 길을 걸어 찾아왔다. 내게 할 말이 있는 것 같았으나 말을 꺼내지 않은 채 마주앉아 말한 것은 자기 가문의 세계世系와 조상의 행적과 치적이었는데, 때때로 오열하며 말을 잇지 못했다. 봄부터 여름까지 네 번이나 찾아와 이렇게 했다. 내가 의아해하며 그 사정을 묻자 그가 말했다. "제 선군先君[돌아가신 아버지]께서 선행善行이 있으나, 불초가 불학무식하여 밝혀 드러낼 방법을 모릅니다. 문하門下[254]께 한 말씀을 얻어 아버지께 무관심했던 죄를 면하고 싶었습니다. 그런데 말을 할 줄 몰라 수차 와서 머뭇거리다가 오늘에 이르렀습니다." 말을 마치고 눈물을 줄줄 흘렸다. 내가 듣고 안색을 바로 하여 깊이 생각하고 말했다. "지금 양이의 재앙이 풍속이 되어 대부분 아버지를 마치 강을 건넌 후의 나룻배처럼 봅니다. 그런데도 돌아가신 아버지의 아름다운 덕을 천명하기 위하여 이렇게 성의를 다하시니, 실로 상도常道를 잃지 않은 분입니다. 그러나 저는 합당한 사람이 아닙니다. 저 자신의 이름 또한 눈밭에 찍힌 기러기 발자국처럼 곧 사라져버릴 것인데, 감히 남을 위하여 남기는 글을 쓰겠습니까?" 그러고는 완강히 사양했으나, 그가 청하기를 마지않았다. 그래서 그의 행록行錄[255]과 그 고장 사람들이 그를 칭찬한 글을 읽어보았다. 글이 질박하고 화려하지 않으며 언문으로 기록했으나 의미는 알차서, 지나치게 꾸미고 과장하여 자기 부모를 미화하고 돌을 옥이

---

253) 특별한 뜻이 있어 세속과 어울리지 않는 사람.

254) 상대방에 대한 존칭.

255) 인생의 행적을 기록한 글.

라 속이고 거짓을 참이라고 현혹하는 세속에 비할 바가 아니다.

공의 성은 한韓씨, 이름은 원교元敎, 자는 희원希元, 본은 청주다. 고려 태조를 보좌한 통합삼한벽상공신삼중대광문하태위統合三韓壁上功臣三重大匡門下太尉 휘諱 난蘭이 시조다. 그 후 대대로 벼슬하여 동국의 명망이 있는 종족이 되었다. 고조의 휘는 용적龍迪, 증조의 휘는 응원應元인데 모두 무과에 급제했다. 조의 휘는 영기永基인데 통덕랑이고, 고의 휘는 용리容履인데 무과에 급제했다. 전주 이씨 승요升堯의 따님과 밀양 손씨 양호陽浩의 따님이 전후의 비妃다. 휘 현리鉉履와 밀양 박씨 영방永邦의 따님이 본생부모다.

공은 1879년 2월 24일 태어났다. 천성이 온화하고 인자했고, 어려서부터 부모를 사랑할 줄 알아 그 뜻을 감히 조금도 거스르지 않았다. 밖에서 맛있는 음식을 보면 가슴에 품어가 부모님께 바쳤다. 유년에 본생 아버지를 여의고, 아동 때 양아버지의 상을 당하고, 관례를 올린 후 본생 어머니도 이어서 돌아가셨다. 연달아 부모상을 당하고 양가와 본가에 부모가 없어 미처 봉양하지 못한 한을 부쳐 풀 때가 없고, 오직 양가의 계모 손孫 부인만 당에 계셨다. 손 부인을 사랑하고 존경하는 정성과 효도하는 마음이 소생모와 다름이 없었다. 방법을 가리지 않는 봉양을 남이 보고 듣도록 드러내지 않았지만 한결같이 마음에 맞추고 뜻에 순응할 것을 결심했고, 평소에 들은 농부의 이야기나 야담도 새벽과 저녁에 반드시 다 말씀드렸다. 유인의 성격이 엄하여 옳다고 하는 것이 적고 즐겁게 해드리기 어려웠으나, 공은 늘 재치 있는 말과 어린아이의 몸짓으로 기어코 기쁘고 즐겁게 해드리고야 말았다. 집이 가난하여 맛있는 음식으로 정성을 다하여 봉양하기는 어려웠으나, 낮에는 자리를 짜고 밤에는 신을 삼아 생선과 고기를 마련했다. 반드시 장보기를 일과로 삼아 장이 서는 날 물가의 고저와 시정의 득실을 자세히 말씀드려 유인의 마음을 위로했다. 도리島夷[일본]가 다스릴 때 물건이 귀하여 물가가 뛰었는데 가장 많이 오른 것이 쇠고기였다. 유인이 집안 형편이 어려워 쇠고기를 계속 대기 어려울 것이라고 생각하여 늘 물리치자, 공이 "쇠고기뿐만이 아닙니다. 자리와 신 따위도 값이 뛰어서 이것으로 그것을 바꾸면 전날과 다를 바가 없습니다."라며 임시로 둘러대어 유인을 안심시켰다. 아침저녁으로 진지를 올릴 때 먼저 아이들로 하여금 다른 자리에 앉게 했는데, 이것은 '곽거가 아이를 묻은 것(郭巨埋兒)'[256]과 같은 마음이다. 밥과 국이 따뜻한지 찬지, 김치가 싱거운지 짠지를 반드시 직접 확인했다. 유인의 수저가 자주 가는 반찬과 뜸하게 가는 반찬을 반드시 기억했다가 다음에 찬을 올릴 때 참고했다. 유인이 노년에 안질이 생겼다. 공이 애를 태우며 온갖 방법으로 치료했으나 끝내 효험이 없었고, 의원 또한 의술이 다하여 눈이 멀게 되었다. 공이 통한의 심정으로 곁에서 떠나지 않으며 유인이 일어나면 좌우에서 부축하며 따라 묻는 것에 대답하여 실수가 없었다. 유인이 밥을 먹을 때 반드시 수저질을 대신하여 "이것은 무슨 고기입니다. 이것은 무슨 나물입니다."라고 하며, 유인의 마음에 들지 않을까 두려워하여 남에게 시키지 않았다. 밥을 국이나 물에 말 때도 반드시 많이 말았는데, 많이 자시도록 권하기 위해서였다. 제삿밥까지도 일일이 직접 먹였는데, 싫증내고 미워할

256) 다음 고사에서 온 말이다. "곽거가 아주 부유했다. 아버지가 죽자, 2천만 냥을 만들어 두 아우에게 주고 자신은 혼자서 어머니를 공양했다. 처가 아이를 낳자, 어머니 공양에 방해가 될까 걱정하여 아이를 묻으려고 땅을 팠는데, 구덩이에서 금 1부釜가 나오고 그 위에 '효자 곽거에게 하사한다.'고 쓰여 있었다. 마침내 어머니를 봉양하고 아이를 기를 수 있었다."—『태평어람』

까봐 식구들에게 시키지 않은 것이다. 외출해서는 목적지 외에 가지 않았고 돌아오는 시간도 어기지 않았다. 이것은 평소에 실천하던 것이지만 이때 더욱 삼갔다. 이렇게 5년을 하루처럼 했는데, 이윽고 유인이 천수를 누리고 돌아가셨다. 공이 통곡하며 슬퍼하는 것이 마치 살고 싶지 않은 것 같았다. 보고 감탄하지 않은 사람이 없었다. 염빈斂殯, 장례, 제사에 정성과 힘을 다했는데, 아는 것이면 마음을 다하지 않은 것이 없었다. 매일 아침저녁으로 무덤에 올라가 슬픔을 다했는데 바람, 비, 추위, 더위에 구애되지 않았다. 3년 동안 상식上食도 반드시 따로 밥을 지어 직접 올리고, 가족에게 시키지 않았다. 출입할 때도 반드시 생전처럼 고했다. 하루는 일을 하다가 손을 다치자 즉시 달려가 영전에 고했다. "모친, 이것 보세요. 불초가 무슨 일을 하다가 이렇게 손을 다쳤습니다." 젖먹이가 어머니에게 애원하는 것과 똑같았다. 당시 공의 나이가 65세였는데 천진함이 이와 같았으니, 그가 평소에 유인을 모신 것이 모두 부모를 사모하는 천성에서 나온 것이지 한때 억지로 한 것이 아님을 알 수 있다. 상이 끝난 뒤에도 극도의 비애 속에 항상 단괄袒括[257] 때처럼 처신했다. 그가 가정을 교육하고 자녀를 경계한 것이 이 마음을 미룬 것이 아님이 없었다. 융희隆熙 기원 후 병신년(1956) 8월 27일 돌아가시니 78세였다. 서산군 소원면 영전리 침유枕酉[정동향] 언덕에 장사지냈다. 돌아가신 날 원근의 사람들이 모두 탄식하며 말했다. "효자가 갔구나!" 향리 사람들이 달려가 곡하고 글하는 사람들이 그의 효도를 기리는 글을 썼다.

부인은 문화 유柳씨 문규文奎의 따님이다. 공보다 6년 뒤인 1885년 4월 15일 태어났다. 부덕婦德이 있어 시어머니를 효로써 섬기고 바름으로

---

257) 초상 때 소렴한 후 상주가 왼쪽 어깨를 드러내고 풀었던 머리채를 묶는 것.

써 남편을 공경했다. 공의 여러 덕행을 도운 것이 많아 마을에서 칭찬했고 아직도 건강하다. 2남 1녀를 낳았다. 장남은 범석範錫인데 이 글을 청한 사람이다. 차남은 신석信錫이고, 딸은 박명중朴明仲의 처다. 범석은 모 여성에게 장가들어 3남 1녀를 낳았는데 광수光洙, 영수英洙, 창수昌洙, 조한익趙漢翊의 처다. 신석은 바탕이 발라 효도하고 우애가 있었는데, 불행히도 1950년 공비에게 해를 입었고 자식은 없다. 광수는 경주 최일량崔一兩의 딸에게 장가들어 상만相萬과 상인相仁 두 아들을 낳았다. 영수와 창수는 아직 장가들지 않았다.

오호! 공이 산 곳은 바닷가 농촌의 궁벽한 거리다. 당시는 일제가 집권하여 우리나라를 유린할 때였다. 상喪을 연이어 당한 후 혈혈단신으로 맨손의 가난한 형편에 처하여 양가養家의 낯선 계모를 섬기느라 정성과 공경을 다했다. 처음부터 끝까지 여러 행실이 법도에 맞지 않는 것이 없었다. 타고난 바탕이 아름다워 천성에서 우러난 것이 아니면, 그럴 수 있었겠는가. 자양紫陽[주희]이 '타고난 떳떳한 도리가 추락하지 않았다.'고 한 것이 정말 맞는 말이라는 것을 알겠다. 공이 일찍이 시와 예를 공부하고 도의를 닦았다면, 그 성취가 어찌 여기에 그치고 말았겠는가? 공의 가정생활, 향리에서 처신한 것, 몸가짐, 교우관계 가운데 기록하여 남길 만한 것이 많겠지만, 기록과 향장鄕狀이 모두 소략하여 빠졌다. 이것은 효가 백행의 근본인데, 큰 것이 서고 나면 나머지는 모두 미루어 알 수 있다는 뜻이 어찌 아니겠는가? 애석하다.

또 할 말이 하나 있다. 대저 효는 인의 실천이자, 윤리의 근본이다. 돌아가신 아버지가 앞에 이렇게 기초를 세워놓았는데 그 자손이 그것을 계승하지 못하면, 그것은 그 기초를 버리고 그 아버지와 조상을 저버리는 것이다. 공의 후손이 어찌 두려워해야 하지 않겠는가. 또 지금 떳떳한 인륜이 사라지고 사악한 말이 극성하여 부모를 버리고 아버지를 배반하는 무리가 줄을 이었다. 아버지에게 절하지 않고, 아버지가 죽어도 곡하지 않고, 상복은 입지 않아야 하고, 제사는 마귀를 섬기는 것 등의 설까지 하며, 사람들의 귀를 당겨 억지로 떠들고 곳곳에서 설교하며 유인한다. 갈팡질팡 쏜살같이 온 세상이 그리로 쏠려 굳은 뜻으로 힘써 지키는 사람이 없다. 그 풍기의 오염과 견문의 막힘이 또한 두렵다. 범석이 자질이 순박하고 성품이 효성스러워 이런 일이 없을 것으로 알지만, 본심을 거스르는 일이 있을 때 어찌 돌아가신 아버지가 실천한 도를 기록한 글을 참고하지 않겠는가. 이 글을 갖추어 쓰고 나서 저술하는 군자의 산삭을 기다린다.

공이 돌아가신 다음 해 정유년(1957) 해양海陽 김영익이 짓다. → 463쪽

청천당안공행장聽天堂安公行狀

공의 휘는 재륜在輪, 자는 성배聖培, 청천은 호다. 성은 안安씨로 본관은 순흥順興이다. 고려 신종神宗 때 흥위위호군興威衛護軍 휘 자미子美가 그 시조다. 바로 다음 세世는 휘 영유永儒로 추밀원부사상장군 벼슬을 했다. 추밀이 문하시중 판도판서태사門下侍中版圖判書太史 휘 부孚를 낳았고, 태사가 문성공文成公 회헌晦軒 휘 유裕를 낳았는데 동국東國의 유종儒宗이다. 회헌이 문순공文順公 휘 우기于器를 낳았고, 문순공이 순흥군順興君 시호가

문숙文淑인 휘 목牧을 낳았고, 문숙이 판관공判官公 휘 신愼을 낳았고, 판관이 휘 훈勳, 정貞, 경璟 세 아들을 낳았는데 모두 높은 관리가 되었다. 여러 세대 전하여 부호군 휘 일립逸立에 이르러 태안군 북쪽 사항리沙項里에 들어와 살았다. 일립이 공의 8세조다. 고조는 휘가 선광善光이고, 증조는 휘가 윤상胤尙이고, 조는 휘가 경학慶學이고, 고는 휘가 형묵亨黙이다. 어머니는 전주 이씨로 휘 명옥鳴玉의 딸이다. 공은 고종대황제 을축년(1865) 3월 13일 태어났다.

공은 어려서부터 효성스럽고, 순종하고, 삼가고, 질박하여 또래들과 더불어 놀지 않고 학업에 힘쓰고 부모의 뜻을 잘 받들었다. 자라서는 집이 가난하여 밭 갈고, 나무하고, 물고기 잡고, 소금을 구우며 고생을 많이 했고, 힘을 다하여 부모를 봉양했다. 약관을 겨우 넘긴 나이에 아버지 상을 당하여 몹시 슬펐으나 상례와 장례에 성의를 다했는데, 내용과 형식이 저절로 맞아 사람들이 모두 칭찬했다. 일찍이 배움을 놓친 것을 늘 한탄하여 32세에 비로소 『소학』과 『격몽요결』을 마을 서당에서 배웠다. 낮에 일하고 밤에 배우는 것을 일과로 삼아, 손님이 와 있어도 짬을 내어 서당에 갔다 와 빠지는 날이 없었다. 늘 몸은 일하고 마음으로는 외고 손으로는 만들고 입으로는 읽었다. 길을 가거나 뒷간에 올라서도 '이오'[258]가 입에서 끊이지 않았다. 일찍이 소금을 싣고 포구로 내려가며 배 위와 여관에서도 책을 펼쳐보기를 그만두지 않았다. 노백老栢 최崔 공의 학문이 근원이 있다고 듣고 가서 보고 크게 깨달아 "학문은 이렇게 해야 된다."고 했다. 노백 옹도 그의 현명함을 듣고 만나 크게 기뻐하며 "진실로 군자의 바탕이 있다."고 했다. 그로부터 한 번 가고 한 번 오며 날과 달이 멀다

---

258) 글을 외는 소리.

하고 끊임없이 서로 찾았다. 공이 뜻을 크게 정하고 아관峨冠[259]을 쓰고 활수濶袖[260]를 입고 가묘에 들어가 새벽마다 배알하고 제사에 참례하는 의절을 예에 따라 힘써 실행했다. 아들 교육에도 성의를 다했다. 두 아들을 노백 옹에게 부탁하고 입는 것과 먹는 것을 아껴 양식을 보내기를 7년 동안 하루 같이 했다. 또 두 아들로 하여금 폐백을 가지고 계화도에 가서 간재艮齋 전田 선생을 뵙게 했는데, 해마다 반드시 실행했다. 경작하는 논을 팔아서 경전과 자집子集을 구입했고, 『소학』과 『가례증해』의 목판이 영남에 있다고 듣고 천 리 먼 길을 가서 인쇄해오게 했다. 또 집에 서당을 세우고 향鄕의 자제들을 거두어 직접 가르쳤는데, 자손들과 재물을 서로 내어 교실의 자리와 등잔기름 등을 스스로 마련하고 오는 학생들에게 부담시키지 않았다. 배우는 사람들을 더욱 사랑하여 아들 또래라도 대할 때는 반드시 복장을 갖추어 예의와 존경을 표하고 음식 제공에 성의를 다했다. 집이 가난했지만, 학생이 와서 머무는 기간이 긴지 짧은지를 묻지 않았다. 이별을 앞두고는 차마 서로 헤어지지 못하는 마음이 얼굴에 드러났다.

이李 유인孺人을 섬겼는데 홀어머니인데다 노인이라 한편으로는 기쁘고 한편으로는 두려운 마음[261]이 더욱 간절했다. 입을 즐겁게 하거나 몸을 편안하게 하는 물건은 모두 가장 좋은 것을 썼다. 유인이 나이 60세에 실명의 액운을 당하자 공이 슬퍼 마음을 진정시킬 수 없었다. 자신이 말하고 행동한 것과 보고 들은 것은 일상적이고 자잘한 일이라도 반드시 매일

---

259) 학문이 높은 학자가 쓰는 높은 관.

260) 소매가 넓은 옷.

261) 다음 구절에서 온 말이다. "부모의 연세를 알지 않으면 안 되지만, 한편으로는 오래 사셔서 기쁘고 한편으로는 사실 날이 얼마 남지 않아 두렵다(父母之年 不可不知也 一則以喜 一則以懼)." 『논어』「이인」.

말씀드렸다. 유인의 음식, 거동, 출입 등에는 반드시 먼저 그 뜻을 이해했다. 좌우에서 유인에 관한 이야기가 나오면, 그때마다 울음을 터뜨려 말을 잇지 못했다. 눈 먼 걸인이 오면 측은함에 마음이 움직여 특별히 후하게 대접했고, 만류하여 며칠 머물다 가게도 했다. 그래서 소문을 들은 많은 맹인이 자기 집처럼 오기도 했다. 유인이 84세에 천수를 누리고 별세하자, 공이 극도로 슬퍼하여 염습, 장례, 제사 등에 정성과 공경을 다했다. 당시 공의 나이가 52세였는데 술을 마시지 않고 고기를 먹지 않고 상복을 벗지 않았으며, 매일 무덤에 올라가 통곡하고 한참 후 일어났다. 삼년상이 지난 후에도 이따금 그렇게 했다. 이것은 아마도 타고난 성품에 따라 자연히 그렇게 한 것이지, 작위적으로 억지로 한 것은 아닐 것이다.

그의 가정교육은 질박하면서도 법도가 있어 옷은 삼베와 무명을 쓰고 음식은 채소를 섭취했다. 혹 특별한 음식이 있으면 아이들도 그것이 제사나 손님용이라는 것을 알았다. 비구니[니온尼媼]를 통하여 귀신에게 비는 시골 풍속을 요망하다고 생각하여 말도 꺼내지 못하게 했다. 이역에서 온 기묘하고 사치스러운 물선을 우리 고혈을 빨아먹는 것이라 생각하여 원수처럼 생각했다. 아들을 오랑캐 학교[이학夷學]에 보내는 사람을 보면 그것이 옳지 않다는 것을 지성으로 깨우치다가 구제할 수 없으면 한탄하며 말했다. "단지 세리勢利[권력과 이익] 두 자가 사람을 이렇게 모는 것인데, 이것이 인종을 바꾸는 방법이라는 것을 이들은 모른다." 일찍부터 활옷[수의袖衣]을 입기 시작한 어린 손자를 무릎에 안고 『천자문』을 가르쳤는데, 입을 가리키며 구口 자를 가르치고 코를 가리키며 비鼻 자를 가르쳐 겨우 말을 배우자마자 『천자문』을 다 읽었다.

선영의 이장移葬과 개사改莎[262]를 선대에 뜻이 있었으나 겨를이 없어서 못했는데, 이 일을 힘을 다하여 완성했다. 일찍이 조비祖妣 정鄭씨 산소를 남의 산으로 옮기려 했으나, 그 산 주인이 자기 산소에 너무 가깝다고 금지했다. 지성으로 호소했으나 허락을 얻지 못했다. 공이 여러 날 석고대명하고 혈서를 쓰자 주인이 크게 감동하여 흔쾌히 허락했다. 공이 무덤에 재실을 짓고 제전祭田을 두어 춘추로 한 해에 두 번 제사지냈다.

윤리를 바로잡는 일에 더욱 적극적으로 끊임없이 힘썼다. 일찍이 말했다. "우리 집 선대 판서공 휘 우세遇世가 족보에는 휘가 신愼 자로 되어 있고, 옆 칸의 주에 '문숙공文淑公 겸재謙齋 휘 목牧의 아우'로 되어 있다. 또 다른 족보에는 공과 같은 단 왼쪽의 안설按說에 '문숙공의 아들 문혜공文惠公 휘 원숭元崇의 아들 항렬임이 분명하다.'고 했다. 부자가 대를 잇는 자리가 얼마나 큰 윤리인데, 어찌 감히 의문을 용납하지 않는가? 또 그 아래 5, 6대는 생졸년, 관직, 묘소, 배위 등이 전혀 없고, 단지 명휘名諱가 있을 뿐이다. 그 휘 자 또한 잘못 전승되지 않았다고 어찌 장담하겠는가? 대저 의문 가는 곳에 억지로 이름을 정하는 이치는 없다." 명明 누희인樓希仁의 예에 따라 의심스러운 곳은 그대로 두고 믿을 수 있는 곳만 썼다. 결단코 8세조 휘 일립逸立을 중시조로 삼고 가승家乘을 편찬하여 스스로 한 파를 이루고 다른 안씨들과 더불어 족보를 만들지 않았다. 아들 종유鍾俞를 지산志山 김복한金福漢 선생께 보내어 서문을 청하고, 또 노백옹老柏翁께 발문을 부탁하여 훗날의 믿을 만한 징표로 삼았다. 만년에 이르러 늘 스스로 말했다. "내가 스스로 생각하기를, '세상의 사업은 크건 작건 그 지위에 따라 전적으로 사람이 그것을 어떻게 하느냐에 달렸으므로, 운명에 달

262) 무덤의 떼를 갈아입힘.

렸다고 말할 필요가 없다.'고 했다. 그러나 반평생을 지낸 후에야 묵묵히 그것을 주관하는 자가 있다는 것을 비로소 알았다. 그러므로 매사에 자기에게 주어진 직분에 힘쓰기만 할 뿐 그 성공 여부는 운명을 주관하는 자의 분부를 들을 뿐이다." 그에 따라 스스로 호를 '청천聽天'이라 했다. 순종純宗 갑자년(1924) 11월 15일 정침에서 돌아가시니, 나이가 겨우 60세였다. 서산군 남면 양잠리兩潛里 망치望峙 아래 유酉 방향을 등진 언덕에 무덤이 있다.

부인은 소성蘇城 가賈씨 조영祚永의 따님이다. 공보다 2년 먼저인 계해년(1863) 8월 28일 태어나서 공보다 40년 먼저인 을유년(1885) 5월 12일 별세했다. 무덤은 모사지茅沙地 인寅 방향을 등진 언덕에 있다. 계배繼配[둘째 부인]는 밀양 박기진朴基鎭의 따님으로 공보다 5년 후인 기사년(1869) 정월 24일 태어나서 공보다 10년 후인 갑술년(1934) 정월 4일 별세했다. 공의 왼쪽에 쌍봉으로 합장했다. 2남 1녀를 길렀는데, 종유鍾俞와 숙부 재곤在坤에게 양자로 간 종하鍾夏이고, 딸은 전주 이종갑李鍾甲의 처다. 종유의 아들은 덕순德淳과 각순珏淳이고, 딸은 조인호趙仁鎬의 처다. 종하의 아들은 명순明淳, 성순城淳, 태순台淳, 건순健淳, 석순奭淳, 완순琓淳이다. 덕순의 아들은 상훈相勳과 상학相學이고, 각순의 아들은 상계相契, 상린相麟, 상규相珪, 상륙相陸이고, 명순의 아들은 상룡相龍과 상우相佑이고, 딸은 평양 조재국趙載國의 처다. 나머지는 다 기록하지 않는다.

공은 기질이 예스럽고 성질이 순박하며, 마음이 바르고 성품이 너그러웠다. 평생 군색한 걸음이 없었고 평소 꾸민 말을 하지 않았다. 집안에서는 효도와 우애가 독실했고 마을에서는 덕망과 선행이 두드러졌다. 사류

士流[학자]를 친척처럼 대우했고 유속流俗[속된 무리]을 오물처럼 미워했다. 이것은 모두 타고난 자질의 아름다움에서 얻은 것이고, 군자의 덕에 합치하는 것이다. 당시 이학夷學[서양학문]이 극성하여 돼지처럼 몰고 송아지처럼 끄는 화를 아무도 벗어나지 못할 때였는데, 공은 한 시대의 유종儒宗을 택하여 아들을 가르쳤다. 온 세상에 야만적인 관습이 고질이 되어 머리를 깎고 양복을 입은 자 외에는 사람대접을 받지 못한 때에, 특히 중화의 의관을 지켰다. 설령 글이 조금 못 미친다고 해도 그 식견의 밝음과 지킴의 바름을 세상의 글재주나 뽐내는 자들이 견줄 수가 있겠는가? 자하子夏[공자 제자]가 이른바 "아직 배우지 못했다고 해도 나는 그를 반드시 배운 사람이라고 할 것이다."가 실로 공을 두고 한 말이다. 그가 선계先系[선조의 계보]를 신중하게 고찰하고 가승家乘[263]을 편찬한 일도 윤리를 세우고 풍속의 모범을 보인 큰 표준이다. 그러므로 김지산金志山이 가승의 서문에서 말했다. "지금 세상에도 이런 사람이 있는가? 가상하다." 노백老柏 옹도 발문에 썼다. "고금에 씨족의 폐해를 고치려고 하는 자는 이 군君을 모범으로 삼아야 한다." 공의 마음가짐이 공정하고 천리를 힘써 따라서 세상의 교화를 돕고 풍속을 인도한 것이 이것으로 미루어봐도 그 일단을 알 수 있다.

공의 후사 송유 보甫가 나와 농분의 진분이 있다. 공의 행적을 기록하여 내게 보여주며 말했다. "내 선친을 아는 사람이 우리 선생만 한 사람이 없으니, 행장을 써주기를 청합니다." 내가 실로 젊어서부터 공의 인정을 받아 보고 감동한 것이 많다. 그러나 지금 거의 40년이 지나 다 잊고 기억하지 못한다. 또 나는 행장을 쓰기에 마땅한 사람이 아니고 글도 졸렬하

263) 한 집안의 작은 범위의 족보.

여 사양했으나, 4년 동안 계속 청하기를 그만두지 않았다. 그래서 이와 같이 기록하여 훗날 덕을 아는 사람이 채택할 수 있도록 준비한다.

1958년 12월 해양海陽 김영익金永益이 찬하다. → 465쪽

절부이씨전節婦李氏傳[264)]

소성蘇城[태안]의 관리官里에 한 효자가 있으니 이름이 손탁수孫卓洙다. 그 지극한 행실에 대하여 향리의 학자와 고을 수령이 누차 천거하는 글을 올렸고, 암행어사와 관찰사도 각각 그 아름다움을 표창한 바 있다. 노백老柏 최 선생도 그 행실에 대하여 글을 썼고, 대사성 김지산金志山[金福漢 1860~1924]도 그 전기를 썼다. 아들이 셋인데 병교炳敎와 병철炳哲, 그리고 한 아들 병○炳○는 죽었다. 둘째 아들 병교의 처가 바로 절부 이씨다.

이씨는 본이 전주로 사인士人 교호敎鎬의 따님이다. 태어나서 천성이 정숙하고 한결같았다. 나이 21세에 시집가서 시부모를 효도로 봉양하고 남편을 공경으로 섬겼다. 마을 사람들이 '그 시아버지에 그 며느리'라며 칭찬했다. 아! 덕이 후하고 명이 박한 것, 이것이 이른바 '사물을 겸비할 수 없다.'는 것인가? 이태 연달아 시부모를 여의고 이어서 또 남편을 여의었다.[265)]

당시 이씨의 나이가 27세였다. 슬하에 자녀가 없고 오직 시동생 병철

264) 절부는 남편이 죽고 나서 수절한 부인을 가리키는 말.

265) '낮에 곡했다(晝哭).'는 말은 남편을 여읜 것을 말한다. 춘추시대 경강敬姜이 남편 목백穆伯의 상을 당해서는 낮에 곡하고, 아들 문백文伯의 상을 당해서는 밤낮 곡했다. 공자가 이를 두고 예를 안다고 평했다. 『예기禮記』「단궁하檀弓下」.

만 있었는데, 나이가 13세였다. 살림이 하나도 없어 집에서 밥을 먹지 못하고 남의 집 품팔이를 하다가, 혈혈단신에다 세상인심 또한 헤아리기 어려워 감히 혼자 살지 못하고 친척집에 가서 의지했다. 그 집 또한 몹시 가난했다. 밤에는 길쌈하고 낮에는 밭을 매며 또 남의 집 빨래와 방아 찧는 일까지 하지 않은 일이 없었다. 고난의 세월을 오직 시동생이 장성하기만을 바라며 보냈다. 병철 또한 천성이 순진하고 착실하여 선친의 뜻을 이을 만한 사람이었다. 가정을 꾸리지 못하고 자식노릇을 하지 못한 것이 원통하고 한이 되어, 10년간 근검절약한 결과 가정을 이루고 장가를 들었다. 이씨로 하여금 가사를 주관하게 하고 형님처럼 모시며 크든 작든 매사를 이씨에게 물어 결정했고, 이씨도 가업을 잘하고 손아래 동서와 화목했다. 그리하여 살길이 점점 트였고 이씨의 현명함을 칭찬하지 않는 사람이 없었다.

병철이 세 아들을 낳아 둘째가 인화仁化인데, 이씨가 죽은 남편의 후사로 삼고 말했다. "내 일은 끝났다." 인화가 장가들어 분가했는데 부부가 모두 효성이 지극했다. 아들 창승昌昇과 운승運昇을 낳았는데, 닥쳐올 경사가 아직 많이 남았다. 병철 또한 자식이 집안에 가득하여 한 가문의 남녀가 수십 명이다. 가정 형편 또한 각각 약간씩 나아졌다. 마을 사람들이 모두 '절부가 착한 일을 하여 보답받은 증거'라며 칭찬했다. 글과 재물로 여러 번 포상받은 일이 있으니, 이씨의 현명함이 사실이었다는 것을 알 수 있다. 무자년(1948) 3월 8일 별세하니, 태어난 고종 무진년(1868)으로부터 82세 되는 해다. 이원면 관리 파금봉播金峰의 연헌燕軒 선산 아래 신辛방향을 등진 언덕에 무덤이 있다.

내가 몇 년 전 관리를 지나다가 손병철 씨가 부모를 드러낸 행실을 알았는데, 남들이 할 수 없는 일이 많았다. 또 지금 머리를 깎는 시대에 살면서 머리털을 보존하고 부모께 물려받은 몸을 온전히 하며 70년을 살았다. 매달 초하루와 보름이면 아버지 무덤에 올라가 슬퍼하고 사모하는 것을 그만두지 않았다. 내가 마음으로 감탄했다. 하루는 손씨가 나의 벗 안재하安在夏와 방문하여 안재하가 기록한 이씨의 행록行錄을 보여주며 말했다. "오늘의 제가 있는 것은 형수 이씨의 공이 아닌 것이 없습니다. 선생께서 전傳을 지어주십시오." 안 또한 간절히 권했으나 나는 그만한 인물이 못 된다고 사양했다. 두 노인이 함께 재삼 방문했다. 나는 안우安友를 지금 세상에 살면서 옛것을 배우며 소인의 무리에 부화뇌동하지 않는 학자라고 생각하기 때문에, 그가 덕을 좋아하는 마음을 차마 뿌리치지 못하고 승낙했다. 다만 부끄러운 것은 글재주가 없는 것이다.

다음과 같이 논하여 말한다.

공자가 말했다. "예리한 칼은 밟을 수 있지만, 그러면 중용은 불가능하다." 대저 비분강개하여 목숨을 버리는 것과 평생 인의仁義를 행하는 것이 행적의 드러남과 묻힘이 다르다. 그러므로 옛날 일을 논평하는 사람이 혹 전자를 높이고 후자를 낮춘다. 그러나 논평의 어려움과 쉬움을 옛사람이 말하지 않았던가? 만약 이씨가 가혹한 원한을 참지 못하고 즉시 지아비를 따라 죽었다면, 열부는 열부로되 손씨 가문의 희망과 부자가 서로 계승하는 일은 어떻게 되었겠는가? 어떻게 원한을 머금고 아픔을 참으며 수십 년간 험난한 고생을 하여, 마침내 엎어진 가문을 다시 세우고 끊어진 후사를 다시 이어 절의와 공로를 아울러 이루었는가? 이것이 이른바 인의를 행하여 중용에 합치한 것이 아닌가? 아! 학자가 이렇게 마음을 먹으면 결코 세상의 이익을 돌아보지 않고 절조를 지켜 추락한 성학聖學을 이을 수 있을 것이고, 조정의 관리가 이렇게 뜻을 세우면 성하건 쇠하건 절의를 지켜 이미 엎어진 나라를 회복할 수 있을 것이다. 저 입으로는 경전을 외나 성인을 배반하고 조상을 버리며 어제는 저쪽, 오늘은 이쪽에 붙는 자와 높은 관직에 앉아 임금과 나라를 팔고 아침에는 왜놈에게 저녁에는 양놈에게 붙는 자를 이 이씨와 비교해보라. 과연 누가 용이고 누가 돼지인가?

대한제국 융희隆熙 기원후 경인년(1950) 3월 광산 김영익이 삼가 쓰다. → 467쪽

현원방씨전賢媛方氏傳

지산芝山 안재하安在夏는 지금 이 사악한 세상에 살며 뜻이 흔들리지 않고 인륜을 사랑하는 학자다. 하루는 자기가 쓴 현원賢媛 방方씨의 행록行錄을 보여주며 내게 전傳을 쓸 것을 청하며 다음과 같이 말했다.

방씨의 본은 온양이고 순여順汝가 그 아버지다. 고종 7년 경오년(1870)에 태어났다. 자질이 아름답고 성격이 순하고 재주가 민첩하여 사람들이 그녀가 현숙한 것을 알았다. 나이 20세에 밀양 손태수孫泰洙에게 시집갔다. 시아버지가 기쁜 내색을 쉬이 하지 않고 쉽사리 인정하지 않는 성격이었지만, 방씨가 밝은 얼굴과 웃는 모습으로 미리 뜻을 알아서 받들어 따르고 좋은 음식을 미리 맛을 보고 올려 조금도 거스르고 어기는 일이 없

자, 시아버지가 아주 편히 여기고 가정이 화목하여 마을 사람들이 칭찬했다. 시아버지가 90을 바라보는 나이에 풍으로 전신불수가 되어 일상생활의 모든 거동에 남의 도움을 받을 수밖에 없었다. 남편 태수가 가정 형편이 넉넉하지 않아 생업에 매달렸기 때문에 밖에 있는 시간이 많아서, 오직 방씨가 그 역할을 대신했다. 음식을 수저로 떠먹이고 의복을 갈아입히고 몸을 돌려 눕혔으며, 대소변까지도 싫어하는 기색 없이 받았다. 때로 시아버지가 울적하면 즉시 업고 밖으로 나가 사방을 둘러보게 했다. 지나가는 사람이 있으면 "이 사람은 아무개입니다."고 하고, 농사일을 하는 사람이 있으면 "이것은 아무개 전답입니다."고 하며 가르쳐주고는 해가 저물어 집으로 들어왔다. 이렇게 한 것이 모두 4년이었으나 나태한 기색이 한 번도 없었다. 병이 극심해지자 마음으로 더욱 걱정하고 괴로워했다. 그때 방씨의 어린아이가 죽었으나 괘념하지 않았다. 시아버지가 아이가 어디 있느냐고 물으면, 놀러 나갔다고 대답했다. 시아버지가 알고 병이 악화될까 걱정한 것이다.

경술년(1910) 10월 20일 시아버지가 천수를 누리고 죽으니 향년 84세였다. 방씨가 몹시 슬퍼하여 어려운 형편에도 염빈斂殯[266]하는 도구를 마련하지 않은 것이 없었다. 좋은 장지가 없자, 남편에게 권하여 달랑 있는 논 4마지기를 팔아 장지를 구하도록 했다. 산주인이 기꺼이 팔려고 하지 않자, 또 남편에게 여러 번 석고席藁[267]하도록 한 후 허락을 얻었다. 삼년상에 슬픔과 공경함이 지극하여 마을에서 표창한 일이 있었는데, 아들을 불러 경계하여 말했다. "사람이 착한 일을 하면 반드시 스스로 안 후에 남들이 안다. 지금 내가 모르는데 남들이 먼저 아니 이것이 어찌 이상한 일

266) 시신을 염습한 다음 입관하여 장례 때까지 영구를 안치하는 일.

267) 거적을 깔고 엎드려 명령이나 처분을 기다리는 것. 석고대명席藁待命.

이 아니냐? 또 남들이 나를 효부라고 하지만 내가 효부를 자처하는 것은 낯 뜨거운 일이 아니냐? 너는 강력히 거부해야 한다." 생일날 아침에 자손이 혹 특별한 상을 차리려 하면 반드시 허락하지 않으며 말했다. "사람이 태어날 때 부모의 고생이 어떠하냐? 그 만분지일도 갚지 못하면서 도리어 음식을 차려 스스로 즐기겠느냐?" 회갑 때도 그렇게 했다. 회혼 때 자손이 강하게 바라고 주위에서도 드문 일이라며 권하자 방씨가 말했다. "제군들은 단지 드문 일이 귀한 줄만 알고 드문 일 중에 또 드문 욕이 있다는 것을 모른다. 내가 지금 81세인데 누웠다 일어나고 굽혔다 펴는 것이 모두 욕이 아닌 것이 없다. 이것을 나는 알지만 남들은 모른다. 지난날 돌아가신 시아버지께서 병으로 누워 계실 때를 돌이켜 생각해보면, 내가 한 짓이 절절이 죄가 된다." 그러고는 눈물을 흘렸다. 그 천성이 80이 넘어도 여전했다. 나머지 많은 행실은 다 쓰지 못하지만, 이 한두 가지만 미루어 보아도 다 알 수 있을 것이다.

다음과 같이 논하여 말한다.

효는 덕의 근본이고, 가르침이 그로써 생긴다. 그러므로 성인의 가르침과 현명한 왕의 다스림이 반드시 이것을 중시했다. 아! 근세에 불효해도 책임이 없다고 하는 것은 사악한 설이고, 부자간에 서로 간섭하지 않는다고 하는 것은 야만인의 도다. 사악한 설이 성하면 성인의 가르침이 폐지되고, 야만인의 도가 행해지면 사람의 떳떳함이 소멸된다. 이로써 풍속이 온통 은혜를 모르고 의리를 저버리는 무책임한 것이 된다. 이러한 때 방씨의 행실은 뭇 띠 풀 중 향초요 무수한 모래 속의 금싸라기다. 어찌 민간의 일개 아녀자라고 무시할 수 있겠는가. 또 그녀가 시아버지를 인의로써 섬기고 가정을 바르게 가르친 것이 어찌 단지 한 가정의 아녀자의 규범에 그치겠는가. 또한 세상의 염치를 잃고 명리를 위하여 죽는 무리를 가르치기에 충분하다. 전답을 팔라고 하면 팔고 석고대명을 하라고 하면 하는 태수 또한 같은 덕을 갖추지 않고서 그렇게 할 수 있었겠는가? 또한 기록할 만하다. 세상에 혹 도덕과 교화로 어려움을 구제하려는 사람 중에 이 사실을 널리 알리는 사람이 반드시 있을 것이다. 그래서 이 전傳을 쓴다. → 468쪽

현원김씨전賢媛金氏傳

벗 조세환曺世煥은 인륜을 좋아하는 학자다. 하루는 그의 먼 친척 현원賢媛[268] 김씨의 행실을 기록하여 내게 전傳을 써주기를 청했다. 나 역시 그 현명함을 익히 들은지라 감히 사양하지 못했다. 그 기록을 살펴보면 다음과 같다.

현원 씨는 본이 김녕金寧으로, 성회聖回의 따님이다. 고종 경자년(1900)에 태어났다. 타고난 성품이 효성스럽고 순하여 어려서부터 부모의 뜻을 잘 따라, 보는 사람이 그 현숙함을 알았다. 18세에 창녕 조규선曺圭仙에게 시집갔다. 규선은 창산군昌山君의 15세손으로 당시 겨우 11세였다. 시아버지가 명환明煥이었다. 씨는 부모를 섬기던 효성으로 시부모를 섬겨 환심을 얻었다. 시집간 지 겨우 한 해 만에 시아버지 상을 당하고 이어서 시어머니도 별세했다. 오직 칠순의 시조모 김유인金孺人만 당에 계셨다. 안

268) 현명하고 아름다운 여성.

밖으로 공시功緦 친척[269]도 없어 의지할 데 없는 외로운 신세로 시조모와 손부가 서로 의지하며 연명했다. 비참함을 누르고 슬픔을 참으며 밤낮 바라는 것은 남편이 빨리 장성하는 것이었다. 그러다가 시조모가 79세에 실명했다. 남편 또한 평소 게으르고 일에 서툴며 생활에 관심을 두지 않아, 음식을 장만하고 나무를 하고 물을 긷는 일상생활을 모두 씨가 계획하고 처리하지 않는 일이 없었다. 그러면서도 시조모에게 마음을 쏟아 움직이고 앉고 일어서며 음식을 먹을 때 수저질까지 좌우에서 돕고 내색하는 법이 없었다. 때로 들일을 할 때는 반드시 맛있는 음식을 시조모 자리 옆에 준비하여 두고, "무슨 음식은 여기 있고 무슨 마실 것은 여기 있습니다."라고 했다. 시조모가 앞을 못 본 지 15년간 씨의 마음씨는 한결같이 변함이 없었다. 그 시조모가 정신이 혼미하고 기가 빠져 침상에 누워 있자, 씨가 슬픔을 이기지 못하여 눈물을 흘렸다. 약을 마시도록 권하고 대소변을 깨끗이 씻는 등 싫어하거나 게으르지 않았다. 부채질을 하고 이를 잡으며 모기와 파리를 쫓느라 자지 못한 것이 7개월, 마침내 시조모가 천수를 다하고 별세했는데 94세였다.

씨가 극도로 슬퍼 정성으로 염습하고 빈소를 차리고 공경으로 장례를 치르고 제사지냈다. 아침저녁으로 음식을 올리고 제사지내며 슬픔을 다했고 매일 무덤에 올라가 반드시 배알했다. 늘 눈물을 삼켜 눈자위가 마를 날이 없었다. 하루는 남편 규선이 방에 들어오려 하자, 씨가 급히 문을 잠그고 "부모 상중에는 부부가 합방하지 않는 것이라고 들었다."며 거절했다. 상이 끝나는 날 제기를 지극히 정결하게 하고 제사음식을 자신이 직접 마련하는 등 슬픔과 정성이 모두 지극했다. 시고모 모씨가 늙어 실

269) 공시 친척: 오복五服 중 넷째와 다섯째에 해당되는 소공小功 상복을 입는 친척과 시마緦麻 상복을 입는 친척.

성하여 의지할 데가 없이 죽어, 상을 주관할 사람이 없었다. 씨가 남편을 따라 상을 치르고 모셔와 선산에서 조금 떨어진 언덕에 장사지내고 씨가 매일 시조모 때처럼 배알했다. 아침저녁 제사도 반드시 직접 하고 남을 대신 시키지 않았다. 누가 묻자, 다음과 같이 말했다. "시어머니에게 며느리가 있었으나 모시고 봉양할 수 없었고, 며느리에게 시고모가 있었으나 모실 수 없었다. 이것이 과연 천리와 인정상 편하겠는가? 내가 인정을 다할 수 있는 날이 오직 이 삼년상뿐인데 남에게 시킬 수 있겠는가?" 무릇 가정사를 처리하고 이웃을 대할 때 인자하고 화목했던 것이 모두 이 마음을 미루어 넓힌 것이었다. 마을에서 감탄하고 칭송하며 모두 그 효성과 의리를 표창하려 했지만, 씨의 현명함이 어찌 그 때문에 더하거나 덜할 수 있었겠는가. 씨가 지금 육순인데 병이 없고 부부가 화목하다. 아들이 셋인데 장가들어 며느리가 있고 손자가 있다. 그들도 모두 효도하고 순종하니 남은 영광이 다하지 않았다. 구歐 공이 이른바 '선을 행한 보답'이라는 것을 속일 수 없다. 다음과 같이 논하여 말한다.

처는 남편을 따르는 사람이다. 남편이 효도하고 처가 따른다. 며느리는 시어머니 말을 듣는 사람이다. 시어머니가 옳고 며느리가 따르는 것이 정상적인 예이고, 그래서 '좋은 일[善物]'이라고 한다. 하물며 남편이 능력이 없는데 처가 효도했고, 시어머니가 버렸는데 며느리가 옳았다. 타고난 것이 지극히 순수하지 않거나 환경의 영향을 받아 변했다면, 그렇게 할 수 있었겠는가. 김씨가 가난한 마을에서 자라 시례詩禮의 교육을 받지 못했으나, 18세에 인륜상 외롭고 어려운 처지를 당하여 행하고 지킨 것이 모두 사람이 행하기 어려운 것이었다. 이것이 이른바 '영지靈芝와 요초瑤草

가 심지 않아도 난다.'는 것이 아닌가? 기이하고도 기이하도다. 아! 저들이 불효와 무책임으로 부모가 죽어도 곡하지 않고 삼년상에 제사지내지 않으며 상복을 입지 않는다는 설로 사람들의 귀를 당겨 가르치는 것은 또한 무슨 마음인가? 또 그것을 즐겨 따르는 것은 또한 무슨 마음인가? 씨의 행실을 명패에 새겨 사람마다 옷깃에 차도록 하지 못하는 것이 한탄스럽다. 옛날 최산남崔山南[270]의 증조모 종부께서 임종을 앞두고 며느리 당唐부인을 칭찬하여 말했다. "원컨대 새 며느리가 아들과 손자를 두어 모두 새 며느리처럼 효도하고 공경하면 최씨 집안이 어찌 크게 번창하지 않겠느냐." 지금 김씨의 시조모 김유인이 임종 때의 마음이 이와 같았으리라. 내가 생각하기에, 조씨 집안의 번창은 점치지 않아도 알 수 있다. → 469쪽

270) 최관崔琯. 중국 당나라의 관리. 산남절도사山南節度使를 지냈으므로 최산남이라고 했다.

한담수록
閒談隨錄

『한담수록閒談隨錄』_1920년 2월 수궤재守軌齋에서 쓰다

『한담수록』에는 사교재가 수궤재라는 글방에서 학생들에게 글을 가르치며 한 이야기들이 수록되어 있다.

의복은 문채를 드러내고 귀천을 구별하고 남녀를 나누고 길흉을 정하고 중화와 이적을 나누는 것이다. 여기에 혼란이 있으면 대의가 홀로 서지 못한다. 왜냐? 의복이야말로 내실을 드러내는 것이기 때문이다.

오동 씨를 심는 뜻

노백옹이 오동 열매 70개를 내게 주며 "서당의 학생들로 하여금 기르게 하라."고 하시고, 또 다음과 같이 설명하셨다.

"오행 중의 목木은 동쪽에 자리하여 봄에 만물이 발생하는 기운을 주재하고 인성人性에서는 인仁이 된다. 인은 천지의 마음이자 만물의 본체이며, 천고 성현의 학문의 목적이다. 성인이 사람을 가르친 것이 바로 이것을 가르친 것이고, 학자가 배운 것이 바로 이것을 배운 것이다. 다행히 우리 동지들이 반드시 이것을 근본으로 삼아 처음부터 그것을 추구하고 점점 익혀 어기지 않음으로써 편안함에 이르게 되면, 어찌 만고의 큰 다행이 아니며 천하의 큰 다행이 아니겠는가? 내가 이 '오동梧桐'이란 글자가 '목木'을 따르고 '오吾'를 따르고 '동同'을 따르기 때문에, 그 '사인斯仁'[271]과 '내 동지[吾同志]'의 의미를 취함으로써 그 '인仁'을 같이 공부하는 제현諸賢과

271) 『논어』「술이」에 "인이 멀리 있는가? 내가 인을 하고자 하면, 당장 인이 이른다(仁遠乎哉 我欲仁斯仁至矣)."고 한 데서 온 말이다.

공유하려고 한다. 각기 좋은 땅에 잘 길러서 오늘 내 이 뜻을 기억하기 바란다. 또 이 나무에 난새와 봉새가 깃드니, 이 땅이 어찌 저 새들이 깃드는 곳이 되지 않는다고 하겠느냐."

이것은 내가 그냥 하는 말이 아니고, 노백 선생의 마음이다.

1920년 2월 22일 수궤재에 머무는 사람이 쓰다. → 470쪽

서재書齋(글방) 선생

어젯밤 모 인사가 학생들에게 말했다.

"만약 이 선생이 학생들의 마음에 들지 않으면(어찌하여 '도리에 어긋난다.'고 하지 않고, 반드시 '학생들의 마음에 들지 않는다.'고 하는가?) 차라리 이 선생을 보내고 다른 선생을 다시 맞이하는 것이 낫다. 학생에게 진퇴가 있어서는 안 된다."('어디든 방향을 가리지 않고 널리 배운다.'는 설이 이렇게 되면 궁색해진다.)

이 말이 서재를 견고하게 만들기 위하여 나온 것이라면, 그것은 좋다. 그러나 학생들이 만약 선생을 출납할 수 있는 물건으로 여긴다면 어린이 교육에 큰 불행이니, 그것은 옳지 않다. → 471쪽

실망

유학에 뜻이 없는 학생들에게 실망한 나머지 쓴 글이다.

제군이 배우고 싶은 것이 무엇인지, 나는 전혀 알지 못한다. 효제, 절의, 치군致君,[272] 택민澤民[273] 같은 일에 대하여, 제군은 마음속으로 '이것은 현인과 지사의 일일 뿐 우리가 미칠 수 있는 바가 아니다.'고 생각할 것이다. 심성心性, 체용體用, 지행知行, 동정動靜, 상변常變, 의례疑禮 등의 변별에 대하여, 제군은 '이것은 사문斯文의 집에서 일삼는 것이니 우리가 급하게 서두를 일이 아니다.'고 여길 것이다. 이기理氣, 음양陰陽, 오행五行, 간지支干, 하락河洛, 방위方位 등의 수와 순서에 대하여, 제군은 '이것은 청오가靑烏家와 감여가堪輿家[274]가 담당하는 일일 뿐 우리가 힘쓸 바가 아니다.' 고 할 것이다. 오장五臟, 백맥百脈, 지체肢體, 규발竅髮, 정신, 혼백 등과 천지, 음양, 오기五氣, 오질五質 등이 서로 관계하여 하나가 되는 실상에 대하여, 제군은 '이것은 술학가와 의학가의 일이니 우리가 맡아서 논할 일이 아니다.'고 할 것이다.

그렇다면 제군이 우리에게 배워야 하는 것이 과연 무엇이냐? 내 생각에 그것은 촌리村里의 계권예契卷例,[275] 농가의 우거일기법牛耟日記法[농사일기], 친구와 친척 사이의 문안편지 등의 투식 따위를 벗어나지 않는다. 그러니 오늘 제군이 공부할 교재로 단지 계권 몇 장, 농가일기책자 한두 편,

272) 충성을 다하여 훌륭한 임금을 만드는 것.

273) 백성을 윤택하게 하는 것.

274) 청오가와 감여가 모두 풍수가를 가리키는 말.

275) 마을 계모임의 장부를 기록하는 방식.

유행하는 편지 몇 통 등을 취하여 몇 달 동안 익히면 충분할 것이다. 무엇하러 허다한 성현의 책을 읽느라 많은 세월을 허비하겠느냐? 정말 너무 생각이 없다. → 471쪽

부모를 이기는 자식

부모가 하려는 것을 자식이 받들어 따르지 않고 끝내 자식 마음대로 하게 되면, 이것은 자식이 부모를 이기는 것이다. 집에서 부모를 이기는 자식은 반드시 나가서 스승이나 어른을 이긴다. 부모처럼 높은 사람과 스승과 어른처럼 엄한 사람을 이길 수 있으면, 천하에 누구인들 이기지 못하겠는가? 천하에 이기지 못하는 사람이 없으면, 이른바 거리낌이 없는 사람이다. 이里의 이름이 '승모勝母[어머니를 이김]'라고 하자 증자曾子도 오히려 수레를 돌렸는데, 하물며 사람에 대해서겠는가. 이름에 대해서도 불가했는데, 하물며 실제로 사는 사람에 대해서겠는가. → 471쪽

신분과 숭효

귀한 사람을 귀하게 대접하고 천한 사람을 천하게 대접하는 예는 천하의 변함없는 이치다. 어찌 소홀할 수 있겠는가. 그러나 다만 귀함과 천함은 사람에 따르고 종족에 따라서는 안 된다.('사람에 따르고 종족에 따라서는 안

된다.'고 한 구절은 방효유方孝孺의 말이다.) 그 종족이 사서士庶[276]라도 그 사람이 만약 경대부卿大夫면, 대부의 예로 대접해야 한다. 그 종족이 대부라도 그 사람이 만약 사서면, 사서의 예로 대접해야 한다.

그러나 귀하게 대접하는 것과 천하게 대접하는 것을 또 충효에 따라 해야지 신분에 따라 해서는 안 된다. 그 사람이 만약 충효에 공을 세웠으면, 그 신분이 상민常民이나 천민이라도 사족士族에 대한 예로써 대접하여 공경하고 존중해야 한다. 그 사람이 만약 충효에 거스르는 일을 하면, 그 신분이 사족이라도 상민과 천민에 대한 예로써 대하여 비하해야 한다. 그렇게 하지 않으면 충효가 귀하지 않게 되고, 충효가 귀하지 않으면 인륜이 장차 무너질 것이다. → 471쪽

연호年號와 중화中華

반일사상이 강하지만, 사교재는 민족주의자가 아니고 중화주의자라는 것을 이 글에서 알 수 있다. 요약하면, 그의 중화주의는 중국 고대의 세련된 주나라 문화를 존숭하는 것이다.

우옹尤翁[송시열]이 효종孝宗의 부름에 응한 후, 반드시 대명大明[277]의 연호를 쓴 것은 『춘추春秋』의 주나라를 존숭하는 대의大義에서 나온 것이다. 그밖의 뭇 현인이 역시 오랑캐의 연호를 배척하고 반드시 숭정崇禎과 영

276) 사와 서인, 즉 독서인과 평민.
277) 명을 높여 부르는 말.

력永曆 연호[278]를 쓴 것도 모두 같은 의미다. 오늘날 원수 오랑캐의 참호僭號[279] 또한 배척할 줄 알아야 한다. 사士가 되어 크고 작은 공문서를 막론하고(이른바 인허가서류 등도 하나의 예다.) 오랑캐의 연호를 사용하여 이름을 더럽히는 자는 원수 오랑캐에게 신하로서 복종하는 것을 꺼리지 않는 자다. 하물며 중화中華를 존숭하는 의리를 논할 수 있겠는가! → 472쪽

유학儒學의 공사公私 개념

유학의 공사 개념은 현대적 공사 개념과는 다르다. '유학에 합당한 것은 공이고, 반하는 것은 사다.' 개인이 자기 부모에게 효도하는 것은 중요한 공이다. 반면에 자기 부모를 두고 남을 도우는 것, 즉 현대의 사회봉사는 공이 아니라 사다.

친척에게 박하고 먼 사람에게 후한 것은 분명히 사사로운 마음에 따른 것으로, 반드시 의도하는 바가 있어서 그렇게 하는 것이다.

『대학』에 다음과 같이 말했다.

"후하게 할 곳에 박하게 하고 박하게 할 곳에 후하게 하는 것. 이런 법은 있지 않다." → 472쪽

278) 숭정은 명나라 제16대 황제 의종毅宗(재위 1627~1644)의 연호고, 영력永曆은 남명南明의 제5대 황제 소종昭宗 또는 영명왕永明王(재위 1649~1662)의 연호다.

279) 스스로 분수에 넘치게 부르는 호칭. 여기서는 일제日帝의 연호를 말한다.

유자儒者의 처세

구차하게 화합해서는 안 되는 것이 사정邪正[그름과 바름]의 분간이다. 억지로 다스리기 어려운 것이 호오好惡[좋아하고 미워하는]의 감정이다. 과연 마음속에 사정이 분명한 사람은 감정상 호오도 자연히 구별된다.

혹자가 말했다.

"겉으로 화합하여 뭉쳐도 속으로 구분이 있다면, 그것은 음과 양의 색과 모양이 나뉘고 마음과 자취가 둘로 갈라지는 데 가까운 것이 아닌가?"

또 혹자가 말했다.

"사악한 세상을 만난 자는 '이가 망하고 혀가 존속한다.'[280]는 경계를 명심하여 그 굳셈을 조심하지 않으면 안 된다. 굳세어 화를 당하면 나는 그것이 중도中道인지 모르겠다. 세속적인 풍속에 대처하는 자는 포용적인 도량을 가져 그 분별을 크게 하지 않으면 안 된다. 분별을 스스로 세세하게 하면 나는 그가 스스로 편협한 것이 아닌지 모르겠다."

이 말은 삼가고 두터운 뜻에서 나온 것 같다. 그러나 사실상 분명한 것은 골기骨氣가 연약하고 간담이 얇아 사악한 짐승이 날뛰는 때에 자립할 수 없고 비적의 무리를 구차스럽게 용납해야 된다는 말이다. '칼끝을 드러내지 않아 세상과 다투지 않고 타협하는 것'[281]은 강상이 무너진 시대에는 자신을 지킬 수 없으며 스스로 세속에 영합하게 될 것이다. 그 마음자세가 어찌 좀스럽고 비루하지 않은가. 우리 유자儒者는 경敬으로 내면을

280) 한나라 유향劉向의 『설원說苑』「경신敬愼」에 "노자가 말했다. '대저 혀가 존속하는 것이 어찌 그것이 부드럽기 때문이 아닌가? 이가 망하는 것이 어찌 그것이 강하기 때문이 아닌가?(老子曰 夫舌之存也 豈非以其柔耶 齒之亡也 豈非以其剛耶)'"라고 한 데서 온 말이다.

281) 『노자老子』의 '화광동진和光同塵'을 번역한 말.

바로잡고(털끝만큼도 굽힘이 없음) 의義로 사물을 반듯하게 하는 것을(털끝만큼도 타협이 없음) 법도로 삼아야 위학僞學[남을 속이는 학문]에 떨어지지 않을 수 있다. → 472쪽

봉래산고
蓬萊散稿

『봉래산고』 > 봉래음사蓬萊吟社 간판刊板 서

'봉래'라고 한 것으로 보아 금강산 일원에 있을 때 쓴 글들인 것으로 보이는데, 주로 경오년(1930) 무렵에 쓴 글들이다. 그때도 사교재는 양양의 몽양재蒙養齋와 양성재養性齋에서 학생들을 가르쳤다.

사물은 사람 때문에 드러나고 사람 또한 그것을 전한다. 그러나 사물이 드러나고 전하는 데 무심하니, 드러나지 않고 전하지 않으면 사람이 그것을 유감으로 여긴다. 아, 하늘이 만든 아름다운 금강산! 지도 위의 훌륭한 작품. 동서 아시아의 아름다운 경치를 찾는 사람 중 한번 유람하기를 원하지 않는 사람이 없으니, 그 뜻이 어찌 공연한 것이겠는가? 그러나 만약 거기에 올라 문장으로 그리지 않으면, 사물은 사물이요 사람은 사람일 뿐이다. 이른바 '드러내고 전하는 것'이 유감이 됨을 면할 수 없다. 이것이 봉래시사가 설립된 까닭이고 대한민국의 많은 시인이 다투어 시를 짓는 데 인색하지 않은 까닭이다. 그리하여 격조가 있는 좋은 글을 머리에 새기고, 또 방명을 새겨 이 산의 신선루神仙樓에 건다.

1929년 2월 봉래산인蓬萊散人이 서序를 쓰다. → 472쪽

대추와 앵무새 > 몽양재蒙養齋의 여러 학생에게 써서 보여주다_1930년 1월 12일

땅은 스스로 개척할 수 없고 사람이 개척하는 데 달려 있다. 그러니 땅이 개척되지 않은 것은 사람의 수치다. 지금의 이 양산襄山[양양]이 조판肇判[282]된 지 몇 겁이 되었는지 모른다. 그리고 공자로부터 2,400여 년이 지나고 우리나라에 현인이 많이 나온 지 500여 년이 되었는데, 이 땅에 그 도를 얻은 사람이 있다는 말을 듣지 못했다. 이것이 부끄러워해야 할 일이 아닌가? 지금 제군이 이곳에 사는데 갑자기 이 말을 하면, 혹 불행하다고 할지 모른다. 그러나 이때를 곰곰이 생각해보면 다행이라고 할 수 있을 것이다. 무슨 말이냐?

이미 개척된 땅은 그 황무지를 개척한 공이 지나간 시대의 사람들에게 있고, 나는 힘을 쓴 적이 없다. 아직 개척되지 않은 땅은 지금이 바로 그 황무지를 개척하는 공을 세울 때다. 황무지를 개척하는 도는 다름이 아니라 사람이 독서하여 그 의리를 구하고, 그 의리를 구한 후 그것을 몸으로 체득하는 것일 뿐이다. 대저 독서하고서 그 의리를 구하지 않으면 그것은 대추를 씹지 않고 그냥 삼키는 것[283]과 같고, 의리를 구하고서 행할 줄 모르면 그것은 앵무새가 말을 할 줄 아는 것과 같다. 대추를 그냥 삼켜 맛을 모르는 것은 진실로 책망할 것이 없고, 앵무새가 실행이 없는 것 또한 가증스럽다. 제군은 모름지기 궁벽한 곳을 개척하는 일을 임무로 여기고, 혹 대추를 통째로 삼키거나 앵무새처럼 말만 앞세우지 말기 바란다. → 473쪽

---

282) 혼돈의 상태에서 천지가 처음 나뉜 것.

283) 음식물을 씹지 않고 그냥 넘기는 것을 골륜탄조鶻圇呑棗이라 하는데, 대추를 씹지 않고 그냥 삼키면 전혀 맛을 알 수 없듯이 학문을 강론하면서 분석하여 이치를 얻지 않고 두루뭉술하게 넘겨 정확한 뜻을 모르는 것을 비유하는 말이다.

학문은 확고한 마음이 서야 한다 > 학문에 다섯 장애가 있다_1930년 2월 5일

학문은 이루기 어려운데 그 장애가 다섯 가지 있다. 첫째 자기 마음이 확고하지 않은 것, 둘째 가법家法[가문의 법도]의 제약,[284] 셋째 스승의 가르침이 바르지 않은 것, 넷째 향속鄕俗[사는 고장의 풍속]이 아름답지 않은 것, 다섯째 정교政教[정치와 교화]가 좋지 않은 것 등이다. 이 가운데 하나만 해당되어도 이루기가 어렵다고 할 수 있는데, 하물며 두 가지 이상임에랴.

요순시대에 그 백성이 선했고 걸주시대에 그 백성이 선하지 않았으므로, 학문을 이루기 어려운 것이 정교가 어떠한가에 달려 있다고 할 수 있다. 그러나 지금은 향속이 정교보다 먼저다. 왜냐?

대체로 보면, 정교가 좋지 못한 향속을 변화시킬 수 있다. 그러나 학문이 실제로 진보하는 점으로 말하면, 덕행을 닦는 것과 벗으로써 인仁을 기르는 것이 모두 향당鄕黨에 선한 사람이 있는 데서 비롯되고, 헐뜯는 것과 어지럽히는 것이 마음에 들어오고 나쁜 습성을 보고 듣는 것 또한 향속이 좋지 않은 데서 비롯된다. 정교가 설령 선해도 결국 늘 가까이 만나는 사람의 영향에는 미치지 못한다. 그러므로 "노나라에 군자가 없었다면 이 사람이 어디서 이런 것을 본받았겠는가."[285]라 하고, "풍속이 어진 마을이 아름답다."[286]고 했다. 또 맹자의 자질도 그 어머니가 세 번 이사함으로써 얻은 것이다. 그리고 또 『시경』의 「정풍鄭風」과 「위풍衛風」,[287] 공자의 호향互

---

284) 아래 내용을 읽어보면 '가법의 제약'은 학문의 장애라기보다는 조건이라고 할 수 있다.

285) 공자가 제자 자천子賤을 군자답다고 칭찬하면서 한 말이다. "魯無君子者 斯焉取斯." 『논어』 「공야장」.

286) 『논어』 「이인」의 "풍속이 어진 마을이 아름답다. 어진 마을을 택하여 살지 않으면, 어찌 지혜롭다고 하겠는가(里仁爲美 擇不處仁 焉得知)."라고 한 데서 온 말이다.

287) 정풍과 위풍 모두 남녀 간의 자유로운 연애를 노래한 민요가 많다.

鄕[288] 같은 것으로도 알 수 있다.

그러나 정교가 이미 좋고 향속 또한 아름다운데도 백성이 함께 도道를 배워 바른 데로 들어가지 못하는 것은 스승의 가르침이 바르지 않기 때문이다. 노장老莊의 무리가 허무로 들어가는 것, 불교의 승려가 윤리를 외면하는 것, 강유위와 양계초가 망령된 것, 예수교가 사악하고 거짓된 것 등으로 혹은 이단이 되고, 혹은 성인 문하의 난적이 되고, 혹은 민심의 해충이 된다. 이런 것들이 어찌 모두 정교와 향속이 좋지 않고 아름답지 않기 때문에 빚어진 것이 아니겠는가. 필시 이런 것들로 가르치고 배워 마음을 바꾸고는 다시는 성인의 학문이 바르다는 것을 알지 못한다. 그래서 한 번 그 구덩이에 빠지면 정교와 향속이 아름답더라도 끝내 어쩔 수가 없게 되는 것이다.

정교와 향속이 좋고 아름다우며 스승의 가르침이 또한 바른데도, 굳세게 떨쳐 일어나 학문에 뜻을 두지 못하는 것은 가법이 제약하기 때문이다. 이것이 무슨 말이냐? 배우 같은 자들은 사람이 모두 천하게 여기고 배우 또한 자기가 천하다는 것을 스스로 안다. 그런데도 대대로 그 직업을 이으며 편안한 마음으로 그만둘 줄 모르는 것은 그 가법이 제약하여, 오직 그것으로 만족하고 즐거워하기 때문이다. 어찌 유독 배우만 그러하겠는가? 세상에 가문이 이어온 것에 안주하여 옛것을 익혀 바꿀 줄 모르는 자들은 모두 그와 같다.

이 네 가지 장애가 없는데도 열심히 성인의 학문에 종사하여 그 덕德을 이룰 수 없는 것은 단지 자기 마음이 확고하지 않기 때문이다. 자기 마음이 확립되지 않아서, 정교가 좋고 향속이 아름답고 스승의 가르침이 바르

288) 『논어』 「술이」에 "호향 사람은 더불어 말하기 어렵다(互鄕難與言)."고 한 것을 말한다.

고 가법이 엄해도 이것들을 베풀 곳이 없는 것이다. 그러므로 요순이 정치할 때 사흉四凶[289]이 있었고, 주공周公이 교화를 물려주었으나 관려管黎가 생겼고, 공자가 스승인데도 '나도 어떻게 할 수가 없다.'[290]는 가르침이 있었고, 전금展禽의 집에 도척盜跖과 같은 자가 나왔다.[291] 만약 자기 마음이 일단 확고해지면, 네 가지 장애도 성인이 되고 현인이 되는데 문제가 되지 않을 것이다. 그러므로 봉간逢干이 걸주桀紂의 조정에서 나왔고,[292] 주자朱子가 민중閩中[복건성]의 시골에서 우뚝 섰고, 공자가 노담老聃에게 배웠으며, 순舜임금과 우禹임금이 고瞽[293]와 곤鯀[우임금의 아버지]의 아들로 태어났다. 아! 오늘날 정교는 말할 것도 없이, 향속이 과연 아름답고 스승의 가르침이 과연 바르고 가법 또한 법도에 맞는가? 내가 볼 때, 지금 임금이 임금답지 않고 신하가 신하답지 않아 예의가 무너지고 인륜이 파괴되었는데, 누가 그렇게 만들었는지 모르겠다. 예의와 인륜을 말하고 쓰는 것이 쓸데없는 일이라 배워서는 안 된다고 하고, 외국어를 말하는 것을 훌륭한 학문이라 하여 서로 이끈다. 사례四禮 등에 맞추어 의식을 치르는 사람이 있으면, 눈을 동그랗게 뜨고 놀라 둘러보며 괴상하게 여겨 절대로 본받지 말라고 하는 것이 오늘날의 향속이다.

곡식 한 석과 돈 몇 푼에 몸을 팔고 코가 꿰여 부형의 눈치를 보고 아이

---

289) 중국의 상고시대에 요순이 사방으로 추방한 네 흉악한 신, 즉 혼돈混沌, 궁기窮奇, 도올檮杌, 도철饕餮.

290) 『논어』「자한」에 "바른 말을 해주는데 따르지 않을 수 있겠는가, 고치는 것이 귀중하다. 거슬림이 없는 말을 좋아하지 않을 수 있겠는가, 곰곰이 풀어보는 것이 귀중하다. 좋아만 하고 풀어보지 않거나 따르기만 하고 잘못을 고치지 않는다면, 그런 사람은 나도 어떻게 할 수가 없다(法語之言 能無從乎 改之爲貴 巽與之言 能無說乎 繹之爲貴 說而不繹 從而不改 吾末如之何也已矣)."라고 한 데서 온 말이다.

291) 전금은 춘추시대의 정치가이자 사상가 유하혜柳下惠를 말하며, 도척은 전금의 아우로 전설적인 도둑이었다.

292) 용봉龍逢과 비간比干. 용봉은 하나라의 현신賢臣으로 걸왕桀王의 무도無道를 간諫하다가 피살되었고, 비간은 은나라 주왕의 숙부로 주왕의 악정惡政을 간하다가 피살되었다.

293) 순임금의 아버지. 성이 우虞씨인데 눈이 멀었기 때문에 고수瞽叟라고 했다. 사람됨이 완악하여 순임금을 죽이려고 했다.

성격에 따름으로써 그들의 비위를 맞추어 『소학』과 『가례』는 공부할 만한 과목이 아니라고 하며, 머리를 깎고 오랑캐 옷을 입는 것을 시대의 유행이라 하고 나아가고 접하는 것을 이해에 따라 하며 창기나 승려처럼 된 것이 오늘날 스승의 도다.

예의를 선천先天[294]의 버린 물건이라 하고 집을 부유하게 하는 것을 급무로 삼으며, 사당을 세워 조상의 은혜를 갚는 것을 소용이 없다고 하고 부모를 섬겨 저녁에 이부자리를 깔고 아침에 문안하는 것 또한 무익하다고 하며, 이해를 따져 가문을 보존하는 것을 기뻐하고 조금이라도 손해가 되면 노하여 집안을 망하게 한다고 생각하는 것이 오늘날 가법을 준수하는 것이다.

이것이 세속에서 이른바 당연한 것이고 내가 말한 다섯 가지 장애 중 네 가지다. 이러고서 성인의 학문을 완성할 수 있겠는가? 단지 희망을 갖고 바랄 수 있는 것은 오직 자기 마음을 확고하게 다지는 한 가지뿐이다. 그러나 또한 '문왕이 없이 떨쳐 일어나는'[295] 자질을 만나기 어렵다. 이것이 오늘날 뜻이 있는 자가 물려받은 경전을 안고 무인지경에서 통곡하는 까닭이다. → 473쪽

294) 복희伏羲가 그렸다는 건乾 · 곤坤 · 감坎 · 이離 네 정괘正卦를 근간으로 우주만물의 생성을 설명한 『주역』의 기본 원리를 말한다.

295) 『맹자』 「진심」 상에 "주나라 문왕과 같은 성군聖君이 나온 후에야 떨쳐 일어나는 자들은 백성들이다. 호걸들은 문왕이 없더라도 떨쳐 일어난다."라고 했다.

양성재養性齋 학계學契 서序_1930년 2월 13일

대저 사람이 생명을 가졌다는 것은 그 형기形氣[형상과 기운]를 가졌고 그 심성心性을 가졌다는 것이다. 형기가 아니면 심성이 붙어 의지할 데가 없고, 심성이 아니면 형기를 관리할 수 없다. 그러나 이 양자를 가르는 방법은 각각 다르다. 형기는 의복과 음식에 의지하고, 심성은 학문에 의지한다. 의복과 음식은 사람과 동물이 모두 필요로 하지만, 학문은 사람이 스스로 동물과 다른 점이다. 그러므로 성인이 이 백성으로 하여금 인도人道를 다하도록 하고 싶은 것 또한 이 학문에 있다. 상서庠序[고대의 학교]와 학교를 세운 것도 모두 이 때문이다. 그러니 이 사람이 있으면 이 학교가 있는 것이 당연하지 않은가?

아! 이 고장은 산간벽지에 있어 상서의 가르침을 듣기 어렵고, 학교의 교화가 미치지 못하여 백성의 성性이 길러지지 않고, 인심이 열리지 않아 오직 입과 몸뚱이를 기르는 데만 힘쓰니, 동물과 다른 점이 거의 드물다. 생각이 여기에 미치면, 누군들 마음을 씩이며 통한해하지 않겠는가. 많은 사람과 상의한 결과 심정이 같은 사람이 24명이었다. 그리하여 옛날에는 집에 반드시 숙塾[글방]이 있었다는 뜻을 취하여 가숙家塾을 하나 지었다. 그러나 힘이 약하여 일이 뜻대로 되지 않았다. 이에 각각 5천 문文씩 갹출하니 겨우 120관이 되었다. 이 돈을 원금으로 여러 해 이자를 기르면 주신재周愼齋[주세붕]처럼 본전은 남기고 나머지 돈으로 비용을 충당할 수 있을 것이다.

그리하여 '가르침을 듣기 어렵고 교화가 미치지 못하는' 불행을 해소하는 데 도움이 되고 인도가 동물과 다르게 됨으로써 오늘의 통한의 소원을 이루게 될 것이다. 그 마음이 힘들었다고 할 수 있으며 앞길이 또한 멀다고 할 수 있다. 그러나 오늘 하지 않으면 훗날 또한 오늘이 될 것이고, 지금 이렇게 하는 것을 장래에 보면 그것 또한 일을 미리 했다는 의미가 있을 것이다. 완성할 길이 있지 않다고 누가 장담하겠는가? 마침내 그 발심發心[마음을 냄]과 지사志事[일에 뜻을 둠]의 전말을 써서 계안契案[296]의 머리에 붙인다고 할 뿐이다. → 475쪽

몽양재蒙養齋 일과표日課表 서序

어려서 익혀 어른이 되어 실행한다. 만약 어려서 익히지 않으면 어른이 되어 실행하려고 해도 반드시 어긋날 염려가 있다. 세상의 갖가지 게으르고 오만한 습성이 이로부터 생긴다. 하물며 주부자朱夫子[주희]께서 '물 뿌려 청소하고, 대답하고, 나아가고 물러나는' 예절을 '몸을 닦고, 가정을 꾸리고, 나라를 다스리고, 천하를 평화롭게 하는' 근본이라고 하지 않았는가? 그러나 엄격한 과정을 세우지 않으면, 배우고 가르칠 때 혹 잊어버리거나 마음대로 하기 쉽다. 그러므로 어린이가 알기 쉽고 행하기 쉬운 몇 가지 규칙을 정하여, 일과표로 만든다. → 475쪽

296) 양성재학계 계원의 명단.

학學의 의미 > 천덕재天德齋 제생의 질문에 답함

경오년[1930] 2월 내가 천덕재에 들렀다. 천덕재에서 나이가 많은 학생은 15세쯤 되었고, 그보다 어린 학생은 겨우 학습을 시작할 나이[8세]다. 그중 한 동자가 앞으로 나와 내게 물었다.

"이른바 '학學' 자의 의미는 무엇입니까?"

내가 말했다.

"네 질문이 훌륭하구나. 대저 학學[배움]이란 지知와 행行 두 가지일 뿐이다. 지知에 선先과 후後[앞과 뒤]가 있다. 남이 선이고 내가 후면 나는 앞사람에게 배워 알아야 한다. 행行에 능能과 부否가 있다. 남이 능히 행하고 내가 행하지 못하면, 나는 능히 행하는 사람에게 배워야 한다. 이것이 배우는 방법이다. 그런데 아는 것과 행하는 것이 무엇이냐? 마음에 있는 것을 '인의예지신仁義禮智信'이라 하고, 행동으로 드러나는 것을 '애친愛親[부모를 사랑하는 것], 경형敬兄[형을 공경하는 것], 충군忠君[임금에게 충성하는 것], 제장悌長[어른에게 공손한 것]'이라 한다. 대개 상고시대에는 배움이 하나로 통일될 수 있어서 이와 같았을 뿐이다. 후세로 내려와 학술의 갈래가 많아지고 인심이 순박하지 않기 때문에, 참과 거짓이 나누어지고 사악함과 바름이 구별되었다. 나의 본분을 알아 내가 행해야 마땅한 것을 행하는 것이 위기지학爲己之學이고, 이른바 '참된 학문'이다. 혹 공령功令[과거]이나 이록利祿[이익과 벼슬]을 추구하는 것은 위인지학爲人之學이고, 이른바 '거짓 학문'이다. 한결같이 성인의 법규에 따라 의리와 이익을 밝히고, 중화와 이적을 엄격히 구별하고, 유학과 속학을 나누는 것이 바른 학문이다. 성학聖學[성인의 학문]에 어긋나는 불교, 강유위와 양계초, 예수교, 보천교 따위는 모두 사학邪學[사악한 학문]이다. 이것을 알고 구별하여 그 바름을 잃지 않은 후에야 학문을 하는 의미를 논할 수 있다." →475쪽

유학자와 은자 > 사명산四明山으로 가는 옥담거사玉潭居士를 송별하는 서序 _1930년 3월 12일

유학자와 은자. 유학은 현실참여적 학문이다. 유학자는 현실에 적극적으로 참여하여 자기가 쌓은 경륜을 펼치고자 한다. 이것은 공자의 가르침이기도 하다. 공자는 자신의 이상을 실현할 기회를 잡기 위하여 유세를 하며 많은 나라를 다녔다. 공자와 동시대에 그런 공자를 마땅치 않게 본 사람들이 있었으니, 이 글에 나오는 신문, 하조, 장저, 걸익 같은 은자들이다. 그들은 세상을 위하여 할 수 있는 일이 어디 있느냐고 말하며, 유세를 하고 다니는 공자를 비웃었다.
이 글에서 사교재는 자신의 생각을 공자의 말을 빌려 동시대의 은자인 옥담거사에게 하고 있다.

내가 1928년 내금강에 재차 들어갔을 때 인연을 따라 삼학산三鶴山 김녕金寧 김씨 어른의 객관客館에서 강연講筵[강의하는 자리]을 열었다. 장년과 소년이 많이 모였는데 그 자리에 한 어른이 있었다. 나이가 칠십이 넘어 보이고 백발홍안에 기골이 맑고 빼어나며 말이 속되지 않고 행동이 거리낌이 없이 표연하여, 속세 사람 같지 않은 기상이 있었다. 내가 한 번 보고

기이하게 여겨 사람들에게 자세히 물어보았다.

그가 바로 옥담거사다. 본관은 김해, 이름은 명구命九, 옥담玉潭은 그의 자호自號다. 24년 전 용강龍崗의 정학산停鶴山에서 여기로 거처를 옮겼다. 그는 성격이 조용하여 시끄러운 것을 좋아하지 않고 종적이 산속을 벗어나지 않았다. 그의 거처는 쓸쓸하고 그의 생활은 담백하며 포의를 입고 갈건을 쓰며 솔잎을 먹고 산골 물을 마신다. 혹 솔바람과 달빛 아래 서성이고, 혹 산마루의 구름이나 골짜기의 안개 속에 거닐고, 혹 봄 시내에서 물고기를 보고, 혹 가을 산에서 약초를 캐고, 혹 도관道觀이나 절에 머물고, 혹 들판이나 마을에서 늙은이와 논다. 그를 일러 혹은 도가道家의 무리라 하거나 혹은 세상을 피한 은자隱者라고 하지만, 아무도 그의 정체를 모른다. 내가 말했다. "이는 분명 세상 밖의 빼어난 인물로 자연 속에 정처 없이 떠도는 사람이다." 그리하여 내가 나아가 예의를 베풀고 진심으로 공경했고 거사 또한 간절하게 진정으로 대하여, 날이 갈수록 정이 깊어갔다.

금년 봄에 내가 그와 정취를 함께하기 위하여 거사의 이웃으로 객관을 옮겼는데, 거사는 이미 양록楊麓[지금의 양구]의 사명산四明山 아래로 거처를 옮길 계획을 정하고 있었다. 오호! 이것이 거사가 자신을 깨끗하게 지키는 데 용감하고, 세상과의 인연을 끊는 데 과감한 것이 아니겠는가? 인연이 서로 멀어 따르기가 어려운데, 무슨 수가 있겠는가.

나는 일찍이 다음과 같이 들었다. 군자가 세상에 대하여 나아가 벼슬하는 것이 녹祿을 위한 것이 아니고, 물러나 숨는 것이 몸을 위한 것이 아니다. 어떻게 해볼 수 없는 세상이면, 재능을 숨기고 자취를 감추어 자연의 즐거움에 정을 붙인다. 그러나 또 세상과 차마 인연을 끊을 수 없기 때문에, 세상을 걱정하는 마음과 사물을 사랑하는 인仁이 본래 차이가 없다. 만약 과감하게 사물을 잊는다면 성인의 중용이 아니다. 그러므로 기산箕山의 영수穎水[297]가 깨끗하지 않은 것이 아니지만, 요순의 도에 비할 때 지나친 것이다. 신문晨門과 하조荷蓧[298]의 뜻이 높지 않은 것은 아니나, 공맹孔孟의 인仁과 비교하면 차이가 있는 것이다. 그러므로 공자가 "세상을 잊는 데 과감하도다! 그렇게 하기는 어렵지 않을 것이야"[299]라 하고, 또 "금수와는 함께 무리가 될 수 없으니, 내가 이 사람들과 함께하지 않고 누구와 함께하겠는가?"[300]라고 했다. 성인의 이 마음을 거사 또한 일찍이 봤을 것이다. 산으로 돌아가서 백성들과 나를 한 몸이라고 생각하고 은거할 때와 세상에 있을 때를 일치시키며, 시대를 보아 자기를 평가해주기를 기다리며, 재능을 숨기고 썩히지 말기 바란다. 또 밭을 갈아 씨를 뿌리고 지팡이를 세워두고 김을 매는 날, 혹 나루를 묻는 자가 있거든 반드시 나아가 어울리고 '세상을 잊는 데 과감하지 않기' 바란다.[301]

나는 거사에게 깊은 사랑을 받았다. 그러므로 그를 알게 된 시말과 마음에 느낀 바를 써서, 떠나는 그를 송별하며 준다. → 475쪽

297) 요임금 때의 은사隱士 허유許由가 기산箕山 아래 영수穎水 북쪽에 은거하는데, 요임금이 제위帝位를 맡기려 하자 거절하고 더러운 말을 들었다며 귀를 씻었다는 고사에서 온 말.

298) 신문은 새벽에 성문을 열어주는 일을 맡은 자이고 하조는 삼태기를 멘 자로, 모두 공자와 같은 시대에 천한 일을 하며 산 은자隱者다. —『논어』「헌문」.

299) 공자가 천하를 경륜할 뜻을 가지고 위나라에서 경쇠를 치고 있을 때, 삼태기를 메고 문 앞을 지나가던 한 은자가 그 소리를 듣고는 "자신을 알아주지 않으면 그만두면 될 터인데."라고 비평하자, 공자가 한 말이다. —『논어』「헌문」.

300) 초나라의 은자 장저長沮와 걸익桀溺이 밭을 가는 것을 보고 공자가 자로子路를 시켜 나루를 묻자, 걸익이 "천하가 모두 무도한데 누구와 변역을 한다는 말인가." 하고는 대답하지 않았다. 이에 공자가 한 말이다. —『논어』「미자」.

301) 밭을 갈아…바란다: 이 부분은 옥담거사를 『논어』「미자」의 장저와 걸익에 비유하여 말한 것이다.

어록
語錄

체용體用[302]에 국한됨이 없다는 설

모든 사물에는 대소를 막론하고 체용體用이 있는데, 사교재는 체용이 국한된 것이 아니라고 본다. 체 속에도 체용이 있고, 용 속에도 체용이 있다는 것이다. 이것은 마치 자석을 자르면 N극 쪽이 N극과 S극으로 나뉘고, S극 쪽이 또 N극과 S극으로 나뉘는 것과 같은 이치다. 성리학은 성즉리性卽理라는 대전제 아래 경위經緯, 체용體用, 음양陰陽, 시비是非 등 이분법적 상대개념을 이용하여 사물을 설명한다. 이것은 선善과 악惡을 설명하기 위한 방법이기도 하다.

체용은 때에 따라 다르고 곳에 따라 변하므로, 한 가지 일에 국한해서는 안 된다. 한 가지 일에는 본래 한 가지 일의 체용이 있으나, 그 체와 용 중 각각 체용이 있어 또 번갈아 체용이 된다.

성性으로써 말하면 천하에 성 밖의 사물이 없으니, 성이 천하의 체가 되고 천하가 그 용이 된다. 그 운행으로써 말하면, 인仁이 인의 본체이고 예禮가 인의 절문節文[행동의 절도]이고 의義가 인의 단제斷制[결단]이고 지智가 인의 분별이다. 이 인은 네 가지 덕德을 포함하여 전체가 된다. 그러나 나누어 말하면 인이 체가 되고 예, 의, 지가 용이 된다고 할 수 있다. 또 착종錯綜[뒤섞어 종합함]하여 운용되는 것으로 말하면, 인이 발동할 때는 인이 경經이 되고 예, 의, 지는 위緯가 되며, 예가 발동할 때는 예가 경이 되고 인, 의, 지가 위가 되며, 의가 발동할 때는 의가 경이 되고 인, 예, 지가 위가 되며, 지가 발동할 때는 지가 경이 되고 인, 예, 의가 위가 된다. 이러한 경우 경이 체이고 위가 용이다. 성性[303]만 이러한 것이 아니라 심心, 기氣,

---

302) 유학儒學의 용어로, 형이상학적 본체를 체라 하고 형이하학적 현상을 용이라고 한다

303) 필자는 인, 의, 예, 지를 성性으로 본다.

형形에도 또한 이러한 점이 있다.

그러나 이것이 모두 같은 이理의 동動과 정靜이 하는 것이니, 단지 성性의 체體와 용用일 뿐이다. 이理에 이미 용이 없는 체가 없고 또 체가 없는 용이 없는데, 학문의 도에 또한 체가 있고 용이 없으며 체가 없고 용이 있는 이치가 있는가? → 476쪽

본연성설本然性說

여기서 사교재는 분수分殊는 성性이 모든 사물에 나뉘어 있는 것이고, 편전偏全은 기氣의 작용이라고 말한다.

"'본연本然'[304]이라는 것이 무엇입니까?"

내가 말했다.

"본연은 '본체本體[305]의 그러함'이다. '심心의 본연', '기氣의 본연', 그밖에 본연이라고 하는 것이 모두 그 본체의 그러함을 말한 것이다."

그가 또 물었다.

"성性의 본연에 관한 설명을 들을 수 있습니까?"

내가 대답했다.

"주자朱子가 '성은 태극이 혼연渾然한[306] 본체다.'라고 말했다. 이것이 이른바 성의 본연이다. 주자는 또 '기질이 같지 않으면 천명天命의 성에도

304) 본래 그러한 것, 즉 하늘에서 타고난 것을 말한다.

305) 현상의 근본이 되는 본바탕.

306) 다른 것이 조금도 섞이지 않아 순수하고 고른 모양.

치우침과 온전함이 있느냐?'는 질문에 대하여, '치우침과 온전함이 있는 것이 아니다.'고 답했다. 이 두 가르침으로 보면, 성의 본연을 생각하여 알 수 있다."

그가 말했다.

"성이 만약 혼연한 본체라면, 이것은 하나만 있고 나뉨이 없으며 체體만 있고 용用이 없는 하나의 흐릿한 물건이 아닙니까?"

"그것이 어찌 그렇겠는가? 혼연한 가운데 스스로 분수分殊[다양하게 나뉨]가 있고, 분수 가운데 또 조리가 있다. 그 큰 나뉨으로 말하면 건순健順[양과 음]과 오상五常[307]이 이것이고, 작은 조목으로 말하면 일상생활의 이치가 모두 이것이다. 정자程子가 이른바 '텅 비고 고요하여 아무 조짐이 없는 가운데 만상萬象이 빽빽하게 이미 갖추어져 있다.'고 한 것이 바로 이것이다."

그가 말했다.

"그렇다면 노사蘆沙[308]가 편전偏全[치우침과 온전함]을 본연이라고 한 것이 바로 분수를 말한 것인데, 선생이 그렇지 않다고 생각하는 것은 무엇 때문입니까?"

내가 말했다.

"편전偏全과 분수는 본래 같지 않다. 분수는 성性이 나뉘어 있는 것 속에 있는 본래 있던 이理이고, 편전은 기氣의 작용이다. 어찌 편전을 성의 본연이라고 할 수 있겠는가."

그가 물었다.

307) 늘 행해야 하는 다섯 가지 도道. 인의예지신仁義禮智信.

308) 기정진奇正鎭(1798~1879).

"근자에 유지평柳持平[309]이 소가 밭을 갈고 말이 달리며 대황大黃이 차고 부자附子가 뜨거운 것을 본연의 성이라고 했는데, 선생은 또 이것을 어떻게 생각하십니까?"

내가 대답했다.

"이것 또한 형기形氣가 치우쳐 국한된 것이다. 어찌 성의 본연이라고 논할 수 있겠는가. 성은 태극이다. 어찌 밭을 갈지만 달리지 못하고 달리지만 밭을 갈지 못하며, 차지만 뜨거울 수 없고 뜨겁지만 찰 수 없는 이렇게 치우쳐 국한된 본연의 태극이 있겠는가."

그가 물었다.

"제가 일찍이 성의 본체는 사람과 사물이 모두 같다고 생각했는데, 지금 그렇게 논하시는군요. 그렇다면 사물의 본연은 어디서 볼 수 있습니까?"

내가 대답했다.

"같은 것이 본체고 다른 것이 말용末用[310]이다. 이것이 이른바 '성은 천명天命으로 같고 도는 형체로 다르다.'는 것이다. 그러므로 소가 밭을 갈고 말이 달리는 것을 소와 말의 도라고 하면 옳지만, 소와 말의 본연의 성이라고 하면 옳지 않다. 대황과 부자는 막혀서 지각과 동정이 없는 것이니, 단지 기질의 성이라고 할 수 있을 뿐이다."

그가 말했다.

"선생의 설이 그럴듯하지만 노사와 유지평 두 공公이 한 시대의 거벽인데 어찌 소견이 없이 그렇게 말했겠습니까? 이렇게 의문을 남기는 것은 좋지만, 스스로 옳다는 마음을 가져서는 안 됩니다."

---

309) 유중교柳重教(1832~1893).

310) 구체적인 작용. 본체와 상대되는 말.

내가 말했다.

"그렇다. 역시 각기 자기 소견을 말할 뿐이다."

묻는 사람이 물러갔다. 그 문답을 기록하여 본연성설本然性說이라고 한다. → 476쪽

본연심설本然心說

누가 물었다.

"대저 심心은 하나입니다. 그런데 혹은 '이理'라 하고, 혹은 '기질氣質'이라 하고, 혹은 '이와 기를 합한 것'이라 하고, 혹은 단독으로 '기氣'라고 합니다. 무엇이 마음의 본연입니까? 갖춘 바로 말하면 이理입니다. 타는 바로 말하면 기질입니다. 이와 기가 서로 의존한다는 것으로 말하면 이와 기를 합한 것입니다. 모양으로 말하면 기의 맑음과 밝음입니다. 이 네 가지를 통틀어 심의 본연이라고 하면 됩니까?"

내가 답했다.

"그렇지 않다. 이를 갖춘 것이 심이 아니다. 기질을 타는 것이 심이 아니다. 만약 이와 기를 합한 것이라고 한다면, 심이 본래 이와 기를 합한 것이기는 하다. 그런데 천하에 무슨 물건이 또 이와 기를 합하지 않은 것이 있는가? 이것을 심의 본연이라고 하는 것은 미진함이 있다. 단독으로 기라고 한 것은, 심에는 원래 기의 부분이 있다. 그러나 만약 이에 대하여 단독으로 기라고 하면, 이를 떠나서 심을 논하는 혐의가 있지 않은가?"

그가 말했다.

"그러면 장자張子가 '성性과 지각知覺을 합하여 심이라고 했다.'고 한 것은 어떻습니까?"

내가 말했다.

"이것은 단지 심이 이름을 얻은 유래를 말한 것이지, 심의 본연에 대해서는 어떤지 모르겠다."

그가 물었다.

"정자程子가 '심은 성의 울타리'라고 한 것은 어떻습니까?"

내가 답했다.

"이 성과 심, 도道와 기器의 구별은 그 본연을 말하기에는 미진하다."

그가 말했다.

"주자가 '심은 기의 정화'라고 한 말은 어떻습니까?"

내가 말했다.

"이 말은 심의 본래 모습에 대해서는 맞다. 그러나 어찌 체용을 구비한 심의 본연이라고 할 수 있겠는가?"

그가 물었다.

"그러면 『맹자』「진심」상의 주에 '심은 사람의 신명神明으로서 뭇 이理를 갖추어 만사에 응한다.'고 한 것이 가깝습니까?"

내가 대답했다.

"이것이 심의 체용을 구비한 설명이라고 할 수 있다. 단 독자가 '구具'자를 단지 '많이 갖춘다.'는 뜻으로만 보고 '갖추어 일에 응한다.'는 뜻으로는 인식하지 못하기 때문에, 이따금 일에 응하는 마음을 바로 이라고 하여 명名과 실實이 분명하지 않은 것이 아쉬운 점이다. 그러나 이 설명으로 심의 본연을 논하면 공허하거나 빠뜨릴 염려가 없지 않겠는가. '사람의 신명'이라고 한 것이 무형無形이고 무위無爲인 이와 차이가 있으니, 이가 심의 본연이 아닌 것은 명백하다. 또 '사람의 신명'은 기질이 순수하거나 뒤섞여 가지런하지 않은 것과 다르므로, 기질이 심의 본연이 아닌 것은 의심할 여지가 없다. '뭇 이理를 갖추어 만사에 응한다.'고 한 것은 갖춘 바를 이라고 하지 않고 스스로 이라고 한 것이니, 심의 본연이 아니다. 갖춘 바로써 일에 응하지 않고 스스로 이라고 인식하여 일에 응하니, 심의 본연이 아니다. '만사'라고 했으니 일사一事만 못 갖추어도 심의 본연이 아니다. 나는 그러므로 말한다. '본연심은 사람의 신명이 덕성德性[311]을 받들어 지켜 일에 응하는 것과 다름이 없다. 그러나 성인의 '법도를 넘지 않는 마음'[312]에는 아직 미치지 못한 것이다.'" →477쪽

기질본연설氣質本然說

기질氣質[313]의 설은 대개 정자와 장자에게서 나왔는데, 주자가 그것으로 공자의 학문에 지대한 공을 세우고 후학에 도움을 주었다. 후세의 현인들도 그것을 많이 서술하여 설이 다양하다. 그중 몇 가지를 논한다.

수암遂庵[314]이 말했다.

---

311) 사람이 타고난 지극히 성실한 품성.

312) 『논어』「위정」에 공자가 "내 나이 일흔 살이 되자, 마음에 하고 싶은 대로 해도 법도를 넘지 않게 되었다(七十而從心所欲 不踰矩)."고 한 데서 온 말.

313) 후천적으로 개인의 기氣에 따라 형성된 성질. 선천적이고 순수한 본연의 성에 상대적인 개념.

314) 권상하權尙夏(1641~1721).

"사람의 기질은 태어날 때 얻어 미발未發[315]의 전이라도 아름다움과 추함이 원래 있다."

위장거魏莊渠[316]가 말했다.

"고요할 때 성性이 기질에 뒤섞여 착하지 않은 뿌리가 먼저 저장되어 있다."

이것은 모두 기질의 아름다움과 추함이 뒤섞인 것을 미발 전의 본연으로 보는 설이다.

우계牛溪[317]가 말했다.

"사람이 태어난 이후로 말하면 미발의 성에도(본래의 주에는 기질도 아울러 말했다.) 정해진 선과 악이 있다."

이것은 본연과 기질을 나누지 않고 선과 악이 있는 것을 미발 전 본연으로 본 설이다.

남당南塘[318]이 말했다.

"처음 태어났을 때 바로 기질의 성이 있어 맑음과 흐림, 순수함과 뒤섞임이 많아 가지런하지 않다. 그 근원의 아름다움과 추함이 이와 같기 때문에 선과 악으로 드러나는 씨앗이 된다."

병계屛溪[319]가 말했다.

"사람과 동물의 기氣는 타고날 때부터 이미 다르다. 그러므로 드러나기 전에도 그것이 가진 이理가 그 지위와 분수에 따라 이미 같지 않다."

이것은 기질이 가지런하지 않은 것을 미발 전의 본연으로 볼 뿐만 아니

---

315) 희로애락의 감정이 아직 생기지 않은 상태.

316) 명나라 위교魏校.

317) 성혼成渾(1535~1598).

318) 한원진韓元震(1681~1751).

319) 윤봉구尹鳳九(1683~1767).

라, 품성稟性[타고난 성품]의 본연으로 보는 설이다.

그런데 남당南塘이 또 말했다.

"미발 때는 마음의 본체가 총명하고 거울처럼 투명하고 밝은데, 투명하고 밝은 가운데 사람의 타고난 기에 따라 가지런하지 않은 치우침과 온전함, 아름다움과 추함이 없을 수 없다."

이것은 또 심과 기질이 구별이 없다는 것을 기질의 본연으로 생각하는 설이다.

도암陶庵이 말했다.

"미발 때 '기질氣質'이라는 말을 붙일 수 없는 이유는 어리석은 사람이라도 미발 때는 잠깐이나마 본체가 완전히 맑고 순수하여 혼탁함이나 뒤섞임이 없어지기 때문이다. 그렇지 않으면 어떻게 '미발 때는 요순堯舜과 보통 사람도 같다.'고 했겠는가."

외암巍岩이 말했다.

"미발의 뜻에서 구하면 성인이든 범인이든 반드시 이 마음이 명경지수처럼 고요하여 움직임이 없다. 이른바 맑음과 흐림, 순수함과 뒤섞임이 많아 가지런하지 않은 것도 이에 이르면 지극히 맑고 지극히 순수함에 가지런해져(이것이 기의 본연이다.) 치우치지 않고 기울지 않는 중립적인 본체 또한 여기서 선다."

이것은 맑고 순수한 것을 고요할 때의 본연으로 보고 탁하고 뒤섞여 가지런하지 않은 것을 발동한 후의 말용末用으로 보는 설이다.

우리 간옹艮翁 선사先師가 말했다.

"기질의 본체는 맑다. 기질은 본래 하나다. 본체는 하나인데 말용이 많다."

이것은 기질의 말용이 많아 가지런하지 않지만 본체는 하나이고 순수하다는 설이다.

이처럼 여러 선생의 설이 같지 않은데, 우리 후학은 누구를 따를 것인가? 주자의 설을 살펴보자. "음양과 오행이 선하지 않을 때가 있었던가? 끊임없이 오고 가다 보면 문득 바르지 않음이 있게 되는 것이다." 음과 양이 있는 것이 바로 선과 악이 있는 것이 아니냐는 질문에 대하여, "음양과 오행은 모두 선하다. 선과 악이 나뉜 것은 후세 한 때의 일이다. 기의 시작에 본래 선하지 않음이 없었다. 그러나 곤두박질쳐 오늘에 이르러 선과 악이 섞인 지 오래되었다."(이계선李繼善에게 답한 편지.) "저문 후부터 밤에 휴식하면 그 기는 다시 청명해진다."(『맹자혹문』) "잠시 쉬면 기가 문득 맑아진다."(『주자어류』에서 따온 말) 이로써 보면 기질의 본체는 맑다. 본체는 하나인데 말용이 다르다는 것이 주자의 본래 뜻이 아니겠는가.

또 학문하는 뜻으로 말하면, 율곡 선생이 말했다. "성현의 수많은 말이 단지 사람으로 하여금 그 기를 단속하게 하여 그 기의 본연을 회복하게 하는 것일 뿐이다." 만약 그 기질이 원래 가지런하지 않았다면, 어찌 그 본연이 귀하겠는가? 또 어찌 정자와 장자가 기질설의 본뜻을 집어내었겠는가? 그러므로 나는 간옹의 본래 순수하고 맑다는 설을 기질본연의 설로 삼는다. → 478쪽

당초에 기질을 타고났다는 설

어떤 사람이 물었다.

"'당초에 기질성氣質性을 타고났다.'고 이미 말했으면, 또한 당초에 타고난 본연성本然性이 있어야 마땅하다. 마음속에 과연 이 두 가지 성이 있는가?"

내가 대답했다.

"그렇지 않다. 단지 하나의 성이 있을 뿐이다. 타고난 본체本體로 말하면 본연성이라 하고, 발현되는 말용末用[320]으로 말하면 기질이라고 한다."

그가 또 물었다.

"이와 같은 말용을 어찌하여 '당초에 타고났다.'고 하는가?"

내가 대답했다.

"기질이 어찌 일찍이 당초에 타고난 것이 아닌가? 그러나 성性이 기氣의 부드러움, 느림, 강함, 급함에 따라 다르게 발현되는 것을 천성天性이라고 한다. 천성이면서 본연이 아닌 것이다. 그러므로 '당초에 타고난 기질성'이라고 한다. 무슨 의심할 만한 것이 있는가? 또 기질은 애초에 태어날 때 얻은 것이다. 그러므로 '당초에 타고났다.'고 한다. 성이 다르게 발현되는 것은 기질이 그렇게 만든 것이다. 그러므로 '기질성'이라고 한다. 이것이 이른바 당초에 타고난 기질성이 아닌가?"

그가 말했다.

"잘 모르지만 앞의 설은 율곡의 설 같은데, 뒤의 설도 하나의 설로 인정할 수 있는가? 만약 '당초에 타고났다(當初禀受)'는 네 자 때문에 기질성을

320) 행동, 말 등 겉으로 드러나는 것. 본체에 상대되는 말.

'원래 타고난 성'으로 인정한다면, 이것과 본연성과는 무슨 분별이 있는가? 본연성이 어찌 원래 타고난 것 외에 또 따로 하나의 성을 가리키는 것이겠는가? 이로써 기에 따라 타고나는 것이 달라서 성 또한 타고나는 것이 다르다는 설을 주장하면, 이것이 어찌 그릇되고 또 그릇된 것이 아닌가? 기질이 본래 하나인데 말용이 다른 것은 타고난 것이 다르기 때문이라고 하는 것은 오류다. 그로써 성 또한 타고나는 것이 다르다고 하는 설이 또 오류다."

내가 말했다.

"한번 물어보겠다. 타고난 이기理氣의 아직 발하지 않은 본체에 과연 탁함, 뒤섞임, 치우침, 온전함, 부드러움, 완만함, 강함, 급함 등의 들쭉날쭉함이 있는가? 있지 않다. 있다고 한다면, 이기에는 하나의 본체가 전혀 없고 단지 들쭉날쭉할 뿐이다. 만약 그렇지 않다고 한다면, 본체가 같고 말용이 달라 발현한 후 기질이 드러난다는 설이 옳지 않은가?"

그가 말했다.

"그렇다면 율곡이 또 어찌하여 '이와 기가 섞인다.'고 하고, 또 그것을 '기질성'이라고 명명했겠는가?"

내가 말했다.

"이와 기가 원래 서로 떨어진 것이 아니다. 그러므로 이가 없이 혼자 발현하는 기가 없고, 또 기가 발현할 때 그것을 타지 않는 이가 없다. 발현하지 않을 때 기가 작용하지 않으면 이의 본체가 가만히 있기 때문에 그것을 본연성이라고 한다. 발현하고 나서 기가 작용하면 이가 기에 끌려 본연을 잃기 때문에 그것을 기질성이라고 한다. 섞인다고 하는 것은 이가 기에 끌려 더 이상 이의 본연이 아니고 화합하여 기질이 된 것을 말한다. '기질의 성'이라고 한 것은 군자가 그것을 성으로 여기지 않은 것을 말한 것이다. 그러나 이것은 이로부터 설명한 것이다. 그래서 '기질성'이라고 했다. 만약 기로부터 설명하면 단지 '기질'이라고만 해야 옳다. 그렇다면 '당초에 본연성과 기질성을 타고났다.'고 하고 '당초에 본연과 기질을 타고났다.'고 하며, 기질의 기를 설명해도 안 될 것이 없다."

그가 말했다.

"선생이 그렇게 말해도 나는 헷갈린다."

마침내 그 설을 써서 훗날의 고찰을 기다린다. → 479쪽

오서오경 독서일과표[321)]

오서五書[322)]를 읽는 날을 대략 계산한 표

매월 공부를 쉬는 날 10일가량—강회講會에서 자며 독서하거나, 혹 출입, 연빈宴賓,[323)] 절사節祀[324)] 등의 경우, 그밖에 일이 있는 날 등은 제외

『소학小學』 27,629자—매일 150자가량, 184일 만에 마침

『대학大學』 1,733자—매일 25자가량, 70일 만에 마침

『논어論語』 12,700자—매일 60자가량, 212일 만에 마침

---

321) 가르치는 학생들의 공부를 위한 독서계획표. 사교재의 세심한 계획성을 엿볼 수 있다.

322) 사서에 『소학』을 더한 것인데, 사교재가 『소학』을 중시했다는 것을 알 수 있다.

323) 손님이 와서 연회를 베푸는 것.

324) 절기마다 지내는 제사.

『맹자孟子』 34,685자 — 매일 150자가량, 231일 만에 마침

『중용中庸』 3,505자 — 매일 50자가량, 70일 만에 마침

이상 공부하는 날 합계 767일가량 — 달로 계산하면 25개월 17일

이상 공부를 쉬는 날 256일가량 — 달로 계산하면 8개월 16일

두 개를 합하면 1,023일가량 — 달로 계산하면 34개월 3일

년으로 계산하면 2년 10개월 3일

오경五經을 읽는 날을 대략 계산한 표

『시경詩經』 39,124자 — 매일 150자가량, 261일 만에 마침

『예경禮經』 99,020자 — 매일 300자가량, 330일 만에 마침

『서경書經』 25,700자 — 매일 125자가량, 202일 만에 마침

『역경易經』 24,207자 — 매일 100자가량, 242일 만에 마침

『춘추좌전春秋左傳』 모두 196,845자 — 매일 400자가량, 492일 만에 마침

이상 공부하는 날 15,027일가량 — 달로 계산하면 50개월 27일

이상 공부를 쉬는 날 509일가량 — 달로 계산하면 16개월 29일

두 개를 합하면 2,036일가량 — 달로 계산하면 67개월 26일

년으로 계산하면 5년 7개월 26일

이상 총계

공부하는 날 6년 4개월 14일, 공부를 쉬는 날 2년 1개월 15일 — 합 8년 5개월 29일가량 → 479쪽

유학의 기본개념 > 김용택, 김용덕, 이명용 세 동자에게 답함

무릇 이理와 기氣, 심心과 성性, 정情과 의意의 구분, 중화와 이적, 사람과 금수의 구별, 이단異端과 사학邪學의 변별 등에 관한 설을 들어도, 너희는 그 경계와 의미를 아직 모른다. 각 조목에 대하여 다음과 같이 한두 구절로 설명하니, 깊이 생각하여 머리에 넣기 바란다.

이와 기

이는 생물의 근본이다. 형체도 없고 하는 일도 없으나, 무엇이든 한다. 기는 생물이 갖춘 것이다. 형체도 있고 하는 일도 있어서 기능을 한다.

심과 성

성은 이의 참되고 순수한 면이다. 지각도 없고 하는 일도 없으나 심의 참된 본체다. 심은 기의 뛰어난 면이다. 지각도 있고 하는 일도 있으며 성의 신묘한 작용이다.

기와 질

기는 흐르는 것으로 맑음과 흐림이 있고, 지혜로움과 어리석음의 구분이 있다. 질은 엉기어 머무는 것으로 순수함과 뒤섞임이 있고, 현명함과 모자람의 구별이 있다.

성과 정

성이란 바로 인仁, 의義, 예禮, 지智다. 온전히 선하나 작용이 없다. 정은 바로 사단칠정이다. 선과 악이 있으나 헤아려 생각하는 것은 없다.

성명과 형기

성명性命은 하늘에서 받은 바른 이로 유일무이하다. 형기形氣는 기에서 형성된 형상으로 무수히 다양하여 서로 같지 않다.

천리와 인욕

천리는 성의 본연이자 심이 본래 가진 것으로, 두루 미치고 공평하다. 인욕은 형기가 낳은 것이자 마음에서 싹튼 것으로, 치우치고 사사롭다.

인심과 도심

도심은 성명에 근원을 둔 지각으로, 미약하여 드러나기 어려우므로 지켜서 주인으로 삼아야 한다. 인심은 형기에서 생긴 지각으로, 위험으로 흐르기 쉽기 때문에 절제해야 마땅하다.

의와 이利

의義는 천리의 마땅한 바로, 이 마음이 일을 바로잡는 이理다. 이는 인정人情이 바라는 바로 이 몸이 자신에게 필요로 하는 사사로움이다.

유儒와 속俗

유자儒者는 성인의 법도를 따르고 예의禮義를 닦아 그것을 지킬 수 있다. 속인은 세상의 습속을 따르고 견문見聞에 빠져 그것을 편안하게 생각한다.

화華[중화]와 이夷[오랑캐]

중화는 예를 닦고 의를 지키며, 오직 윤리를 중시한다. 오랑캐는 정욕에 따라 방종하며, 오직 형기를 숭상한다.

인人[사람]과 수獸[짐승]

사람은 지각할 수 있고 그것을 확충할 수 있어서 성性을 다 발휘함에 이른다. 짐승은 지각할 수 없고 확충할 수도 없어서 형기에 국한된다.

이夷[오랑캐]와 수獸[짐승]

오랑캐는 지각할 수 있고 재능을 부릴 수 있으나, 이익에 빠진다. 짐승은 원래 지각할 수 없고 재능을 부릴 수 없으며, 본능적인 욕망에 따른다.

성학聖學과 이교異敎[이단]

성학은 천天에 근본을 두기 때문에 영각靈覺[영혼]이 갖춘 바를 성性이라 생각해 높여 받든다. 이교는 심에 근본을 두기 때문에 영각의 묘용妙用[신묘한 작용]을 성이라 생각하여 스스로 쓴다.

정학正學과 사학邪學

정학은 성현을 믿고 강상을 중시하며 변방의 오랑캐를 배척하고 사설邪說을 물리친다. 그러므로 정학이 활발하면 인도가 펼쳐진다. 사학은 성현을 배반하고 강상을 어기며 변방의 오랑캐와 화합하고 사설과 혼합한다. 그러므로 사학이 성하면 인도가 막힌다.

요학妖學과 이학夷學

요학[325]은 인仁도 아니고 의義도 아니며, 틈을 타 생기고 형세를 보아 변한다. 화복으로 사람을 움직이고 이상한 주장으로 세상을 현혹시켜, 작게는 이익을 꾀하고 크게는 모반을 꾀한다. 그러므로 요학이 일어나면 시국이 어지럽지 않음이 없다. 이학[326]은 인을 해치고 의를 해치며, 공리를 중시하고 부강을 숭상하며, 인륜을 버리고 정욕을 발산하며, 침략을 근본으로 삼고 약탈을 도로 삼는다. 그러므로 이학이 들어오면 망하지 않는 나라가 없다.

이 설명은 제군의 수준에 맞추어 한 것이기 때문에 그 '경계'라고 했을 뿐이다. 이것을 어찌 사색의 실마리라고 할 수 있겠는가. 그러나 사학, 이학 따위의 설명은 그 요점을 꿰뚫은 것이니, 마음을 기울여 자세히 보기 바란다. → 480쪽

325) 괴이하고 허황한 학문.

326) 서양오랑캐의 학문.

자신의 심신에서 실천해야

이른바 강상綱常[327]을 중시하고 법도와 의리를 엄하게 지키며, 성현의 학문을 수호하고 이단의 학문을 물리치며, 의리를 숭상하고 이익을 물리치는 것은 나의 몸과 마음 위에서 말하는 것이지, 세상에 대한 계책을 말하는 것이 아니다. 나라를 다스리고 천하를 평화롭게 하는 것은 진실로 내 본분 밖의 일이다. 공부는 모름지기 내 몸과 마음 위에서 시작해서 일으켜야 세상으로 넓혀갈 수 있다고 했다. 그렇지 않으면 실체가 없는 빈말에 지나지 않아 무익할 뿐 아니라 도리어 해가 된다. 어찌 형체가 바르지 않은데 그림자가 바르며, 현이 조율되지 않은 채 음이 조화로울 수 있겠는가. 백정이 자비를 생각하고 창녀가 열전列傳을 공부하는 일이 세상에 혹 있을지 모르지만, 이것은 경계해야 마땅하지 결코 본받아서는 안 되는 것이다. → 481쪽

유학무용론에 대하여

한 어른이 말했다. "유학은 오늘날 공부해봐야 쓸모가 없다."

아! 이것이 무슨 말인가? 유자儒者가 배우는 것이 강상綱常의 도다. 강상의 도가 쓸모가 있을 때가 있고 쓸모가 없을 때가 있는가? 나는 오늘날이야말로 강상의 도가 필요하므로 더욱 명확하게 배워 힘써 지켜야 한다고 생각한다. 공자가 "나라에 도가 없을 때는 죽음에 이를지라도 지조를

327) 삼강오상三綱五常. 삼강은 임금은 신하의 벼리가 되고, 아버지는 아들의 벼리가 되고, 지아비는 지어미의 벼리가 되는 것(君為臣綱, 父為子綱, 夫為妻綱)이고, 오상은 인의예지신仁義禮智信을 말한다.

변치 않는다."[328] 라고 했다. 이 말은 '나라에 도가 없으면 천하에 도가 없다. 그러므로 더욱 닦아 지켜서 죽음에 이르러도 변하지 않아야 한다.'는 뜻이다. 여기서 말하는 도가 바로 강상의 도다. 이 도는 항상 있지만 사람이 스스로 행하지 않는 것이다. 또 "현재 이적夷狄 가운데 있으면, 이적에 맞게 행한다."[329] 라고 했다. 여기서 행한다고 한 것 또한 윤상倫常[오륜의 상도]의 도가 아닌가? 현재 이적 가운데 있다. 그러므로 명확하게 공부하여 힘써 행해야 하는 것이다.

위의 한 어른이 운운한 한 것은 평소 재물과 벼슬을 위하여 배우고 세상에 아부하기 위하여 글을 쓰는 비루한 습속이 있기 때문이 아닌가? 이것은 세상을 망치고도 남을 습속이다. 구옹苟翁이 "12만 9,600년[330] 이 지나도 끝내 사람이 되지 않는 자는 오직 습속에 휩쓸린 자들이다."라고 한 것이 정말 격언이다. → 482쪽

유학교육

삼강오상은 우주를 지탱하는 대도大道다. 사서오경은 우주를 지탱하는 도구다. 독서와 실천은 우주를 지탱하는 실제적 일이다. 유학자는 우주의 원기다. 유학자를 기르는 것은 우주를 지탱하는 사업이다. → 482쪽

---

328) "國無道至死不變."『중용장구』10장.

329) "素夷狄 行乎夷狄."『중용장구』14장.

330) 이 세계가 생겨서부터 소멸할 때까지의 한 주기를 말한다. 송나라 소옹邵雍이『황극경세皇極經世』「관물편觀物篇」에서 "일원一元에 12회會가 있고, 일 회에 30운運이 있고, 일 운에 12세世가 있고, 일 세에 30년이 있다. 그러므로 일원은 모두 12만 9,600년이다."라고 했다.

네 가지 근본

독서는 가정을 일으키는 근본

근검은 가정을 다스리는 근본

도리를 따르는 것은 가정을 보호하는 근본

화목과 순종은 가정을 편안하게 하는 근본 → 482쪽

네 가지 금지

기호와 욕망으로 자신을 죽이지 말 것

재물로 자손을 죽이지 말 것

정치로 백성을 죽이지 말 것

학술로 천하와 후세를 죽이지 말 것 → 482쪽

옛 덕을 먹다

유학과 유교문화를 계승하고자 말하는 것이다.

『주역』 송訟 괘의 63효사에 "옛 덕을 먹는다. 분수를 굳게 지키면 위험에 처해도 마침내 길하다."고 했다. '옛 덕'이라고 한 것은 군주의 정치로 말하면 요임금, 순임금, 상나라, 주나라고 학문으로 말하면 공자, 맹자, 정자, 주자고 사람의 자손으로서 말하면 선조의 단정한 품행이다. 이것들이 옛 덕 중 중요한 것들이다. 정貞은 굳게 지키는 것이고, 려厲는 위험한 것이다. 우리가 지금 위험한 세상에 살며, 선왕의 예법과 선성先聖의 가르침과 선조의 품행을 굳게 지켜 잃지 않으면, 마침내 반드시 길하게 될 것이다. 그러지 않고 선왕과 선성과 선조의 옛 법도를 지키는 사람을 노예라고 생각하여, 지금 사람들이 하듯이 옛 법도를 반대하고 상도常道를 바꾸면 반드시 흉하게 될 것이다. 깊이 경계하지 않아서 되겠는가! → 482쪽

의리와 이익

성인의 가르침에 여러 가지 방법이 있으나 그 조목은 '널리 글을 배우고 예로써 자신을 단속하는 것(博文約禮)', '정학正學을 지키고 사학邪學[331]을 물리치는 것(衛正闢邪)', '현인을 등용하고 간신을 축출하는 것(進賢黜奸)', '중화를 높이고 오랑캐를 물리치는 것(尊華攘夷)' 등 몇 가지에 지나지 않을 뿐이다. 그리고 그 시작은 반드시 의리와 이익을 구별하는 것이다. 의리라는 것은 하늘이 주고 사람이 받은 바른 도리로, 세상 사람이 그것을 따르면 국가와 천하가 편안히 다스려지지 않음이 없다. 이익이라는 것은 물질에 대하여 생기는 사욕으로, 하루라도 그것을 따르면 군신 사이와 부자 사이도 서로 해치지 않음이 없다. 오호! 그것을 어찌 조심하지 않을 수 있겠는가. → 482쪽

---

331) 정학은 바른 학문을, 사학은 사악한 학문을 말한다. 크게 말하면, 정학은 유학을 가리키고 사학은 유학 외의 학문을 가리킨다.

도를 행하기 위하여 배운다 > 도를 배우는 것이 쓸데가 없고 쓸데가 있는 것

누가 내게 말했다.

"지금 세상에 도道를 배우는 것은 쓸 데가 없습니다."

내가 말했다.

"마음에 쓰고 몸에 쓰고 집에 쓴다. 세상은 본래 도를 행하는 곳이다. 행할 수 없으면 마음속에 두고 스스로 지키는 것 또한 이 도를 쓰는 것이다. 어찌하여 쓸 데가 없다고 하는가?"

무릇 독서는 의리를 추구하여 세상에 참여하려는 것이지, 세상을 뒤쫓아 가려는 것이 아니다. 만약 그 말대로라면, 도척盜跖[332]의 세상에는 도척의 글을 읽고, 걸주桀紂[333]의 세상에는 걸주의 글을 읽고, 왜양倭洋[일본과 서양]의 세상에는 왜양의 글을 읽는 것을 '쓸 데가 있는 글을 읽는다.'고 하는가? 사람의 식견이 이와 같으니, 한심하다고 할 수 있다. → 483쪽

필부도 사회에 책임이 있다

맹자가 말했다.

"인의仁義가 막히면 짐승을 몰아 사람을 먹게 하고 사람도 장차 서로 잡아먹게 된다."

내가 일찍이 이 말을 비유적인 표현이라고 생각했는데, 오늘 이런 일을 실제로 볼 줄을 어찌 알았으랴. 사악한 설이 국민을 속이는 화禍가 정

332) 중국 고대 민중봉기의 두목.

333) 하夏의 왕 걸과 상商의 왕 주. 모두 폭군이었다고 전해져, 이들의 이름이 폭군의 대명사가 되었다.

말 두렵다. 그러나 그것을 막는 방법 또한 선성先聖의 도를 지키고 음사淫辭[334]를 추방하는 것일 뿐이니, 우리가 지켜야 할 의리도 알기가 어렵지 않다.

혹자는 "이것은 세상의 도덕을 담당한 사람의 책임이지 필부가 할 수 있는 일이 아니다."고 하지만, 맹자가 "양주와 묵적을 배척하는 말을 할 수 있는 사람이 성인의 문도門徒다."고 하지 않았는가? 주자朱子가 "공격하거나 토벌하지 못하고 공격하거나 토벌할 필요가 없다고 앞장서서 주장하는 자는, 사악하고 치우친 무리이고 난적亂賊의 당이라는 것을 알 수 있다."고 했다. 이것도 필부에게 하는 말이 아닌가?

대저 사악함을 물리치고 바름을 지키는 것이 천하의 공적인 도리로, 사람마다 모두 이 책임이 있다. 어찌 유독 성현만 이 일에 관심을 기울여야 하는가? 그러므로 한 생각이 이미 바르면 바로 성인의 무리이고, 한 생각이 이미 그릇되면 바로 사악하고 치우친 무리다. 단지 이 마음이 사악함과 바름 사이에서 출입하는 데 달려 있을 뿐이다. → 483쪽

사람과 동물은 체가 같고 용이 다르다

처음 생명을 부여받았을 때 사람과 동물은 각각 같은 이理를 얻었다. 이것이 전체의 본연本然이다. 이를 얻은 후에 동물에 따라서 각각 당연한 등급이 있는데, 이것이 묘용妙用의 본연이다. 말의 건강함과 달리는 것, 소의 순함과 땅을 가는 것, 이것이 동물에 따른 당연한 등급이고 이른바

334) 허망하고 그릇된 말.

묘용의 본연이다. 얻은 바가 모두 동일하고 등급에 따라 각각 다른 것, 이것을 '체體가 동일하나 용用이 다르다.'고 하는 것이다. 동물이 각각 다르다고 만약 처음 생명을 부여받을 때 원래 얻은 것이 그렇다고 하면, 그것이 어찌 만물이 동일한 본本이라는 뜻에 맞겠는가? → 483쪽

성인의 도

나라에는 흥망이 있고 사람에게는 사생死生이 있다. 성인의 도로 말하면, 성인이 죽어도 도는 하루라도 끊어져서는 안 되고 천지와 더불어 처음부터 끝까지 함께해야 된다. 도의 굴신屈伸[335]은 실로 운수와 관계가 있다. 진실로 극도로 쇠퇴한 때를 만나 사람의 힘이 용납되기 어려워도, 또한 운수에 맡기고 도가 망하는 것을 좌시해서는 안 된다. 설령 도를 책임진 사람이 아니라고 할지라도, 도를 붙잡아 세워 추락하지 않게 하겠다는 마음을 먹어야 마땅하다. 이것이 바로 떳떳한 천성이 그만두도록 용납하지 않는 것이다. 이왕의 일에 간여하지 않는다고 하면서 걱정하지 않는 사람은 성인의 무리가 아니다. → 483쪽

335) 위축되는 것과 신장되는 것.

대일통大一統[336]

한 몸에는 한 몸의 주인이 있으니 심군心君[337]을 말한다. 한 집에는 한 집의 주인이 있으니 가군家君[가장]을 말한다. 한 나라에는 한 나라의 주인이 있으니 방군邦君[임금]을 말한다. 천하에는 천하의 주인이 있으니 천주天主[천자]를 말한다. 그러므로 "천하에는 천하의 대일통이 있고, 한 나라에는 한 나라의 대일통이 있고, 한 집에는 한 집의 대일통이 있고, 한 몸에는 한 몸의 대일통이 있다."고 했다. → 484쪽

강상

삼강오상三綱五常은 예의 가장 큰 요점으로 사람들이 모두 따른다. 이것은 천하의 상경常經[338]이다. 그러므로 삼대에 성인이 서로 왕위를 계승할 때, 이것을 그대로 따르고 고칠 수 없었다. 이것은 고금을 관통하는 의리다. 그러므로 은주殷周의 제도와 문장文章[예와 문화]을 덜고 더할 때도, 이것만은 떠받들고 허물지 않았다. 예부터 지금까지 어찌 이것을 어길 수 있었겠는가. 한번 허물어지면 천지가 전복되고 태극이 멸망할 것이니, 어찌 인간세상이 있을 수 있겠는가! → 484쪽

336) 천명天命을 받은 왕이 정월正月을 제정하여 반포하면, 천하가 모두 받들어 한 해의 시작으로 삼는 것을 말한다. 중국을 통일한 천자가 천하를 지배한다는 중화사상을 핵심적으로 표현한 말이다.

337) 마음이 몸의 임금이라는 말.

338) 고정불변의 법규.

예의는 다스림이 나오는 근본이다

예의가 서면 인도人道가 흥하고, 예의가 망하면 인도가 무너진다. 인도가 무너지면 짐승이 될 뿐이니, 어찌 다스려지는 것과 다스려지지 않는 것을 논할 수 있겠는가. 그러므로 예의는 다스림이 나오는 근본이며, 정치는 다스리는 도구고 형벌은 다스림으로 전환하는 법이다. 정치와 법이 아니면 다스림을 이룰 수 없다. 그러나 예의가 아니면 정치와 법은 또 근본을 삼을 만한 것이 없으니, 다스리려 한들 이룰 수 있겠는가? → 484쪽

교훈
敎訓

글과 더불어 사람도 배워라 > 동몽童蒙 김종만金鍾萬에게 줌_1914년 9월 12일

종만아, 네가 글을 배우려 하느냐? 글을 배우는 것은 학문을 말하고, 일을 배우는 것은 사람을 배우는 것을 말한다. 내가 사람인데 다시 사람을 배우는 것은 무엇 때문이냐? 천지에 가득한 많은 사물 중 특히 사람이 '사람'이라는 이름을 얻은 것은 인륜을 가졌기 때문이다. 형체만으로는 사람이 되기에 충분하지 않다. 모습이 사람이라도 말이 짐승과 같고 행동이 짐승과 같으면 짐승일 뿐이다. 어찌 사람이라고 할 수 있겠느냐? 이른바 인륜이란 것이 무엇을 말하느냐? 임금은 임금답고, 신하는 신하답고, 아버지는 아버지답고, 아들은 아들다워 각각 그 질서를 지키는 것이다. 성인이 가르침을 세운 까닭이 모두 이 윤리를 바로잡기 위한 것이고, 후학이 독서하는 까닭이 역시 이 윤리를 알기 위한 것이다. 지금 네가 책을 끼고 와서 배우기를 청하는데, 그 뜻이 아주 좋다. 다만, 조심해야 할 것이 있다. 바로 네가 일을 배우지 않고 글만 배워, 부질없이 사람의 껍질만 알고 속을 정확하게 모르는 것이다. 아! 종만아, 네가 혹 내 말을 깊이 믿지 않으면, 어찌 너로 하여금 오래 기롱을 당하게 함으로써 하찮은 돌팔이가 사람을 그르쳤다는 책임을 지겠느냐? → 484쪽

내 안에 있는 천리와 인욕 > 안재하에게 줌_1919년 10월 17일

천리天理는 공허하게 실행될 수 없습니다. 그러므로 반드시 나를 통하

여 실행됩니다. 인욕人欲은 스스로 제멋대로 굴 수 없습니다. 그러므로 반드시 나를 끼고 제멋대로 굽니다. 나는 누구입니까? 바로 내 마음입니다. 천리와 인욕은 둘이면서 서로 번갈아 성하고 쇠하는 것입니다. 내 마음은 하나이면서 천리에 젖어 있거나 인욕을 끼고 있습니다. 그러므로 이 마음의 쓰임이 일단 천리 위에서 무거우면, 자연히 인욕에서는 가볍습니다. 일단 인욕 위에서 달리면, 자연히 천리에는 어긋납니다. 그러므로 학문의 요점은 이 마음을 요약하여 천리 위에 존재하게 하는 것입니다. 그러나 천리와 천리가 아닌 것을(천리가 아닌 것은 바로 인욕이다.) 누가 압니까? 성현을 독실하게 믿어(독실하지 않으면 자신에게 절실하지 않기 때문에, 혹 사람을 유혹하는 으레 하는 말에 지나지 않는다.) 그들이 남긴 가르침을 세밀하게 읽고(세밀하게 읽지 않으면 의리가 정밀하지 않다.) 일상에서 확인할 뿐입니다.(성현의 말씀은 천리 가운데 두드러진 것이다. 여기에 맞지 않는 것은 천리가 아니다. 일상에는 천리가 있지 않는 곳이 없다. 여기에 맞지 않으면 배운 것이 쓸데없는 것이다.) 우연히 생각이 나서 이렇게 쓰니, 혹 조용할 때 자신을 다스리는 데 참고하기 바랍니다. 나머지 사연은 헤아리기 바라며 이만 줄입니다. → 485쪽

성인聖人을 배워라 > 수정재 제군에게 보여줌_1946년

부열傅說[339]이 "옛날 가르침에서 배워야 얻는 것이 있다."고 하고, 이어서 "일을 하며 옛날을 스승으로 삼지 않고서 그 일을 세상에 오래 남겼다는 말을 나는 듣지 못했다."고 했다. 공자가 "나는 옛것을 좋아하여 민첩

339) 중국 은나라의 유명한 현신賢臣.

하게 배우는 사람이다."고 했다. 『주역』에 "옛 덕을 간직하면 정하고 길하다."고 했다. '학고學古', '사고師古', '호고好古', '식구食舊'라고 한 데서 성인이 성인인 까닭과 또 옛것을 가르치는 까닭을 볼 수 있다.

지금 세상에 자유를 위하여 힘쓰는 사람은 모두 옛날 성인의 예의와 언행을 배우는 것을 노예근성이라고 배척한다. 그들은 반드시 자기 마음대로 하나의 신학新學을 만들어내어 세상 사람들을 몰아서 거느리고, 사람들 또한 새로운 것을 좋아하여 부화뇌동한다. 그 형세가 마치 황하가 터져 바다를 옮기는 것 같아 아무도 막을 수 없다. 오호! 이것은 또 새것을 만드는 자의 노예가 되는 것이 아닌가.

저들의 이른바 신학新學에 대하여 나는 그 진정한 의미를 모른다. 그러나 성인의 예의를 배우는 것을 그르다고 하니, 필시 이적夷狄이 형욕形欲[몸뚱이와 욕망]을 숭상하는 것을 옳다고 여기는 것이다. 이것 또한 이적이 형욕의 노예가 되는 것이 아닌가. 오호! 세상 사람들이여, 한번 생각해보라. 형욕의 노예가 되는 것보다 예의의 노예가 되는 것이 어떠한가? 도적의 종이 되는 것보다 성인의 종이 되는 것이 어떠한가? 그런데 성인을 잘 배운 사람이 '고제자高弟子[우수한 제자]'가 된다는 말은 들었어도 노예가 된다는 말은 듣지 못했다. → 485쪽

스스로 너그러워져라 > 집 아이 각수恪洙에게_1946년

'여가를 기다려 독서하고자 한다면 필시 독서할 날이 없을 것이다. 여

유가 생긴 후에 남을 구제하고자 한다면 반드시 남을 구제할 때가 없을 것이다.' 이것은 옛사람의 격언이다. 너는 모름지기 하루에 세 번 반복해서 읽어라.

『원씨세범袁氏世範』[340]에 다음과 같은 대목이 있다.

"동거하는 사람 중에 현명하지 않은 사람이 있는데, 이치에 어긋나는 것으로써 서로 폐를 끼친다. 간혹 한두 번 서로 따져보지만, 백에 하나도 옳은 것이 없다. 또 조석으로 그렇게 서로 얼굴을 대하지만, 지극히 난처하다. 같은 지방이나 같은 관아에도 혹 이런 사람이 있는데, 마음을 너그럽게 먹고 어떻게 할 수 없는 사람으로 대하면 된다."

평자評者가 말했다. "좋은 말이다. 이 방법이 이른바 '다스리지 않는 다스림'이다. 이것밖에는 다른 방법이 없다."

사람의 기품氣稟[341]은 무수히 다양하여 들쭉날쭉하다. 집안사람이라고 하여 어찌 모두 내 마음과 같겠는가. 마음으로 감당하기 어려운 일을 만나면, 이처럼 스스로 너그러워지는 것 또한 처세의 한 방법이다. → 485쪽

안양사安陽祠 > 수정재守貞齋 제군에게 말함_1946년 9월 9일

옛날 회암부자晦庵夫子[주희]께서 남강군南康軍[342]의 지군知軍이었을 때 백록서원白鹿書院을 중건하여 학도를 모으고 학규學規를 세워 도학을 제창

340) 송나라 원채袁采가 지은 수신제가修身齊家에 관한 책.

341) 태어날 때부터 타고난 기질.

342) 송나라 태종 때 설치된 지방 행정기구. 치소는 지금의 강서성 성자현星子縣에 있었다.

하여 밝히셨다. 그리하여 서원의 교육이 드디어 천하에 성행했다.

우리 동방의 회헌晦軒 안자安子[안향]께서 불교를 숭상하던 고려 말에 태어나시어 공자의 상과 주자의 초상을 집에 경건하게 모시고 아침저녁으로 우러러 참배하심으로써 동방에 도학의 근원을 여셨다. 그러므로 그 시에 다음과 같이 읊었다.

곳곳의 향불과 등불은 모두 부처에게 기도하고
집집마다 부는 대금은 모두 귀신 제사
외로운 몇 칸 부자[공자]의 사당
뜰엔 봄풀만 가득하고 사람 자취 끊어졌네.

슬프다! 지금 부자의 사당엔 어찌 고려 말의 '뜰엔 봄풀만 가득할' 뿐이랴. 짧은 머리의 오랑캐 복장과 오랑캐의 사악한 소리가 뒤섞여 청정하고 존엄한 곳에서 문란하다. 오도吾道[유교]의 수난이 이것보다 심할 때가 없었다.

오늘 여러분이 우러러 참배하는 안양사는 우리 선사先師 간옹艮翁[田愚]께서 머무시던 곳이고, 돌아가신 노백 선생께서 학문을 가르치시던 곳이다. 그러므로 여기에 선사의 7분 영정[343)]을 경건히 모셔, 우러러 사모하는 후학의 마음을 붙이도록 한 것이다. 제군이 만약 이 뜻을 깊이 안다면 감동하는 바가 있을 것이다. 이제 강학학규講學學規를 한결같이 백록동의 가르침을 따라 만든다. 성심으로 현인을 사모하기를 안자처럼 하면, 이 시골이 장차 앞날의 남강이 되지 않는다고 누가 말하겠는가. 또 우리 동방

343) 몸을 오른쪽으로 약간 틀어 몸 왼쪽이 10분의 7이 보이도록 그린 영정.

의 양기陽氣 한 줄기가 또한 제군에게 도움을 받지 않겠는가.

세상의 도를 위하여 깊이 기원한다. → 486쪽

인의仁義야말로 부강하게 되는 길이다 > 서사書社의 제군에게 말함_1946년, 김헌수·김상수·김태수·김화수·김용규

지금 이른바 '세상 돌아가는 것을 안다고 하는 자'는 성인의 책을 읽고 옛날 예의를 지키는 사람들을 볼 때마다 시대에 맞지 않다며 비난하고 배척한다. 이 무리의 마음에는 오직 하나의 '시時'자가 농간을 부린다. 그러므로 왜가 득세할 때는 급히 왜를 섬기고 서양이 득세할 때는 또 급히 서양을 섬긴다. 그 사이에서 초조한 마음으로 혹 남에게 뒤질까 두려워한다. 이것은 다름이 아니라 이익을 좇고 손해를 피하는 욕심 때문이다. 그 어리석고 부끄러운 줄 모르며 조급하고 구차한 꼴이 정말 사람으로 하여금 걱정스럽고 측은한 마음이 생기게 한다. 아! 대장부가 홀로 우뚝 서서 예로써 처세하고 의로써 목숨을 바쳐 천운天運을 만회하고 세상의 풍습을 유지하는 기상을, 저들이 어찌 꿈엔들 생각이라도 하겠는가? 또한 어찌 그것을 책망할 가치라도 있겠는가? 현명한 너희는 오직 『중용』 14장에 "군자는 현재 있는 자리에 따라 행동하고 그밖의 것은 바라지 않는다(君子素其位而行 不願乎其外)."고 한 의미를 깊이 생각하여 힘써 실천해라. 빈천貧賤, 이적夷狄, 환난患難은 운명이다. 그 가운데서 행동하는 것은 의리다. 군자의 도는 오직 이것일 뿐이다.

요새 사람들은 입만 열면 '인의仁義를 배워서 무슨 소용이 있느냐? 인의 또한 영국과 미국의 대포를 막을 수 있는가?'라고 한다. 그렇다면 불인하고 불의한 사람은 영미의 대포를 막을 수 있는가? 천하에 어찌 이다지 삐뚤어지고 망령된 말이 있는가? 그 뜻은 대개 '당장 부강해지는 것이 급한데, 어찌 인의를 생각할 겨를이 있는가?'일 것이다. 그러나 인의야말로 부강하게 되는 방법이 아닌가? 인의를 버리고 부강해질 수 있는가? 설령 그럴 수 있다고 해도 그것은 재앙의 뿌리이지 부강이 아니다. 또 '저들의 문화를 배워야 가망이 있다.'고 한다. 이른바 '문화'란 기교와 기술을 말한다. 그러나 저들에게 배워 저들을 제어하려는 것은 정말 얕은꾀다. 천하에 누가 자기를 제어하는 기술을 가르쳐주겠는가? 자기가 부려먹기 위한 노예를 만드는 방법에 불과할 뿐이다.

속습俗習과 향원鄕原도 걱정하기에 부족하고, 간사한 사람과 아첨하는 남자도 걱정하기에 부족하고, 이단異端과 사학邪學도 걱정하기에 부족하고, 사이四夷와 팔만八蠻도 걱정하기에 부족하다. 천하에 가장 두려워하고 걱정해야 할 것은 요즘의 이른바 '인의는 쓸 데가 없다.' '인의는 배울 가치가 없다.' 같은 말이다. 대개 인의가 서고 인도人道가 바르게 되면, 앞에 든 네 가지 해로움은 다스리지 않아도 저절로 다스려질 수 있다. "인의는 소용이 없고 배울 가치가 없다."고 사람들이 말할 때의 '소용'과 '배움'은 과연 무엇을 말하는가? 슬프다! 이 세계는 마침내 기질氣質과 욕망에 따라 변화되고 말 뿐인가. 그렇다면 사람의 태극[순수한 마음]은 얼마나 전도되지 않으며, 천지가 뒤집히고 사람이 짐승이 되는 재앙은 장차 어떻게 되는가? 세상의 그런 말을 하는 사람들은 마음을 씻고 다시 생각해야 할 것이다. 무릇 천만 가지로 변화하는 세상일은 이 마음의 작용이 아님이 없다. 마음이 세상일에 응할 때 바른 도에 어긋나지 않는 것은 인의예지仁義禮智의 덕을 가졌기 때문이다. 마음은 그 덕을 공경하고 받들어 모셔 오직 그것이 혹 삐뚤어질까 두려워해야 한다. 하물며 모욕하고 배척해서 되겠는가. 마음이 성性을 배반하면 빈 영혼의 작용일 뿐이다. 단지 빈 영혼의 작용에 맡기는 것일 뿐 이른바 '실성한 것'은 아니다. 실성이란 것은 미친 것을 말한다.

학문은 마음이 성을 배우는 것보다 큰 것이 없고, 환난은 마음이 스스로 이理가 되는 것보다 심한 것이 없다. 마음이 성을 배워 익숙함에 이르면, 이것이 이른바 '성을 따르는 군자'다. 마음이 스스로 이가 되어 방자하게 되면 이것이 이른바 '거리낌이 없는 소인'이다.

천하의 선善 중 무엇이 마음이 성을 배우는 것보다 크겠는가. 천하의 재앙 중 무엇이 마음이 이가 되는 것보다 심하겠는가. 천하의 마음이 제각기 성을 배울 수 있는데, 천하에 다스려지지 않는 것이 있겠는가? 천하의 마음이 각자 이가 되는데, 천하에 어지럽지 않은 것이 있겠는가?

오늘날 기교와 폭력에 기氣를 빼앗기고 혼을 잃어버린 자가 걸핏하면 인의는 소용이 없고 반드시 문화를 모방한 후에야 가만이 있다고 하는데, 이른바 '문화'란 것이 또한 저들의 기교와 폭력을 가리키는 것이다. 그러나 우리가 과연 인을 행하고 우리가 과연 의를 행하면, 천하의 무슨 기교와 무슨 폭력이 감히 지극한 인과 지극한 의 앞에 함부로 날뛰겠는가? 하늘의 도가 지극히 공정하면 그런 이치는 반드시 없을 것이다. 창포와 검극은 기계적 무기이고, 인의와 충신은 정신적 무기다. 기계적 무기는 반드시 정신에 의지한다. 정신이 없으면 기계가 있어도 사용할 수 없고 적에게 의지할 뿐이다.

사자士子[344)]는 홀로 우뚝 서서 이단의 설에 굽히지 않고, 세속적인 풍습에 흔들리지 않고, 몸뚱이가 살기 위하여 구차하지 않고, 전적으로 성명性命과 의리를 생계로 삼은 후에야 학문을 말할 수 있다. 그렇지 않으면 평범한 속물일 뿐이다. 일삼는 것은 권세와 이익을 쫓거나 끊임없이 옷과 음식을 추구하는 것일 뿐이다.

서리와 눈이 골짜기에 가득해도 소나무와 잣나무는 시들지 않고, 비바람으로 캄캄해도 닭은 어김없이 울고, 천지가 모두 어두워도 지사는 스스로 빛난다. 이것은 지식인과 더불어 이야기해야지 필부에게 요구해서는 안 된다.

저들이 운운하는 바는 교활하고 간사한 데서 나오지 않은 것이 없다. 어찌 일언반구라도 진실에 가까운 것이 있겠는가! 일본 오랑캐가 이른바 '징용徵用'[345)]을 할 때, 그 무리[346)]가 나이 고하를 막론하고 조선 사람을 돼지처럼 몰고 송아지처럼 끌며 오직 달아날까 걱정했다. 그리고 부모상을 당하여 염습도 하지 않은 사람도 조금도 봐주지 않았다. 당시 그 무리의 독한 마음과 행동은 정말 왜노보다 심했다. 그런데 국면이 바뀐 바로 그날에도 여전히 그 자리에서 머뭇거리며 말했다. "지금 우리가 일본에 원수를 갚고 한국의 독립을 도모하는데, 저 수구자守舊者[347)]는 영국과 미국의 새로운 문화를 익히지 않고 조선과 대한제국의 케케묵은 법을 복구하

344) 젊은 남자의 미칭.

345) 전쟁 등 비상시에 국가가 국민을 강제로 동원하여 부리는 것.

346) 일본의 앞잡이 노릇을 한 조선 사람.

347) 옛것을 지키는 자. 여기서는 유교를 지키는 자.

려고 한다. 이것은 독립의 반역이다." 자리를 차지한 자는 위협하고 당을 만든 자는 떠들며 공격했다. 그 파렴치하고 입장을 바꾸어 이익을 좇는 뱃속을 천지의 귀신 또한 질시할 것이다. → 486쪽

선생으로서 가르치는 어려움 > 제생諸生[여러 학생]에게 말함_1946년

들으니, 어떤 사람이 가르침이 불성실하다고 나를 비난했다는구나. 그건 정말 그렇다. 그러나 사람을 성실하게 가르치는 것이 얼마나 어려운 일이냐. 성인인 공자도 단지 '가르치기를 게을리하지 않을 뿐'이라고 했다. 그런데 필부를 책망할 수 있는 것이냐? 그 뜻은 성실하고 너그럽지만 그 수준은 마땅함을 잃었다.

또 들으니, 가르치는 법이 틀렸다고 했다 한다. 그 법을 어찌 쉽게 말할 수 있겠느냐? 그러나 머리를 깎고 양복을 입은 사람을 강석講席[348]에 참석하는 것을 허락하지 않은 것은 『대학』, 『소학』, 『논어』, 『맹자』로써 새 교과서를 대신하고 절하고 읍할 때 반드시 옛 의식을 따르기 때문이다. 학습을 시작할 때 먼저 백록동학규白鹿洞學規를 익히고, 아침저녁의 예禮에 오상五常, 사물四勿, 구용九容, 구사九思로 홀笏을 만들고,[349] 새벽에 부모님께

---

348) 공부하고 토론하는 자리.

349) 오상은 인의예지신仁義禮智信. 사물은 『논어』에 나오는 말로, 예가 아니면 보지 않고, 예가 아니면 듣지 않고, 예가 아니면 말하지 않고, 예가 아니면 행동하지 않는 것. 구용은 『예기 옥조』에 나오는 말로, 발은 진중하고(足容重), 손은 공손하고(手容恭), 눈은 단정하고(目容端), 입은 무겁고(口容止), 목소리는 고요하고(聲容靜), 머리는 곧고(頭容直), 기운은 엄숙하고(氣容肅), 서 있는 모습은 덕스럽고(立容德), 얼굴빛은 장엄하게(色容莊) 하는 것. 구사는 『논어』「계씨」에 나오는 말로, 볼 때는 밝게 볼 것을 생각하고(視思明), 들을 때는 밝게 들을 것을 생각하고(聽思聰), 안색은 온화하게 할 것을 생각하고(色思溫), 용모는 공손하게 할 것을 생각하고(貌思恭), 말할 때는 진실하게 할 것을 생각하고(言思忠), 일은 조심스레 할 것을 생각하고(事思敬), 의심나면 묻기를 생각하고(疑思問),

문안드린 후 독서하고, 저녁에 부모님의 이부자리를 본 후 공부하는 당堂에 나아간다. 이것이 내가 오늘날 제생과 더불어 대략 행하는 것이다. 그런데 이것을 틀렸다고 한다면, 이른바 법이란 것이 승려와 속인이 모여서 공부하고 중화와 이적의 제도를 섞은 것을 가리키는 것이 아닌가. 그렇다면 설령 비난당하고 욕먹는다고 해도 어쩔 수 없다.

당초에 내가 제군에게 요구한 것이 아니라, 제군이 책을 끼고 왔기에 내가 응한 것이다. 제군이 만약 불만이 있으면 그만두면 된다. 무슨 말이 이렇게 많으냐. 다른 사람이 한 말이라지만, 그것은 제군이 스스로 부른 것이다. 제군이 만약 진심으로 학문에 나아간다면, 무슨 가르침이 성실하지 않다는 비난이 있었겠으며, 무슨 가르치는 방법이 틀렸다는 비판이 있었겠느냐? 그러나 지금 다른 선생을 모셔온다는 말이 이미 있으니, 나는 이제 책임자가 아니다. 무슨 할 말이 있겠느냐. 제군은 그래도 포기하지 말기를 바라기에 이렇게 말하는 것이다. → 487쪽

성인이 바로 천리다 > 수정서사守貞書社의 제군에게 보여주다_1946년 월 일

우리나라의 이른바 학교는 남의 아들을 몰아서 창귀倀鬼[350]의 우리에 빠뜨린다. 그 이른바 훈장과 교사는 권세와 이익의 환각에 넋을 잃고 그것을 빨고 핥는 더러운 습관에 물든 자들이다. 이러한 풍토에서 씨를 뿌려 기르자 자제들이 점점 변하여 오늘날 극에 이르게 되었다. 또 원수인 양이와 요망한 도적이 앞에서 정치술로 이끌고 뒤에서 위협과 형벌로 몰

화나면 삼갈 것을 생각하고(忿思難), 얻을 것을 보면 의리를 생각하는 것(見得思義).

350) 먹을 것이 있는 곳으로 호랑이를 인도하는 나쁜 귀신.

아 오직 시키는 대로 하게 만들자, 성인을 배반하고 의리를 어기는 것을 당연히 여기고 임금을 버리고 부모를 등지는 것을 대수롭지 않게 여기게 되었다. 재앙이 생기는 것이 오직 사람에 달려 있지 사물에 달려 있지 않다. 이제부터는 단지 서로 해치고 서로 물어뜯는 화만 있을 뿐이다. 오호, 이것이 어찌 천리天理이겠는가!

성인은 천天이요 이理다. 그러므로 그가 행하는 것이 바로 천도요, 그가 말하는 것이 바로 천리다. 사람이 천리 가운데 있는 것이 물고기가 물 가운데 있는 것과 같아서 눈 깜짝할 새라도 벗어나서는 안 된다. 벗어나자마자 바로 말라 죽는다. 지난날 도적 양계초梁啓超가 성인을 배운 자로서 노예근성을 가진 인간이 되었는데, 지금 우리나라 사람이 성인이 외국인이기 때문에 배워서는 안 된다고 한다. 만약 중화를 바깥이라고 한다면 이적夷狄을 안이라고 생각하는 것 아닌가? 또 성인의 도가 독립에 무슨 방해가 되는가? 그렇다면 원수에게 절하고 도적에게 읍하며 세력에 취하고 이익을 꿈꾸는 것을 배우는 인간들이 독립을 이룰 수 있는가? → 488쪽

학자의 가난 > 족인 상수常洙에게 줌_1946년 10월

지금 군은 집이 가난하여 부모가 연로해도 모시고 봉양할 길이 없다. 그 때문에 마음이 복잡하지 않을 수 있겠는가.

공자가 말했다.

"천명天命을 모르면 군자가 될 수 없다."[351]

---

351) "不知命 無以爲君子." 『논어』 「요왈」.

또 말했다.

"군자는 곤궁해도 편안하고, 소인은 곤궁하면 해서는 안 되는 짓도 한다."[352)]

사람의 빈천과 곤궁은 천명이 아님이 없다. 믿고 거기에 편안한 것이 의義다. 만약 혹 그것을 면하기 위하여 힘쓸 생각을 한다면, 그것은 천명을 무시하는 부류와 같다. 또 고궁固窮은 곤궁을 고수하는 것이다. 곤궁을 고수하지 못하면 반드시 무절제에 빠진다. '가난은 사士[학자]의 일상이다.'라고 한 선배의 말이 있다. 또 '가난은 하늘이 학자에게 내린 청복淸福[353)]이다.'라는 말도 있다. 모름지기 이것을 스스로 편안하게 고수해라.

정자程子가 말했다.

"단지 의복과 음식을 얻기 위하여 노력하는 것은 해로움이 없다. 오직 이록利祿[354)]의 유혹이 마음가짐에 가장 많이 해롭다."

'영營[노력]'과 '유誘[유혹]' 두 자의 의미를 자세히 구분해야 한다. 노력은 마음이 주인이 되고 사물이 객客이 된다. 유혹은 사물이 주인이 되고 마음이 복역僕役한다. 마음이 주인이 되면 의義를 선택할 수 있으나, 사물이 주인이 되면 사사로움과 망령됨에 빠질 뿐이다.

노주老洲[오희상]가 말했다.

"마음이 사물을 주재[宰]해야지, 사물이 마음을 부려서는[役] 안 된다."

재宰와 역役 두 자 또한 같은 뜻이다.

율곡 선생이 말했다.

"군자가 도를 걱정해야지 가난을 걱정해서는 안 된다. 다만 집이 가난

---

352) "君子固窮 小人窮斯濫矣." 『논어』「위령공」.

353) 맑고 한가한 복.

354) 재물과 벼슬로 얻는 녹봉.

하여 생활비가 없으면 곤궁을 구제할 대책을 생각해야 마땅하다. 그것 또한 단지 배고픔과 추위를 면할 정도여야지, 풍족하게 쌓아둘 생각을 해서는 안 된다."

'곤궁을 구제할 대책을 생각하는 것'은 노력[營]의 일이고, '풍족하게 쌓아둘 생각을 하는 것'은 유혹[誘]의 해로움이다.

삼연三淵[김창흡]이 읊은 시가 있다.

동방에 게으른 선비 많아
농사나 장사할 생각은 않고
부모가 굶는데도 못 본 체하고
담뱃대 물고 높은 마루에 앉았네.

계운溪雲이 족손 지수志洙에게 보낸 편지에 말했다.

"부모를 봉양하고 곤궁을 구제하기 위하여는 농사나 장사라도 해야 하고, 힘이 남으면 학문할 수 있다."

또 말했다.

"요즘 세상에 학자라는 자가 농사나 장사하는 것을 부끄러워하고 또 학문도 하지 않으니, 학자도 아니고 농부도 아니다. 옛날 법에 따르면, 벌을 받을 자들이다."

그렇다면 학자가 농사나 장사를 할 수 있고 농사나 장사를 하면서 학문을 할 수 있다는 것을 알 수 있다. '농사나 장사를 하는 것을 부끄러워하고 학문도 하지 않으면, 옛날 법에는 벌을 주었다.'고 한 것, 또 어찌 두려워하고 생각할 것이 아니겠느냐? 이것이 현인에게 마음을 기울여 사업에 종사하라는 말은 아니다. 사람이 곤궁할 때 부모를 섬기고 봉양해야 한다면 분수로도 마땅히 할 바이고 의리에도 어긋나지 않는 바이니, 학문하는 학자라고 해도 구애될 바가 없다고 말한 것이다.

그러나 요즘 세상에 의리와 천명에 어둡고 염치가 없는 무리는 아침에 원수인 오랑캐[청나라]를 섬기다가 저녁에 서양오랑캐를 따르며, 쥐꼬리만 한 이익을 챙기는 것을 훌륭한 계책이라고 생각한다. 정말 개돼지보다 못한 무리다. 설사 굶어 죽더라도 만에 하나라도 이것을 본받아서 되겠느냐? → 488쪽

뜻이 굳센 사람 > 족인 화수和洙에게 줌_1947년

지난 8월 15일 저녁 군이 와서 나를 만나 이야기하는 동안, 나는 군이 시골사람들의 책망에 동요된다는 생각이 약간 들었다. 전에 군이 내게 늘 말했다.

"저는 소원을 밝힐 때부터 이미 유가儒家에 이 몸을 맡기기로 결심했으니, 세속의 헐뜯음 따위에는 애초에 흔들리지 않습니다."

나는 그때 '이 사람이 뜻을 이렇게까지 굳힌 줄 몰랐군.'이라며 마음속으로 만족했다. 그러다가 또 '이것은 필시 한때 의기가 드러난 것일 뿐인데, 자기도 모르게 말을 지나치게 한 것일 거야.'라고 생각했다. 그러다가 한참 후에는 '군의 결심이 진실로 내 마음에 든다. 내가 이 말을 기억하며

훗날 군을 관찰하리라.'고 했다. 근자에 군이 환란에 처한 것을 보고, 전날 군이 '몸을 맡기겠다'고 한 말이 '한때 의기가 드러난 것'이 아니라는 것을 확인했다.

지난날 군의 아버지가 악독한 그물에 걸렸을 때 저놈들이 고함을 지르며 총을 쏘려 하자, 군이 급히 몸으로 총구를 막고 아버지를 피하게 했다. 저놈들이 노하여 "네가 죽어도 원통하지 않느냐?"라고 하자, 군이 "아버지를 위하여 죽는데 무엇이 원통하겠느냐?"라고 했다. 저놈들이 "손을 들어라."고 하자, 군이 손을 들었다. 또 "최복衰服[355]을 벗어라."고 하자, 군이 "총살을 당할 처지인데 최복인들 무슨 문제가 있겠느냐."고 했다. 저놈들이 무슨 마음이었던지 군을 죽이지 않고 이장 집에 끌고 들어가 밤이 깊도록 고문했으나, 군은 끝내 굽히지 않아 화가 조금 누그러졌다. 다음날 또 경찰서 뜰에 불렀는데, 군이 또 최질衰絰[356] 차림으로 거기에 갔다. 저들이 "너는 과연 대신 죽어도 한이 없느냐?"며 공갈하자, 군이 "아들이 아버지 대신 죽는데 무슨 한이 있겠느냐? 형벌을 내리든지 죽이든지 마음대로 해라."라고 했다. 다음 날에도 불러 또 그렇게 했다. 저 무리가 서로 돌아보며 "정말 도리로다! 오늘날 이런 상황에도 이런 사람이 있다니."라고 했다. 그리하여 "이후로 자네 아버지에게 불미스러운 일이 있으면, 그 책임을 모두 자네에게 지울 것이다."고 하며 풀어주어 돌아왔다.

또 다음 날 저 무리가 본리의 길가 상점에 나와서 사람을 많이 모으고, "모某의 죄는 엄히 다스려야 마땅하나, 그 아들 때문에 차마 그러지 못했다."고 했다. 그러고는 침이 마르도록 칭찬했다. 저들 또한 이런 사람의 마음이 있으니, 천리天理가 한가지라는 것을 알 수 있다. 군이 총구를 두

355) 부모나 조부모의 상에 입는 상복.

356) 상주가 최복을 입고 수질首絰을 쓰고 요질腰絰을 두른 차림.

려워하지 않고 바른 말로 태연히 대항하여 아버지로 하여금 욕을 면하게 하고 자신도 화를 당하지 않았다. 인성仁性이 바로 발현되지 않는 사람이라면 그렇게 할 수 있었겠는가? 그러나 덕이 완성되지 않은 사람은 마음이 혹 처음과 나중이 다를 수 있고, 뜻이 혹 처음에는 굳세다가 끝에는 약해질 수도 있다. 그러므로 내가 지금의 군의 뜻과 행동을 기록하여, 장래 군을 격려하는 자료로 삼으려 한다. → 489쪽

가르침에 대하여 > 수정재守貞齋 제군에게 사과함_1947년 2월 일

주자朱子가 말했다.

"지금 학자가 스스로 배가 고프다고 하지 않는데, 어떻게 억지로 그들로 하여금 먹게 할 수 있겠는가? 스스로 목말라 하지 않는데, 어떻게 그들로 하여금 억지로 마시게 할 수 있겠는가?"

내가 제군에 대해서도 역시 그렇게 생각한다고 할 뿐이다. 그래서 스스로 생각했다. '내가 몸으로 실천하지 못하고 한갓되이 말만 하는 것은 이미 남을 가르치는 도가 아니다. 하물며 말 또한 이치에 맞지 않는 것임에랴. 스스로 부끄러움을 감당하지 못할 뿐이다.' 그러나 또한 한마디 할 말이 있으니, 혹 시끄럽다고 싫어하지 않을지 모르겠다.

『주역』의 몽蒙 괘에 다음과 같이 말했다.

"몽蒙은 형통하다. 내가 동몽童蒙에게 구하는 것이 아니라, 동몽이 나에게 구하는 것이다. 처음 점치면 알려준다. 두세 번 점치는 것은 모독하는

것이다. 모독하면 알려주지 않는다."

이것을 풀이한 사람이 말했다.

"몽이 형통한 까닭은 전적으로 현명한 사람에게 달려 있으니, 굽혀 가르치지 않고 가볍게 가르치지 않고 그릇되게 가르치지 않는다. 가르칠 때 처음 물어보면 알려주는 것은 성실하기 때문이다. 그러나 두세 번 물어보는 것은 성실하지 않은 것이다."

내가 당초에 현명하지 않은데, 무슨 굽힘과 가벼움과 그릇됨을 논하겠는가. 그러나 몽매한 자가 자신을 기르는 의미 또한 자세히 생각하지 않으면 안 된다.

공자가 말했다.

"속수束修[357] 이상을 가져온 사람에게 내가 가르치지 않은 적은 없다."

이 말은 공자가 사람을 가르치기를 게을리하지 않은 마음을 스스로 밝힌 것으로, 갈망하는 정성으로 배움을 구하라는 뜻을 강조한 것이다. 진실로 예를 갖추어 오면 가르치지 않은 적이 없다. 그러나 만약 배움을 향한 마음이 없으면 나도 가르칠 마음이 없다는 의미 또한 이 말 속에 들어 있다. 몽 괘의 굽혀 가르치지 않는다는 의미가 분명하지 않은가?

공자가 또 말했다.

"이해하지 못하여 답답해하지 않으면 열어주지 않고, 표현하지 못하여 답답해하지 않으면 깨우치지 않는다. 한 모서리를 들어 말할 때 세 모서리를 유추하여 대답하지 않으면, 다시는 말해주지 않는다."

이 말은 학자가 열심히 가르침을 받기를 바라고 한 것이다. 마음으로 진실로 배우기를 바라면 반드시 가르친다는 뜻을 말하고, 또 답답하여 갈

357) 마른 육포 10개.

망하는 정성이 없으면 열어주지 않고 깨우치지 않는다고 말하고, 열어 깨우쳐도[계발啓發] 스스로 터득하여 나아가지 못하면 다시는 가르쳐주지 않는다고 했다. 이로써 몽 괘의 가볍게 가르치지 않는다는 뜻을 또한 알 수 있다.

그러나 가르침과 열어 깨우치는 것이 어찌 밖에서 이를 수 있는 것이겠는가? 대개 사람은 제각기 고유한 바른 이理가 있으므로, 그 본심을 열어 깨우쳐서 타고난 천성을 회복하게 하는 것일 뿐이다. 몽 괘의 풀이에 '그릇되게 가르치지 않는다.'고 한 의미가 바로 이것이다.

제군이 배움을 구하는 뜻과 가르침을 받는 입장을 한번 생각해보라. 과연 그와 같은 정성이 있는가? 나 또한 '굽혀 가르치지 않고 가볍게 가르치지 않고 그릇되게 가르치지 않는다.'는 경계를 어기는 것을 면치 못했다. 그러니 서로 모두 그 도를 잃었다고 할 수 있다.

정자程子가 말했다.

"배우는 사람들에게 그들의 소견이 이르지 못하는 것에 대하여 말하면, 무익할 뿐 아니라 도리어 이理를 낮추어 보게 만든다."

내가 제군에게 가볍게 가르치고 잘못 가르치는 실수를 저질렀을 뿐만이 아니다. 또 밤낮 열심히 말한 것이 모두 제군의 소견이 이르지 못하고 역량이 미치지 못하는 것이니, 무익할 뿐 아니라 도리어 오늘 이를 낮추어 보는 폐단을 초래했다. 낮추어 볼 뿐 아니라 싫어하고 미혹되어 견해가 오만하게까지 되었으니, 나는 부끄러운 회한을 갖게 되었고 제군 또한 자신을 잘 길렀다고 할 수 없다.

이로써 진백사陳白沙[358]가 나일봉羅一峯[359]에게 쓴 편지가 생각났는데, 다음과 같다.

"사람이 선善으로 들어가는 것을 군자가 바라지 않은 적이 없다. 진실로 내게 가르침을 구하는 사람이 있으면, 나는 그것을 가르쳐야 옳다. 그러나 내가 억지로 말하면 필시 선으로 들어가지 못할 것이다. 그러면 내 말을 쓸모가 없다고 버릴 것인데, 또 어디서 그런 말을 듣겠는가? 게다가 대개 사람들은 남의 말을 받아들이지 않게 되면, 반드시 내 말과 모순되는 다른 견해가 생기게 된다. 그런데도 내가 쉬지 않고 책망하는 것은 더욱 깊이 원한을 사는 지름길이다."

내가 정말 이 말을 어겼다고 할 수 있다. 이제부터는 그것을 고치기로 결심하고, 이 글을 써서 스스로 힘쓰고 아울러 제군에게 사과하는 바이다. → 489쪽

스스로 처신하고 변화하기 > 집 아이 각수恪洙에게 말함_1947년 2월

명나라 유학자 유고지劉塙之가 막했다.

"천하에 변화시킬 수 없는 사람은 없다. 사람의 분수에 따라 변화시키려 하지 않고 나를 변화시킬 뿐이다. 천하에 처리할 수 없는 일은 없다. 일의 실정에 대하여 처리를 구하지 않고 나를 처리할 뿐이다."

또 말했다.

---

358) 진헌장陳獻章(1428~1500), 백사는 호, 명나라 사상가. 그의 사상은 독서궁리를 중시하는 송나라 정주程朱의 이학理學에서 본심을 추구하는 육구연陸九淵의 심학心學으로 전향했다.

359) 나륜羅倫(1431~1478), 일봉은 호, 명나라 관리이자 학자.

"곰곰이 생각해보면, 세상 어떤 사람을 상대하지 못하며, 어느 곳인들 살지 못하겠는가? 단지 나 스스로 풍파를 일으키기 때문에 세상의 풍파가 일어나는 것이다."

훌륭한 말이로다! 이것은 스스로 처신하고 사물을 접하며 스스로 변화를 구하는 공부를 위한 절묘한 말이다. 그러므로 써서 스스로 외고 또 너를 격려하려 하니, 반드시 기억하고 잊지 말기 바란다. → 490쪽

면강勉强의 도道 > 각수恪洙에게 줌_1947년 7월 일

고경일高景逸 선생(이름은 반룡攀龍(1562~1626), 명나라 학자)이 말했다.

"호치당胡致堂(이름은 인寅, 송나라 학자)이 다음과 같이 말했다. '일에는 면강勉强[억지로 애써 함]이 있을 뿐이다.[360] 마음은 이렇게 하고 싶어도 조금 참으며 생각해보아 '이렇게 하면 좋지 않겠구나.'라는 생각이 들면, 끝내 참고 하지 않는 것이 좋다. 마음은 이렇게 하고 싶지 않아도 조금 생각해보아 마음이 바뀌어 '이렇게 하지 않으면 좋지 않겠구나.'라는 생각이 들면, 마침내 하는 것이 좋다.' 이것이 면강의 도道다. 마음이 움직이자마자 더 생각하지 않고 즉시 행동하면 나쁜 데로 빠지는데, 마치 구슬이 비탈을 굴러내려 가는 것과 같다. 누가 그것을 막을 수 있겠는가."

구산臼山 선사先師[田愚]께서 "이 말이 학자에게 지극히 유익하다."고 하셨다. 내가 지금 이것을 써서 네게 주어 새 사람이 되는 자료로 삼게 한다. → 491쪽

---

360) 일시적인 기분에 따라서는 안 된다는 뜻.

도가 없는 시대의 사士 > 헌수憲洙, 태수台洙, 화수和洙에게 훈시함_1948년

오늘 배운 "어리석으면서 제 생각대로 하기를 좋아하고 천하면서 제 독단으로 하기를 좋아하며, 지금 세상에 살면서 옛 도를 회복하기를 좋아하면, 이런 사람은 재앙이 그 몸에 미친다."[361]는 가르침을 자네들은 어떻게 생각하느냐? 요즘 시배時輩[362]가 이 가르침을 '왜의 시대에 살면 왜를 따르고 서양의 시대에 살면 서양을 따른다.'는 말을 뒷받침하는 증거로 삼는다. 이것이 어찌 의리를 크게 해치는 것이 아니겠느냐.

대개 이 훈계는 '눈부신 주나라 시대에 사는 사람은 은나라의 무도한 주왕紂王을 따라서는 안 된다.'고 말한 것이다. 어찌 '걸주桀紂의 시대에 살면서 요순의 도를 따라서는 안 된다.'고 말한 것이겠느냐. 사士의 몸가짐과 처세는 단지 의리가 어떠한가를 봐야 할 뿐이다. 도가 있는가, 없는가를 따지지 않고 시정배에 이끌리어 감히 스스로 취사선택하지 못하고 오직 편의만을 좇는다면, 어찌 도라고 할 수 있겠느냐. "나라에 도가 없으면 죽더라도 지조를 바꾸지 않는다."[363]는 것이 공자의 말이 아니냐. 세상에 얻지 못할까 걱정하고 잃을까 걱정하는 무리는 이런 말을 모른다. 이들의 꾐에 유혹되면 자기 마음에 지키던 것을 싫어하게 된다. 대개 도가 있는 시대에는 가르침이 임금에게서 나오고 사士는 그 도를 행한다. 도가 없는 시대에는 가르침이 사에게서 확립되어 사가 몸으로 그것을 지켜 스스로 도모한다. 이것이 바로 천도天道를 유지하고 인도를 관리하는 것이다. 사의 책임이 이와 같으므로, 높은 임금도 빼앗을 수 없는 것이 있고 초야의

361) "子曰 愚而好自用 賤而好自專 生乎今之世 反古之道 如此者 災及其身者也." 『중용장구』 28장.

362) 시류時流에 따라 명예와 이익만 추구하는 무리.

363) "國無道 至死不變." 『중용장구』 10장.

미천한 사람인데도 비하해서는 안 되는 것이 있는 것이다. 아! 오늘 이 의리를 닦는 사람이 없다. 오직 자네들이 힘쓸지어다. → 491쪽

곧음을 지켜라 > 수정재守貞齋 제군에게 보여주다_1948년

"천하에 도가 없어지자 백이伯夷와 태공太公[364]이 바닷가에 은거했고, 나라에 일이 많아지자 중니仲尼[공자]와 백옥伯玉[365]이 나라를 떠났다. 회옹晦翁[주희]은 '도가 이미 세상에 행해지지 않고 자신도 세상에 받아들여지지 않자, 공자가 마침내 반드시 배를 타고 이적夷狄에 가서 살았을 것이다.'라고 생각했다. 이적에게 핍박받고 화하華夏가 크게 어지러우면, 옛 철인哲人은 처자를 버리고 성명을 바꾸어 이적이 되는 화를 피하여 절해고도에 살거나 깊은 산속에 들어가 두발을 온전하게 지켰다. 이것은 모두 옛사람이 늘 행하던 것으로, 괴이한 의미가 있는 것이 아니다. 내가 지금 떠나는 것이 어찌 좋아서 하는 것이겠는가. 부득이한 것이다. 노성한 제공은 고명한 식견으로 반드시 양해할 것이다."

이것은 우리 선사先師[田愚]께서 병신년(1896)에 제자들에게 하신 고별사다. 아! 이제는 나라도 없고 임금도 없다. 게다가 강상綱常이 사람에게 해가 된다며 말하기를 꺼리고, 예의가 나라를 망치는 것이라며 금지한다. 오랑캐가 핍박하고 화하가 어지러운 것은 말할 것도 없다. 아득한 천지 사이에서 단지 금수로 화할 뿐이다. 우리는 장차 어디로 가야 하는가? 떠

364) 강태공姜太公. 상말주초商末周初의 계략가. 주 무왕武王을 도와 은殷의 주왕紂王을 무찔렀다.
365) 거백옥蘧伯玉. 춘추시대 위나라 사람. 『논어』에는 그가 과오를 줄이려고 노력한 사람으로 나온다.

나고 싶으나 갈 만한 나라가 없고, 도망가고 싶으나 도망갈 바다와 산도 없다. 단지 닥치는 대로 '곧음을 지키며(守貞)' 죽음을 기다리는 것이 옳다.

그러나 '수정守貞' 두 자가 어찌 식견이 얕고 오장육부가 약한 사람이 말할 수 있는 것이겠는가. 모름지기 의리를 정밀하고 깊게 공부하여 등골뼈에 바짝 붙여 시변時變[시대의 변화]에 흔들리지 않는 사람이라야 거기에 미칠 수 있다. 오호! 오당吾黨[우리당]의 제군은 힘쓸 방법을 생각해라. 선사께서 죽림정사竹林精舍의 여러 종장宗匠의 편지에 답하여 다음과 같이 말씀하셨다.

"학자가 난세를 만나면 단지 수정守貞 한 가지 일만 있을 뿐이다. 이른바 수정은 몸가짐을 삼가고 윤리를 밝히며 하늘을 두려워하고 성인을 존경하는 것이다. 지금 외모를 훼손하고 부모를 배반하며 하늘을 업신여기고 성인을 욕하며 모두 함께 금수의 영역으로 들어가면서, 스스로 시대를 구제한다고 생각하는 것은 슬프고 또한 가소로운 일이다. 진실로 오당의 학자는 죽음으로 맹세하여 곧음을 지켜야 한다. 설령 어려움이 풀리지 않더라도 정덕正德을 잃지 않으면, 하늘에 부끄러움이 없고 성인에 어긋나지 않아 세상의 가르침에 일조할 수 있다."

이 훈계야말로 수정의 의미가 간절하며 오늘날에 처신하는 참된 비결이라고 할 수 있다. → 491쪽

성리학의 기본 개념 > 조규하曺圭夏에게 주다_1948년

형形, 기氣, 심心, 성性의 분별을 학자는 환하게 따져서 체찰體察[366)]하지 않으면 안 된다. 이 네 가지는 하나이면서 넷이고, 넷이면서 하나다. 이理로부터 보면, 이 성이 있으므로 이 심이 있고, 이 기가 있으므로 이 형이 있다. 사물로부터 보면, 이 형이 있기 때문에 이 기가 있고 이 심이 있기 때문에 이 성이 있다.

성은 바로 인의예지仁義禮智다. 심은 허령虛靈[367)]하여 지각한다. 기는 찌꺼기를 완전히 가라앉혀 하나가 된 것이다. 형은 수많은 물체다.

성은 가득 차 있으나 형체, 그림자, 움직임, 행위가 없다. 심은 비었으나 지각과 의식의 작용이 있다. 기는 잡다하여 맑음과 흐림, 순수함과 섞임이 있다. 형은 꿈틀거리지만 지각과 사려가 없다.

성의 순수함은 본체에서나 작용에서나 변함이 없다. 심은 본래 선善하나 작용할 때 혹 선함을 잃기도 한다. 기의 작용은 잡다하나 그 본체의 순수함은 손상이 없다. 형의 작용이 꿈틀거리는 것이지만 그 본체의 온전함은 변함이 없다.

성이 순수하고 선하며 작위가 없는 덕을 가졌지만, 그 선을 스스로 쓸 수 없다. 기가 강하고 부드러우며 느리고 급한 성격을 가졌지만, 스스로 바로잡을 수 없다. 형이 소리, 색, 냄새, 맛 등에 대한 욕망을 가졌지만, 스스로 절제할 수 없다.

심은 신묘하고 측량할 수 없는 재능을 가져서 성을 다할 수 있고 기를 거느릴 수 있고 형을 절제할 수 있다. 그러므로 '한 몸의 주인으로서 모든

366) 체험하여 이해하고 관찰함.

367) 잡된 생각이 없이 신령하여 어둡지 않음. 허령불매虛靈不昧.

변화를 주관한다.'고 한다. 심은 위로 성性과 이理를 받들어 아래로 형과 기를 거느리므로 '천군天君'이라고 한다. 만약 심이 성과 이를 배반하고 형과 기의 사역을 하면 '금수禽獸'가 될 뿐이다. 아! 심이 성과 이를 받드는 것이 적고 형과 기의 사역을 하는 것이 많아 오늘과 같은 세상이 되었다.

조규하 군은 이 시대의 사람이지만 시대를 초월하여 상투를 틀고 유자儒者의 관을 쓰고 와서 나를 만났다. 그가 향상될 가망이 있는 것을 기뻐하여 이 글을 써준다. 잘 따져보고 무엇을 배워야 하는지를 알기 바란다. → 492쪽

이기理氣 > 희수喜洙에게 줌

기氣는 형기形氣의 기가 있고 기질氣質의 기가 있다. 형기의 기는 하나고, 기질의 기는 둘이다. 이理는 부여賦予의 이가 있고 발현發見의 이가 있다. 부여의 이는 하나고, 발현의 이는 둘이다.[368] 모름지기 여기에 대하여 분명히 이해해야, 글을 볼 수 있다. → 492쪽

자신의 욕심을 극복하라 > 각수恪洙에게 주는 말_1948년 5월

아! 네가 그 기질을 스스로 이기지 못하여 심사가 늘 편치 못하고 말과 행동이 정상적이 아닐 때가 많다. 그리하여 용모가 어그러지고 기상이 위축되어, 맑고 따뜻하고 평온하고 바른 모습이 없다. 내가 실로 네 아버지

---

368) 형기의 기는 모든 사람이 똑같이 타고난 기를, 기질의 기는 사람마다 다르게 나타나는 기를 말한다. 부여의 이는 모든 사람이 똑같이 타고난 이를, 발현의 이는 사람마다 다르게 나타나는 이를 말한다.

로서 골육에 대하여 생각하면 슬픔을 감당할 수 없다.

무릇 천하의 사물이 내 뜻대로 되지 않는 것은 모두 내 욕심 때문이지 사물이 그렇게 만드는 것이 아니다. 대개 사물로써 나를 보면 나 또한 천지간 하나의 사물이다. 사물이 각기 성性이 있으니 단지 각기 그 직분을 따를 뿐이다. 어찌 사물들이 모두 내 마음에 들 이치가 있겠느냐. 사물과 나 사이에 본래 가지런하지 않은 선악이 있다. 그러나 진실로 내가 내 분수를 다할 수 있으면, 상대방의 불선이 어찌 내게 간여하겠느냐. 단지 스스로를 이기지 못하는 것이 바로 나의 적일 뿐이다. → 492쪽

이 마음을 보존하여 천리를 지킴 > 서당 학생들에게 훈시함_1948년 8월

듣으니, 아무개와 아무개가 지금 모두 상중에 있는데, 갑자기 상복을 벗어버리고 머리를 깎고 양복을 입고 오랑캐 모자를 쓰고 하나는 인천항으로 달려가고 하나는 집에서 장기와 바둑을 일삼는다고 한다.

아! 이것이 무슨 변고냐? 이들을 인성仁性이 있는 자라고 할 수 있느냐? 이들을 상례喪禮를 읽은 자라고 할 수 있느냐? 이들을 수치심이 있는 자라고 할 수 있느냐? 사람으로서 이 지경에 이르렀으니, 이들에게 무슨 물건의 이름을 붙일까? 단지 '부모의 적자賊子[불효자]', '예의 죄인', '세간의 염치없는 패륜아'라고 부를 뿐이다. 저들의 마음에 무슨 사악한 마귀가 들어가 주인이 되어 이런 요망한 짓을 하느냐? 괴이하고 슬픈 일이다. 강상과 명교名教[369]를 인도人道가 아니라고 하면서 파멸시키려 하는 것은

369) 명분을 바르게 정립하는 교육.

단지 예의가 없기 때문이다. 머리를 깎고 오랑캐 옷을 입는 것을 당연히 여기고 즐거이 따르는 자는 단지 의리를 모르기 때문이다. 오늘의 천하를 바로잡으려면 예의와 의리를 버리고 도대체 어디서 착수하겠느냐? 예의와 의리를 외면한 채 오직 부강만을 급한 일로 생각하는 자가 오늘의 화를 빚어낸다. 주자가 "군자는 죽기 전에 이 마음을 보존하지 못할까 늘 두려워한다."라고 했다. 이른바 이 마음은 무슨 마음인가? 곰곰이 생각해봐야 한다. 또 이 마음이 장차 어디로 가려 하기에 보존하지 못할까 늘 두려워하는가? 대개 사람이 사람인 것은 단지 하나의 천리를 얻어 보존하기 때문이다. 그러므로 군자의 마음이라고 할지라도 늘 전전긍긍하여 잠시라도 감히 놓지 못하는 것은 반드시 이 천리를 보존해야 하기 때문이다. 만약 평범한 사람의 마음이 스스로 방자하여 거리낌이 없어 천리를 없애는 지경에 이르면, 어떻게 금수가 아니겠는가?

지금 김용규金容圭와 정영규鄭英圭 두 사람의 낭패 또한 강상과 예의가 무엇인지 모르고 전혀 두려워하지 않고 제 멋대로 행동했기 때문에, 방자한 습관과 세태에 따라 변하여 이렇게 된 것이다. 자네들 또한 경계해야 할 바를 알 수 있을 것이다. 세상의 위험도 걱정할 것이 아니고 자신과 가정의 곤궁과 액운도 걱정할 것이 아니다. 가장 걱정스러운 것은 지기志氣[뜻과 기개]를 세울 수 없는 것이다. 지기가 일단 서면, 험한 물살이나 가파른 언덕도 평지와 같고 혹독한 형벌도 예사로운 일이다. 천하에 어디인들 가지 못하며 천하에 무슨 일인들 처리하지 못하겠는가. 단지 지기가 우뚝 서지 않았기 때문에 사소한 일을 당하면 거듭 칠전팔기하다가 지키는 것을 잃게 되는 것이다.

선사先師[전우田愚]의 훌륭한 말씀이 있다.

"군자가 법도를 지키는 것이 평소에는 드러나지 않고, 세상이 어지러워야 비로소 드러난다. 세상이 어지러울수록 절조는 더욱 드러나고, 절조가 드러날수록 교제가 더욱 적어지고, 교제가 적어질수록 자신을 보존하기가 더욱 어렵다. 그러나 군자는 자신을 보존하기가 어렵다고 해서 지키던 법도를 바꾸지 않는다."

또 말씀하셨다.

"사士는 곤궁할수록 더욱 스스로 단련해야 한다. 내가 곤궁함을 누를지언정 곤궁함이 나를 누르게 하지 않아야, 나의 뜻과 기개를 볼 수 있다. 내 이 한 가지 생각이 진실로 견실하면 번잡스러운 기질도 스스로 융화되고 사악한 마귀도 물러나 숨고, 마침내 천지신명이 또 반드시 나와 하나가 된다. 저 소소한 추위와 굶주림의 고통과 오랑캐와 금수의 침략이 어찌 나의 나아감을 막을 수 있겠는가. 도리어 그것을 이용하여 지혜를 열고 인의仁義를 익힐 수 있다."

이 가르침을 오늘 우리가 당장 받아 실천하는 좌우명으로 삼아야 한다. → 493쪽

곤궁한 시대에 수신修身이 중요하다 > 수정사 제군에게 보여주다_1949년 설날

이 몸은 삼강三綱과 오전五典[370]을 의지하여 서고 경례經禮와 위의威儀[371]를 따라서 행한다. 그러므로 성현이 만든 가르침이 이것을 근본으로 삼지 않음이 없었다. '수신修身', '성신誠身', '입신立身', '수신守身', '성기成己', '정기正己'라고 말한 것들이 모두 이것이다. 『소학』이 수신修身의 큰 법이고, 또 경신敬身을 근본으로 삼는다. 『대학』에서는 "천자부터 서인庶人에 이르기까지 한결같이 모두 대학을 수신의 근본으로 삼았다."고 했다. 『논어』에는 "자신을 닦아 백성을 편안하게 하는 것을 요순도 어렵게 여겼다."고 했다. 『맹자』에는 "무엇을 지키는 것이 큰가? 몸을 지키는 것이 크다."고 했다. 『중용』에는 또 수신을 구경九經[372]의 첫머리에 놓았다. 이 다섯 가지 책뿐만 아니라 6경까지 미루어 보아도 모두 그러하다. 요컨대 성현의 일언반구도 이 도가 아닌 것이 없다. 공자가 "신체발부身體髮膚[몸, 털, 피부]를 감히 훼손하지 않는다."고 했고, 또 "선왕의 법복法服이 아니면 감히 입지 않고, 선왕의 법언法言이 아니면 감히 말하지 않고, 선왕의 덕행이 아니면 감히 행하지 않는다."고 했다. 이것이 바로 몸을 지키는 만세의 큰 절목이다. 여기에 실수가 있으면 바로 강상이 추락하고 예의가 망한다. 그리되면 몸을 지키고 안 지키고를 따질 수 있겠느냐?

아! 오늘날 우리나라가 단발, 이적夷狄의 복장, 외국어, 야만스러운 행

370) 중국 고대에 성립된 봉건윤리. 삼강은 군위신강君爲臣綱, 부위자강父爲子綱, 부위부강夫爲婦綱이고, 오전은 인의예지신仁義禮智信인데, 오상五常이라고도 한다.

371) 경례는 관혼상제 같은 기본적이고 큰 예를 말한다. 위의는 존경심을 일으킬 수 있는 엄숙한 용모와 장중한 행동을 말한다.

372) 천하를 다스리는 아홉 가지 기본도리, 즉 수신修身, 존현尊賢, 친친親親, 경대신敬大臣, 체군신體群臣, 자서민子庶民, 내백공來百工, 유원인柔遠人, 회제후懷諸侯.

동 등을 당연시하여 즐겨 따르지 않는 사람이 없으니, 사람의 도리를 지키지 않은 지 오래되었다. 단지 하나의 짐승일 뿐이다. 생각하면 정말 참담하다. 제군이 여기서 강학한 지 여러 해가 되어 이 가르침을 외고 이 의리를 토론하는 것이 익숙하지 않은 것은 아니다. 그러나 강당 안에 이따금 머리를 깎고 이적의 옷을 입고 오는 사람이 있다. 제군은 대수롭지 않게 여기고 큰 문제로 생각하지 않는 것 같다. 이것이 시비를 가리는 마음이 밝지 않고 좋아하고 미워하는 마음이 참되지 않기 때문이 아니겠느냐? 시비를 가리는 것이 밝지 않으면 대낮도 어두운 밤과 같고, 좋아하고 미워하는 것이 참되지 않으면 밝은 세상 또한 귀신의 소굴과 같다. 이것은 우리 선사先師[간재]의 가르침으로, 우리가 실제로 엄격하게 스스로 반성하는 것이다. 그렇지 않으면 상황이 앞 수레와 뒤 수레가 같은 바퀴자국을 내는 것처럼 될 것이다. 어찌 또한 강상과 예의의 죄인이 되어 이적과 짐승처럼 되지 않겠는가? 내가 이것을 두려워하여 글로 써서 깨우치는 것이다.

몸은 도道를 담는 그릇이다. 그릇이 바르지 않은데 도가 바른 이치가 있겠느냐? 몸은 도를 행하는 틀이다. 틀을 잃고 도를 잃지 않는 그런 이치가 또한 있겠느냐? 몸 밖에 도가 없고 도 밖에 몸이 없다. 몸을 잃고도 도를 잃지 않는 것을 나는 믿지 않는다. 맹자가 말했다. "곤궁해도 의리를 잃지 않기 때문에 사士가 자신을 지킨다."[373] 만약 곤궁하여 의리를 잃으면, 이것은 자기 자신을 잃는 것이다. 아! 사람이 곤궁한 시대를 만나 지켜야 하는 것이 자기 자신이다. 자신을 잃는다면, 어찌 이 인생을 허비하는 것이 아니겠느냐? 짐승은 스스로 짐승의 도가 있고, 사람은 스스로 사

373) "窮不失義 故士得已焉." 『맹자』 「진심」 상.

람의 도가 있고, 이적은 스스로 이적의 도가 있고, 중화는 스스로 중화의 도가 있다. 지금 이적과 금수의 도로써 중화의 몸에 강요하면서 무리를 어지럽게 하지 않는다고 하면 말이 되겠는가? → 493쪽

배움이 무엇인가 > 유원호柳元鎬에게 주다_1949년 3월 10일

학자는 내가 배우는 것이 무슨 문제인지 반드시 먼저 생각해야, 배워야 마땅한 바를 정확하게 알고 생각을 집중하여 처음부터 끝까지 마음이 한결같을 수 있다. 이것이 이른바 뜻이다. 만약 배우면서 뜻이 없으면, 길 가는 사람이 방향을 모르고 정처 없이 방황하는 것과 같다. 마침내 사악한 마귀의 꾐에 빠질 것이니, 어찌 두려워할 바가 아니겠는가?

그러나 배워서 마땅한 것과 마땅하지 않은 것을 가리기는 정말 어렵다. 지금 천하의 가가호호에서 기치를 걸고 표방하는 것이 학문이 아닌 것이 없다. 장차 어느 곳에 가서 따를 것인가? 단지 읽는 경전에서 그 가르침을 독실하게 믿어 자신에게 돌이켜보면, 이른바 하늘에서 받은 바의 성체性體[천성의 본체]를 스스로 볼 것이다. 이것이 바로 천하의 큰 근본이요, 모든 이치가 나오는 곳이다. 어찌 내가 배워 마땅하고 하늘이 원래 정한 바가 아니겠는가?

그러나 그 배워 마땅한 바를 알아서 배우는 자가 누구인가? 바로 내 마음이다. 마음이 성性을 배우는 것이 배움의 일이다. 대저 성이라고 하는 것은 상천上天이 태극의 이理를 마음에 명령한 것이고, 마음은 그것을 받

아 직분으로 삼은 것이다. 이것을 따르는 것을 도라 하고 그 도를 닦는 것을 교敎라 하며, 마음에 간직하면 도체道體가 되고 정情에서 발하면 사단四端이 되며, 행동으로 드러나는 것이 애경충공愛敬忠恭이다. 요순이 성인인 까닭도 이것을 따랐기 때문이다. 탕湯과 무왕武王이 이른바 '반성한 것'도 이것을 반성한 것이다. 옛 성인이 가르침을 세운 것도 이것을 가르치는 것이다. 후학이 학문을 하는 것도 이것을 배우는 것이다. 과연 이것을 학문의 근본으로 삼고 저 이른바 '가가호호에서 기치를 걸고 표방하는 것'을 보면, 그 시비와 득실을 가리기가 어렵지 않다. 그런 후에 표방에 유혹될 염려가 없으며, 사악한 마귀가 아무리 많아도 내 앞길을 감히 방해할 수 없다. 이것이 이른바 '머물 곳을 알아서 마음이 흔들리지 않는 것'이다. 이로부터 더욱 힘쓰고 힘써 물러나지 않으면, 고요하고 편안하고 생각하는 효과를 저절로 거둔다. 그리하여 내가 배운 바의 성을 회복하지 못할 걱정이 없게 된다.

네가 지금 학문에 뜻을 둘 나이[15세]에 지금의 사악한 세상에 살면서도 머리를 깎지 않고 옛글을 읽으며, 또 서령瑞寧에서 백 리를 거슬러 나를 찾아와 『상서尙書』를 강독한다. 내가 그 뜻을 가상하게 여겨 '배움에는 뜻을 먼저 정해야 하고 뜻은 반드시 성性을 배우는 데 두어야 한다.'는 설을 말해준다. 또한 이것이 내가 오늘날에 대하여 느낀 것이다. → 493쪽

마음공부가 중요하다 > 유원호에게 줌_1949년 12월 일

사람은 단지 성性, 심心, 기氣, 형形을 가졌다. 성은 순전히 선하고, 심은 본래 선하고, 기 또한 본체가 맑고, 형 또한 천성에서 나왔다. 그러면 무릇 사람의 무수한 좋지 않은 점은 어디서 왔는가? 이 문제를 한번 생각해 볼 만한 것이다.

이것은 기가 발동할 때 심이 힘써 공부하지 않아서 빚어진 것이 아닌가? 대저 기의 불찰은 심이 힘써 밝히지 않기 때문이고, 기의 불법은 심이 힘써 단속하지 않기 때문이고, 몸이 실천하지 않는 것은 심이 힘써 삼가지 않기 때문이다. 합하여 말하면, 심이 성을 공경하는 공부에 힘쓰지 않았기 때문이다. 선善을 행하는 것이 본래 심의 공이고 불선不善을 행하는 것 또한 심의 죄가 아니겠는가? 성현의 수많은 말씀이 이 심을 권면하고 경계하는 것이 아님이 없는 것은 무엇 때문인가? 그 말 중 "심이 크고 성이 작다."와 "심이 위고 성이 아래다."는 도를 해치는 주장이다. 원호는 모름지기 문왕文王의 조심하는 마음과 증자曾子와 자사子思의 떨며 두려워하는 마음으로 덕성德性을 존중하여 혹시라도 멋대로 하지 않으면, 현인이 되고 성인이 되기를 희망하는 공부가 어긋남이 없을 것이다. | 190

예禮 > 김영학에게 줌_1950년 5월 일

공자는 만고의 큰 성인이자 스승이요, 안연顔淵은 천고의 큰 현인이자 제자다. 그러나 그들이 주고받은 조목은 "예가 아니면 보지 말고, 예가 아니면 듣지 말고, 예가 아니면 말하지 말고, 예가 아니면 행동하지 말라."는 것에 불과하다. 지금 우리가 강학講學하는 것이 어찌 여기서 벗어나겠는가?

대저 예禮는 이理의 절문節文이자, 성性의 덕德이다. 비례非禮는 개인의 사심에 가려진 것이다. 물勿은 금지하는 말이자, 마음의 공부다. 보는 것, 듣는 것, 말하는 것, 행동하는 것은 몸이 마음을 쓰는 일이다. 학문의 도는 이 마음이 쓰일 때에 그 사사로움을 누르고 그 가려짐을 제거함으로써 그 천성을 회복하는 것이다. 그러면 예와 비례를 먼저 구별해야 한다. 그 대체를 말하면, 삼강오상三綱五常이 바로 그것이다. 그 절문을 말하면 경례經禮 삼백과 곡례曲禮 삼천이 모두 그것이며, 이것은 일상생활에서 일어나는 일이다. 그것이 예인 까닭을 알면 이른바 비례 또한 그것과 반대로 미루어 알 수 있다. 비례는 무례無禮와 같다. 무례하면 겉모습은 사람이지만 짐승과 같다. 짐승이면서 짐승의 짓을 하는 것은 이치에 맞지만, 사람이면서 짐승의 짓을 하는 것이 어찌 이치에 맞겠느냐?

오호! 지금 천하에 삼강을 파괴하고 오상을 어지럽힘으로써 평등과 자유를 도라고 생각하는 자는 예 한 글자도 제대로 구별하지 못한다. 그 원인은 자기 욕심을 누를 줄을 모르기 때문이다. 자네가 돌아가 부모를 섬기며 공부할 때 모름지기 공자와 안연이 주고받은 이 가르침을 마음에 간직하고 입으로 외기 바란다. 그것을 혹시라도 그대로 팽개치고 지내지 않으면, 성인을 배우는 공부가 바른 문을 얻어 세상의 재앙에 빠질 염려가 없을 것이다. → 495쪽

예禮를 따르라 > 안성순安誠淳에게 훈시함_1953년 3월

배우는 것은 먼저 예禮를 삼가는 데서 시작된다. 예는 삼강三綱[374]과 오전五典[375]이 그 대체大體이고, 삼백과 삼천이 그 세목이다. 그래서 예부터 성현이 마음을 다잡고 자신을 단속하고 가정을 바로잡고 나라를 다스리는 법으로 예를 따르지 않음이 없었다.

정자程子가 "예를 한 번 어기면 이적夷狄이 되고, 두 번 어기면 금수가 된다."고 했다. 금수가 어찌 별다른 것이겠는가? 몸뚱이가 있는 것만 알고 예가 있는 것을 모르는 것이 금수일 뿐이다. 이적이 어찌 다른 종자가 있겠는가? 욕망만 따르고 예를 따르지 않는 것이 이적일 뿐이다. 짐승이 짐승답게 살고 이적이 이적답게 사는 것은 정상적이지만, 중화가 이적처럼 살고 사람이 짐승처럼 살면 어찌 큰 변괴가 아니겠느냐?

지금 또 괴상스러운 자들이 있다. 입으로 유가의 글을 말하면서 머리는 중 모양으로 하고 다니는 자가 있고, 중화의 도를 공부하면서 이적의 복장을 차리고 다니는 자가 있다. 이것은 백정이 자비를 생각하고 창녀가 열녀전을 외는 것과 같으니, 변괴 중의 변괴다. 이런 것은 모두 예를 삼가지 않은 데서 생겼다. 자네는 조심스럽게 생각해서 어느 쪽을 따를지를 살펴라. → 495쪽

---

374) 유교의 세 기본강령, 즉 군위신강君為臣綱, 부위자강父為子綱, 부위처강夫為妻綱.

375) 유교의 다섯 가지 윤리, 즉 부자유친父子有親, 군신유의君臣有義, 부부유별夫婦有別, 장유유서長幼有序, 붕우유신朋友有信.

일기는 정직하게 써라 > 안성순安成淳의 일기습장日記習帳을 위하여 쓰다

일기는 매일의 언행과 일 그리고 견문을 기록하는 것이다. 이것은 충신忠信[충성과 신의]으로 하지 않으면 안 된다. 기록할 것이 있는데 기록하지 않거나 없는데 기록하는 것은 모두 충성스럽지 않고 신의가 없는 것이다. 한 번이라도 부실하게 되면, 기록하는 것이 모두 허망하고 나쁜 습관으로 귀결되어 악을 저지르는 죄를 면할 수 없다. 살피고 조심하지 않아서 되겠느냐? 충신은 성誠[성실]이다. 성에는 자연自然과 생숙生熟의 구분이 있다. 자연의 성은 원래 스스로 무망無妄[거짓이 없음]함을 말한다. 이것은 천도天道이자 성인의 일이다. 숙熟은 속이지 않음에서 비롯되어 무망에 이르는 것을 말한다. 이것은 현인의 일이다. '사람이 태어나서 속이지 않기 위하여 열심히 노력하여 무망을 바란다.'고 하는 것은 학자의 일이다. 그러므로 학자의 공부는 마땅히 스스로 속이지 않아 무망으로 들어가는 것이다. 옛날 조청헌趙淸獻 공[376]이 매일 한 일을 밤에 반드시 기록하여 하늘에 고했고, 고할 수 없는 일은 감히 하지 않았다. 사마온공司馬溫公[사마광司馬光]이 스스로 말했다. "내가 평소에 한 일을 남에게 고할 수 없는 것이 없다. 고할 수 없는 일은 절대로 하지 않는다." 이러한 것들이 모두 속이지 않음으로써 무망을 바란 것이다.

자네는 이것을 일기의 첫머리에 써두고 마음을 순화시키는 자료로 삼아, 현인이 되고 성인이 되기 위해 노력하라.

1953년 3월 일 수정서실守貞書室에서 → 496쪽

376) 중국 송나라 조변趙抃.

『소학』의 경신敬身 편 > 조광현曹光鉉에게 주는 글_1955년 섣달

전 세계가 성인을 원수로 여기고 경전을 천시하여 강학講學[377]이 그림자조차 끊어져버린 이때, 동자 조광현曹光鉉이 이백 리 길을 와서 바닷가에 이르러 내게 옛 도를 물었다. 정말 기특한 일이다. 그 재주와 그 뜻이 원대한 그릇이 될 만하다. 그러나 내가 실력이 없고 엉성하여 그 그릇을 채울 것이 없어 부끄럽다. 함께 반년을 지내다가 연말에 부모를 뵈러 돌아가는데, 노자로 줄 것이 없어서 다음과 같은 한마디 말로 대신한다.

대저 학문을 하는 데는 근본이 있고 요점이 있다. 근본이 서면 그 나머지는 미루어 알 수 있고, 그 요점을 알면 그 넓음을 다할 수 있다. 『소학』의 「경신敬身」[378] 편이 바로 근본이자 요점이다. 네가 지금 집에 돌아가거든 부모님 모시는 여가에 반드시 아침저녁으로 이 책을 열심히 읽어서 자신을 단속하고, 그렇게 함으로써 이 책을 체體[근본]로 삼아라. 이 책에서 권하는 것은 모름지기 목숨을 걸고 따르고, 경계하는 것은 과감히 끊어라. 그것이 오래오래 성숙되면 이 책이 나의 체가 되고 내가 이 책의 용用[379]이 된다. 이렇게 나와 이 책이 하나로 융합되어 체와 용을 나눌 수 없게 되면 경敬이 서고 나 자신이 수양이 된다. 그것으로 윤리에 따라 처신하면 윤리가 바르게 되고, 입으로 말하면 아름다운 말이 되고, 몸으로 드러나면 착한 행동이 된다. 학문의 근본에 이 위에 더할 것이 있겠느냐. 이 편은 심술心術, 위의威儀, 의복衣服, 음식飮食 등으로 나뉘어 있다. 심신의 용 가운데 이 네 가지밖에 다른 일은 없다. 이것을 근본으로 삼아 미루어 나가면 제

---

377) 유학을 연구하고 토론하는 일.

378) 자신을 공경하고 존중함.

379) 사물의 현상 또는 작용.

가齊家, 치국治國, 평천하平天下[380)]도 이룰 수 있다. 학문의 요점으로 또한 이것보다 더한 것이 어디 있겠느냐. 그러므로 공자가 '경신이 중요하다'고 했고, 『대학』에도 '수신이 근본이다.'고 했다. 『중용』에도 수신을 구경九經[381)]의 으뜸으로 삼았고, 수신의 가장 큰 공이 또 "돈독하고 공경하여 천하를 평화롭게 한다."고 말한 것에 불과하다. 오호! 자신을 공경하지 않아서 되겠느냐? 광현아! 과연 이렇게 할 수 있으면 성현의 문 앞에 도달하는 날을 손꼽아 기다릴 수 있다. 만약 혹 실패하면 오랑캐와 금수의 영역으로 떨어진다. 그 징조가 단지 이 마음을 보존하느냐 않느냐에 달려 있다. 너는 힘써라. → 496쪽

자유의 비판 > 김영두金永斗에게 줌_1957년 5월

자네가 학문을 하려거든 모름지기 자기 마음을 스스로 믿지 말고 성인을 믿어라. 마음은 본래 선하여 진실로 성인과 나의 차이가 없다. 그러나 말단의 작용에 이르면 기氣가 서로 다름에 따라 내 마음이 하는 바가 순수한 천리인 성인의 마음이 하는 바와 같지 않다. 그러므로 감히 자신을 믿지 않고 성인을 믿는 것이다. 요즘 '인생의 자유'라는 말이 한창 유행하여 온 세상을 휩쓴다. 자유란 '자기 마음에 따라 스스로 행동하는 것'을 말한다. 마음에 따라 스스로 행동하면 학문을 해도 소용이 없다. 자신을 성인이라 여겨 위가 없고 성인을 모욕하고 현인을 얕보아 거리낌이 없다. 성인이 가르친 삼강오상의 대의 또한 폐물처럼 버린다. 그리고 야만적 오랑

380) 『대학장구』의 8조목 중 마지막 세 가지.

381) 국가를 다스리는 아홉 가지 준칙.

캐의 불효하고 무책임하며 부자가 서로 간섭하지 않는다는 설에 따라 군도君道[임금의 도]를 혁파한 것, 여자가 자기 뜻대로 결혼하는 것, 부인이 남편을 스스로 떠나는 것 등의 일을 당연하게 생각하고 괴이하게 여기지 않는다. 이것이 모두 자기 마음을 믿고 성인을 믿지 않는 가운데 스스로 초래한 것이다. 자네가 성현에 대하여 "예로써 마음을 제어한다."(탕湯) "인仁과 예禮로써 마음을 보존한다."(맹자孟子) "마음으로써 도를 추구한다."(정자程子) 등의 가르침을 진심으로 받들고 믿어 추구하면, 스스로 반드시 깨달음이 있어 의문이 없어질 것이다. → 497쪽

상도常道를 지켜라 > 큰아들 각수恪洙에게 주는 말

"네 행동이 상도常道를 잃어 내 마음이 아프다. 아플 뿐만 아니라 명이 끊어질 것 같다. 네가 마음을 고치면 내 명이 연장될 것 같다."

이 말은 돌아가신 내 선생님 간옹艮翁[전우]께서 손자 일건鎰健에게 주신 말씀이다. 이 말이 어찌 내가 네게 하고 싶은 말과 똑같으냐? 사람의 행동이 상도를 잃으면 그 부모로 하여금 마음이 아파 명이 끊어지게 하니, 그렇게 되면 어떻겠느냐? 한 번 마음을 고쳐먹으면, 너는 허물을 고친 좋은 사람이 되고 나 또한 걱정이 없어 목숨이 연장된다. 이것이 얼마나 즐거운 일인데, 네가 하지 못하느냐? 나는 들었다. '천하에 두려운 것이 자기 마음이다. 자기 마음을 스스로 정하지 못하면, 세상의 무슨 악인들 못하겠느냐?' 그러므로 동춘당同春堂[송준길]이 말했다. "만약 좋은 자손이 없

으면 만사가 모두 헛일이다." 내가 이 말을 읽고는 근심하고 울었을 뿐이다. 타고난 하늘의 상도를 지키는 것을, 너는 어찌 깨닫지 못하느냐?

1960년 3월 20일 76세의 병든 아버지 →497쪽

안양사安陽祠의 복식과 머리 모양 > 수궤재守軌齋 벽에 붙이다_1960년 9월

일찍이 나는 이렇게 들었다. "스승을 존경하는 방법은 다름 아니라 그 도를 존중하는 것이다. 그 도를 굽히고 그 사람을 존경하는 것은 진정한 존경이 아니라, 도리어 누가 되는 것이다."

이 안양사安陽祠는 우리 선사先師[돌아가신 스승] 간재艮齋 선생을 존경하고 사모하는 곳이다. 존경하고 사모하는 방법이 어찌 달리 있겠는가? 선사의 도를 존중하는 것일 뿐이다. 선사께서 의발衣髮[382]의 의미에 대하여 지키는 것이 아주 엄격했다. 조금이라도 의발을 손상하면, 자손은 보지 않았고, 제자는 학적에서 삭제했고, 붕우는 절교했고, 종족은 족보에서 지웠다. 하나뿐인 손자라도 의발을 손상하면 사당에 고하고 새로 양손養孫을 세우라고 지시했다. 선사께서 평소 실천하신 것이 이러했는데, 돌아가신 후 존경하고 사모하는 자리에서 용납하지 않으신 의발로 함께 제사를 지내는 것이 의리에 합당한가? 의리상 불가하고 예에도 합당하지 않다. 예에 어긋나고 의리를 벗어났는데, 선사의 영혼이 과연 편안하게 흠향하시겠는가? 또 예에 "돌아가신 후 섬기기를 살아 계실 때처럼 하라."고 했다. 선사께서 살아 계실 때 감히 하지 못한 것을 돌아가신 후 제사지

382) 복식과 머리 모양. 당시 양복을 입고 머리를 깎는 일반적 추세에 대하여, 전통적인 복식과 두발을 지킬 것을 주장한 글.

내는 자리에서 감히 하는 것이 어찌 살아 계실 때처럼 하는 것이겠는가? 석농자石農子[383)]가 신성재申誠宰에게 답하는 편지에서 말했다. "문묘文廟와 사원祠院의 제향祭享에 개탄스럽게도 모두 양력 월일을 쓰는데, 그것은 관할하는 관청에서 그렇게 하도록 지시하기 때문이다. 우리 선사의 안양사는 그렇지 않다. 만약 그 지시를 그대로 따른다면, 선사의 영혼이 어찌 기꺼이 흠향하겠는가? 차라리 제사를 폐지하고 초하루와 보름에 분향만 하는 것이 낫다." 운운했다. 월일도 그러할진대 하물며 의발임에랴. 제례를 행할 때 만약 머리카락을 온전히 갖춘 사람으로 수를 채우기 어려우면 그 밖에는 다른 도리가 없겠지만, 분향하는 한 사람마저 끊어지면 그 후에는 다른 시대가 된다. 원나라와 청나라 때 성인의 사당과 현인의 사원祠院에 치발薙髮[384)] 모양을 하는 것에 대하여 누가 시비할 수 있었겠는가? 아! 원나라에 벼슬한 사람이 강좌講座[강의하는 자리]에 오르는 것을 허용하지 않은 것이 금화金華의 제현[385)]이 천명天命이 이미 바뀐 후 힘겹게 버텨낸 법이었다. 오늘 오당吾黨에 어찌 반드시 그런 사람이 없겠는가? 제공諸公은 각자 힘써서 우리 선사의 덕성을 존중하는 가르침을 땅에 떨어뜨리지 않아야 한다. → 497쪽

가난과 고난의 의미 > 윤희천尹羲天에게 써주다_1960년 12월 20일

즐거움은 고생 끝에 와야 비로소 오래갈 수 있고, 복福은 덕德으로 이루

383) 오진영嗚震泳(1868~1944).

384) 유목민의 머리 모양.

385) 원나라 때 중국 금화金華의 주자학자 네 사람. 하기何基, 허겸許謙, 왕백王柏, 김이상金履祥.

어야 비로소 보존할 수 있다. 고관이 되거나 큰 공을 이룬 사람은 모두 가난과 고난 속에서 나왔다.

이것은 정서장鄭西張 선생의 말씀이다. 고금을 통틀어 보면 실제로 이와 같아 내가 늘 애송하는 말이다. 지금 윤희천 군에게 써준다.

1960년 12월 20일 사교재 → 498쪽

육식의 절제 > 검덕첩儉德帖[386)]

주문공[387)]朱文公께서 만년에 아들을 경계하여 직접 쓰신 글씨 첩에 다음과 같이 말씀하셨다.

“근년 이후로 쇠약하고 병든 것이 음식을 과도하게 섭취함으로 인한 결과다. 최근에는 고기를 많이 섭취하는 것이 더욱 해롭다는 것을 느낀다. 정사년(1197) 정월 초하루 이후로 아침과 저녁 식사에 각각 고기 한 가지를 넘지 못하게 하는데, 만약 고깃국이 있으면 고기반찬을 차리지 못하게 하고, 나물국과 숭늉과 반찬이 있으면 고기반찬을 큰 접시에 담지 않고 나물접시처럼 작은 그릇에 담게 한다. 저녁식사는 반드시 고기를 더욱 줄인다. 고기를 먹지 않으면 더욱 좋다. 한편으로는 위를 편하게 하고 기를 기르며 한편으로는 비용을 절감하여 재물을 아끼니, 생명을 보전하여 천수를 다하고 검소한 덕으로 어려움을 피하는 방법에 가깝다. 일야一埜

386) 검덕儉德 : 검소함의 덕. 『주역』 비괘否卦에 “군자는 곤궁할 때 검소함의 덕으로 어려움을 피한다(君子以儉德辟難).”라고 한 데서 온 말이다.

387) 주희朱熹(1130~1200).

등이 부모를 사랑하는 마음이 있으면, 이 뜻을 깊이 체득하는 것이 좋다."

정사년이면 선생이 68세 때였다. 성현의 성덕盛德으로도 오히려 이렇게 경계하는데, 하물며 어리석고 무지한 무리임에랴. 만족할 때까지 마음대로 먹을 줄만 알고 위를 편하게 하고 기를 기를 줄 몰라, 생명을 보전하여 천수를 다하는 도를 얻지 못하는 사람이 세상에 태반이나 된다. 어찌 안타깝지 않은가.

나는 갑오년(1954)부터 위병으로 고통을 당한 것이 8, 9년이 되었다. 지금은 사지를 쓰지 못하고 음성 역시 잘 나오지 않는다. 주문공의 이 경계를 보고도 실행하지 못했다는 것을 알겠다. 그래도 이 경계를 써서 집안 사람들에게 훈시한다. 또한 죽기 전에 하는 경계가 아니겠는가.

1962년 정월 영익이 삼가 쓰다. →498쪽

자기 마음에 비추어 남의 처지를 헤아림 > 아무개에게 주려고 쓴 글

공자孔子가 말했다.

"자신의 일을 미루어 남에게 설명하는 것을 인仁을 행하는 방법이라고 할 수 있다."

맹자孟子가 말했다.

"서恕[388]를 힘써 행하는 것이 인仁을 행하는 데 가장 가까운 것이다."

공자가 또 말했다.

---

388) 자기 마음을 미루어 남의 처지를 생각하는 것.

"아우에게 바라는 것으로써 형을 섬기기를, 나는 잘하지 못한다."

증자曾子가 말했다.

"아랫사람에게 싫어하는 것으로써 윗사람을 섬기지 않고, 윗사람에게 싫어하는 것으로써 아랫사람에게 시키지 않는다."

『대학장구』 전傳 9장에 증자曾子가 또 말했다.

"자기 몸에 간직한 것을 미루어 남을 생각하지 않고 다른 사람을 깨우칠 수 있는 사람은 없다."

이것은 자기를 미루어 남을 생각하지 않으면 남을 가르칠 수 없다고 말한 것이다.

주자朱子가 말했다.

"무릇 자기가 남을 나무라는 까닭은 자기 도道가 모두 당연하기 때문이다."

그렇다면 남을 나무라는 것으로 자신을 돌아봤을 때, 어찌 스스로 닦은 것이 당연한 것이 아니겠는가.

그래서 장자張子가 말했다.

"남을 나무라는 마음으로 자신을 나무라면 도를 다하는 것이다."

내가 한 행동과 일을 지금 스스로 생각해볼 때, 죽은 사람이 다시 깨어난다고 해도 과연 마음에 부끄러움이 없는가? 어린아이가 장래에 과연 나를 자기 선생이라고 생각하겠는가? 반드시 밤기운이 청명할 때나 아침에 혼잡해지기 전에 이 문제를 하나하나 반성하면, 골육지간이나 사람과의 사이에 난처한 일이 없을 것이다.

사람이 마음을 쓸 때 도에 합치될 수 없는 것은 마음을 가리는 것이 있기 때문이다. 가리는 것이 대개 세 가지인데 기질, 욕망, 습관이다. 이 세 가지의 근본은 기질이지만 왕성하여 누르기 어려운 것은 욕망이다. 과연 이것을 타개해나갈 수 있으면 그 나머지는 힘들지 않다. → 498쪽

인심과 도심, 속안과 도안 > 안상우安相佑, 정원영鄭元永, 손인장孫仁長, 손한성孫漢成 등 여러 어린이에게 주다

마음은 하나지만, 형기形氣[육체와 기질]에 따라 쓰이는 것을 인심人心이라 하고 성명性命에 뿌리를 두고 움직이는 것을 도심道心이라 한다. 눈은 하나지만, 세상의 풍습을 따라 보는 것을 속안俗眼이라 하고 도리道理를 따라 보는 것을 도안道眼이라 한다.

마음에는 인심과 도심의 구별이 있고 눈에는 속안과 도안의 구별이 있다. 도심과 도안을 따라 노력하면 성인이 되고 현인이 되는 것을 기대할 수 있으나, 인심과 속안을 따라 하면 금수가 될 우려가 있다. 그러므로 반드시 이 두 길을 먼저 구별하여 독서해야 한다. 그렇지 않으면 천만 번 책을 읽어도 모두 헛일이다 → 499쪽

속이지 마라 > 집 아이 각수恪洙에게 훈시함

"성실하지 않으면 사물이 없다(不誠無物)." 그러므로 "사람의 도는 오

직 충신忠信에 있다."[389)]라고 했다. 내가 늘 너희에게 『대학』 성의장誠意章을 읽으라고 한 것이 어찌 이유가 없었겠느냐. 너는 생각해보아라. 사람이 자기 마음을 속이는 것은 마음을 무시하는 것이다. 자기 임금과 부모를 속이는 것은 임금과 부모를 무시하는 것이다. 모든 일이 그렇지 않은 것이 없으니, 어찌 사물이 있다고 할 수 있겠느냐. 또 생각해봐라. 한 마음이 늘 구차스러워 유쾌할 수 없고, 한 가정이 늘 불화하여 화락할 수 없고, 천하가 늘 혼란하여 평화로울 수 없는 것이 어찌 이 '기欺(속이다)' 한 자로 인하여 생긴 불화가 아니겠느냐. 아들이 부모를 섬기며 숨기는 것[隱]이 있다고 하지만, 숨기는 것과 속이는 것은 같지 않다. 숨긴다는 것은 부모의 잘못을 차마 드러내어 말할 수 없기 때문에 말하지 않고 넌지시 간하는 것을 말한다. 어찌 그 마음가짐과 일처리를 부모에게 속인다는 의미이겠느냐. 이것은 너만을 위한 말이 아니다. 실로 오늘날 모든 사람에게 공통된 병이기에, 써서 보여준다. → 499쪽

『소학』의 실천 > 외손자 재곤在坤에게

네가 지금 『소학』을 배운다. 학學[배우다]의 의미는 '본받는다'는 것이다. 『소학』을 배우는 것은 『소학』을 본받는 것이다. 본받는 것은 어떻게 하는 것이냐? 『소학』에 "발의 움직임은 무겁고, 손의 움직임은 공손해야 한다."고 하면, 나는 즉시 발의 움직임을 무겁게 하고, 손의 움직임을 공손하게 해야 한다. 『소학』에 "아침에 일찍 일어나고 밤에 늦게 잔다."고 하

389) 『논어』 「학이」 '주충신主忠信' 장의 주에 정자程子가 한 말.

면, 나는 바로 아침에 일찍 일어나고 밤에 늦게 자야 한다. 『소학』에 "외출할 때 반드시 말씀드리고, 돌아와서 반드시 말씀드린다."고 하면, 나는 곧 외출할 때 반드시 말씀드리고, 돌아와서 반드시 말씀드려야 한다. 이것이 본받는다고 하는 것이다. 이렇게 하지 않으면 배움의 명목은 있으나 배움의 실행이 없다. 평생 『소학』을 배워도 자신에게 조금도 도움 되는 것이 없으니, 어찌 크게 허망하지 않겠느냐. → 499쪽

유가가 불가와 다른 점 > 같은 사社[390]의 제군에게 써서 보이다

주자가 말했다. "남헌南軒[391]의 주고酒誥[392] 한 단락은 하늘이 내린 명령과 하늘이 내린 위엄[393]을 해석한 것으로, 정말 천 년 동안 유학자들이 미치지 못한 바이다. 지금 남헌의 그 말을 다음과 같이 다 싣는다."

"술이라는 것이 본래 제사를 받들고 손님을 대접하기 위한 것이다. 이것이 바로 하늘이 내린 명령이다. 그런데 사람이 술 때문에 덕을 잃고 몸을 망치게 되니, 이것은 하늘이 위엄을 내린 것이다. 불가佛家가 본래 하늘이 내린 위엄을 싫어하여, 하늘이 내린 명령과 함께 모두 버렸다. 우리 유가儒家는 그렇지 않다. 하늘이 내린 위엄만 버렸을 뿐이다. 위엄은 버리고 명령은 음식처럼 그대로 있다. 천하의 만물을 잔인하게 죽이는 것에

390) 사교재를 중심으로 글을 읽고 공부하는 모임.

391) 송나라 철학자 장식張栻.

392) 술을 조심하라고 경계하는 말.

393) 하늘이 내린 위엄: 천위天威는 두려워할 줄 알아 복종하게 하는 것이다. 예컨대 사람이 술을 지나치게 마셔 덕망을 잃고 몸을 망치는 것은 하늘이 사람에게 술을 조심하라고 보여주는 위엄이다.

대하여, 불가가 그것을 싫어하여 반드시 채소만 먹으려 하지만, 우리 유가는 잔인하게 죽이지는 않을 뿐이다. 극도로 사치스러운 의복에 대하여, 불가는 그것을 싫어하여 반드시 괴색壞色[394]의 옷만 입으려 하지만, 우리 유가는 음란하고 사악한 것만 버릴 뿐이다. 불가가 본래 인욕을 싫어하여 천리天理의 공公과 아울러 버렸지만, 우리 유가는 인욕을 버리고 이른바 천리는 환하게 밝힌다. 물로 비유하면, 불가는 흐린 흙탕물을 싫어하여 그것을 흙으로 메우는데, 다 메우고 나면 마실 물이 없게 된다는 것을 모른다. 우리 유가는 그렇지 않다. 흙탕물을 가라앉혀 맑은 물을 떠먹을 수 있다. 이것이 유가와 불가가 다른 점이다."

내가 이 글을 읽고 생각했다. '인생에서 음식과 남녀의 종류만 이러한 것이 아니다. 일상적인 작은 일부터 처신하고 행동하는 데 이르기까지 구분되지 않는 것이 없다. 이것이 이른바 하늘이 내린 명령이다. 이것을 모르고 분수 넘치게 뛰어넘으면, 그것이 바로 이른바 하늘이 위엄을 내리는 것이다.' 지금 우리가 하늘이 내린 명령에 안주하지 못하고 하늘이 내린 위엄을 함부로 어기면, 장차 어떻게 되겠느냐? 내가 이것을 두려워하여 이 글을 써서 스스로 힘쓰고 또 동지들에게 권한다. → 500쪽

나로써 사물을 보라 > 관동으로 가는 족인 화수和洙에게 주는 말

사람의 마음은 견문으로 인하여 얽매이기도 하고, 견문 때문에 통하기

394) 정색正色이 아닌 색. 주로 승려복의 색을 가리킴.

도 한다. 보고 들어서 옳음이 있고 그름이 있는 것은 사물이다. 보고 들어서 옳다 하고 그르다 하는 것은 나다. 실로 나로써 사물을 봐야지, 사물 때문에 내가 변해서는 안 된다. 사물을 보는 사람은 사물의 실상을 얻을 수 있다. 사물에 의하여 변하면 양을 잃을[395] 뿐이다. 자네가 이번에 가면, 내가 장차 이 두 가지를 볼 것이다. → 500쪽

중화中華와 이적夷狄 > 유兪 공의 묘표와 노盧 공의 묘지명 뒤에 씀

원나라가 강남을 점령하고 호사함과 조악함으로 예의와 문화의 풍속을 변화시켰다. 수십 년이 지나지 않아 거기에 물들고 익숙해져 새로운 풍습이 형성되었고, 송나라의 풍습은 다 사라져버렸다. 사대부는 변발하고 짧은 옷을 입었으며 원나라의 언어를 본받고 원나라 장식을 위에 붙였는데, 벼슬이 속히 높아지기를 바라서였다. 그렇게 하지 않으면 비루하다고 조롱당했다. 확고한 자신을 가진 사람이 아니면, 변하지 않는 사람이 드물었다.

"당시 김화金華 유兪 선생이 이르이 그 가싱을 예로 이끌었다. 심의深衣[396]와 위관危冠[높은 관]을 착용하고 앉아서 옛날의 도[古道]를 이야기했으며, 말과 행동이 매우 공손했다. 시골의 어린아이들이 송나라가 망한 지 오래되어 그 풍속을 모르다가, 선생을 보고 송나라 풍속이 그러한지를 모두 알았다. 혹은 선생을 가리켜 이상한 사람이라 하고 혹은 느린 사람

395) 양을 잃다(亡羊): 본래의 직분을 버리고 좋아하는 것에 빠짐.

396) 사士의 평상복으로 상의와 하의가 따로 재단되어 연결된 옷. 깃과 소매 등 옷의 가장자리에 검은 비단으로 선을 둘렀다.

이라고 생각했으나, 선생은 개의치 않았다.(유 공의 이름은 금金, 자는 대유大有다.)"

"처사는 원나라 중엽에 태어났다. 세상이 오랑캐의 풍속에 빠져 사람들이 모두 변발辮髮하고 추계椎髻하며 원나라 언어와 문자를 익히고 말을 타고 칼을 차는 것을 보통으로 여겼다. 그러나 처사는 시장 가까이 살면서도 담백하고 조용하여 복잡하고 화려한 것을 좋아하지 않고 긴 옷과 높은 모자를 착용하고 천천히 말하고 느릿느릿 걸으며 유생의 예를 변함없이 지켰다.(노盧 공의 이름은 중中, 자는 사성思誠이다.)"

위 두 글은『손지집遜志集』[397]에 실린「유선생묘표俞先生墓表」와「노처사묘지명盧處士墓誌銘」중의 말이다. 이 글들을 읽으면 당시의 풍습과 두 공의 지킴을 대략 알 수 있다. 오늘 우리나라도 이와 같은 상황이지만 더욱 딱하다고 할 수 있으니, 우리나라는 왜 유와 노 같은 사람을 찾아볼 수 없는가? 정말 슬프다. 우리 선사[전우]께서 다음과 같이 훌륭한 말씀을 하셨다.

"중화와 이적은 천하의 큰 제방이고 예의는 사자士子가 늘 지켜야 할 법도다. 진실로 제생諸生으로 하여금 예의를 지키고 중화를 존중하게 할 수 있으면, 세상이 변해도 변하지 않은 것과 같다. 어찌 성현의 무리가 되기에 부족하겠는가."

아! 두 공이야말로 성현의 무리가 아니겠는가. 삼가 이 글을 써서 동지들을 격려한다. → 500쪽

397) 조선말에 의병운동을 한 학자 홍재학洪在鶴의 문집.

논어의 의미, 하학상달下學上達 > 조규하, 이병용, 이명용에게 말하다

선배가 『논어』 대하여 논하기를, "전부 공부를 논했으나 본체本體를 논하지 않았고, 실사實事[구체적인 일]를 논했으나 근원을 논하지 않았다. 이것은 학자로 하여금 공부를 통하여 본체를 깨닫고 실사로부터 근원에 이르게 하는 법이다."라고 했다. 지금 제군이 『논어』를 읽으며 이 말을 자세히 이해하지 않으면 안 된다.

대개 공부와 본체가 두 가지가 아니고, 실사와 근원이 다르지 않다. 공부가 의거하는 바가 본체이고, 사실의 까닭이 근원이다. 학습이 공부라면 학습이 의거하는 바가 성선性善이 아닌가. 그러므로 성선이 바로 본체인 것이다. 효제가 실사라면 효제의 소종래所從來가 인仁이 아닌가. 그러므로 인이 바로 근원인 것이다.

본체와 근원이 하나의 이理인데 나누어 말하는 것은 무엇 때문인가? 마음에서 말하면 본체고, 일에서 말하면 근원이다. 그러나 내가 공부하지 않으면 무엇으로 그 의거하는 바를 깨달으며, 내가 실사를 따르지 않으면 무슨 수로 그 소종래에 도달하겠는가.

그러나 이것은 공부로 인하거나 실사를 따라 억지로 추구하는 것을 말하는 것이 아니다. 학습이 익으면 성性의 본체가 저절로 드러난다. 그러므로 '깨닫는다'고 했다. 효제가 지극하면 인의 영역에 저절로 이른다. 그러므로 '도달한다'고 했다. 정자程子가 이른바 "아래로 인사人事를 배워 위로 천리에 도달한다."고 한 것이 바로 이것이다. → 501쪽

재난과 시련 속의 성취 > 서사書社의 학생들에게 보여줌

옛날 문왕文王이 유리羑里의 옥에 갇혀 『주역』을 부연한 것[398]과 공자가 진陳나라와 채蔡나라 사이에서 거문고를 타며 노래를 부른 것은 오래된 일이다. 이천伊川[程頤]이 부주涪州에 유배되었을 때 『역전易傳』의 서문을 지었고, 우옹尤翁[송시열]의 『정서분류程書分類』, 『주서차의朱書箚疑』, 『문의통고問義通考』 등이 모두 유배되었을 때의 큰 업적이다. 또 하황夏黃[399]이 옥중에서 『상서尙書』를 공부하고 육수부陸秀夫[400]가 배에서 『대학』을 읽었다. 이분들의 뜻을 어찌 몰라서야 되겠는가? 천지간 양기陽氣의 살아 있는 맥이 여기에 달려 있기 때문이다.

우리가 비록 무섭고도 두려운 상황을 당하고 있지만, 내일의 일은 감히 알 수 없고 오늘 당하는 것도 옛날 사람만큼 심하지 않다. 이러한 때 외모外慕[401]를 베어서 던져버리고 더욱 서로 열심히 노력하며, 이 마음을 젖먹이처럼 보호하여 기르고 이 이치를 터럭 끝까지 분석하며, 맹장이 적을 무찌르듯이 극기하고 주린 나그네가 음식을 달게 먹듯이 선善을 따르며, 태산이 앞에 있어도 보지 않고 천둥이 기둥을 깨부숴도 놀라지 않으며, 이 몸이 사라질 때까지 그만두지 않아야 한다. 이렇게 하면, 설령 백 가지 재난을 당하고 만 가지 시련을 겪어도 지하에 가서 선현을 만날 수 있을 것이다. 『시경』「소완小宛」에 "내가 날로 매진하니, 너도 달로 정진하라. 새벽부터 밤까지 노력하여 낳아주신 분들을 욕되게 하지 말라."고 했다. 제

398) 사마천의 『사기』에 따르면, 문왕이 유리의 감옥에서 『주역』의 8괘를 늘려 64괘로 만들었다고 한다.

399) 진나라 말과 한나라 초에 은거한 상산사호商山四皓의 한 사람이다.

400) 남송의 충신. 애산해전崖山海戰에서 패하자 위왕衛王 조병趙昺을 업고 바다에 빠져 죽었다.

401) 부귀와 공명을 추구하는 마음.

군은 서로 힘쓸지어다. 또 그럼으로써 이 늙은이에게도 채찍을 가하기 바란다. → 501쪽

집중하여 사색하고 음미하라 > 주자朱子 편지 중의 독서법

"정자程子가 '다른 사람이 의심하지 않는 대목에 의심을 가져야 멀리 나아갈 수 있다.'고 했다. 이 말을 깊이 생각하지 않으면 안 된다. 날마다 사서四書를 암송하며 이따금 성찰만 할 줄 알고 무슨 까닭인지 모르면서 의심하는 바가 전혀 없다. 첫머리부터 끝까지 쭉 훑어 읽을 뿐 단락마다 사색하고 음미하지 않는다. 그래서 의문이 생기는 곳이 없다. 이러는 것보다는 차라리 사서 중 한 책을 읽으며 단락마다 사색하고 거듭 음미하여 한 책을 다 읽은 후, 또 다른 책을 택하여 읽는 것이 낫다."[402)]

글은 마음을 비우고 평온한 상태에서 읽으면 저절로 의미가 생긴다. 말단지엽에 몰두하다가 내용의 흐름에 공백이 생겨 의리의 정맥을 어지럽혀서는 안 된다. 『중용장구』 제20장에 "신중히 생각하라."고 경계한 것이 이것 때문이다.

공부는 모두 모름지기 일정한 테두리를 두어야 한다. 테두리 안에서만 전념하고 테두리 밖에 대해서는 망상할 필요가 없다. 예컨대 『논어』를 읽는데 '오늘은 이 단락까지 읽는다.'고 했으면, 전념하여 그 단락까지만 읽어야 한다. 그다음 단락에 읽지 않은 재미있는 내용이 있더라도, 그 단락

---

402) 주희의 편지 「두문경竇文卿의 편지에 답함」 중 한 단락.

을 분명히 알아 틀리지 않을 때까지 반복해서 생각하고 종일 음미해야 한다. 그러고 나서 다음 날 다음 단락을 읽어야 한다. 일상생활의 모든 일도 이와 같다. 유추해보면 알 수 있을 것이다. 그렇지 않으면, 좋은 일이라고 하더라도 결국 망상이 되고 말 것이다. → 502쪽

훌륭한 사람과 사귀어라 > 손자에게 주는 글

공자가 말했다.

"자기보다 현명한 사람과 거처하는 것은 지초와 난초가 있는 방에 들어가는 것과 같다. 오래 있으면 그 향기를 맡지 못하는데, 그 사람과 동화되었기 때문이다. 자기만 못한 사람과 거처하는 것은 생선가게에 들어가는 것과 같다. 오래 있으면 그 악취를 맡지 못하는데, 그 사람처럼 변했기 때문이다."[403]

공자가 또 말했다.

"단사丹砂가 감춘 것은 붉은색이고, 옻이 감춘 것은 검은색이다."

주자가 가의賈誼의 말을 다음과 같이 외었다.

"정직한 사람과 거처하는 데 익숙한 사람은 정직하지 않을 수 없다. 이것은 제나라에서 나서 자란 사람이 제나라 말을 하지 않을 수 없는 것과 같다. 정직하지 않은 사람과 거처하는 것을 익힌 사람은 정직할 수 없다. 이것은 초나라에서 나서 자란 사람이 초나라 말을 하지 않을 수 없는 것과 같다."

403) 『공자가어孔子家語』에 있는 말.

대개 종유從遊[좇아 지냄]하는 사람이 어떠한가에 따라 사람의 현명함과 어리석음을 바로 볼 수 있으니, 조심하고 또 조심해라. 『논어』의 "벗을 통하여 자신의 인仁을 보완한다."는 의미를 모름지기 알고 진심으로 추구한 후에야 힘을 얻을 수 있다. 단주丹朱와 상균商均[404]이 어찌 현명한 사우師友가 없어서 그렇게 되었겠느냐. → 502쪽

404) 단주는 요임금의 장남이지만 어리석어서 요임금의 왕위를 잇지 못했다. 상균은 순임금의 아들인데 노래와 춤에 빠져 국가대사를 소홀히 했다.

종중
宗中

사교재는 기존의 신분질서가 무너지고 새로운 질서가 도입되던 시기에, 기존 질서를 지키기 위하여 직접 부딪치며 살았다. 그가 지키려고 노력한 기존 질서 중 하나가 종법 질서다. 사교재가 족보를 비롯한 종법 관계의 글을 많이 썼기 때문에 '종중'이라는 편목篇目을 두어 대표적인 글 몇 편을 싣는다.

족보 편찬의 규례規例 > 보소譜所[405]에 답함

6·25전쟁 후 성씨별로 족보를 다투어 편찬했는데, 혼란을 틈타 족보의 위조가 성행했다. 이 편지에서 사교재는 족보의 엄정성과 도덕성을 강조한다.

작년 섣달 26일에 섣달 13일 보내신 편지를 읽고 답장을 보내기도 전에 새해 설날 아침에 또 작년 섣달 23일 거듭 보내신 편지를 받았습니다. 계속 잊지 않고 생각해주시는 뜻에 감사드립니다.

다만 미천한 제게 부과된 책임을 사절해서는 안 된다는 말씀에 황송함을 누를 길이 없습니다. 진실로 제가 몽매하여 이런 일을 감당하지 못한 지 오래되었습니다. 게다가 늘 병든 몸이라 무릅쓰고 억지로 하려고 해도 실제로 감당하기 어렵습니다. 그러니 무슨 수가 있겠습니까. 또 이미 전임자가 있는데 하필이면 바꾸려 하십니까? 제 생각에 전임자를 유임시키는 것이 사리로 볼 때 마땅할 것 같습니다. 어떻게 생각하시는지요?

두 편찬소에서 이미 족보를 편찬하기로 했으니, 족보를 편집할 때 다음 사항을 특별히 유의하시기 바랍니다. 선대의 세계와 자손의 기록 중에

405) 광산 김씨 족보 편찬소.

믿기 어려운 것, 1910년 이후의 연호와 임명된 관직명, 배위配位[406]의 분빙奔聘[407] 등을 어떤 예에 따라 기입하는지요? 다른 가문을 보니 그 예가 여러 가지던데, 우리 김씨 족보의 규례를 한번 알고 싶습니다. 나머지는 헌수憲洙와 진수珍洙 두 사람이 상세히 말씀드릴 것입니다. 이만 줄이고 답장을 올립니다.

1956년 정월 18일 종하생宗下生[408] 영익 올림 → 502쪽

파보와 대동보 > 보소譜所[족보 편찬소]에 답함_1956년 정월

신정新正[양력 설날]에 보내신 편지를 받아 여러분이 크게 평안하신 것을 알고 위로가 되었습니다. 족보를 편찬하는 일은 아주 성대한 일입니다. 제 이름이 감인監印[409]에 뽑혔는데, 제외하지 않으신 데 대하여 깊이 감사드립니다. 그러나 본래 얕은 식견으로 경험도 없고 또 타고난 바탕이 허약하여 나이 겨우 72세에 병으로 항상 누워 있어, 말석에 참여하려 해도 형편상 불가능합니다. 하는 일 없이 직함만 있는 것이 불편하지 않겠습니까. 또 전에 이미 뽑은 사람이 있는데, 사리로 볼 때 이렇게 해서는 안 됩니다. 여러분이 양해하여 이전대로 하시기 바랍니다.

이곳의 보단譜單[410]과 돈은 이미 대보소大譜所[411]에 보냈습니다. 그러나

---

406) 남편과 부인이 다 죽은 후 부인을 가리키는 말.

407) 혼례를 치르지 않고 남녀가 같이 사는 것을 분奔이라 하고, 혼례를 치르고 정식 부부가 된 것을 빙聘이라 함.

408) 종씨宗氏에 대하여 자신을 낮추어 이르는 말.

409) 인쇄를 감독하는 임무.

410) 족보에 올릴 사람의 명단.

411) 대동보편찬소. 대동보는 한 성씨의 모든 파를 아우르는 족보.

어떻게 할 것인지 아무도 결정하지 못했기 때문에 부득이 양종兩從[412]의 회의를 다시 열었으나, 종중의 의견에 따른다는 측도 있고 따르지 않는다는 측도 있어서 아직 의견의 일치를 보지 못했습니다. 대저 파보派譜와 대보大譜는 모두 조상을 모시고 종족을 거두는 방법이며, 대보 안에 파보가 있습니다. 하필이면 대립하여 나뉘어 서로 장애가 되겠습니까. 반드시 그 까닭이 있을 것이나, 멀리서 상세한 내막을 몰라 안타깝습니다. 지금 헌수憲洙와 진수珍洙를 두 보소에 보내니, 잘 알려주시기를 간절히 바랍니다. 이만 줄이고 답장을 올립니다. → 503쪽

문중과 가문의 의미 > 보소에 답함_1956년 2월

이달 보름에 명단의 초고를 우편으로 부쳤는데, 다음 날 낮에 내리신 편지가 또 왔습니다. 편지 보고 여러분의 안부가 평안하신 것을 알고, 멀리서 매우 위로가 되었습니다.

편지의 여러 말씀이 사리에 모두 합당하여, 한 번 낭독하니 나도 모르게 어리석음과 무지가 가시고 감사와 기쁨이 생겼습니다. 그만한 다행이 어디 있겠습니까. 대보大譜의 명분과 실제가 맞지 않은 것은 정말 그러하지만, 파보는 대보에 비하여 체제가 더욱 중요한데 본래 성격이 그러하기 때문입니다. 위로 거슬러 올라가면 그 근본은 본래 하나의 근원입니다. 따라 내려가면 저절로 분파가 많은 흐름이 됩니다. 이것이 말씀하신 멂과 가까움, 친함과 소원함의 설입니다. 어찌 마름하고 택한 후에야 따르거나

412) 파보派譜와 대보大譜 두 쪽 중 어느 쪽을 따를지를 말하는 것으로 보임.

버리겠습니까?

그리고 우리 공안공恭安公 후손은 그 의미가 더욱 특별합니다. 대개 사당의 신주를 옮기지 않으면 자최齊衰[413]와 제복齊服[414]이 아직도 있으니, 그 친함은 하나의 문중이고 하나의 가문입니다. 일상의 근심이나 기쁨, 평소의 좋은 일이나 궂은일 등에 차마 관여하지 않을 수 없습니다. 하물며 조상을 존숭하고 종족을 모으는 일에 감히 다른 마음을 품겠습니까. 송구한 것은 가서 작은 일이라도 도울 사람이 한 사람도 없는 것입니다.

예에 따라 쓰는 경비 또한 사람에 따라 정해지는 것입니다. 종손 용균容均 씨는 우리 종족에서 군도君道[임금의 도]의 위치에 있는 사람입니다. 전해 들으니, 그 주택이 완성되지 않았고 제사를 차릴 대책이 없다고 합니다. 아! 근본이 굳세지 않은데 가지와 잎이 무성할 수 있습니까? 여러분께서는 이번 기회에 무슨 계획을 하고 계십니까? 물의 재난은 하늘에 달렸습니다.[415] 사람이 하늘에 대하여 무엇을 하겠습니까? 오직 인사를 닦는 것만이 하늘을 되돌릴 수 있는 방법인데, 의리를 귀하게 여기고 돈을 천하게 여기는 것이 또 그 기본입니다. 모든 우리 종족은 청백리의 전통을 이었으니, 반드시 재물 때문에 의리를 잊는 짓을 하지는 않을 것입니다. 단 그것을 처리하는 방법을 몰라 안타깝습니다. 함부로 종족이 우의를 믿고 주제넘게 솔직하게 말씀드리니, 혹 용서하고 한 번 웃으시겠습니까? 죄송하여 얼굴이 붉어집니다. 아파서 누워 대필시키기에 이만 줄이고 답장을 올립니다. → 503쪽

413) 오복五服[다섯 가지 상복] 중 하나.

414) 제사를 앞두고 재계齋戒[몸가짐을 깨끗하게 함]할 때 입는 옷.

415) 종손 용균 씨가 수재를 당한 것으로 보임.

답장을 보내기 전에 종인宗人 쾌수快洙가 마침 방문하여 편지를 받고, 요즘 여러분 모두 건강하시고 족보 작업도 점차 완성되어간다는 것을 알았습니다. 매우 위로가 되고 또 축하드립니다.

무릇 족보가 편찬되지 않는 것을 옛사람이 불효라고 했지만, 편찬하여 효도하는 것도 쉽지 않습니다. 족보는 그 조상을 밝히고 그 종족을 거두어 후손에게 내려주는 것입니다. 만약 바르지 못한 점이 있으면, 그것은 그 조상을 무함하고 그 종족을 어지럽혀 그 후손을 속이는 것입니다. 어찌 효도가 될 수 있겠습니까. 그렇기 때문에 군자가 두려워 삼가며 반드시 공정한 마음과 바른 붓으로, 의심스러운 것은 의심스러운 것 그대로 전하고 믿을 수 있는 것은 믿을 수 있는 것 그대로 전하며, 고찰하기 어려운 것은 제쳐두고 증명할 수 있는 것만 서술함으로써 사사로움을 조금도 용납하지 않습니다.

이 의미를 여러분께서도 이미 환하게 알고 있어 대낮에 등불을 켜는 격이지만, 한 번 더 되새기는 의미에서 나쁘지는 않을 것입니다. 이것은 또한 도를 사랑하는 것이며, 오늘날 족보 편찬의 준칙이 될 것이라 생각합니다.

공안공恭安公의 위토를 복구하신 일이, 얼마나 기특합니까! 여러분의 피어린 정성이 이룬 것입니다. 진심으로 우러러 공경합니다. 이곳 형편은 전 편지에 대략 썼기에 이만 줄이고 문안편지를 올립니다.

1956년 2월 22일 종말宗末 영익 올림 → 503쪽

산에 단풍이 들고 서리가 내리며 울타리에 국화가 피고 이슬이 차가워, 처량한 계절의 감회를 감당할 수 없습니다. 이때 종중의 편지를 받으니 그 심정이 더욱 어떠하겠습니까? 동란動亂 후 여러분의 안부가 두루 평안하신 것을 아니, 멀리서 위로가 되고 기쁩니다.

광천위光川尉[416] 사우祠宇의 화재는 이 무슨 참변입니까? 봄에 전해 듣긴 했지만, 묘우廟宇와 신주도 화재를 면하지 못했는지요? 해가 바뀌어 뒤늦게 들어도 저도 모르게 쓸개가 찢어지고 심장이 무너지는데, 하물며 제사를 주관하는 후손과 직접 그 화를 당하고 눈으로 그 변을 본 사당 아래 종족은 그 마음이 어떠했겠습니까? 오랑캐가 분탕을 저지른 재앙은 예부터 있었으나, 그것이 사당에까지 미친 것은 많이 듣지 못했습니다. 통곡한들 무슨 수가 있으며, 슬퍼한들 무슨 수가 있겠습니까? 무덤을 파고 사당을 훼손한 도적과 같은 하늘 아래 살 수 없는데, 사악한 기운이 아직도 성하고 복수할 기약은 없어 단지 비통하고 가슴이 막힐 뿐입니다.

일이 이미 그렇게 되었으니, 화를 당했을 때 곡하여 애도하고 변고를 알리며, 자손이 고향에 돌아오면 급히 전날 신주를 모셨던 곳에 나아가 신위를 고쳐 써서 모셔 분향하고 제사함으로써 날려 흩어진 영혼을 거두어야 합니다. 셋집이나 빌린 집을 따질 것 없이 자손이 몸을 의탁한 곳이 바로 조상의 신주를 모시는 곳이지, 얼마 동안의 구차함을 거론할 겨를이 어디 있겠습니까. 생각건대, 이런 일은 봉사손이 반드시 의례에 따라 거행해야 합니다. 그리고 묘우廟宇는 오히려 그다음 일입니다. 지금 묘우 건

416) 김인경金仁慶(1514~1583). 본관은 광산, 자는 경유(景裕). 중종의 딸 혜순옹주와 결혼하여 광천위에 봉해졌다.

축을 시작하며 '형편이 아주 좋지 않다.'고까지 말하면, 똑같은 자손으로서 그 말을 듣고 등에 흐르는 땀을 감당할 수 없을 뿐입니다.

그런데 보내신 편지에 "봄에는 춘궁기라고 핑계를 댔는데, 가을에는 또 무슨 일로 핑계를 댈 것이냐? 10만 원을 10일 안으로 가져오라."고 하셨습니다. 사정이 몹시 급박한 가운데 하신 말씀이지만, 이것이 어찌 '사람을 꾸짖을 때 사정을 따지고, 일을 처리할 때 형편을 살핀다.'는 도道입니까? 사정이 막히고 형편 또한 통하기 어려우니, 하늘만 바라볼 뿐입니다.

대저 6·25동란에 이어 남자가 병적부兵籍簿에 이름을 올린 것은 피차가 같은 사정일 것입니다. 장정이 비로 쓴 듯이 없어져 마을이 썰렁하고, 파종하고 김매는 일도 부녀자와 아이들 차지이며, 봄나물과 가을 도토리로 굶주림을 면할 뿐입니다. 요긴대 이러한 형편입니다. 이곳 가난한 종족 10여 호 또한 그렇게 간신히 죽음을 면하고 있습니다. 금년 봄 후로 관찰사공 위토 조성금, 대동보와 파보 명단금名單金, 이제 또 묘우건축비까지 부담하게 되었습니다. 모두 당연한 일이지만, 필요한 것은 재물이고 재물이 성의에 미치지 못하는 것은 형편입니다. 형편이 되지 않기 때문에 책망이 이어지는 것 또한 운명입니까? 사람이 운명을 어떻게 하겠습니까? 오직 공손히 기다릴 뿐입니다. 그러나 또 한마디 드릴 말씀이 있습니다. 오는 10월 그믐날이 이곳 정기종계일定期宗契日입니다. 그날이 지나면 반쯤 성의를 바칠 길이 있을지도 모르니, 혹 너그럽게 늦추어주시겠습니까? 편지를 쓰려니 위축되어 이만 줄이고, 사례의 편지를 올립니다.

1956년 9월 20일 종말宗末 영익永益, 영설永契,

영각永珏, 영목永穆, 홍수洪洙 등이 절하여 답함 → 504쪽

족보 단금單金 > 보소에 답함_1956년

별지에 쓰신 것은 잘 알았습니다. 단금單金[417]을 어찌 때맞추어 내고 싶지 않겠습니까만, 일이 마음대로 안 되어 이렇게까지 지연되었습니다. 여러 종인宗人이 부석浮石, 예산禮山, 대흥大興 등지에 흩어져 사는데, 일부러 사람을 두세 번 보내도 끝내 반응을 보이지 않으니, 장차 무슨 수가 있겠습니까. 아! 대학교와 중학교에는 전답을 팔고 소를 팔더라도 아낌없이 보내면서, 족보 일에는 이렇게 무성의합니다. 이것이 게가 쓴 전서와 때까치 소리[해전격설蟹篆鴃舌][418]가 집안을 빛내고 자손을 번창시킬 수 있다고 여기는 식견이 아니겠습니까? 그대로 두고 볼 뿐 도리가 없습니다. 오직 이곳 30여 호의 여러 종인 몫은 이달 그믐께 사람을 보낼 계획입니다. 그렇게 아시기 바랍니다. 이만 줄이고 답장을 올립니다. → 504쪽

9권 1질 족보 대금 1만 환 > 김갑수에게 답함_1956년 9월 28일

뜻밖에 저희 종가의 봉사손奉祀孫[419]을 통하여 편지가 오니, 온 집안에 상서로운 빛이 나고 누추한 거리가 광채를 더합니다. 편지를 보고 존尊의

417) 족보에 오를 명단에 실린 사람당 족보 제작비로 얼마씩 내는 돈.

418) 영어의 글자와 발음을 이렇게 비하하여 표현한 것으로 보인다.

419) 조상의 제사를 맡아 지내는 자손.

건강이 좋으신 것을 알았습니다. 멀리서 위로가 되고 또 축하드립니다. 저는 여전히 근근이 지낼 뿐 달리 무슨 드릴 말씀이 있겠습니까.

족보 편찬 작업이 완성된 것은 여러분께서 정성과 힘을 다한 덕분이 아님이 없습니다. 밖에서 관망하는 자로서 어찌 부끄럽고 땀이 나지 않겠습니까.

9권 1질의 종이와 인쇄 대금 1만 환圜이 싸다고 할 수 있습니다. 만약 일을 맡은 여러분께서 고생하며 비용을 아끼지 않았다면, 어찌 이렇게 쌀 수 있겠습니까. 우러러 사모하고 또 사모합니다.

그러나 아직 추수를 하지 않았는데 납부 기한이 촉박한 것 같습니다. 인쇄소의 사정이 그렇지 않은 것이 아니겠지만, 가난한 집 사정 또한 고려해야 합니다. 지성이면 마련할 수 있다고 하겠지만, 형편상 마음대로 안 되니 무슨 수가 있겠습니까. 시작이 좋았으니 마무리도 잘하는 것이 어찌 완전하고 아름답지 않겠습니까. 가증스럽게도, 재물의 기름때가 사람의 일을 희롱한 지 오래되었습니다. 세상의 기가 센 사람 중 몇 사람이나 거기에 흔들리지 않을 수 있겠습니까? 우리 종족이 차라리 재물의 곤란을 당할지언정, 백세百世토록 한 집처럼 지낸 정의가 상하지 않기를 바랍니다. 지극히 축원하고 또 축원합니다. → 505쪽

수포로 돌아간 족보 편찬 사업 > 종인 갑수甲洙에게 답함_1956년

목석木石[420]의 거처와 지란사芝蘭社가 거의 오백 리나 되는데, 육십 노인이 종족의 우의를 다지기 위하여 세한 추위에 눈길을 왕복하는 수고를 아끼지 않으셨습니다. 그 깊고 두터운 인의가 사람의 마음을 진실로 감동시킨 것을 어찌 세월이 간다고 잊을 수 있는 것이겠습니까. 마침 이치에 벗어난 어지러운 일 때문에 평생의 포부와 당면한 대책을 상세히 이야기하지 못하고 급히 헤어졌으니, 섭섭한 마음이 더욱 어떠했겠습니까? 하늘가만 바라보며 유유히 마음을 보낼 뿐입니다.

편지는 잘 받아보았습니다. 왕년의 족보 편찬 사업은 뛰어난 세 분 종인께서 마음과 힘을 다한 덕분이 아닌 것이 없으니, 그 공이 진실로 큽니다. 그러나 그것이 마침내 수포로 돌아가고 말았습니다. 이것이 어찌 평소 생각이나 했던 일이겠습니까? 으레 징갱懲羹[421]의 생각이 있을 터인데, 오히려 이렇게 다시 간행하겠다고 하시니 여러분의 백절불굴의 뜻은 진실로 우리 종중을 위하여 축하할 일입니다. 그런데 이른바 구문鳩門[422]의 풍파로 다시 염려할 일이 과연 없겠습니까? 이미 겪은 경험이 있으니 반드시 전철을 밟지는 않으실 것입니다. 그러나 "일에 임하여 두려워한다."[423]는 성인의 경계가 있으니, 어찌 전전긍긍 조심하지 않을 수 있겠습니까. → 505쪽

---

420) 몸이 아파서 마음대로 거동하지 못하는 자신을 가리키는 말.

421) 징갱취제(懲羹吹虀)의 준말. 『초사楚詞』에 "뜨거운 국을 경계하다가 생채도 입으로 불게 된다(懲於羹而吹虀兮)."란 데서 나온 말로, 지나치게 조심한다는 의미.

422) 광산 김씨의 한 지파支派를 가리키는 것으로 보임.

423) 『논어』「술이」에 나오는 말.

족보 편찬 범례 > 종인 갑수에게 줌

6·25전쟁 후 족보 편찬 사업이 대대적으로 진행되면서 족보 편찬의 원칙과 범례를 둘러싸고 시비가 벌어지곤 했다. 주로 적서嫡庶 문제와 위보僞譜 문제였다. 광산 김씨 족보 편찬에도 이런 문제가 있었던 것으로 보인다. 거기에 대하여 사교재가 엄격한 잣대를 제시하며 원래의 원칙과 범례를 고수할 것을 요구한다.

화수和洙가 돌아와서 존尊의 안부가 평안하시다는 것을 알았습니다. 위로와 기쁨을 어찌 말로 할 수 있겠습니까. 저는 쇠약해져 이불을 덮고 칩거하며 여러 날 세수를 하지 않으니, 단지 하나의 말하는 시체일 뿐입니다.

족보 편찬의 분란은 그사이에 해결되었습니까? 족보를 편찬하는 것이 본래 화목을 위한 것인데 도리어 불화가 생겼습니다. 어찌 전혀 의미가 없는 것이 아니겠습니까. 염려가 작지 않습니다. 나누어주신 족보 책을 읽어보았습니다. 위로는 먼 조상의 명휘名諱,[424] 죽은 날과 장지葬地, 벼슬 등으로부터 아래로는 모든 종족의 종손과 지손, 통서統緖,[425] 소목昭穆[426] 등에 이르기까지 모두 환하게 눈에 들어옵니다. 마치 동당同堂[427]을 모아 순서를 매긴 것 같으니, 이것을 보고 효도하고 공경하는 마음과 친애하는 정이 생기지 않는다면, 어찌 사람의 성품을 가졌다고 하겠습니까. 이것으로 족보 편찬을 주관한 여러분의 공이 크고 지극하다 하겠습니다. 감히

424) 어른의 이름을 생전에는 명名이라 하고 사후에는 휘諱라고 하여 경의를 표했다.

425) 한 갈래로 이어온 계통.

426) 종법제도에서 사당에 신주를 배열하는 순서. 시조를 가운데 모시고 그 아래는 부자父子가 번갈아 소목이 되는데 왼쪽이 소, 오른쪽이 목이다.

427) 같은 고조부 아래의 자손.

사모하고 칭송하지 않을 수 있겠습니까.

다만 보건대, 난 밖의 주注와 선대의 글에 오자가 많습니다. 이것은 인쇄업자가 소홀히 했기 때문이 아닙니까? 몹시 안타깝습니다. 범례 중 의문스러운 몇 조목과 등재된 묘지와 묘갈 중 의심스러운 곳 몇 단을 별지에 베껴 보냅니다. 이것은 질의하여 서로 연구하자는 뜻이지, 제가 옳다고 주장하는 것은 결코 아닙니다. 공개적으로 볼 만하면 보시고, 그렇지 않으면 한번 보시고 그냥 두시기 바랍니다.

1956년 10월 20일 족종 영익 올림

별지[428)]

○ 범례의 첫 제목을 이 시대 여론의 요구로 달 것

왜 예의를 법으로 삼지 않고 이 시대의 여론을 규례로 삼아 첫 제목으로 달았는가? 그 요구가 무엇인지 모르겠으나, 조상을 존숭하고 윤리를 중시하는 의론을 따라서 규례로 삼아야 옳다. 그렇게 하지 않으면 언제 또 이런 의론을 낼 수 있겠는가? 인류가 평등하다는 설은 몹시 두렵다.

○ 자기 아들이 후사가 없을 경우 또 계자繼子로 삼을 것

이것이 이른바 차양자次養子[429)]다. 차양자는 예를 따르지 않는 집에서 많이 한다. 혹 이런 일이 있어도 바로잡을 수 없으면 그만일 뿐이다. 도리어 그것을 규례로 삼는 것은 불가하지 않은가?

---

428) ○ 부분이 족보의 범례 중 사교재가 의문스러워하는 조목이고, 그 아래 문장이 사교재의 생각이다.

429) 죽은 맏아들의 양자가 될 만한 사람이 없을 경우에 조카뻘 되는 사람을 아들을 낳을 때까지 양자로 삼는 일.

○ 혹 수양자收養子[430]가 있으면, 그 입후자入後者[431] 이름 위에 단지 계자라고 만 써서 변례變禮[432]임을 밝힐 것

이미 수양자라고 했으면 소목昭穆의 계통을 잇는 아들이 아닌 것이 명백하다. 어찌하여 '입후'라 하고 '계자'라고 쓰는가? 입후와 계자가 소목으로 계통을 잇는 명칭이 아닌가. 또 수양자로서 천륜을 계승하는 난에 들어가는 것이 과연 예에 근거가 있는가? 변례라고 하지만 변통하여 도에 합치되면 예가 될 수 있다. 도가 아니면 잘못된 예이지 변례가 아니다.

○ 생가生家의 부모에게 후사가 없으면, 자기가 낳은 아들을 승사손承祀孫으로 삼을 수 있다고 운운한 것

아! 이것이 정말 대성戴聖[433]과 서건학徐乾學[434]의 그릇된 학설인데, 세상에 따르는 자가 있다. 그러나 선배 학자가 모두 도리를 어기고 상례常禮[435]를 어지럽힌다고 논정했다. 삼대에는 이런 예가 없었다. 오직 한나라의 구순寇恂, 진晉나라의 순의荀顗, 당나라의 백낙천白樂天 등이 처음으로 손자 항렬로 아들을 삼았다. 그러나 유울庾蔚과 하기何琦[436]가 낮게 평가했고, 예서禮書를 편찬하는 사람이 시양侍養의 유에 포함시켰다. 원나라 때 이런 일이 많았으나 명明 태조가 나라를 세우고 바로 개정했다. 우리나라에서는 황신黃愼의 집에 이런 일이 있었는데, 신독재愼獨齋와 우암尤庵·

430) 동성 또는 이성의 남의 자식을 3세가 되기 전에 거두어 길러 양자로 삼는 일.
431) 남의 집에 후사로 들어가는 자.
432) 특수한 상황에 맞추어 변통한 의례.
433) 중국 한나라의 예학자禮學者. 『소대예기小戴禮記』를 지었다.
434) 중국 청나라의 대신이자 학자. 『독례통고讀禮通考』를 지었다.
435) 정상적인 예.
436) 모두 중국 동진東晉 때의 예학자.

동춘당同春堂[437] 두 선생이 모두 비난하여, '아버지가 있은 후에 아들이 있는데, 이 아들은 장차 누구를 아버지로 삼아 그 할아버지를 계승하느냐?' 고 했다. 독락재獨樂齋[438] 집에서 이 예를 행하자 우암이 편지를 보내 "관에 소장訴狀을 올려 개정했는데 어찌 의문스러운 것이 있겠느냐?"라고 했다. 도암陶菴 때 또 황씨가 이 예를 행하자, 도암이 "임시로 상례를 주관할 수는 있다. 그러나 중간에 1세世를 뺀 채 할아버지라 칭하고 손자라 칭하는 것이 감히 할 수 없는 짓이다."라고 했다. 최근에 또 어우於于 류柳 공(류몽인柳夢寅)의 제사에 5세를 뛰어넘어 양자 입안이 이루어졌는데, 면암勉菴 최崔 대감(최익현崔益鉉)이 '예에 근거가 없고 정자程子와 주자朱子의 가르침이 없으며, 큰 망발이라 여러 말이 필요하지 않다.'는 등의 말로 임금께 고했다. 성재省齋 류柳 공(류중교柳重教)은 이 일이 자기 문중의 일인데, "아들 항렬이 아닌 자를 양자로 삼는 것은 모두 도리를 거스르고 강상을 어지럽히는 것이라 시행해서는 안 되는 것이 명백하다."고 하고, 또 "위로는 선조가 엄금한 바를 어기고 아래로 선정先正(송시열)이 고심한 바를 거슬러, 만세토록 강상의 무궁한 폐단을 여는 것이다."고 하고, 또 "이미 그르친 족보를 속히 고침으로써 천륜을 따르는 것이 마땅하다."고 했다. 이 몇 경우를 보면, 그것이 예가 아니며 강상을 어지럽힌 것이 명백하다. 전 시대에 이미 그렇게 하여 고칠 수 없는 것은 어쩔 수 없지만, 지금 다시 그것을 법규로 삼아서 족보 앞에 싣는 것은 무엇 때문인가? 성재가 이른바 '만세토록 강상의 무궁한 폐단'을 조금도 염려하지 않는가?

437) 신독재는 김집金集, 우암은 송시열宋時烈, 동춘당同春堂은 송준길宋浚吉의 호다.

438) 구시경具時經(1637~1699). 우암 송시열의 제자.

○ **시대 풍조에 따라 '娶(취)'자를 '配(배)'자로 고친 것**[439)]

지금 도가 혁파되어 민주주의가 된 시대에 여군女君이 어찌 신첩臣妾에 대하여 존귀함을 지킬 수 있겠는가. 낮추어 서로 평등한 것이 시대의 풍조라고 할 수 있다. 그러나 본심을 하늘에서 타고났다는 것을 어찌 스스로 생각하지 않는가? 선배가 이른바 "세도世道가 무너져도 본심이 무너진 적은 없다."는 말이 어찌 시대의 풍조를 모르는 망언이겠는가?

○ **구보舊譜의 추편追編과 별편別編을 정리하여 원편原編에 합하여, 우의를 두터이 하는 쪽을 힘써 따르는 것**

선계先系가 불명확하거나 소목昭穆이 상세하지 않아 순서를 잇기 어려울 때는 따로 시조를 세워 종족을 거두는데 이것이 별보別譜다. 만약 추후에 상세한 정보를 얻어 의심이 풀리면 정리하여 원편에 합친다. 이렇게 되면 얼마나 기쁘고 다행스러운가. 사리로 볼 때 이래야 마땅한데, 어떻게 '힘써 종사한다'고 할 수 있는가? 지금 우리 서정파보西亭派譜는 십 몇 대에 불과하여 손꼽아 계산할 수 있는데도, 추편과 별편이 있다. 나는 고루하여 상세히 알지 못하는데, 깨우쳐 알려주기 바란다.

○ **우의를 두터이 하는 쪽을 힘써 따르는 것**

첩과 사통私通한 것과 정실正室과 결혼한 것을 똑같이 '配(결혼하다)'라고 쓰면서 "우의를 두터이 하는 쪽을 힘써 따른다."고 하고, 별편을 원편에 합하면서도 "우의를 두터이 하는 쪽을 힘써 따른다."고 한다. 우의를 두터이 하는 것 중 구차한 것은 없는가? 한 가지 일이 구차하면 그 나머지

439) '장가가다'라는 말이 정실正室에게는 '배配'로 첩에게는 '취娶'로 서로 달라야 하는데 모두 '배配'로 통일한 것을 지적한 말. 아래 문장의 '여군女君'은 본처를, '신첩臣妾'은 첩을 뜻하는 말이다.

도 모두 구차하다. 정자程子의 가르침을 생각해볼 만하다. "천하의 이치는 바름[直]일 뿐이다. 명名이 구차해서도 안 되고 분分이 어지러워서도 안 된다. 명분名分이 구차하고 어지러우면 사람의 도道가 무너지고 천지가 뒤집어진다." 오호! 예법과 도의에 힘쓰지 않고 우의를 두터이 하는 쪽을 힘써 따르는 것이야말로 두려워할 만하다.

대저 이 범례를 누가 정했는지 모르지만, 범례가 이와 같으면 전체 족보도 이와 같을 것이다. 한 번 연구하고 토론하여 족보 앞에 실어 뒷사람들이 따를지 아닐지를 결정할 수 있도록 하지 않을 수 없다.

주제넘지만 가만히 생각해보건대, 족보 편찬은 큰 사업이다. 반드시 먼저 명분을 중시하고 예의를 삼가야 한다. 명분은 윤리를 바루고 예의는 가문을 지킨다. 위로 조상에 누가 되지 않고 아래로 자손의 법이 되는 것이 족보 편찬의 요점이다. 그리고 소목昭穆을 밝히고, 종손과 지손을 차례로 배열하고, 계통을 엄격히 구분하고, 후손의 계승을 신중하게 하고, 사통과 결혼을 구별하고, 높음과 낮음의 질서를 지키는 것 등이 모두 그 일이다. 사람의 도리가 땅에 떨어지고 온갖 해괴한 일이 벌어지는 이 시대에, 혹 세속적 풍습에 물들거나 잘못된 전례에 익숙하여 명분과 예의에 구차하게 되면, 어찌 함께 빠져 죽는 지경에 점점 이르지 않겠는가. 영익永益이 어리석고 천박하여 아는 것이 전혀 없지만, 이렇게 중요한 일을 보고 차마 안심하고 있을 수 없어 삼가 무릅쓰고 말씀드린다. 현명한 여러분께서 처지를 바꾸어 헤아리시기 바란다. → 505쪽

종손宗孫의 개념 > 종인宗人 원중元中에게 줌

지난번에는 잘 돌아가셨으리라 생각합니다. 그 후 철이 바뀌는데, 어른 모시고 건강하시며 댁내 여러분의 안부도 모두 평안하신지요? 먼 지방에서 아울러 기원하여 마지않습니다. 종말宗末 등은 지난달 12일과 보름날에 한 문중에서 세 번 상을 당했습니다. 무슨 이런 액운이 있는지요? 슬픔과 아픔으로 마음을 가눌 수 없습니다. 묘우廟宇 짓는 일은 그사이 어떻게 잘 진행되는지요?

여기 약간 남은 종족은 형편이 곤궁하고 거리가 멀어 물자로나 노력으로나 전혀 힘을 쓸 수 없으니, 이러고도 '근본을 알아서 멀리 있어도 잊지 않는 사람'이라고 할 수 있겠습니까? 단지 송구하여 흐르는 땀을 감당할 수 없습니다. 여기 3만 원을 부쳐드리지만, 어찌 감히 만에 하나라도 도움이 된다고 하겠습니까. 단지 잊지 않고 바치는 작은 정성일 뿐입니다. 액수로 보면 정말 얼마 되지 않지만, 형편으로 말하면 또한 있는 힘을 다 짜낸 것입니다. 너그럽게 기꺼이 받으시고 정성이 모자란다고 꾸짖지 않으시면 그만한 다행이 없겠습니다. 나머지 사연은 별지에 쓰고 이만 줄입니다.

1956년 12월 일 종말宗末 모모某某 등 올림

별지

저희 파派 봉수鳳洙 종인宗人도 잘 지냅니까? 이 종인의 최근 일이 몹시 의아스럽고 마음에 들지 않아서, 저희 종중에서 한번 묻고자 했으나 6·25

동란 때문에 겨를이 없었습니다.

이 종인은 우리 선조 북촌공北村公 장파長派의 11세손입니다. 근자에 들으니, 북촌공의 종손으로 자처한다고 합니다. 이것이 무슨 뜻입니까? 우리 선조 북촌공은 시조가 아니고 국가에서 내린 부조不祧의 특전도 없는데, 대종大宗[440]의 법을 쓸 수 있습니까? 친진親盡하여 신주를 묻은 조상에게 사적으로 이 예를 쓰는 것은 지극히 참람한 것입니다. 이 종인에게 이 의미를 지체없이 설명해야 합니다.

북촌공의 묘지기는 여러 해 동안 많은 종인이 신임한 사람인데, 이 종인이 종손으로 자처하며 그 종답宗畓을 마음대로 빼앗아 경작하고 해마다 한 번 올리는 제사도 자기 마음대로 대충 한다고 합니다. 그가 조상 제사에 불경하고 많은 종인의 마음을 멸시하는 것 또한 놀랍습니다.

전 묘지기는 으레 제사 비용 치르고 남은 벼 400근으로 제사에 참례한 가난한 종인의 여비를 주거나 다른 공적인 비용으로 썼는데, 이 종인은 이런 일 없이 자기 주머니에 넣으니, 몰염치가 심하다고 할 수 있습니다.

귀하는 대종의 사손嗣孫[441]으로서 여러 종중을 통틀어 관리할 의무가 있는데, 어찌하여 이런 일에 방관만 합니까? 이제부터는 대종중을 한 집으로 보고 모든 종법을 바로잡으시기를 간절히 바랍니다. 봉수 종인에게도 금년 가을부터 전례에 따라 벼 400근을 반드시 받아내어 묘우 짓는 일에 충당하기 바랍니다. 봉수 종인에게도 이런 내용으로 편지를 보냈으니, 만에 하나라도 소홀히 하지 마시기 바랍니다. → 507쪽

440) 하나의 씨족 전체를 아우르는 종중宗中으로, 소종小宗의 상대 개념이다.

441) 대를 잇는 손자.

북촌공의 종손으로 자처하는 봉수 > 종인宗人 봉수鳳洙에게 줌

성함은 일찍이 들었으나 여태 뵙지 못하고 마음으로 그리워하고 있습니다. 섣달 추위에도 체력이 왕성하시겠지요? 몹시 궁금합니다. 족종族從 등은 예나 지금이나 한결같을 뿐입니다.

들으니, 현賢[442] 종씨가 우리 선조 북촌공北村公 장파長派[443]의 11대손인데 북촌공의 종손임을 자처하며 묘위답墓位畓[444]과 제사 그리고 산소 등의 모든 문제를 마음대로 혼자 처리한다고 하는군요. 과연 그렇습니까? 듣고 놀라움을 누를 수 없습니다. 친진親盡된 신주를 묻은 11세 종손이 고금에 어찌 있을 수 있습니까?[445] 우리 북촌공은 원래 시조始祖가 아니고 국가에서 내린 부조不祧[446]의 특전도 없는데, 어찌 감히 분수에 넘게 이런 예를 쓰는 도리가 있습니까. 명칭만 쓰는 것도 안 됩니다. 그런 생각은 반드시 버리시기 바랍니다.

전 묘지기 천돌千乭 문제는 끝났으니 할 말이 없습니다. 지금 현 종씨가 그 책임을 대신 맡았으면, 모든 사무를 전 규정에 따름으로써 여러 종족의 기대를 저버리지 않기 바랍니다. 옛 사례에 정한 묘지기가 부담해야 하는 도조賭租[447] 400근은 지금 어떻게 하시렵니까? 이왕의 일은 난리 중이었으니 그만둔다고 해도, 이번 가을부터는 어김없이 그 도조 400근을

---

442) 상대방을 높여 칭하는 말.

443) 북촌공은 사교재의 10대조 김상명金尙明. 장파는 적장자로 계승하여 내려온 파.

444) 제사 등 필요한 비용을 위하여 무덤 앞으로 마련한 논.

445) 제사지내는 대수인 4대가 지난 신주는 친진이라 하여 사당에서 철거하여 묻으므로, 11대 종손이 있을 수 없다는 말이다.

446) 국가에서 인정한 큰 인물의 경우, 4대가 지나도 신주를 묻지 않고 계속 사당에 모시고 제사지내는 것을 말한다. 불천위不遷位.

447) 남의 전답을 빌려 경작한 대가로 내는 벼.

대종大宗의 원중元中 씨 댁에 보내도록 하시기 바랍니다. 사손嗣孫에게도 이 일을 부탁드렸습니다. 나머지 사연은 내년 봄 뵐 때로 미루고 이만 줄입니다.

1956년 12월 일 족종族從 모모某某 등이 올림 → 508쪽

족보의 서문을 써 보내며 > 족숙族叔[448] 철현徹鉉 씨에게 답하는 편지

봄에 왕림하시고 지금 또 편지를 보내주셨습니다. 제가 이런 간절하고 도타운 사랑을 받으니 감사함과 죄송함이 모두 지극합니다. 불볕더위에 몸 건강하시고 집안 식구들 모두 평안한 것을 아니, 멀리서 궁금하던 마음에 위로가 됩니다.

저는 평소에 수양한 것이 없어 화가 고질이 된 가운데, 또 긴 학질로 여름 석 달을 지루하게 이불 속에서 지냈습니다. 이것을 어찌 산 사람이라고 할 수 있습니까. 늙어서 죽지 않아 무익하니 지금 죽은들 무슨 여한이 있겠습니까.

족보의 서문을 부탁하셨는데, 스스로 헤아려보니 제가 그것을 쓸 만한 사람이 아닐뿐더러 또 그런 글을 익힌 적도 없습니다. 그래서 감히 부탁에 응하지 못한 죄를 범했던 것입니다. 지금 또 무겁게 책망하기를 그만두지 않으시니, 거절하다 마지못하여 추한 글솜씨지만 드러내어 쓸 수밖에 없군요. 그러나 그 족보를 편찬하게 된 개략적인 내력과 조상을 존경하고 종가를 공경하는 뜻은 이전의 족보에 상세히 기록되어 있으므로 군

448) 아저씨뻘 되는 족인族人.

더더기를 붙이지 않았습니다. 단지 최근 족보의 폐단에 대한 생각을 정리하려다 다 못하고 그쳤을 뿐입니다. 생각이 글에 제대로 표현되지 않아서 읽을거리가 못 되는데, 하물며 인쇄하여 후세에 전할 만한 글이 될 수 있겠습니까. 버리고 새로 다른 분께 부탁하시기 바랍니다. 병석에 누워 불러주며 이웃 학생에게 대필시키기에, 이만 줄이고 답장을 올립니다.

1958년 6월 일 → 508쪽

할아버지 항렬 밑으로 양자 가는 문제 > 족형族兄 택수澤洙에게 줌(진수珍洙를 대신하여 씀)

지난날 뵈었을 때 마음을 털어놓지 못하고 급히 헤어져, 섭섭한 마음이 여태 남았습니다. 겨울 추위에도 정양하며 도학道學하시는 안부가 평안하시리라 생각하여, 멀리서 사모하여 마지못합니다. 제가 그때 무사히 돌아온 것이 천만다행이었습니다.

저의 맏형 영수瑛洙가 출계出系[449)]하는 문제는 정말 이치 밖의 일입니다.

당사자로 말하면, 할아버지를 계승하는 장손이자 아버지의 적자로서 아버지를 여의고 삼년상을 지내는 중에, 아버지와 관계를 끊고 아버지가 없는 자리에 들어갈 수 있겠습니까?

양자로 들어가는 자리로 말하면, 아들은 아버지를 계승하는 사람입니다. 지금 누구를 아버지로 삼아서 가서 대를 잇습니까? 이것은 인간의 도

449) 남의 집에 양자로 들어가서 그 집의 대를 이음.

리로 볼 때 부당하며 예교禮敎[450]에도 근거가 없습니다. 예부터 국가의 법전에도 그 예가 없는데, 마음을 억누르고 억지로 그렇게 해야 합니까?

또 보소譜所[족보 편찬소] 여러분으로 말하면, 족보는 계통을 바로잡고 소목昭穆을 밝히고 순서를 엄격히 하여 위로는 시조부터 아래로는 현재의 후손까지 단지 '자子[아들]' 한 자로 한 단계씩 꿰어 내려갑니다. 어찌 감히 아들이 없이 손자가 있고 아버지가 없이 할아버지가 있는 이런 경우가 있습니까? 아무리 생각해봐도 천부당만부당한 일입니다. 저 무식하고 예교가 낮은 부녀자나 작은 이익에 환장한 무리의 망령이나 착란으로도 하지 않을 일인데, 보소의 여러분이 오히려 이것을 따르려 합니다. 이것이 무슨 까닭인지 모르겠습니다. 만약 요즘 다반사로 행해지는 일이라고 보소 여러분이 생각하여 저쪽의 소행을 들어주면, 저희 집의 풍파는 일시적이지만 보소는 백년토록 비난받을 것입니다. 어찌 번쩍 깨달아 한번 반성하지 않을 수 있겠습니까. 전에 족형께서 제게 "이 일이 도리상 부당하다는 것은 여러 말이 필요하지 않고, 또한 번잡하게 여러 말이 오갈 필요가 없다."고 하셔서 제 마음이 비로소 놓였습니다. 무엇 때문에 다시 이렇게 이러쿵저러쿵하시며 대낮에 등불을 켜십니까?

최근에 이따금 뜻밖의 일이 많아, 또 족형께 이렇게 한번 말씀드리지 않을 수 없습니다. 보소에 알릴 만하면 알리시고, 그렇게 하지 않아도 일이 바르게 마무리될 수 있다고 생각하시면 족형만 읽으시기 바랍니다. 처지를 바꾸어 생각해보시기 바라며, 이만 줄이고 편지를 올립니다.

1959년 10월 일 족제 진수珍洙가 피를 머금고 올립니다. → 509쪽

450) 예의를 가르침.

봉수의 소종래所從來를 모른다 > 종간宗簡[451]_1960년

생각건대, 우리 선조 북촌공北村公께서는 이미 시조도 아니고 또 불천위不遷位[452]도 아닙니다. 그러므로 친진親盡[453]이 되자 사당에 모셨던 신주를 거두었고 족인들도 다시는 서로 종宗으로 여기지 않은 지[454] 10여 대가 지났습니다. 해마다 한 번 지내는 묘제도 이렇다 할 종손이 없이 항렬이 높은 사람이 주관하는데, 이것은 예의 가르침을 따른 것입니다.

지금 족인族人 봉수鳳洙가 종법宗法을 모르고 제사지내는 법에 어두운 채 망령되이 '북촌공의 11대 종손으로 후사를 이은 사람'이라고 칭하며, 무덤 아래 들어가 제전祭田[455]을 멋대로 경작하고 묘사를 주관하는 짓을 당연하다고 생각하여 어렵지 않게 자행합니다. 이것이 어찌 작은 일이라고 그에게 맡겨둘 수 있는 것이겠습니까? 의리상 시정하지 않을 수 없습니다. 그러므로 이 일을 북촌공 형제 다섯 파 종중 여러분께 삼가 고합니다. 엎드려 바라건대, 여러 종인께서는 예법을 상세히 참고하고 그 시비를 살펴서 종중의 논의를 확정하여 엄중히 다스리고 위엄을 보여 종법을 확립하고 제사를 바르게 지내게 함으로써 참람하다는 혐의를 면하게 해주시면 정말 다행이겠습니다. 그 근거가 되는 예설禮說은 다음과 같습니다.

---

451) 광산 김씨 북촌공파 종중에 보내는 편지.

452) 나라에 큰 공이 있거나 학문적 업적이 높은 사람의 신주를 4대가 지나도 사당에서 철거하지 않고 계속 모셔두고 제사지내는 것.

453) 사당에 신주를 모시고 제사지내는 것은 종손宗孫으로부터 4대까지이고, 5대가 되면 신주를 철거하여 땅에 묻는데 이것을 친진親盡이라고 한다.

454) 종으로 여기지 않은 지: 제사를 지내는 동안에는 제사를 주관하는 종가와 종손이 있지만, 4대가 지나[친진親盡] 신주를 사당에서 거두고 나면 그 종은 없어진다는 말.

455) 제사 비용을 대기 위하여 마련한 전답.

『예기 상복소기』에 말했다.

"위에서 조상을 천조遷祧하면 아래에서 종宗이 바뀐다."

『주자가례』에서 주자가 말했다.

"고조부의 신주를 사당에서 거두면 그 후손은 이제 더는 서로 종이 아니다."

우암이 말했다.

"신주를 사당에서 옮기면 종이 사라지고 족인은 이제 더는 서로 종이 아니다. 어찌 종자宗子의 명칭이 있겠는가."

구산臼山[456]이 말했다.

"그 신주가 장방長房[457]에 있어도 이와 같은데, 하물며 신주를 묻고 나서는 종자의 명칭이 더는 쓸 데가 없음에랴."

내가 살펴보건대, 종宗을 세우는 것은 조상을 존숭하기 위한 것이다. 그러므로 조상의 신주를 옮기면 종도 없어지고 족인도 더는 서로 종이 아니다. 오직 대종大宗만 종이라고 한다. 우리나라에는 왕자의 후예 외에는 대종이 없다. 오직 불천위의 인정을 받은 집만 대종을 세운다. 우리 종족은 공안공恭安公과 광천위光川尉가 불천위의 명을 받았다. 그러므로 대종을 세웠고, 여러 종족이 대종으로 인정한다. 우리 북촌공은 친진이 되어 신주를 옮겼는데, 어찌 종자의 이름을 붙일 수 있겠는가. 그런데도 오히려 '종손' 운운하니, 어찌 참람함이 지나친 것이 아니겠는가? 『주자가례』에 따르면, 제2세 이하 조상의 묘전墓田[458]은 여러 사람이 교대로 관리한

456) 전우田愚(1841~1922).

457) 한 고조부의 자손 중 항렬이 가장 높은 사람.

458) 조상의 무덤을 관리하고 묘제의 경비를 대기 위하여 조상의 무덤 앞으로 마련한 전답.

다.(종자가 없어졌으므로 여러 사람이 교대로 관리하는 것이다. 대종은 종자가 그대로 주관한다.)

제월당霽月堂[459]이 물었다.

"먼 조상의 제사를 혹자는 '종자가 주관한다.'고 합니다."

우암이 대답했다.

"신주를 사당에서 옮겼는데 어찌 종자라는 명칭이 있는가?"

성담性潭[460]이 말했다.

"해마다 한 번 지내는 제사에는 항렬이 높은 사람이 초헌관을 한다. 불천위가 아닌데 어찌 종손을 논하겠는가?"

구산臼山이 말했다.

"10여 대 종손이 묘제를 주관하는 것은 사사로이 불천위의 예를 행하는 혐의가 있는 것 아닌가?"

성재省齋[461]가 말했다.

"먼 조상의 무덤에 일이 있을 때는 한결같이 소목으로 순서를 정해야지 종손과 지손으로 정해서는 안 된다." 운운했다.

내가 살펴보건대, 종가에서 친진이 되면 종이 없어진다. 그러므로 족인이 다시는 서로 종으로 여기지 않는다. 신주를 장방으로 옮기면 조상이 옮겨가고 종이 바뀐다. 그러므로 장방이 제사를 주관한다. 장방이 또 다하여 사당의 신주를 옮기면, 매년 한 번 지내는 묘제에 칭할 수 있는 종

459) 송규렴宋奎濂(1630~1709).

460) 송환기宋煥箕(1728~1807).

461) 유중교柳重敎(1832~1893).

이 없다. 그러므로 항렬이 높은 사람이 제사를 주관한다. 예의 의미가 이와 같다. 그러므로 주자와 송자 그리고 제현의 예론禮論 또한 이와 같다. 어찌 습속을 그대로 따르며 바로잡을 방법을 생각하지 않겠는가? 종법과 제례는 명분이 달려 있고 윤리가 크게 걸린 것이다. 이 여러 가르침을 보면 따를 바를 알 수 있을 것이다.

지금 봉수가 스스로 대종이라 칭하며 어른을 배제하고 제사를 주관하는 참람하고 망령된 행동을 하는데, 과연 그대로 두고 볼 것인지요? 바라건대, 여러 종인宗人께서는 곰곰이 생각해보십시오. → 509쪽

봉수의 출계出系[462]에 관한 의문점

봉수의 출계 문제는 그 한 가문의 일이라, 헐뜯어 논할 필요가 없다. 다만, 그 사람이 동족이고 그 일이 예의에 관계가 있기 때문에 한 번 논해도 큰 죄가 되지는 않을 것이다.

내가 살펴보건대, 양자를 세우는 법은 반드시 그 소생所生과 소후所後[463] 두 집의 아버지가 모두 생존하여 주고받는 것이 분명해야(지금은 예사禮斜[464]를 논할 수 없다.) 천륜을 바꾸어 다른 사람을 아버지로 모실 수 있다. 지금 봉수는 두 집 아버지가 모두 죽었으니, 준 사람은 누구이며 받은 사람 또한 없다. 아버지의 명령이 없이 스스로 아버지를 버렸으니, 이것이

462) 양자 가서 대를 이음.

463) 소생과 소후: 낳아준 부모와 양자 가는 집 부모.

464) 예조禮曹에서 양자를 허가하는 것, 또는 그 문서.

과연 아버지가 있는 자인가? 의심스럽다.

독자나 고자孤子[465]의 출계는 고금의 예서禮書에 없는 일이다. 지금 봉수는 영철永哲의 독자이자 어려서 고아가 된 사람이다. 사사로이 아버지의 후사를 끊고 남의 후사를 이었으니, 어찌 차마 하지 못할 은혜를 크게 배신한 자가 아닌가? 또한 의심스럽다.

족보를 보면, 영철의 부인 신申씨가 죽은 날이 이미 분명하고 영철이 다른 여자에게 장가들지 않았다. 들으니, 봉수의 어머니가 아직 건강하게 살아 있다고 한다. 그렇다면 봉수는 영철의 친아들이 결코 아니다. 봉수를 낳은 아버지가 누구인지 모른다. 이것을 명백히 밝히지 않으면 동족으로 대접해서는 안 되는 것이 당연하다.

설령 우리 북촌공이 실제로 대종을 세울 처지가 되더라도 지금 그 자손이 적어도 수백 명인데, 하필이면 이런 아버지도 모르고 은혜도 배신하며 내력이 분명하지 않은 사람을 택하여 종자宗子로 세우겠는가. 이런 법은 없다. 게다가 그런 처지가 아님에랴. 단지 그 어리석음과 망령됨이 심한 것을 볼 뿐이다. → 510쪽

봉수의 결단

봉수가 자기 행동이 옳지 않은 것을 스스로 알고 개과천선하여 오직 종규宗規[466]만을 따르면, 그 살아갈 길을 염려하여 묘지기를 그대로 맡겨 살아갈 밑천으로 삼게 한다.

---

465) 어려서 아버지를 여읜 사람.

466) 종중의 규칙.

만약 끝까지 고집을 부리면 부득이 반역의 무리로 대접하여 도의에 근거하여 쫓아내는 것 외에는 다른 도리가 없다.

여러 종인의 생각은 어떠하신지 모르겠습니다. → 511쪽

답문
答問

친정부모에 대한 여자의 호칭과 동자의 상례 > 김영두에게 답함(운산면 상성리)

여자는 친정부모에 대하여, 시집간 후에도 부모라는 호칭을 바꾸지 않는다. 제사 때도 계통을 두 갈래로 하는 혐의가 없기 때문에 고비考妣[467)]라고 칭할 수 있다. 이것은 양부모養父母를 우선시하는 것과는 다르다. 이 문제에 대해서는 후대 현인의 정론이 있다.

여자가 친정부모를 자기 시가에 대하여 말할 때는 사친私親이라고 해야 한다.[468)] 그러나 친정부모 제사에 자기 혼자 고할 때도 사친이라고 하는 것은 타당하지 않은 것 같다.

동자童子[469)]의 상에 수질首絰[470)]과 요대腰帶를 착용하는 것은『의례 상복소』와『예기 잡기』에 모두 명확한 규정이 있다. 그러므로 경호鏡湖[471)]와 매산梅山[472)]은 모두 사계沙溪[473)]의 설을 따르지 않았다. 전에 전재全齋 임任 선생[474)]도 자기 둘째와 셋째 아들을 잃고 수질을 썼는데, 그것을 지적하는 사람이 있었지만 고치지 않았다. → 511쪽

467) 돌아가신 부모를 칭하는 말.
468) 시부모를 부모라고 하는데 대하여 친정부모를 사적인 부모라고 한다는 말.
469) 관례를 올리지 않은 미성년자.
470) 상복喪服을 입을 때 삼과 짚을 꼬아 둥글게 만들어 머리에 두르는 테.
471) 이의조李宜朝(1727~1805).
472) 홍직필洪直弼(1776~1852).
473) 김장생金長生(1548~1631).
474) 임헌회任憲晦(1811~1876).

공자와 주자를 존경하고 사모하는 이유 > 어떤 사람과의 문답_1946년 9월 10일

어떤 사람이 물었다.

"후학後學이 옛 현인을 존경하고 사모하는 것은 무슨 의미입니까?"

내가 대답했다.

"그 도를 존경하고 그 현명함을 사모하는 것이다."

그가 물었다.

"어떻게 존경하고 사모합니까?"

내가 대답했다.

"예禮로써 존경하고 의義로써 사모한다."

그가 물었다.

"예는 무엇이며 의는 무엇입니까?"

내가 대답했다.

"공자를 존경하는 것은 공자의 도를 존경하는 것이고, 그것이 예다. 주자를 사모하는 것은 주자의 학문을 사모하는 것이고, 그것이 의다."

그가 물었다.

"시대가 바뀌고 세상이 변하여 익히는 것이 공자의 도가 아니고 숭상하는 것이 주자의 학문이 아니어서 그런 사람이 없는데, 어떻게 합니까? 그 사람이 없으니 그 일이 없는데, 무슨 이렇다 할 존경과 사모가 있습니까?"

내가 대답했다.

"그것을 말하는 것이 아니다. 공자가 중화와 이적을 엄격히 구별하고 임금과 부모를 존경하는 것을 도로 삼았고, 주자가 이단을 물리치고 향원

鄕原[475]을 미워하는 것을 의로 삼았다. 지금은 중화와 이적의 구분이 없고 임금과 아버지가 평등한 것을 도로 삼고, 공자와 묵자가 덕을 섞고 유교와 불교가 하나가 되는 것을 의로 삼는다. 그 도로써 존경하고 그 의로써 사모하려고 한들, 형편상 할 수 있겠는가? 구분이 없다고 한다. 그래서 구분함으로써 존경한다. 섞였다고 한다. 그래서 섞지 않음으로써 사모한다. 그 이치가 더욱 환하지 않은가."

그가 물었다.

"이런 말이 있습니다. '한결같이 중화와 이적의 구분을 엄격하게 하고 유학과 속학俗學의 한계를 지키면, 형세가 외롭고 힘이 약하여 존경하고 사모하는 의리를 유지할 수 없다. 중화와 이적, 구시대와 신시대를 불문하고 그 경계를 허물어 함께 그 일을 이루는 것 또한 시의적절한 하나의 방법이다.' 이 말은 어떻습니까?"

내가 말했다.

"아! 이것이 무슨 말인가? 일의 가능성을 추구하고 공을 이룰 것을 추구하는 것은 이미 사악한 마음의 뿌리다. 어찌 존경하고 사모하는 것과 더불어 논할 수 있는가. 이적의 습속으로 현인을 존경하는 것은 존경하는 것이 아니라 모독하는 것이다. 세속적인 풍속으로 현인을 사모하는 것은 사모하는 것이 아니라 업신여기는 것이다. 그것을 존경하고 사모한다고 하면 되겠는가?"

그가 물었다.

"그러면 세상의 재앙이 더욱 혹독하고 지키는 것이 점점 쇠퇴하여, 이 의리가 장차 무너지게 될 뿐입니다. 그래도 됩니까?"

---

475) 언행이 일치하지 않고 위선적인 시골사람.

내가 말했다.

"그것은 세도世道[476]에 관계되는 것으로 운에 맡길 뿐이다. 어찌 사람이 반드시 이룬다고 할 수 있는 것이겠는가? 그러나 나의 존경하고 사모하는 도리로서는 정성과 공경을 다할 뿐이다. 과연 정성과 공경을 다할 수 있으면, 한 가닥 향이라도 존경하고 사모하는 도리에 어찌 해가 되겠는가? 만약 정성과 공경을 잃으면, 예물을 다 갖춘들 존경하고 사모하는데 실제로 무슨 도움이 되겠는가?"

그가 말했다.

"이것은 다른 일이 아니라, 바로 이 고장 안양사安陽祠[477]의 일입니다. 지난 9월 9일 우연히 그 향사享祀에 참례했는데, 그 자리에 있던 유자儒者 중에 이런 논의를 제기한 사람이 있어서 질문하는 것입니다."

내가 말했다.

"그런가? 거기는 내 선사先師 간옹艮翁[전우]을 모신 곳이다. 선사께서 존성尊性의 정학正學으로 평소 중화를 존중하고 이적을 물리치는 의리와 사학邪學과 정학의 구별과 유학과 속학의 엄격함이 어떠하셨는가? 그런데 선사를 모신 곳에서 감히 이런 구차한 논의를 제기했는가? 논의가 이루어지지 않았다고 해도 그것은 크게 공경을 잃은 짓이다. 그리고 자네 또한 그 자리에서 그 시비를 말하지 못하고 귀로 듣고 마음속으로 옳지 않다고 생각하다가, 남의 대수롭지 않은 일처럼 이렇게 말하는가?"

그가 말했다.

"저는 만학晩學으로 처음 참석한 자리고 그 말이 크게 사리에 맞지 않았기 때문에 감히 운운하지 않았습니다."

---

476) 인간 사회의 흥망성쇠.

477) 태안에 있는 간재艮齋 전우田愚와 노백老柏 최명희崔命喜의 신주를 모신 사당.

내가 마침내 그 문답을 차례로 써서 서사書社의 여러분에게 보여준다.

→ 511쪽

성리학 > 족인 태수台洙에게 답함_1947년

화서 이항로의 심설心說에 대한 해석을 화서의 제자 유중교가 했는데, 이것을 이항로의 제자 김평묵이 이항로의 본뜻이 아니라고 비판함으로써 학문적 논쟁이 생겼다. 이 문제는 그 후 노론 학계의 쟁점이 되었다. 여기서 사교재가 이항로의 성리학에 대하여 긴 문답을 주고받은 것은 이 논쟁에 대한 관심과 자신의 입장을 보여주는 것이라고 할 수 있다.

문: 봉서鳳棲[유신환]가 "이理는 하나고 기氣는 둘이다. 둘이 하나가 되는 것이 신神이고, 하나가 둘이 되는 것이 화化다."라고 했습니다. 이 의미를 어떻게 설명하시겠습니까?

답: 이라는 것이 일정하여 변하지 않는다. 그래서 하나라고 했다. 기는 만 가지로 변하여 예측할 수 없다. 그래서 둘이라고 했다. 신은 기가 이에 짝하여 신묘한 작용을 하는 곳이고, 화는 이가 기를 타고 만 가지로 변하는 것이다. 이렇게 보는 것이 혹 본래 뜻이 아니겠는가? 반드시 더욱 체찰體察[체험과 관찰]하고 연구해야 한다.

문: 벽계檗溪[이항로]의 '이는 하나고 기는 둘이다.'고 한 설은 어떻습

니까?

답: 벽계의 '이는 하나고 기는 둘이다.'고 한 설에 대하여 그렇지 않다고는 할 수 없다. 다만 이는 일정하여 변하지 않는 것을 말하고, 기는 만가지로 변하여 예측할 수 없는 것을 말한다고 해야 옳다. 만약 그 일원一原[478]을 논하면, 이가 일원이면 기 또한 하나다. 대개 이에는 기가 없는 이가 없고, 기에는 이가 없는 기가 없다. 원래 저절로 혼융되어 이것저것도 없고 앞뒤도 없는데, 어찌 저것은 하나고 이것은 둘이라고 하겠는가? 다만 기의 둘이라는 것은 동정動靜 이후의 말이다. 그러한즉 기가 동動과 정靜으로 갈라져 둘이 될 때, 이만 어찌 유독 그렇지 않겠는가? 무슨 말인고하니, 기가 동하여 양이 되면 이도 양에서 양의 이가 되고, 기가 정하여 음이 되면 이도 음에서 음의 이가 된다. 양의 이와 음의 이를 나누어진 것이 아니라 하나라고 할 수 있겠는가?

문: 『주자대전朱子大全』의 인설仁說에 말했습니다. "천지의 마음에 그 덕이 네 가지가 있으니, '원형이정元亨利貞'이다." 또 말했습니다. "사람의 마음에 그 덕이 네 가지가 있으니, '인의예지仁義禮智'다." 그렇다면 마음이 원형이정이 아니라 마음의 덕이 원형이정이고, 마음이 인의예지가 아니라 마음의 덕이 인의예지입니다. 그런데 『주자어류朱子語類』의 인설에 도리어 "원형이정이 바로 천지의 마음이다."라고 한 것은 무엇 때문입니까?

답: 『주자대전』에서는 바로 가리켜 말하고, 『주자어류』에서는 혼합해서 말했다.

478) 하나의 본원本原, 즉 만물의 가장 근본적인 실체.

문: 벽계檗溪[이항로]의 『계상수록溪上隨錄』에 말했습니다. "지금 이를 설명하고 기를 설명하는 자들은 하나의 사물에서 나누어 보지 않고 하나의 사물 밖에서 하나의 사물을 찾아내어 이라 부르고 기라 부르려 한다. 천하에 본래 그런 사물이 없다. 이 자를 찾아낼 수 없을 뿐 아니라 기 자 또한 찾아낼 수 없다." 여기서 '지금 이를 설명하는 자들'은 누구를 가리켜 말한 것이며, '하나의 사물에서 나누어 보는 것'은 어떻게 나누어 보는 것을 말하며, '하나의 사물 밖에서 하나의 사물을 찾아내어 이라 부르고 기라 부르는 것'은 무엇을 가리켜 말한 것입니까?

답: '지금 이를 설명하는 자들'은 아마도 율곡[이이]과 우계[성혼] 이후 심心이 기氣에 속한다고 한 제현을 가리킬 것이다. '하나의 사물에서 나누어 보는 것'은 화서華西[이항로]가 심을 태극의 전체로 보고 인의예지 네 가지 덕을 심이 거느리는 세부적인 이로 보았으니, 이것이 하나의 사물에서 심성心性을 본 설이다. 성재省齋[유중교]가 이른바 "선사先師께서 심성을 논하며 전적으로 하나의 이理에서 주재主宰와 준칙準則으로 나누었다."가 그것이다. '하나의 사물 밖에서 하나의 사물을 찾아내는 것'은 아마도 다음과 같은 의미일 것이다. '심이 바로 이라 심 밖에는 이른바 이가 없는데, 지금 심을 기에 속한다고 하는 것은 심 밖에 따로 이가 있는 것이니, 어찌 하나의 사물 밖에서 하나의 사물을 찾는 것이 아니겠는가? 이로써 이를 논하고 기를 논하면, 이 자를 찾아낼 수 없을 뿐 아니라 기 자 또한 찾아낼 수 없다.' 그러나 주자가 "성은 태극과 같다. 심은 음양과 같다. 음양과 태극은 같다."고 했다. 음양과 태극이 과연 하나의 사물이면, 음양에서 태극을 논하는 것이 하나의 사물 밖에서 하나의 사물을 찾는 것인가? 의문스럽다.

문: 『화서아언華西雅言』에 또 말했습니다. "이理는 하나인 것이지 둘인 것이 아니다. 사물에 명령하고 사물의 명령을 받지 않는다. 주인이지 객이 아니다. 그러므로 하늘에 있으면서 사물에 명령하는 주인일 때는 '천天'이라 하고 '제帝'라 하며, 사람에게 있으면서 사물에 명령하는 주인일 때는 '심心'이라 하고 '천군天君'이라 하며, 사물에 있으면서 사물에 명령하는 주인일 때는 '신神'이라 하고 '신명神明'이라 한다. 그렇지만 실제는 하나의 이다." 여기서 '사물에 명령하는 것'과 '주인이 되는 것'은 작위가 있다는 뜻으로 말하는 것 같습니다. 그러면 이가 작위가 없다는 가르침과는 서로 다른 것 같습니다. 무엇 때문입니까? 또 '제帝'와 '심心'과 '신神' 자가 과연 이의 면목[드러난 모습]입니까?

답: 여기서 이라고 한 것은 바로 심인 것 같으며, 하나이지 둘이 아니라고 한 것은 심이 높아서 상대가 없다는 말인 것 같다. 그것은 아래 문장에 '사물에 명령하고 사물의 명령을 받지 않는다.' '주인이지 객이 아니다.' 그리고 '제帝라 하고 심心이라 하고 신神이라 한 것'으로 알 수 있다. 그러나 이것은 대개 능히 그럴 수 있는 곳에 나아가 섞어서 말한 것이라 본래 장애가 없다. 만약 능한 바의 이의 참 모습으로 말하면 그렇지 않다. 대개 그 위에 또 이른바 '태극'과 '성'과 '이'가 있다. 작위가 없이 작위가 있는 것의 주인이 되지만, 또한 하나이지 둘이 아닌 것이다.

문: 주자가 일찍이 제가諸家가 성性을 설명한 것을 논변하여 말했습니다. "'선善도 없고 선하지 않음도 없다.'는 설이 가장 근거가 없다. '선善도 없고 선하지 않음도 없다.'면, 공허함에 빠진다. 도리어 골자가 있는 성

악설보다 못하다. 그렇다면 성에 동정動靜이 없다는 것도 이것과 무엇이 다른가?" 성에 동정이 없다는 설을 성에 선악이 없다는 설이 골자가 있는 성악설보다 못하다고 한 것과 동등하게 보는 것이 과연 합당한 주장입니까?

답: 성에 동정이 없다는 것은 동하고 정할 수 있는 능력이 없다는 말이다. 동정의 이理가 없다는 것이 아니다. 화로華老[이항로]가 심心이 동하고 정할 수 있는 것을 태극이라고 했으니, 그 주장이 이렇게 귀결되지 않을 수 없다. 그러나 율옹栗翁[이이]이 "동하고 정하는 것은 기氣가 스스로 그렇게 하는 것이지, 이理가 동하고 정하는 것이 아니다."고 했다. 우옹尤翁[송시열] 또한 "이에는 작용이 없고 단지 기를 타고 운동하고 작용한다."고 했다. 지금 이런 가르침들을 아울러 깊이 생각하지 않고 성악설보다 못하다고 한결같이 결론짓는 것은 정말 후학이 현명하지 못한 것이다. 그러나 '도체道體는 작용이 없다.'고 한 것이 주자의 가르침이니, 성 또한 이른바 도체가 아니겠는가?

문: 화서가 "주자가 '이와 기는 분명히 두 가지 물건이다.'고 했다. 이것은 성현이 서로 전한 결안決案[완결된 의제]이다."라고 했습니다. 대저 이와 기가 이합離合하는 것으로 보아도 무방한데, 회옹이 분명히 두 가지 물건이라고 한 것은 무엇 때문입니까? 화서가 '성현이 서로 전한 결안이다.'고 한 것은 또 무슨 의미입니까?

답: '이와 기는 분명히 두 가지 물건이다.'고 한 것은 주자의 말이다. '그러면 심心과 인仁이 진실로 두 가지 물건이 된다.'고 한 것도 주자의 말이

다. 그런데 이렇게 되면 혹 심과 이가 한 가지 물건이라고 논증하는데 증거로 취하기에는 실로 부족하다. 주자가 '이소지변二蘇之辨'[479]에서 도와 음양이 각각 하나라고 한 그들의 오류를 비판했고, 또 형이상과 형이하를 두 가지 물건이라고 말해서는 안 된다고 주장했다. 이것도 또 이와 기가 한 가지 물건이라는 논제다. 화서가 여기에 대하여 장차 무엇을 취하고 무엇을 버리겠는가? 만약 그 말한 본뜻을 묻지 않고 그 말 중 자기에게 적합한 부분만 취한다면, 잘못으로 귀결되지 않는 것이 드물 것이다. 농암農巖[김창협]이 다음과 같은 훌륭한 말을 했다.

"주자의 설 중 심과 이가 하나라고 한 것은 석씨釋氏[불교]에게 한 말이고, 둘이라고 한 것은 육씨陸氏[육상산]에게 한 말이다. 석씨는 이를 심의 장벽이라고 생각하여 이를 제거하고 심을 밝히려고 두 가지 물건으로 나누었다. 이것은 심과 이가 서로 떨어지지 않는 오묘함을 보지 못한 것이다. 그래서 주자가 심과 이가 한 가지라고 바로잡았다. 육씨는 심이 바로 이고 이가 바로 심이므로, 단지 이 심만 지키면 이를 얻지 않음이 없다고 주장했다. 이것은 단지 한 가지 물건이라고만 여겨서 서로 섞이지 않는다는 사실을 살피지 못한 것이다. 그래서 주자가 심과 이가 두 가지라고 바로잡았다. 각각의 경우에 실로 합당한 말이다."

이로써 보면, 이와 기가 분명히 두 가지 물건이라는 주자의 가르침은 심과 이가 하나라는 잘못을 바로잡은 것이다. 그런데 지금 화서가 약을 구하여 자신의 절실한 병을 치료하기는커녕 도리어 증세를 악화시켰다. 이로써 약은 영험한 것보다는 사용자가 어떻게 쓰는가가 중요하다는 것을 알 수 있다.

---

479) 송나라 소식蘇軾과 소철蘇轍의 글을 논변한 글.

문: 벽계檗溪[이항로]가 명덕기明德記를 논변하여 말했습니다. “우옹尤翁[송시열]이 ‘마음은 이로써 말하는 것이 있고, 기로써 말하는 것이 있다.’고 했다. 이것이 또 예부터 마음을 논한 것 중 결론이다.” 그렇다면 벽계가 심을 논한 것이 과연 우옹의 뜻과 다른 것이 없습니까?

답: 우옹이 이로써 말한 것은 함양한 바를 아울러 들어 섞어서 말한 것이다. 벽계가 이로써 말한 것은 심 자체에 대하여 직접 말한 것이다. 우옹이 기로써 말한 것은 그 본색을 가리켜 말한 것이다. 벽계가 기로써 말한 것은 그 탄 바로써 말한 것이다. 말은 비록 서로 같아도 의미는 실제로 서로 다르므로, 취하여 증거로 삼아서는 안 된다. 우옹이 논한 심설心說 몇 조목을 아래에 기록하니, 보면 저절로 변별할 수 있을 것이다.

○ 우암尤庵[송시열]이 말했다. “도체道體[도의 본체]는 무궁한데, 심心이 이 도를 함양한다. 그러므로 심체心體[심의 본체] 또한 무궁하다. 그러므로 ‘도가 태극이므로 심이 태극이다.’라고 한다.”

또 말했다. “이로써 심에 대응하여 말하면, 이는 그대로 이이지만 심은 기가 된다. 심으로써 형形에 대응하여 말하면, 심은 이가 되고 형은 기가 된다. 대개 심이 기이지만 이 이를 다 갖추고 있다. 그러므로 혹은 이가 되고 혹은 기가 되어 모두 다 통한다. 오직 그 보는 것이 어떠한가에 달려 있을 뿐이다.”

또 말했다. “심과 성性을 하나의 물건이라고 할 수 있다. 그러나 심이 스스로 기이고 성이 스스로 이인데, 어찌 다르다고 하지 않을 수 있겠는가?”

또 말했다. “성현이 심을 논하며 지각을 위주로 했는데, 지각이 바로 기다."

또 말했다. "심의 허령虛靈[480]은 분명히 기다."

또 말했다. "석씨釋氏가 심을 성이라고 했다. 그러므로 심이 자연히 발용發用[생겨서 움직임]하는 것을 모두 성이라고 한다."

또 대신 쓴 상소上疏에서 말했다. "유직柳稷이 심이 기라는 이이[율곡]의 설을 오류라고 했습니다. 예부터 심을 기로써 논한 성현이 많았습니다. 공자로부터 송나라 유학자에 이르기까지 심이 기에 속한다고 한 자가 상세할 뿐만이 아닙니다. 그것이 마치 태양이 하늘 가운데 있는 것과 같은데, 눈먼 자가 보지 못했을 뿐입니다. 그래서 이이가 한마디 말로 간단명료하게 설파하여 성현의 뜻이 세상에 찬란하게 빛나게 했습니다. 이로써도 이이가 후학들에게 공을 끼친 것을 알 수 있습니다. 다만 심이 기에 속하지만 이 이를 다 갖추고 있기 때문에 성현이 합하여 말한 것이 있습니다. 맹자가 이른바 '인의仁義의 양심'과 장자張子가 이른바 '성과 지각을 합하여 심이 있다.'고 한 것이 그것입니다. 그러나 이것 또한 심의 안에 갖추어진 이를 가리켜 말한 것입니다. 어찌 일찍이 유직의 말대로 심을 이라고 한 적이 있었겠습니까?"

문: 화서가 또 말했습니다. "대개 심이 성을 거느릴 수 있으나 성은 심을 거느릴 수 없다. 심은 성을 다할 수 있으나 성은 심을 검속할 줄 모른다. 만약 '심이 기氣일 뿐이다.'고 한다면, 기가 도리어 이를 거느리고 이가 도리어 부림을 당한다. 그 경우 소위 이라는 것이 어찌 만화萬化[모든 조화]의 추뉴樞紐[481]가 될 수 있겠는가?" '심이 성을 거느릴[統] 수 있으나 성은

480) 사사로움이 없고 영묘함.

481) 사물의 결정적 작용을 하는 가장 중요한 부분.

심을 거느릴 수 없다.'의 이 '통統'자의 뜻을 정확히 알 수 없습니다. 만약 '통합하다'는 뜻이면 주자가 '소위 태극은 바로 음양 안에 있고 소위 음양은 바로 태극 안에 있다.'고 했으니, 어찌 서로 통합할 수 없겠습니까. 만약 주재主宰하고 운용한다는 뜻이면, 그것은 심의 당연한 직분인데, 또 어찌 '도리어 거느린다.'와 '도리어 부림을 당한다.'는 말로 비판할 수 있겠습니까?

답: 지능知能[지혜와 재능]으로 말하면, 심이 성을 거느릴 수 있으나 성은 심을 거느릴 수 없고, 심이 성을 다할 수 있으나 성은 그 심을 검속할 줄 모른다. 심은 지능을 가졌으나 성은 지능이 없기 때문이다. 근본으로 말하면, 심이 성을 거느릴 수 있고 성을 다할 수 있는 바의 이理는 심이 스스로 주관하는 것이 아니라 심이 갖춘 바의 성에 의지한 것이다. 성이 도리어 부림을 당하고 만화의 추뉴가 될 수 없다고 무슨 걱정할 필요가 있겠는가? 이 '통統'자는 화로華老[이항로]가 대개 큰 것이 작은 것을 거느리고 위가 아래를 거느린다는 뜻으로 말했다. 통합의 뜻이 아니고 또 주재나 운용의 뜻도 아니다. 그렇지 않으면 도리어 거느리고 도리어 부림을 당하는 것을 어찌 이렇게 마치 큰 사고나 불상사인 것처럼 말했겠는가. 그러나 성과 이가 심과 기에 의하여 운용당하는 바가 되지만, 주인의 본체가 되고 자재自在의 묘가 되는 것은 화로가 대개 기꺼이 인정한 것이 아닌가?

문: 화로가 또 말했습니다. "이로써 말하면 심은 태극이 사덕四德[482]을 거느리는 것과 같은데, 성은 이정利貞과 같고 정情은 원형元亨과 같다. 기로써 말하면 심은 원기元氣가 사철을 거느리는 것과 같은데 성은 가을, 겨

482) 주역 건괘의 사덕인 원형이정元亨利貞. 원은 시작, 형은 통합, 이는 화합, 정은 바름을 의미한다.

울과 같고 정은 봄, 여름과 같다." 저는 심이 태극인 것이 아니라 심의 이가 태극이라고 들었습니다. 지금 화옹[이항로]의 말이 이와 같은 것은 무엇 때문입니까? 또 이미 '사덕'이라 하고, '성은 이정과 같고 정은 원형과 같다.'고 한 것은 무슨 말입니까?

답: 이것은 화로가 심을 사덕의 위로 받들고 성을 심의 아래로 폄하한 주장이다. 그러나 주자가 말했다. "사물에 드러난 것에서 보면 음양이 태극을 포함하지만, 그 근본을 찾아 들어가면 태극이 음양을 낳았다." 심이 만약 자신의 묘한 성질의 재능을 믿고 그 성性을 비하한다면, 그것은 자신을 낳은 것을 얕보는 것이 아닌가? 대개 태극은 원형이정을 합한 이름이고 성의 인의예지仁義禮智를 합한 명칭과 같다. 심이 인의예지를 갖추었다고 말하는 것과 같은 것은 아니다. 지금 화로의 말이 이와 같은 것은 대개 화로가 심을 대리大理로 보고 사성四性[인의예지]을 세리細理로 보아 말했기 때문이다. 그러므로 또한 천지의 마음을 태극이라 하고 사덕을 태극 중 세리로 보아 말한 것이다. 그러나 주자가 말했다. "천지의 마음에 그 덕이 네 가지가 있으니 '원형이정'이라고 한다. 사람의 마음에 그 덕이 역시 네 가지가 있으니 '인의예지'라고 한다." 그렇다면 심의 덕이 태극이지 심이 바로 태극인 것은 아니다. 화로가 '성은 이정利貞과 같고 정情은 원형元亨과 같다.'고 한 것은 대개 이가 기를 타고 동動하고 정靜한 것으로써 말한 것이다. 그러나 기의 동함과 정함이 때에 따라 다르지만 기가 타는 바의 이의 본체는 동하거나 정하거나 무슨 차이가 있는가? 또 정情이 성이 아니라 정에서 성을 보는 것이다. 정이 이가 아니라 정 위에 이가 있는 것이다. 사덕을 사시四時에 짝 지우면 그렇다. 어찌 이로써 성과 정을 나누어

두 개로 만들겠는가? 주자의 설 몇 조목을 아래에 기록하니, 참고할 수 있을 것이다.

○ 주자가 말했다. "원형이정元亨利貞은 성性이다. 생장수장生長收藏은 정情이다. 원元으로 나고, 형亨으로 자라고, 이利로 거두고, 정貞으로 저장하는 것은 심心이다. 인의예지仁義禮智는 성이다. 측은惻隱·수오羞惡·사양辭讓·시비是非는 정이다. 인仁으로 사랑하고, 의義로 미워하고, 예禮로 사양하고, 지智로 아는 것은 심이다. 성은 심의 이理다. 정은 심의 용用이다. 심은 성정性情의 주인이다." 정자程子가 "그 체體를 역易이라 하고 그 이理를 도道라 하고 그 용用을 신神이라 한다."고 했는데, 바로 이것을 말한 것이다. 주자가 또 말했다. "이 형形이 있으면 이 심心이 있다. 심이 천天에서 얻은 이理를 성이라 하고, 성이 사물에 감응하여 동動하는 것을 정이라고 한다. 이 세 가지를 사람이 모두 가졌다. 성인이든 범인이든 차이가 없다." 주자가 또 말했다. "성은 태극과 같다. 심은 음양과 같다. 태극은 단지 음양의 안에 있으면서 음양을 떠날 수 있는 것이 아니다. 그러나 태극은 태극이고 음양은 음양이다. 성과 심 또한 그렇다. 이른바 하나이면서 둘이요, 둘이면서 하나인 것이다."

문: 화로가 또 말했습니다. "심心, 성性, 정情은 실은 것으로 말하면 이理고, 탄 것으로 말하면 기氣다. 그러므로 심에 인심人心과 도심의 구분이 있고, 성에 본연本然과 기질氣質의 구분이 있고, 정에 천리天理와 인욕人欲의 구분이 있다." 도심과 정의 선한 것을 가리켜 바로 이라고 해도 됩니까?

답: 성명性命은 이고 지각은 기다. 기의 발동도 이에 근본을 둔 것은 도

심이라고 한다. 그러므로 율옹栗翁[이이]이 도심을 기의 본연本然이라고 했다. 이는 형체와 그림자가 없는데, 정은 기이면서 형체가 있다. 그러므로 정 위에서 천리를 논한 선현이 많다. 그러나 이것은 천리가 정 위에 있다고 한 것이지, 어찌 정을 바로 이라고 한 것이겠는가? 그러므로 성명에 뿌리를 둔 마음과 천리에 합당한 정을 섞어서 말하면, 이라고 해도 모두 안 될 것은 없다.

문: 화로가 또 말했습니다. "나누어 말하면, 심은 만 가지 이를 모두 모아 주재하는 것이다. 성은 고요하게 움직이지 않아 만 가지 이가 모두 갖추어진 것이다. 정은 감응하고 통달하여 만 가지 이가 운용되는 것이다. 합하여 말하면 심도, 성도, 정도 하나의 이다. 혼연일체가 되어 이것과 저것, 안과 밖, 본과 말의 차이가 없다. 이것이 이의 전체다." '심은 만 가지 이를 모두 모아 주재하는 것이다.' 이 한 구절의 의미를 명확하게 알기가 어렵습니다. 만 가지 이를 모으는 것이 심이란 말입니까? 만 가지 이가 모인 가운데 그것을 주재하는 것이 심이란 말입니까? 또 일찍이 성에는 동정이 없기 때문에 성에는 선악이 없는 것으로 귀결된다고 하고서, 여기서 또 '고요하여 움직이지 않는 것'을 성이라고 했습니다. 두 곳의 설명을 어떻게 봐야 합니까? 본뜻을 알 수 있습니까? 또 '심도, 성도, 정도 하나의 이다.' 이것은 하나의 이가 관통하는 것을 말하는 것입니까? 혼연일체 하나의 이가 되어 차이가 없다는 말입니까?

답: 대개 심은 만 가지 이가 모이는 곳이지 만 가지 이가 모인 것이 심은 아니다. 지금 화로가 만 가지 이가 모두 모인 것을 주재의 이라 하고,

고요하여 움직이지 않는 것을 준칙의 이라고 했다. 이것은 이른바 하나의 이에서 주재와 준칙을 나눈 것이다. 전에 이른바 '성에 동정이 있다.'는 이 주재로써 말한 것이다. 지금 이른바 '고요하여 움직이지 않는다.'는 이 준칙으로써 말한 것이다. 화로의 뜻이 이와 같지 않은가? '심도, 성도, 정도 하나의 이다.' 이 말은 이는 심이 없으면 붙을 곳이 없고 정은 심이 없으면 발동할 곳이 없기 때문에 본래 하나의 이가 관통한다는 뜻이니, 진실로 장애가 없다. 그러나 화로의 뜻은 매번 하나의 이에서 심, 성, 정을 나눈다. 이것은 혼연일체인 하나의 이를 말하는 것이지, 하나의 이가 관통한다는 말이 아니다. 그러나 이것은 욕망에 대한 이로는 혹 이렇게 혼연일체로 말할 수 있으나, 기에 대한 이로는 이렇게 구분이 없어서는 안 된다.

문: 화로가 또 말했습니다. "역易은 도道와 기器를 합하여 이름을 붙인 것이다. 도 한쪽만 가리킨다면 '태극'이라고 한다. 심은 이와 기를 합하여 이름을 붙인 것이다. 이理 한쪽만 가리킨다면 '본심'이라고 한다. '도심道心'이라 하고, '주재主宰'라 하고, '천군天君'이라 하고, '기수氣帥'라 하고, '명덕明德'이라 하고, '천지지심天地之心'이라고 하는 것들이 모두 이 한쪽을 가리켜 말하는 것이다." '이理 한쪽만 가리킨다.'가 그 '이'라는 말만 가리켜 '성性'이라 하지 않고 '본심本心'이라 한 것은, 성은 혼자서 태극을 당할 수 없지만 심은 당할 수 있다고 말하는 것이 아닙니까? 의문스럽습니다.

답: 도와 기器가 서로 포용하고 이와 기氣가 서로 의존하는 것이 어찌 오직 역과 심뿐이겠는가? 무릇 천하의 사물이 모두 그렇지 않음이 없다. 그러나 이 사물이 있으면 이 이름이 있다. 도와 기를 합하거나 이와 기를

합하여 이름을 붙인 것이 아닐 뿐이다.

○ 장자張子[張載]가 말했다. "성性과 지각知覺을 합하여 심心이라는 이름이 있다. 지각이 심이고, 성이 심의 이다. 그러므로 이 심이라는 이름이 있다. 심이라는 이름은 이와 기를 합하여 붙인 것이 아니다." 천하에 가득한 사물이 이와 기를 합하지 않은 사물이 없다. 어찌 유독 역과 심만 이렇게 이름을 붙였겠는가. '이 한쪽만을 가리켜 성이라 하지 않고 본심이라 한 것'은 심을 크다고 생각하고 성을 작다고 생각하기 때문이다. '심이 성을 통솔할 수 있지만 성은 심을 통솔할 수 없다.'고 한 데서 볼 수 있다. 또 '도심', '천군', '명덕', '천지지심' 등은 모두 지각이 있고 만드는 것이 있어서, 취하여 이의 증거로 삼은 것이다. 심과 이를 하나로 보아서는 변별할 수 없기 때문이 아니겠는가? → 512쪽

강상과 국가 > 수정사의 제군에게 답하다_1949년

'국가가 중요하지만 강상綱常[483]이 더욱 중요하다.'는 설은 정말 옳다. 그래서 맹자가 "순舜이 천하를 버리는 것을 떨어진 신을 버리는 것처럼 여기고, 몰래 아버지를 업고 도망갔다."[484]고 했다. 태백泰伯이 천하를 양보하고 도망감으로써 군신의 의리를 지켰으므로, 부자夫子[공자]가 '지극한 덕(至德)'이라고 칭찬했다. 백이伯夷는 아버지의 명령을 존중하고 숙제叔齊

483) 삼강오상三綱五常의 줄임말. 임금은 신하의 벼리(君爲臣綱), 아버지는 아들의 벼리(父爲子綱), 지아비는 지어미의 벼리(夫爲婦綱)가 삼강이고, 인의예지신仁義禮智信이 오상이다.

484) "舜視棄天下猶敝屣也 竊負其父而逃." 『맹자』 「진심」 상.

는 천륜天倫[485]을 존중하여 함께 나라에서 도망갔으므로, 부자夫子[공자]가 역시 '인을 실천했다(得仁)'고 칭찬했다.[486] 성인이 행한 바와 칭찬한 바가 이와 같으니, 강상이 더욱 중요하다는 의미가 어찌 명백하지 않은가.

이른바 '강상을 중시하는 것이 좋은 나라를 위한 것'이라고 한 것이 적절하게 말한 것으로, 치고 무너뜨려도 없어지지 않을 지극한 말이라고 할 수 있다. 이 말을 패에 새겨 우리 정부 요인과 삼천만 동포가 옷깃에 차고 크게 읽으며 실천할 방법을 생각하게 할 수 없는 것이 안타깝다. 한 가정에 비유하면, 국가는 주택이고 강상은 윤리다. 한 몸에 비유하면, 국가는 형기形氣고 강상은 성명性命이다. 윤리를 굳게 지키는 것이 그 가정을 훌륭하게 만드는 것이고, 성명을 존중하는 것이 그 형기를 온전하게 보전하는 것이다. 이것이 어찌 알기 어려운 이치이겠는가. 단, 세상의 요망한 환각에 넋을 빼앗기고 권세와 이익에 취한 자는 단지 영토가 중요한 것만 알고 그것보다 더 중요한 것은 알지 못한다. 말로는 '좋은 나라'라고 하지만 실제는 좋은 나라를 만들 방법을 연구하지 않는다. 나라가 있은 후에야 강상이 있다고 하고, 심지어 강상이 나라를 망친다는 설로 나라의 유생儒生을 오도하여 그르치고 사악한 마귀의 욕심에 맞추어준다. 오호! 이것이 무슨 이치인가? 아니면 운수의 소치인가? → 517쪽

---

485) 부자, 형제 사이에 지켜야 하는 도리.

486) 《논어》〈술이〉. 백이와 숙제는 상나라 고죽국孤竹國의 두 왕자였다. 고죽국 왕이 죽으며 셋째 숙제더러 왕위를 계승하라고 유언했다. 백이는 아우 숙제가 왕위에 오르도록 나라를 떠났고, 숙제는 천륜天倫을 존중하여 왕위에 오르지 않고 나라를 떠났다.

학문의 목적은 하나의 이理에서 비롯된 본연성의 회복 > 유원호柳元鎬에게 답함_1950년 2월 일

소는 밭을 갈지만 빨리 달릴 수 없다. 말은 빨리 달리지만 밭을 갈 수 없다. 대황大黃은 성질이 차서 열을 낼 수 없다. 부자附子는 성질이 뜨거워 차가움을 낼 수 없다. 이것은 분명히 형기形氣[형상과 기질]가 국한되어 치우친 것이다. 이것을 본연성本然性[487]이라고 한다면 만물이 만 가지 본연을 갖는 것이므로, 의심스러운 것 같다. 주자가 말했다. "성性은 태극太極의 혼연일체混然之體[488]다." 또 말했다. "'성'자는 대개 천지만물의 이理를 가리켜 말한 것인데, 이것이 바로 이른바 '태극'이라는 것이다." 이로써 보면, 성이 바로 태극이다. 태극이 사물마다 같지 않다고 하는 것이 옳겠느냐?

그러나 전에 성재省齋[유중교]가 태극이 드러나는 모습이 같지 않다고 했는데, 이렇게 말해도 혹 이상한 점이 없겠느냐? 노사蘆沙[기정진]의 '사람과 동물은 오상五常이 같다.'는 설은 호론湖論[489]의 '사람과 동물의 성이 같지 않다.'는 설과 다르다. 화문華門[490]의 '심心이 바로 이理'라는 설은 호론의 '심이 기질'이라는 설과 또 다르다. 호론은 사람과 동물의 서로 같지 않은 성을 본연이라고 보았고, 노사는 사람의 두루 온전한 성을 본연이라고 보았고, 화문은 동물과 식물의 치우치고 국한된 성을 본연이라고 생각했다. 세 학파의 본연설이 서로 비슷한 것 같다. 그러나 이들과 '기질은 같

---

487) 지극히 선한 본성.

488) 천지가 열리지 않고 음양이 나뉘지 않은 상태.

489) 한원진韓元震으로 대표되는 '사람과 동물의 본성이 같지 않다.'는 인물성부동론人物性不同論을 주장한 학파.

490) 이항로李恒老와 그 제자 김평묵金平默, 유중교柳重教 등으로 이루어진 학파.

지 않으나 천명天命의 성은 치우침과 온전함이 없다.'는 주자의 가르침은 또 같지 않다. 의견이 통일되는 것이 과연 이렇게 어렵도다!

내가 전부터 이렇게 생각했다. 학파의 강론은 단지 본연성을 회복하는 것일 뿐이다. 지금 성의 본연이 이렇게 색깔이 다양하니, 동물의 성이 서로 같지 않은 것은 본래 논할 것도 없다. 사람의 성을 스스로 돌아보는 학문으로도 '아주 어리석은 사람은 변화시킬 수 없다.'는 것을 아니, 그 성의 치우침과 온전함 또한 만 가지로 서로 같지 않다. 회복하려고 하는 본연도 단지 치우침과 온전함이 가지런하지 않은 성이니, 그 본연을 회복한들 무슨 가치가 있겠느냐? 그러므로 우리가 연구해야 마땅한 것은 오직 천지와 만물이 하나의 이理에서 비롯되는 성이지, 기질이 같지 않고 치우침과 온전함이 있는 성이 아니지 않느냐? → 518쪽

옥헌玉軒 유해주柳海珠의 효도 > 문의문묘文義文廟의 제유諸儒에게 답함_1960년, 이삼영李三榮, 민재철閔載哲, 류해금柳海兢 등 52인

삼가 답합니다. 대저 효는 인仁을 행하는 근본이자 세상을 바로잡는 도구입니다. 강상綱常이 그 도움으로 서고 세교世敎[세상의 가르침]가 그로써 생깁니다. 나라가 효를 버리면 나라가 될 수 없고, 사람이 효도하지 않으면 사람이 될 수 없습니다. 세상에 대한 효의 역할이 이렇게 중요합니다. 그래서 특별한 효행이 있으면 여항閭巷[서민의 거리]의 한 지아비나 한 지어미라도, 제왕이 기리어 표창하고 역사의 전기에 자세히 기록하고 유현들

이 밝혀 널리 알립니다. 이것은 모두 강상을 위한 것이고 세교를 위한 것입니다.

지금 옥헌玉軒 유해주柳海珠 공의 효를 살펴보니, 이것은 말세의 모범이자 어두운 거리의 밝은 촛불입니다. 어찌 다만 여항의 한 지아비나 한 지어미와 비교가 되겠습니까. 그의 여러 효행을 자세히 보니, 천성에서 비롯되고 참된 성의에서 나온 것이 아님이 없습니다. 억지로 애써 하는 자가 가능한 것이 아닙니다. 몸에는 온전한 의복이 없어도 맛있는 음식을 차리는데 정성을 다한 것은 바로 지금의 왕연王延[491)]입니다. 슬픔과 아픔에 눈물을 흘려 자리가 썩은 것은 고시高柴[492)]가 피눈물을 흘린 것보다 더 어렵습니다. 직접 나무하고 물고기를 잡아 힘을 다하여 봉양한 것은 동소남董召南[493)]의 지극한 효행과 견줄 수 있습니다. 아침저녁으로 슬픔에 울부짖자 소나무가 그 때문에 마른 것은 왕위원王偉元[494)]이 잣나무를 부여잡고 운 것과 같은 감동을 줍니다. 한천寒泉의 필력이 있으면 여섯 편에 실어 가르침을 만세토록 전할 텐데, 그러지 못하는 것이 안타깝습니다. 산하의 경치가 바뀌자[495)] 관직을 주어 불러도 응하지 않고, 후진을 가르치는 것으로 슬픔을 달랬습니다. 이것은 충성을 다하는 의미이자 슬픔을 억누르고 지내는 마음으로, 효를 행하는 큰 절도입니다. 누가 서까래 같은 큰 붓으로 대서특필함으로써 풍속을 진작하고 사람의 기강을 유지하게 할 수 있겠습니까? 우리는 찬양하여 알리는 일은 감히 하지 못하지만, 『시경』「증

491) 16국시대의 전조前趙 사람. 효성이 지극했다.

492) 공자의 제자 자고子羔.

493) 당나라의 은사. 주경야독하며 부모에게 효도했다.

494) 진晉나라 무제武帝 때 사람. 아버지가 사마소司馬昭에게 억울하게 죽은 것을 슬퍼하여 아침저녁으로 무덤 곁의 잣나무를 잡고 울어 나무가 말라 죽었다는 고사가 있다.

495) 나라가 망한 것을 말함.

민」편 첫 장[496]의 의미로 주제넘게 이렇게 말할 뿐입니다. → 518쪽

생일날 두 배 슬퍼해야 한다 > 조규하曺圭夏 군에게 답하다_1960년 1월

'생일날에 두 배 슬퍼해야 한다.'는 정자程子[497]의 가르침을 자식 된 사람은 깊이 생각해야 한다. 부모가 돌아가시고 없는데 자식이 어느 날인들 슬프지 않으랴만, 나를 낳기 위하여 고생하신 날에는 그 슬픔이 배가된다는 말이다. 어찌 차마 이날 술과 음악으로 즐길 수 있겠는가. 진서산眞西山이 말했다. "자식 된 사람은 자기 생일날 부모가 돌아가신 후면 제삿날과 같은 예로 몸가짐을 가져야 한다." 이 말도 고로자孤露子[498]의 심사를 잘 표현했다.

존부尊府[499]께서 회갑잔치를 허가하지 않으신 것도 이와 같은 마음이며, 천지가 생명을 낳는 인仁과 꼭 일치한다. 아들은 그 뜻을 받들어 따라야지, 섭섭하게 여겨서는 안 된다. 또 한마디 해줄 말이 있다. 우리 선사先師 간옹艮翁께서 "아들은 부모에게 매일 술잔을 올리고 장수를 빌어야 한다. 어찌 자기 생일에만 그렇게 하겠는가?"라고 말씀하셨다. 석농자石農子가 이 가르침을 받들어 반드시 자기 생일과 특별한 일이 없는 초하루,

---

496) 다음 시를 말한다.

天生烝民 하늘이 뭇 백성을 낳으시니
有物有則 사물이 있으면 법칙이 있도다
民之秉彝 백성들이 떳떳한 본성으로
好是懿德 아름다운 덕을 좋아하도다

497) 송나라 학자 정이程頤(1033~1107).

498) 부모가 돌아가신 자식을 가리키는 말. 고애자孤哀子라고도 한다.

499) 남의 아버지를 높여 부르는 말.

보름, 명절날에 가족을 거느리고 장수를 비는 노래를 하고 시를 읊고, 물러나 서사書社[500]의 학생들과 학문을 토론하고 예를 익혔다. 그의 부친 낙당공樂堂公이 아주 기뻐했고, 석농자도 즐거웠다고 했다. 자네도 이렇게 행하면 부친께서 반드시 즐겨 보시고 기뻐하실 것이다. 자네에게 이만한 즐거움이 어디 있겠는가.

나의 젊은 벗 조규하 군이 그 부친 회갑날 아침에 술잔을 올리고 장수를 비는 정성을 바치려고 했으나, 허락을 얻지 못했다. 그래도 지극한 정성이 확고하여 내게 어떻게 하는 것이 좋으냐고 묻기에, 내가 이렇게 답한다. → 519쪽

유락가流落家의 족보

하루는 한 상제喪制[501]가 와서 만났다. 그 이름이 김춘택金春澤이다.

그가 말했다.

"종장宗丈[502]을 만나 물어볼 것이 있어서 왔습니다."

내가 말했다.

"무슨 일입니까?"

그가 물었다.

"어느 집이 자기 어려움이나 세상의 재난으로 타향에 유락流落[503]하는

500) 독서하고 시를 짓는 모임.

501) 부모상을 당하여 상중에 있는 사람.

502) 종족 연장자에 대한 호칭.

503) 고향을 떠나 떠돌다 타향에 삶.

데, 자기 성과 본관만 알 뿐 그 선향先鄕[선조의 고향], 세계世系, 분묘墳墓를 모두 잃어버렸다면, 그 가승家乘[한 가문의 계보]을 족보에 수록할 때는 어떻게 처리해야 합니까?"

내가 대답했다.

"이런 경우에는 성을 얻은 그 시조만 기록하고 모르는 것은 기록하지 않으며, 유락하기 시작한 사람을 중시조中始祖로 삼아 그 자손이 스스로 한 파를 이루고 가승을 만듭니다. 만약 대동보大同譜[504]를 편찬하면 이 가승을 별보別譜에 넣어야 옳지 않겠습니까?"

그가 또 물었다.

"유락한 지 오래되지 않아 선향이 근거가 있고 명항名行[이름의 항렬]이 서로 부합하지만, 다만 그 선세先世의 이름과 분묘를 잃어버린 경우에는 어떻게 합니까? 향족鄕族[505]과 소목昭穆을 따져 족보 편찬을 함께해도 되지 않습니까?"

내가 대답했다.

"선향이 근거가 있고 명항이 서로 부합되며 종족을 어지럽히거나 인륜을 그르칠 혐의가 없으면, 모르는 것은 빼고 그 종족과 함께 족보를 편찬하고 소목을 따지는 것이 무슨 안 될 일이 있겠습니까?"

그가 물었다.

"선향이 근거가 있으나 명항이 의심스럽고 명확하지 않은 경우는 어떻게 합니까?"

내가 대답했다.

"향족임이 분명한 근거가 있으나 명항이 분명하지 않아 소목을 따질

504) 동성동본의 모든 파를 망라한 족보.

505) 선향의 종족.

수 없으면, 스스로 따로 가승을 만들어 혹 족보를 만들 때 별보에 넣어두고 훗날 참고할 수 있도록 해야 하지 않겠습니까?” → 519쪽

가르침의 쇠퇴와 반란세력의 발호 > 어떤 사람에게 답함

운운하신 말씀이 어찌 말할 만한 것이겠습니까. 다만 세상의 가르침이 쇠퇴하여 사람이 도를 모르고 왕정王政[왕도정치]이 폐지되어 백성이 따를 바가 없게 되면, 세상의 풍습과 국민의 인심이 단지 권세와 이익 그리고 화복禍福에 치우칠 뿐입니다. 그리되면 요괴한 무리가 그 틈을 타 어리석은 사람들을 미혹시켜 이익을 도모하고 그 세력을 모아 반란을 일으킵니다. 한나라의 장각張角,[506] 원나라의 한산동韓山童,[507] 우리나라의 최복술崔福述[508]과 차경석車慶錫[509] 같은 무리가 바로 그들입니다. 저들의 이른바 교리敎理는 애초에 단지 주문, 강령降靈[신령의 강림], 화복禍福 등의 요망하고 불경스러운 설일 뿐입니다. 그 도당이 불어나자, 약삭빠른 무리가 혹 경전의 구절을 절취하거나 혹 비기祕記나 예언의 문자를 주워 맞추어 견강부회하고 꾸며 책을 만들고, 교경敎經[가르침의 경전]이라고 했습니다. 그러나 안목이 있는 사람이 보면 한갓 웃음거리도 되지 않습니다. 간혹 세상의 독서했다고 하는 무식한 무리가 도리어 유사 이래 초유의 문자라고 극구 찬양하며 어리석은 사기꾼들로 하여금 그 바람을 부추기게 하니, 이

---

506) 후한後漢 때 태평도太平道의 창시자로 황건적黃巾賊을 이끌었다.

507) 원말元末 백련교白蓮敎를 조직하여 홍건적紅巾賊의 난을 일으킴.

508) 동학의 교조 최제우의 초명.

509) 천도교와 증산교에 가담했다가 보천교를 창시한 사람.

또한 한 시대의 운수인지요? 아! 장각이 나오고 전한前漢이 망했고, 산동이 나오고 원나라 또한 망했고, 복술이 나오고 한국이 망했습니다. 나라가 망하려 할 때는 반드시 사악한 자가 나온다는 것이 정말 맞는 말이 아닙니까?

종교에 관하여 저들이 장차 무슨 말인들 못하겠습니까. 다만 세상의 어리석고 멍청한 자들이 때때로 세상의 흐름에 따라 성명性命[천성과 운명]이 결정되어도 스스로 깨닫지 못하니, 이것이 서글플 뿐입니다. 먹구름 끼어 하늘이 깜깜한 이때 산과 들의 도깨비불이 때를 만나 춤을 추자, 거기에 취하고 미친 자들이 최상의 광명이라 하며 방황합니다. 그러나 만약 태양이 다시 나와 하늘이 맑아져 도깨비불이 사라지면, 전에 취하고 미쳤던 무리 또한 그 꿈을 깰 것입니다. → 520쪽

적서嫡庶 차별에 대하여 > 제생의 물음에 답함

'적서嫡庶' 운운한 말은 정말 그러하고 정말 그러하다. 적서의 귀하고 천한 명분은 진실로 종법宗法상 엄격히 지켜야 할 바이고, 항렬의 높고 낮은 윤리 또한 천리天理 상 중시해야 할 바이다. 어찌 서로 넘나들 이치가 있겠는가. 그러나 윤리 밖의 명분이 없고 또 명분이 없는 윤리가 없으니, 윤리가 정해지고 나면 명분은 저절로 밝혀진다. 적서가 서로 교제하는 예절에 관하여 선배가 말한 것이 있다. 전옹全翁[임헌회]이 강영직姜永直의 편지에 답하여 말했다.

"적서의 명분이 엄하다지만, 어찌 어린아이가 노인을 얕보거나 무지렁이가 유종儒宗[510]을 희롱할 수 있겠는가? 족인의 서파庶派 중 항렬이 높고 나이가 많은 사람에게는 절해야 마땅하고 형제의 항렬로 나이가 아주 많지 않은 사람과는 피차 서로 절해도 무방하다. 이로써 서파는 종손을 존중하는 도를 다하고 아우는 형을 존경하는 도를 지키는 것이다."

절하고 읍하는 것이 이와 같으면, 말은 어떻게 해야 하는지도 따라서 알 수 있다. 요즘 '서庶'라는 글자가 붙은 사람에 대하여 항렬과 나이를 무시하는 말과 예의로 대우하는 일이 종종 있는데, 이것은 경계해야지 본받아서는 안 된다.

'서손庶孫은 조상의 제사를 주관할 수 없다.'고 운운한 데 대하여 예에 무슨 이런 근거가 있겠는가? '정실과 첩실에 모두 아들이 없어야 양자를 세우는 것을 허락한다.'고 한 국법이 있다. 이 법대로 따른다면, 첩실에서 난 아들만 있는 경우에는 양자를 세우지 못한 채 조상 제사가 끊어지게 두어야 하는가? 이것은 분명히 첩실의 아들로 하여금 조상 제사를 주관하게 한 법이다. 또 예에 "서자로서 아버지의 후계자가 된 사람"이라는 말이 있는데, '아버지의 후계자가 된 사람'이 그 제사를 주관한다는 말이 아닌가? 전옹全翁[임헌회]이 김현직金顯直의 편지에 답하여 말했다

"영종 씨께 이미 서자가 있으니, 양자를 세울 필요가 없다. 하물며 그 서자로 하여금 적통을 잇게 하라는 유언이 있었음이겠는가."

여기서 적통을 잇는다는 것이 그 제사를 주관하는 것을 말하는 것이 아닌가? 정문익공鄭文翼公[정광필]의 손자 유인惟仁의 지자支子[511] 우의정 지연芝衍이 있는데, 문익공의 서손庶孫이 적통을 계승하여 문익공의 제사를 주

510) 학자들의 존경을 받는 대유학자.

511) 적장자나 조상의 적통을 잇는 아들 외의 아들.

관했다. 이 사실은 예설禮說에 실려 있다. 또 우리 간재 선사先師[전우]께서 말씀하셨다.

"서자가 있는데 족질族姪을 세워 후사로 삼는 것은 벼슬아치 집에서 잔인한 마음으로 천리를 해치는 잘못된 관습이다."

예와 국법이 저러하고 과거에 현인이 논한 바와 행한 바가 이와 같으며, 또 이렇게 말씀하셨다. 그러므로 '서손이 조상의 제사를 주관할 수 없다.'고 하는 것은 천리에 어둡고 말세의 습속에 젖어서 그러는 것이다.

혹자가 말했다. "설령 '적통을 계승했다'고 하더라도 서庶는 본래 서庶다. 명名을 고치고 분分을 바꿀 수 있으며, 예를 변경할 수 있는가?" 이것 또한 그렇지 않다. 매옹梅翁[홍직필]이 "아버지가 한 번 명령했으면 이미 면천한 것이다."라고 말하지 않았는가? 또 명분이 비록 하늘이 정한 '본래 그러한 것'이지만, 아버지가 남의 뒤를 이으라고 명령했으면 그 명이 고쳐진 것이다. 적서가 또한 본래 하늘이 정한 것이지만, 아버지가 적통을 이으라고 명령했으면 그 분分이 바뀐 것이다. 명이 고쳐지고 분이 바뀌었으면, 예 또한 그에 따라야 한다. 그러므로 아들이 아버지 상에 참최斬衰 복을 3년 입는데 양자 간 아들은 복의 등급을 내려서 참최 복을 1년 입고, 아들이 어머니에 대하여 자최齊衰 복을 3년 입는 것이 예의 본체인데 적통을 이은 아들은 등급을 내려 시마緦麻 복을 입는다. 이것이 모두 천리상 당연하며 의리로써 마름한 것이다. 사람이 그 사이에 사사로운 뜻을 품는 것이 어찌 용납될 수 있겠는가?

대저 지손支孫이 종손을 존중하는 것은 조상의 종통을 존중하는 것이다. 서자가 적자를 존중하는 것은 조상의 적전嫡傳을 존중하는 것이다. 그러므로 비록 지손이지만 조상의 종통을 이으면, 이것은 들어가 종통을 이은 것이다. 비록 서자이지만 조상의 적통을 이으면, 적통을 이은 적자인 것이다. 명名이 한번 정해지면 분分이 바뀌고, 분이 바뀌면 예가 그에 따라 서는 것이다. 하늘의 순서와 하늘의 등급은 단지 하나의 예禮 자일 뿐이다. → 520쪽

산록
散錄

떠오르는 생각이나 남기고 싶은 말을 그때그때 기록한 것이다.

가르치고 배울 때의 구차함

스승과 제자가 가르치고 배울 때(마을 서당의 스승과 제자도 지위는 다르지만 그 도는 한가지다.) 스승이 인도하는 방법이 혹 도가 아니면, 배우는 것이 옳아도 구차하게 따라야 할 이치는 없다. 그것이 도라도 제자가 행하지 않으면, 가르치는 것이 옳다고 번거롭고 구차스럽게 따져야 할 의리는 없다. 한 가지 일이라도 구차하게 따르면 이치에 해가 되지 않는 것이 없다. 한마디 말이라도 행하지 않으면 의리에 어긋나지 않는 것이 없다. 이치에 해가 되는데 또다시 구차하게 따르고 의리에 어긋나는데 또다시 번거롭고 구차스럽게 따지면, 이것이야말로 유교가 제대로 서지 못하여 속인들에게 모욕을 당하고 성현의 도가 무너져 가정, 국가, 천하가 이단을 따르는 까닭이다. → 521쪽

임금과 부모를 위한 복수

임금과 부모를 배반하여 복수를 잊고 치욕을 용납하며 오직 자기 몸뚱이만을 중시하는 것은 개나 양의 도만도 못하다.(개는 주인을 알아보고, 양도 무릎을 꿇을 줄 안다.) 개나 양도 혹 절하거나 읍하고 공손하게 대우한다. 임

금과 부모를 존경하나 원수와 화목하고 치욕을 참으며 예의만을 추구하면, 이것이 혹 사람의 도일지라도 도리어 억눌리거나 비천하게 된다. 오호, 세태가 이 지경에 이르면 짐승이 되지 않으려 해도 어렵다. → 521쪽

말세의 비겁자

예를 찾고 도를 추구하는 사士라도 지위가 미천하면, 억누르고 모욕하고 멸시하며 또 자기가 그에게 물드는 것을 부끄럽게 여긴다. 하늘을 어기고 인륜을 파괴하는 자라도 자리를 차지하고 세력이 있으면, 마음을 기우려 공경하고 또 혹 그가 자기를 멀리할까 두려워한다. 이것이 말세의 비겁한 자들의 변함없는 모습이자, 바른 세상의 군자가 몹시 싫어하는 것이다. → 521쪽

마음과 육체

심心이라는 것은 비어 자취가 없다. 오직 형形을 기다려 몸으로 삼는다. 그러므로 심이 바르고 형이 바르지 않은 자가 없고, 또 형이 바르지 않고 심이 바른 자가 없다. → 522쪽

벗을 사귀는 도

평중平仲이 남과 잘 사귀는 것을 공자가 극도로 칭찬했으나, '경敬' 한 자를 벗어나지 않았다.[512] 맹자가 벗을 사귀는 도를 끝까지 말했으나, "벗을 사귄다는 것은 그 덕을 벗하는 것이다. 아울러 바라는 것이 있어서는 안 된다."[513] 고 한 것에 불과하다. 이로써 벗을 사귀는 도가 덕에 있지 지위에 있지 않으며 공경함에 있지 함부로 하는 데 있지 않다는 것을 알 수 있다. 지금 풍속은 오직 지위가 높은 친구를 좋은 친구라 하고 함부로 하는 친구를 사이가 깊은 친구라고 한다. 나보다 덕이 높아도 지위가 낮으면 사귀지 않고, 진실로 나의 인仁을 도우는 친구라도 서로 공경하면 멀어진다. 그리하여 교만하고 자랑하는 습속이 날로 성하고 덕과 의리의 풍속이 날로 쇠퇴하여, 위에는 현명함을 숭상하는 풍속이 없고 아래에는 덕에 힘쓰는 마음이 부족하다. 오호, 이것이 벗으로서 인을 도우는 도이겠는가! 학자가 경계해야 마땅한 것이다. → 522쪽

붕우 간의 공경恭敬

붕우는 인륜 중에서도 중요한 것이다. 공경하도록 힘써야 마땅하고, 다른 사람보다는 더욱 특별히 대해야 하는데, 세상 풍속은 함부로 대하는 것만을 서로 좋아한다. 나이가 서로 같은 자들은 바로 아랫사람 대하는

512) 공자가 말했다. "안평중晏平仲은 사람들과 잘 사귀어 오래도록 서로 공경한다(晏平仲善與人交久而敬之)." 『논어』 「공야장」.

513) "友也者友其德也 不可以有挾也." 『맹자』 「만장」 하.

예로써 대우하여 서로 너, 네라고 부르는데, 너, 네라고 부르는 천한 칭호는 결코 덕을 벗하며 공경을 중시하는 도가 아니다. 전재全齋 임任 선생[임헌회]이 이도용李道用 장丈과 처음에는 너, 네라고 부르다가, 후에 매산梅山[홍직필]의 문하에 들어가 마침내 서로 공경하는 말을 새로 썼다. 이것을 후학은 본받아야 마땅하다. → 522쪽

마음의 뜻

여기 두 사람이 있다고 하자. 한 사람은 집에서 지척의 거리에 있으나, 그의 마음에는 집을 떠나려는 뜻이 있다. 한 사람은 집에서 천리 밖에 있으나, 그의 마음에는 장차 집으로 돌아가려는 뜻이 있다. 결국은 돌아가려는 뜻이 있는 사람이 집 안에 있게 될 것이다.

학문을 하는 도道도 이와 같다. 한 사람은 유생儒生의 옷을 입고 성인의 글을 읽으나, 그의 마음에는 거기서 벗어나려는 뜻이 있다. 한 사람은 유가儒家의 법도에 들어가거나 부지런히 익힌 적이 없으나, 그의 마음에는 그것을 배우려는 뜻이 있다. 마침내는 배우려는 뜻이 있는 사람이 유가의 사람이 될 것이다.

어찌 이것뿐이겠는가. 사람들과 더불어 사귀는 방법도 그러하다. 옛것을 좋아하는 사람과 더불어 이야기할 때 그 사람이 '예', '예' 하면서 어려움이 없는 것 같아도, 그러는 가운데 그에게 '반드시 그런 것만은 아니다.'라는 마음이 생긴다. 시속時俗을 따르는 사람과 이야기할 때 그 사람

이 악악대며 따져도 그러는 가운데 그에게 '자기가 틀렸을 수도 있다.'는 마음이 생기지 않으면, 그는 반드시 세속적인 사람으로 떨어져 변해갈 것이다. → 522쪽

마음의 힘

같은 상에서 밥을 먹고 같은 이불을 덮어도 마음은 서로 천리 멀리 떨어진 경우가 있고, 다른 세상에 살거나 먼 이역에 살아도 마음은 한자리에 앉은 것처럼 친한 경우가 있다. 몸은 가까워도 마음이 멀면, 재앙의 기틀이 거기에 숨어 있다. 천하의 허다한 추악한 일이 반드시 그로부터 생긴다. 몸은 멀어도 마음이 가까우면, 음성과 기운이 서로 감응한다. 천하의 더없이 좋은 일이 반드시 그로부터 서로 도와 생긴다. → 522쪽

자정自靖

『춘추』의 법은 난신적자亂臣賊子[514]를 누구나 죽일 수 있으니, 오늘날의 사士는 지위가 없더라도 만약 할 수 있는 형편이면 적을 쳐서 복수해야 마땅하다. 대의를 밝히고 치욕을 씻는 것이 어찌 분수 밖의 일이겠는가. 그러나 어떻게 해볼 수 없는 형세라면, 의리를 지키며 자정自靖[스스로 안정]해야 마땅하다. 만약 할 수 있는지 없는지를 헤아리지 않고 생명을 버리

---

514) 나라를 어지럽히는 신하와 부모를 해치는 자식.

고도 후회하지 않을 수 있다면, 그 마음이 씩씩하지 않은 것은 아니지만 필시 비분강개하여 자신을 죽이게 될 것이다.(구차하게 사는 것이 의리를 해치는 것이지만, 구차하게 죽는 것 또한 의리를 해치는 것이다.) 조용히 의리를 추구하는 것과 비교해볼 때, 어떠한가? → 522쪽

화이華夷의 구분

이적夷狄[515]은 정해진 이름이 없고, 화이華夷는 정해진 자리가 없다. 일단 예의를 따르면 이夷도 화華가 되고, 예의를 어기면 화도 이가 된다. 원나라와 청나라의 융戎이 어찌 모두 호금胡金[516]의 종족이며, 하나라와 주나라의 화華가 바로 동이東夷와 서이西夷의 사람이라고 한다.(맹자가 말했다. "순舜은 동이의 사람이고, 문왕文王은 서이의 사람이다.") 승건承乾[517]은 당나라 궁전을 떠나기도 전에 이미 돌궐突厥이 되었다. 진회秦檜는 소흥紹興에 있으면서도 금나라 오랑캐가 되었다. 19년간 북해 가에서 바뀌지 않은 사람이 한나라의 소무蘇武이고, 15년간 냉산冷山 속에서 변하지 않은 사람이 송나라의 홍호洪澔다. 나는 그러므로 말한다. "이적의 칭호와 화이의 구분은 마음에 있지 이름에 있지 않고, 사람에 있지 땅에 있지 않다." → 523쪽

515) 중국 동쪽의 부족을 이夷라 하고 북쪽의 부족을 적狄이라 했는데, 여기서는 화하華夏족 이외의 부족을 칭한 말.

516) 오랑캐 금. 금나라를 멸시하여 이른 말.

517) 당태종의 맏아들 이승건李承乾.

시비와 음양, 유가의 이분법

인사人事에 시비가 있는 것은 천도天道에 음양이 있는 것과 같다. 음이 아니면 양이고, 양이 아니면 음이다. 음도 아니고 양도 아닌 천天이 없고, 또 음만 둘이고 양만 둘인 도道가 없다. 옳지 않으면 그르고 그르지 않으면 옳다. 옳지도 않고 그르지도 않은 일이 없고, 또 둘 다 옳고 둘 다 그른 이理가 없다. 그러므로 지극히 마땅한 것은 하나로 귀결되고, 지극히 순수한 것은 둘이 없다. → 523쪽

성학聖學과 이학夷學

성현을 배우는 것과 이적夷狄을 배우는 것 중 반드시 하나는 옳고 하나는 그르다. 지금 세속에서 성학을 그르다 하고 이학夷學[서양학문]을 옳다 하는 것이 과연 정말 그르고 과연 정말 옳은가? 성학은 인륜을 중시하고 예의를 숭상하는데, 이학은 인륜을 파괴하고 예의를 해친다. 성학은 천리를 지키고 인욕을 막는데, 이학은 천리를 없애고 인욕을 키운다. 과연 어느 쪽이 옳고 어느 쪽이 그른가?

중화를 존중하고 이적을 물리치며 정학을 지키고 사학을 배척하는 것, 이것이 성학의 큰 관건이다. 이적을 존중하고 중화를 물리치며 정학을 해치고 사학을 지키는 것, 이것이 이학의 핵심이다. 하나가 옳고 하나가 그르므로 어느 쪽을 따르고 어느 쪽을 거스를 것인가를, 말로 하는 사람은

혹 있으나 행동으로 하는 사람은 아직 없다. 어찌 모두 시비를 가리는 마음이 없어서 그렇겠는가? 아, 슬프다! → 523쪽

유복儒服과 이복夷服

머리털을 지키고 유복[유가의 복장]을 입는 것, 이것이 성학의 대절大節[큰 기강]이다. 머리를 깎고 이복[양복]을 입는 것은 이학夷學의 본뜻이다. 저쪽이 옳으면 이쪽이 그르고, 이쪽이 옳으면 저쪽이 그르다. 어찌하여 본심에서 선택하지 않는가? 그러나 습속도 혹 오래되면 자연스럽게 된다. 그래서 본심 또한 그 선택을 보장할 수 없는 것인가? → 523쪽

지知의 개념

지는 지각, 지식, 양지良知의 구별이 있다. 주자朱子의 인심도심론人心道心論, 『대학』의 격물치지格物致知의 지, 『맹자』의 두세 살짜리 아이가 그 부모를 사랑할 줄 아는 것[518] 등에서 볼 수 있다. 지각은 분별해야 할 때를 당하여 가려서 지키는 공이 있는 것이고, 지식은 도의가 발휘됨에 따라 추구推究[519]하는 힘이 있는 것이고, 양지는 단지 애호할 만한 것을 보호하고

518) 『맹자』「진심」 상에 맹자가 양지良知와 양능良能을 설명하고 이어 "두세 살짜리 아이 가운데 자기 부모를 사랑할 줄 모르는 자가 없고 커서는 자기 형을 공경할 줄 모르는 자가 없다. 부모를 사랑하는 것은 인이고 어른을 공경하는 것은 의다(孩提之童 無不知愛其親也 及其長也 無不知敬其兄也 親親仁也 敬長義也)."고 말한 구절을 가리킨다.

519) 이치로써 미루어 끝까지 연구함.

기르는 것이다. → 523쪽

양지와 천리

양명陽明[520] 은 양지를 천리라 하고 지행知行을 합일合一이라고 했다. 합일의 폐가 실로 작지 않으나 천리의 해가 더욱 깊다. 지행이 합일해야 된다고 한다면, 반드시 행하지 못하는 곳에 이르게 될 때 거기서 스스로 단념하고 그 지知의 옳음과 그름을 다시는 구하지 않는 데 그 폐단이 있다. 양지를 천리라 하면, 반드시 스스로 쓰는 마음을 천리라고 생각하게 되어 허다한 도의가 있는 것을 다시는 구하지 않는 데 그 해가 있다. → 524쪽

이기理氣

"이理는 형체가 없고 기氣는 형체가 있다. 그러므로 이는 통하고 기는 국한된다. 이는 하는 일이 없고 기는 하는 일이 있다. 그러므로 기가 발동하고 이가 거기에 탄다. 형체가 없고 하는 일이 없으면서 형체가 있고 하는 일이 있는 것의 주인이 되는 것이 이다. 형체가 있고 하는 일이 있으면서 형체가 없고 하는 일이 없는 것의 기器[도구]가 되는 것이 기다. 발동하는 것은 기다. 발동하게 하는 것은 이다. 기가 아니면 발동할 수 없고 이가 아니면 발동할 것이 없다."

---

520) 왕수인王守仁(1472~1529), 명나라의 유학자. 그는 육구연陸九淵의 학문을 계승하여 '심즉리心卽理' 사상을 강조하고 정이程頤와 주희朱熹의 '격물치지格物致知' 사상을 비판했다.

이것은 율곡 선생이 이기理氣를 꿰뚫어본 쇠처럼 단단한 바른 의견이다. '성인이 다시 깨어나도 이 말을 바꾸지 않을 것이다.'고 한 것이 어찌 헛말이겠는가. → 524쪽

심心

인심人心은 하는 일이 있으나 도체道體[도의 본체]는 하는 일이 없다. 그러므로 심心은 도道를 체인體認할 수 있으나 도는 심을 체인할 수 없다. 공자가 이른바 "사람은 도를 넓힐 수 있으나, 도가 사람을 넓히는 것이 아니다."와 장자張子[張載]가 이른바 "심心은 성性을 다할 수 있으나, 성은 그 심을 단속할 줄 모른다."가 바로 그 말이다. → 524쪽

심의 체용體用

정자程子[伊川]가 말했다.

"심心은 하나인데, 체體를 가리켜 말하는 것이 있고 용用을 가리켜 말하는 것이 있다. 오직 그 보는 바가 무엇인가를 나타낼 뿐이다."

주자朱子가 말했다.

"이천伊川의 이 말은 아주 원만하여 착오가 없다."

주자가 또 말했다.

"이천의 이 말이 가장 온당하다. 대개 체를 가리켜 말하는 것이 성性이고 용을 가리켜 말하는 것이 정情이다."

정자가 성정性情을 말하지 않고 체용體用이라고 했다. 그러므로 주자가 그 말이 아주 원만하다고 한 것이다. 심의 체는 성이고 심의 용은 정이다. 그러므로 '가장 온당하다'고 했다. 근세에 심을 이理 위주로 보는 것은 체 한쪽을 가리켜 말하는 것과 비슷하다. 또 이를 살아 있는 물건이라고 하면, 도리어 이를 심이라고 주장하는 것이 된다. 심心과 이理는 학문의 본원이다. 본원이 한 번 틀리면, 그 전하는 병폐를 없애려 해도 어렵다. → 524쪽

보원報怨**[원수 갚기]**

장자莊子가 말했다.

"나에게 잘 대하는 사람에게 나 또한 잘 대하고, 나에게 나쁘게 대하는 사람에게도 나 또한 잘 대한다."

이 말은 자체로 공평하지 않고 사사로운 뜻이 없지 않다.

혹자가 말했다.

"덕으로 원수를 갚으면 어떻습니까?"

공자가 말했다.

"덕은 무엇으로 갚느냐? 곧음으로 원수를 갚고 덕으로 덕을 갚는다."

성인의 말이 스스로 옳은 것이 이와 같다. → 524쪽

마음공부

성리性理는 심心이 갖춘 것이고, 형기形氣는 심이 관리하는 것이다. 무릇 선善은 성性에서 비롯되고 무릇 악은 형形에서 생긴다. 심은 허령虛靈[521] 하고 또 지각할 수 있으니, 선악에 대하여 반드시 지각하지 않을 이치가 없다. 성을 존중하여 그 선을 따르고 기를 제압하여 그 악을 금지할 수 있으면, 이것이 이른바 성정誠正[522] 공부다. 만약 성을 배반하여 따르지 않고 형체가 시키는 대로 따르는 것을 금할 수 없으면, 그 사람은 이른바 스스로를 속이는 소인이다. → 524쪽

사士의 책임

천지의 운이 막히면 누가 그것을 만회할 수 있겠는가? 성현의 도가 사라지면 누가 그것을 연구하여 밝힐 수 있겠는가? 이것은 독서인의 책임이다. 그러므로 사士는 천지의 마음이고 성인의 도구다. 어찌 감히 스스로 작다고 하며, 어찌 감히 스스로 가벼이 행동하겠는가! → 524쪽

부모 공양

옛날 어떤 스님이 마을 사람이 부처에게 공양하는 것을 보고 말했다.

521) 빈 듯이 편안하고 고요하면서도 지혜로운 상태.

522) 그 뜻을 정성스럽게 펼쳐 자신과 남을 속이지 않는 것.

"집에 부처가 있는데 어찌 그 부처를 공양하지 않습니까?"

마을 사람이 말했다.

"마을의 집에 무슨 부처가 있습니까?"

"당堂에 계신 부모가 바로 부처입니다. 만약 이 부처가 동티動土[523]를 내면 아무리 빌어도 소용이 없습니다."

간옹艮翁이 말했다.

"이 말이 농담 같지만 실로 묘한 이치가 있다. 곰곰이 생각해야 한다."

나는 이렇게 생각한다.

'요즘 사람들은 흙이나 돌에 혹 동티가 있다고 하면, 몸을 깨끗이 하여 기도하기를 마지않는다. 그러나 부모의 기분이 조금이라도 좋지 않으면, 마음으로 달갑게 여기지 않고 얼굴에 불쾌함을 드러낸다. 이것이 어찌 부모를 흙이나 돌만 못하게 여기는 것이 아닌가? 사람이 바른 식견을 잃으면 매사가 이와 같은 법이다.' → 525쪽

이理와 기氣

이理로써 미루는 것과 기氣에 맡기는 것으로 사람과 금수가 구별된다. 주리主理와 주기主氣[524]로 성학聖學과 이교異敎가 구분된다. 이를 좇는 것과 기를 따르는 것으로 중화中華와 이적夷狄을 나눌 수 있다. 무릇 천하의 시

523) 땅, 돌, 나무 따위를 잘못 건드려 지신地神을 화나게 하여 재앙을 받는 일. 또는 그 재앙.

524) 이가 우주 만물의 궁극적 실재며 기를 움직이게 하는 근본 법칙이라고 보는 학설이 주리론이고, 기가 만물 존재의 근원이며 기만이 능동적으로 발동할 수 있으므로 모든 현상은 기의 움직임에 따라 나타난다고 보는 학설이 주기론이다.

비, 사정邪正, 선악은 이와 기 양자로부터 나뉘지 않는 것이 없다. → 525쪽

시속時俗을 따르는 것

북제北齋의 유주劉晝(514~565)가 "역易은 시時를 따르는 것을 중시하고 예禮는 풍속을 따르는 것을 숭상한다."고 하고, 그 예로써 노老 씨가 서융西戎에 이르러 오랑캐 말을 따라 한 것과 대우大禹가 나체 나라에 가서 옷을 벗은 것을 들었다.

그러나 이 말은 믿을 만한 근거가 없다. 몹시 혼란한 말이다. 게다가 수시로 변하며 도를 따르려 하고 일이 의리를 해치지 않으면 풍속을 따라도 좋다고 한다. 만약 무슨 도와 의리인지를 묻지 않고 오직 때와 풍속을 따른다면 그것이 무슨 도리인가? 요즘 사람이 설령 유주와 같은 식견을 가져서 스스로 어지러운 도와 썩은 세상의 무리로 돌아가지 않으려고 해도 불행히도 어려울 것이다. → 525쪽

상복喪服과 경찰

일전에 소위 경관 십수 명이 용규容圭의 최상衰裳[상주의 상복]을 보고 괴상하게 여겨 "이것이 무슨 옷이냐?"고 물었다. "상복이다."고 하자, "무엇 때문에 이런 옷을 입느냐?"고 물었다. "부모상에 이 옷을 입는 것이 성현

의 예다."고 대답하자, 그 무리가 "성현은 썩었다. 이자는 천하에 망할 자식이다."고 하며, 화를 내고 능욕하는 것이 막심했다고 한다.

아! 부모상에 상복을 입는 것이 천하에 망할 자식이면, 어떤 자가 천하에 흥할 자식인가? 이른바 사법 경찰이라는 것이 이와 같다면, 다른 자들은 말할 필요가 있겠는가? 오랑캐의 화가 사람의 심장을 바꾸어놓는 것이 이와 같다. 지금 자제들에게 그런 교육을 시키기 위하여 다투어 좇아가는 것은 또한 무슨 마음인가? 정말 운수를 헤아릴 수 없다. → 525쪽

예와 풍속

하루는 어떤 사람이 나를 방문하여 하룻밤을 묵었다. 그가 스스로 말하기를 자기 집은 모某 가문으로 연원淵源[근본]이 있으며, 그 자신 또한 어려서 이미 칠서七書[사서삼경]를 읽었고 세상일을 다 잘할 수 있으며, 시를 잘 짓고 말을 잘하는 사람이라고 했다. 그가 심성心性을 논하는 설도 대개 그 연원에서 나온 것 같았다. 그러나 그가 예禮를 말하며 "예는 단지 관습일 뿐이다."고 했다. 이 말로 볼 때 그는 오랑캐의 영향을 받아 심하게 변한 사람이며, 이 말은 북제北齋 유주劉晝의 '예는 풍속을 따르는 것을 숭상한다.'는 말과 같은 의미다. 그러면 사파달沙波達에서 처 한 명을 형제가 공유하는 것, 영국과 미국에서 남녀가 악수하고 입 맞추는 것, 예수교에서 임금과 아버지에게 절하지 않고 제사지내지 않는 것 등을 모두 예라고 하며 장차 따를 것이다. 아! 세상의 변고가 이른바 '연원이 있고 경전을 읽은 사

람'까지도 바꾼다. 하물며 다른 사람이야 말할 필요가 있겠는가. → 525쪽

국민과 국가

국민은 물과 같고 국가는 배와 같다. 배를 띄우는 것과 배를 뒤집는 것이 오직 국민에게 달렸다. 그러므로 "국민이 나라의 근본이다. 근본이 튼튼하면 나라가 편안하다."고 했다. → 525쪽

운運, 세勢, 속俗

"천하의 일은 운運, 세勢, 속俗을 벗어나지 않는다. 하늘이 명하는 바를 운이라 하고, 우두머리가 가진 권력을 세라 하고, 백성이 따라 추구하는 바를 속이라 한다."(노주老洲[오희상]의 말) 운에는 비否와 태泰[525]가 있고, 세에는 안安과 위危가 있고, 속에는 미美와 악惡이 있다.

"대저 운運은 세勢를 옮길 수 있고, 세勢는 속俗을 바꿀 수 있다. 그러나 또한 때로는 세가 속에 의하여 움직이고, 운이 세에 의하여 바뀐다."(노주老洲의 말) 내가 생각하기에 노주의 말 중 위 한 절은 이치의 자연스러움으로써 말했고, 아래 한 절은 인사의 작용으로써 말했다.

그렇다면 권세를 주도하는 사람은 이 두 가지를 잘 살펴야 한다. 운이 과연 막힘이 없이 잘 통하고 풍속이 과연 아름다우면, 단지 이치를 따라

525) 비否와 태泰는 모두 주역의 괘 이름으로, 하늘과 땅이 막혀 통하지 않는 상태가 비괘이고 하늘과 땅이 막힘이 없이 통하는 상태가 태괘다.

교화를 이룰 수 있다. 만약 운이 막혀 통하지 않고 풍속이 나쁘면, 인사를 강력하게 시행하여 만회하고 좋은 도를 써서 변혁해야 한다. → 525쪽

사士[학자]

천하에 정의로운 군주가 없으면 사士는 세상에 나가서는 안 되고, 정학正學이 아니면 사는 따라서는 안 된다. 오랑캐가 참람하고 어지럽게 권력을 장악하면 정의로운 군주가 아니고, 이단의 사설은 정학이 아니다. 공화共和와 민주民主는 이적夷狄의 한 법이고, 강유위와 양계초 또한 사설邪說이 더욱 심한 자들이다. 이것들에 물들어 자취를 더럽혀서는 안 된다. → 526쪽

중화와 이적

"천하의 의리는 지극히 공적이어서 내가 사유화할 수 있는 것이 아니다. 나로부터 발의되면 내가 다른 사람을 거느리고, 다른 사람으로부터 발의되면 내가 그것을 따른다. 오늘날 진실로 세상을 위하여 마음을 먹고 천하의 대의를 창도하는 사람이 있으면, 중국의 운남雲南이나 사천泗川 사람일지라도 우리나라 사람은 가서 그것을 따라야지 털끝만큼이라도 사사롭거나 인색한 마음을 가져서는 안 된다."(『성재집省齋集』[526] 권38 「잡저」 5판)

526) 유중교柳重教(1832~1893)의 문집.

이 말을 만약 오늘날 시국을 논하는 제공諸公의 입장에서 보면, 말한 사람을 혹 노예근성이 있는 자라고 화내고 욕하는 사람이 없겠는가?

중화를 존중하고 이적을 물리치는 것이 고금의 변함없는 도리지만, 지금은 이적을 존중하고 중화를 물리치는 것이 변함없는 도리가 되었다. 중화로써 이적을 변화시키는 것이 천하의 보편적인 대의지만, 지금이 이적으로 중화를 변화시키는 것이 보편적인 대의가 되었다. 오호! 천지가 뒤집힌 것이 이와 같은가? 오직 이러하기 때문에 독서하는 사람은 이 상황을 바르게 되돌릴 생각을 해야 한다. → 526쪽

성리학과 국가

천하의 국가가 크지만 단지 성性 가운데 하나의 물건일 뿐이요, 천하의 사물이 많지만 또 성이 없는 사물이 없다. 지금 천하의 국가와 사물을 논하는 자가 성을 제외하거나 성을 버리고 말하는 것은 무엇 때문인가? 영각靈覺[527]의 작용에 맡기고 사사로운 형기形氣의 부림을 당하기 때문이 아닌가? → 526쪽

강상과 예의

강상과 예의는 성性 중 큰 절목이며, 천지의 동량이자 백성의 기둥이

527) 영각은 신령스러운 깨달음이라는 의미인데, 주로 양명학에서 쓴 말이다. 사교재는 여기서 양명학에 대한 비판을 드러내고 있다.

다. 천하 국가가 잘 다스려지는 것은 이것이 서 있는 덕분이고, 천하 국가가 어지러운 것은 이것이 무너졌기 때문이다. 이것을 제외하고 다스림을 논하는 것은 공연히 천하 국가를 어지럽힐 뿐이다. → 526쪽

학자는 우주의 원기

삼강三綱[528]과 오상五常[529]은 우주를 지탱하는 대도大道다. 오서五書[530]와 오경五經은 우주를 지탱하는 도구다. 독서와 궁행躬行[531]은 우주를 지탱하는 실제적인 일이다. 사士는 우주의 원기다. 사를 기르는 것이 우주를 지탱하는 공로다. → 526쪽

지자智者와 인자仁者

강상綱常[삼강과 오상]이 바르면 천하가 다스려지고 강상이 무너지면 천하가 어지럽다. 이것을 어찌 지자智者[지혜로운 사람]라야 알겠는가? 다만 이 시대가 지극히 쇠퇴하고 혼란하여 강상이 이미 문란하나, 백성이 방종하여 살필 겨를이 없다. 그러므로 지자가 그것을 알고 인자仁者가 그것을 걱정한다. → 526쪽

---

528) 임금은 신하의 벼리고, 아버지는 아들의 벼리고, 지아비는 지어미의 벼리다.

529) 인仁 · 의義 · 예禮 · 지智 · 신信.

530) 『소학』 · 『대학』 · 『논어』 · 『맹자』 · 『중용』.

531) 독서로 얻은 지식을 몸소 실행하는 것.

천리와 인욕, 중화와 이적

사람의 마음에서는 천리天理와 인욕人慾이 서로 다투고 천하에서는 중화와 이적夷狄이 번갈아 성하고 쇠하는데, 두 형세가 대략 서로 유사하다. 그러므로 천리를 보존하고 인욕을 막는 노력과 중화를 높이고 이적을 물리치는 의리가, 그 도道 또한 서로 비슷하다. → 527쪽

심心의 체용

성性이 순전히 선한 것은 체體에서나 용用에서나 차이가 없다. 그러므로 대본大本[큰 근본]이라고 한다. 심心이 본래 선하나 그 용에 사악함이 반드시 없는 것은 아니다. 그러므로 대본이라고 할 수 없다.

주자가 "심은 바름만 있고 사악함이 없다."고 했는데, 이것은 그 체를 말한 것이다. 또 "보존하면 바르고 놓으면 사악하다."고 했는데, 이것은 그 용을 말한 것이다.

내 선사先師[田愚]께서 "심이 바르지 않은 적이 없다."고 했는데, 이것은 그 체를 말한 것이다. 또 "문득 바르다가 곧 사악해진다."고 했는데, 이것은 그 용을 말한 것이다.

옛날에는 오직 한 다른 학파[양명학]가 인의예지仁義禮智를 심의 장애라고 생각하여 버렸다. 지금은 온 세상이 이것은 인도人道의 독이라고 생각하여 파멸시킨다. 그렇다면 이른바 '인도'라는 것이 자기 욕망을 말하는

것이 아닌가? → 527쪽

재앙의 기틀

공자가 말했다.

"사람들이 모두 '나는 안다'고 하지만, 그물, 덫, 함정에 몰아넣는데도 피할 줄 아는 사람은 아무도 없다."

'나는 안다'고 한 것은 알 수 있어서 자부하는 말이다. 그물, 덫, 함정은 화기禍機[재앙의 기틀]가 숨어 있는 곳이다. 그 화기가 숨어 있는 곳을 안다고 자부하고서, 피할 줄 모르는 것은 무엇 때문인가? 또 몰아넣는 자는 누구인가? 이런 점은 자세히 연구할 만한 것이다. → 527쪽

마음의 두 갈래

대저 심心은 하나다. 그것이 발동할 때 천리天理와 인욕人欲 두 갈래로 나뉜다. 그때 두려워하고 조심하여 감히 마음대로 하지 않는 것이 도를 체득한 군자의 마음이고, 거리낌이 없이 욕심대로 하는 것이 도를 벗어난 보통 사람들의 마음이다. → 527쪽

하늘과 사람

내가 생각하건대, 하늘이 사람을 곤궁하게 만들지만 사람이 스스로 노력하는 것까지 금지할 수 없다. 사람은 스스로 노력해야 하고 하늘이 제약하는 것을 물을 필요는 없다. 하늘과 사람은 각기 스스로 주인이 될 뿐 피차간에 서로 방해가 된 적이 없다. → 527쪽

인물성동이론

계枅가 의문이 있어 선생께 다음과 같이 여쭈었다.

"사람의 성性과 동물의 성에는 이른바 같은 것이 있고 이른바 다른 것이 있습니다. 그 같은 까닭과 그 다른 까닭을 알아야 성을 논할 수 있을 것입니다. 대저 태극이 움직여 두 기氣[음과 양]가 드러나고, 두 기가 드러나서 만물이 생깁니다. 사람과 동물이 모두 여기에 근본이 있으므로, 이것이 그 이른바 같은 것입니다. 그런데 두 기와 오행五行이 활발하게 교감하여 무수한 변화를 만들어내니, 이것이 그 이른바 다른 것입니다. 같은 것은 그 이理고, 다른 것은 그 기氣입니다. 반드시 그 이를 얻은 후에 사람이 되고 동물이 되는 성을 가질 수 있으니, 그 이른바 같은 것은 본래 다를 수 없습니다. 반드시 그 기를 얻은 후에 사람이 되고 동물이 되는 모양을 가질 수 있으니, 그 이른바 다른 것은 또한 같을 수가 없습니다."

선생께서 평하여 말씀하셨다.

"이 한 조목이 논리가 아주 분명하다." → 527쪽

다스림의 요점

이 국민들로 하여금 법을 두려워하게 하는 것은 이름을 두려워하게 하는 것만 못하고, 이름을 두려워하게 하는 것은 또 의리를 두려워하게 하는 것보다 못하다. 법이 없이는 천하를 다스리기에 부족하지만, 천하가 법으로 다스릴 수 있는 것은 아니다. → 527쪽

원문
原文

松谷農社解放紀念歌辭

繄我大韓

運當百六

啓釁者誰

島夷倡蹶

慘我乾坤

萬世讐賊

奪我疆土

戕我民族

掃我禮義

驅之獸域

廢我同獨

族類劉滅

性命難問

況乎膏血

斯時爻象

天暗雲黑

草木慘淡

鬼神悲泣

嗚呼極則必反

剝盡是復

天心悔禍

威怒斯爀

使之驅逐

不宥時刻

豕牙蛇吻

潸形遁跡

嗟我國命

更新有日

噫我民情

倒懸斯釋

於乎農社

諸君敢忘

玆七旬九日

頑悍島讐

玆焉取服

蘇我復我亦斯爲得

觀我旗號

翩翩太極

聽我萬歲

聲聲獨立

記且念兮

肺腑心臆

鼓之舞之

歌此詞曲

願與三千萬同胞

恒此一其心長樂

편지便紙

與李仁瑞 林奭榮 戊申

自老兄之刱新學校 士友聞之 多詆斥 以其聽倭制如王章也 崇梁書爲師範也 奭雖知雅意有在處 又無以止其詆斥也 夫習彼兵技 以圖吾之事業 豈非雅意有在

處乎 兵國之不去 是故先王於秋冬之隙 致民佃獵以講武 至於燕飮之禮猶寓射法 而備亂變於平常者如此 況於今日兵可不習哉 雖然此是縉紳宰輔之責 非艸野之士得以奮臂而代庖也 而況新學校所習 乃彼兵技之末 非其精者 而不足以制勝且不能自由而聽制於倭 一有警急 必捲之以爲前導 如豺虎之驅群羊 孰敢逃逸也向日嶺南義兵斬倭數百 其間止有一二眞倭者 豈非炯鑑哉 倭自入國以來 凡我之軍丁營燧弓矢 盡阻以隨爾之 惟新學校習兵 反助以成之 何也 其計不尤險譎哉老兄號稱識時變 而此猶未察 豈所謂當局者迷歟 古之君子明於時變者 知其無如之何 而不敢輕進 彼其於國勢之岌業 民生之塗炭 必有大不忍於心 然不以此而輕進者 豈不以與其進而無救於世 寧退而自守之爲得也歟 試觀士之輕進者 或許身庸主 或屈膝虜庭 或託跡權臣 以圖事業 事業未就 而名節已先墜地者 滔滔於千載 豈不哀哉 梁書奭曾略有日矣 而雄辭怪辯河決海盪 令人體栗 其謂孔子與佛耶爲三聖一體 又謂爲中國民定一教育宗旨 耶蘇教爲最 又稱墨子爲先聖 而以其人與孔子較優 譏橫渠朱子 而盛稱王學之功不在禹下 又以君臣父子夫婦爲一體平等 其所以崇異端而貶聖賢壞三綱者 亶在於富强二字結果而已 故兇暴如秦政 而許以儒門第二功臣 弑逆如博文 而亦以世界一等人物讚之也 夫人道何在在於三綱 三綱者本於天尊地卑之理 不可一日而變 亦此華夏聖賢豪傑忠臣節士所以瀝心血捨軀命倡明而扶植之者也 而一朝壞之于梁之隻手 噫其痛矣 竊以爲率天下歸亂臣賊子者梁也 率夷狄禽獸者梁也 而旣崇梁書爲師範 則脫以之成事業 成事業之功極小 歸亂賊夷獸之罪 不亦極大乎 老兄必將曰 我只取兵技而習之何曾敎人崇梁書 譬猶處處女于娼樓 而戒勿鶉行也 置燕童于蠻國 而戒勿鴃音也勢其行之乎 若令從姪某 豈非著廣袖高談春秋者 而遊新學校數年 遂剃其子髮況不識義理蒙學輩乎 雖然此猶勿說 深爲老兄惜之 幸早改圖 同春宋先生曰 若無好子孫 萬事皆虛矣 閱世已久 眞實如此

上老柏先生書 乙卯復月

未親杖履 於焉踰月 日月之輪 何其太遽於師門歟 竊念 摳衣侍講之時是少 移席自放之日常多 難離此質 伎倆永局於卑下 易流之習 鳧緣漸漬于俗尙 不知何術踊臼而革此習也 只切伏歎而已 伏惟天道是復 先生道體候 天佑神相 自得康寧

於此滿域衆陰之中 如陽之是復於純坤之下 而問道諸生 亦時日趨臨 眷下之節均得和泰矣 門生離門到館 則諸學伴及主家 具無顯故 惟德建兩洙 以頭瘡乃至於一薙一削 喆洙則以腹下小腫見苦 未爲負笈 而及承十八日下書以後 萬喆兩兒束裝并行矣 纔至石門等地 稱以失路反爲回程云 是雖若年幼之致也 實則愛踰之所根 却恐隨長之慮也 載鍾兩童 一經秋行以後 立意頗有所異 而其祖與父敎道之向意 亦有倍於前日 然及其一事之義 從師之誠 尙確然不知爲何事 今所謂立意與向意 亦何足爲長恃者乎 且日與壞沮者 是十之八九 而其爲執師者 亦不能以身先道之 終當庸醫庸工之責 應有所歸 豈不可懼哉 伏願先生特賜一語 以有指誨 千萬伏望 餘伏祝道體候連爲萬安 不備上書

上艮齋先生書 **丙辰六月二十五日**

永益謹齋沐 上書于老先生門下侍者 長夏苦霖 攝養之難 老少同情 伏惟此時神相德業起居康泰 仁庇之下 闔宅長少暨及門俊彦 均吉且樂矣 小子伏蒙垂念之澤 得安栖息 而窮未免學究之歸 然學徒之父兄 頗多有意於踐實之工 故會者十餘人 皆以先王之服 讀先王之書 此世何世 薄福此生 認此爲今日罕有之福 却忘貧窶 微有些樂 玆以奉聞 但酬應頗煩 自己尋數不專 且勢挽形拘 又不得侍講牌下 而虛費難再底少年日月 是所長歎者也 新秋進謁伏計耳 餘伏冀下鑒 不備上書

與趙載元道亨 丁(1917) 閏月十六日

近日彼輩於士子 何其所謂呼出之頻頻也 蓋士之於世 果其罹罪當世者 當律之以法可也 苟其不然 亦當待之以正而已 柰何彼之無事輕呼 有甚於戲鷄犬之不若也 此其所以爲彼道者 固無責焉 然其亦均是有是性者 抑何嘗無禮之至此哉 都乃土夷弄詐售姦之所以也 則爲士者果餌於此 而束手鞠躬于彼膝之下 有如猴犬之蹌踽屏息於劇場樣可乎 程子曰 寒士之妻 弱國之臣 各安其正而已 苟擇勢而從 則惡之大者 不容於世矣 鄙嘗誦之曰 微宗之裔 衰世之士 亦各安其正而已 如或慕人祖之顯貴 而易其祖 觀時勢之所趨 而背其聖 其與妻與臣之擇勢而從者 何別焉 於彼旣曰 惡大不容 則於此獨有可免之理乎 然則處今日之士子 頭可斷 決不可服彼之無禮 身可戮 決不可背吾聖敎者 明矣 是乃近日區區之人思處 而顧無

平日存養之功 恐不無臨亂隕穫之慮也

老柏先生前上書 己未四月日

伏惟天道是乾 先生道體候體道無息 賢允令抱亦安侍善滋矣 門生所以自治者 多忽於直內 無嚴於方外 日用云爲 可謂千疵萬瘢 無一處本來全面 且世故至此 時尙漸異 有難於苟合處多矣 必也此身無可容之地 如此受病之質 又不得於時如是 其所以處之之術 將何以耶 願垂一誨 使無陷於迷方 則豈非微分之萬幸哉 便梯立促 不能盡衷 只祝道體隨序康寧 不備上書

*'世故至此 時尙漸異 有難於苟合處多矣 必也此身無可容之地'

上老柏先生 己未七月

伏承下書 槪詳道體候萬寧 伏賀萬萬 門生俱與學伴 無甚顯驚 是所伏幸 令抱亦充健善在 而日課每多 間日只與諸兒面熟而已 寄食移於鄙族喆洙家 爲其便於食事 而且主家甚爲善之耳 今年民食 可謂赤地悚惶極矣 而民性之絕 不啻於此 則其所憂懼 尤爲何如哉 民食之係於天者 人無如之何矣 只待處分而已 民性之在人者 有道者不得不任其責 而使覺之 斯鄕則非先生而誰也 非徒門生之以是仰望 先生亦自任之而不辭也 便忙不備上候

與朴(木+戒) 己未十月六日

昨日返旆 想應垂暮見困矣 未審一宵落經 棣體增福 渾節呈祥耶 溯仰憧憧 益杜守 而今朝則浩然束裝歸家 可謂罷脫得積祼之鼻縶矣 然多年主客之情懷結于中 而雖欲强制 而有未能者 始覺人心之固然也 自此晝出而執柯 夜歸而親燈 料遂自志之計 而講慣于此 今乃五六載 其伴無慮數十人 而無一人同志者 吁是益之感人之力乏而然耶 時勢所使亦有無奈者而然耶 只自悵恨而已 觀今天下 孤子僨困 莫甚於吾徒者 而又加以與世相違如是 則其末梢之事 將未知如何耳 然若以死生僨困 動其平生之志 則焉用學問爲哉 以是自勵己也

答老柏先生 **庚申元月念四日**

寄委李生 且兼下書 所以致戀 何其至此 感悚交至 無以爲心 伏審日間 先生道體候 神扶萬康 伏賀萬萬 門生姑依食息 而但學伴漸益意懈 來此五六禩 無一人可與共學者 以此尤愧乏動人之誠 而又難免因己壞人之誅也 因思不復爲舍己之田而耘人之田 從此挈家入島 種藷拾菜以食 對月臨風而讀 以待時淸 而若有難容之遇 則無寧投海 而從屈陸之快於心也 以是決計矣 而意外又承此難堪之命 乃不知所以處焉 終夜熟思 以爲與其離索而孤陋於絶域 以尙其苦節 何如其從師友而擴其見識 以擇大道耶 以此回想 且緩前計 然到彼 又不知奈何堪任 而不辱幹事左右者之心哉 心有憂悶 不覺失味也 餘在亨烈口詳 不備上書

未知日何經履 此無足言者 向擬牖來之事 數閑僉議 牢約同聲望 勿以類多闕黨童子爲嫌 淘金者 何嘗不惡沙之雜 捨沙無以揀金 採玉者 何嘗有愛石之頑 捨石無以攻玉 三千之徒豈皆入道 故曰孔門何所不容 如曾氏之傳 獨得其宗 可見也且馴鷹者未嘗不忌其遠揚 非揚無以棲我之一拳 故曰飛鳥在乎時習 養馬者 未嘗不嫌其橫馳 不馳無以達此千里 故曰泛駕之馬 亦在御之 安知不此鄕之奎運聚五星之禎也 成己成物不是少事 勿拘些少 賁然移牌 俯副顒望 餘何能悉 要在面詳

庚申正月念三日 命喜頓

答老柏先生書 **庚申正月念八日**

以門生之故 委命累累 下情悚惶 承審玆間 先生道體候衛道萬福 閤內歡慶 伏慰不任 門生處事至此 勢不得不停止入海之策 故念四日卽專槎入島 凡百所營 一切解約 而風日不順 今纔還巢 則賈斯文已留待數日 悚悶悚悶 而所命眷率留止之事 是門生心中之意也 但無他兄弟 而此身家小之無委托 尙矣 家廟之晨謁及朔望等節 勢皆闕然難備矣 是豈人子之所可忍也乎 自知此身難逃乎罪 然彼中之事 旣云齊聲牢約 有志於儒者規模 則此亦今世僅見者 誠所一試處也 而且先生委曲指導如是 則豈不知先生矜世之苦心 而不副命乎 況門生之就近長者 可進學之望 今有其日也乎 來月三日 快然束裝伏計 而到彼所以接制者 專恃先生 不然益也有何所存而妄擧此行哉 冊子運去 似是不急 而若送人 則可用丁壯三人矣

餘適被忙迫 不盡所蘊 容賜下監

流俗之目 如路傍木偶 張而無見 一膜之內 亦無珠之可論 道眼無際 天地萬物 渺不盈視 何其廣狹之不侔也 故流俗難與謀 先修有言 以至死生皆處了 自餘榮辱可知之云者 此也 入海之示 非不高擧 時勢人情 與古流移逃難營生 有百般層節思不可無周詳也 何不自知 而妄生意見也 餘在握攄

庚申二月初吉 命喜頓謝

運册 既有不急之示 三數日後 送人爲計 則三丁所負 量宜緊束裝 託于所親 使之留待送人 負送爲誠 何如

答全浣 庚申三月二十五日

昨宵到舊棲 堂生寄以書 忙手擎看 乃吾蹈海友之留書也 朗讀數回 其中一兩句不能無感懷于中 始欲陟園望海 稍伸心事 忽若故人音形完在前面 乃放步前進不覺身到海岸 欲進前路 當海而窮 欲望孤島 擁雲而隱 怊悵彷徨 懷人難見 乃招驅牛童子而問 則云某先生之入海已數日矣 當風謾吟我先生之舟子招一遍 悵然旋踵之時 叩菊堂山門 則亦寂然無跡矣 遲遲返松谷山齋 佇立移時 下鄙族希舜家 援筆而記此 於焉日過半矣 而其與守軌諸生約期 又遲一日也 人或謂我放狂而唯吾賢能照此懷 不謝

上艮齋先生 庚申七月九日

辭退以後 音問俱闕 遽踰再周 是可曰一事之誠意乎 悚惶之極 無時弛中 而但無他兄弟之身 漂泊他鄕 五口家眷 轉寄攝舍 以絲穀之累 採薪捆屨 以至舌耕 無不兼於一身 不惟帶物之難辦 自身亦抽暇無路 且士友相距稍左 便梯每多巧違 故乃至此耳 伏惟天地入否 先生道體候 爲扶綱常 神護人佑 亨得康寧 閤宅長少 牌下諸彦 亦皆均吉且樂矣 小子自春以後 羈旅於石田書齋 而人煩力微 不能勝任但以華夷界分自守 然所以夷夏者 尙不知爲辨 則所謂自守者 又安知不是夷道乎只欲挈家以隨門下 而半千里程 又奉四世祠板 赤立空手 徒心是勞而已 但迷息長今十五次乃十二 則明再年間當許人 然後以遂志願計矣 然人事變遷 日異而月

幻 則只待化翁處分之如何而已 今歲除 則當晉侍換歲伏計耳 餘惟祝先生道體候隨時萬安 不備上書

答李亨烈 壬戌五月日

近日鄙人之所遭於崔氏者 是必有所含之原 而昧昧頌愆 誠不知何故 不然則何至於以極口詬辱對人輒聒 又欲大會宗黨 以踏戮之也 雖宣言以先系之事 是似不然 鄙雖有隨問應答之語 而細思其顚末 終未喻罹愆之事 — 詳在別錄 — 鄙人曾有言其毁廟之非 而或是爲妄言之愆歟 此又不然 氏旣說與士友 而士友來傳 故鄙有所云云 — 詳在別錄 — 嘗聞 氏以鄙心有班常 不使學徒納拜 大爲不滿云 是則鄙人不得辭其誚者矣 然若原其所由 則使氏而易地 有不得不勢位之然者矣 豈以是爲所含之原哉 — 詳在別錄 — 鄙又有言其師事某人之非義 而或是爲忤意之愆歟 是則士友同然之辭 而何獨於余也 — 詳在別錄 — 然氏旣語人曰 於先生原非心服 從事於几筵 不得已欲一次往云則 — 詳在別錄 — 其非實心從事於平日 又爲心絕於泉下 已顯然自發於口頭矣 士友云云 何足掛慮 而有此去措也哉 可疑可疑 氏又呼來同門一人 而兄弟並喝曰 — 於師旣不能心服事之 於朋友又不能心服處之 — 爾若相從某漢 — 鄙名 — 則必有大害云云 — 脅以利害 勒絕士友 是何設心 可畏可畏 — 推此觀之 氏或由來貿習 終未能盡除 而其麤氣卒然更發而爲肆者歟 — 氏曾於先生 有諱之謗之之事 而至有寒微拔身等說 故先生嗣子以書告絕 而氏來謝罪見宥 如此悖習 豈非貿貿之致耶 故先生平日只哀矜 而不爲較量者也 — 抑或突立士友 儼欲抗顔 而以鄙人爲未便在 而勒制之之術歟 — 氏嘗語人曰 吾觀繼華士友 別無踰於己者云 則吾鄕士友 心下卑之 已久矣 且恨無身後之託 累累對人說 又大惡某斯文之稱而 以少者則稱某 先生長者則稱某 — 堂號 — 丈之意 面面敎與人 鄙嘗病其太不自量矣 — 心有悚懼舍置不得 — 宣言某日會宗黨 某日進書齋 期欲折此漢一脚云云 士友亦爲之懼 或爲密通 或勸避身此時爻象 豈不可懼哉 — 故仰陳所由 而或明誨其處之之道耶 恭俟面惠 不謝禮

別錄

日 — 二月念間 — 崔氏來石田曰 先生平日以吾家先系有可疑 而吾終不知其爲疑崔欽曰 — 時只二人 — 士友中惟金某 — 指鄙人 — 可以考此等事 何不以旧家乘

一示之 氏曰然 其後氏以譜事往全州之路 — 三月十六日 — 訪鄙人於書社 說出自家先系事 鄙人曰 某亦聞於石田先生者 而但自家詳知自家事 他人焉能有考哉 氏曰 吾十一世祖始入于此 — 泰安 — 而于今數百年 無入譜之事 但甲戌譜一宗人始入於全州晩六堂派 而晩六於某 — 氏之名 — 爲十七世祖也 然十一世以下四代無名諱生卒之可據 而以墓所計之 則又有剩焉云云 鄙人曰 墓旣有剩焉 則其無據似非但四代而已 入此鄕之祖 焉能的知其十一世 而晩六爲十七世祖也 石田先生之爲可疑 實爲此也 氏曰 然則修譜其如之何 鄙人曰 旣以全州爲貫 則以其始貫之祖爲鼻祖 入此鄕之祖爲中祖 其間疑信處 標以疑錄 自其明白無疑處 詳載世數 此乃以疑傳疑 以信傳信之道也 因又曰 大抵譜事 以公爲難 而得正更爲難 苟非大段喪性人 則孰肯僞名換祖 以歸叛子賊孫之科也 但其疑信之間 斷以無疑者 雖無私意於其間 焉知或無失於幽明者哉 氏聽罷曰 吾今日始恍然大覺 而乃知左右之忠告也如是重言 不一言 而卽發于全州譜所矣 — 時崔欽在席曰 此人面從而已 其難正先系也 必矣 若是眞覺 何不還歸本家 更修譜草 而今直走于譜所也 鄙人笑曰 至譜所考正 豈不尤詳 子勿逆詐也云矣 — 時社中會者十數人 皆以爲明快 而自然傳播 遠近皆知之曰 某人正先系云云 — 由是觀之 非特石田先生之爲可疑 鄕中之亦皆爲疑 可見矣 — 於是鄙人爲正某氏先系之人矣 及氏自譜所還 — 氏于回路不入石田與書社 而直入本家 故時鄙人與朴㦛 爲探老先生安候入氏之家矣 — 又以新抄家乘示鄙人 鄙人觀之 則自鼻祖以下二十餘代名諱生卒歷歷無可疑 而其與前驅喝數十學員 强爲納拜 則氏果安於心 而諸學人亦皆順服而無異辭否 雖非禮意之習 其變革之道 亦審其勢位而行之 何害於道之大者耶 故鄙聞言自歎曰 好高者之於厭卑者 其間不能以寸爲年長者納拜 何害於閥閱家子弟 亦有可恕者 人若德無觀焉 則昨日不齒者 今日豈肯遽爾納拜否 未見鄕子弟屈己 何損於我爲己之學乎 亦有自反者 我若德不充焉 則昨日見不齒於人 而今豈容易屈人於膝下乎 然以是口齕鄙人 以至有猖被之說 — 氏謂人曰 吾往于金某學堂 使學人與我拜禮 余實有昌皮之心云云 — 實非原人之心者也

蘭趙 — 石隅 — 初與石田先生善 而自世變以後 趣志有不同 相爲疎絕者也 以後力詆儒者 極贊夷學 — 新學校落成宴詩云 孔聖門墻舊典章 — 使其子若孫 皆毁形入之 到郡 時宰無不阿好先生之前 後搆誣及毁短之語 多由於此人 故相從石

田門下者一切疎絕 而氏獨尊之之禮 愈篤愈密 每進見必先越訪之 — 石田纔一里 石隅踰一舍 — 回路或入或不入 直路出於石田門前 故其去時多圍行山後 先生曾爲此人搆誣 見辱甚焉 時氏頓然絕跡而 — 時彼有連及之說故耳 — 或有問子受學於崔某 — 先生 — 則苦口辨諱之曰 吾決無師弟之義 — 是果所在致死之義歟 — 只爲交遊之契云云 又著書先生之痕 對人輒論之 — 是過則當疑問之道歟 — 又曰老柏 — 先生號 — 本以寒微之人 趨逐某某人 有拔身之計而已 — 以師爲寒微之時 其心果有尊道之意乎 以師學爲(中缺) — 臣叛徒之科者明矣 益於某氏之事 終難釋然者 良由此也 氏又語人曰 吾於石田几筵 至小期時 不得已欲一往云 噫言之至此顯然 無可辨矣 相距一里之地 襄時襄後 旣不見形 以至歲除正朔 亦不拜筵 但見其訪問處 則是絕於先生之蘭趙與尹某也 至此 又是云云 豈不令人瞋目 其曰 非心服時 平日假僞之眞像 已掩不得 其曰几筵云云時 心不自絕於師門 又顯口實矣 至若威脅士友 勒使絕之之事 — 氏之兄弟威喝同志一人曰汝若相從某漢 則必有大害云云 — 於師門旣然 則於同志乃其次第事也 不足怪焉而其誣先毀廟之擧 又豈非倫綱之大故耶 曾爲同門同志者 其處之之道 當何如爲可耶 竊想軒下宜必有黙量者矣 而何不以中正義理勘破群疑之未斷乎 恭俟裁示不備上候

石田講舍告絕崔某文 **壬戌閏五月九日**

人非道無以爲人 道非人無以爲傳 而斯道傳授之際 卽華夷人獸之機關 而其生之養之之功 亦所賴而成者也 故苟爲聞道之師 其恩義之重 卽參於君父而并列焉其事之之道 亦如一而服勤 以至於致死者也 人或於此不以盡其道爲心 則卽非事一之義 而於所生所養 亦焉能必其無悖乎 噫座下於石田門下 自少至此數十年之間 粗辨華夷人獸之關 而聞爲人之道者 不啻多矣 其處之之義 宜不異視生養之功矣 而奈何却懷未滿底意 不服之心 而志氣一向驕仰 言行終是妄肆 無一分敬尊之意 有凌之駕之之態 前焉而諱之謗之之習 亦不憚焉 — 詳見昔年崔欽告絕書矣 — 今焉而背之絕之之語 肆口發焉 — 曰吾於平日非心腹從事 曰於石田几筵至小期時不得已欲一往 — 又對先生嗣子 至有爾之名色何耶之詬 — 對先生子肆詬名色 平日於先生果有尊慕之意否 — 嗚呼是果一事之義 而無悖於所受之道乎

其習無怪乎誣先 — 自道四五代名諱生卒之無據 而終歸於誣妄矣 — 毁廟 — 人子於母主 雖被人毁之 亦是不世之讐 況自手行之乎 — 而不自知其爲罪也 試自思之 於道義倫綱果何如哉 鄙等雖無似 亦不敢飮黙而同歸於慢師叛道之科 故以是告之 而從此有難苟合 則庶或改之之望 非鄙等之所能圖也 謹告

答許景天順泳 ○癸亥六月日 咸北吉州德山面密溪里

鷄龍一別 遽作兩千里之思 繼華再路 更得一尺書之惠矣 誰云書不如面乎 蔡傳所謂 可以當面者 實獲後人之心也 惠示鷄龍記略 雖是倉卒所搆 文體自工 讀之使人欽敬 始以叙卽事 終以明性理 可謂事理俱盡 而亦可以見有諸中者 隨所遇而發也 至若作用是性云云 遠而佛禪王陸 近而卽理諸家 不期然而盡受砭于片言之間 如非善於辭命者 其焉能如是哉 尤益欽歎 然空空說 性無爲 心有爲 理無造作 氣有造作 是甚濟事 必也云爲一轍 知行並進 然後乃可謂眞性理之學也 而如高明者 可謂有是德而有是言也 何者 向自繼華發程過白山之時 隨從者買得果子各進一枚 而伊時益則受之在手 高明則辭而不受曰 繼華山瞻 吾不忍食此云云 噫同是安倣之慟 而孰不知食不甘美 是性之然也 能體行之實 如高明者有幾 若非高明之警發 則益亦頑然喫呑 而不知其悖於禮也 安在所謂講性理者哉 觀人必於細細者能如是 則大閑不須問也 北方同門之士 益未多見 而竊謂艮翁尊性之學必因高明而復明乎此矣 幸爲世敎益力焉 庚炎侍餘經體衛道珍重 遠外溯禱不任益身與時違 不得久住於一處 而今春以後 則又移于郡之南面矣 自客冬及今春夏無日不與二竪相友 藥爐爲隣 是何降罰 又爲悚汗者 拜書日富 逋謝至此 是可曰朋友之信乎 乞賜仁恕焉 柏翁刊稿事 校役與費物俱未就緖 似在於一二年後也

答金夷淸柄老 ○癸亥八月六日

客月念間 歸自華島 則人言金友夷淸已挈家入海云 聽罷心悵如失弟兄 尋常走入於杭州古遊 但山空人寂 海濶波鳴 使人强懷而已 意欲直追以相所居 而李友性甫言 勢在木路 事不從心 則不如仲秋徐圖云 故罷歸南館 未幾日 又自石田書來今月初二日適有質美好便云 而時以脅痰叫苦 又風日不助 以失奇會爲恨矣 夢想之外 得惠書於其三日 則假使二日發程 得非虛到質美也乎 亦知其天助也 嗚呼

天下之大 猶難容於採薇一身 而惟螺體一島 可以受容耶 且審書意 人古風淳 又可以談禮義 則是何今天之下罕睹之吉地也 遯世藏跡 不干人事 而種藷爲食 隨月誦書 自是隱者清趣 而今吾賢得地 可令人欽羡 鄙亦從此行矣之心固已決之于中 而但係累不一 不能浩然振衣 亦見其知之不切 而行之未勇也 許多衷緒 早晩得一葦順便 則當累仙界面討 不謝

與金夷淸 甲子(1924)四月日

念齋回還便 探詳經體節護旺 何等慰賀 益其間昏事利行 而外他撓撓不盡枚擧耳 第交道惟在忠信而已 故朋友之間 於其所當言 不言則是不忠 雖言而不盡其所存者 則是不信 不忠不信 而人道絕矣 吾輩交道雖未遽及於盡忠信之道 而猶相兢兢勉勖者 非是歟 蓋吾子以賈氏家屋與田土處理事 似有致人不滿意者 此非徒詳聞於念齋也 於高明之與鄙書略推之 非徒於與鄙書推之 於高明及島中之與念齋書槪見之 又非徒於書與人言知之 以鄙之耳目見聞者 亦然矣 以若高明樸實之資 不圖今日之有此擧也 雖云洞中公論如斯 而公論蓋有不足恃者 何者 蓋於心毫有所偏 則雖國中一辭天下同然 未必是眞公 一島中兩三戶之公 焉能保其無蔽也乎 況公之一字 非盡仁之道 故程子言 仁必以公正二字兼擧 朱子訓 仁旣曰當於理 而又曰無私心者也 今吾輩處心與作事 旣未必盡公 而又不審其正 未必皆當於理 而又不察其私 則是惡乎可哉 大抵千萬人皆曰可廢 吾見其可廢而後廢之者 是處物之道 而早春高明之與鄙書 洞中云云者 不可謂盡處物之道 而無偏係於其間者也 且迎其來而樂群聚 是與人之常道 而仲春洞中及高明之與念齋書 是的是拒其來之意 則書者雖云 其出於公當於理 而使外觀者 實未知其得其正 無其私者也 且家屋與牟耕代百二 家二而牟百 非惟吾子之言然也 鄙亦耳聞於居間之李老熙遷者也 而今聞則家三而牟九 則或未知其間有何曲折 而使聞者不可謂初晩之不違信矣 又其田土及牟耕之分界 沃瘠之相乘 非惟合人情之然者也 是不患寡 患不均之道 而又聞其不然云 則是不可謂處事之得其公者也 所謂致人不滿意者此 而鄙之於高明 平日交道 有異於他 故有此告之以常交之不可告者也 夫放於利而多怨 爲富不仁 欲利於己 必至侵害人物 正其誼 不謀其利等訓 雖初學不可一時舍諸者也 於此有忽焉 則是與庸庸鄙夫一致也 焉用學問爲哉 所欲陳者溢肚 而

非惟以昏撓散慮 且便梯忙促 不戩其十一 而一亦多有不盡意者 則惟冀意會 而情恕焉

上石農先生 **甲子八月日 ○崔欽聯名**

向日自南返駕 未能倍從 中途告別 歸猶悚惶 不能自已 未審伊時修路酷炎 返旆何以安稅 而以後有日 先生侍體候連爲萬安 遠外伏慕不任 侍生等夏秋以後 無專做之工 而撓汨度了 深爲伏悶耳 近聞則扶金輩復絕承賊云 未知其意將又何如而絕而復合 合而復絕 或假衛師 或借黨勢 其巧詰狀態 令人可憎可惡也 然要不如全崔之機深而禍大也 人也 外似謹厚 而內則陰險 行心與事 每因人而黙運其私 故欺老而老不知欺 誘少而少不知誘 以致師宅之不和 士類之分裂 誠可痛恨也 然師門無恙時 彼猶賂靜氏而行其詐 況今師門不在 又挾靜氏而禍士類 有何足怪也 但是非邪正之別 不待百世而十目如電矣 而彼却不自知 其陰柔之歸 亦見其矇侗無知也 伏望先生 須用寬而剛 直而溫之德 除群邪而扶侹陽 以壽斯文正傳 侍生輩僻居陋荒 山頹以後 絕無士友相助 以所事事之 惟先生是仰 幸加矜憐其無歸之情也 秋成後晉候伏計 而惟祝氣體候循時萬安 不備白

與金景河

阻懷何可言 敬審新凉侍體上萬旺 亦可尋數於園役之暇歟 遠外致想 豈是尋常永昨冬自鐵原遷移 住於光岳山中也 作絕世之人 而晝裁花園 夜看古書 是消遣之道也 地不過十舍 魚雁之阻 遽爾周天 則永之無信無義 在所難免 而究實其由則定所未完之致爾 或可恕諒歟 悚汗悚汗 餘便忙 只以數字報安 不備禮

癸酉梧秋望日 弟金永輔拜

許先生尙在同隣 而安泰耶 數字報安胎呈 信傳之地 企望耳

直洞金城宅 亦爲平安 而搬移事 間果何如耶

細上洞劉君ㅁ鐘 新村金元燁家 亦皆安過耶 並皆願聞

與安在夏 戊子(1948) 五月

日昨兄與孫老 聯袂惠訪 銘感殊深 但以未飽淸誨 旋卽謝別 還復茹恨 且伊日日

色差晩 想應稅駕之見困 而孫老亦能無撓利抵否 大抵此老質行之美 未嘗不使人可敬 而其或見識之未及 又不能無惜焉 其一生精力專於爲親 故能就謁儒匠 受其狀傳 而不沒其懿 罄竭生産 以立綽楔 而顯明其行 朔望上墓 至老不廢 以寓孺慕 居今邪世 存髮冠纓以全遺體 此皆孝親之大節也 雖號爲讀書之士 亦所難能 而況隻字半辭未曾對面之此老耶 此所以謂質行之未嘗不敬也 然其綽楔一事 未能無疑焉

其大正十四年年號下懸板 則鄕儒之所爲 褒狀則時宰之李某也 高明試思之 大正果吾君之年號乎 孝旌果鄕儒俗吏之所可命乎 此分明是媚異類無君父輩之譸張於禮法 是可當乎 假使此事自大正直接有之 日醜是夷也賊也 又是萬世不共戴天之讐也 以之戴於顯親之地 以之藉於榮親之事 於仁於義所可忍乎 此老若能知此 則必不肯爲此烏頭赤脚 以輝瑛於閭里 而爲顯爲榮矣 此所以謂見識之未及也 故僕嘗謂之曰 此受誣也 辱親也 — 謂之受誣 則受誣者非罪也 誣之者爲罪也 謂之辱親 則受辱者未足爲累 而辱之者爲可罪也 然此乃論理上說 若以自反之道言 則彼固無狀 亦因我之所欲爲而爲之 則豈敢曰我全無是也 — 此語或未知有爲過者也 然以義理觀之 則分明如此矣

向也此老來問其處之之方 蓋亦覺非而有歸正之心也 嗟呼 此誠質美而無愧爲是父之子也 服善如此 人孰不樂告以善哉 於是乎僕答告之曰 此誠誤矣 旌之無君命 從古無此事 此王法之所不容 且無其廟而爲此者 分明是爲名而無事親之實者也 其不誠孰甚焉 如欲歸正 宜改旌爲廟 以修子道 如晨必拜謁 出入必告 朔望必參 俗節必薦等節 必依禮行之 其事死如生之道 不有愈於彼烏脚之扁然徒立而已乎 此老於是錄其主身式樣以去 而今果云何 吾兄幸與此老擇隣 則吾兄愛此老之質美 此老資吾兄之知解 以是互資而特然爲斯鄕之模楷焉 則使此在知舊之末者亦豈不餘有光乎哉 其家禮疑之問 據先儒說答去 高明先須一覽 而詳說與焉 不備禮

別紙

僕以孫門之旌 謂之受誣 謂之辱親 兄或以爲過歟 是不然也 不謂之誣 而謂之受誣 不謂之榮 而謂之辱 僕於孫門 其愛惜之意深矣

佛頭鋪糞 此尤翁亦用於孝旌語也 尤翁以孝狀爲佛頭 以己言爲鋪糞 蓋謙之也 今

僕以孝與狀傳爲佛頭 以彼之無狀爲舖糞 是惡之也 此其少異也 孫老以此爲不穩然 則以彼之所爲 無乃爲潔淨而光華者耶 不容不一言而峻辨也

夫卿相大夫之官職 忠孝烈行之表旌 繼絕存亡之定倫 皆是受命于王者者 而王亦受代爲理物之命於天者也 故凡命之所由 卽天之所在也 若以是受於夷狄者 以夷狄爲天者也 受於讐賊者 以讐賊爲天者也 受於邪徒者 — 近日種種有自爲官 自爲命之徒也 — 以邪徒爲天者也 以是自爲者 是無天而自爲天者也 今孫氏事 以鄕儒與醜吏爲天者也 此果爲義理禮法所當戴之天歟 可謂無禮義性之甚者也 若於此不辨之早 則不得不與世之假者同歸焉

且栢翁是我艮門之長德 志山亦吾儒林之山斗也 二先生平日其華夷之嚴 尊君之義 孝親之節 復讐雪恥之心 果何如 而今以此狀傳名諱 乃施之於此無天無法無禮義之地 而與彼之眞狗彘之不如者 同其序而渾列之 此可以使觀者目不瞋而髮不衝乎 若不問華夷仇賊之如何 君父禮法之有無 則何用此士筆之苟苟爲哉 須藉於彼有權威時用事底足矣 非亦計之拙者歟 噫天地雖飜覆 滄桑其變易 終當磨滅不得者 其是非與邪正也

從古至今 有知見之士 必不以爵償之屬 或受絡於亂人之朝夷賊之世者 豈無所以也 此非難究之義也 況禽獸執命 倫綱板蕩如近日者乎 爲自身之道猶然 況爲親之地乎 今日講此義無地 於吾兄發之 兄其體恕之 此別紙 兄須自看 而於彼不必道之 彼若有見誠 講義之良話 如其不然 則徒爲搆嫌之一端已矣 噫投之者雖寶玉 而受之者非其人 則鮮不爲按劍之讐也 兄其愼之 僕不自愼 而戒愼於兄 誠不愼之甚者也 好笑

與許潭 戊子八月

今汝誠欲求道 須先得特然之志 不關時勢之順逆 不問命數之窮通 而只以我一義字劈將進去 可以御今日之邪世 可以制所遇之舛命 而所求之道 庶可有得矣 若志不挺特 逐勢任數 棄義而徼倖焉 則是卽人慾肆而離道遠矣 有何求道得道之可論哉

然所謂義者何也 只是睹得是字分明 踏得是字堅確 是已 汝今十八歲 此似未易及 然顔淵十五受四勿之教 曾子二十時聞一貫之旨 子思史記十七歲作中庸 二程

十四五歲便脫然欲學聖人 士之立心 豈可自小於古人哉

答柳野塘得老 己丑十二月日

拜書倏爾再易朔矣 天行既復 而又將泰 人事何故屯而未解 此際令允又來訪 概詳靖體履序安養 寶眷亦爲亨吉 慰溯無已 僕恒爲二竪所困 未免衾窩生活 良亦悶矣 而惟幸托契令孫少慰寂懷 可謂蓬陋美趣 今日奇事也 但所識窮乏 無以充其量 爲可吝矣 且鄙家啖茵太素 似難堪去 然此事亦豈飽暖者之所可能乎 惟願執事勿失義方之敎 且體勿勞之訓 以鍊成將來不食之果也 讀鄒聖降大任節 張子用玉成篇 可以知其鍊成之方也 噫前津極險濟 執其舵者 老成去矣 世有其誰養蒙 非歇後事也 歷詳古今世之治亂 國之興亡 雖云數也 其根基則無不由於學術之邪正 觀今爻象 果無回天之望 極則必反亦理之常也 不信人而信天 不循勢而循理 前訓之本意 後學之所當守 此豈執事之未能 僕於執事 面雖未而情則熟矣 所以露此妄拙 幸勿以辭而以意焉 餘在令孫口悉 不備

令允所齎來之物 是何惠之濫耶 栗翁曰 朋友則有通財之義 但我非乏而遺以米布則不可受也 鄙家亦織成一匹布 以免目下凍裸 則可謂云非乏 而此受之 則亦非傷廉 而義未安者乎 然以是却之 則又或不以不遜 而矯情罪之者乎 執事雖出於一時親愛之心 僕則實處於常爲不安之地也 思以不得其所處也 姑留之 而審其方也 悚悚

與鞠斯文本庵範植 甲午元月日

解携如昨 倏焉歲新 新者是循環歟 革舊歟 循環則運復 革舊則命新 運復關天 命新由人 關天者聽之 由人者修之 是吾輩之所講也 伏惟經體與庇節應時賁新 所造有何新得 而所履亦有新進否 得在溫舊 進在革舊 溫革之功 當審天人 蒙愛之地 相期之情 不能不益新 僕失之者舊聞 仍之者舊慣 無一新之奉浼 恨恨 師牘今正六日 自郵寄來 而印代則一千二百圓云矣 然則此間分帙 前條外又各當八百元也 事當迅付 故家督專委 而道藏則僕今起程矣 集金也 答書也 聚首一處似好 而未知何所爲得耶 兄或惠然于梳庵所歟 未則所付物將如何合一歟 惠敎之地 切仰

答李彦卿

榴夏惠書 巧失旋梯 裁謝未付 悵悚至今 玆因令堂咸之歸覲 探詳兄愼候勿藥自淸 寶覃亦爲吉祥云 慰賀何言 弟自春肩臂痛甚 巾櫛衣帶 或借於人 是甚魔戲 可怪可怪 而惟幸眷率之無警耳 此間諸安否 在堂咸口悉 而年形且將有望 但潦水比年初有 各處損失過多 而元靑里兢鎬畓數斗落 亦化沙場云矣 至於旱田諸作 大失所望 而如木棉苦草南草等屬 爲尤甚耳

京況安全如盤泰否 北潮未退前 防堤雖完 未可遽放心 如何如何 悠悠遠懷 非筆寫盡 姑閣不備上

甲午梧秋念日 弟金永輔拜拜

與李載晥

嘉排節日出令堂咸本第書 得聞令允消息之詳細矣 五載前炮烟彈雨中漂發蹤跡今日得見於千里之地 此豈非喜幸事耶 恨不能晉榻下共酌賀樽也 近日少輩之昧於事體 而種種貽憂於不必貽憂之地 則風潮也 何尤 苦盡則甘來 憂極則樂生 幸靜養起居 以享晩慶焉 適因令從西笑 立草數語 而令伯氏許 亦未能各幅耳 不備禮

甲午八月念二日 弟金永輔拜上

答李龍求小棠 甲午十月日

十有餘載前 一時傾蓋 尙能記存 而先此惠問 良感盛德之不遐 伏審小春經體上在侍貞毖 所以慰賀 不比常例 永由來身禍世故荐仍中 所謂志事烟消雲空 而只恨形殼之猶此累世耳 幅中諸喻罔非推人謙己之辭 而亦可見哀世之心德盛之發也至於尊性秉彝等句 尤不勝驚喜也 顧今八表昏昏 媚狐邪魔互作揶揄 人之氣虛膽薄者 鮮不墜迷於彼幻術中矣 高唱自由 狂叫平等 破滅綱常 擯斥聖典 以爲大事功大事業 則何處得聞尊性 何地得見秉彝 風雨晦冥 一聲喈喈 今玆得聞於吾兄手筆 有若重泉聞雷 朝陽聽音 雖不欲驚且喜焉 其可得乎 然知而道之 固是善言 而體而身之 尤爲可貴 守而不失 更且難焉 斯義也誰與道之 惟高明也 故一誦之 噫一人獨立 謂之拗天地 一言孤唱 謂之開萬世 昔人豈無所見而云乎哉 今不

能無望於吾子也 秋潭集 鄙師稿刊役時拘於時 而別選二册 送上海印出者也 今島㐫雖歸 其梗於時則一 而僕又於此方一文字爲役中 勢難出門 然施敎鄭中 難於愆命 故却役而呈似 幸一閱後從速還下 如何如何 僕以無狀 爲化翁所惡 年纔七十 遽爾眼生花 而手亦戰 凡所往復 辭無倫 字不成 有以矜恕 而不以不敬罪之則幸甚 不備謝上

與安芝山

曏日返旆 未知何以利稅 二老聯笻 想不寂寞矣 弟伊時留雲樹 以送情踽 諒悄悵而歸 只吟

一盂麥粥以冷醬

太淡無顔擧客床

莫笑山家生計拙

吾人眞趣此中長

之句以和貴作 而辭雖拙 意有長 亦可作山中一古事耶

此去金公 留鄙所數日 修弊網三件 以此得免古人晝網之窘 亦甚爲幸 旣有前囑故玆勸送 此老年今七十七也 他日之又有此工 豈可必也 幸預修剩件 以備後日似好耳 奉吾有日 止此不備禮

乙未四月二十五日

答李龍求

僕人微識昏 心亦麤而涉世疎 非惟人棄之 己亦自分爲非人數 乃足下不鄙 而每因梯必以書致意焉 是仁者含容不遺物之盛意 豈不感荷萬萬 但空空無有以相報者 則又不勝愧赧

伏惟盛炎 倚中服體隨序珍旺 庇下諸節 亦爲均祥 遠慰不任 弟之所仰浼者 只有窮廬之悲四字而已

示喩 讀別集二辨而不覺眼火髮竪之云 斯知盛心之所存 然今則康梁破家界國界之說成立 金曹謂仇讐非君之口無罪 雖以足下之義性 亦將如之何哉 只誦左徒之度世章 荀俺之不忘句已矣 如何如何 溪上之枉 不能相握 勢也 心焉何尤 只恨僕

之分薄耳 過闕里云云 足下而有此言失耶 雖古人名喩用之失當 則落眼之金屑也 在兄雖出於謙己之例辭 於僕莫無有厚顔之忍醜 世之玩戱好承者 或有此例 而以兄之忠實 豈有以玩戱處人之理 不得不曰言失也 愧縮愧縮 見愛深 故盡情無隱 幸賜恕諒 飮暑荒草 不戬謝狀

乙未(1955)六月八日 期服弟金永益上謝狀

答金斯文鋌

李友仁淑左顧之梯家督慰狀 哀感哀感 因伏探尊體間以先德彰顯事有湖南往返之行云 尊兄可謂爲其所當爲爲之 欽仰不已 僕於亡室喪時 未詳仙鄕里號 不能告訃 安陽奉拜日 雖辭乎云爾 其慢而傷義之罪 則大矣 猶不較而施禮狀 以致意焉 其含容之量 豈淺陋之腹所可測哉 愧汗愧汗

尊先遺集刊事 有可就成之望否 目今吾道否極 有志絕無 所以無聲氣之可論 而孤立無與 雖賢兄與學泉之篤誠 豈不艱且難哉 然誠至 則金石可透 志專 則何事不成 吾知其必有成 而恨無繩頭之所助力矣 往十月晦日 安陽齋室燒燼無餘 雖影殿則僅免 亦灾變之大者也 源因齋直之不謹 而重建之策 茫然無所劃耳 來春享 或與學泉聯袂否 仰望仰望 止此不備狀上

乙未(1955)臘月日 期服弟金永益上狀

答金學泉夏圭

僕於尊先師 以誼則同門 以分則丈德 其義豈敢差殊看於師承之地 昔年數次得侍而邂逅耳 歷旅耳 縱未能得薰炙之深 而其言談威儀之際 有所敬服 則深矣 近又得石翁狀德之文 而知其爲全體之學卓然 爲吾鄕之師表 而恨不得摳衣周旋於平日也

今於考德傳壽之役 豈敢吝於物 而甘爲賤德之流也 但弟今處地 生事 則八口之五斗薄土 而歲且歉 所遇 則亡室之喪葬練祥總集一期 而力已竭 身旣如此 而又無聲氣可鳴之地 所以爲心爲勢輸 而所誦者悚汗兩字而已 奈何奈何 倘或少俟幾月 則有可伸情之道歟 幸勿外之 而情恕焉 則受賜大矣 惟伏祝道體旅安 不備狀上

乙未(1955)臘月日 期服弟金永益狀上

與鄭賢模

相別計今三十有一禩矣 人以地阻 情以勢隔 疇昔款款之誼 一似都忘了 是豈人情之所可忍乎 心逐山雲起滅無常而已 嗟呼 已往事夢幻 不復道可也 聞于金雅鳳鎬 兄其間有子男女 而女笄男壯 喜悅則甚 而恨不如促膝之供賀耳

弟自金剛雲遊五臺雪岳四明光岳諸地 戊寅來松谷 聚眷庇 冠二兒 又理舊業 庶可有望者十數輩 而今又皆塞上征夫 亦勢也 而一脈讀書種子 不復得見於今日歟可歎 未知那時得奉矩儀 以續中斷之緣耶 家豚意欲移住山外之計 而計成 則地步稍近矣 時可如願否 臨寫惘惘 末由一二 伏希黙照 且祝道寧 不備狀上

乙未(1955)臘月日期服弟金永益狀上

答族人在璉 乙未臘念七日

浮石永穆族便 伏詳尊駕枉臨之事 而地左未得奉聽至論 爲恨 今幸承手教 曷勝慰悅之情 伏而讀之 滿幅諄喻 罔非爲先血誠敦睦至戒 惶恐感格 不知措躬何所

壇享位土事 西亭後仍 無慮千百 二斗畓土 豈眞無力也哉 只爲諸宗散在疎遠論議未易合一也 然事係享先 何必計戶頭 斂如醵金然哉 其間稍饒力家 單獨或兩三人出力 於道理上 有何不可 而俗降以來 追遠誠昧 其德之厚者 絶難得見 歎亦奈何 鄙宗中若而戶 不問他宗之如何 窃欲隨分效誠計 而舉皆清貧 鳩聚之難 甚於龜毛 於近代歲祀減殺其費 今秋僅纔二石租樹立 而從後數年用此規模 則庶可計成否 事雖困矣 情則咸也 位土未成前壇享獻誠 臨時糾合 以白米五斗結議 而或未至大 何否耶 浮石及白雲軒派宗租二石 果來合付 而慮或後日支節各帳取扱耳

派譜事 方今大譜之際 是何角立 無乃有曲折歟 此間諸宗收單與單金 太半入京勢將奈何 兩譜並入外無道理 而義亦無害歟 下教伏望耳 富平事 謹當與諸宗議處矣 下燭焉 不備謝上候

答甲洙容宇兩宗 丙申

永益下宗謹拜復于甲洙容宇兩宗尊位座下 伏以下宗以宗族之誼 妄攝此事 內而此諸宗之撕捱 外而貴兩宗之侮弄至此 不勝羞赧甚 即欲鑽地而不能也 下宗之賤微 固不足言 而在兩宗處人之道 亦豈其所望也哉 夫既領收代金之譜册 而始則

稱有所改正而執留 終則謂不虞見奪而不還 使生萬餘圓空費 而又陷人於衆人踏辱 僕今八十之年 雖甚無耻 而其能可堪乎 來章云云 亦非誠信之道 宗子雖謂有君道也 叔亦非爲父行乎 且年德倍節之地 豈其有命令之義哉 無異强奪之云 無異二字 亦非爲眞 强奪 而況嗣孫所送改印本封皮 明明書瑞山八帙分矣乎 以理聽 則辭不可遁 以迹視 則心不可掩 伏願兩宗尊下 莫爲此苟且也 雖曰寬恕 恕者如心也 易地則以爲如何 不曰能近取譬乎 處物之仁 當理無私而已 今玆家督之送 一爲防此處紛亂 一爲除貴邊倡皮也 須爲圓滿處理 以全宗族之誼 千萬企望不備上狀

與連山壇享所

宗末永益永契等 謹頓首白僉宗尊位座下 伏惟孟冬 僉體起居對時百福 山川間之人事制焉 雖不能以時會合 而其於百世一室之情 未嘗不繾綣也 古人所謂 世道雖壞 秉彝未嘗壞者 於此知其信然矣

窃伏惟念 親盡祖墓歲一薦享 百世不改 禮有成法 而厥或墳墓失傳無所於行祭則倣金太師望廟爲壇之例 而先輩有卽其境 築壇以祭之敎者 又其地不的 則就其配位或祖考子孫塋域之內 而爲壇焉 亦近世通行之規也 蓋不如是 則子孫報本追遠之誠 無地可伸矣

嗚呼我先祖觀察使公 衣履之葬 不幸失守 祀饗之禮 因而廢墜 爲幾百年所 此誠一族所共傷痛者也 而今玆壇享之禮 於古於今俱有據 於人情亦所謂天理之自然 不由人安排者也 吾祖數百年飄散之精 今以後復萃於先塋岡上 以臨我萬子孫矣 於人心豈無恔乎也哉 然又有慨然者 惟鄙門十數戶殘族 流落遐陬 人亦昧陋今斯義擧 客夏始聞知 而位土助成 亦昧然無一事 豈不慚赧悚惧者哉 昨秋僅晝四百斤租包 而今這五斗米獻誠 亦以是也 歲歲守此例爲計 而若別有措置 惟俟大宗處分而已 這間細折 此憲洙容鎭兩宗口詳矣 餘伏祝享儀順成 不宣謹拜

丙申十月一日 宗末永益永契等上狀

上族叔稷鉉 戊戌元月日

嘻乎悲矣 令允之慘 是何厄禍耶 子壯而死於目前 雖由於命者 古人譬之生龜脫

筒 甚言其不可忍也 況夢想外非其命者耶 以平素慈愛之深 其何以堪之 又何以忍之 然此莫非有數存焉 逝者之修短旣有定 生者之痛悼亦無益 奈何奈何 坡公之謂 中年後出涕能令目暗云者 觀於西河 實有然矣 況今族叔望七之年 非但中年而已乎 昔程太中八十喪明道 以其素愛 猶處之以理 而不過哀 後賢以爲可法則只有循理而不失常而已

永益亦客臘四日 次兒喪逝 境雖相似 情則有甚焉 令允有子四人 可以慰懷 鄙兒有女四人而已 其情豈不尤傷乎哉 噫乎悲矣 老不哭幼 父不哭子 氣數之不如上古久矣 況乎理逆數舛之今日乎 只有順而俟之而已 伏聞氷庭失涉 手腕致傷 間有治而向瘳之望否 伏慮不已 餘詳在永斗口悉 不備上狀

與趙載九

嚮日返旆 盛炎中何以安稅 尙獻慮萬萬 永其間前痞荐發 氣眩神亡 不可收拾 誠亦可哀耳

尊先考妣狀草 以若童識聚精亦無路 昏迷荒抄 至不堪讀 則累德大矣 悚汗奈何借人謄寫者 字亦不成樣 幸更精寫 删訂于有眼家 而成狀焉 千萬幸甚

戊戌遯夏小晦 金弟永益

尊先十七世祖號檜谷 考諸一書 則尊先十八世祖開城尹諱允字瑄 號是檜谷 幸參考如何

答田滘九

永益曰 益之生平所爲 多忤神明 禍孼之慘 及於季兒夭折 悲酸之甚 不能理遣 遂成沈痼 出入鬼關者 今期一週耳 伏蒙尊慈特賜慰問 哀感之私 無以言喻 承審靖體崇安 庇節均泰 獻賀萬萬 所寄四匣草灵 是何濫惠 是雖曰破菀之資 而痞已癖矣其能奏異效否 恐似歸於不及之浪劑 則徒謝多感已矣 座撓中 袞下荒草 不備謝狀

戊戌(1958) 之復月十四日 期服弟金永益謝狀上

瑞山邑 東門里 趙章鎬氏(봉투)

不面之地 多少警戒 多感多感 下示鄙族泰鉉氏立後事 與永穆出繼與否 自是其家

事耳 父子定倫之地 鄙以何人 敢左右於其間乎 千不是 萬不當 必是高明聽之未詳 思之不審 而有此云云也 更思之如何

鄙族譜事 始於甲午 成於丙申 皆永穆生前事也 該派抄單與送單譜所 皆其父子自手自爲之事也 越在二舍之外者 有何可否於其事哉 往在乙未春 永穆族見訪 共看禮書立後條事 則有之矣 以共看禮書之故 而蒙此所罪 是亦命歟 誠孟浪事也

尊外宅繼絕之念雖切 就事論事 亦有其體 當與其家兄弟商量可也 越地而與人雌黃 濟得甚事 幸須垂念焉 供辭雖實 而聽之道在乎鞫者 僕於此奈何 恭俟高明處分之如何耳 悚惶悚惶 餘在別紙 不戩謝上

戊(1958)臘日(12월 8일) 金弟永輔謝上

別紙

泰鉉氏生前 不以其姪永穆定名者 意別有在 而亦不忍於奪弟之獨子故也 其意盖曰 吾同祖子孫中 子行五六從兄弟在矣 同曾祖子孫中 子行亦七八從兄弟在矣 於此定焉 則事得宜 而吾弟亦無絕代之慮也云爾 在永穆 其伯父身後 宜急急繼成其志可也 不能然而遽爾逝去 此所慨歎者也 然餘責所歸 珍洙幾兄弟在矣 如高明者亦豈可曰 全無其傍助之責乎云哉

間世立後之說 誰曰無其例乎 如漢之寇恂 晉之荀顗 唐之白居易 皆以其孫行立後矣 我朝宋斯敏 尹月汀子昹 各以曾孫行立後 柳於于堂 黃秋浦家 亦有此事 而近世譜規所謂承嗣孫云者 皆其例也 誰謂無此例乎 但行之者自量處之而已 不必以人言而從違之 人亦不必可否於人家事者也 未知不然否

泰鉉氏卽僕之族叔也 僕於此叔 有何偏曲 有何私感 高明規人之道 無乃有過分者耶

病席借隣生代書 大失禮敬 冀賜矜恕焉

答族人容植

旅寓送歲 歲感爲如何 朴警便歲需 是何謂外耶 吾人俱是貧者耳 貧不能以物爲禮 古人亦尙云矣 況有來無往 不但於義闕如 亦未免冒廉之恥 此心不安 還浮於感銘耳 座撓 惟此不戩

己亥(1959)元旦 老宗永益 力疾書數字報謝

二竪相撕

答族人永達

五舍修程 滿七隆老 專賜駕屈 又繼以書惠 慇懃焉 繾綣然 意重情深 僕於賢族不知何以得此 感篆之餘 瑟縮至焉

春暮靜養起居隨序珍旺 令允曁群抱 亦皆增祉而呈祥 慰賀且禱 永益每與二竪相撕 今則竪益强而身漸衰 未免竪降幡矣 然人之生死 有命在焉 彼於命如何 不過是乘其勢而作戲耳 春和一來之示 心豈不欲 但形也不能勝當其任 奈何 悵望海天 悠悠迗情而已 蒙衾口呼倩草 止此 不備謝上

己亥季春念六日 族從永益謝上

與李彦卿載說 己亥(1959)十月日

阻懷何須言 承聞尊體老益康壯 日與東園公甪里先生等 消遣世慮于手談枰頭云是何居世間出世間底淸福耶 爲之欽仰不已 弟平日所交 盡例遊岱去 惟與二竪相撕 今則未免竪降旛 任他所爲而已

委託物 今孔不孔鄒不鄒之時 絕難得見願求者 故遲遲到此 而不得已至歇廉價處理矣 如有未當 則亦有原象還完之道 下諒而可否之 如何如何 餘詳在家督口悉不備上

答權陽齋純命

拜讀惠翰 至今四五星霜 而闕然尙無報 犯義之罪大矣 縱欲辭 何益 但其間妻亡于死 喪惱存疊 身又委衰 不能於戶庭者 三年于玆 而仙鄕郡面 亦忘不記 噫 是何人事 雖欲望無校之恕 其可得乎 只自悚惶而已 伏惟春殷 靜養起居 果無愆損而近日許多變變 何以堪過耶 永益只以惠敎各敬爾身 以善餘日八字爲元符 而恭俟而已

此去兩洙 一則鄙族 一則家督也 自幼居貧 以勞傭爲常 而質亦魯甚 全昧於文字然志尙 則不欲爲夷獸之歸 由來世禍備經 而衣髮尙保耳 每仰兄淸德 願以身依歸 此時此心 何可一時沮止 但以辦斧一事 遲遲有今日矣 兄幸憐其地 而體其情不以不材而棄之 則賜孰爲大 以兄憐世之心 應亦不以將來而疑之也 且常洙兩親

俱今八耋 二便亦須人者數年 家兒亦賤眷十四口 待渠一身爲命 勢難留旬月承教矣 則亦勿以報拔病之 如何如何 贄則皆薄低一束耳 衾下口授倩寫 不盡所蘊 幸賜意會之 不備謹謝狀

庚子二月日 同門弟金永益拜

答安芝山景益

滄桑餘生 讀故人書 喜極感極 不知所以攸謝也 每於倍悲痛之辰 彼此互相趁去爲歲課者 十有餘載 而今俱爲病魔作戲敗人 好事誠亦可歎 然人生有心 心照爲貴 一會面 一往復 又是皮貌事 其於得不得何用概意 今兄我俱是溝入咫隔 惟以歸潔二字 務善餘日 而近無乃不然乎 秋凉體道益强 庇率多祉 永近以頭眩神精頓亡者 數旬 今似少可 可亦何益於此生 悲歎窮廬 古人戒 始覺知言 而覺亦晚矣 奈何奈何 適因愼友便 玆以數字報安 而神荒未知成言否也 不備謝上

寄李丙鎔

泛論治道 學說也 學說 則學成者固有之指論 時政是非也 是非 則非言責者不敢爲也 二者分限甚嚴 無分則亂作矣 今某人所爲 是學說乎 有言責者乎 衆心鬱怫 不期而激發者 是民撓也 個人誹政口宣文布者 是煽動也 民撓 則或撫安之 煽動 則必懲治之 是行政家常法 可無畏乎

余非謂爾有此事也 觀其所從 可以知其心 心有關情 不能無杞憂 故有此瀆告爾

有論民主者“民權爲本 豈拘於分位 而有不可言者乎”此亂說也 雖號民權權止於薦人一事 及乎行政 又有行政權 而民却有從政義務矣 若以一政有失一法不平而衆口訾嗷 則是混亂也 可以爲國乎 勿論家國 每事各有事體 爲民而不知體 則可以爲民主乎 爲之一笑者也

庚子八月日 外祖四矯

答宗丈在璉氏

和洙族便不面古道 書意甚重矣 而件簡藥物 又何愛欲生之至仁耶 感銘俱深 而實不知蒙 何以得此於族丈也 伏惟拜書後月又再禪矣 尊體康重 仁庇亦均泰否

遠外伏溸不已 下宗永益胃經火腎腸熱 數年苦苦幾死中 昨秋以後 火熱作怪 今則四肢亦不遂 二便又有時不省 是何生人事耶 下送靈藥虔心服用 而病已入膏盲矣 奈何奈何 似聞萬山中營一别庄云 信然 則是何居世間出世間之淸福耶 爲吟春翁

海內風塵暗

山中日月遲之詩

預賀高致耳 神昏中口呼代草 只此 不備上狀

辛丑(1961) 九月二十五日 下宗永益答上狀

與某人

噫 麟經尊攘之義 聖人隱顯之敎 今日何處得講耶 橫竪混而爲一途 義利並而爲雙行 人不可人 而義不可義 何怪乎彼之大同 而欲之成海 此則旣然 而近日所謂選人法 兄或其入思否 此旣非周三物之擧 又非漢孝廉之薦 比之隋唐楊武之紛競却無其考試之法 則只是今之一新制矣 其所謂自出馬之無廉無恥 且有甚於麗鮮以來雙糞之弊制 則不必言其得失 而今吾輩之處於其制下者 勢難免 亦印於其所謂選卷 此將如何爲得耶 此固非賣國降賊之比 而從此時制非所謂變於夷者歟

잡저雜著, 서序, 기記, 제발題跋, 계화도일기繼華島日記

石田講書輔仁契設立文 1917년?

客夏同門柳廷敏見訪 偶語及講學之事 因歎曰 從前至今 從遊於石田門下者 長少無慮幾百人 而世故至此 其不奪氣喪魄而能有守者 幾人 其如初晩之趣不同而往而不返者 已矣勿論 且如世累所困 不能更振 而因忘師門倍昔事昔事者 惜乎 奈之則使自嗅醒歟 尙今志不離乎緇帷者 僅存十數人 而亦是東西散落 未時聚首 而聞義講明 則亦將爲往與返者之次第矣 烏不悵然哉 某有一議 其與同志設一契 春秋講會而修契 則庶無孤立之歎 而或有助於輔仁之功 又於師門 亦有親義之道耶 永益亦甚喜其論 而新秋又與崔鳳喜崔命基諸士友 相遇議斯事 則亦

皆曰 意中之事也 因以定期論契者至再 胥相失期 以至于今日 是亦欠於講明立言必信之戒而然耶 抑不無慨歎者也 今玆更敢以一錄子輪呈 伏惟僉尊各以隨意隨力出資幾許 記之於名下欄 而來元月十六日 會于石田崔鎔家 以定契議 千萬幸甚

歎烟說示守軌齋諸賢 庚申三月十三日

烟之爲物 雖屬微事 可以驗氣數之大 中國元無此物 自南夷始有之 故名之曰南草 而入于中國 中國淪於夷狄 渡于海東 海東亦陷於夷狄 今遍滿天下 天下亦盡爲夷狄矣 嗚呼 是甚妖物 梅村之稱 信不誣矣 夫是之爲物 非飢之可療 寒之可禦又非享神奉祭之需 治心律身之資 而有百害無一利者也 奈何世之男女老少貴賤上下 無不貪喫 使生民受害 後世流禍耶 近齋以爲邪味 而味何有甘味 臭何有薰香 梅山所謂 妖孽之生 人物無異 咸有關於氣數而然歟者 眞知言矣夫

吸烟謾習 丁亥

余於吸烟二十時有此習 旋則棄之 在守軌之日 亦著草說一通 以戒諸生 其後羈旅于東峽之時 被傍人所勸 謾吸一次 是後人之勸者益甚力 余之謾習亦漸成 余其時自嘲云 古人五十知四十九年之非而改之 今吾五十學四十九年之無而習之吾之學是異乎古人矣 然不曾備草具 又不肯買草 但有人勸則吸之 不然則已之猶不能烋絕之 因習至今六十三 而可謂成痼疾矣 昨日授鄭哀居喪儀 至鼓山所訓吸烟在平時固不可 喪中尤不可處 忽然慚懼之心自發曰 我此習猶未革去 尙欲以是敎人乎 自今更不有此習心斷 至夕有客談話之際 自不覺又吸一烟 此可見習之成性 而操功間歇也 謝先生曰 克己須從性 偏難克處 克將去 若此痼習 不能克去更論何學 斯記以自警

生朝偶識

伊川先生曰 人無父母 生日當倍悲痛 更安忍置酒張樂以爲樂 唐太宗謂侍臣曰今日吾生日 朕爲傷感 詩云 哀哀父母 生我劬勞 奈何以劬勞之日更爲宴樂乎 眞西山先生曰 人子之於生日 苟無父母 當以忌日之禮自處 唐太宗以萬乘之主 能

行之 況學者可昧此乎

無悽愴之懷有倍乎平日者 其不能以哀傷之禮處是日者 是不能順而充之耳 程子所云安忍二字 當深體而思之 凡聖賢所以爲人子追慕之禮 何者非不忍二字爲之本乎 眞先生所謂 當以忌日之禮自處者 其義可謂切而精矣 忌日之禮者 如祭義之五思三不 家禮之不飮酒不食肉不聽樂 黲巾素服素帶以居寢于外之類 是歟 今適子之生朝也 傷感之餘 偶記及此

丁亥七月二十七日 永益識

今我國人 以獨立號呺 其志則當矣 其情則惻矣 然獨立云者 不見迫於人之勢 不受絡於人之術 而自以吾法自立吾權 有其實有其名 而義可以立 不然而迫人之勢絡人之術 則是徒名而無其實 義不可立矣 烏在其爲獨立哉

美蘇之於我韓 日虜未歸之前 已約之以中分 韓之非我韓久矣 日虜歸後 兩軍各占據南北 以三八線爲限 斯非所謂彼此之國界乎 美以美熟番 蘇以蘇之熟番 各鎭之 此非所謂統制之設耶 各以其國制度文爲施之 非所謂行其法者耶 斥我之旧而以彼之言文敎之 非所謂化民族者乎 去京都之名 而名之以市 此非所謂植民地者乎 以此而曰獨立 是誰欺 非愚我 則邪說也

美爲民主 而使占據地亦爲民主 蘇爲共産 而其占據地亦爲共産 此爲彼所化者耶爲我獨立者耶 彼或以此謾我 我認爲眞 豈非愚耶

母校之非 丁亥

乙酉七月 日虜歸後 我韓學校看板 及校內文字 仍用日時國民學校之稱 余謂國民二字 讐虜臣僕我之稱也 何不革去之 而醜用之 更思之曰 前則日本國民學校今則大韓國民學校 亦何不可以是自解矣 近看學校文字 又以日時學校 稱爲母校亦將以日本爲母國乎 余觀日時敎課 無非愚我虐我戕我者也 有何子母之義 而稱爲母校耶 此等無義無耻之輩 以前媚日之習 誤我許多童蒙 可憎可痛也

讀平和新聞

壬辰(1952)二月十六日 平和新聞云 新羅王陵發堀 寶物國寶 送之文敎部 又將於

國覽博物館保存 發堀時日與費用 略二十日間六百餘萬圓云云
噫天下事眞無所不有也 以國民而發堀先王之陵寢 寢中之物 謂之寶物 謂之國寶 而夸張之 有若大盛事 大事業然 而無一分不忍與敬畏之心焉 是可以人類論者哉 誠天下之至無道也 年前大統領百三條憲法發布日 新聞社說歷詆羅麗鮮韓先王之政 而曰 非人道 其口氣之無嚴 千斬猶輕 而今渠輩四五年所爲 果何事耶 自相殘殺百萬生灵 謀計剝奪人民財穀 是所謂人道者哉 撲滅綱常禮義 陵辱先王先聖之禍 乃至於此 而猶以自託於新文化 而不知悟 幾何非豺狼魚鱉爭食之場歟 中夜以思 不覺痛哭而欲長往也

石丈贊

丙申季冬○老柏書堂陛側有石人 氣象嚴肅 可遠而望之 不可狎而慢之 爲出數語以贊之 後之觀者 庶幾知余意之所感者深矣
默然無語 可以免於戾矣 凝然不動 可以立於世矣 穆然若思 豈深意乎 天下之大勢也歟

答肅慕殿齋中 公州郡反浦面東鶴洞

敬伏承圃牧兩先生位次儀節 鄙等識自膚淺 何敢可否於其間 但收議之下 不容無對 如其非義 只可恕以知不及 而不以悖妄罪之 則幸甚
竊以爲此事 李氏之主義 士林之事禮 彼此互相禮釋 然後公議行而事可正矣 不然而各主一偏 輾轉相激 則本爲尊祖慕賢 而尊嚴之地 却恐有大不安者 奈何奈何
謹按麗史本傳曰 自兵亂以來 學校荒廢 恭愍王新倡成均館 選嶺儒鄭某先生 金某九容 朴某尙衷 李某崇仁 朴某宜中等 兼學官 以李某先生爲大司成 每日坐明倫堂 分經授業云云
又嘗考之 恭愍朝牧隱先生兼大司成 以講授員少 擇一時經術之士 如惕若齋圃隱潘南諸賢 皆兼學職 而先生爲之長云 蓋此時泮長與學官學職座席宜有分矣 在成均如是 則鄕祠亦無異同 生時如此 則身後亦可推也 此非爲李氏之主義歟
然此忠義祠 原來是冶隱先生 以圃隱先生門弟 爲祭師而倡設之地 此時只可曰圃隱祠 而後以牧冶追配 雖有三隱之稱 其爲主而元配 則依舊是圃隱先生也 柳

琴軒先生 以并時之賢 圃牧兩先生 年上下及館學時事 非不詳知 而其追配時位次如是者 亦豈非以圃爲元配牧爲追配故耶 抑別有所以歟 以今士林言之 琴軒先生之所定位次旣如此 五百年諸先輩又遵行無疑之地 以後進何敢擅爲變動歟 此則士林常禮然也

然則彼此情事 互相禮釋 廣詢博考 以求十分至當道理 而當世不能 則留待後日無使今日陵鑠受侮之吾林 以失相愛相扶之義 庶幾寡過歟

僭窃以爲 勿論今後 道德節義如兩先生者出 而處議禮之地前 似難決此事矣 今其人爲誰 其地何所 只有仰蒼而已

三條事項

1. 二先生位次 此乃追配時所定如此 而以後五百年前輩之遵行成例者 則以後進何敢自爲變易 亦何敢擅自容許 事體之不可也 必矣

1. 儒林奉享位牌 本孫奉歸私家 是何徑庭之甚也 儀節上設有未安于心者 收議講禮 豈無道理 而任情直行 殆若上下半千載眼無人者然 此決是任心自用 非以禮制事之道也 位牌再造奉享可否 有可思者 今再造奉享 本孫又有如今日之擧 則可三造四造而無窮期歟 似非尊嚴愼重之道 如何如何 *徑庭：直往貌

1. 金東峯規定文字云云 似不必如此說也 從前儀節果有不合於禮 則雖無東峯規定 士林豈可無講禮就正之道 苟爲不然 又豈可違禮而勉從之理哉 不問東峯文字有無 以禮折衷焉可也 未知不然否

檀紀四二九二年己亥七月日

瑞山郡泰安文廟 典校某

儒林某某

答三隱閣齋儒 庚子五月

敬覆 韓山李氏所謂反證文字 主筆者不知爲誰 而可謂怪變也 彼以一段猜恨之心乘今宗國不幸聖賢受侮之日 讐君誣賢之說 放心寫出 何其無憚也 自古侮聖詬賢輩 何代無之 而但止其人書其文而已 未有如今日李氏之摠動擧族公布全國者也僉位之反駁聲討義嚴辭正爲世道幸甚 大抵李氏之心以爲牧隱之道學節義文章皆不讓於圃隱 且爵高年上 而何故圃獨陞廡院位亦爲首哉 以是猜恨積中 發此怪事

也 然尊祖宜有其體 講義論禮以求伸公義 豈無其道 而乃誣辱其祖所配先正 詬罵其祖祀享儒林 是果推廣愛敬之心耶 且牧隱先生之節爲其君綱之德 由於尊聖而今排君宗穌之日 以先生之事陳情而求判定 是又尊其道體其心之事歟 可謂是非之心絕 而亦不仁之甚者也 嗚呼何責焉 鄙等亦辨駁數條於別幅 而非敢爲義正也 但憤世之感不能自止 而辭亦不達 體恕勿罪則幸甚

辨李氏反證文

反證: 圃隱二十年服事禑昌 一朝放弑 天下之惡 莫如弑君 雖欲掩之 其可得乎

辨: 圃翁之道學節義 國朝五百年列聖祖及諸儒賢無不極爲贊揚 全國儒林世爲崇慕推爲東國儒學淵源之祖 而李氏乃以掩惡二字蔽蓋之 其眼中果有君有賢歟 吾聞牧隱之學敬君尊賢 而其孫之欲尊祖也 以慢君誣賢爲得計 此果是敬其所尊愛其所親之道耶 可憎也

反證: 牧隱李朝抑壓升廡 還出圃隱國家褒揚 永爲升廡

辨: 李氏之於國朝 有何所薄 而有此口業耶 曰抑壓 則有不是之心矣 曰李朝則是外之之辭 有是心有是言 更何所憚而有所不忍可畏也 國朝於儒賢升廡自有公議在 豈有抑壓之理 李氏之言 誠抑壓於君父也

反證: 牧隱禑昌黨 圃隱太祖黨云云

辨: 嗚呼 君子亦有黨乎 吾謂牧隱先生死於萬古綱常之節 乃死於一時一姓之黨歟 異哉 李氏之言也 圃翁之非黨 丹心歌善竹血 滿天下至今口成碑 雖有冒疾者孰信其誣 請李氏休其妄肆焉

反證: 此事 陳情中央政府 文教部長官判定 下於忠南道知 訓令下付云云 政府訓令度外視 可謂化外之民云云

辨: 李氏之事至此 可謂無所不爲也 以爲抑壓於君主時 故欲伸雪於民主日耶 然民且謂之化外 則李氏當前爲君主難 爲民主亦難 爲之奈何 牧隱先生長湍吟曰夢裏誰曾有此思 亦可謂今日準備語也

反證: 牧隱首位我等不願 自今以後牧隱享祀 斷然撤廢云云

辨: 一牧隱先生 而旣欲爭首位而尊享之 又欲廢享而不血食 何也 無乃以其祖爲其心欲惡之資具者耶 誠不仁之甚者也

反證: 知者知之 不知者不知之 圃隱出處 今日暴露 果是誰歟

辨: 所謂知之者誰也 不知者何人也 彼自爲大書深印 暴之全國 而曰果是誰歟 眞儉人口氣也 然圃隱出處 自是光明正大如靑天白日 則雖欲些麽氛妖以掩之 何可得也 只自犯神人之怒已矣

反證: 圃隱行跡 儒敎精神 大爲背馳云云

辨: 何者謂之儒敎精神 以性理則爲東方理學之祖 啓學則爲東儒淵源之濂翁 義理則斥元尊明義本春秋 儀禮則復五服喪三年至令士庶立廟奉祀 制度則內建五學外設鄕校振興儒術 節義則身與國存身與國亡 列聖群賢 以泰山高節宇宙棟樑 贊揚之 至如冠服衣制 無不革胡從華 使東國數千載夷陋一洗之 而開我五百年小中華文物 伊誰之功 而曰儒敎精神背馳也 昔李泰伯 以孟子爲忍人 余隱之謂 知其有天誅鬼責 吾於李氏之主此筆者惧焉

栗翁論東方道學曰 滔滔千載 莫或拔萃 麗末鄭某 稍有儒者氣象 此以圃隱爲東方千載一人之辭 豈可爲儒敎背馳之證者耶 曰未能成就其學 責備說也 學非周孔孰能有具備者 不能如孔子之大成 故曰儒敎背馳 則自顔曾以下無一得免者也 豈不難哉

栗翁又論 大臣忠臣之分曰 甯武子之求主 諸葛亮之討賊 狄仁傑之反正 司馬光之革弊 此所謂忠臣也 其曰 迹其行事 不過爲忠臣而已者 亦此意也 李氏之於此宜亦知之 而猶以放弑之說誣之 放弑者亦謂之忠臣矣乎 自誣其心者 何所往而非誣也

圃牧兩先生 生同時 仕同朝 倡學啓後 立心輔國 亦同其志 而廢昌立瑤之際 所遭艱難與其黜逮內谷 亦豈有異同哉 若以圃翁之參勳爲放弑賞典 則牧隱之韓山府院君爵 亦是其參賀賞典歟 — 己巳十一月十五日 策立恭讓 牧隱自長湍入賀 封韓山府院君 — 不問當時事情與義理心事如何 只以形迹而云云 則是豈論人以世之道耶 外相彌縫 內謀王室 甚有大臣之度 此綱目書王允事也 噫此不可以論先生事也乎

牧隱詩二鄭 李氏以圃翁代鄭摠 的是有心之惡 而其實誣其祖也 牧老於圃翁 平日所許何如 而有此無義訶詆耶 若非燃藜室記述 幾何不爲其後孫所誣 而爲一謗書也

大抵李氏之於圃翁 不知有何深怨 而期欲誣之如斯也 其心法固不好而實 則氣數之變也 不必於彼嘵嘵多辨 但善學圃翁之道 以俟上天之反是 今日所務歟噫

質疑(태안유림에 하는 질의)

牧隱先生之黜享於聖廡 雖曰柳文節云云 而當時儒林公議則以爲如何 或無可據者歟

國家列聖祖贊兩先生文 圃翁則道學節義并稱之 牧老則稱節義文章 而道學則不及焉 是又何故歟

牧隱先生深於儒術 精於性理 而文集所載 不過詩文而已 至於問學微妙之論 不少概見 何也 太宗時焚滅其文稿幾編 其所以歟

由來尙論家以牧老爲文盛 圃翁爲道盛 則聖廟以道學爲重 故從其所盛 而圃獨升廡歟

三隱位次 牧隱先生同時而年上 則似當爲首 而琴軒以先生爲配時 其不然何也 元配追配之說 是其實情歟

昔許文正仕元爲祭酒 我東儒賢 或謂之失身 或以爲失節 尤翁則至有黜享事 魯齋以元人仕元 有何不義 而諸先生有此云爲 何也 蓋許氏以儒自名 當時德學負天下重望 而不辨陰陽 以身許夷 是失身也 不能正君以夷夏大道 而配爲君臣 是失節也 大本旣倒 得罪於春秋 則此豈敢安於聖廡哉 此義理 我東圃隱潘南諸先生首倡之 南秋江亦有魯齋許先生披髮爲其臣之譏 而至尤翁時益大明矣

圃牧兩先生之造士論政與身之所蹈 無非此心 而觀圃翁之斥元使討金義疏 則此義甚嚴 牧老則公私文字特書仕元翰林四字 未知祭酒與翰林有分歟 其臣與陪臣有間歟 僉位之平日定識以爲如何 勿吝惠敎切望

牧隱先生之院享 自是儒林事 非關李氏本孫之地 然自前院例 亦有本孫不願 而儒林自立之事歟 今李氏以爲辱祖 而奉歸位牌 紙位亦禁用 而首位不願 永久撤享之說 印布國中 則三隱齋儒 亦將何以對處也 彼雖謂辱祖 而我自尊慕謂無害於義 而堅守不變爲得事體歟 五百年成例 到今廢之 事甚惶悚 而本孫起鬧如是則不得已停享以俟事平 亦不害爲處變之義歟 亦願聞所以處者

讀申象村彙言及勝國遺事

“麗史所予奪 皆未可信 如立昌謁禑送彝初 爲牧隱大罪案 使元老顚沛 卒移其國 彼道傳也浚也紹宗也 其得免鈇鉞之誅乎 爲麗史者鄭麟趾也”出申象村彙言

“太祖開國之五年 牧隱以賓禮入見 叙旧如平生 及辭 太祖揖送之門 牧隱戲告曰 殿下立國 不與我輩同事 乃與馬賈輩謀 何也 太祖笑而不答 馬賈輩當時開國功臣” 出申象村勝國遺事

余嘗讀彙言 麗史不可信之言 固無間然矣 今看遺事 却不勝慨然 遺事亦麟趾輩誣錄者耶 可謂不刀而殺人者也 其辭意 恨不能專浚傳輩之事功也 是豈牧隱之口所可道者耶 不然怕死納諛 聞者赧顔 不須責浚傳也

西教辨(就花之安所著自西徂東 約取口語而立辨)

世上各種疾病 皆原於有罪 有罪則有疾病死亡 故欲治病必先去罪 然罪不能自去 如病不能自療 — 治疾病章 下同

辨: 人之疾病 生於形氣 有罪無罪 由於心用 何謂疾病皆原於有罪也 治病在於攝養 去罪在於遷善 何謂欲治病必先去罪 心之悖理 是罪心之反理 是去罪悖之反之 皆心所爲 而曰不能自去者 又何謂也 此皆耶穌救人脫罪 除人疾病 邪說之伏線也

此耶穌所以降世救人脫罪 而爲除疾病之源也 則欲求去罪者 非耶穌聖教不爲功 人誠能篤信聖道 以求赦罪

辨: 理之當罪者罪之 理之當赦者赦之 此天人公正之理也 今不問理之如何 惟篤信耶穌者 耶穌爲之禱帝而赦之 則是耶穌亦棄理而用私者也 然則自家用私之罪無可逃之理 何暇有救人罪之日耶

然生今之世 仍或有疾 — 本注 非謂篤信聖道人 此生絕無疾病 — 而將來必得無壞之身 登明宮 享永福

辨: 遁辭遁辭 耶穌何不禱帝赦之 而仍或有疾且形死朽滅者 將來必得無壞之身 人誰見之 妄矣妄矣 陽不能以無理欺人 故陰借明宮享福之說以惑人 如畵鬼神以

欺人 欲引入耶穌之計 意雖巧矣 事莫苟焉

遣人宣傳耶穌聖道 使藉感化之功 可克己而復禮 慕天上之福 視世庸福如浮雲 癲狂之證 亦何自而生哉 — 優待癲狂章

辨: 克己者 以己之心克己之私者也 何藉於宣傳耶教者之功也 且克己而復禮則已矣 又慕天福何哉 以慕福之心克己 則是以私克私也 私果有可克之理乎 可謂癲狂之尤者也

華人誠能如泰西 以耶穌聖教化民 則人皆以禮義廉恥爲尙 又何至肆然犯法乎 — 省刑罰章

辨: 誠能以中華堯舜之道化民 則人何不尙禮義廉恥 俗何不致刑措之風 而必用不拜君父不分男女之耶教 然後尙禮義不犯法乎 花之安之爲此言時 其顔能無騂乎 吾聞耶穌身用其教 而爲其弟子謀殺 未免爲十字架流血死云矣 何處見其尙禮義不肆然乎

誠能事無大小 悉遵耶+法戒 將見敎化盛行 咸歸遜讓 有不鑄刀爲犁 銷戈爲鎌者乎 — 解息戰爭章

辨: 戰爭之源是利 而防利之道 仁義而已矣 欲息爭 而教以耶穌畏禍求福之說 慢君忘祖之行 則賊仁害義甚矣 何以見所謂鑄刀爲犁銷戈爲鎌之日乎 耶穌生西國宣其教今二千年 彼諸國之息爭 果有如所言者乎 是出於誘人入耶敎之心 而却不知其言之虛張也

講道理人到中國 今有數百之多 其尤大有益者 勸人信從耶穌 得保性眞以歸於天父 不至得罪於天父 而無所禱告 孔子云 獲罪於天無所禱也 卽是此意 蓋人專敬天父 自不敢爲惡矣 — 懷柔遠章 下同

辨: 勸人以無禮 — 不拜君父 — 無恩 — 不祀父祖 — 無別 — 男拊婦病 — 之耶教 而謂之講道理 謂之保性眞 則所謂道理與性眞 可知也 蜂蟻有君臣之禮 豺獺亦有報本之恩 鴡鳩且有配匹之別 而是微而偏者 故不諒道理 而失其性眞故歟

眞不如也 所謂天父 卽耶和華也 吾聞耶和華亦有人像者 有像則是物 而謂之天父 天下豈有如此悖妄哉 而猶使人不得罪於此耶 吾夫子之所言天 是理也 理無妄 故人之妄者 謂之獲罪也 有何近似者 而謂之同意歟 可謂誣聖言者也

以孔子以直報怨之訓 爲爲官府治民言 又謂西國不許報仇 以有官府治之 且上帝照公義罰之 又引耶穌受妒忌者之害 釘死十字架 仍爲仇人祈禱 欲其悔罪改惡 其徒又謂耶穌是天父愛子 爲世人流血贖罪 — 愛憐仇敵章

辨: 以孔子以直報怨之訓 爲爲官府治民言 是亦誣吾聖人之言 以飾西國不許報仇之說也 不許報仇 而以有官府治之 又何也 豈不黨父兄 而一爲公民故歟 且上帝旣照公義罰之 則已矣 又殺愛子以贖之 何也 且釘死架上者 能爲仇人祈禱 果有是理歟 言之妄誕如是 而世亦有信惑者多 誠迷妄之甚矣

瀛寰志略言 耶穌能以神術醫人 以手撫磨婦女之病 所至男女數千人 花之安亦自言 禮拜講道 女子明理者 悉令入塾同肄業 初不諱其男女無分也

辨: 人有羞耻之心者 可以言人道 無是 則卽一禽獸耳 言亦何用 耶穌以手撫摩婦女之病 所至數千爲群 禮拜堂男女混處肄業 不諱其無分 則是穢雜無禮 而有教之陷於淫辟之罪者也 西國法律 夫婦無上下 而許妻可告夫 其國俗 合婚務必男女歡悅 意無齟齬 方爲夫婦 不然 則父母亦不能相强 此等無義無禮之行 是乃耶穌無分之教 爲之源 不然其國法與國俗自來如此 故耶穌因而爲教者 亦如此歟 今花之安入中國 博涉吾聖賢書 則宜知男女之別爲何如 而猶以此大書深刻 布之天下 是可曰有羞耻之心者哉 風氣之囿 雖曰難開 而抑亦是塞而不可變者也 有何責焉

廣行恕道言 博覽經書 旁搜子史 互相比較 廣其聞見 士之所宜 不謂朝廷以文藝取士 必求無背於朱註 凡朱子以前朱子以後 先儒之諸論 豈無詳明足資考證者 若止墨守朱註 而不並取以參觀俾暢孔孟之旨 似朱註更勝於孔孟矣 奚其可哉

辨: 朱子博覽旁搜 就諸儒說中 去短取長 以成集註 則無一句非參觀諸儒之說 無一字非俾暢孔孟之旨 求無背於集註 乃所以爲無悖於孔孟之教者也 何可以守朱

註 而不參觀 謂朱勝孔孟而譏之乎 細觀其立論之意 正學異教 是非得失 一切平看淆亂我孔孟之敎 而冀其以耶穌之說得行於世爾 其心誠叵測 而以下文所言觀之 可以如視諸掌矣

其言曰 儒釋道三敎 朝廷取其眞心行善者 以奬勵之 又曰 立敎不僅儒釋道 而論理各有純疵 但當究其純全者爲依歸 不可强人以從己敎 惟於各敎中 擇其道理之至善者 以普勸斯世而已

辨: 彼旣以道家之長年 釋氏之輪回 爲妄而斥之 — 見三十六章 — 儒敎之倫理祀典 彼又不取 而其敎之所禁者 則所謂眞心行善無疵純全道理至善者 宜不在此而必也祈禱上帝救人脫罪之耶穌聖敎 可謂眞心行善而奬勵之者 可謂無疵純全道理至善 而普勸斯世者也 立敎不僅儒佛道 則耶穌敎宜尤所立 不可强人以從己敎 則從入耶穌者可勸 而不宜所禁 其立論之意 不其然乎 吾見花之安之心 亶在於以耶穌易孔孟之私意 未見其無我求道之忠心也 則安在所謂恕道也乎

彼又言 若夫中國祭祀之繁 强人行之 尤爲不恕

辨: 海東見聞錄曰 漢人入耶穌敎 焚父母神主 瀛寰志略亦言 奉耶穌者 不祀祖先彼敎法如是 則以中國之以祭祀敎人爲不恕 無足怪焉 日人安井氏辨妄言 浮屠雖與耶穌相類 然猶爲君父修冥福 猶有追遠之意 耶穌則直以君父爲假死 卽絕之不敢復祀 視之如犬馬然 今一奉其敎 聖君賢臣之廟 不得不盡毁之 下至士庶 亦不得祭其祖禰 是其忠厚之所忍爲哉 此辨非不切矣 而祭祀本於人心 無人心者 何足辨其爲妄耶

又擧始皇之焚書坑儒 而儒實不可去 與梁武之欲除道敎 而道終不可除 魏主欲滅佛 而佛終不可滅 而結之曰 可知三敎並行 原各有可取之處 亦當推己及人 各行所是 無容遽思驅除

辨: 儒與道佛可如此齊頭并論者 而秦與梁周之事 亦如是無善惡之可分者耶 花之安胸中原無一點是非之心 而只有糊塗亂說以其耶穌之說 得行于其間一念而已爲政家爲正學去異端邪說 如農夫爲五穀除稊稗雜草也 農夫年年除草 而草終不

可除 則亦將曰 草原有可取處 無容遽思驅除也否 行恕如此 則吾未知此世將成何樣也 推己及人 是吾儒家言 而彼以用之 其所心則所謂落眼之金屑 而却成行恕之醫而已 彼何有益 而爲此胡亂也

萬國公法本旨章言 公法不猶許人往來經商 亦許人往來傳敎 倘有阻之 則違法 如有本國人從外國之敎 本國禁錮之 是欺陵從敎之人 不合公法 或誹謗之 不合公法 所以需領事官保護傳敎者也 蓋外國人不强入耶穌敎 惟入敎者 則領事官及敎會保護之 旣入敎實守本國之法 非有犯國法也 但入敎則不拜偶像耳 且入敎人更當安分守法 故公法尤保護之

辨: 公法本旨如是 則是專以布敎爲主 豈爲天下萬國公共之法耶 萬國地界有限 風氣不同 其政法與主敎 亦各有異中國 則以綱常禮義爲道 尊君敬親爲敎 而有犯之者 國有常憲 敎無容法矣 若人習於西敎 不拜君父 不祀祖禰 男女無辨等 從其敎法行之 則是乃犯國法也 安見所謂守分守法乎 本國豈可不沮止之 豈可不誹謗與禁錮之 以是謂之欺陵從敎人 謂之不合公法 則公法之不公甚矣

歷擧儒書祭祀之禮而曰 祀典雖繁 惟祀上帝爲得其正 諸祀皆可廢也 遂記仙佛世俗拜神求福之事 而誚之 — 吉禮歸眞章

辨: 祭祀原祗有報德之意 未嘗存祈福之私 而仙佛世俗誠有僭諂淫瀆之罪 若懲此而并與聖人所制正祀而廢之如彼說 則是又無禮不敬 不仁少恩 眞鷹豹之不如也 何以爲人道也

彼又曰 耶穌在上帝前 祈禱西人依賴耶穌 所求者 只欲赦一己之罪 死後靈魂不受苦

上帝是至神至明至公無私 配理運化萬物者也 物之善者自至於吉 其惡者自歸於凶 皆自取之 上帝無容心焉 今曰 耶穌在上帝前祈禱 上帝不問善惡 而惟耶穌是聽 則無奈上帝不明不公之神歟 西人亦是上帝氣化中生而有賦性者 不務自修 去惡爲善 而惟依耶穌求赦罪 則所賦靈覺與衷性却任何處 而有此怪事也 且靈魂與形俱生 形壞隨散 反諸太化而無迹 則有何受苦不受苦之可言 是乃佛氏天堂地獄

之說 而彼襲取之 以爲誘愚痴樹爲黨之計 其敎術之妄誕不經尙矣 慢上帝欺西人之罪大矣 可惡也 吾儒敎 則知其爲不善 則速改而從善而已 善是上帝之所命也 何事於祈禱也

彼又曰 耶穌代人贖罪 獻至潔之身於上帝 而上帝自然悅納

辨: 上帝至仁 以生生不窮爲道 豈有殺此贖彼 不忍不公之心也 耶穌彼謂之上帝之愛子 則愛子代有罪者被殺 而上帝悅之 亦何不仁不公之甚耶 吾知其上帝決無此事 是彼徒之所誣妄也 可憎也 且萬象莫非上帝子 而彼以耶穌謂之上帝之愛子獨子 有愛則有不愛 獨則無他子矣 語之奇怪莫說 援上帝設此虛妄 不敬之罪亦大矣 彼敎專以祈禱爲事 而曰耶穌在上帝前祈禱 曰從敎者祈禱謝上帝之恩 曰聚集禮拜堂祈禱聽道 曰在家早晩祈禱 是皆求赦罪而望永福之心也 不修上帝所與之衷 而以此有所之心禱之 雖禱何益 只見其不經也

人死魂離 安能長在家廟 則旟旐之招魂 木主之依神 徒多事耳 — 凶禮貴中章

辨: 形死魂離飄散 故招而復之 旣葬無愛誠盡處 故立木主而依神之 豈無此理 而聖人制禮與所行如是耶 彼則信耶穌者升天堂 不信者入地獄 故其言如此 無足怪也 然彼言其敎 則曰耶穌能脫死亡而復活 人必依賴乃能具永生之理 故雖死而生理長在 又曰人能眞心從耶穌 則後來新天地旣成 上帝使吾靈魂復完 一身永遠常存 又曰從耶穌敎者 信道以爲善 則臨終時耶穌接之升天云 此皆靈魂長在之說 而至謂接之升天 則非但長在已也 在彼則如此 在此則曰徒多事 廢此從彼 其主意不難見也 至於世俗之誤信巫覡葬師僧尼道流狂惑之言 而妄行非法 則有王者作 在所當禁 非但彼敎之所譏己也

凡臣下朝見 各有其禮 但不拜跪叩頭 蓋人主雖當敬 不如天帝更尊 堪受人跪拜叩頭也 — 嘉禮求正章

辨: 於人主如此 則父母可不拜 師長可不拜 聖賢可不拜也 是豈上帝賦與之正禮如此哉 彼之言曰 敬偶像者 上帝所甚惡 日人辨妄亦譏之曰 耶和華之敎曰 愛父母過於我 不宜乎哉 孰見其所甚惡 孰聞其不宜之言 是皆彼徒僞造虛言 歸上帝

於一猜妬之鬼也 其不敬之罪孰甚焉 而猶曰我尊上帝也乎 吾儒之禮 則天子祭泰山 諸侯祭封內山川 則衆庶何敢祀上帝乎 故聖人有曾謂泰山不如林放之戒也

西國相見 有拖手之禮 以示親愛 但尊者先拖少者之手 是愛少者 而少者不敢先拖長者之手 所以尊敬長者也 若女人與男子有戚誼者 女人敬男子 先拖其手則可 而男子不能先伸手與之拖 此行禮之有別也 — 賓禮主敬章

辨: 女人拖男子之手 男子不能伸手與之拖 以此爲行禮之別 則女尊男卑 可知矣 此旣乖於天地尊卑陰陽剛柔之義 則男女不親授受之禮 又何足責焉

處父母之讐 固貴以直報 而有時或阻於勢 或限於時 則宜附之上帝 以伸其寃 而未可槪例於不共戴天也 又言讐私意也 理公物也 — 孝本愛敬章

辨: 處父母之讐 阻勢限時 而不得報 則正宜沫血飮泣 益以不共戴天 存乎心 而必思所以圖報者 是仁人孝子之心也 曰附之上帝以伸寃 則是歸之天而不思報 爲伸寃歟 槪例於不共戴天爲未可 則與共爲仇祈禱之場是可也 處父母之讐爲私 附之上帝之理爲公 此花之安之本意也 大抵爲耶穌敎者愛父母 上帝之所不宜 而以上帝爲眞父 以父母爲假 故有此輕悖之論也 所謂孝本愛敬者 何事也 眞欺心欺天者也

又曰 泰西喪禮三日 而葬殯之日 扶柩至墓 敎師偕親屬詣禮拜堂 祝讀詩篇 遂偕往墓前 禱祝以明己罪 求赦於天父

人之有罪無罪 旣定於平日處心行事之善惡如何 豈死後禱祝求赦所能免乎 且人之惡 莫大於見父母不是處 而今親死者 不以哀戚爲心 以明罪求赦於天父爲事 則天父有靈 當先罰其祈禱者不仁之罪 況敢望其爲死者求赦乎 如此而彼每譏僧家設齋之謬 亦可笑也

右言 三年之喪 今世多有名無實 余以爲三年之喪 則父爲輕而母爲重 誠以提携保抱 母氏較爲劬勞

此是原來夷狄重母之俗而然也 不足爲辨

又曰 居喪之日 無頃刻以三年 若必强人以三年之喪 試問今之居喪者 三年中果何如 三年外更何如

父母之喪 聖人以三年立爲中制 使過者俯而就之 不及者勉而從者也 若以不善喪者言之 短喪姑舍 至有朝死夕歌之類 則雖無喪可也 奚問其有實無實及三年內外何如也 余聞無禮則爲禽獸 有禮則爲人道 欲遷就於其間者 其居於人獸之間故也可歎

又言 西國律法 子旣及冠 則子自立室專權 此時卽有借貸不償乖張不法 論國法則皆無涉於其父

父爲子天 子是父禪 一氣貫連 故父子一體 天理之當然也 彼西國不知天理 而以利欲爲命 故其律法與國法如此 此豈可以訓人世者耶 可畏

彼首引論語 篤信好學 守死善道 云云 又曰 俗人每忽而不信 心旣陷溺 應受上帝重罰 而上帝仁愛 不忍卽加罰 故特降生耶穌 廣仁愛於世間 以救贖人罪 其詞曰信而受洗者得救 不信者定罪 一 正教會發明章

彼教有所謂信愛望三者 信者篤信耶穌之眞理也 愛者以仁愛之心愛上帝也 望者望上帝賜永福 而不求世俗之暫逸也 彼所信所守 只是此等事 有何近似於聖人之道 而妄引聖人之訓耶 可謂侮聖言者矣 人之有罪無罪 不以善惡辨 而只以洗禮不信受者定罪 此豈公正之理乎 且挪亞十三世孫摩西 拜受天書 敎民行洗禮安息之前 不知何法定罪 又有可怪者 上帝惡世人罪惡 破天淵之水 以盡滅之 又俯念以色列盡戮埃及長子 此時其不忍仁愛之性 未知何處去 此皆耶穌敎徒做出虛妄欺誑愚迷者 眞上帝豈有此等偏私不正之理哉

上帝以獨生之子賜世 俾信之者免沈淪而得永生 耶穌亦自稱天之獨子 以拯濟世人 至於受刑流血贖人罪

爲信者免沈淪 而殺獨生子 以獨子爲世人贖罪 而受刑流血 此果近理之言耶 假使實然 以若不慈不孝至不仁之心 可以拯濟世人乎 此亦彼敎徒造妄之辭 而言之無理尙矣 侮瀆上帝甚矣 且他人豈非天之子 而耶穌之自稱獨子 亦奇怪也

彼徒又謂 耶穌旣刑三日 復蘇升天 往往形見 與其徒及所善諸老婆相語云云

此尤妄誕之甚也 旣曰復蘇形見 則是肉身再活也 何不身布其敎 而只與老婆相語而已耶 大抵受敎會精神 亶在於欲以成黨羽之衆 而邪說之行而已 其言之有理無理 何足校乎

又謂 敎會之所事 在三位一體之上帝 曰天父 曰救主 曰聖神 天父以爲主宰 救主以其能赦罪 聖神以其理化人

上帝者 至尊無對之稱 而未聞三位之說也 天父與天之獨子齊頭 無尊卑之分而一體并座則 豈非亂之大者乎 可謂一劇也

儒者所傳之道 考諸五經 類多合上帝之道 今西人所傳耶穌之道 原本於上帝之道也 — 傳道會章

吾先師艮翁辨曰 余謂 此須分彼此所言之上帝然後 方可言何道之合與不合本與不本也 若儒家所言上帝 蓋天是剛陽之物 自然如此 轉運不息 必有至神至明 所以能配乎理 而主宰群動者 如在人之心君是也 非實有一物 如世間帝者之位 此則彼未嘗夢到也 彼所謂上帝 我知之矣 馬可講義五卷第六十八條言 以色列在埃及爲僕時 其苦聲聞於上帝 上帝俯念前約 設法救之 故命天使遍行埃及 盡戮其長子 乃命以色列族以羔血塗門爲号 凡門有血之家 天使過而不入 以色列族遵此免長子之死云 彼之上帝 乃如此 何其媟也 其原本與否 固無足言 吾儒之敎 又何嘗自合於此 此如朔南之判也

人無正識 則邪正昏昧 惟以形氣爲命 勢利爲歸 日睹魍魎作怪 而勢之所在 則以爲時而趨之 以爲倀而求欲望 亦何以人道責之哉 噫流俗變而爲夷狄 夷狄變而爲禽獸 禽獸變而爲鬼魅 是運降之所致歟 今吾輩處鬼魅之中 求不失人道 爲之奈何 唯閉門劇讀小學明倫敬身而已矣

今耶穌西敎 乘時益熾 所謂禮拜堂傳敎室 星羅我全國 至於山溪僻村 無一空處 邪說之行勢如猛潮 衆人誑惑殆將彼之大同矣 昔我先師艮翁 有自西徂東辨 自西徂東者 是德人花之安以耶穌敎徒 有淹博之識 捭闔之文 出入於吾經傳子史之間 摘得近似之語 以飾其妄誕之術者也 余與友生 就其中取其若干句語 隨條應辨 而名之曰 西敎辨 卽亦自西徂東辨也 先師之辨盡矣 而余今爲此者 非求多于

前賢 特欲講明之意 且以今爻象 雖人人立辨 猶之可也 孟子曰 能言拒楊墨者 聖人之徒也 余敢繼之曰 能力辨西敎者 亦衛正之徒也云爾 覽斯辨者 只取其好惡所在而已 至於文之不成理 何足看也

辛丑(1961)遯夏日 天台山人 書于守貞書室

墨西哥之亡于班也 焚其書 滅其文 戮其學人 波蘭之亡于俄德也 禁爲波語文 康果之亡于比也 瓜哇之亡于荷也 亦皆只敎其言語商工之學 使無知識 而日至於愚前日之於我 今所謂文敎主意 亦在乎敎其主國之語文 禁我故國之學 俾忘其所自來 習之于奴隷化 而不自知 此所謂西人易人種法 而易人種 卽滅人種也

日虜之刷吾人之在彼國者十萬 送于北韓共産黨之說 是彼有所要而嚇我之習也蓋利用寄寓諸人 以爲獵取奇貨者 彼之常習也 長計也 以近日事觀之 我義親王堈公 永宣君埈鎔 以親貴在彼 甲申革黨朴泳孝等 甲午革黨諸人 以國事犯在彼之日 彼視兩親貴及國事犯諸人爲奇貨 曰 用此可以獵取韓國巨款 乃揚言曰 擁義親王還國 變易大位 或曰 擁永宣君還國 於是我皇室震於其聲 內帑之金 日夜渡東充彼政客之囊者 不絕矣 又有嚇我政府者 助國事犯朴泳孝等還國 改革政界於是政府之賂金不饜彼政客之饞涎 則不止 吾國財政 緣此而耗其半焉 且用日進會宋秉畯李用九輩 獵韓國用淸之宣統 獵沸洲 皆用此手法也 今吾與彼居何地而不思所以仁無敵德勝暴之道 而一用此小數 而不悛哉 可歎也已

古今亡人之國 異術矣 昔之亡人國 以兵如劫盜焉 今者亡人國 以術如騙子焉 時兼二者並用之 昔者李斯之敎秦以滅六國也 其爲說曰 陰遣謀士 齎持金玉 以游說諸侯 諸侯與名士 可下以財者 厚遺結之 不肯者 利金隨之 離其君臣之計 乃使良將隨其後 此其詭謀乎 今强大國日以謀人國爲聯 志者莫不奉李斯之敎矣 其行之以漸 其乘之以機 其間之以謀 其分之以利 其恐之以威 其美之以名 先奪其政權 攘其要害 餌其貴要 鬪其黨徒 而後宰割之 烹嚼之 終乃呑咽之 猶欺其國民曰吾保護爾也

自者我心自謂之辭也 一自釋氏本於自心之傳 — 程子曰釋氏本心 — 繼之 而自理自道自性之說盛行 其曰眞理卽是此心 何乃將心更觀眞理 — 圓覺經疏 — 此自心自以爲眞理也 其曰此心卽大道 何必更求歸宿 求歸宿便害道 — 楊氏簡 — 此自心自以爲大道也 其曰心卽性性卽心 何以言存天理 凡言存天理者 心尙與理爲二 — 李氏中 — 此自心自以爲天理也 其曰心卽性也 而曰心能盡性 又似別有心此如以心使心 若判心性大本不一 — 李氏震相 — 此自心自以爲性也 其見如是故其心自尊自上自聖自大自居 以命物之主 而更不知有受命之理也 其言曰天上天下唯我獨尊 — 佛氏 — 此自心自以爲極尊也 曰上面着不得一字 — 陸氏 — 此自心自以爲無上也 曰心未嘗不聖 — 慈湖 — 此自心自以爲至聖也 曰極天下之尊而莫之敢攖 — 念臺 — 此亦自心自以爲極尊也 曰大理具小理 — 金氏 — 此自心自以爲至大也 曰心是人理之尊號 — 李氏 — 此自心自以爲尊號也 心旣如此 則無時無事 無不自是自能自由自行自肆自恣 無有顧忌 此其自然之勢也 古人云文章關治亂 況乎學術乎 理氣勝負 不但爲人心善惡之所由分 凡國家之治亂 華夷之消長 無不關由乎此 而講家學術 乃其兆之先見者也 噫抑亦氣數也歟 其流之弊 浸浸至于今日 自由二字爲世公典 而人人自由 事事自由 以至爲國爲政 亦以自由立名 男女長少 皆以自由爲義 遂命之曰 自由世界也 及其妖幻執命 又以思想自由 信仰自由 言論自由等魔術 眩惑人世 人無不懺慌而倀倀 若失性人也於是滿地倀魔乘時跳梁 自由幟下驅率邦人 而三綱五常 謂之自由之戕賊 而破滅之 去聖古經 謂之自由之毒素 而戒禁之 無大無小 凡關禮義者 一一擯斥之 自由當前 所謂華夏人道者 無一能存者 噫噫痛矣 自由之烈也 夫自由者 本心之血統也 心理之發華也 觀於今日 其驗果何如也 請世之講學諸家 知所戒矣夫

天地體用一源 聖人體卽用用卽體 與天地無間 然賢人亦體用備 而有生熟不同凡衆雖有體 而用有不備 禽獸與木石 亦固有體 而其用或僅有一路之通 或全不見其依俙近似者 然則聖賢凡衆禽獸木石之所以別 豈不在於一用字之如何歟 彼禽獸與木石之偏而塞者物也 無足言矣 至於凡衆 則均受天地正通之氣 而與堯舜同類者 有其能用之才 而何故不能於其用 以爲凡衆而止已耶 其故其咎不可不一思省者也

夫人之身 只有性心氣形四者 而性是純善無爲之本體也 則心氣形三者之中 必有任其責與咎者矣 蓋氣或雜駁 形各有慾 雜駁而有慾者 非其故歟 曰不然 氣本淸粹 形自端正 所謂雜駁有慾 是發用後事 氣形固有動靜者 而蠢而不能知覺 矇而不能思省 其用之之能不能 實有主之 而任其責者 則所謂咎者 或是汝墻而分之 猶爲過當 況專之耶

曰然則其惟心乎 彼本虛靈 而能覺識思省 以奉循性體御治氣形爲職 而有妙用者 何不盡職 而甘此下流 使所具之本體多少不顯用也 甚則反不如禽獸之猶有一路之用 其罪大矣 吾故曰做凡入聖 心固功首 而人化禽獸 心實罪魁 爲心者 安可不審愼其用 而思全其體矣乎

題黃義敦語後

黃義敦所著朝鮮歷史十三章曰 儒敎宋某諱專用力於偏狹之朱學 而斥尹鑴朴世堂等新學說 故尤爲沈衰 又曰 李朝五百年文化 受偏狹之儒敎思想支配以來 無活潑生氣 藝術作品及新利底自由思索中 尤宋某主張事大尊朱二思想 朝鮮人文化精神上 授難言底奴隷性云云

朱子之學 以嚴華夷闢異端爲主本 故黃氏以爲偏狹 是以華夷混同 異端合一 爲周徧者也 我朝儒學 亦尊華闢異 尙禮義絶淫巧爲敎 故黃氏亦以爲偏狹思想支配 而無藝術作品及新利底自由思索 是以不分理欲 不顧禮義 專尙技巧 爲世敎之善者也 宋子尊尊性正學明君臣大義 而黃氏以爲朝鮮人文化精神上 授難言底奴隷性 而消自由思想 是汚衊性命 壓制君父 以自專無忌爲文化者也 嗚呼 黃氏之所學 黃氏之心思 槪可知 而斯果爲人道上正當者耶 現今時人 以其人爲大知識 以其言爲至論 以其書爲無上敎科 以導率全國靑襟 噫此世界將作何樣

居是邦

程子曰 居是邦 不非其大夫 此理最好 大夫且然 況邦憲乎 栗谷曰 古者入國而問禁 則居其國者 是可犯禁乎 若士而不謹乎此 則豈士之道哉 如苞苴私謁之類 尤宜嚴戒 又如廊無開丁 人不私筥 牛不私屠等禁 亦不可不嚴守 而勿犯也

雖未仕者 亦有事君之道 不敢訕上 諱君之惡 謹守邦憲 順從令甲 公納不緩 刑辱

不避 國亂赴死 學道俟時 等是也 且如城主代君分務者也 當致其敬 是廣敬君之道也 先墓及祀堂所在城主 亦當致敬 是又廣孝之道也 身與家國之治亂存亡 只係於一禮字 故程子曰 禮治則治 禮亂則亂 禮存則存 禮亡則亡 然則居是邦者 謹守其禮 亦治平之一助也歟

漢末管寧避亂 依公孫度於遼東 乃廬於山谷 每見度 語惟經典 不及世事 還山專講詩書 習俎豆 非學者無見也 度安其賢 民化其德 非徒避世避人之道如此 學者常守之法 亦當如此

先儒之論曰 如陽明者 學術頗忒 其心强狠 自用其辯 張皇震耀 使人眩惑 而喪其所守 賊仁義亂天下 未必非此人也 詳其所以至此者 亦只爲厭事物之爲心害 而欲去之 顧不欲滅倫絕物如釋氏所爲 於是創爲心卽理也之說 謂天下之理 只在於吾內 而不在於事物 學者但當務存此心 而不當一毫求理於外之事物 然則所謂事物者 雖如五倫之重 有亦可 無亦可 剗而去之 亦可也 是庸有異於釋氏之敎乎 都持此而揆諸聖賢之訓 而不合 則又率以己意改變經訓 以從其邪見 乃敢肆爲詖淫邪遁之說 畔道非聖 無所畏憚 欲排窮理之學 則斥朱說於洪水猛獸之災 欲除繁文之弊 則以始皇焚書 爲得孔子刪述之意 其言若是 而自謂非狂惑喪心之人 吾不信也 使若人者得君而行其志 則斯文斯書之禍 未知其孰烈於秦也 邪說之陷人一至於此 可勝歎哉 先儒之說至此 而陽明之學 非特爲厭事物之爲心害而欲去之 其於心理之辨又無分 故惟心自理 而於道於聖 無所畏憚如此 其害若止於陽明之世 則幸矣 其源流至于今 中州一幅譁然熾盛 則其將於斯文之禍 堅氷迫到矣 豈不寒心者哉

陽明學派今有康有爲者 倡說父母之恩 在養不在生 而其門又有梁啓超者 其所狂妄無忌憚 復有駕於陽明者 其言曰 昔爲孔敎黨之驍將 今爲孔敎黨之對敵 又曰 孔敎二千年來飜案 吾所不惜 其與四億萬萬排戰 吾所不懼 又於墨子釋佛耶穌俱以聖人稱之 而孔敎則如是 其志意可見矣 昔之陽明 依孔敎而學禪佛 今之康梁 聖禪佛而斥孔敎 斯文之禍 胎於陽明 發於康梁矣 心理之見 不其愼者歟

象山以濂溪無極之說爲非 則心理之見 已自陸氏啓之矣 一轉而至陽明 遂倡說心卽理 而又自陽明轉轉至於康梁輩 而其禍將不測矣 陸氏則排斥濂溪之說甚力 陽

明則以洪水猛獸斥朱子之學 至啓超則自以爲孔敎之對敵 而飜案孔敎不惜 則學承之有淵源可畏也 昔荀卿以子夏子游爲賤儒 而一轉而至李斯 有焚坑之禍 陸氏以周張程朱之學爲非 而一轉而有陽明 又流而至康梁 則其禍將何成焉 嗚呼惧哉

見行經書諺解 宣廟命白沙群公 集諸家口訣 設局以成之 而後來試講專主於此 故俗儒不敢議到 然義理失正音讀有誤者 如之何其苟從也 記得宋子大全答朴景初書言 諺解之誤 有不可勝數者 而讀者承謬襲訛 莫之覺悟 甚可歎也 三韻聲彙跋文亦言 崔世珍之四聲通解 只詳於正音而方音之譌自如也 經書諺解 卽音讀之所本 而亦襲其謬 莫能是正 識者恨之 巍巖集又多有改正處 老洲亦未嘗拘於諺解 今讀者亦宜知此意也 或疑世皆謂之退溪諺解何也 曰館本之成也 栗翁口訣亦往往取入 此則見於栗解跋語 以是觀之 何可謂之退翁所定也乎 嘗見記言 言寒岡釐正經書諺解 — 見寒岡墓文 — 柳公崇祖亦嶺儒也 嘗著諸經諺釋 而正廟見之謂有功斯文 追贈亞卿以褒之 梅翁初年偶誤有退溪諺解之語 後來考得是宣廟時本 乃改前見矣

日虜所謂徵用之時 邑守及面里之宰 人民之小壯老幼 無不豕驅之而犢拽之 惟恐有逸 而至於親死未殮者亦如之 不容小暇 噫此豈人理也哉 日虜則夷狄也 固不可以倫理去責 此輩則一般鮮種 苟有人心 於此等肯綮處 豈無緩急之道 而爲此殘忍賊義之行也 此輩腸外肚裏 純是赤骨立底眞倭奴之尤者 而飜局當日 却又逡巡其位而曰 今吾輩反讐日 而圖韓獨立 彼頑舊者 不傳習鮮文 而讀中漢經傳 不學英米新展文化 而欲復鮮韓塵舊儀度 此獨立反逆者 據位者威脅之 立黨者喧攻之 嗚呼 其無廉無恥之眞像 目不可正視 反覆趨利之奸腸 口不可形言也

畜牛契序 甲寅臘月日

凡天下之事 莫大於牧養斯民 而牧養斯民之道 是莫先於務農也 然其務農之本 又是舍角者 何以濟耕墾之難 而得宜於牧養之道哉 牛之得生也 必稟其一元之氣 而其音亦應於土宮 其力亦足以堪耕墾之任 可見天翁爲此耕土而生此物也 且聖人訓字 必而曰耕畜 又名之曰土畜 亦因此爲耕土而畜之也 又且牧之爲字 人與

牛合 人又從者 蓋牧養斯民之道 以農爲本 而農之爲本也 人以治事 牛以耕墾 又從而不失治人之功 然後可以得全而於此三者 若欠其一 則未足爲牧民之全體也 民之爲生之計 亦不出乎牛一之功矣 於戲 牛之於世也 其功大矣乎 然則農乃爲生之大本 其可不盡務者 牛乃務農之根基 其可不必畜者乎

於噫 吾鄕同胞之爲居者 孰不以農爲本也 其欠於畜牛之事 而未預務本之基 恒受困於耕墾之難者久矣 而豈非每於畎畝間抱耒鍤而吁歎者歟 故余嘗病此 每與有志論議而未果 適今隣近亦有此擧之說 來感發前意之未能者 — 時州郡令鄕里使各設畜牛契故云耳 — 於是乎 更建此議 欲定畜牛之事 然墮窮之甿 辦財無路 索思百方 細得一策 衆以合一 其勢易然也 自一成數 其理固然也 故不顧謀之不逞 妄擧一契 名則畜牛也 終也以小成巨 自一至無量 誠難預 必也 其於先王牧民之道 以農爲本 務農之本 以畜牛爲基之意 庶乎其不負歟

送柳鶴東鳴九序 癸亥九月二日

士之於身 固有窮達 然所謂窮達者 只可以道之有無言也 不可以貧賤與富貴論也 故遜志齋有言曰 人之窮有三 而貧賤不與焉 心不通道德之要 謂之心窮 身不循禮義之道 謂之身窮 口不道聖賢法度之言 謂之口窮 三者有一焉 雖處乎崇臺廣廈 出總將相之權 入享備物之奉 車馬服食非不足 以夸耀市井 然口欲言而無其辭 心欲樂而有其累 其窮自若也云云矣 今柳君鳴九 運否而命薄 蓬戶繩樞 猶不庇風日之寒 喫藜啗菜 亦未充腸肚之飢 人皆惜其爲窮 而君猶志氣內剛 方今道學滅熄 而猶能尋覓士類 求聞道義之要 洋塵滿世 而亦能保我冠裳 敬守法服之訓 戢舌焰天 而言必效古稱昔 不違法言之戒 此以方氏三窮之說視之 其得失果何如也 余於是以爲君乃貧者也 非窮者也 昔原憲居於蓬蒿之中 併日而食 子貢曰 甚矣子之病也 憲曰 吾聞無財者 謂之貧 學道不能行 謂之病 若憲貧也 非病也 魏王謂莊子曰 何先生之憊也 莊子曰 士有道德 不能憊也 衣敝履穿貧也 非憊也 自古賢人聞士 何嘗以貧爲病 亦何嘗以貧爲憊也 癸亥季秋 君裹足訪余於華南之隱養旅館 觀其容貌 甚有困悴之象 蓋其貧者爲祟也 乃以此告之曰 願君或勿以傷哉爲憊 而沮其所操之志 則其不爲道之窮 而又不難侔於古之達士也云爾

『孩提準的』序

敎貴胎敎 況已生者乎 敎子自孩 此其理也 若子之初生也 不知尊卑長幼之禮 或侮罵父母 毆擊兄姊 父母不知訶禁 反笑而獎之曰 彼長自知禮 嗚呼迂哉 苟非生知之聖 寧可不學而知 今單指蠢然之一團血肉之塊曰 彼長自知 嗚呼吁哉 是何異於指一握桐曰 彼長 自做舜殿之琴 讀破萬卷 猶不知君父二字者 往往有之 非謂不知指君爲君指父爲父也 蓋謂不能擘破原頭的見 其所以爲君父之理也 故得其名 不得其所以名 則孝或陷父 慈或敗子 孰能喚醒一世 使人人得而 脫然捨却溺愛養惡之私 實見得胎敎爲貴 敎子自孩之理 則雖欲無敎 寧可得已乎 余旣不佞無以爲敎 故忘以陋意 略記古人一兩條 名之曰孩提準的 付與兒曹 非欲使孩提幼敏宿成 如右所陳 必以是爲準的 心內自做曰 若有人言孔孟天資不可及 便知此人自暴自棄 雖生萬千劫 無緣見道 我則何故獨不如孔孟哉 如是進步 似或無害於蒙養之一助云爾

歲己丑正(1949)月日再題

判決事公派報序

天地之生萬物 聖人之應萬事 直而已 此朱宋二先生受敎於孔夫子 而立爲萬世訓也 萬物之中人爲貴 萬事之中譜爲大 譜者叙人父子之倫 以尊祖而收族 天下之理復有大於父子祖孫者乎 尊祖而不以直 是誣其祖 收族而不以直 是亂其倫 誣祖亂倫 而是可用於聖人之門 行乎天地之間乎哉 其有不失父子之性者 所以兢兢然愼重其修譜者也 吾金往年丙申恭安公大派譜成 繼又王子公以下大同譜將告功 其於喪亂之世 備患收族之道 可謂盡矣 今復爲判決事公小派譜 何爲也 蓋亦愼重其直道也 近日譜弊之淆雜久矣 其不能救正之 而又不欲亂群者 寧用野史家專 而咸自詳本邦而自守之 以待後之意已矣 余於此有一說焉 譜之有大小 猶水之有江海 海水之大者 衆流合而淸濁混 江水之小者 其流專而一於淸 故求水之淸者 不於海而之江 惟譜亦然 大譜譜之海也 源遠流長 派繁支衆 眞僞疑殆之間 未能盡辨 闕之道則是譜海之混也 若派近支詳 無事於眞僞疑殆 而昭穆明宗支叙 統緖之嚴 嗣續之謹 悉由舊章而無有乎容私焉 則是江之一於淸也 一派淸而衆派效之 合而爲大譜 則是將譜海全淸 而其救弊之道 庶可有時矣 彼水之海 淸濁分無日 譜之海 眞僞辨有道 此物不能推 而人能推之分也 推而廣之 一姓二姓萬姓皆然 則

其將天下皆淸矣 天下淸而彝倫叙 父父子子之道定 則於所謂天地生物之理 聖人應事之直 庶幾無憾 而其功亦豈但爲一族小派譜而止哉 事固有大小 直之理無大小 是人均有底 其將爲世之準而光天下 吾於此譜執左契而待之 其修譜槪歷及尊祖敬宗之義 則前譜詳且備 今不復贅焉 主是役者 判決事公十二代孫在璡 來問序者 十三代孫徹鉉 應其求者 十四代傍孫永益

著雍閹茂(무술, 1958)遯夏日書

學士堂記 甲寅(1914)**三月日**

天下之義 莫大乎扶綱立常 而扶綱立常之道 又莫先乎讀書窮理者 故學士之於世也 爲寶者重 而雖墜地之道 頹敗之綱 未有不興復更續之日者 世必無學士永息之理也 今此蘇城之華山北十里 有一先生 其號松庵 松竹兩間 築艸堂數間 寫其額曰學士也 何者 蓋先生之志 樂於敎育 每使遠近學士講論義理于斯 此其爲堂之所以得名 而先生之所以賜寫者也 余雖非其人 亦未嘗不有志于斯學 今幸蒙先生之不遐 登斯堂而參講義之席 一日觀堂額 而愁然歎賞曰 異然哉 先生扁斯號之志也 如此長夜之中 何其醒醒自悟也 今腥塵滿天 彝倫掃地 剝上一爻之吾道幾化爲坤久矣 天地寥寥 江山寂寂 世無一人之以斯道泯滅爲憂 惟先生慨然乎斯而表題其堂 以示勸學不厭之意 噫若使一世之寥寂者 感先生之志 而勃然齊興 其何有於旣衰之吾道 燦然復興 而使時之駸駸然流入乎無父無君之域 而在黑窣窣者 飜然回首 爲向明也哉 未知先生之意 豈非有冀於是歟 嗚呼登斯堂而講義者 感堂號之深意 必興復斯道爲己任 而牽之以千牛 少勿爲動 壓之以萬鈞 毫勿爲屈 必有世道不息之理 而運亦是環 其於陽復之萌續綱之基 安知不由此而作也

宣尼二千四百六十五年甲寅三月上弦 書于松下精舍

題省齋補華西心說後

省齋補華西心說曰 先師論心性 專就一理上 分主宰準則說 反復思之 畢竟以物則分心性者 當爲本分面勢 至若心之主宰 乃心之本職也 心之知覺 有得其本職時 有失其本職時 得其本職時 政是此心之理爲主處 固合主理而言 然以此之故 而遂將心喚做形而上者 與性齊頭平看 則終似未穩 蓋凡言形而上者 以道理之本

然 而爲物所準則者 得名 如曰道曰理曰性曰德之屬 卽其大目也 其細目 則如中正仁義孝悌忠信之屬是也 凡言形而下者 以事物之其然 而在所當整理者得名 如曰人曰物曰身曰心之屬 卽其大目也 其細目 則如知覺好惡視聽言動之屬是也 此其面目形容元自不同 所謂道理者 有未發見已發見之分 其已發見有貌狀者 固可卽物言之 而不可直以當形而下之目 所謂事物者 有未揀別已揀別之分 其已揀別有準則者 固可主理言之 而不可遂以作形而上之目 此其地頭所爭 不能幾何 而其分則終有不可混者矣

後與重庵定華西先生心說正案 又與重庵門人洪在龜柳基一 辨論調補師說之事張皇數次 及臨沒 命門人柳麟錫等曰 天地之生萬物 聖人之應萬事 一直而已 其於先師心說 妄有所疑 而區區調補 亦欲其不失爲直之道也 惟正案文字 因重翁敎意而爲之者 近更思之 則體面道理 甚有不可者 從今還收其文可也 遂口呼文 使告于先師遺像及重庵靈筵 而諸士友間 詳說其所以然

華西論心性 專就一理上分主宰準則說 窃嘗以爲 華老蓋以心之運用 夫性而不違者 對人欲看 則渾是天理 故謂之主宰之理 而所具底性 卽心所準則者也 故謂之準則之理 未知華老之意 果如此否也 然若不如此 活看而以心爲統宰之理 而爲君爲將 以性爲所領之理 而爲民爲兵 又以心爲大理 以性爲細理 如其門下群賢之說 則其二理之相疊 雙本之并行姑舍 其心之妄尊自大 性之見貶受降 爲何如哉其爲害理孰甚焉 此後弊之不可不慮者也 所以省齋爲此調補之說 以物則分心性而以性爲物所準則 而屬之形上 以心爲所當整理者 而屬之形下 受陷師殺師之名而不顧者也 於是心性各得名位之所安 而無二理雙本疊行之誤 與自尊貶性妄率之謬 而爲檗門之大功 世道之幸甚者也 又其臨沒 命門人還收其重庵所敎底正案文字 此更何等公直之心事也 然則省齋平日心理之說 與此爲異者 皆歸之未定之論可也 而奈何其門諸公 一向掇拾前時餘論 欲與人對壘也

老柏先生

辛酉重午 與金柄老李亨烈趙種顯族人淵洙 伴入華島 謁先生 叙禮畢 先生問 老柏氣力 近則何如 蘇城原來蕪闢之鄉 到今若干士人之知所學 皆老柏之力 其功不細 其身後子等當立一鄉賢祠 以報之 如此其功猶有餘云云

繼華島日記 壬戌六月日

八日侍先生 先生曰

老柏文稿 須要簡精 文貴於精 非貴於多 卷秩多而不精 則刊出難而看者厭之 卷秩簡而精 則刊出易而看者貴之 陰城吳斯文石農 玉流洞崔斯文欽 齋有德性博識 子以余言就而託之 又須言今日 — 壬戌六月八日 — 聞此言于予也

十日進侍於庭 敎曰

功深書味常流露 德盛謙光更吉祥

又侍於庭前小亭下 淸涼可愛 先生悽然曰

雖小亭勺泉 可以斥人之熱解人之渴 功不啻多矣 如使近日守令 能有斯亭與泉之效焉 則豈有斯民之四散 而邦國之至此也

又曰

今日生民之塗炭 爲之奈何 子亦安知無是任之日歟 須篤實工夫 以濟斯民爲心也 如隣家失火 其救之者 必也疆近之人也 因爲涕泣

一日先生坐于竹床 戒諸生曰

坦途還有駭機伏 幽室那無上帝臨

因言靜齋 — 先生次子 — 云云而曰

我謂渠云 假使旻天做我父 只有誘其衷 釋伽作親父 只爲泣送阿鼻獄中

誦穆上 — 李喜璡 — 非湖非洛 朱栗是宗 四通八達 都無窒礙之言曰

我謂 非湖非洛 朱栗是背 四窒八礙 一無可通

講小學惟性聖者節 講畢 使李奉九問益曰

子於惟性節 前日所見何如 今日所聞如何 是錄來

益錄上云

聖人氣質 至淸至粹 心之發用 自然無違乎天理 此前日所見 氣質看於惟性上 性只是本然 此今日所聞

先生然之

益問

朴仁根値辱後 閉門不見人 每涕泣自傷 其情惻然矣 然累有瞻拜石田靈筵之意 而終是未安 故不許 則將何以處之哉

先生曰

斯人無罪而致此 誠可哀也 俟其着綱 恕容之 可也

又問

人有幼時肄業於科文俗究者 後從事於學問而俗究 因世變極稱新學以聖典 使其子若孫皆毁形入之 又與從事之師交絕而誣毁之 則其弟子者 當處之如何

先生曰

彼旣有如此之行 則何可以相從乎

(下缺)

전기傳記

學生韓公行狀

余以一畸人 寄寓於西海之濱 日有人韓氏者 以累然憂服 越一舍而至 若有所告而未之發 但語次所道 其世家及先人行治 而有時嗚咽不成聲 如是者自春及夏凡四踵門矣 余疑而叩其情 曰吾先君有懿行 而不肖不學識昧 不知闡顯之道 願借門下一言之惠 冀免物親之罪 而言不知裁 數次造門 而囁嚅至今 輒泫然泣下余聞而斂容沈思曰 今夷禍成俗 人之視親 若已渡之船者滔滔 乃欲闡其先人懿德 而用此誠意 寔不失秉彝之人也 然余實非其人 自身姓名 亦此鴻爪印雪 敢爲人圖不朽哉 因謝之固 而猶請之不已 乃按其行錄及鄕人士褒揚狀文 文質而不華錄諺而意實 窃非世之文侈姱多 私美其親 珉以誣玉 僞以幻眞之比也

公姓韓氏 諱元教 字希元 淸州人 以佐麗祖 統合三韓壁上功臣三重大匡門下太尉 諱蘭爲始祖 歷世簪纓 爲東國望族 高祖諱龍迪 曾祖諱應元 俱武科 祖諱永基通德郎 考諱容履武科 全州李升堯密陽孫陽浩女 前後妃也 諱鉉履密陽朴永邦女 其本生父母也 公以洪陵己卯(1879)二月二十四日生 天性溫恭慈仁 自幼猶能知愛父母 不敢少拂意 出遇異味 必懷而獻親 纔勺年失本生父 旣成童 遭所後父喪 冠後本生母亦繼而逝 歷荐喪禍 兩庭無怙恃 不及逮養之恨 無處可寓 無時可洩 而惟所後繼母孫孺人在堂 愛敬之誠 孺慕之情 無間所生 無方之養 無形視聽

一以適意順志爲心 尋常記聞 至如農談野話 晨夕之際 必陳告於前 孺人素性嚴少可而難悅 公每以巧變之辭 嬰兒之態 期以至於歡喜爲度 旨物之養 家貧無以如誠 晝以織席 夜以捆屨 以資魚肉之需 而必以市爲課 市之日時價高低市政得失 亦周詳悉陳 以慰親心 島夷僞政之日 物貴而價騰踴 最倍蓰者牛肉 孺人以家艱難繼 每却之 公曰 非特牛肉 席與屨之屬亦倍蓰 以此易彼 無以異於前日 蓋權辭而安親心也 朝夕進支食上 則先使兒曹各席 是郭巨埋兒之心也 飯羹寒暖 鹽菜淡鹹 必親在視 匙筯疎數 又必記取 以爲後賴供具之地 以爲常 孺人耆耋之年有眼眚 公焦心百方治療 終無奏效 醫亦技窮 至於廢視 心切痛恨 坐不離側 起必隨之 左右扶相 問聞應對 罔有失錯 食時必代匙代筯曰 此某肉 此某菜 亦不以人使之 恐有不稱意也 至於和羹和水 必多之 爲其勸食也 而其餕餘一一親自食之 不使家人有厭惡之嫌 其出也不易方 復也不過時 是平常操履 而此時尤益致謹焉 如是五年如一日 旣而孺人以天年終 公叫痛罔極如不欲生 觀者莫不感歎 斂殯葬祭 殫誠竭力 未有知而不盡心者 每朝夕上墓盡哀 不以風雨寒暑爲拘 三年內上食 必別炊親奠 不以妻女子孫替之 出入必告一如生事之時 日執役而傷手 卽扶而走靈前哀號曰 孃孃視此 不肖執某役致傷如此 一似乳子向慈母而哀怨 時公六十五歲 而天眞如斯 則其平生所事 盡出於孺慕之天性 而非一時强爲 可見 喪餘之日 亦極悲哀 恒如袒括之日 其教家與戒子孫 亦莫非此心之推也 隆熙紀元後丙申(1956)八月二十七日卒 壽七十八 藏瑞山郡所遠面令田里枕酉原 卒之日遠近無不嗟歎曰 孝子逝矣 鄕里爲之赴哭 人士有褒彰之狀

配文化柳氏 文奎其考也 後公六年乙酉(1885)四月十五日生 有婦德 事姑以孝 敬夫子以正 公之素行 資助者多 鄕閭稱之 而尙今無恙 二男一女 長範錫卽謁文者 次信錫 女朴明仲妻 範錫娶某貫某姓名女 三男一女 光洙英洙昌洙趙漢翊妻 信錫質直而能孝友 不幸遇害於庚寅(1950)共匪 而無育 光洙娶慶州崔一兩女 二男相萬相仁 英洙昌洙未娶

嗚呼 公居則海陬僻巷隴畝之地 時則異類執命蹂躪之日 以喪禍餘生孤子之身 處白手淸貧之勢 事所後繼母異顔之親 而克誠克敬 始終群行 往往合於矩者多 此非天質之美 而出於性生者 其能然乎 紫陽所謂 秉彝罔墜者 知其信然 而使公早有執詩禮講道義之聞 則其所就豈能止於此哉 其居家處鄕持身接物之間 宜有可

記者多 而錄與鄕狀皆略而逸焉 豈孝乃百行之本 大者旣立 則餘皆可推之意歟 惜矣抑有一說焉 夫孝者仁之實倫之本也 厥考以是作基於前者如彼 而厥子孫不克肯堂而肯搆焉 則是棄其基而負其父祖矣 爲公之後者 寧不可惧哉 且今彝倫掃地 邪說薰天 遺親叛父之徒踵相接也 而至以父可不拜 死不必哭 喪宜無服 祭是事魔之說 人人攝耳而强聒 方方說教而柔來 倀倀然駸駸然擧世靡然 未有志之定守之力者 其風氣之染 見聞之蔽 亦可畏也 範錫質淳而性孝 固知其無此事 然有逆于心 盍考諸迺考所履之道狀 旣叙備書此 以俟夫立言君子之刪削焉

公沒翌年丁酉年(1957)海陽金永益撰

聽天堂安公行狀

公諱在輪 字聖培 聽天其號也 姓安氏 系出順興 高麗神宗朝興威衛護軍公諱子美 其始祖也 一傳而諱永儒樞密院副使上將軍 樞密生門下侍中版圖判書太史公諱孚 太史生文成公晦軒諱裕 爲東國儒宗 晦軒生文順公諱于器 文順生順興君謚文淑諱牧 判官公諱愼 判官生諱勳貞璟三子 皆爲顯官 累傳至副護軍諱逸立 入泰安郡北沙項里居焉 寔公八世祖也 高祖諱善光 曾祖諱胤尙 祖諱慶學 考諱亨默 妣全州李氏諱鳴玉女也 公以高宗太皇帝乙丑三月十三日生

自幼孝順謹質 不與曺偶娛戲 勤於藝業 善承親意 及長家貧 耕樵漁塩備辛竭力以養 甫踰弱冠丁外憂 哀戚甚而喪葬盡誠 情文自合人咸稱之 每恨早失學 年三十二始受小學要訣於村塾 以晝事夜學爲課 雖賓客來留 亦乘暇往還 無有間闕 常身役而心誦 手業而口讀 至於行路登厠 亦咿唔不絶聲 嘗載塩下浦 於船上及客館 亦携册繙閱不已 聞老栢崔公之學問有淵源 往見而大悟曰 爲學當如是矣 柏翁亦聞其賢 見之喜甚曰 眞君子質也 自此一往一來 源源相尋 以日月爲遠 公大定其志 戴峨冠着濶袖 立家廟每晨謁 及祭參儀節 遵禮力行 敎子以誠 使二子托乎柏翁 而縮衣食齎糧 七年間如一日 又使贄謁艮齋田先生于海島 課歲必行 賣割所耕畓 購經傳子集 而聞小學家禮增解板在嶺南 相距千里 使往印來 又設黌于家 以收鄕子弟而親自敎導 以與子孫相資 至如講舍席子燈油之屬 亦自料理不委之來學 尤愛好學人 雖子行輩流 對之必具衣帶 禮敬備至 供具盡誠 不以家貧 不問來留久暫 臨別不忍相離之意 達於面貌

事李孺人 以其偏侍而暮境也 故喜惧益切 悅口安身之物 靡不用極 孺人年六十有左卜之厄 公哀痛無以爲心 凡所云爲與見聞 雖尋常微細 日必陳於前 飮食起居出入必先體意 而左右之言及孺人 每嗚咽不成聲 乞客有廢視者 則惻然動心 特厚待之 或挽留數日 是以衆盲之聞聲者 歸之如家 孺人壽八十四 以天年終 公極悲哀 殮葬祭奠 克誠克敬 時公五十二 不飮酒 不食肉 衰絰不去身 每上墓痛哭踰時而起 服除往往亦如是 是蓋天質之自然 非有所爲而勉强者也

其敎家也 質素而有法度 衣用布帛 食取蔬菜 而有或異味 則兒輩亦知其祭祀賓客之用 鄕俗尼媼祈神之事 以爲妖妄 而絶於言議 異域奇巧奢華之類 以爲吮吾膏血之物 而疾之如讐 見人之送子夷學 則至誠喩其不義 而不可救 則歎曰 只是勢利二字 驅得如此 然不知此乃爲易人種之法也 有幼孫 自數歲被有袖衣 抱在膝上 敎白頭文 指口而敎口字 指鼻而敎鼻字 纔學語畢讀

凡先塋遷墓改莎先世之有志未遑者 皆盡力成就之 嘗遷祖妣鄭氏山於人之山 山主以逼近禁之 公至誠款曲 猶未得許 乃席稿數日 繼以血書 山主大感動 快許之 公立墓齋置祭田春秋兩薦之 至於正倫理一事 尤極兢兢然不舍 嘗曰 吾家先系判書公諱遇世族譜 諱愼字橫間傍註 則文淑公謙齋諱牧之弟云 又他譜 公所當橫層左按說 文淑之子文惠公諱元崇子行 昭然云 父子繼序之地 何等大倫 而焉敢不容疑也 且其下五六代 全沒生卒官職墓所配位 而只有名諱而已 其諱字亦安知不傳訛而承誣也乎 大抵疑信之地 强爲定名 無是理矣 於是用有明樓希仁之例 闕其所疑 書其所信 斷自八世祖諱逸立爲中祖 修家乘 自成一派 不與諸安同譜 送子鍾俞於志山金先生福漢謁弁文 又徵跋文於老柏翁 以爲後日徵信 至晩年每自言曰 余自謂世間事業勿論大小 隨其地位 而專在人爲之如何 不必言由命 閱盡半生然後 始知有黙主之者 故每事只可勉當下之職而已 其成與否 聽乎司命者分付而矣 因自號謂聽天 竟以純宗甲子十一月十五日卒于正寢 壽僅六十 藏瑞山郡南面兩潛里望峙下枕酉原

配蘇城賈氏祚永女 先公二年癸亥八月二十八日生 先公四十年乙酉五月十二日卒 藏茅沙地負寅原 繼配密陽朴基鎭女 後公五年己巳正月二十四日生 後公十年甲戌正月四日卒 墓祔公兆左雙窆 二男一女 鍾俞 鍾夏繼叔父在坤后 女全州李鍾甲妻 鍾俞男德淳珏淳 女趙仁鎬 鍾夏男明淳城淳台淳健淳奭淳琓淳 德淳男相勳

相學 珏淳男相契相麟相珪相陸 明淳男相龍相佑 女平壤趙載國 餘不盡錄

公氣古而質淳 心正而性寬 一生無窘步 平素無飾言 孝友篤於內 德善著于鄉 處士流如親屬 惡流俗如汚穢 是皆得於天質之美 而合於君子之德者也 時爲夷學熾盛 方家驅犢拽之禍 無人得脫之日 能擇一世儒宗而敎子焉 全世蠻習成痼 除鶩頭惓脚者外 不爲人視之時 特以華夏冠裳持守之 雖或謂文辭有遜 其識之明守之正 世之巧文能辭者 所可與哉 子夏所謂 雖曰未學 吾必謂之學矣者 實公之謂也 其謹先系修譜乘一事 又植倫範俗之大關 故金志山弁文曰 今世亦有如此人也哉 可尙也已 老柏翁跋之曰 古今冒氏族之瘼者 當以此君爲柯則也 公之居心公正 務循天理 而爲世敎輔流俗導者 推此可以知其一端矣 公嗣鍾俞甫 與余有同人之舊 錄公行示之曰 知我先子 宜莫如吾子 請撰以爲狀 余固少時爲公所知 有所觀感者多 而今幾四十年 頓忘不記 且以人非文拙辭之 猶爲責之不已者 今四易霜矣 乃就錄敍次如右 以備後日知德者採

著雍閹茂臘月日 海陽金永益撰

節婦李氏傳

蘇城之官里有一孝子 曰孫卓洙 其至行 鄉儒倅宰累有薦章 繡衣道營各有褒美 而崔先生老柏翁狀其行 大司成金志山立其傳 有三子炳敎炳哲 一子炳○早亡 二子炳敎 取室節婦李氏是也 其先全州人士人敎鎬之女 生而素性貞一 年二十一嫁 養舅姑以孝 事夫子以敬 鄉黨稱爲有是舅有是婦云 噫厚於德而薄於命 是所謂物不能兼者歟 連歲荐喪舅姑 繼又晝哭 時氏年二十七 膝下無子女 惟有夂弟炳哲 而年纔十三 生計蕩殘 不能家食 爲人作傭 孑孑隻身 世情且叵測 不敢孤居 往依於私親 而亦貧甚 宵以績紡 晝以理田 又爲人澼濯舂賃 無不兼之 辛苦歲月 亶望夫弟之成就而送之 炳哲亦天性純眞樸實 能繼先志者 以不能家不能子抱怨含恨 勤儉自節十年間 乃立家娶室 以李氏主家 事之如兄 每事巨細 無不咨決 李氏能家業 和妹娌 生道漸成 人莫不稱其賢 炳哲生三子 序二曰仁化 李氏以爲亡夫嗣曰 吾事畢矣 仁化取室析家 而亦夫婦雙孝 生男昌昇運昇 而餘慶未艾 炳哲亦子孫滿室 而一門男女數十口 家勢亦各稍溫 鄉人咸稱 節婦爲善有報之驗 以文以物 累有褒償之擧 亦可見其爲賢之實矣 卒於戊子三月八日 距其生高宗戊辰八十

有二歲 而梨園面官里播金峰鶯軒先兆下負辛原 其藏也 余於數年前過官里 知孫氏炳哲顯親之行 多人難能 且居今僧世 能存髮全遺體 行年七十 每朔望上考墓哀慕不替 心嘗嗟歎 日孫與安友在夏見訪 以安所記李氏行謁余日 某之有今日莫非李嫂之功 願子有一言之傳 安亦勸之切 而余以非其人謝之 二老更聯訪者再三 因思安友生今學古不亂群之士也 其好德之心 不忍却之 而所愧者筆非彫

論曰 孔子日 白刃可蹈也 中庸不可能也 後世識其貴者蓋鮮矣 夫慷慨以殺身 行義以終身 跡之顯泯有殊 故尙論者 或先於彼而後於此 然程臼之難易 古人豈不云乎 使李氏不忍於怨酷 卽地殉夫 則烈則烈矣 其如孫氏門戶之望 夫子嗣續之計 何乃含怨忍痛喫辛艱險累十年 終使旣覆之門戶復立 已絕之夫嗣更續 節與功兼行 此所謂行義而合中者歟 噫士子而立心如此 則斷不以勢利失身 而旣墜之聖學可繼 朝官執志如是 則亦不以盛衰易節 而已覆之宗國可復 彼口經傳而叛聖棄祖俄梁今蘇者 身軒冕而販君賣國朝倭暮洋者流 視此李氏 果孰爲龍孰爲猪

韓隆熙紀元後庚寅三月日 光山金永益謹書

賢媛方氏傳

芝山安在夏 居今邪世 志不亂而愛好人倫士也 日以所記賢媛方氏行 謁余要立傳曰 方氏之先溫陽人 順汝其考也 我高宗七年庚午生 生而質美 性順才敏 人知其爲賢淑也 年二十歸于密陽孫泰洙 舅性難悅而少可 方氏和顏笑容 先意而承順嘗味而供旨 無或有拂違事 舅甚安之 家內雍和 鄕閭稱之 舅齡望九 以風症成全身不遂 凡關一身 罔不須人 而夫泰洙家不贍 身親生事 故多在外 而唯方氏代之 飮食則匙節之 衣服則解紐之 轉身則便宜之 至於尿溺 亦不顧嫌而左右之 有時知其煩鬱之想 則卽負而出外 周觀四境 有人過之 則日此某人 有人稼穡 則日此某家庄 如是指点 日晩又負入 如此者凡四易霜 未嘗有怠惰之色 及其病劇 心俞憂苦 時有幼兒之殤 而不以爲念 舅問兒所在 則日出遊 蓋恐舅之知而添祟耳 庚戌之十月二十日 以天年終 享壽八十四也 方氏哀戚甚 斂殯之具 莫非無中辦有者也 葬無吉岡 勸夫子賣單有畓四斗耕求地 而山主不肯 又勸夫子席稿 累次而得許 三年之喪 哀敬備至 鄕黨有表揚之擧 則召子戒之日 人之有善 必自知而後人知之 今我不知 而人先知之 豈非異事耶 且人以我爲孝婦 而我以孝婦自處 無

乃有顔騂者乎 爾宜峻拒之 每當生朝 子孫或欲別設 必不許曰 人生時父母之劬勞何如 而不能以此日酬報其萬一 却欲供頓以自娛耶 甲日亦然 至於回巹之辰子孫固欲之 左右又勸以希有之事 曰君輩只知希有之爲貴 而不知希有之中又有希有之辱 我今賤齒八十一歲 偃仰屈伸 無非是辱 而我知而人不知者存矣 以此追昔先舅病廢之日 我之所行切切有罪焉 因以泣下 蓋其天性期耄猶然 自餘群行莫能具術 而推此一二 亦可以知其悉矣

論曰 孝者德之本也 敎之所由生也 故聖人之敎明王之治 必以是爲重 噫近世之謂不孝無責者 邪說也 父子不相關涉者 蠻道也 邪說熾而聖敎廢 蠻道行而人彝滅 由是風習俗尚 滔滔是梟鏡之無責焉者也 于斯時也 方氏之行 是衆茅之香茎恒沙之粒金 豈可以閭巷一巾幗而小之者哉 且其事夫子以義 教家以正 奚但爲一家之閫範 亦足以訓世之喪廉恥而死名利者流 泰洙之勸之賣田則賣之 席稿則席稿 非同德之感而能然乎 亦可以書 世或以德敎濟艱者 其有以擧揚者 必矣 是爲之傳

賢媛金氏傳

曺友世焕寔好人倫士也 日錄其遠族賢媛氏之行 謁余以爲傳 余亦熟聞其賢 不敢辭 而按其錄曰 賢媛金氏金寧人 聖回其考也 高宗庚子生 賦性孝順 自幼善承親意 見者知其爲賢淑 年十八歸于昌寧曺圭仙 卽昌山君十五世孫也 時年纔十一歲而明焕其舅也 氏以所事父母事舅姑 甚得歡心 甫踰年遭舅喪 繼而姑又去帷 惟七旬祖姑金孺人在堂 外內無功緦之親 伶仃孤子 姑婦祖孫 相依爲命 塞悲忍哀日夜所望者 是良人之年斯長成矣 旣而祖姑年七十九又失明 夫亦素性斥弛 於生事不甚關念 凡瀡瀡拮据薪水日用 罔不氏之經畫 而猶專意於祖姑 起居坐立 飮食匙箸 左右扶相 恒於無形聲 有時野役 必備旨物于座側曰 某食在斯 某飮在此祖姑廢視十五年 氏之心則一日矣 及其祖姑神昏氣陷 委貼在牀 氏涕泣不勝悲藥餌導飮 便尿潔滌 無嫌無怠 扇枕撋蝨 驅蚊逐蠅 不眠不寐如是者又七朔 竟以天年終 壽九十四 氏極悲哀 殮殯以誠 葬祭以敬 朝夕饋奠必盡哀 每日上墓必展拜 恒時飮泣 眼睢無乾日 日良人圭仙欲入室 氏遽鎖門曰 吾聞親喪內夫婦不同房 拒絕之 喪餘之日 鼎俎極潔 祭必身親 哀誠備至 姑某氏老 而佗傺無依 喪無

主者 氏隨夫治喪 歸葬于先山別麓 而氏日展拜如祖姑時 下室之饋 必身親之 不以人代 有問則曰 姑有婦而不得侍養 婦有姑而不能如事 是果天理人情之所安哉 吾伸情之日 只有此三喪 而可使人爲之乎 凡處家接隣之慈仁和厚稱者 亦皆此心之推也 鄕閭贊歎 咸欲褒彰其孝義 而氏之賢 豈可以此爲輕重乎哉 氏今六旬無恙 夫婦和 而有子三男 男娶婦而有孫 亦皆孝順 餘榮未艾 歐公所謂 爲善之報不可誣也

論曰 妻者從夫者也 夫孝而妻從焉 婦者聽姑者也 姑義而婦聽焉 禮之常也 而猶曰善物 況夫之不能 而妻孝焉 姑則棄之 而婦義焉 非得於天者極粹 而不爲境所遷者 其能然乎 金氏生長窮閻 未聞詩禮之敎 而一自弱齡處人倫孤危之地 其所行所執 皆人所難能 則此非所謂 靈芝瑤草 無種而生者耶 奇哉奇哉 噫彼以不孝無責 親死不哭 三喪不奠 衰裳不服之說 人人提耳而爲敎者 抑何心也 又此之樂從者 亦何心也 恨不能以氏之行 刻之名牌 個個佩之于其襟也 昔崔山南曾祖王母 長孫夫人將終 稱其婦唐夫人曰 願新婦有子有孫 皆得如新婦孝敬 則崔之門安得不昌大乎 今金氏祖姑金孺人臨沒之心 應亦猶是也 余謂曺門之昌大 亦將不占已矣

한담수록閒談隨錄

閒談隨錄 庚申(1920)二月日 題于守軌齋

衣服所以表文章 別貴賤 辨男女 定吉凶 辨夷夏者也 於此有亂 則義不獨立 何者服者乃實之文故也

植桐仁說

柏翁以桐實七十枚見遺曰 使堂生各培養之 而且爲之有說故云爾

五行之木 位于東方 主春發生之氣 而於人性爲仁 仁乃天地之心 萬物之體 而千古聖賢之學的也 聖人之敎人 敎此者也 學者之所學 亦學此者也 幸吾同志 必以是爲本 而始之以求 而漸熟之不違 以至於安 則豈非萬古幸甚 天下幸甚歟 余以

此梧桐之爲字 從木從吾從同 故取其斯仁與吾同志之義 以其仁共吾同講諸賢 幸於信地各培養之 以記今日余之斯志也 且此木是鸞鳳之所棲 則安知不此地乃爲彼所集棲也乎 此非余之率爾也 乃老柏先生之心也

庚申仲春念二日 守軌齋留人書

昨夜某人謂諸生曰 若此先生不合於諸生之心 一 何不曰不合於道理 而其必曰不合於諸生之心 一 則寧送之 而更迎他先生 至於學徒 則不可有進退 一 博學無方之說 於此有窮矣 一 此爲書齋鞏固之心而發 則是也好 然諸生若認先生 爲可出納之物 則是蒙養之大不幸 是也有病

諸君之所欲學者 殊不知何事 如孝悌節義致君澤民之事 則其心以爲此乃賢人志士之事 非吾輩之所能及也 心性體用知行動靜常變疑禮等辨 則其意以爲此乃斯文家之所業 非吾輩之所急也 理氣陰陽五行支干河洛方位之數及序 則其言以爲此乃青烏家堪輿家之所當 非吾輩之所務也 五臟百脈肢體竅髮精神魂魄與天地陰陽五氣五質相貫而爲一之實 則其心以爲此乃術學家醫學家之所事 非吾輩之所當論也 然則諸君之所當學者果何事耶 想不出村里之契卷例 農家之牛秬日記法 知舊姻婭之寒暄書翰套 是已矣 然則諸君之今日所課書 只取契卷數張 農商家日記册子一二篇 時尙書札幾本 熟習幾月 而已足矣 何用許多聖賢書 以費多小閑歲月耶 殊不思之甚也

父母之所欲爲 子不能承順之 而畢竟任子之所欲 則是爲子勝父母者也 入而勝父母者 必是出而勝師長 尊如父母 嚴如師長 能勝之 則天下何人不能勝者 天下無不勝人 而是所謂無忌憚之人也 里名勝母 曾子猶回車 況於人乎 於名猶不可 況於實有之乎

貴貴賤賤之禮 是天下之常理 豈可忽也 然但當以人不可以族 一 以人不以族一句方正學語 一 其族雖士庶 其人若卿大夫 則當待之以大夫之禮 其族雖大夫 其人若士庶 則亦當待之以士庶之禮 然所貴所賤 又當以忠孝 亦不以其地 其人若有

立乎忠孝 則其地雖常賤 當待之以士族之禮 而敬重之 其人若有悖於忠孝 則其地雖士族 亦當以常賤之禮接之 而卑下之 不然則忠孝不貴矣 忠孝不貴 則人倫將壞矣

尤翁之應聘於孝宗 必以大明年號者 是春秋尊周之大義 而其他群賢之亦斥虜號而必用崇禎永曆者 皆同一義也 今日讐虜之僭號 亦知其所斥矣 爲士而汚名於虜之年號者 勿論大小官貼 — 所謂認許認可等類 亦是一例 — 是其不嫌臣服於讐夷者也 況可論其尊華之義哉

薄於親戚而厚於疎遠者 分明私意之所使 而是必有所爲而爲者也 大學曰 所厚者薄 所薄者厚 未之有也

不可苟合者 邪正之分也 難可强飭者 好惡之情也 果於心上邪正之分明者 自然情上好惡之別異矣 或謂外雖和同而內則有辨者 是不幾於陰陽色態心迹兩辨者耶 又或曰當於邪世者齒弊舌存之戒 不得不愼其矯 矯而取禍 吾不知其中道也 處於流俗者含垢藏疾之量 不可不大其辯 辯而自疎 吾不知其非自狹也 此似出於謹厚之意 然其實分明是骨軟膽薄 不能自立於惡獸得肆之日 而苟然取容於匪類矣 和光同塵 不能自守於綱常乖敗之際 而計欲自謀於流俗矣 其爲設心 豈不巧且鄙哉 爲吾儒者 當以敬以直內 — 無纖毫委曲 — 義以方外 — 無纖毫依韋 — 爲法庶不歸于僞學也

봉래산고蓬萊散稿

蓬萊吟社刊板序

物以人顯 人亦以傳 然物旣無情於顯與傳也 則其無顯無傳 在人之憾事也 猗歟金剛之天成奇絕 可謂輿圖上品題 而東西亞探勝諸位 無不願一覽者 其意豈徒然也 然若無登諸以詞藻 則其將物自物人自人 而所謂以顯以傳者 未免爲遺憾也

是蓬萊詩社之所以設 而全靑邱多士亦不吝於爭鳴其椎者也 於是乎 參格名藻 旣刊于首 又鐫芳名揭顔于山之神仙樓

己巳(1929) 仲春 蓬萊散人序

書示蒙養齋諸生 **庚午(1930)正月十二日**

地不自闢 在人闢之 然則地之未闢 人之恥也 今玆襄山肇判 其時未知幾刦 而自有孔子二千有四百餘載 東賢崛起五百有餘年 而未聞有得其道者 則是非人之可恥者耶 今君輩居其地而驟其語 則或可云不幸 究其時則亦可謂幸矣 何哉 在已闢之地者 闢荒之功 旣在於前人 而我則無所用其力 在於未闢之地者 正當樹立闢荒其功之時也 然闢荒之道無他 在人讀書而求其義 求義以體之身而已 大抵讀書而不求義 是鶻圇之呑棗 求之而不知行 是鸚鵡之能言 鶻圇之不知味 固無責焉 鸚鵡之無其實 亦可憎也 幸諸君須以闢陋其功自任 而或勿有呑棗及能言之歸也

學有五害 **庚午二月五日**

爲學難成 其害有五焉 一曰己心之不立 二曰家法之局囿 三曰師授之不正 四曰鄕俗之不美 五曰政敎之不善也 於斯有其一 亦可云難成 而況並有之乎 在堯舜之世 其民善 桀紂之世 其民不善 爲學成難 宜在乎政敎之如何 而今次之鄕俗 何也 蓋以大槪觀之 則政敎可以化鄕俗之不美者 然以學之實進言之 則以德之切磋以友之輔仁 皆由於鄕黨之有善 讒撓之入心 習性之見聞 亦由於鄕俗之不美 而政敎雖善 終不如朝夕親近之入人深也 故曰魯無君子者 斯焉取斯 又曰里仁爲美且以亞聖之資 亦由乎三遷 而又如詩之鄭衛 孔子之互鄕 亦可以觀也 然政旣善矣 鄕亦美矣 民不能聞其道 入其正者 是由於師授之不正也 如老莊之徒入虛無釋佛之侶外倫理 康梁之狂妄 耶蘇之邪誕等 或爲異端 或爲聖門亂賊 或爲民心蟊賊者 豈皆政與鄕不善不美之致耶 必其授受以此而換心易腸 更不知聖學之爲正也 所以政與俗雖美 而一入其坑 則終難如之何矣 政敎與鄕俗善美矣 師授亦正矣 猶不能奮然振興而志于學者 是必家法局囿故也 何以言之 如俳優者 人皆以爲賤 而俳優亦自知其爲賤矣 猶爲世世相業 安於心而不知爲止者 此其家法局

囿 惟以此爲足爲快故也 何獨於俳優然也 世俗之安於家之由來習故而不知爲革者 皆猶是也 無此四者之害 而不能沛然從事於聖學而成其德者 只是己心之不立也 己心之不立也 雖政敎善而鄕俗美 師授正而家法嚴 具無所施之地矣 故堯舜爲政 而四凶在焉 周公遺化 而管黎(?)有生焉 孔子爲師 而有末如之訓 展禽之家而如盜跖者出焉 若己心一立 則縱有四者之害 有不足爲爲聖爲賢之障碍矣 故逢干出乎桀紂之廷 朱子起於閩中之鄕 孔子師于老聃 而舜禹生乎瞽鯤之家矣 噫今日之政敎且莫說 其鄕俗果能純美 而師授亦得其正 家法又合其範耶 以余觀之今爲君不君臣不臣 使禮義塗地 人倫戕滅者 不知是孰使然 而其口其書者 以爲棄物 而不可學 語侏俚者 以爲善學而相引之 一有四禮等稍如儀者 則瞠然驚而環視之 以爲怪常而戒勿相效者 是今日鄕閭之俗也 以粟一石錢幾緡賣身穿鼻 觀父兄之顔順兒曺之性 以適其意 而小學家禮 未足爲課書 祝髮夷服 爲隨時之行其進其接 以利增減爲一場倡僧者 是今日師授之道也 以禮義爲先天棄物 以饒家爲目下急務 立廟報本 是無所用 事親定省 亦無所益 利害有辨喜以爲保家 稍有損己 怒以爲亡家者 是今日家法之遵守也 此世俗所謂當然 而余所云五害中四也是可以有成聖人之學乎 只可以庶幾有望者 惟立己之心一事 而亦難見無文王猶興之資 是今日有志者之抱遺經痛哭于萬山無人之境者也

養性齋學契序 庚午二月十三日

夫人之有生 有其形氣焉 有其心性焉 非形氣 心性無所依着 非心性 形氣無以管攝 然其所以養 亦各有異 形氣衣食之是賴焉 心性學問之是資焉 衣食者 人與物之所同 然學問者 人之所自異於物者也 故聖人使斯民欲盡人道者 亦在於此學而所以設庠序學校者 皆以此故也 然則有斯人有斯學 是非人事之當然者耶 噫此鄕在於山僻 庠序之敎難聞 學校之化未及 民性失養 而人心未闢 惟役役於口體而其自異於物者幾希 言念及此 孰不腐心而痛恨也哉 於是乎 諏及于人 而如心同情者二十有四家矣 乃倣古者家必有塾之義 營建一塾 而類皆力綿勢弱 事難如圖 乃各醵五千文 則僅有一百有二十貫也 以是爲基本 而滋殖數禩 存本而以剩者足可以應其需 如周愼齋之爲 則或可有補於難聞未及之不幸 而有底乎人道之自異 以伸今日痛恨之情歟 其心可謂苦矣 其事亦云迂矣 然及今不爲 後日亦今

日矣 今之如此者 使將來觀之 亦是事豫之義也 安知不有其成立之道乎 遂序其發心與志事之顚末 以弁于契案云爾

蒙養齋日課表序

幼而習之 長而行之 如或幼而不習 長欲行之 必有抵悟難入之患 而世間種種敖惰悖慢之習 皆由是而生焉 況朱夫子以灑掃應對進退等節 爲所以爲修齊治平之本者耶 然若非嚴立課程 則或其授受之際 易致遺忘 而失於任意 故略擧幼蒙易知易行者數則 以爲日課表程焉

答天德齋諸生問

庚午仲春 余過天德齋 齋生之稍長者 是志學之年 次則纔入學之歲也 其中一童子進問曰 所謂學之一字 其義何如 余曰 善汝爾之問也 夫學是知行二者而已 知有先後 人先而我後 則我當問先而覺之 行有能否 人能而我否 則我當就能而效之 是學之道也 然所知所行者 是何者也 以在於心者 則曰仁義禮智信是也 以見于行者 則曰愛親敬兄忠君悌長是也 蓋上古之世 學能一統 故如是而已 降自叔季 學術多歧 人心不淳 故有眞僞之分 有邪正之別 知我本分 行我當行者 是爲己也 所謂眞學也 或爲功令 或爲利祿者 是爲人者也 所謂僞學也 一遵聖規 明義利嚴華夷 辨儒俗者 是正學也 如釋佛康梁耶蘇普天之類 與聖學相悖者 是皆邪學也 能知此辨此 不失其正 然後可以論爲學之義也

送玉潭居士行四明山序 庚午三月十二日

余於戊辰之再入內金剛也 尋緣于三鶴山中 於金寧金丈之館開講筵 長少咸萃 座上有一丈 年踰耳順 而白鬢紅顔 氣骨淸秀 言語超俗 擧止脫累 飄然非若塵世人氣像 余一見異之 叩詳於左右 曰此乃玉潭居士也 其先金海也 名命九 玉潭其自號也 二紀年前 自龍崗之停鶴山 移居于此 而其性恬靜不喜鬧 蹤跡常不離山間 但蕭條其居 澹泊其生 布衣葛巾 啗松澗飮 而或槃桓于松風蘿月 或逍遙於嶺雲洞霞 或觀魚於春澗 或採藥于秋山 或寄跡于道觀僧寺 或從遊乎野農村叟 言者或以爲道家者流 或以爲避世之隱 各以其見 莫能知其趣也 余曰 此莫非物外高

標 放迹于山水者耶 乃就與施禮 推心敬服 而居士亦慇懃輸情 日有久而情愈深 今春余亦欲同其趣 而移館于居士之隣 居士業已定移栖之計 於楊麓之四明山下矣 嗚呼 此無乃居士勇於自潔 而絕世之果者歟 奈何緣參商而從難得也 竊嘗聞君子之於世 其行非爲祿也 其藏非爲身也 値世之不可爲 則雖韜晦藏迹寓情於山水之樂 然又不忍於絕物 故憂世之心愛物之仁 固無間焉 若果乎忘物 非聖人之中也 故箕山穎水非不潔矣 而其於堯舜之道過矣 晨門荷蓧非不高矣 而其與孔孟之仁異矣 故曰果哉末之難矣 曰鳥獸不可與同群 吾非斯人之徒與而誰與 聖人此心 居士亦見有早矣 幸於歸山也 以民吾爲一體 以隱顯爲一致 看時待價 而莫諸於蘊 又其耰種植杖之日 世或有問津者 須就與而莫果於行也 余於居士 見愛之深也 故書其知之始終與所感于中者 以贐其行云

어록語錄

體用無局說

體用者 以時而異 隨地而變 不可局於一事 一事固有一事之體用 而體用中各有體用 又迭爲體用 以性言之 天下無性外之物 則性爲天下之體 而天下其用也 以其流行言之 仁者仁之本體 而禮者仁之節文 義者仁之斷制 智者仁之分別 此仁包四德而爲全體者 然分言之 則亦可謂仁爲體 而禮義智爲用也 又以錯綜而發用言 則仁之發也 仁爲經 而禮義智爲緯 禮之發也 禮爲經 而仁義智爲緯 義之發也 義爲經 而仁禮智爲緯 智之發也 智爲經 而仁禮義爲緯 是經爲體 而緯爲用也 非特性爲如此 心氣形亦有然者 然是皆一理動靜之爲 則亦只是性之體用而已 理既無無用之體 又無無體之用 則爲學之道 亦既有有體而無用 無體而有用之理歟

本然性說

有人問 本然云者是何謂也 曰本然本體然之謂也 如心之本然 氣之本然 其他本然云者 皆其本體然之謂也

曰性之本然 可得聞其說乎 曰朱子曰 性是太極渾然之體 是所謂性之本然也 朱

子又於氣質不同則天命之性有偏全之問 非有偏全答之 持此兩訓而觀之 性之本然可想見也 問者曰 性如是渾然之體而已 則無乃是有一無分 有體無用底 一朧侗之物乎 曰何爲其然 渾然之中 自有分殊 分殊之中 又有條理 以其大分而言之則健順五常之屬是也 以其細條而言之 則日用事物之理皆是也 程子所謂 冲漠無朕 萬象森然已具者 卽是也 曰然則蘆沙之以扁全爲本然 卽分殊之謂也 而子以爲不然何也 曰偏全與分殊自不同 分殊是性分中本有之理 偏全是氣之所爲 豈可曰性之本然云乎哉 曰近日柳持平 以牛之耕馬之馳大黃寒附子熱爲本然性 則子又以爲如何 曰此亦形氣之偏而局者也 曷可以性之本然論乎 性則太極也 豈有耕而不能馳 馳而不能耕 寒而不能熱 熱而不能寒 如此偏局底本然之太極乎

曰子嘗以爲性之本體人物皆同 而以今所論觀之 物之本然何處得見乎 曰所同者本體也 所異者末用也 此所謂性以命同 道以形異者也 故牛耕馬馳 謂之牛馬之道則可 謂之牛馬之本然性則不可 至於大黃附子 塞而無知覺動靜者 則又只可曰氣質性而已 問者曰 子之說似然 而蘆柳兩公一世之巨擘乎 豈無所見而云哉 以此存疑則可也 不可有自是之心也 曰然 亦各言其所見也 問者退 因記其答問之語 以爲本然性說

本然心說

夫心一也 而或謂之理 或謂之氣質 或謂之合理氣 或謂之單言氣 何者爲心之本然也 以所具言則理也 以所乘言則氣質也 以理氣相須言則合理氣也 以色相言則氣之精爽也 總四者而謂之心本然 則可乎 曰不然 理其所具非心也 氣質其所乘非心也 若曰合理氣 則心固合理氣者 天下何物 又有非合理氣者 以此謂之心本然 則有未盡也 其曰單言氣者 心固氣分事 若對理而曰 單言氣 則又非有離理論心之嫌歟 曰然則張子之合性與知覺 有心之名 何如 曰此則只言心得名之由於心之本然 未知如何耳 程子心者性之郛郭者何如 曰此性心道器之別 言其本然則未也 朱子心者氣之精英之言 又如何 曰此訓於心之本相則然矣 而亦豈可曰心之體用具備底本然矣乎 曰然則盡心註 心者人之神明 所以具衆理而應萬事者者其庶幾乎 曰此則可謂心之體用具備之辭 但讀者於具字只以盛貯之意看 而以所具應事之旨 未審體來 故往往以應事之心直喚做理 而名實不明 是可歎也 然以

此訓而論心之本然 則庶無虛漏之患也歟 其曰人之神明 則與理之無形無爲者有間 理非心之本然明矣 又與氣質之粹駁不齊者有別 氣質之非心本然亦無疑矣 曰具衆理而應萬事 則不以所具爲理 而自以爲理 非心之本然也 不以所具應事 而自認爲理而應事 非心之本然也 曰萬事則一事之不備 又非心之本然也 吾故曰本然心者 人之神明 所以尊德性而應事無差者也 然聖人不踰矩之心則未也

氣質本然說

氣質之說 蓋自程張發之 而朱子以爲極有功於聖門 有補於後學 後來諸賢 亦無不述之 而其說各有不同 姑擧其一二而論之

遂庵曰 人之氣質 得於有生之初 雖未發之前 美惡自在 魏莊渠曰 靜時性被氣稟夾雜 先藏了不善之根 此以氣質之美惡夾雜者 爲未發前本然之說也

牛溪曰 人生以後言之 則未發之性 — 本註並言氣質 — 亦有善惡之一定者 此不分本然氣質 而以有善惡 爲未發前本然之說也 南塘曰 有生之初 便有氣質之性 淸濁粹駁 有萬不齊 其本領之美惡如此 故爲發後淑慝之種子

屏溪曰 人物之氣 已自稟初而異 故不待發用 而其所囿之理 隨其位分 而亦已不同矣 此則不但以氣質之不齊爲未發前本然 亦爲稟性本然之說 而南塘則又曰 未發之際 心體惺惺 湛然虛明 而虛明之中 隨人氣稟 不能無偏全美惡之不齊 此又以心氣質無分 而爲氣質本然之說也 陶庵曰 未發時不可着氣質字 雖昏愚之人或有未發 則雖一霎之頃 全是湛一本然之體 有淸粹而無濁駁 不如是 何以云未發時堯舜塗人一也 若曰本分濁駁一邊在了 則不幾於善惡之混者耶 巍岩曰 求之於未發之旨 則無論聖凡必此心寂然不動如水止鏡明 則所謂淸濁粹駁之有萬不齊者 至是一齊於純淸至粹 — 本註此氣之本然也 — 而不偏不倚之中體亦於是乎立 此以湛一淸粹爲靜時本然 而濁駁不齊爲發後末用之說也 至吾艮翁先師 則曰氣質體淸 曰氣質本一 曰體一用殊 此氣質之末用 雖有萬不齊 而本體則一而淸粹之說也

諸先生論說之不同如此 吾輩後學 亦將惡乎從 考諸朱子之說 曰二氣五行 何嘗不善 只滾來滾去 便有不正 問有陰陽便有善惡 曰陰陽五行皆善 有善惡是後一節事 氣之始 固無不善 然騰倒到今日 則其雜也久矣 — 答李繼善書 — 曰暮夜休

息 則其氣復淸明 — 孟子或問 — 曰歇得些時 氣便淸 — 節錄 — 以是觀之 氣質體淸 體一用殊之說 是得朱子之本旨歟 且以爲學之事言之 栗谷先生曰 聖賢千言萬語 只是使人檢束其氣 以復其氣之本然而已 若其氣質 原自不齊 則雖復其本然 只是不齊之氣而已 亦何貴於本然 又豈程張拈出氣質說之本旨哉 故吾以艮翁本一淸粹之說 爲氣質本然說

當初禀賦氣質說

有問 旣曰當初禀受氣質性 則亦宜有當初禀受本然性 方寸之間 果有此兩樣性耶 曰不然 只是一性 而以禀受之本體言 則謂之本然性 以發見之末用言 則謂之氣質 曰若是末用 則何以曰當初禀受也 曰氣質何嘗非當初禀受者耶 然性隨氣之柔緩强急而異發者 亦謂之天性 天性而非本然也 故曰當初禀受氣質性 有何可疑之有 且氣質是禀生之初所得 故曰當初禀受 性之異發 是氣質之所使 故曰氣質性 是非所謂當初禀受氣質性耶 前說恐未知栗翁之旨 而後說亦可以備一說歟 若以當初禀受四字之故 而并與氣質之性 而認爲原初禀受之性 則此與本然性有何分別 本然性豈原初禀受之外又別有一性歟 由是而爲隨氣異禀 而性亦異禀之說 豈非誤之又誤者耶 氣質本一 而有末用之異者 謂之異禀誤也 因是而性亦異禀之說又誤也 試問理氣禀受未發之本體 果有濁駁偏全柔緩强急之不齊者耶 未耶 謂之有 則是理氣都無一本 而只是不齊而已 若曰未也 則體一用殊 發後氣質之說 不其然乎 曰然則栗翁又何以曰 雜理與氣 而命之曰 氣質之性也 曰理氣原不相離者也 故無無理而氣獨發之之氣 又無氣發而理有不乘之理 而未發而氣不用事 則理之本體自在 故謂之本然性 已發而氣爲用事 則理爲氣牽 失其本然 故謂之氣質性 而謂之雜者 理爲氣使 非復理之本然 而和爲氣質之稱也 所以云氣質之性君子謂弗性者焉者也 然是從理說也 故云氣質性 若從氣說 則只云氣質可也 然則當初禀受本然性氣質性 當初禀受本然氣質 氣質之氣 俱無不可也 問者曰 子雖如此說 吾則聽瑩 遂記其說以俟後考

五書五經讀書日課標

○ 讀五書日課假量標

每朔間課十日假量 — 講會宿讀 或出入宴賓節祀 其他有故等日也

小學 二萬七千六百二十九字 — 每日一百五十字假量 一百八十四日畢

大學 一千七百三十三字 — 每日二十五字假量 七十日畢

論語 一萬二千七百字 — 每日六十字假量 二百十二日畢

孟子 三萬四千六百八十五字 — 每日一百五十字假量 二百三十一日畢

中庸 三千五百五字 — 每日五十字假量 七十日畢

以上課日合 七百六十七日假量 — 以月計之 二十五月十七日

以上間課日 二百五十六日假量 — 以月計之 八月十六日

兩合 一千二十三日假量 — 以月計之 三十四月三日

以年計之 二年十月三日也

○ 讀五經日課假量標

詩經 三萬九千一百二十四字 — 每日一百五十字假量 二百六十一日畢

禮經 九萬九千二十字 — 每日三百字假量 三百三十日畢

書經 二萬五千七百字 — 每日一百二十五字假量 二百二日畢

易經 二萬四千二百七字 — 每日一百字假量 二百四十二日畢

春秋左傳 並十九萬六千八百四十五字 — 每日四百字假量 四百九十二日畢

以上課日 一千五百二十七日假量 — 以月計之 五十月二十七日

以上間課日 五百九日假量 — 以月計之 十六月二十九日

兩合 二千三十六日假量 — 以月計之 六十七月二十六日

以年計之 五年七月二十六日也

○ 以上總計 — 課日六年四月十四日 間日二年一月十五日 — 合八年五月二十九日假量也

答金容宅容德李命鎔三童子

凡理氣心性情意之分 華夷人獸之辨 異端邪學之別 雖聞其說 而尙不知其境界與色相 故逐條說明以一二句語 切願思索以入頭之地

理氣○理者生物之本 無形無爲 而爲所能 氣者生物之具 有形有爲 而爲機能

心性○性者理之眞純 無覺無爲 而爲心之眞體 心者氣之精英 有覺有爲 而爲性

之妙用

氣質○氣者流行底 有淸濁 有知愚之分 質者凝定底 有粹駁 有賢不肖之別

性情○性者仁義禮智是也 有全善而無作用 情者四端七情是也 有善惡而無商量

性命形氣○性命者 所受於天之正理 有一無二 形氣者 所成於氣之象形 有萬不齊

天理人慾○天理者 性之本然 心之固有 而周而公 人慾者 形之所生 心之萌蘖 而偏而私

人心道心○道心知覺之原於性命者 微而難著 當守而爲主者 人心知覺之生於形氣者 危而易流 宜節而制之者

義利○義者天理之所宜 是心制事之理 利者人情之所欲 是身切己之私

儒俗○儒者遵聖法修禮義 而能守之 俗者循世習溺見聞 而自安之

華夷○華者修禮守義 惟倫理之是重 夷者任情縱慾 惟形氣之是尙

人獸○人者能知能推 而至於盡性 獸者不能知不能推 而局於形

夷獸○夷者可知可能 而流於利 獸者原不知不能 而任於慾

聖學異敎○聖學本天 故以靈覺之所具爲性 而尊奉之 異敎本心 故以靈覺之妙用爲性 而自用之

正學邪學○正學信聖賢重綱常 斥裔戎闢邪說 故正學勝 則人道叙 邪學叛聖賢悖綱常 和裔戎混邪說 故邪學熾 則人道閉

妖學夷學○妖學者 非仁非義 而乘釁而作 觀勢而變 禍福動人 秘議惑世 小爲謀利 大爲不軌 故妖學作 時無不亂 夷學者 賊仁害義 重功利尙富强 棄人倫任情慾 侵略爲本 攘奪爲道 故夷學入 國無不亡

此爲君輩程度所及而言 故但道其界境云 然豈可以此爲思索之端哉 至於邪學夷學之類 吾自以爲得其眞臟 幸留心細看

所謂重綱常嚴法義衛聖闢異尙義黜利者 就我心身上說 非謂對世之策也 治平固非分外事 功夫須自我心身上做起 可以言推 不然 無實之空言 不惟無益 反爲害之 豈有形不正而影直 絲不調而音和之理乎 屠夫而念慈悲 娼女而講列傳者 世或有之 此當戒之 不可效尤者也

某丈謂 儒者之學 今日學之爲無用

噫是何言也 儒者所學者 綱常之道也 綱常之道 亦有有用無用之時耶 余則以爲今日也 故尤益講明而力守之也 子曰國無道至死不變道 是綱常之道也 道無時不在 人自不行曰 國無道而天下無道 故尤當講而守之 至於死而不變 又曰 素夷狄行乎夷狄 所行之道 亦非倫常之道耶 見在夷狄也 故亦當講明而力行之 今日云云 則無乃平日學要利祿文爲阿世之鄙習 尙在故歟 以此亡世猶有餘習 苟翁所謂閱十二萬九千六百年終不可爲人者 其惟流俗乎者 眞格言矣夫

三綱五常 扶持宇宙之大道也 五書五經 扶持宇宙之器具也 讀書躬行 扶持宇宙之實事也 士者宇宙之元氣也 培養此個 扶持宇宙之事功也

四本

讀書起家之本

勤儉治家之本

循理保家之本

和順齊家之本

四無

無以嗜慾殺身

無以貨財殺子孫

無以政事殺百姓

無以學術殺天下後世

易訟之六三曰 食旧德 貞厲終吉 夫旧德者 以君政言 則唐虞商周 以士學言 則魯鄒洛閩 以人子孫言 則祖先行修 是其重者也 貞堅守也 厲危難也 吾輩處今危難之世 能堅守先王禮法 先聖遺敎 先祖行修 而不失之 則終必獲吉矣 不然 而以守先王先聖先祖之旧法者 認爲奴隷 而一切反旧易常如今世人之爲 則其爲凶咎也必矣 可不深戒者哉

聖人之敎 亦多術矣 其目不過曰 博聞約禮 衛正闢邪 進賢黜奸 尊華攘夷數者而已 而其始又只要辨義利而已 夫義也者 天人授受之正理 四海循之 則家國天下將無不治安矣 利也者 物形對生之私欲 一日從之 則君臣父子亦罔不賊害矣 嗚呼其幾可不愼諸

學道無用有用

有人謂余曰 今世學道無用 余謂 用之心 用之身 用之家 世固行道之地 如不可行則懷藏自守 亦是用此道者也 何謂無用矣 凡讀書以求義 欲以之處世 非欲追世者也 若如其意 盜跖之世 讀盜跖之書 桀紂之世 讀桀紂之書 倭洋之世 讀倭洋之書 謂之讀有用之書乎 人之見識如此 可謂寒心

孟子曰 仁義充塞 則率獸食人 人將相食 余嘗以此謂之借喩 豈意今日目見實事耶 邪說誣民之禍 誠爲可懼也 然懼而防之之道 亦不過曰 閑先聖之道 放其淫辭而已 則吾輩所處之義 不難知矣 雖或曰此乃任世道者責 非夫夫之所可能也 孟子豈不曰 能言距楊墨者 聖人之徒也乎 朱子曰 不能攻討 而倡爲不必攻討之說者 邪詖之徒 亂賊之黨 可知也 此又非對夫夫說者乎 夫闢邪衛正 是天下公有底道理 人人皆有是責 何獨聖賢 但此事只關心術 故一念旣正 則是乃聖人之徒 一念旣邪 則是乃邪詖之徒 只在此心出入邪正間

賦命之初 人物各得所同之理 是渾體之本然也 旣得之後 隨物各有當然之則 是妙用之本然也 馬之健與馳 牛之順與耕 是隨物當然之則 而所謂妙用之本然也 所得同一 循則各異 此謂體一而用殊者也 今以各異者 謂之賦命之初原來所得如此 則豈萬物一本之意乎

國有興亡 人有死生 至於聖人之道 雖聖人沒 道則不可一日而泯絕 與天地相終始 若其屈伸 實關於氣數矣 苟値極衰之時 雖容人力 亦不可諉之氣數 而坐視其淪喪 縱未有任道之責者 當以扶植而不墜存心 是乃秉彝之不容已 謂不干已事而不以爲憂者 非聖人之徒也

大一統

一身有一身之主 心君之謂也 一家有一家之主 家君之謂也 一國有一國之主 邦君之謂也 天下有天下之主 天主之謂也 故日 天下有天下之大一統 一國有一國之大一統 一家有一家之大一統 一身有一身之大一統

綱常

綱常者 禮之大體 人所共由 是天地之常經也 故雖以三代之聖聖相繼 只是因之而不能改乎 此古今之通義也 故雖以殷周之制度文章 其所損益 亦只是扶此而不壞已矣 古往今來 豈有違乎此者哉 一有壞時 其將天地顚覆 太極毀滅 安有所謂人世也哉

禮義者出治之本

禮義立則人道興 禮義亡則人道壞 人道壞則禽獸耳 何足與論其治不治哉 故禮義者出治之本 而政者爲治之具 刑者輔治之法也 非政法無以致治 然非禮義 則政法又無所本 雖欲爲治其可得乎

교훈教訓

與童蒙金鍾萬 甲寅九月十二日

鍾萬 汝欲學書乎 欲學事乎 學書者 學文之謂 學事者 學人之謂也 我是人矣 更學人者 何也 盈天地群物之中 特人得人之名者 以其有人之倫也 形體未足以爲人 形雖是人 言是禽獸 行是禽獸 是卽禽獸而已 烏可得以稱人也 所謂人之倫者何謂也 君君臣臣父父子子 各得其序是也 聖人之所以立教者 皆爲正此倫也 後學之所以讀書者 亦爲知此倫也 今汝挾書求學 其志甚善 而但有所畏者 正爲汝不學事而學書 徒得此人之殼 而未的知人之實也 吁嗟鍾萬 如或有不深信吾言豈使汝久爲貽譏以樹末梢 庸醫誤人之責也

與安在夏 己未十月十七日

天理不能虛行 故必待我而後行 人欲不能自肆 故亦必夾我而後肆 我者誰也 我之心是也 天理與人欲 是二而相爲消長者 我之心是一而涵此夾此者也 故是心之用 一於天理上重 則自然輕於人欲 一於人欲上馳 則自然悖於天理 故爲學之要莫若乎約之此心 存之於天理上而已 然天理與非 — 非天理者 便是人欲 — 孰從而知之 篤信聖賢 — 不篤信 則不切己 或歸之誘人例語 — 細讀其遺訓 — 不細則義不精 — 自驗之於日用而已 — 聖賢之言 是天理之著明者 不合於此 則非天理矣 日用莫非天理之所在 不驗之此 則學無施矣 — 偶念及此 仰浼 或可靜時爲自治之傍助否 餘緖包盡言外 不戩

示守貞齋諸君 丙戌月日

傳說曰 學于古訓乃有獲 又曰 事不師古 匪說攸聞 孔子曰 吾好古敏以求之 易曰食舊貞吉 曰學古 曰師古 曰好古 曰食舊 可見聖人之所以爲聖 又所以爲敎也 今世以自由爲務者 無不以學古聖人禮義與言行者 爲奴隷根性 而棄斥之 必欲自心撰出一副新學 以驅卒天下之人 人亦好奇而雷和之 殆同河決海移而莫能禦 於噫此又非創新者之奴隷耶 彼所謂新學 吾未知其眞贓 然其以學聖人禮義爲非 則是必以夷狄之尙形欲爲是者也 此又非夷狄形欲之奴隷耶 嗚呼 世人盍一思之 與其形欲之奴隷 何如其禮義之奴隷 與其寇賊之僕隷 又何如其聖人之僕隷也 且果善學聖人 則吾聞其爲高弟子 未聞其爲奴隷者也

示家兒恪洙 丙戌

待餘暇以後讀書 必無讀書之日 待有餘以後濟人 必無濟人之時 此乃古人格言汝須日三復

袁氏世範曰 同居之人 有不賢者 非理以相擂 若或一再 尙可與辨 至於百無一是且朝夕以此相臨 極爲難處 當寬懷抱 以無可奈何處之 評者曰 至哉言也 此所謂不治之治 舍此更無別法 — 止此 — 人之氣稟 有萬不齊 雖家人 豈能盡如我意如遇人情上難堪處 當以此意自寬 亦處世之一道也

示守貞齋諸君 丙戌九月九日

昔晦庵夫子知南康軍 重建白鹿書院 聚徒設規 倡明道學 書院之敎 遂盛于天下 吾東晦軒安子 生于麗季崇佛之時 虔奉孔像朱眞于家 朝夕瞻拜 以肇東方道學之源 故其詩曰 香燈處處皆祈佛 簫管家家盡祀神 獨有數間夫子廟 滿庭春草寂無人 噫今夫子之廟 豈徒麗季之滿庭春草而已哉 髡首胡服鴃舌梟音 雜然紋亂於淸淨尊嚴之地 而吾道之厄 無有甚於此者也 今日賢輩瞻拜之安陽祠 是吾先師艮翁杖屨之所 故老柏先生倡學之地也 故于此虔奉先師七分影 以寓後學慕仰之心者也 諸君若能深知此意 而有所觀感 從玆講學設規 一遵白鹿洞訓 誠心慕賢 果如安子所事 則安知不此鄕爲將來之南康 而吾東一脈陽線 亦不有賴乎諸君乎哉 深爲世道祈願也

示書社諸君 金憲洙常洙台洙和洙容圭 丙戌(1946)

今之所謂識時務者 見人之讀聖書守舊儀者 輒以爲不合時宜 而非斥之 此輩心中只一時字作祟 故時乎倭 則是急乎事倭 時乎洋 則又急乎從洋 燥熱其中 而恐或後於人 此無他 趨利避害之心使之也 其懵然無恥 而營營苟求之態 誠使人悶惻也 噫大丈夫當挺然特立 以禮立身 以義處命 挽回天運 維持世風氣像 彼何曾夢到 亦何足以責此哉 惟賢輩深思中庸十四章素位而行之義 而力踐之 貧賤夷狄患難命也 行乎此者義也 君子之道 惟此而已矣

今人開口輒說 學仁義何所用哉 仁義亦能拒英美大砲也乎 然則不仁不義者 能拒英美大砲也乎 天下安有如此悖妄語哉 其意蓋謂 當富强之是急 奚暇治此哉 然仁義獨非所以爲富强者 而捨仁義而不能爲富强者乎 設或有之 禍胎也 非富强也 又謂學彼文化可以有爲 所謂文化者 技巧利術之謂也 然學於彼 而欲彼之制 誠計之淺者也 天下安有敎人以制己之術者哉 不過是子弟奴隸之道 以自供者也

流俗鄕原不足憂 憸人諂夫不足憂 異端邪學不足憂 四夷八蠻不足憂 天下最可怕可憂者 如今之所謂仁義無所用 仁義不足學之說也 蓋仁義立而人道正 則彼四者之害 可勿治而治矣 若人心而曰 仁義無所用不足學 則其所用與所學者 果何事哉 噫此世界終爲氣慾化而已耶 然則人之太極幾何不顚倒 而天地飜覆人類禽獸之禍 是將何爲 世之爲此說者 宜洗心更思也

凡天下千變萬化之事 無非此心之爲 而心之所以能應酬不差其道者 以其有仁義禮智之德也 心當敬畏而尊奉之 惟懼其或悖 況輕侮之而非斥之哉 心而叛性 則是虛靈作用而已 只任虛靈之作用 非所謂失性者耶 失性者癲狂之謂也

學莫大於心學性 患莫甚於心自理 心能學性而至於熟 則是所謂率性之君子 心自爲理而至於肆 則是所謂無憚之小人

天下之善 孰大於心學性 天下之禍 孰甚於心自理 天下之心各能學性 而天下其有不治者乎 天下之心各自爲理 而天下其有不亂者乎

今日奪氣喪魄於技巧與暴力者 動輒以爲仁義無所用 必效其文化然後 可以有爲所謂文化者 亦指其技巧與暴力也 然我果仁矣 我果義矣 則天下何技巧何暴力敢肆於至仁至義之地乎 天道至公 必無是理矣

槍砲劍戟 機械之武也 仁義忠信 精神之武也 機械之武 必資乎精神 若無精神 雖有機械 不能爲用 而亦資乎敵而已

士子當挺然特立 不撓乎異說 不移乎世習 不苟乎軀殼活計 而專以性命義理爲家計 然後可以言學 不然庸庸俗流耳 所事只是逐逐乎勢利 營營於衣食之累已矣

霜雪滿壑 而松柏後凋 風雨如晦 而鷄鳴不已 八表同昏 而志士自昭 此可與知者道 不可責之於夫夫者也

彼所云云 無非出於狙詐之心 豈有一言半辭之近可於眞實者哉 日虜所謂徵用之時 渠輩於鮮人之少壯老幼 無不豕驅之而犢拽之 唯恐有逸 而至於親喪未殮者亦不容少貸 此時此輩之用心實情 眞倭奴之尤者 而變局當日 却又逡巡其位而曰今吾輩反讐日 而圖韓獨立 彼守舊者 不習英美新展文化 欲復鮮韓塵舊儀度 此獨立反逆 據位者威脅之 立黨者喧攻之 其無廉無耻 而反覆趨利之眞腸 天地鬼神 亦應疾視之矣

示諸生 丙戌

聞有人罪余以敎不誠 此誠然矣 然敎人以誠 是何等地位 雖孔子之聖 亦只曰敎不倦而已 斯可以責望於夫夫者耶 其意則誠厚矣 而其地則失其當也

又聞 非敎法云 法豈可易言乎哉 然髡首胡服之不許講席 以大小學論孟代新課書拜揖之必從舊儀 就學之始 先習白鹿洞規 朝夕之禮 以五常四勿九容九思爲笏

晨省然後讀書 昏定以後就堂 是余今日與諸生所行之大略 而謂之非敎法 則所謂法者 得非僧俗合講 華夷混制之謂歟 此則雖被譏罵 無可奈何者也

余初非求諸君 諸君挾册來也 故余應之耳 諸君如有不滿於心 則已之而已 是何有言之多端也 雖則云人 亦是諸君之所自致也 諸君若能以實心進學 則有何敎不誠之譏 有何非敎法之評 然今旣有迎他師之說 則余已非責任者 有何可告 諸君猶且不棄也 故言之耳

示守貞書社諸君 丙戌月日

我邦所謂學校 是驅陷人子之偎圈也 其所謂訓長敎師者 無非褫魄於勢利之幻場而成性於吮舐之鄙習者也 故以是種胎於子弟 而子弟以是化成 浸浸然至於今日而極矣 且讐夷妖賊 以所謂政術導之於前 以威刑驅之於後 則惟令所在 叛聖悖義 視若當然 遺君後親 認爲細故 妖孼之生 直在人不在物 自此只有相殘相噉之禍而已 嗚呼是豈天理乎哉

聖人天也理也 故其行卽天道也 其言卽天理也 人在天理之中 如魚在水中 不可一霎時外者也 纔外之時 卽枯而死矣 昔梁賊啓超 以學聖人者 爲奴隷根性底人 而今我國人 又以聖人爲外國人 而不可學 蓋以中華爲外 則得非以夷狄爲內者耶 且學聖人之道 有何防害於獨立 然則學拜仇揖盜 醉勢夢利底人 乃可爲獨立乎

與族人常洙 丙戌十月日

今君家貧親老 其於事育之道 無以爲計 則能不爲以此撓心否 孔子曰 不知命無以爲君子 又曰 君子固窮 小人窮斯濫矣 人之貧賤困窮莫非命也 信而安之 是義也 若或有求免之念 則是無義命之流也 且固窮是固守於窮也 不能守於窮 則亦必流於邪濫矣 前輩有言 貧者士之常也 又有言 貧者天所以待學者之淸福 須以此自安 而固其守也

程子曰 只營衣食却無害 惟利祿之誘最害心術 營誘二字當細分 營則心爲主而物爲使 誘則物爲主而心爲役 心爲主則義可揀擇 物爲主則陷於邪妄已矣 老洲曰心以宰物 不可以物役心 宰役二字 亦此意矣

栗谷先生曰 君子憂道 不當憂貧 但家貧無以資生 則雖當思救窮之策 亦只可免飢

寒而已 不可存居積豊足之念 當思救窮 是營之事 居積豊足 是誘之害
三淵詩曰 東方多惰士 不思事農商 親飢猶恝視 吸草坐高堂 溪雲與族孫志洙書曰 養親救窮 雖爲農賈 而餘力可以學文矣 又曰 今世爲士者 恥爲農賈 而亦不爲學 則非士非農 古法所誅者也 — 止此 — 然則士而可農商 農賈而可學文 可以知矣 恥農賈 而亦不爲學 則古法所誅之云 又豈非悚念者哉 此非要賢役心從事於商賈之謂也 人當窮時 事有爲營之際 分所當爲 義所不悖者 則雖學問之士 亦無所拘云爾 乃若今世之昧於義命 而無廉無恥之徒 朝事讐虜暮趨兩夷 以營蠅頭自爲得計者 眞犬彘之不若 此則雖餓死 萬萬可以效之者哉

與族人和洙 丁亥(1947)

去八月十五日夕 君來見余 語間 余微有君之或動於鄉俗非議之慮 君輒應曰 某自發願之時 旣以此身委之於儒門 則世俗訾毁初不動念云 余伊時聞言心僨曰 不圖斯人之決志果至於此也 却又思之曰 此必一時意氣之所發 而不覺言之過於程度也 良久乃謂曰 君之立心誠愜人意 余記此言以考子之後日云矣
及見近日君之處禍亂之事 可驗前日委身之說 非一時意氣之發也 頃日君之家嚴罹鴻之遭 彼方咆哮直欲發炮 君急以身遮銃口 令親避之 彼怒曰爾死無怨乎 君曰死於父有何怨乎 然則擧手 君卽擧手 彼又曰脫衰服 君曰銃殺之地衰服何嫌 彼以何心不果 引入里宰家 夜深鍛鍊 而終不理屈 亦小弛禍 翌日又召到署庭也 君又以衰絰至彼 彼恐喝曰 爾果代死無恨乎 君曰子代父死有何恨乎 於刑於殺任意施之 翌日又召 至亦如是 彼輩胥顧曰 理也哉 今日此局 猶有是人也歟 乃諭之曰 此後子之父親有不美之事 皆擔委之於子矣 解歸之
又翌日彼輩出本里街店 會多數人衆曰 某也當欲嚴懲 以其子故不忍也 因有嘖嘖稱詡之言云云 彼亦有此人心 可見天理之所同 而君之視銃砲如無 正言對抗 泰然游辭 終得使親免辱 身亦無禍 此非仁性直發者能然之乎 然人非成德者 心或有初晩之不一 志或有始終之勤怠 故余記君今之志行 以爲君將來勉勵之資也

謝守貞齋諸君 丁亥二月日

朱子曰 今學者自不以爲飢 如何强他使食 自不以爲渴 如何强他使飮 余於諸君

亦然云爾 因以自思 余不能身之 而徒以言 旣非喻人之道 而況言亦非中理者乎 自不勝慚恧已矣 然亦有一辭可告 或無以强聒厭之歟

易之蒙曰 蒙亨 匪我求童蒙 童蒙求我 初筮告 再三瀆 瀆則不告 利貞 解者曰 蒙所以亨 全在明者 不枉教 不輕教 又不謬於施教上 初筮告是個誠 再三則不誠矣 余非明者 何枉與輕與謬之可論 然蒙者自養之義 亦不可不細思也

子曰 自行束修以上 吾未嘗無誨焉 此夫子自明誨人不倦之心 以勉人渴誠求學之意 苟以禮來 則無不有以敎之 若彼無向學之心 則我無從而誨之之意 亦見乎言外矣 蒙之不枉敎之意 不其明乎

子又曰 不憤不啓 不悱不發 擧一隅 不以三隅反 則不復也 此欲學者勉爲受敎之地也 旣言心苟向學 則必誨之之意 此又言 無憤悱之誠 則不啓發 啓發而又無自得之進 則不復告 蒙之不輕敎之意 亦可知矣

然誨與啓發 豈以其外至者哉 蓋人各有固有底正理 而啓發其本心 使復其所性之天而已 蒙之不謬施之意然也

諸君試思其求學之意 受敎之地 果能如其誠否 余亦未免犯此枉輕謬之戒 可謂胥失其道矣 程子曰 語學者以所見未到之言 不惟無益 反將理低看了 余於諸君 非徒失之於輕與謬 亦且日夜苦口者 大抵皆是諸君之所見未到底 力量所不及 則所以無益 而反致今日低看之弊 不惟低看 至於厭惑 而將見處之簡矣 則余之自致羞吝已矣 諸君亦非善於自養者矣

因是以記得陳白沙與羅一峯書云 君子未嘗不欲人入於善 苟有求於我者 吾以告之可也 强以語之 必不能入 則棄吾言於無用 又安取之 且衆人之情 旣不受人之言 又必别生枝節 以相矛盾 吾猶不舍而責之 益深取怨之道也 — 止此 — 余於此可謂眞犯 自今以往 意欲改是 書以自勖兼謝諸君云爾

示家兒恪洙 丁亥(1947)二月

明儒劉塙之言曰 天下無不可化之人 不向人分上求化也 化我而已矣 天下無不可處之事 不向事情上求處也 處我而已矣 又曰平平看來 世間何人處不得 何地居不得 只因我自風波 便惹動世間風波 至哉言乎 此乃處己接物 及自求變化工夫上絕妙語 故書以自誦 且欲汝勉 須記取勿忘

與恪洙丁亥七月日

高景逸先生【名攀龍明儒】曰 胡致堂【名寅宋儒】曰 事有勉强而已 意欲如是 少忍而思之曰 如是不善 終忍而不爲 斯善矣 意不欲如是 少思而克之曰 不如是不善 終克而爲之 斯善矣 此勉强之道也 意動卽行 不復加思 其入於不善 如丸之下阪 誰能禦之 臼山先師曰 此語於學者極有益 余今書此 爲汝幻胎之資焉

示憲洙台洙和洙 戊子

今日所受 愚而好自用 賤而好自專 生今反古之戒 君輩是如何者 近日時輩 以此訓爲生乎倭之時則從倭 生乎洋之時則從洋之證 如此豈非害理之大者乎

蓋此戒謂 周代郁郁之世 不可從殷紂無道之謂也 豈生乎桀紂之世 不可從堯舜之道之謂也 士之持身處世 只看義理如何 豈可不問有道無道 誘於時政 而不敢從違 惟占便宜之爲道乎 國無道 至死不變 又豈非孔子之言乎 而世之患得患失之輩 不能於此 而誣誘於彼 其心所存 使人可惡也 蓋有道之世 則敎出於君 而士行其道 無道之世 則敎立於士 而身守以自靖焉 乃維持天常 綱紀人道之大者也 士之責任如是 故雖以君上之尊有所不可奪者 雖以草野之賤 有所不可苟者也 吁今日講此義無人 惟賢輩勉之

示守貞齋諸君 戊子

天下無道 則伯夷太公隱居海濱 邦家多事 則仲尼伯玉又皆去國 道旣不行於世而身且不容於世 則晦翁謂聖人終必浮海而居夷 夷狄見逼 華夏大亂 則往哲又有棄妻子變姓名 以逃左衽之禍 居絕島 入窮山 以守全髮之義者 此皆古人常行 非有詭異之意也 余之此去 豈所樂爲 亦不得於已者 以老成諸公高明之識 其必有以見諒矣

此吾先師 丙申歲告別諸子語也 噫今則無國無君 而以綱常爲人毒害 而諱言之禮義爲國亡物 而衆所禁 則夷逼夏亂 亦何足擧論 茫茫兩間 只爲禽獸化而已 爲吾輩者 將何所適從 欲去而無國之可去 欲逃而無海山之可逃 則只可隨遇而守貞俟死是其正也

然守貞二字 豈淺見弱腸之所可道哉 須精深義理 堅着脊梁 能不爲時變所移者

庶乎及矣 嗚呼吾黨諸君 思所以勉之 先師答竹林精舍諸宗書曰 士遇難世 只有守貞一事而已 所謂守貞者 卽敬身明倫 畏天尊聖是已 今有毁形叛親褻天詬聖相與俱入於禽獸之域 而自以爲救時者 可哀亦可笑也 苟吾黨之士 誓死守貞 設使難不解 不失正德 可以無愧於天 不悖於聖 而猶世敎之一助矣 此訓可謂切於守貞之義 而處今日之眞訣也

與曺圭夏 戊子

形氣心性之分 學者不可以不明辨 而體察之 此四者 蓋一而四 四而一者也 自理而觀之 有是性 故有是心 有是氣 有是形 自物而觀之 有是形 故有是氣 有是心有是性 性者仁義禮智是也 心者虛靈知覺是也 氣者湛一渣滓是也 形者身之百體是也 性實而無形影運爲 心虛而有覺識作用 氣雜而有淸濁粹駁 形蠢而無知思謀慮 性之眞純 無體用之殊 心之本善 有用之或失 氣用雖雜 而體之純無恙 形之用雖蠢 而體之全自在 性雖純善無爲之德 而不能自用其善 氣有剛柔緩急之性 而不能自爲矯揉 形有聲色臭味之欲 而不能自爲節制 心則有神妙不測之才 而能盡性能御氣能制形者 故曰 主一身宰萬化也 故心能上奉性理 而下帥形氣 則是之謂天君 若叛棄性理而役於形氣 則是之謂禽獸耳 噫心之尊性者小 役形氣者多此所以爲今日也 曺君圭夏 亦以今時之人 能脫然束髮冠儒 而來見余 余喜其有向上之望 故爲書此 使之有所辨而知所學也

與喜洙

氣有形氣之氣 氣質之氣 形氣之氣一也 氣質之氣二也 理有賦予之理 發見之理賦予之理一也 發見之理二也 須於此見得分明 乃可以看書矣

與恪洙 戊子五月日

噫 汝不能自勝其氣質 心思恒自不平 言爲每多失常 以至容貌氣像 入於惏氣戾態 而無淸和平正之望 予實汝父 其於骨肉關念 自不勝傷悲之甚也

凡天下之物 不如我意者 皆己之慾然也 非物之所能使者也 蓋以物觀我 我亦天地間一物 物各有性 只有各隨其職而已 焉能以物物皆適我意之理哉 物我之際

固有善惡之不齊者 然苟能在我者盡分 則彼之不善 何干於我乎 只是不能自勝者是我賊也

示堂生 戊子八月

聞 某也某也 俱是方今居憂中 忽地脫去衰裳 則棄遺髮 着洋服 戴胡帽 一則走仁港 一則在家以局戲從事云 噫此何變異也 是可謂有仁性者耶 是可謂讀喪禮者耶 是可謂有羞恥之心者耶 人而至此 則將以何物爲名 只可曰 親之賊子 禮之罪人 世間無恥之一悖類而已 彼之靈臺 有甚邪魔入主 而作此妖妄 可怪可哀也 以綱常名敎謂非人道 而欲破滅者之只是無禮故也 髡首胡服 謂是當然 而樂從之者只是昧義故也 欲正今日之天下 舍禮義 夫何處下手 不之此 而惟以富强爲急務者 所以釀成今日之禍也 朱子曰 君子未死之前 此心常恐保不得 所謂此心何心當細思也 且此心將欲何往而常恐保不得也 蓋人之所以爲人者 只是有存得一箇天理也 故雖君子之心 亦常戰兢而不敢須臾放者 只有要存此理也 若以衆人之心自肆無憚 以至滅天理 則幾何不是禽獸乎

今也 金容圭鄭英圭二人之狼狽 亦緣不知綱常禮義之爲何物 而其心自用不曾恐懼 故爲肆習世故所移而到此耳 諸君亦可以知戒矣 世路之危險 不足憂 身家之窮厄 不足憂 最可憂者 是志氣之不能立也 志一立後 灩澦羊腸 且乃平地 刀鋸鼎鑊 亦是常事 天下何地去不得 天下何事處不得 只爲志不特立 故撞着小小事變更七顚八倒 至於失所守耳 善乎先師之言曰 君子之守法 在平時不見 及世亂始見 世愈亂 則節愈見 節愈見 則交愈少 交愈少 則容愈難 然君子未嘗以身之難容而改其常度 又曰 士當愈窮厄愈自淬礪 使彼爲制 無使彼制我 方見志槪 我此一念 苟得堅定 氣質雜糅 且自融化 邪魔障礙 亦將退伏 終之 天地神明 又必與我爲一 彼區區飢凍之苦 夷獸之逼 豈能沮吾之進 反資之以開智術而熟仁功矣 此訓可作今日吾輩目下受用之銘笏也

示守貞社諸君 己丑元朝

此身乃三綱五典之所賴而立者也 經禮威儀之所由而行者也 是以聖賢立敎 無不以是爲本 而曰修身誠身立身守身成己正己之類 皆是也 如小學一部 是修身大法

而又以敬身爲其本 大學則日 自天子至於庶人 一是皆以修身爲本 論語則日 修己以安百姓 堯舜其猶病諸 孟子則日 守孰爲大 守身爲大 中庸又以修身爲九經之首 非但此五書 推至六經亦皆然也 蔽一言 聖賢隻字半辭 何莫非此道也 孔子日 身體髮膚不敢毁傷 又日 非先王之法服不敢服 非先王之法言不敢道 非先王之德行不敢行 此乃萬世守身之大節也 於此有失 則便是綱常墜 而禮儀亡矣 尙可以論身之守不守耶

噫今日我邦之無不以鬈頭卉服鴃舌蠻行爲當然 而樂從之者 其非人道者久矣 直一禽獸耳 思之誠亦慘矣 今諸君講學于此數載 誦此訓講此義 非不孰矣 而講內往往毁形夷服而出者 諸君似若尋常視 而不爲大故者然 此無乃是非之心不明 而好惡之意不誠故也耶 是非不明 則白晝猶昏夜 好惡不誠 則陽界亦鬼窟 此吾先師之訓 而在吾輩實爲猛然自省處也 不然則勢將前車後車同一轍也 豈不亦綱常禮儀之罪人 而夷狄禽獸之同歸乎 余以是惧 書以警之

身者載道之器 器不正而道正 有是理乎 身者行道之機 機失而道不失 亦有是理乎 身外無道 道外無身 失身而道不失 吾不信也

孟子日 窮不失義 故士得己焉 若窮而失義 則是失其己也 噫人當窮時所存者己而亦失之 則豈非虛了此生者耶

禽獸自有禽獸之道 人自有人之道 夷狄自有夷狄之道 中華自有中華之道 今以夷狄禽獸之道 加於中華人之身 而謂之不亂群 可乎

與柳元鎬 己丑三月十日

學者必先思我之所學者是何事端 的知其所當學 而念念不它 終始一意 是所謂志也 若學而無志 則如行者之無方 彷徨於無定向之地 終也或誘於邪魔之戲 是非可懼者耶 然當學與不當學 擇之甚難 今天下家幟而戶榜者 無非學也 將何所適從 只就所讀經傳中 篤信其訓而反求之 則自見所謂所受於天之性體也 此乃天下之大本 萬理之所從出 豈非我所當學之原來天定者耶 然知其當學而學之者誰也是我之心也 則心之學性 是學之事也 夫性乎云者 上天以太極之理命乎心 而心受之以爲職事者也 循乎此則謂之道 修其道謂之敎 而存乎心則爲道體 發於情則爲四端 見於行則爲愛敬忠恭 而堯舜所以爲聖 循此者也 湯武所謂反之 反此者也

前聖之所以立教 教此者也 後學之所以爲學 學此者也 果能以此爲學之本 而觀彼所謂家幟而戶榜者 則其是非得失 不難見也 然後方無榜蹊之慮 而雖千邪萬魔 不敢迷我前路也 是所謂知止而有定者 自此尤益勉勉不退 則自有靜安慮之效 而我所學之性 不患無復矣 汝今纔志學之年 居今邪世 能保髮讀古書 又自瑞寧逆百里而訪余 講尙書 余嘉其志 以學當先志 志必學性之說 告之 蓋亦感於今日也

與柳元鎬 己丑臘月日

人只有性心氣形 而性是純善 心爲本善 氣亦體淸 形又天性 則凡人之萬萬不好底事 從何而來 是一可思者也 此無乃氣發之時 心不用功之致也歟 夫氣之不察心不用明也 氣之不軌 心不用檢也 形之不踐 心不用謹也 總之心不能用敬性之功也 爲善固是心之功 而爲不善亦非心之罪也乎 聖賢千言萬語 何莫非勸戒此心之辭 而其曰 心大性小 心上性下者 是知害道之論也 元鎬須以文王小心 曾思戰懼之心 尊我德性 罔或自用焉 則希賢希聖之學 庶不見差矣

贈金永鶴 庚寅(1950) 五月日

孔子萬古大聖師 顔淵千古大賢弟 而其授受之目 不過曰 非禮勿視聽言動 則今吾輩之所講學 亦豈有外於此者哉 夫禮者 理之節文 性之德也 非禮者 己之私心之蔽也 勿者禁止之辭 心之工夫也 視聽言動 身之用心之事也 學之道 只是此心於用上制其私而去其蔽 以復其所性之天而已 然禮與非禮 辨之宜早 語其大體 則三綱五常是也 語其節文 則經曲之三百三千皆是 而此在日用行事之間者也 知其所以爲禮 則所謂非禮亦可反是而推也 非禮則無禮矣 無禮則人而獸矣 獸而獸固理也 人而獸豈理乎哉 嗚呼今天下破綱亂常 以平等自由爲道者 是由乎不辨禮之一字 而其原則在乎己欲之不知制也 子歸而事親講學之際 須將此孔顔授受之訓 存於心而講乎口 無或放過 則學聖工夫 有以得其門 而無陷於世禍之慮也

示安誠淳 癸巳三月日

爲學先從謹禮始 禮者三綱五典其大體也 三百三千 其細目也 是以從古聖賢 於制心律己正家爲國之道 無不以是爲事也 程子曰 禮一失 則入於夷狄 再失 則入於

禽獸 禽獸何嘗別樣 知有形已 而不知有禮 是禽獸而已 夷狄亦豈有種 從欲而不循禮 是亦夷狄而已 獸而獸 夷而夷 其常也 華而夷 人而獸 豈非變之大者乎 今又有可怪者 口儒書者 項戴僧頭 講華道者 身飾夷裝 是屠漢之念慈悲 倡女之誦烈傳 是又變之變者也 此皆不謹禮中生 子其惕念 而審其所從也

書安成淳日記習帳

日記者 是記逐日言行事爲與見聞者 此不可以不忠信 有而不記 無而記之 皆不忠不信之事也 纔一事不實 所記皆歸於虛妄邪僞之習 而不免於爲惡之科矣 斯可不審愼者耶 忠信誠也 誠有自然與生熟之分 自然者 原自無妄之謂 天道也 聖人之事也 熟者由不欺而至於無妄之謂 賢人之事也 生者勉强不欺 而欲其無妄之謂 學者之事也 故學者工夫 當自不欺入無妄也 昔趙淸獻公 每日所爲之事 夜必記而告天 其不可告者 不敢爲也 司馬溫公自言 吾平生所爲 無不可告人者 不可告者 亦必不爲矣 此皆古人由不欺而欲其無妄者也 子以是弁日記之首 以爲馴心之資 而作希賢希聖地也

癸巳三月日守貞書室

贈曹光鉉 乙未臘月日

顧今全世 讐聖賤經 講學絕影之日 曹童子光鉉歷七舍到海濱 問古道焉 誠奇事也 其才其志 可以爲遠大之器 而余實空疎 無以充其量 爲可愧 相守半年 當歲窮以省親告歸 而無有以贐其行 惟以一言贈之曰

大抵爲學有本有要 立於本 則爲可以推其餘 知其要 則亦可以盡其博 若小學敬身一篇 是本而要者歟 汝今歸庭 侍養餘力 須取此 而早暮劇讀書以檢身 檢身以體書 其所勸者 須舍命從之 所戒者 必勇猛絕之 久久成熟 書爲我體 我爲書用 以至身與書打成一片 無體用之可分 則爲敬立而身修也 以之處倫 則倫以正 而發於口爲嘉言 著于身爲善行 學之爲本 有加於此者乎 篇之中有心術威儀衣服飮食之分 而心身之用 四者之外無他物 雖至齊治平 亦當以此爲推之本 學之爲要 亦豈有過於此者哉 故孔子曰 敬身爲大 大學曰 修身爲本 而雖中庸 亦以修身爲九經之首 其極功又不過曰 篤恭而平天下 嗚呼身其可不敬乎哉 光鉉乎 果能此聖

賢門庭 指日可到 纔或有失 便墮於夷狄禽獸之域 其幾只在此心存不存之間 汝其勉之

與金永斗 丁酉五月日

子欲爲學 須勿自信己心 而信聖人也 心之本善 固無聖我之分 及其末用 因氣之不齊 而我心所爲 不似聖人之純是天理 故不敢信己 而信聖人也 近日人生自由之說倡行 擧世靡然 自由者 自心自行之謂也 心旣自行 則無用爲學 自聖無上 侮聖慢賢 無所忌憚 而聖人所敎綱常大義 亦棄之若弊物 而於蠻夷不孝無責父子不相涉之說 與君道革廢 女子自婚 婦自離夫等事 認爲當然 而無所怪焉 是皆信己心 不信聖人中所自來也 子於聖賢 以禮制心 — 湯 — 仁禮存心 — 孟子 — 以心求道 — 程子 — 等訓 實心尊信而求之 則自當有悟而無疑也

寄長子恪洙

汝行失常 我心憂傷 非直憂傷 命且絕矣 汝能改心 我命其延 此吾先師艮翁寄其孫鎰健語也 是何似吾之欲告汝者也 人行失常 使其親憂傷 而命且絕 則其事何如哉一能改心 則汝爲改過之善人 吾亦無憂而命延 此何等樂事 而汝不能歟 吾聞 天下之可畏者自心也 自心不能自定 則世間何惡不可 做同春曰 若無好子孫 萬事皆虛矣 吾讀此語 而憂泣而已 秉彜天常 汝豈無開悟歟

庚子(1960)鬲月念日 七十六歲病父

守軌齋壁貼 庚子九月

窃嘗聞 尊師之道無他 尊其道而已矣 屈其道而尊其人 非所以尊之也 卽所以累之也 此安陽祠 是尊慕我先師艮翁先生之地 而其所以尊慕之者 亦豈有他哉 尊先師之道而已矣 先師於衣髮之義 持守甚嚴 一有毁形者 於子孫不見 門弟則削籍 朋交棄絕 宗族黜譜 至有子孫毁形 則告廟立後之敎矣 先師平日所履如此 而身後尊慕之地 以其所不容者 共爲周旋於降祼之禮 是合於義歟 義所不可 禮亦無當 非禮非義 而先師之靈 果安於享歟 且禮曰事死如事生 先師生時所不敢者敢於身後禮享之地 又豈如生之道耶 石農子答申誠宰書曰 文廟祠院祭享 皆用

陽曆月日行之之歎 爲其管轄節制 故然也 若吾先師安陽祠不然矣 若不免焉 則先師之靈 豈肯饗諸 寧廢享而只朔望焚香爲可云云 月日尙然 況衣髮哉 行禮時若全髮難於備數 則此外似無道理 而上香一人又絕 則此後自屬異代事 元淸之世聖廟賢院之雉髮 有誰能可否之者 噫仕元者不許陞講座 金華諸賢之天命旣定後拗過法也 今日吾黨何必無其人 願言諸公各自勉勵 勿墜我先師尊性傳也

書贈尹義天 庚子(1960) 臘月念日

甘自苦來 甘始可久 福由德致 福始可保 凡做大官做大功業的人 俱在貧困裏魔難中做出來

此鄭西張先生語也 歷觀古今 眞實如此 余每愛誦者 而今書贈尹君義天

庚子臘月念日 四矯齋

儉德帖

朱文公晩年親書一帖 戒其子云 年來衰病 多因飮食過度所致 近覺肉多為害尤甚自丁巳正旦以往 早晩飯各不得過一肉 如有肉羮 不得更設肉飣 如有菜羮熟水下飯 即肉飣不得用大楪 只用菜楪大小一般 晩食尤須減少 不肉更佳 一則寬胃養氣 一則節用省財 庶幾全生盡年 儉德避難之方 一埜等如有愛親之心 切冝深體此意

丁巳先生六十八歲時也 以聖賢盛德 尙有此戒 況於庸愚無知輩耶 只知適意之沸食 不知寬胃養氣 不得全生盡年之道者 世居太半焉 豈不可歎哉 余自甲午 以胃病痛苦者八九年 今則四支不遂 聲音亦不成 雖見此戒 知不可爲 而猶書此戒 以示家人 亦爲未死前戒歟

壬寅正月永益謹書

擬與某人

孔子曰 能近取譬 可謂仁之方也 孟子曰 强恕而行 爲仁莫近焉 此以恕求仁之方也 孔子又曰 所求乎弟以事兄 未能也 曾子曰 所惡於下 無以事上 所惡於上 無以使下 此恕以行仁之道也 曾傳又曰 所藏乎身不恕 以能喻諸人者 未之有也 此

言 不恕 則無以教人之事也 朱子曰 凡己之所以責人者 皆道之所當然也 然則 以責人者自責己 亦豈非自修之所當然者乎 故張子曰 以責人之心 責己 則盡道也

今我自思我之所爲與事 假使死者復起 果能無愧於心乎 幼者將來果以我爲敎我乎 須於夜氣淸明之時 朝爲未雜之際 以此實實體去 實實體來 則其於骨肉之間人倫之際 庶無難處之事矣

人心之用 不能合道者 以有所蔽 而其蔽大槪有三 氣也 慾也 習也 三者之中 其原氣質 而熾而難制者 惟慾爲甚 果能於此打開去 則其餘不足爲力也

與安相佑鄭元永孫仁長孫漢成諸童子

心一也 而從形氣而用者 謂之人心 本性命而發者 謂之道心 眼一也 而從世習用者 謂之俗眼 由道理視者 謂之道眼

心有人心道心之辨 眼有俗眼道眼之別 由道心道眼做去 則爲聖爲賢可期 從人心俗眼做去 則爲禽爲獸 亦可慮 故須先辨此兩路 可以讀書 不然 千讀萬讀皆虛事

示家兒恪洙

不誠無物 故曰 人道惟在忠信 余每以汝讀曾傳誠意章者 豈無所以也 汝其思之人而欺其心 是無心者也 欺其君親 是無君親者也 以至萬事無不皆然 豈可謂之有物乎 且試思之 一心之常苟且 而不能快愜 一家之常乖爭 而不能和樂 天下之常禍亂 而不能治平 何莫非因此一欺字而作孼也 子之事親 雖曰有隱 隱與欺不同 隱者親之過 不忍顯言 故隱而微諫之謂也 豈其處心行事 欺於親之謂也哉 此非獨爲汝發也 實今日人事之通患 故書示之

贈外孫在坤

汝今學小學 學之爲言效也 學小學者 效小學也 效之宜如何 小學曰 足容重 手容恭 我卽足容重 手容恭 小學曰 夙興夜寐 我卽夙興夜寐 小學曰 出必告 反必面我卽出必告 反必面 是之謂效也 不如是 有學之名 而無學之實 雖終身學小學 於己無小補益也 豈非虛妄之大者耶

書示同社諸君

朱子曰 南軒酒誥一段 解天降命天降威處 誠千百年儒者所不及 今備載其說曰 酒之爲物 本以奉祭祀供賓客 此卽天之降命也 而人以酒之故 至於失德喪身 卽天之降威也 釋氏本惡天之降威者 乃併與天之降命者去之 吾儒則不然 去其降威者而已 降威者去 而降命者自在如飮食 而至於暴殄天物 釋氏惡之 必欲食蔬茹 吾儒則不至於暴殄而已 衣服而至於窮極奢侈 釋氏惡之 必欲衣壞色之衣 吾儒則去其奢侈而已 至於惡淫慝而絕夫婦 吾儒則去其淫慝而已 釋氏本惡人欲 并與天理之公者去之 吾儒去人欲 所謂天理者昭然矣 譬如水焉 釋氏惡其泥沙之濁 而窒之以土 不知土旣窒 則無水可飮矣 吾儒不然 澄其泥沙 而水之淸者可酌 此儒釋之分也

余讀此以爲 人生不惟飮食男女之類如此 自日用細事 至於身之所處所行 罔不有分焉 是卽所謂天之降命也 不知此而僭越於分外 則是又所謂天之降威者也 今吾人不能安於天所降之命 而肆然犯於天所降之威 則其將何爲 吾以是惧 書以自勵又與同志勸

贈族人和洙關東行

人之心 因見聞而局 亦以見聞而通 見聞之有是有非者 物也 見聞而是之非之者我也 固當以我觀物 不可以物化我 觀物者 可以得物之情 物化則亡羊而已 子之此行 我將兩觀焉

書俞盧二公表銘語後

元旣有江南 以豪侈粗戾變禮文之俗 未數十年 薰漬狃狎 骨化風成 而宋之遺習消滅盡矣 爲士者辮髮短衣 效其言語 容飾以附于上 冀速獲仕進 否則訕笑以爲鄙法 非確然自信者 鮮不爲之變

是時金華俞先生 獨率其家以禮 深衣危冠 坐談古道 周旋俯仰 辭氣甚恭 鄕人小子 去宋久不知 宋俗皆然 或竊指先生爲異 或尤以爲迂緩 先生不顧 ― 俞公名金字大有

處士生元中 世俗淪於胡夷 天下皆辮髮椎髻 習其言語文字 馳馬帶劍 以爲常 處

士居近市 然恬沖坦靜 不樂芬華 長衣危帽 徐言雅步 操儒生禮 不變 — 盧公名中字思誠

此兩條 遜志集俞先生墓表 與盧處士墓銘序中語也 讀此 當時之風習 二公之操執 概可想見也 今日吾東亦猶是 而有甚焉 則吾東之俞盧 豈不可以得見歟 良可悲也 善乎吾先師之言曰 華夷天下之大防 禮義士子之常執 苟使諸生能守禮義 能尊華夏 至於世變 而猶不變焉 豈不足爲聖賢之徒哉 吁二公其聖賢之徒歟 謹書此 以爲同志勸

示曺圭夏李丙鎔命鎔

先輩謂論語 全部論工夫 而不論本體 論實事 而不論源頭 使學者因工夫以悟本體 從實事以達源頭之法也 今君輩讀論語 此語不可不仔細理會也

蓋工夫與本體非兩界 實事與源頭非二體也 工夫之所準的是本體 實事之所以然乃源頭 如學習是工夫 而學習之所準的者 非性善乎 性善是本體也 如孝悌是實事 而孝悌之所從來非仁乎 仁是源頭也

本體源頭是一理 而分言之何也 從心上說則曰本體 從事上說則曰源頭 然我不用工夫 則因何以悟其所準的 我不從實事 則從何以達其所從來

然此非因工夫從實事强爲究索之謂也 學習之熟則性體自顯 故曰悟 孝悌之至 則仁域自抵 故曰達 程子所謂 下學人事上達天理者 卽是也

示社中諸生

昔文王演易於羑里 孔子絃誦於陳蔡 尙矣 伊川涪州時序易傳 尤翁之程書分類朱書箚疑 問義通考諸大業 皆在流極之中 又如夏黃之獄中尙書 陸秀夫之舟中大學 其意寧可不知耶 爲其天地之間陽氣生脈之所係也 吾輩雖當將恐將懼之勢 來日之事 有不敢知 而今日所見 不至如古人之甚 及此時也 刊落外慕 益相與孜孜保養此心如嬰兒 分析此理入毫縷 克己如猛將之勦賊 從善如飢客之甘食 太山在前而不見 疾雷破柱而不驚 至於無此身而後已焉 則縱使備逢百罹危苦萬端 猶可藉手 而見前賢於地下矣 詩云 我日斯邁 而月斯征 夙興夜寐 無忝所生 願諸君相與勉旃 且以加老牛之鞭也

朱書中讀法

程先生說 於不疑處有疑 方是長進 此不可不深念也 知日誦四書 時時省察 但不知何故 都無所疑 恐只是從頭讀過 不曾逐段思索玩味 所以不見疑處 若果如此不若且看一書 逐段思索 反復玩味 俟其畢而別換一書之爲愈也 文字虛心平看自有意味 勿若尋支蔓旁生孔穴 以汩亂義理之正脈 中庸謹思之戒 蓋爲此也 工夫皆須立下一定格目 格目之內存心 格目之外不要妄想 如看論語 今日看到此段卽專心致意 只看此段 後段雖好且未看 卽待此段分曉 說得反復不差 盡日玩味明日却看後段 日用凡事皆如此 以類推之可見 不然 雖是好事 亦名妄想

寄孫書

孔子曰 與賢己者處 若就芝蘭之室 久而不聞其香 與不若己者處 如入鮑魚之肆 久而不聞其臭 又曰 丹之所藏者赤 漆之所藏者黑 朱子誦賈生之言曰 習與正人居 不能無正 猶生長於齊 不能不齊言也 習與不正人居 不能無不正 猶生長於楚 不能不楚言也 蓋遊從如何 人之賢不肖可立見 愼之愼之 然須知以友輔仁之義 而實心嚮之然後 乃可得力 不然 丹朱商均何嘗無賢師友乎

종중宗中

答譜所

客臘念六拜讀十三日下教 復書未發 新年元朝又承念三日再書 深荷眷眷不棄之意 但賤名之責任不可謝絕之喻 不勝悚惶 誠以蒙昧不堪此事尙矣 身又常病 雖欲冒而强之 實難可爲也 奈何奈何 且旣有前任 則亦何必改圖 竊以爲從前仍舊爲得體而事安 如何如何 兩所譜事旣然 而譜草時 如先系或子孫錄之疑信者 庚戌以後年号及任官職名 配位之奔聘等 當何例記入 觀他家 其例不一 吾金譜規亦一願聞耳 餘在憲珍兩洙口詳 不備謝上候

丙申(1956) 元月十八日 宗下生永益再拜

答譜所 丙申正月日

新正伏承辱章 仰慰僉體大安 譜事 年計也 時形也 不得不然 甚盛擧也 賤名之被選監印 深荷不外 然本以蔑識 未有經事 且禀質虛弱 年纔七十二 恒在病衾 雖欲參席末 勢不可得也 虛帶任名 無乃未安乎 且旣有前選 事體亦不可如此 惟願僉諒而仍舊焉 此間譜單與金 業已送大譜所 莫可如何 故不得已再開兩從之議 而宗意有從有不從 尙未歸一矣 大抵派譜大譜 俱是尊祖收族之道 而大譜則派譜亦在中矣 何必對立以致力有分 而勢相碍也 必有其所然 而遠莫其詳爲恨 今此憲珍兩洙 委進兩處譜所 而幸蒙教示否 切望 不備謝上

答譜所 丙申二月

今望草單付郵 而翌午下教且至 仍伏審僉體均寧 遠外仰慰仰慰 幅內諸喻 事理俱到 朗讀一下 不覺蒙蔽去而感喜生 何幸如之 大譜之名實不利誠然 而派之觀大事體更重 所性之然也 溯而上之 其本固是一源 從而下之 分派自爲萬流 此下教遠近親疎之說也 何待裁擇然後就舍哉 且我恭安公後孫 其義尤別 蓋廟主不祧則齊衰尙存 齊服尙存 則其親一門耳一家耳 雖尋常憂喜 平素淡鹹 不忍不關 況尊祖收族之事 而敢有歧貳乎 所悚者無一人往相寸役 而循例經用 亦殿于人者也 宗孫容均氏 是吾宗有君道之地 轉聞其住宅未完 粢盛無策云 噫幹本未固 而枝葉有繁者乎 伏惟僉位因今機會有何運劃 水利之變天也 人於天何哉 惟人事之修是回天之術 而貴義賤貨 又其本也 凡我宗族淸白有承 必不以財膩忘義 但處之不得其方 爲恨矣 妄恃宗誼 語涉僭率 或賜覽恕 而一哂否 悚赧悚赧 病枕倩寫不備 謝上候

答譜所

復書未發 快洙宗適委訪 伏承這間僉體連爲崇安 譜役亦漸次就成 慰賀慰賀

夫譜之不修 古人雖謂之不孝 修而爲孝 亦難爲言 譜者所以原其祖而收其族 以垂諸後者也 若或有失於正 則是誣其祖 亂其族 而欺其後也 烏在其爲孝也 此君子所以兢兢然必以公心信筆 以疑傳疑 以信傳信 闕其所難考 述其所可徵 不敢容私於其間者也 此義也 僉位之所已能而昭陵者 何必添燈於日下 相講之義多

亦無嫌 想亦樂道 而爲今日譜家準也

恭安公位土復舊事 何其奇哉 莫非在所僉位血誠之所成 欽仰欽仰 此間事形 前夾略陳 止此 不備上候

丙申二月二十二日 宗末永益拜

答楊平宗簡

山楓霜凝 籬菊露寒 逐物懷感 不勝悽然 際承宗簡 其情尤何 喪亂之餘 伏審僉體均安 遠慰大幸耳

光川尉祠宇灰禍 是何變也 春間雖有傳聞 而廟宇也祀板 則未詳矣 而亦未免歟經年追聞之地 亦不覺胆裂心崩 況主祀之孫 廟下之族 身遭其禍 目睹其變者 當如何爲心哉 夷狄焚蕩之禍 從古有之 而及於神祠者 未之多聞 痛哭奈何 罔極奈何 堀塚之盜 燬廟之賊 不可與共天 而癘氣尙熾 復讐無期 只有悲痛臆塞而已 此則旣然 而禍時禮當擧哀示變 及子孫返鄕之時 急急就前日安神之地 設位改題焚香設祭 以收飄散之魂 而不問僦舍攝戶 子孫托身處 卽先靈安神之地 幾時苟且 何暇擧論 此則祀孫想必如儀 而至於廟宇猶次第事也 今乃設役 而勢至謂强弩之末 則均是子孫之地 聞不勝汗背已矣 然來簡中春則托窮 秋又何托 十萬金十日內携帶云云 雖曰情極事迫中所發 亦豈責人原情制事審勢之道歟 情斯塞矣勢亦難通 則只有仰蒼而已 大抵庚寅事變 繼以軍簽 想應彼此同然 而丁壯掃盡閭里蕭然 種播耕耘 婦女童穉 而春菜秋橡 救飢之道也 肯綮如是 故此間十餘戶殘族 亦僅僅不死中 今春後觀察使公位土助成金 大譜派譜名單金 今又廟宇建設費 事皆當然 而所須者物也 物不及誠 勢也 而以勢不及 罪責踏至 是亦命耶 人於命奈何 惟有恭俟而已 然抑有一言仰陳者 來十月晦日 卽此中定期宗契也 過是日 則庶有一半分獻誠之道 而果或有寬緩之恕否 臨楮瑟縮只此 不備謝上狀

丙申 九月二十日 宗末 永益 永契 永珏 永穆 洪洙等拜復

答譜所 丙申

胎敎謹悉 而單金豈不欲趁時 事不從心 故遲延至此耳 諸宗之散處 如浮石禮山大興諸地 專人至於再三 而終不見應 亦將奈何 噫大學中學 則賣田賣牛無少慳

焉 於譜事如此 此無乃以蟹篆鴃舌 爲光門戶昌子孫之見識也乎 任他外無道理 惟此間三十餘戶諸宗 則今晦間送人計矣 以此下燭 伏企耳 不備 謝上候

答金甲洙 九月二十八日

謂外鄙宗宅祀孫 兼帶寵函而至 滿室景光 陋巷呈采 敬承審尊體對時貞毖 遠慰且賀 族從依劣而已 他何仰浼 譜事竣功 莫非在所僉位殫誠竭力之致 居外觀望者 豈不赧汗 九卷紙印代一萬圜 可謂廉矣 若非任事諸公喫辛吝費者 何以能至此哉 欽仰欽仰 然方今秋事未及 期限似促 印所事情 非曰不然 而窮家景況 亦所可念 雖曰誠至則成 而心與勢原來二途 奈何 作始旣善 亦以善終 豈非事之全美者 而可憎財膩之弄戲人事久矣 世之剛腸者 幾人能不爲彼之所移者哉 惟願吾宗族寧受彼之困踣 勿傷吾百世一室之情 至祝至祝

答宗人甲洙 丙申

木石居與芝蘭社 距幾乎半千里 而臘寒雪程 六十翁爲講解宗誼 而不惜枉返之勞焉 其深仁厚義之孚感人心者 豈以歲改月易之所可忘哉 時因理外事撓 平生志事目下拗策 未能詳說 而遽爾相別 悵惘懷思 益復何如 只望天涯 悠悠送情而已 簡通拜悉 而往年譜役 罔非三位宗英備盡心力之致 功誠大矣 而卒見歸於王提督江西之勞 此豈常情之所料歟 宜其有懲羹之念 而猶爲此再刊之圖 僉位之百顚不挫之志 誠爲我宗事賀也 然所謂鳩門風波 果無再慮者耶 旣有先經之驗 必無後車之戒 然臨事而懼 聖人有戒 安可不兢兢然審愼之哉

與宗人甲洙

和洙之歸 探詳尊體貞吉 慰喜何言 族宗委蟄衾窩 廢巾櫛亦多日 只一言尸耳
譜事事端 間已安帖否 修譜本爲敦睦 而反以成釁 豈非無謂之甚者歟 爲慮不尠
頒惠譜册 奉而讀之 上而百世祖先之名諱卒葬爵譜 下而宇內宗族宗支統緖昭穆皆瞭然在目 恰然如聚同堂敍秩序 則於此孝悌之心親愛之情不油然而生者 豈人之性哉 於是乎 主事諸公之功可謂大而至矣 敢不景仰且頌哉
第觀 欄注間字誤甚多 至於先世文字亦然 此無乃印業者之疎漏歟 可歎可歎 凡

例中可疑者數條 及誌碣登梓之可訝者數段 別紙寫往 此蓋質疑相講之義 切非持論自是之心 可公看則看 不必然 則一覽戢之 如何如何

丙申十月二十日 族宗永益狀上

別紙

○ 凡例首題 撮時議之要求

何不以禮義爲法 而撮時儀爲規例 而載之首題乎 其要求未知何事 而若是尊祖重倫之議 則當從而爲規可也 未然 則今日何時而可發此論乎 人倫平等之說 可畏可畏

○ 有所生而無後 又爲繼子

此則所謂次養也 次養非禮之家多辨之 設有此事 正之不能 則已矣 却以之爲規例 無乃不可乎

○ 或有收養 則入后者名上只書繼子 以明變禮

既曰收養 則非昭穆繼統之子明矣 何以曰入后者 而書繼子乎 入后繼子 非昭穆繼統之名乎 且以收養子入天倫繼承欄 果有禮據乎 雖曰變例 變而合道 乃可爲例 若非道 則是謬例也 非變例也

○ 所生家父母無后 則以己出子 立爲承祀孫云云

噫此誠有戴聖徐乾學之謬說 而世有從之者 然前輩大儒皆以違理亂常論定矣 蓋三代之時 未有此禮 惟漢之寇恂 晉之荀顗 唐之白樂天 始以孫行爲子 而庾蔚與何琦貶議 而編禮者繫之侍養之類 胡元之世 想多有此事 而皇明太祖立國之初亟行改正 我朝則黃秋浦家有之 而愼齋及尤春兩先生 皆深非之 以爲有父然後有子 此子將以何人爲父 而繼其祖耶 具獨樂齋家行此禮 而尤翁貽書曰 呈官改正寧有可疑 陶菴時又有如黃氏禮者 陶菴謂 雖權爲主喪 而中間既闕一世 稱祖稱孫 決知其不敢矣 近又於于柳公祀闕五世而成斜 勉菴崔台以於禮無據 程朱無敎大是妄發 不須多言等語 告君矣 省齋柳公 則其門中之事 而曰 不在子行 而以爲後者 皆逆理亂常 而不可施行明矣 又曰 上違皇祖之所嚴禁 下拂先正之所苦心以啓萬世綱常無窮之弊 又曰 當速改已誤之譜牒 以從天倫之實 執此數者而觀之其非禮而亂常者 明矣 前世既然而不可改者 已矣 今復以此爲程式 而載底譜端何也 省齋所謂 萬世綱常無窮之弊 獨不可念歟

○ 隨時宜娶字改以配字

今君道革破 民主爲義之時 女君獨保其尊於臣妾 降而平等 可謂時宜 獨不自念本心之所天乎 前輩所謂 世道雖壞 本心未嘗壞者 豈不知時宜之妄言歟

○ 舊譜追編別編釐正于原編 務從厚誼

先系不明 昭穆未詳 難以繼序 則別立始祖 以收宗族 是爲別譜 若追後得詳信據無疑 則釐合原編 是何等喜幸 事理當如此 何以曰務從乎 然今我西亭派譜 不過十數世 屈指可計 而亦有追編別編 孤陋未詳 幸賜開諭

○ 務從厚誼

奔聘同配 而曰務從厚誼 別合原編 而曰務從厚誼 厚誼之中 莫無有苟且否 一事苟則其餘皆苟 程子之訓 可思也 天下之理直而已 名不可苟 分不可亂 名分苟亂 人道之所以廢 天地之所以黐 嗚呼 不務禮義 而務從厚誼之可畏也

大抵此凡例 未知誰之所定 而凡例如此 則全譜如此矣 不得不一番講討 載之譜端 以爲後人之從違 不可已也

僭竊以爲 修譜大政也 必先重名而謹禮 名以正倫理 禮以持門戶 上不爲祖先之陋 下以爲子孫之法 斯修譜之大體 而如明昭穆 叙宗支 嚴統緖 謹嗣續 別奔聘序尊卑 皆其事也 如或狃於俗尙 安於謬例 於名於禮 苟焉而已 則當此人理墮地百怪俱出之時 豈何不爲駸駸至於胥溺之歎歟 永益愚陋下劣百無所知 然此等所關 不忍自安於心 故謹此昧陳 惟賢明恕裁

與宗人元中 丙申臘月日

嚮日返旆 想應利稅 而以後節禪 未審這間 侍中體節 隨序康福 閤內諸度 亦皆均吉否 遠外並澆禱不已 宗末等客月旬二及望兩日間 一門中遭三喪 是何厄運 痛隕悲傷 無以爲心 第廟宇役事 間如何就緖否 此間若而殘宗 勢窮距遐 以資以役兩無效力 是可謂知有本而不忘遠者哉 只不勝悚汗而已 玆郵呈三萬圓 豈敢曰有助其萬一 只是獻不忘之微誠已矣 物視之 則誠不足爲有無 而勢言之 則亦出於盡力也 幸賜喜納 而不以不誠罪之 則不勝幸甚 餘在別紙 不備上狀

丙申十二月日 宗末某某等上

別紙

鄙派鳳洙宗亦安過否 此宗之近日事 有甚可訝 而不滿意者 故自此宗中欲一問之 而因事變未暇耳

此宗是鄙先祖北村公長派十一世孫也 近聞 以北村公宗孫自處云 是何義也 我先祖北村公 非始基之祖 又非有不祧之國典 而猶可用大宗法乎 親盡祧埋之祖 私用此禮 僭嫌極矣 於此宗爲道此意 不可緩也

北村公墓直 是累年諸宗之信任者 此宗稱以宗孫 而其宗土擅自奪耕 歲一薦儀 亦任意草率云 其不敬先祀蔑視諸宗之心 亦可駭也

前墓直 例以享費剩餘正租四百斤 或資貧宗來參祀事者行費 或爲他別用 而此宗無此 而自爲囊橐 可謂無廉甚矣

貴下以大宗嗣孫 有諸宗總攝之義 而何乃於此等事 傍觀若是耶 惟願自今視以一室 以一體宗法規正 伏望耳 鳳洙宗許 自今秋依前例四百斤租斷當推來 於廟役經費充用 如何 鳳洙宗許 亦以此意送書 則萬不泛然 企望

與宗人鳳洙 丙申臘月日

盛啣則夙聞 而拜儀尙稽 私窃悵仰 敬惟臘沍 貴體上錦旺 傃仰傃仰 族從等昔今一印而已 窃聞賢宗是我先祖北村公長派十一世孫 而以是自處謂北村公宗孫 而凡干墓土祀事及松楸等節 無不任意自擅云 是果然乎否 聞不勝駭然 古今豈有親盡廟主祧埋底十一世宗孫乎 我北村公 原非始基之祖 又無不祧之國典 則焉敢有僭用此禮之理 雖徒名亦不可也 須勿恒此心也 前墓直千乭事已矣 無可言 今賢宗代任其責 則凡事務循前規 以無負諸宗之期望 是企耳 舊例所定 墓直所擔租四百斤 今欲何爲耶 已往亂中已矣 自今秋則無違 而該租四百斤 信送于大宗元中氏宅 如何 嗣孫許 亦以此事仰囑矣 餘在來春面晤 不備禮

丙申十二月日 族從某某等上

答族叔徹鉉書

春旣駕屈 今又牋枉 蒙愛殷摯 而感悚交集 炎熱伏審 尊體康安 庇下均吉 遠外伏慰傃不任 永益所養無素 火成沈痼中 又以長瘧 支離三夏 只送了綿被窩中 是豈生人事歟 老而不死無益 今死何恨

下囑譜序 自量 人非其人 而又未嘗習此等文辭 故不敢强所未能 用犯不韙之罪 而今又責之重而不已焉 則辭避路窮 未免露醜 然其修譜槪歷 及尊祖敬宗之義 則前譜詳備 故不復贅焉 只寫近世譜弊之思 欲整而未能之說已矣 然辭不達 未堪爲掛人眼目 則況用於刊印傳後之文哉 幸望休紙 而別圖焉 病席使隣生倩草 不備上狀

戊戌(1958)六月日

與族兄澤洙 代珍洙草

向日晉拜 未克所懷 而遽爾告別 而懷尙今伏悵 伏惟冬寒 靜中體候 履道崇寧 遠外傃慕不已 珍洙伊時無事還棲 是所萬幸耳 鄙伯兄瑛洙 出系之撓 是誠理外也 以當人言之 則繼祖之宗 父之適子 身爲孤而方居斬衰中 可私絕其父 而入無父之地乎 以所後之地言 則子者繼父者也 今以何人爲父 而往繼之乎 此人理之所不當 禮敎之所無據 自來國典之無其例 而可忍心冒爲之乎 且以譜所諸位言 則譜者正系統明昭穆嚴倫序 上自始祖下至來裔 只以一子字貫貫直下之地 豈敢有此無子有孫 無父有祖之擧乎 究之百端 而千不是 萬不當事也 彼識昧禮敎底婦女 幻腸蠅利輩之妄錯 何足取悉 而譜所諸位 尙此依違者 是不知何故也 假使譜所認爲近日茶飯例 而聽彼所行 則鄙家風波一時耳 譜所取譏百年矣 亦豈可不憬然一省者乎 向日族兄對族弟言 此事體之所不當不必多言 亦不必屑屑往來云 則族弟之心 始恔然矣 何苦復有此云云 添燈於日下哉 但近日事往往多理想外 而又於族兄也 故未免有此一陳矣 可公諸譜所內 則公之 不必然而事歸正 則族兄自一覽戢之 如何如何 伏冀恕照 不備疏上

己亥十月日 族弟珍洙含恤再拜

宗簡 庚子(1960)

伏惟我先祖北村公 旣非始基之祖 又非不祧之位 故親盡廟毁 而族人不復相宗者 今十有餘代矣 其歲一祭墓 亦無宗孫之可言 故行尊者主灌獻 實遵禮敎也 今族人鳳洙 不識宗法 昧於祀典 妄稱北村公十一代宗孫立後者 而入墓下 祭田之專擅 墓祀之主圏 以爲應然 而無難恣行 此豈可以細故 而任他者哉 義不可以不是

正 故事由敬告于北村公同兄弟五派諸宗僉位座下 伏願僉宗詳考禮意 察其非是 確定宗議 而嚴懲示戒 使宗法賴而立 祀事得其正 以免於僭嫌之累 則不勝幸甚

禮說在下

小記曰 祖遷於上 宗易於下 家禮朱子曰 高祖廟毁 不復相宗 尤菴曰 神主祧遷則宗毁 而族人不復相宗 安有宗子之名乎 臼山曰 其主在長房尙如此 況神主旣埋則宗子之名 尤無所施矣

按 立宗所以尊祖 故祖祧則宗毁 族人不復相宗 惟大宗則宗之 而我國 則王子後裔外無大宗 惟蒙不祧之家立大宗 而吾族則恭安公光川尉俱有不祧之命 故立大宗 而諸族宗之矣 我北村公親盡廟毁 則安有宗子之可名哉 而猶曰云云 豈非僭嫌之大者乎

朱子家禮 第二世以下祖墓田 諸位迭掌〖宗毁 故諸位迭掌 若大宗 則宗子猶主之矣〗壽月堂問 遠祖之祭或曰 宗子主之云 尤菴曰 神主祧遷 則安有宗子之名乎 性潭曰 歲一祭初獻 行尊者當之 旣非不祧之位 則豈有宗孫之可論哉 臼山曰 十餘代宗孫主墓 無亦有私行不祧之典之嫌耶 省齋曰 有事于遠祖之墓 一以昭穆爲序 而不以宗支爲禮云云

按自宗家親盡 則宗毁 故族人不復相宗 遷于長房 則祖遷而宗易 故長房主鬯 長房又盡而廟祧 歲一墓祭 則無宗可言 故行尊者主灌獻 禮意如此 故朱宋及諸賢禮論 亦如此矣 豈可因仍習俗 不思所以改定之道乎 宗法與祭典 是名分所在 倫理大關 而觀此諸敎 可以知所從矣 今鳳洙之自稱大宗 而排尊主鬯等僭妄之行 果任已而恬視者乎 願僉宗細思之

鳳洙出後疑義

鳳洙出系事 自是其一門事 不必譏論 而但其人則爲同族 其事則關禮義者 一論之 無大罪否

按 立後法 必其所生所後兩家父俱存 與受分明 — 今禮斜不可論 — 可以移天而父他人 今鳳洙兩家父俱沒 則其與者爲誰 受者亦無人 無命而自棄其父 是果有父者乎 可疑

獨子孤子之出後 古今禮書之所無 今鳳洙永哲之獨子 且幼而孤者也 私絕父嗣而繼人之後 豈非不忍賊恩之大者也乎 亦可疑

考譜書 永哲配位申氏已卒之月日分明 而無他娶 似聞鳳洙母氏尙今無恙有在云信然 則鳳洙決非永哲之親子也 未知其所生父爲誰 此不辨白 則不可以同族待之也 必矣

假使我北村公實有立大宗之地 今其子孫不下數百 何必取此無父賊恩來歷不分明之子 爲之立宗乎 無是理 而況無其事之地乎 只見其愚妄之甚也

鳳洙處義

鳳洙自知所行之不是而改善 一從宗規 則矜其生事 而仍任墓直 使資軀命 若一向執拗 則不得已待以悖類 而據義驅逐之外 無他道理矣 未知僉宗之意 爲之如何

답문答問

答金永斗 雲山面上城里

女子於私親 雖適人不易父子名 於祭亦無二統之嫌 故得稱考妣 此與先繼ㅁ自殊此有後賢定論矣

女子於其親 對夫家 則固爲私親 而其自爲祭告之辭 亦稱私 無乃未安乎

童子有經帶 喪服及雜記疏 俱有明文 故鏡湖梅山 皆不從沙溪說 昔全齋任先生喪其仲季二胤 亦用首絰 有人言而不之改矣

或人問答 丙戌九月十日

或問 後學之尊慕前賢何義也

曰 尊其道 慕其賢也

曰 尊慕之道如何也

曰 尊之以禮 慕之以義

曰 何謂禮 何謂義

曰 尊孔子者 尊以孔子之道 是禮也 慕朱子者 慕其朱子之學 是義也

曰 時移而世變 所習非孔子之道 所尙非朱子之學 而無人如之者 則奈何 曰無其人則無其事 有何尊慕之可言

曰 非此之謂也 如孔子嚴華夷尊君親爲道 朱子闢異端惡鄕原爲義 而今則以華夷無分 君父平等爲道 孔墨混德 儒佛合一爲義 雖欲尊之以其道 慕之以其義 勢可得乎 曰無辨也 故尊之以有辨 混之也 故慕之以不混 其理尤不明乎

曰 有謂一向嚴華夷之防閑 守儒俗之界分 則勢孤力替 尊慕之義 無以維持 則不問俗之夷華 人之新舊 破其畦稜 而與之成其事 亦時宜之一道也 其言如何

曰 於是何言也 事求可 功求成 已是心之邪慝根苗也 豈可與論於尊慕之地哉 以夷習尊賢 非尊賢 是侮賢也 以俗尙慕賢 非慕賢 乃慢賢也 侮慢也 而謂之尊慕可乎

曰 然則世禍愈酷 持守者漸替 而此義也將至於廢之而已 可乎

曰 此則關於世道者也 有運焉 豈人爲之所可必也 然在我尊慕之道 盡其誠敬而已 果能誠敬 則雖一炷香 何害其爲尊慕之道 若失誠敬 則雖儀物備至 亦何益於尊慕之實哉

問者曰 此非別事也 乃斯鄕安陽祠事也 日昨秋九日 偶參其享祀 其齋儒中發論有如是者 故以質之

余曰 然乎 是吾先師艮翁所慕之地也 先師以尊性正學 平日尊攘之義 邪正之辨儒俗之嚴何如 而所尊之地 乃敢發此苟且之論乎 議雖不遂 亦是失敬之大者也 且子亦參其席 而不能言其非是 乃耳聞腹非 而傳誦之如別人之尋常事耶

問者曰 某以晩學初參之地 似涉徑庭 故不敢云云

余遂次其問答之言 以示書社諸子

答族人台洙 丁亥

問 鳳棲言 理一而氣二 二而一者神也 一而二者化也 此義如何解說

理者一定而不移 故曰一 氣者萬變而不測 故曰二 而神者氣之配理而妙用處 化者理之乘氣而萬變底 如此看 或是本旨否 須更體究也

檗溪理一氣兩之說 如何

檗溪理一氣兩之說 非曰不然 而但理則以一定而不易者言 氣則以萬變而不測者言 可也 若論其一原 則理之一原 氣亦一也 蓋理無無氣之理 氣無無理之氣 原自混融 無彼此無先後 安有彼一此二之可言乎 但氣之二者 是動靜以後言也 然則氣之動靜而參差爲二之時 理安得獨不然耶 何則氣動而陽 則理在陽而爲陽之理 氣靜而陰 則理在陰而爲陰之理 陽之理 陰之理 其可以謂是一而非分乎

大全仁說曰 天地之心 其德有四 曰元亨利貞 又曰人之爲心 其德亦有四 曰仁義禮智 然則心非元亨利貞 心之德乃元亨利貞 心非仁義禮智 心之德是仁義禮智 語類仁說却云 元亨利貞 便是天地之心 何也

大全是直指說 語類是混合說也

檗溪雅言云 今之說理說氣 不就一物上分看 欲覓出一物於一物之外 而喚做理喚做氣 則天下本無是物 非獨看理字不出 亦看氣字不出 — 止此 — 今之說理 是指誰而言 一物上分看 是如何分看之謂 而覓出一物於一物之外 而喚做理 喚做氣 指何而云歟

今之說理 蓋指栗牛以後以心屬氣之諸賢也 一物上分看 華西以心爲太極之全體 而以四德爲所領之細理 則是一物上看心性之說 而省齋所謂 先師論心性 專就一理上分主宰準則者是也 覓出一物於一物之外者 蓋謂心卽是理 心外無所謂理者 今以心屬氣 則是心外別有理 豈非覓一物於一物之外者乎 以是論理論氣 則非獨看理字不出 亦看氣字不出者也 然朱子曰 性猶太極也 心猶陰陽也 陰陽與太極果是一物 而就陰陽論太極者 是覓一物於一物之外者乎 可疑

雅言又云 理者一而不二者也 命物而不命於物者也 爲主而不爲客者也 是故在天言命物之主 則曰天曰帝 在人言命物之主 則曰心曰天君 在物言命物之主 則曰神曰神明 其實一理也 — 止此 — 此命物與爲主字 似是以有爲底意云 而其與理無爲之訓 有不相似然 何也 且帝與心與神字 果是理之面目乎

此所云理者 疑卽是心 而一而不二者 疑亦以心之尊而無對之謂也 觀於下文 命

物而不命於物 爲主而不爲客 及曰帝曰心曰神之云 可見矣 然此蓋就能然處渾淪說 則固無礙 若以所能底理之眞相言 則不然 蓋上面又有所謂太極與性與理者 雖無爲而爲有爲者之主 而亦一而不二者也

又云朱子嘗辨諸家之說性曰 無善無不善之說 最無狀 蓋爲無善無不善 則淪於空寂 而還不如性惡之猶有骨子也 然則性無動靜之云 何與此異哉 — 止此 — 以性無動靜之說 比之於性無善惡之說 而爲不如性惡之猶有骨子者 果稱停之論乎

性無動靜者 是無動靜之能云 非爲無動靜之理也 華老以心之能動靜者爲太極 則其論不得不歸於如此也 然栗翁言 動靜者氣自爾也 非理動靜 尤翁亦言 理無造作 只乘此氣而運用也 今并不顧見逼於此等諸訓 而一以歸之於不如性惡之說 誠後學之所不曉也 然道體無爲 又非朱子之訓 而性又非所謂道體者耶

又云 朱子曰理氣決是二物 此聖賢相傳之決案也 — 止此 — 大抵理氣以離合看爲無病 而晦翁之爲決是二物者 何故 而華老之爲聖賢相傳之決案 又何義也
理氣決是二物 固朱子言也 如此則心與仁眞成二物了 亦是朱子語也 然此則或爲心理一物之證者 固無足取證焉 先生於二蘇之辨 旣譏其道與陰陽各爲一物之病 又有形而上下不可以二物言之論 是又理氣一物之案也 華老於此 將安取舍 若不問其立言之本意 而只取其言之適於己見 則其不歸於差者寡矣 善乎 農巖之言曰 朱子說有以心與理爲一者 爲釋氏言也 有以爲二者 爲陸氏言也 釋氏以理爲心之障 欲去理而明心 是判以爲二物 而不睹夫不相離之妙矣 故朱子以其一者而正之 陸氏以心卽理理卽心 但存此心 理無不得 是則直以爲一物 而不察其不相混之實矣 故朱子以其二者而正之 言固各有當也 — 止此 — 然則朱子理氣決是二物之訓 是爲正心理爲一者之失 而今華老得藥 不治其切己之病 反以爲添祟之劑 此可見藥不在靈 在用之者如何爾

檗溪辨明德記云 尤翁曰 心有以理言者 有以氣言者 此又千古論心之斷案也 — 止此 — 華西之論心 果與尤翁之意 無以異乎

尤翁之以理言者 并擧所涵而混說之也 華老之以理言者 以其當體而直言之也 尤翁之以氣言者 指其本色而言也 華老之以氣言者 以其所乘而言也 言雖相同 意實相異 不可取而爲證也 尤翁論心說數條 錄在下方 觀者自應辨之矣
○尤庵曰 道體無窮 而心涵此道 故心體亦無窮 故曰 道爲太極 心爲太極 又曰 以理對心而言 則理爲理而心爲氣 以心對形而言 則心爲理而形爲氣 蓋心雖是氣 而該貯此理 故或爲理或爲氣 而皆可通 惟觀其所見如何耳 又曰心性雖可謂之一物 然心自是氣 性自是理 安得謂之無彼此哉 又曰聖賢論心 以知覺爲主 而知覺卽氣也 又曰心之虛靈 分明是氣也 又曰釋氏認心爲性 故以心之自然發用者 皆謂之性也 又其代疏曰 柳稷以心是氣之說 爲珥之病 從古聖賢 以氣論心者多矣 自孔子至宋儒 以心屬氣者 不啻詳矣 正如大明中天 瞽者不見 故珥以一言直截說破 使聖賢之意粲然於世 此可見珥之有功於後學也 但心雖涉於氣 而該貯此理 故聖賢有合而言之者 孟子所謂仁義之良心 張子所謂合性與知覺有心之名者 是也 然此亦指其中所具之理而言耳 何嘗直以心爲理如稷之見乎

又曰 蓋心能統性 而性不能統心 心能盡性 而性不知檢其心 若曰心是氣而已 則是氣反統理 而理反爲役也 所謂理者 何足爲萬化之樞紐乎 ― 止此 ― 心能統性性不能統心 此統字未能曉 然若統兼統合之意 則朱子曰 所謂太極者 便只在陰陽裏 所謂陰陽者 便只在太極裏 有何不能相統 若以主宰運用之意 則是心當然之職 又豈可以反統反役譏之哉
以知能言 則心能統性 而性不能統心 心能盡性 而性不知檢其心 以心有知能 而性無知能故也 以所本言 則心之所以能統性能盡性之理 非所自辦 乃資乎所具底性者也 何患乎性之反爲役 而不足爲萬化之樞紐乎 此統字 華老蓋以以大統小以上統下之意言 非統兼統合之意 又非主宰運用之意也 不然 豈有此反統反役之若大故不祥事然哉 然性理雖爲心氣之所運用 而其所以爲主之本體自在之妙 華老蓋不肯許之歟

又曰 以理言 則心猶太極之統四德 性則猶利貞 情則猶元亨 以氣言 則心猶元氣之統四時 性則猶秋冬 情則猶春夏 ― 止此 ― 竊聞心非太極 心之理是太極 今華

翁之言如此者 何也 且既曰四德 而性則猶利貞 情則猶元亨者 何也

此華老以心擡之於四德之上 而將性貶之於心下之論也 然朱子曰 自見在事物而觀之 則陰陽函太極 推原其本 則太極生陰陽 — 止此 — 心若恃其妙性之能 而卑其性 則是不幾於慢其所生者乎 蓋太極者元亨利貞之總名 而與性之仁義禮智之總稱同也 非若心之具仁義禮智而言者也 今華老之言如此者 蓋華老以心爲大理以四性爲細理而言 故亦以天地之心爲太極 以四德爲太極中細理而言者也 然朱子曰 天地之心 其德有四 曰元亨利貞 人之心 其德亦有四 曰仁義禮智 然則心之德是太極也 非心卽是太極也 其曰性則猶利貞情則猶元亨者 蓋以理之乘氣而動靜者言 然氣之動靜 雖不同其時 而所乘之理之本體 有何間於動靜也 且靜非性也 於情見其性也 情非理也 情上在其理也 以四德配於四時則然矣 豈以此分析於性情而二之乎 朱子說數條 錄在下方 有以可考也

○朱子曰 元亨利貞性也 生長收藏情也 以元生以亨長以利收以貞藏者心也 仁義禮智性也 惻隱羞惡辭讓是非情也 以仁愛以義惡以禮讓以智知者心也 性者心之理也 情者心之用也 心者性情之主也 程子曰 其體則謂之易 其理則謂之道 其用則謂之神 正謂此也 又曰 有是形 則有是心 而心之所得乎天之理 則謂之性 性之所感於物而動 則謂之情 是三者人皆有之 不以聖凡而有異也 又曰 性猶太極也 心猶陰陽也 太極只在陰陽之中 非能離陰陽 然太極自太極 陰陽自陰陽 惟性與心亦然 所謂一而二二而一者也

又曰 心性情 由所載者而言則理也 由所乘者而言則氣也 故心有人心道心之分 性有本然氣質之分 情有天理人欲之分 — 止此 — 道心與情之善者 直指爲理而無碍否

性命是理 知覺是氣 而氣之發 本於理者 謂之道心 故栗翁以道心爲氣之本然 理無形影 情是氣而有形迹者 故先賢多就情上論天理 然是天理在情上云 豈以情直謂之理乎 故原於性命之心 合于天理之情 混說則謂之理 俱無不可

又曰 分言 則心者萬理之總會主宰者也 性者寂然不動而萬理咸備者也 情者感而遂通而萬理發用者也 合言 則心也性也情也一理也 渾然無彼此內外終始本末之

間 此理之全體也 ― 止此 ― 心者萬理之總會主宰者 此一句 義甚難曉 萬理之總會者 是心云乎 萬理總會中 主宰者是心云乎 且嘗以性無動靜 歸之於性無善惡之說 而此又以寂然不動者爲性 兩處說如何看 可得本旨乎 且心也性也情也一理者 是一理貫通之謂乎 渾然一理 而無間之謂乎

蓋心者萬理總會之地 萬理之總會非心也 今華老以萬理之總會者 爲主宰之理 以寂然不動者爲準則之理 此所謂就一理上分主宰準則者也 向所謂性有動靜者 以此主宰者言也 今所謂寂然不動者 以此準則者言也 華老之意無乃如此否 心也性也情也一理也 此以理無心則無着處 情無心則無所發 是本來一理貫通之意 則誠無礙 然華老之意 每就一理上分心性情 則是渾然一理之謂 非一理貫通之謂也 然此以對慾之理 則或可如此混說 若以對氣之理 則未可如此無分也

又曰 易者合道與器而立名也 單指道一邊 則曰太極也 心者合理與氣而立名也 單指理一邊 則曰本心也 曰道心曰主宰曰天君曰氣帥曰明德曰天地之心之類 皆指理一邊而言也 ― 止此 ― 單指理一邊者 直指其理之辭 而不曰性而曰本心者 無乃如性不可獨當太極 而心乃可以當之之謂歟 可疑

道器相涵 理氣相須 豈惟易與心而已也 凡天下之物 莫不皆然 然有此物則有是名 非以合道與器合理與氣而立是名者也 張子曰 合性與知覺 有心之名 知覺是心 而性是心之理 故有是心之名 非心之名合理與氣而立者也 ― 盈天下之物 莫非合理氣之物 而奚獨易與心因是而立名也 ― 單指理一邊 不曰性而曰本心者 此以認心爲大 而以性爲小故也 觀於心能統性 性不能統心之云 可見矣 且道心天君明德天地之心之類 皆是有知覺有造作底而取 以爲理之證者 無乃以心理爲一 而無辨故耶

答守貞社諸君 己丑

國家雖重 綱常更重之說 誠然 是以孟子謂 舜視棄天下猶敝屣也 竊負其父而逃 泰伯讓天下而逃 以全君臣之義 則夫子以至德稱之 伯夷重父命 叔齊重天倫 而並逃國 則夫子亦皆以得仁稱之 聖人所行與所稱如是 綱常更重之義 豈不皎然矣乎 所謂重綱常所以爲善國之云 可謂道得的切 顚撲不滅之至言也 恨不能以此言

刻之牌子 使我政府要人及三千萬同胞個個佩之於衿 人人大讀 而思所以實踐也 比之一家 國家者住宅也 綱常者倫理也 譬之一身 國家者形氣也 綱常者性命也 篤乎倫理 所以善其家 重於性命 所以全其形 是豈難曉之理 但世之奪魄於妖幻 醉夢於勢利者 只見疆土之爲重 而不見其更重者 言則謂之善國 而實則不究所以善國 至有有國 然後有綱常 甚者以綱常亡國之說 誤國青衿 以中邪魔者之欲 嗚呼是何理耶 抑亦氣數之致也歟

答柳元鎬 庚寅 二月日

牛則耕而不能馳 馬則馳而不能耕 大黃寒而不能熱 附子熱而不能寒 此分明形氣之局而偏者也 以是爲本然性 則是萬物萬本然 此似可疑 朱子曰 性是太極混然之體 又曰 性字蓋指天地萬物之理而言 是乃所謂太極者也 由是觀之 性卽太極也 以太極爲隨物不同可乎 然嘗看省齋以太極爲面貌不同 則或無怪乎如此說也 蘆沙人物同五常之說 與湖家人物性不同 異矣 華門心理之說 與湖家心氣質 又不同 而湖家以人物不同之性爲本然 蘆沙以人之徧全之性爲本然 華門以動植偏局之性爲本然 是則三家本然之說却似相同然 此與朱子氣質雖不同 天命之性非有偏全之訓 又不同 議論歸一果如是艱哉 竊嘗思之 學家講論 只是欲復其本然之性而已 今性之本然若是班駁 則物性之不齊固無論 雖人性自反之學 知以至下愚之不移 其性之偏全 亦有萬不同 雖復得其本然 只是偏全不齊之性 亦奚貴於復其本然哉 然則吾輩所當講者 其惟天地萬物一理之性 氣質不同 非有偏全之性歟

答文義文廟諸儒 李三榮閔載哲柳海競等五十二人 庚子

敬覆 夫孝是爲仁之本 匡世之具 綱常賴之而立 世教由之而生 國而舍孝 不可以爲國 人而非孝 不可以爲人 孝之於世 其關之重如此 雖閭巷之一夫一婦 苟於孝有特行焉 帝王褒旌之 史傳備書之 儒賢闡揚之 皆所以爲綱常地 而爲世教焉 今按玉軒柳公海珠之孝 是叔季之模範 昏衢之明燭 奚但爲閭巷一夫婦之比哉 詳其群行 罔非由於所性 出於眞誠 非勉强有爲者之所能 體無完衣 而甘旨盡誠 斯今之王延 哀痛涕泣 苫席有腐 更難於高柴泣血 躬自樵漁 竭力奉養 董召南之至行

可與伯仲 朝夕悲號 松爲之枯 王偉元之攀栢 同一其感 恨不及寒泉之筆而載諸六篇 垂訓萬世也 山河改色 薦召不應 收拾後進 以啓其哀 自是靖獻之義 拗過之心 而乃所以爲孝之大節處也 孰能以如椽巨筆大書特書 以振風化 而維人紀也 鄙等於揄揚之擧 有所不敢 而於蒸民首章之義 則僭此云爾

答曺圭夏 庚子正月日

小程子生日當倍悲痛之訓 是人子所當體念者也 人之無父母者 何日不悲痛之時 而此生我劬勞之日 其思尤當倍之 安忍以是日置酒張樂以爲樂 眞西山曰 人子之於生日 苟無父母 當以忌日之禮自處 此言深得孤露子之心思　尊府之不許甲日餙喜 亦是此心 而正合天地生物之仁 子宜承順 而勿之憾恨也 抑有一言可告者 吾先師艮翁云 子於親 雖日日獻壽 可也 何獨於生朝 石農子承敎歸家 率家衆 必於自己生日及朔望俗節無故之日 上壽歌詩 退與社生講學習禮 其先人樂堂公甚喜之 石翁亦足可樂云矣 子亦倣此行之 尊府亦必樂觀而喜之 子之所樂 又何過於是哉

余少友曺君圭夏 其親甲年生朝 欲伸獻壽之誠 而不得許 至情決然 故來問處義 而余以是答之

日一憂服人來見 姓名金春澤也

言曰 見宗丈 願有所質而來

余曰 何事也

曰 假使人家因家難或世禍 而流落他鄕 但知其姓本 而其先鄕及世系墳墓盡失者 其修乘或入譜事 將如何處之

曰 如此者 只記其得姓始祖 而闕其所不知 以流落其人爲中祖 而其子孫自成一派 修家乘或小譜 而若或爲大譜 則當以此入別譜 可也耶

曰 流離世近 先鄕有據 名行相符 而但失其先世名諱與墳墓者 亦如之何 其不可與鄕族叙昭穆同譜事耶

曰 先鄕有據 名行相符 而無亂族失倫之嫌 則闕所失 而與其族同譜叙倫 有何不可之有哉

曰 先鄕雖有據 而名行疑信不明者 亦如之何

曰 鄕族分明有據 而名行不明 不可敘倫 則當自修別乘 而或因修譜入於其族別編 而以後考可也耶

答某人

云云之說 何足掛耳 但世敎衰人不知道 王政廢民無所從 是以世習民情 只有勢利禍福一路而已 於是妖怪之徒乘釁 而發蠱惑愚昧 而以謀其利 聚成其勢 而遂爲不軌 如漢之張角 元之韓山童 我國之崔福述車慶錫之類是也 彼所謂教文 其始只有呪文降靈禍福等妖妄不經之說而已 及其徒黨繁延 巧詰之輩 或竊取經傳句語 或掇拾秘讖文字 傅會而文飾之 編成卷帙 稱爲敎經 使具眼者觀之 亦未滿一笑也 世之往往讀書而無識之輩 却以爲開荒後初有文字 而極口贊揚之 使蚩氓之誣惑者助其瀾 抑亦一時之氣數歟 噫張角出而前漢亡 山童出而元亦亡 福述出而韓且亡 國之將亡 必有妖孽者 不其信乎

宗敎之說 彼將何所不道 但世之痴獃而昏矇者 隨時潮決性命 而自不覺 是爲可哀耳 當此天沈雲黑之際 山野鬼燐之乘時發跡者 醉狂者認爲無上光明而彷徨焉 然若其太陽出 而天晴燐息 則俄者醉狂之徒 亦將醒其夢矣

答諸生問

嫡庶云云之說 誠然誠然 嫡庶貴賤之分 固是宗法之所當嚴也 序行尊卑之倫 亦是天理之所宜重也 烏可有相踰越之理 然無倫外之分 又無無分之倫 則倫旣定矣分自然明也

其相與之節 前輩亦有說焉 全翁答姜永直書曰 嫡庶之分雖嚴 髫齔之忽耆艾 癡騃之玩儒宗 烏乎可哉 族人庶派行尊而年高者 亦當拜之 至於兄弟之行 年不甚高 則彼此交拜無妨 以在庶盡尊嫡之道 在弟盡敬兄之道也 一 止此 一 拜揖如是則言語從可知也 近日人家一名爲庶 則其言語也禮數也 往往以不行不齒者處焉 此可戒也不可效也

庶不可主祖祀云云 禮有何據 國有嫡妾俱無子然後 方許立後之典 然則只有妾子者 不能立後而絕其祀而已乎 是分明以妾子主其祀之典也 且禮曰庶子爲父後者

爲父後者非主其祀之謂乎 全翁答金顯直書曰 令從氏旣有庶子 不必立後 況有承嫡之遺命乎 承嫡非主其祀者乎 鄭文翼公孫惟仁支子有右議政芝衍 而文翼公庶孫承嫡主文翼祀 此載禮說 且吾艮翁先師曰 有庶子而立族姪爲嗣者 是仕宦家忍心害理之悖習云云 禮與國典如彼 前賢所論所行如是 而有此云云 是昧於天理而慣於末俗之餘習而然也

或言 雖云承嫡 庶固庶也 名可改乎 分可移乎 禮可變乎 此亦有未然者 梅翁豈不曰 父一命之 已免賤矣乎 且名分雖是天定之固然 而父命之以繼人后 則其名改矣 嫡庶固亦天定 而父命之以承嫡統 則其分移矣 名改而分移 則禮亦如之 故子之於父服斬三年 禮之正也 而出繼之子 降而期之 子之於母服齊三年 亦禮之體也 而承嫡之子 降而緦之 是皆天理之當然 而裁之以義者也 人豈可容私意於其間也哉

夫支之重宗 重祖之宗統也 庶之尊嫡 尊祖之嫡傳也 故雖支而繼祖之宗 則是入繼之宗也 雖庶而承祖之嫡 則亦承嫡之嫡也 名一定則分移之 分移之則禮隨而立焉 天叙天秩 只是一禮字而已

산록散錄

師弟子於授受之際 — 閭塾師生 位雖有分 其道則一也 — 其所引 或其非道也 則所學者是 而無苟循之理也 若其道也而不行 則所教者是 而無煩屑之義也 一事苟循 未爲不害理也 一言不行 未是不悖義也 害於理也 而又更苟循 悖於義也 而復爲煩屑 是所以爲儒教之不立 而取侮於俗 聖賢之道廢 而家國天下從之者也

背君父 而忘讐包耻 惟血肉是重者 是不若犬羊之道 — 犬能知主 羊猶跪足 — 而猶或拜揖而敬待之 尊君父 而和讐忍恥 惟禮義是求者 是所以爲人之道 而反或驕傲而壓卑之 嗚呼世態至此 雖不欲爲禽獸 難矣

尋禮求道之士 而位微地賤 則壓侮而卑小之 又恥己之或染彼也 違天斁倫之輩

而冒位據勢 則傾心敬慕之 又恐彼之或遠己也 此是末俗鄙夫之常態 而乃正世君子之深所惡者也

心之爲物虛而無跡 惟形是待而爲體 故未有心正而形不正者也 又未有形不正而心能正者也

孔子極稱平仲之善與人交 而不出乎敬之一字 孟子盡言交友之道 而不過曰 友也者友其德也 不可以有挾也 斯可見交道之在德不在位 在敬不在狎也 今俗惟以尙地親友之善擇 以言狎親友之契深 雖有過我之德者 地卑則不取 誠是輔我之仁者相敬則見疎 是以驕矜之習日盛 德義之俗日敗 上無尙賢之風 下乏務德之心 嗚呼 是友以輔仁之道哉 學者所當戒也

朋友人倫之重者也 務所當敬 尤別於他人 世俗只以親昵相尙 年相若者 便以接下之禮待之 相爲爾汝 爾汝賤稱 殆非所以友德主敬之道也 全齋任先生 與李丈道用 始爲爾汝 後皆入梅山門下 遂更爲相敬之辭 是爲後學之所當取法也

有二人於此 一人在室咫尺之內 而其心有離室之志 一人在室千里之外 而其心有將入室之志 則畢竟有心者爲室中之人也 爲學之道亦如此 一人身儒服口聖書 而其心有罷脫之意 一人雖不曾入規矩習趨步 而其心有願學之志 則終也有志者爲儒門中人也 奚啻此也 與人交道亦然 與好古者言時 雖唯唯無所難 而中有未必然之心 與流俗者言時 雖諤諤有與之辨 而中有未有不然之心 則必也此人終爲墮落於流俗中去化也

食同床 寢一衽 而心則有千里之遠者 生殊世 居異域 而心則有一席之親者 身親而心遠者 是禍機之所伏 天下之許多麁底事 必由此而釁發 身遠而心親者 是聲氣之所感 天下之無限好底事 必由是而相濟

春秋之法 亂臣賊子 人人得而誅之 則處今日之士者 雖無其位 若有可爲之勢 則

當討賊復讐 明大義而雪其恥 豈分外之事哉 然勢不能有爲之地 只當守義自靖而已 如不量其可爲 而捐生無悔者 其心則非日不莊 而畢竟是慷慨殺身也 — 苟生固害義 苟死亦害義 — 其與從容就義者 何如哉

夷狄無定名 華夷無定位 一循禮義 則雖夷爲華 若渝禮義 則雖華是夷 元清之戎豈皆胡金之種也 夏周之華 乃謂東西夷之人也 — 孟子曰舜東夷之人也文王西夷之人也 — 承乾未離唐宮 而已突厥矣 秦檜猶在紹興 而爲金虜矣 十九年北海上未嘗改 蘇武之漢 十五載冷山中依舊 是洪澔之宋也 余故曰 夷狄之稱 華夷之分在心不在名 在人不在位

人事之有是非 猶天道之有陰陽 不陰則陽 不陽則陰 而無不陰不陽之天 又無兩陰兩陽之道 不是則非 不非則是 而無不是不非之事 又無雙是双非之理 故至當歸一 至精無二

學聖賢 學夷狄 是必有一是一非 今世俗之以聖學爲非 夷學爲是者 果眞非 果眞是耶 聖學是重人倫尙禮義 夷學是斁人倫敗禮義 聖學是存天理遏人慾 夷學是滅天理肆人慾 果孰是孰非耶

尊華攘夷 衛正闢邪 是聖學之大關 尊夷攘華 害正衛邪 是夷學之主腦 一是一非孰從孰違 以言則或有之 以行則未有之 豈皆無是非之心而然歟 噫

護髮儒服 是聖學之大節 毁髮夷服 是夷學之本旨 彼是則此非 此是則彼非 何不於本心上求之 然或習俗之久 習亦若自然矣 是本心亦不能保其求者歟

知有知覺知識良知之別 朱子人道心之論 大學格致之知 孟子孩提之知愛其親之類 可以見之矣 知覺當所揀別 而有擇守之功者也 知識因其道義之發 而有推究之力者也 良知只可愛護而保養之者也

陽明以良知爲天理 以知行爲合一 合一之弊固不小 爲天理之害尤爲更深 以知行

合一 則其弊必至於行有不得處 以爲私意隔斷 而不復求乎知之邪正 以良知爲天理 則其害必至於以心自用爲卽理 而更不求許多道義之所在也

理無形而氣有形 故理通而氣局 理無爲而氣有爲 故氣發而理乘之 無形無爲而爲有形有爲之主者 理也 有形有爲而爲無形無爲之器者 氣也 又曰 發之者氣也 所以發者理也 非氣則不能發 非理則無所發 此栗谷先生通見理氣之鐵定正案 聖人復起 不易斯語者 豈虛語哉

人心有爲 而道體無爲 故心能體道 而道不能體心 孔子所謂 人能弘道 非道弘人 張子所謂 心能盡性 性不知檢其心者是也

程子曰 心一也 有指體而言者 有指用而言者 惟觀其所見何也耳 朱子曰 伊川此語 甚渾圓無病 又曰 伊川此說 最爲穩當 蓋指體而言者是性也 指用而言者是情也 程子不言性情 而曰體用 故朱子以爲語甚渾圓 心之體卽是性 心之用則是情 故曰 最爲穩當 近世之以心主理者 是似那指體一邊 而又以理爲活 則是却以理做心之見也 心理二字 是爲學本源 本源一錯 雖欲無其流弊 難矣

莊子曰 於我善者 我亦善之 於我惡者 我亦善之 此語自不公平 不無私意 或曰 以德報怨 何如 子曰 何以報德 以直報怨 以德報德 聖人之言 自是如此

性理是心所具者也 形氣是心所管者也 凡善由於性 凡惡生於形 而心是虛靈又能知覺 則其於善惡 必無不覺之理 能尊性而循其善 制氣而禁其惡 則是所謂誠正工夫也 若畔性而不之循 役形而不能禁 則是所謂自欺小人也

天地運否 誰能挽回之 聖賢道熄 誰能講明之 是讀書者之責也 故士者天地之心而聖人之用也 豈敢自小 豈敢自輕

昔有僧見村人供佛 則曰家中有佛 盍養諸 曰村家安有佛 曰堂中父母是也 若此

佛動土 無可禱 艮翁曰 此語似戱 而實有妙理 宜細思之 余謂 今人或土石有謂之動土 則不嫌潔己而祈禱之 至於父母一有不悅 則心反不甘而見色焉 是豈認父母不如土石者乎 人失正識 則每事如是耳

推理任氣 人獸之所以別也 主理主氣 聖學異教之所由分也 循理從氣 華夷之所以辨也 凡天下是非邪正善惡 無非由此二者而判焉

北齋劉晝言 易貴隨時 禮尙從俗 因擧老氏至西戎而效夷言 大禹入躶國而解衣裳以證之 此無經據 是甚亂說 況隨時變易 欲以從道 事不害義 乃可從俗 若不問道與義 而惟時惟俗 是何道理 今時之人 不幸與劉晝同一見識 雖不欲自歸於亂道敗世之類 難矣

日前所謂警官十數輩 見容圭衰裳怪之 問曰此何服也 曰喪服也 何爲而服此也 曰親喪服此 聖賢之禮 彼乃衆喝曰 聖賢腐矣 此乃亡天下子息 怒侮凌辱莫甚云 噫親喪喪服爲亡天下 則何者爲興天下者 所謂司法警民者如此 則他何可問 夷禍之換人心腸如此 今以子弟爭趨其敎者 抑又何心 誠氣數之不可測也

日有人訪余經宿 自謂其家爲某門淵源 渠亦早已讀七書 又能閱盡世務 而能詩能辯者也 其論心性 槪亦似乎其淵源所在也 而及其禮說 則曰禮只是慣習 此又是變於夷之甚者 而與北齋劉晝 禮尙從俗之語 同一意也 然則沙波達之兄弟共一妻英美之男女握手合口 耶敎之不拜君父不祀死 皆謂之禮 而彼將從之矣 噫世故之移人也 所謂有淵源讀經傳者如是 況其他者乎

民猶水 國猶舟 載舟覆舟 惟民所使 故曰 民爲邦本 本固邦寧

天下之事 不出於運勢俗 天之所命曰運 主之所權曰勢 民之所趨曰俗 — 老洲語 — 運有否泰 勢有安危 俗有美惡
夫運可以移勢 勢可以易俗 然亦有時乎勢運乎俗 運輪於勢也 — 老洲語 — 余謂

上一節以理勢之自然言 下一節以人事之作用言

然則主權勢者 善觀於斯二者 運果泰而俗果美 則只可順理而成化焉 若運否而俗惡 則當强人事而挽回 善其道而變革之

天下無義主 則士不可出世間 非正學 則士不可從 裔戎僭亂 非義主也 異端邪說非正學也 共和民主 是夷狄之一法 康梁耶蘇 亦邪說之尤者 皆不可染其迹也

天下之義理至公 非我之得私 發之自我 則以我率人 發之自人 則以我從之 今日中國 雖雲南泗川之人 苟有爲天地立心 倡大義於天下者 我國當往爲之從 不可有一毫私吝之心也 — 柳省齋集三十八卷雜著五板 — 此語若以今日時論諸公觀之無或以奴隷根性人噴罵耶

尊華攘夷 古今之常經也 而今以尊夷攘華爲常經 用夏變夷 天下之通義也 而今以用夷變夏爲通義 嗚呼 天地飜覆若是乎 惟其如是也 故讀書者當思其反正焉

天下國家雖大 只是性中之一物 天下事物雖多 又無性不在之物 今論天下國家事者 外性遺性而言者 何也 無乃任於靈覺之自用 而役於形氣之私故歟

綱常禮義 性中之大節目 而乃天地之棟樑 生民之質幹也 天下國家之治 賴此之立也 天下國家之亂 壞此之故也 外此而論治者 徒亂天下國家耳

三綱五常 扶持宇宙之大道也 五書五經 扶持宇宙之器具也 讀書躬行 扶持宇宙之實事也 士者宇宙之元氣也 培養此個 扶持宇宙之事功也

綱常正則天下治 綱常壞則天下亂 何待智者而後知也 但衰亂已極 犯綱紊亂 則民之蕩而不暇察也 故智者知之 而仁者憂焉

在人心 則天理人慾互相勝負 在天下 則中華夷狄迭爲消長 其勢略相似 故存遏之功 尊攘之義 其道亦相似

性純善 而無間於體與用 故謂之大本 心雖本善 而用未必無邪 故不可謂之大本 朱子曰 心有正而無邪 此言其體也 又曰 存則正而亡則邪 此言其用也 吾先師曰 心未嘗不正 此言其體也 又曰乍正而旋邪 此言其用也 古者惟異學家 以仁義禮智 爲心之障而去之 今也擧世以此爲人道之毒而破滅之 然則所謂人道者 非謂己慾者耶

孔子曰 人皆曰予知 驅而納諸罟擭陷阱之中 而莫之知辟也 蓋予知者 能知而自負之辭 罟擭陷阱 是禍機之所伏也 旣知其禍機之所伏自負 而不知其避 何也 又驅而納之者 是誰也 此可細究者也

夫心一也 其發之之際 天理人欲兩界分焉 於是能戒愼恐惧而不敢自用者 君子體道之心也 無所顧忌而任其所欲者 衆人離道之心也

吾意 天雖窮人 而不能禁人自勵 人當自勵 而不須問天所制 天人各自做主 彼此未嘗相礙也

枅有疑問 呈先生曰 人物之性 有所謂同者 又有所謂異者 知其所以同 又知其所以異 然後可以論性矣 夫太極動而二氣形 二氣形而萬化生 人與物俱本乎此 則是其所謂同者 而二氣五行 絪緼交感 萬變不齊 則是其所謂異者 同者其理也 異者其氣也 必得是理而後 有以爲人物之性 則其所謂同然者 固不得而異也 必得是氣而後 有以爲人物之形 則所謂異者 亦不得而同也云云 先生批云 此一條論得甚分明

使斯民畏法 不如使民畏名 使斯民畏名 又不如使民畏義 無法不足以治天下 然天下非法之所能治也